在星空看来，
地球都不是个事。

星空
与
半棵树

陈彦——著

陈　彦

当代著名作家、剧作家。创作《迟开的玫瑰》《大树西迁》等戏剧作品数十部，三次获"曹禺戏剧文学奖"。创作长篇电视剧《大树小树》，获"飞天奖"。著有长篇小说《西京故事》《装台》《主角》《喜剧》。《装台》获 2015 年度"中国好书"、首届"吴承恩长篇小说奖"，入选"新中国 70 年 70 部长篇小说典藏"。《主角》获 2018 年度"中国好书"、第三届"施耐庵文学奖"、第十届"茅盾文学奖"。多部作品在海外发行。现任中国作协副主席，中国戏剧家协会副主席。

图书在版编目（CIP）数据

星空与半棵树/陈彦著. —北京：人民文学出版社，2023
ISBN 978-7-02-017784-4

Ⅰ.①星… Ⅱ.①陈… Ⅲ.①长篇小说—中国—当代 Ⅳ.①I247.5

中国国家版本馆CIP数据核字（2023）第028905号

责任编辑　陈　悦　杜　丽
装帧设计　刘　静
责任印制　宋佳月

出版发行　人民文学出版社
社　　址　北京市朝内大街166号
邮政编码　100705

印　　刷　北京新华印刷有限公司
经　　销　全国新华书店等

字　　数　514千字
开　　本　890毫米×1290毫米　1/32
印　　张　22.25　插页2
印　　数　1—100000
版　　次　2023年5月北京第1版
印　　次　2023年5月第1次印刷

书　　号　978-7-02-017784-4
定　　价　96.00元

如有印装质量问题，请与本社图书销售中心调换。电话：010-65233595

星空与半棵树

序幕（旧称楔子）

〔幕启。

〔风高月黑天，雪雨飘洒夜。村头不时传来狗吠声（这是编剧最爱用的舞台提示）。

〔秦岭南麓一个叫北斗村的田野中，一棵老树下人影窜动，有微弱的手电光忽明忽灭。

〔枝头不安地站立着一只金色猫头鹰。

猫头鹰　哇呜！哇——呜！这是我的叫声，原谅我的嗓音没有夜莺那么美妙动听。夜莺即使在你们面临死亡与灾难时，也是要发出美妙叫声，以博得爱怜与欢心的。而我练过，终是没学会，也就只能将就着这么叫了。我本来是借夜色来捕捉这棵大树上一些肥美虫卵的。它们在夜间喜欢学习人类的懒惰，爱情一番后就躺下睡得浑然如死去。我即使细细咀嚼，也不会给它们带来任何痛苦。总之，黑夜并不像人类想象的那么不堪，我是指大自然，这个我最有发言权。因为白天我的视力等于零，一切都模糊一片。只有黑夜才是我们阳光明媚的春天。比如我脚下这棵大树上，今夜就栖息了一百多个种类的近万只小动物。它们大多并不是我的餐饮对象。我的饮食是以田鼠、小鸟（包括夜莺）、鱼类为主，就像人类吃了猪马牛羊、鸡鸭鹅狗，也会品点虾米、田螺、螃蟹、蚕蛹等以补充钙质与更加丰富的蛋白一样，我们也会把蜘蛛、蜜蜂、蝴

1

蝶、蜻蜓之类趁黑夜捉了来，像人类嚼花生米、蚕豆一样加以细细品味咂摸。今天刚撒黑，我就连窝端了一洞田鼠崽子，吃得有点发腻，才来到这棵大树上，是想趓摸点由蜘蛛逮捕的飞虫解解腻味。不料大树竟摇晃得犹如天塌地陷，搞得所有正夜聊、哺乳、做爱、就寝的动物们，不是一个倒栽葱扎到地上，就是顾头不顾腚地落荒而逃。我当然是能在巨大震动中安如磐石、稳如泰山的唯一一位了。谁让我是黑夜的主人呢？戏剧道白要少之又少，能让场景和肢体说话的，作者最好闭嘴。我十分讨厌的就是那些话痨角色。还是请看舞台行动吧！

〔剪影中有人在深刨树根，也有人骑在大树分叉处猛锯枝丫。

猫头鹰 苍天哪，大地呀，连我都站不住了！（扑棱棱翘趐飞去）

〔大树华盖被呼啦啦削空一净。

猫头鹰 （仓皇落在不远处的一棵小树上）哇——呜！哇——呜！
近万条生命的巢穴被毁坏殆尽，死伤无数，今夜无虫入眠！

〔那棵树桩被连根拔起，并被艰难地运上了停靠在附近的卡车。

〔突然，狗吠声加剧。村头有手电光四处乱照。

猫头鹰 请不要嫉妒我的脖颈，人类的脖子只能旋转九十度（硬脖子除外），而我们能旋转到二百七十度。我比别的猫头鹰还厉害些，因为常训练，就像人类看重那八块腹肌和翘臀。我甚至能旋转到二百八十度左右，没事就转起来。可怜的人类，要看侧面来人，搞不好就把脖子扭出毛病来。而我们完全可以看到背后的踪影。身子纹丝不动，脖子就能扭到后边去看

2

是谁在暗中捣鬼。大自然中最常见的就是背后下口、点眼药、捅刀子。人类的脖项只有七处关节，而我们有十四处。这都是生存逼出来的，谁让我们只能在暗夜行动呢？告诉你们实话，其实我的眼睛在夜晚也不是一点五的视力，远视还行，近视并不乐观。我们抓捕有关昆虫归案时，也是靠扭动脖子从声波中加以判断，从而稳准狠地予以逮捕。我太讨厌舞台上的啰唆台词了，这些臭编剧，我一再强调，戏剧是行动的艺术，他们偏批批叨叨个没完没了！

〔大树还没绑稳，但汽车已猛然发动。几个人遗鞋掉帽子地直朝车上攀爬翻滚。

〔村头有人大喊："抓贼！有偷树贼啊——！"

〔锣鼓点"急急风"骤起，音乐大作，田间地头到处都是胡乱照射、奔跑的人影。其中一个贼的身子还吊在车厢外，就被轰然拉走了。

猫头鹰 哇——呜！哇——呜！

〔大树消失处，在十几束手电光的照射下，只见枝丫满地，一片狼藉。

〔人越聚越多，手里操着扁担、棍棒、铁锤、砍刀，还有提着土枪的。

猫头鹰 哇——呜！哇——呜！

〔猎手把枪口举向了猫头鹰。

猫头鹰 怎么把枪口对准了我？这个好歹不分的家伙，我报过多少次警，你们这些蠢货谁听了？还真瞄准哪！我可是二级保护动……（只听砰的一声枪响，失脚慌忙地起飞）这个该遭炮

3

毙的货！哇——呜！

孙铁锤　（村委会主任，请灯光师给以高光）你咋还真打？这可是猫头鹰！

猎　人　吓唬吓唬这货，叫得人烦。

花如屏　（注意，这也是小说中的重要人物之一，得适当给点光线。她一屁股坐在地上连哭带骂起来）谁偷了我家的树，是给你妈做棺材板去呀……

孙铁锤　（指挥果断地）叫驴，开上小四轮，还有羊蛋、狗剩、骆驼、磨凳，跟我走！

温如风　（花如屏的男人，此时喝得烂醉）我……也去！

孙铁锤　你算了，喝那么多酒，再说小四轮也坐不下。追！

〔音乐中孙铁锤居Ｃ位，叫驴、羊蛋、狗剩、骆驼、磨凳低位错落造型。

〔北风呼啸，大雪漫卷。

〔猫头鹰在空中盘旋："哇——呜！"

〔幕急落。

1 半棵树

那是今冬的第一场雪，比以往时候来得更晚一些。

北斗村仅剩的一棵大树，也终于在那个接近年关的大雪之夜，被偷了。此前一两年中，但凡有点形状的树，都被城里人弄走了。有人说这叫"大树进城运动"。邻村也一样，除了一两年的树儿子、树孙子，几乎没有能保住的。不是不想保，而是给的钱太诱人。谁能想到房前屋后那些几十年既不挂果也不成材的老树，连断头的、驼背的、劈叉的、空心的、脖子歪得只适宜上吊的，都值了钱。开始还二三百元一棵，卖家已是大喜过望，现在都拿千拿万说话了，简直就是天上掉馅饼的事。除了买树，还有来搜罗门墩石、拴马桩、老磨盘、石碾子的。更有邪乎者，连老房子都连根买了，说是要移到城里原模原样盖起来。总之，乡里但凡有点年份、怪模鬼样、土得掉渣的东西，都被篦梳一空。连正用的老夜壶，涮一涮，还带着溺溲味儿，也被用红绸子包着提走了。村上年龄最大的刘婆，头上别了一辈子的银簪子，竟被重孙子趁她睡熟时拔下来，偷去一卖，弄了个 BP 机挎在腰上。刘婆痛骂：你咋不把我脑壳割了，拴在裤腰上吊拉着更好看！反正北斗村也就剩下这棵老树还值得惦记了。老树之所以能扛到今天，一是价钱没谈拢，二是地畔子界线不明，有纠纷。没想到，最后竟然在风高月黑夜被贼偷了。

这棵树被偷，在北斗村可是件大事。大在树龄已百岁往上。五六十年的树都卖到一两万了，这棵可想而知。此前有人出到三四万，主家都是没接话茬的。关键的关键，树属两家共有。一个是温如风家，那晚他喝得烂醉如泥；再就是村主任孙铁锤家。这棵树被雪夜偷走，自然也是北斗村的最大事体了。当夜孙铁锤亲自靠前指挥，带领一干人马，乘着小四轮拖拉机，直追到三十里外的国道上，愣是没撵上，才给派出所报的案。随后，关于这棵树的故事，就越膨胀越大，越演义越离谱，直到镇上、县上、市上、省上甚至更大的首长都多次批示，并且绵延震荡数年无解。

还是先说说这棵树吧。

这是一棵槐树。据村里年龄最长的刘婆讲，她五六岁时，树都一满抱抱不下了，而她如今已九十有三。树是长在一个古庙前的。原来有好几棵，后来大炼钢铁砍了。留下这一棵，也是因为动锯时发现里面有条黑蛇，传说尺寸不一：有的说是水桶粗，三四扁担长；有的说老碗口粗，两连枷把长；还有的说就胳膊粗，比一薅锄把能再长一板铲把；总之是有一条黑蛇的。刘婆说她们女人和娃娃家都吓得没敢去看。而那庙，恰恰又叫龙王庙，有人就说说黑龙爷显灵了。树自然再没人敢动。后来老庙被县城来的红卫兵推倒，谁也不敢修，就渐渐平成了地，树也就长在地畔子中间了。树是东倒西歪、七扭八裂的不成材。主干空心处，能藏好多躲猫猫的娃娃。说最多时从里面掏出来十七八个，当然，有差点挤断气的。树冠大得铺天盖地，阴了一年四季的好多庄稼。生产队几茬队长都想砍，可老辈子说，庙树砍了不吉利，就搁下了。后来包产到户，大树东边的地，分给了孙铁锤家，说那边上风上水；而西边的归了温如风，下风下水不说，还有点沙化，年年雨季走滚坡水，几乎就没消停过。但那都是抓阄抓的，谁能奈手气何？那时孙铁锤他爹在村上拿事，也没人敢犟嘴，就都认了。孙铁锤当村主任还是以后的事。

　　照说这棵树无论孙铁锤还是温如风都是不喜欢的，两家每年都会在深秋季节，把阴了自家的那半边树冠砍个精光。他们不可能凑在一起，商量出个子丑寅卯来。为地畔子，疙里疙瘩，尿不到一个壶里已不是一天两天了。一家只有处置半棵树的权利，因而，有时就把树砍得像是剃了半边脑袋、留了半边乱发的阴阳头；有时又削得像是遭地形挤压、长得三扁四不圆的老红苕。倒是都有想连根刨了的心思。这实在是一棵百无一用的老树啊！要不是心里硌硬着那条黑蛇，忌惮着老辈子说的庙产，谁家拾掇了也就拾掇了。可近两年偏偏这棵树就时来运转得"不材之木，终为大用"了。凡树贩子进村串户，第一眼看中的全是它。也就在这时，古槐上突然有人搭起"老爷红"敬起神来；还有人端直给树下上了鲜果、点心、猪脑壳嘴里衔着猪尾巴（以示全猪）等供品，也就没人再敢谈买卖了。其实树对两家都是心病。卖了挣一疙瘩钱也是好事，何况还减少了地畔子上的阴损与虫害。尤其是把树当神敬起来以后，一些人乱踩乱踏，几乎把庄稼糟害得不成样子了。有的趁敬神，还把地里的韭菜、辣椒、茄子、玉米棒顺手给怀里、兜里扭几把，整得大树附近就像蝗虫巡游过一般颗粒无收。可顾及着一村甚至几村人的计较，卖树的事就那样一直拖着。加之他两家也没法合计。按说树的十分之六都在温如风这边，可孙铁锤的口气，越说越成"我家那棵老古槐"了。并且还不断地放风：当年龙王庙就是孙家捐了最大份子修的；树也是我太爷亲手栽的；我太奶在世时，还常念叨给这棵树浇水、熏虫的事呢。都是因分歧太大，也是行情看涨、待价而沽，老树才有幸熬到今天。

由一家半棵，到模糊不清；再到雪夜不翼而飞；再回到孙铁锤承认，是一家半棵，但树没了，也就成吃了没油盐的饭 —— 扯咸淡的事了。

可就在树被偷走几个月后，温如风突然从喝醉了酒的叫驴嘴中逮到一点音信：树哪是贼偷的，其实是孙铁锤做局卖了。那晚全是戏，一折全梁上坝贼喊捉贼的好戏。

2 温如风

温如风这名字是他老师草泽明起的。他爹起的名字叫温存罐。村里闹过一回地震，只有四个叫存锅、存钵、存碟、存勺的弟兄活了下来，后来就全都这么叫了：存盆、存缸、存桶、存壶、存水、存雨、存金、存银、存财、存柜、存宅、存根、存麦、存豆的啥都有。说脚下是地震带，保不住哪天又要闹腾一回。自草泽明当了老师，就不停地给娃们改名字。有的不同意了，他还几次上门做工作。草老师说：村里前清是出过举人老爷的；民国还出过省国立农校的教务长助办；现在还有人在省府里当管"大内"的处长。他们共同的特点都是出人头地后，就把名字改了：郭存米举人老爷改了郭亚夫；蓝存牛教务长助办改了蓝田玉；而现在省府当处长的孙存土，改成孙仕廉了。草老师说名字很重要，叫得太具体、太土气、太形而下，容易成笑柄。将来成才了，出去还得改，牛存犊、朱存崽、羊存栏、季存笼……出门能朝人前走？温存罐是在小学一年级时被改成温如风的。也是他腼腆、温顺、听话，草老师才给他起了这么个名字。以致后来他"一根筋"地就告状，见这个名字的人，都觉得有点牛头不对马嘴。

温如风高中没念完就回家了，不是不想念，也不是学习不好，而是他爹突然上山砍毛竹滚了坡，人找到时，半边脸都被老鼠啃成瓢了。留下他娘和他妹温存雨在家度日，说是孙铁锤他爹常来"扰害"。有一个星期五晚上他从镇上学校回来，就活生生把人捉奸在床了。他顺手操起磨杠，准备把孙铁锤他爹的屁股杠开花了，谁知人家连裤子都没要，端直跳窗户跑了。也是天太黑，没撵上，他就气得把娘狠狠搋了几磨杠。他娘既没躲避，也没还手，只说打得好，替你爹打死我也是应该的。后来听他妹说，孙铁锤他爹每次来，娘都要跟他撕抓半天，可人家还是要生扑硬上，并且拿村上分粮分钱相要挟。还说你男人偷着割集体柴山的毛竹是犯法的，人滚坡死了有儿子在，学起码是上不成了。娘就服软，随他扳倒在炕上了。每次事毕，娘都要抽脸骂自己，也骂他爹，嫌亡灵不暗中帮忙报应。

后来，孙铁锤他爹果然遭了报应。那是他到远离村子的一个女人家去"采花"，结果吹着口哨返回时，有人突然把一个长得硕大无比的"葫芦包"蜂巢打烂，一拥而出的数千只黄蜂，竟然把人活活给蜇死了。本来这是好事，村里还有人放了鞭炮。可过去不敢说的那些流长蜚短，也迅速传遍几个村，整出一长串被"孙爷上过"的名单来。温如风他娘因稍微漂亮些，又是寡妇，就首当其冲，排在了"烂货"第一名。他娘觉得实在没脸见人，就借上山打猪草为名，从他爹"滚坡"的地方滚了下去。家里留下妹妹才十一岁，温如风也就只能回来挖抓生活了。

一直有人说"葫芦包"是温如风打烂的，可他死不承认，虽说恨孙铁锤他爹，但也没有要下黑手的意思。他知道那是虎头蜂，毒性大，蜇七八口就能要了人的命。而那天大概蜇了孙铁锤他爹七八百口都不止。有人披着被子扑上去救人时，光现场捂死、压死、拍死、烧死的就上千只。手扶拖拉机把孙铁锤他爹送到半路上就断气了。脸肿得洗脸盆大，他爹刚好叫孙存盆，后来他儿子就再也不信邪，端直叫了孙铁锤。发誓说今生要不砸死那个打"葫芦包"的，他就不姓孙。

温如风他爹就是个不惹事也怕事的人，他娘一样，要不然也不会让孙存盆占有那么久。温如风上到高中都没跟人打过架，尽管恨着孙存盆，经不住他娘劝说，那磨杠终是没有打在孙存盆的尻子上。加上妹妹小，孙家在北斗村有实力，他也就一直忍气吞声，只温顺如风地搞磨自己的日子。再说孙存盆也遭报应了，他觉得是两清的事。

温家人老几代都是开碓房、磨坊的。他家住在老鳖滩，是北斗村地势最低的地方。人往高处走，水往低处流，他家是借水势而谋生的。早先碓房主要是榨毛竹、葛麻、构树皮，捞火纸和皮纸。后来有光纸盛行，不兴皮纸了；"破四旧"，也不让烧火纸敬鬼事，生意就日渐萎蔫了。再后来就碓房改做磨坊，给人磨豆子、磨面。他家最明显的招牌，就是那一房半高的水轮车，远远望去，有些像太阳从他家房后冉冉升起。可这个"老太阳"终因河水渐渐干枯，而不再能"日转万圈"，直到死死地停顿在一个落差巨大的水池子上。温如风先是用驴子拉，后又改用电力磨。因人缘好，服务周到，尤其是把机器里的面粉，能给人家扫得干干净净，不贪便宜，而把邻近几个村的生意都揽了来。兄妹俩倒是把日子过到人前去了。

孙铁锤接任村主任时，有人还来撺掇他，让结伙起来反对，并且还想推举他出来抗衡，说不能叫孙家把北斗村"世袭"了。他没听进去，关键是不想掺和那些烂事。谁做主任，都与他不相干，嫌耽误事。那时地也包产到户了，都是各顾各的日子。任何人的驴脸他也不用看，弄好自己的磨坊就行了。因此，选举那天，他连去都懒得去，还磨他的面。谁知天底下就不是那么回事，自孙铁锤当了村主任，仅地畔子上那棵树，就由他红口白牙地乱翻，更别说磨坊了。孙多次放出话来，不能让温存罐（叫他老名字）一人把磨坊独吞了，这是集体的资源，村里得人人有份。气得他把肠子都悔绿了，不该没去搅一局。听说再有七票，孙就落败了。而七票他是咋都能鼓捣来的，哪怕给谁磨面不要钱，保准戳他个底朝天。据说孙铁锤为拉票，挨家送了两条烟、两瓶酒，合起来也就几十元的事。当时要打他的烂锣，拔他的旗杆，绝对不费吹灰之力。可偏是大意了，竟然让这个坏种活活骑到自己头上了。

当他听叫驴说，那棵树是孙铁锤贼喊捉贼后，就准备起来维权了。

3 孙铁锤

孙家在北斗村是破落户，所谓破落户就是从前阔过。最阔时，据说连用的尿盆上都镶着"五彩蓝"，大致就是景泰蓝之类的物件。到了孙存盆出生时，他娘做梦，一屁股坐烂了和面用的老瓦盆，口面已碰得跟狗咬了似的不大齐整，而那已然是孙家最重要的家当了。本来他们是想给孩子起个"孙浩天""孙栋梁"之类的大名，结果长辈一掐算，还是叫了孙存盆。孙存盆是赤贫，上无片瓦，下无立锥之地。入社时，拿了两把镰、两柄锄、一个犁铧，也都豁牙掉齿，该回炉重打了。但他眼见生勤，把领导巴结得好，出出溜溜的一只"矮脚猫"，脚下像安了风火轮一样跑得欢实，自然就跑出了结果。

说孙存盆本来是能活九十岁的，但凡算命先生到村里来，都是这话。他到附近庙上去抽签算卦，也多是上上签、吉祥语。可他偏只活了五十四，在包产到户结束后，就让虎头蜂蜇死了。蜇死他的那个黄昏，孙铁锤正跟村里几个人打麻将耍钱。一听说他爹出了事，他嗵地站起来，失脚慌忙把手头一个"夹二饼"先"炸了"，收完钱，一箭从赌场射了出去。等他赶到现场，他爹已基本毕失了。在朝镇卫生院拉的路上，人已没了动静，只是一个劲发紫发乌发黑地膨胀着。就在医生宣布人早咽气时，孙铁锤还没有任何精神准备。因为此前的一切，都是靠他爹张罗。他在村上就跟一方皇太子一样活得随心所欲、无忧无虑。他爹是希望他能上个大学，哪怕中专也行，到外面去吃一碗公家饭，毕竟洋活。谁知靠组织推荐上学这事在孙铁锤还没毕业时就没了。依他的能耐，连普通高中都考不上，最后还是他爹托人在县城给弄了个"插班生"。他哪里是念书的料，不仅自己不安生，而且还撺掇一些学习差的，满县城偷鸡摸狗，作奸犯科，最后学校没法，硬是让他卷铺盖走人了。回到村上，他爹也没治，就任由他野草一样乱长着。有时气得不行，他爹抓住铁锨是铁锨，操起火钳是火钳，狠命捶一顿，可捶完，他还是他，反倒气得孙存盆想吐血。这下吐不成了，死得硬翘翘的了。一下倒是激起了儿子的勇气，他一拳头砸在卫生院外一个铁匠铺的铁砧子上，嚎道："老子叫孙铁锤，我非把害我爹的哈尻捶扁砸烂不可！"

孙铁锤把这硬气话一放出来，一村人都在猜测，到底是谁打了"葫芦包"，三说四说的，就好像集中到了温如风头上。但好多人都不信，说那小子就是个尻囊包，把孙存盆和他娘捉奸在床了，也没敢放个响屁，还敢砸"葫芦包"。不管别人咋说，在孙铁锤的"敌对"名单里，温如风是排名靠前的。他也曾在村里放过话：温存罐这个罐罐，老子迟早是要踢打了的。

也许是温如风的娘，最后真的让他爹孙存盆有点迷魂，村里在包产到户时，竟然让温家也拿到了不算太差的地。最好的那一百多亩水浇田，都让村里拿事的和镇上干部的亲戚抓阄抓走了。大家也都是眼看着"公平、公开、公正"抓走的，只能哑口无言，怪自己手臭、命薄。命这玩意儿，似乎不是体现在哪一处，而是事事处处，时时刻刻。剩下的二流坡地，竟然让温如风他娘抓了四亩半，也就是紧挨着孙家的那一块。而那棵歪脖子空心树，就长在水浇田和沙坡地的分界处。

孙铁锤不喜欢温存罐，更不屑于叫他温如风，尤其是分田到户后。这小子原来还算服帖，让他上树把哪窝麻雀蛋掏下来给他，绝对不敢不上，更不敢掏了蛋，还给自己留一颗。即使村里传出他爹跟他娘的骚话后，温存罐见了他也只是躲，没敢表示出什么不满。他还专门试了一次，叫他把村东头的一个白火石，扛到村西头皂角树下放着。也没啥事，扛去放下就是。尽管温存罐不情愿，但还是扛去了。他不扛，村里的脱粒机就不给他家及时脱离麦子，让长芽去。自打包产到户后，温存罐先是狠命在四亩半地里挖抓。后来他娘在他爹滚坡的地方滚坡后，他不但没歇下，相反，还从后沟修了堰渠，引来一股溪水，发电推起钢磨来。虽然老磨坊废了，可钢磨转动起来，一天到晚磨得半里路远都能听见。孙铁锤就有些不舒服，娘的，怎么让温存罐挣了钱，竟然见他也是一脸活成人的皮相，不大尿他孙铁锤了。这他妈在北斗村都是见了鬼的事。连他妹子温存雨见他也躲躲闪闪的，不像村里其他大姑娘小媳妇的，都想朝他跟前凑。当然，包产到户开头那阵儿，也都像躲瘟神一样躲着他。自打他把村主任弄到手，放话要把一些集体财产弄回来重新"捋抹"一遍后，村里人就乖了许多。他对温存罐还有一个不满是：选村主任那天，驴日下的，名下竟然有好几十票，并且人还没到场。背后使坏、成心拗拐、破坏选举自是很明显的事了。他当选后，大宴宾客时，这小子也没来，说磨坊忙得鬼吹火一样，还有工夫去扯那闲鸡巴蛋。他听了很不舒服，这么严肃的事，鸡巴蛋还带闲扯，是完全没把新任领导放在眼里。可又奈何不得他，温存罐好像啥也不要，只把那个死钢磨，推得跟阴曹地府"磨摧""碓捣"二狱中的饿鬼劳作，轰轰隆隆，踢里倒腾，昼夜不歇，真是烦死个人了。

关于那棵树，还是新近的事。他爹孙存盆不让砍，是因庙树动不得。自他接过村主任手，第一件事就是想把村里那些没用的树一回都砍了，一是想让村里敞亮些；二是准备发展烤烟种植，田间地畔，全部栽种。连温存罐的磨坊，他都想统一纳入规划，要不然看着委实扎眼。但这小子偏不入他的辙，还是饿死鬼推磨——日夜不歇。可就在烤烟计划推进艰难时，村里准备砍掉的那些弯弯树，却突然在一夜之间蹿红起来。长得越离谱、越诡异、越不成材的价值越高。要放在集体年代，村上可是能美美"搂一宝"的。可如今树都成个人的了，也就眼看树倒根刨，钱都悄悄揣进了自家腰包。孙家房前屋后带承包地里的"怪树"，也就七八棵，已卖了好几万。唯有与温家地界上的这棵歪脖子古槐，是值几个大钱的。

可温存罐已多次放出狠话来：不卖，给多少都不卖！

都知道温存罐现在不缺钱，据说给妹妹置办嫁妆，都准备陪嫁十八吋彩电呢。

但他缺。如果树能赚五六万，加上前边卖的，家里攒的，他就有十几万家底了。那时就不准备在村里玩了，他想弄个工程队，到县城作耍子去。跟他一起精沟子玩大的邻村支书的儿子，在县城把房产都置下了。

因此，在那个风高月黑的夜晚，他借温存罐妹妹出嫁的酒席，把一村人都灌了个半死，尤其是把温存罐也喝得愣要跟他称兄道弟时，就启动了挖树计划，神不知鬼不觉地把大树弄走了。

他得到了五万八。

温存罐逮到风声后，曾经来找过他，他自是赌咒发誓死不承认。承认了还了得，且不说钱要对半分，关键是村领导组织人半夜偷树，成何体统？偷，在乡间是比吃喝嫖赌更丑恶的勾当。他便一口咬定：谁偷谁是驴日下的！温存罐似乎对他是人种还是驴种不大感兴趣，也一口咬定：那就派出所见！

4 何首魁

派出所在镇政府的后斜坡上盖了一溜房，所长叫何首魁。

说起何首魁，镇上流传着许多他的故事和笑话。当然他是一镇一乡的派出所所长，那个属他管辖的乡，也与北斗镇一样，说起何黑脸来，都有几背篓的故事，有时笑得人下巴脱落了须用手捂住以防跌在地上。当然更多的时候，还是不免要惊悚胆寒一番的。反正背地叫他何黑脸、何首乌、何茄子的啥都有。意思是脸黑，也有面情不大宽松柔软的含义。

先前何黑脸手下只有两三个跑腿的。新近又增加了两三个，还临时雇了几个协警。连北斗村的叫驴、羊蛋、狗剩、骆驼、磨凳也都被他们雇着抓过人。这些人腿快，山路熟，有时真的能跑过汽车轮子。

温如风踏进派出所大门时，门口一个瘪了气的偏斗三轮上，正铐着一个头发长得能遮住半边脸的瘦皮猴。那人还冲他笑。

他听见一个房里有麻将声，就朝那个房走去。门大开着，麻将搓得像是从布口袋里倒核桃。他都站在门口了，也没人理睬。他给何首魁招呼了一声："何所长！"何首魁："有事吗？白板。""红中。""碰！""发财！""碰！""你狗贼就是个碰碰车。"何首魁在摡人。

温如风说："我地畔子上的树让人偷了。"

"啥时候？幺鸡。"何首魁问。

"有好几个月了。"

"那咋才来报案？碰碰碰，把八筒放下。"何首魁急着把八筒拉进了自己的牌里。

温如风说："孙铁锤不是当晚就来报案了嘛。"

"孙铁锤报的是他家的树让人偷了，与你啥关系？九筒。"

"那是一棵树，长在我和他家地畔子中间，我这边还多些。"

"你是喂猪哩，又让他吃个夹二条。不管是谁家的树，都没眉眼了。最近北斗镇那些歪七裂八的树，都让偷一二十棵了。外面铐的那个瞎蛋……吃……二万吃了……连学校的桂花树都偷了，但他没去过你们村……碰碰！"

温如风说："问题是我这棵树是贼喊捉贼。"

"啥意思？"不仅何首魁停下了手中的牌，连其他几个手下，也都把眼睛盯到了他脸上。

"贼喊捉贼！"他强调说。

有人抠了个炸弹，"哪"的一声板在桌上，像是刽子手一刀下去搞定了头颅。

何首魁端直骂了一句："你是做梦跌粪坑了。不打了，办案！"

然后，何首魁就安排人做笔录。温如风把丢树的前后经过和叫驴醉后的话，统统说了一遍。再然后，何首魁就让他回去等消息。

温如风说："案情是清楚的。"

"是你办案么我办案？叫驴醉后嘴里胡诌几句，案情就清楚了？扯啥淡呢？回去回去！"

他就只好走了。

温如风前脚走，孙铁锤后脚就进了派出所。他不是投案，而是打牌来了。

孙铁锤隔三岔五总要到镇上一些机关走动走动。那时机关也没啥业余活动，见面就是搓几圈麻将，喝几口干酒的事。他新近卖了树，手头还倒腾了点其他钱，很是松快，有时就故意来给机关放点水，所以大家都很喜欢他来。

可今天何首魁没让他上麻将摊子，端直先问树的事。

孙铁锤自是一百个不认账，并且说他来就是催破案的。那可不是小钱，他还等着那笔钱弄事呢。

何首魁说："铁锤，咱说是说，耍是耍，可不敢在这事上有闪失，这可是老哥的饭碗。如果是一棵树娃娃，三五百元，哥给你捻弄一下就算了。可这是五六万元的大案，一旦出岔，哥这身皮都能让剥了，搞不好还得坐牢呢。"

"何所，你还能不相信兄弟的话？那晚他温存罐妹子嫁人，我以村上名义，出头露面，服务群众，跑前忙后，给他驴日下的撑了多大面子，还赖我偷树。即就是要卖，我也会光明正大地卖。那是我爷栽的，就长在我家地畔子上，主根都在我这边，偷啥呢？不能冤枉好人么。偷偷摸摸，岂是兄弟所为？兄弟是啥人？偷，咋朝人前站？咋带领一村人致富奔小康？驴日下的，我还想整他个诬告罪呢！"孙铁锤扑扑啦啦说了一堆，何首魁似乎也没听出啥破绽来。

那天既没打牌，也没喝酒，孙铁锤干坐了一阵，觉得没趣，就起身走了。他一走，何首魁就让把叫驴传来了。

叫驴是派出所的常客。开始因偷鸡摸狗常被抓。后来跟所里混熟了，三天两头在河里抓几条鱼，或者逮条菜花蛇什么的，都弄到派出所来烹了炖了，就跟大家打得火热起来。有时上案子需要人手，也临时让他来帮忙蹲过坑、撵过人。他精瘦、腿长，蹲坑能钻狗洞，撵人能飞房梁；但何首魁始终掌握着一个原则，不让他当正式协警，更不让他穿警服，怕这货惹麻烦。

那天协警叫他，他顺手在邻村扭断了一个公鸡脖子，塞在包了浆的黄大衣里拿来，是想讨好一下何所呢。没想到，何所这天脸拉得有一丈二尺长，坐都没让他坐，公鸡也没叫炊事员拾掇，直喊把赃物扔了。他还讪皮搭脸地把半个屁股朝凳子上挨磨了一下，谁知何所一声吼："站好！"搞得他很是有些措手不及。但那阵儿何所穿着警服，还在用湿抹布擦警棍，他就觉得已不是往日的气氛，便把两条瘦腿并了并拢。那并拢的双腿，像两根特别弯曲的麻秆，中间能夹个篮球。

“咋回事？”

“啥咋回事，何所？”

“你自己知道。”

“我真不知道，何所。”

“你想我捋你两棍是不？”说着，何首魁还拿警棍朝他瘦得半点肌肉和脂肪都没有的屁股上比画了比画。

“何所，我真不知道我咋了。自兄弟投靠你何所以后，就没干过那些没沟门子的事。”

何首魁用眼睛瞪了瞪门口断脖子鸡说：“那是你干的有沟门子的事？”

叫驴嘿嘿一笑说：“它自己蹦到我怀里，只是顺手拧了一把，没想到这货脖子就跟蔫黄瓜一样，经不住拧……”

“叫驴，少给我玩里格弄，你可是把关三五年的事情都犯下了。”

其实叫驴心里早已清楚何首魁说的是啥事，他偏揣着明白装糊涂。在派出所混得久了，他最知道遇事该如何反应。好多案子本来毫无线索，都是他们冒诈出来的。何所贼得很着呢，问啥，眼睛一直都在你浑身上下踅摸着。去年发生在一个苞谷地里的强奸案，谁把一个瓜女子拾掇了。瓜女子满镇里又是哭又是喊的，可上下比画着比不清楚，只能大致判断是一个长得像南瓜的家伙作的案。所里把几个嫌疑人弄来问了几天几夜，他还上去将一个看上去特别窝囊的矮个子踹了几脚，把人家的卵蛋差点没捏化，可毫无效果。最后何所从县上开会回来，一上手，不到半小时，就把人锁定了。并且恰恰就是那个他捏了卵蛋的货。非常简单，在审讯过程中，何所让提取他的毛发，并且要裆里的。他发现那家伙的腿朝紧夹了一下，何所立即就让铐了。只几个回合，那货就竹筒倒豆子，并且还交代了其他几起案情。自那以后，叫驴对何所简直佩服得五体投地。不过从此他也学到了招数：遇事就是天塌下来，脸得定平，腿要胡抖。何所拉开架势讯问偷树的事，他自是不会流露半点痕迹了。何况这事他已被孙铁锤叫去扇了几大耳刮子，嫌他不该酒后乱嚷嚷。关键是孙铁锤还掌握着他偷牛存犁大犍牛的事，说你再乱嚷嚷就剥了你的皮，做驴皮冻。

可何首魁偏是个不依不饶的咬蛋人，见他不说树的事，还一脸无辜相，那酱紫色的脸顿时就黑成了老锅底："立马派人叫温如风来对证。"

把他吓得，一下弄得他站也不是，坐也不是，直说要去帮忙烫鸡毛。

何首魁啪地把警棍朝桌上一拍，吩咐协警把断脖子鸡撇到茅坑去了，并严正警告他："以后再拧可怜人家的鸡脖子，我就把你的爪子拧了。"

后来温如风就来了。

何首魁竟然拉开架势，做起了主审。

叫驴死都不承认他给温如风说过孙铁锤是贼喊捉贼的话："温哥，肯定是你听错了。铁锤哥还怀疑你是贼喊捉贼呢。我大概酒喝多了，有点燃，把话刚好说了个反反。对不起啊温哥！"

气得温如风手直抖："叫驴，亏了你蒋家的先人，害怕孙铁锤是咋的？这么没种的，你还活个驴锤子呢活！"

何首魁警告道："嘴放干净点。蒋存驴，老实说，你到底说没说过孙铁锤是贼喊捉贼的话？如果说过，还有什么把柄捏在手上，都得从实招来，一旦隐瞒案情，小心以后我给你算总账！"

叫驴姓蒋，名存驴，但从来没人叫过他的大名，都是叫驴来叫驴去地喊得满世界名声生大。今天何所直呼蒋存驴，像是宣读判决书，就严肃起来了。

"何所，我可是比窦娥还冤哪！我要说过那话，就是四脚爬（指爬行动物）。我更不知道这里边的渠渠道道，的确冤枉啊！"叫驴做出的那番戏，果然是一个知道派出所里水深浅的老把式的戏份。

任温如风再喊、何首魁再吓，叫驴都死不吐核。他只拿脚尖有一下没一下地踢着地上一个大炼钢铁时留下的生铁墩子。那铁墩子有几个眼，平常是用来拴人的。他也被拴过。他还帮着所里拴过别人。

何首魁看问不出啥来，就让温如风先走了。

温一走，何首魁甚至还用警棍戳了叫驴几下，是带电的，不仅噼里啪啦乱响，而且电得叫驴捂着裆乱蹦。但他还是那些话，绝对没敢吐露半点孙铁锤的不是。因为孙铁锤扬言，他要再敢做"歪嘴驴"，就劁了那"两颗驴蛋"。孙铁锤比何黑脸可是狠多了，说劁，不定还真劁了呢。

偷树案就不了了之了。不过何首魁给各方都留了后话：现在正严打，说不准哪天咳嗽就会带出痨病来。

5 牛存犁

温如风推钢磨忙得有时一天只能休息四五个钟头，实在脱不开身去打官司。照说一棵树卖了五六万，他那半棵也值不老少钱，就是分两万，也比推钢磨的半年利润多。可这官司毕竟是有一档没一档的事。叫驴又当堂翻供，他也毫无办法，只能等咳嗽带出痨病的运气。

可有一天牛存犁来磨面，给他说了几件事，让他突然觉得自己就

是个瓜种，明明让孙铁锤、叫驴、派出所包着烧吃了，还在静等天上掉馅饼呢。

牛存犁说："叫驴这号货，为啥天天能在派出所混搭？有时还帮着办案、捉人，这不是狸猫偷鸡，让黄鼠狼子去撵吗？我一直怀疑我那头犍牛就是他偷的，可派出所查三年了，毛都没查到一根。我给何黑脸说过叫驴，但他要证据。我要能拿出证据，还要他办的辣子案。他们就是一伙的！我最近到镇上卖烟叶子，专门蹲在派出所附近，看都是哪些货色在里面出出进进。你猜都谁？""谁？""谁？叫驴一天能出进八趟，还帮着审人哩。昨天从哪里铐回来三个，说是拐卖人口的，叫驴一路走一路踢，说不给老子交代，老子就挖了你的蛋下酒。""叫驴就是个闲浪荡，待在派出所比浪在外边强。"温如风说。"这号货都能成派出所的帮手，那派出所又是个啥地方？你的树，我的牛，还能有指望？"一说起牛，牛存犁的眼睛都能冒出血来。尽管三年了，仍是他的痛。那是他攒了几年的血汗，才买下一头犍牛，跟老母牛拼成一对，刚好出门给人犁地做活的。

牛存犁家祖辈都是犁地能手，并且远近闻名。谁见了都是不叫牛师不说话的。他爹死时还给他讲，家里只要有一对牛，那就是吃香喝辣的世事。无论农忙农闲，都不愁没地犁。并且家家待承都好，相互攀比着，哪一顿都是有酒有肉的日子。有时他还带着老婆娃娃，说是帮着捡拾地呢，其实就是到主家混着美美咥一顿。总之，自从那头三岁牙口的犍牛被偷走后，老母牛也很快病死了。他也再买不起牛给人犁地了。牛家还真只存下一副犁了。不到三年工夫，他一个不满四十岁的人，头发就掉得快能数根根的荒凉。那次瓜女子被人糟害，还有人怀疑是他干的呢。要不是脸不似南瓜，仅以头皮论，大料是逃不脱嫌犯命运的。他恨起叫驴和派出所来，牙骨挫得能扬灰。

牛存犁再说，温如风还是磨他的面。钢磨的齿轮相互错动起来，你咬我、我咬你的硬咣硬，有些像天庭拉桌子拉板凳的阵仗，且轰轰隆隆持续不歇。直到磨完，牛存犁又叨咕起来："存罐，你绝对相信我说的，派出所、叫驴、孙铁锤他们是一伙的。叫驴一边给何黑脸跑腿，一边给孙铁锤赶脚。而孙铁锤也是三天两头到派出所打牌。就最近这几天，都去三趟了，喝得滴流摆荡的从里面摇晃出来，见了人，还故意剔牙花子呢。案子就是带出来，还有你我的米汤馍？你还磨屎哩磨，磨半年都不值那半棵树钱。告他驴日的去！""你咋不告呢？""告了，没结果。牛不像树，一杀，一吃，没了。你要告，我就搭上。""行了，好好攒点钱，再弄两头牛，还犁地吧，日子要紧！"说着，温如风又准备给第二家磨。牛存犁埋怨说："我再奔死奔活弄两头回来，让叫驴再一偷，我再到派出所去求他们抓叫驴，我是有病呢。"然后就扛起面袋子走了。面粉把牛存犁的脑壳染得远远看上去像个棉花锤。

虽然温如风也被牛存犁说得气鼓气胀的，但到底还是没有要去告状的意思，觉得不划算。他爹就信奉老辈子说的"十个告状九个背，还有一个命不归"的话。草老师也常讲：饿死不盗，屈死不告！说乱偷乱告都是民风不淳朴的征候。要告，他早把孙存盆告了。他倒管不了民风淳朴不淳朴，就觉得告状的成本太大，又没个准头，还不如埋头推磨呢。说到底也就是半棵树的事，看他孙铁锤昧了，还能发成孙金盆不成。

可事情偏偏就出在孙铁锤剔牙花子上。

那天温如风到镇上给钢磨换皮带，说顺便再到派出所打问一下，谁知就见孙铁锤被叫驴从所里东倒西歪搀出来。他本来想闪躲一下，不愿跟这两个货照面，却偏照了个正着。孙铁锤竟然主动撩拨起他来："那……那不是温存罐吗？"叫驴喊叫："存罐哥，领导叫你。"他才懒得理呢。正准备扭身走，却被孙铁锤叫住了："咋？可来派出所告老子？老实告诉你，没门！树就是老子卖了你也没门……何所跟咱是一级关系……刚还给我敬酒了。想闻不，来闻闻是啥酒气？西凤！知道不，八大名酒之一！爆得呀，能把老子喉咙烧裂巴了……这儿还有瘦肉丝丝，想吃不？想吃了老子给你抠一点尝尝……"说着就用指头在嘴里乱抠乱转，并且还真剔出一丝来，要给他喂。叫驴紧拉慢拉，还是把那点肉丝硬塞到他嘴唇上了。

关键是这一切刚好让牛存犁看见了。牛就坐在离派出所不远的地方，卖自家编的笊篱和锅刷子。是真真切切目睹了孙铁锤羞辱温存罐的那一幕。他只拿鼻子哼了一声："活该！"那不长毛的脑袋就扭向一边了。大有瞧不上温存罐的意思。

温终于火冒三丈，是要报复一下孙铁锤了。但他没有朝派出所走，而是端直进了镇政府。

镇政府里正在吃晚饭，大伙围着一个水泥乒乓球案子哐捞面，只听吸吸溜溜一片响。温如风走进门直喊：

"谁是领导？"

这一声喊把大家都搞蒙了。虽然政府院子也经常有来吵架闹仗的，可手里提着机器皮带，气得一脸乌青的人，还是得有所防范。几个年轻小伙子先站起来，有意识地把一个梳着分头的人挡了挡。温如风一下就明白谁是领导了。他用眼睛直视着那个小分头说："看你管不管，要是不管，我端直就上县了！"

在他身后，牛存犁正猫腰朝里瞄着动静，温存罐的气势，竟然一下把他吓傻愣在那里了。他平常本来就爱张着大嘴看各种热闹的，这阵儿，嘴里更是能塞进一只癞蛤蟆。

修着分头的人的确是镇领导，并且还是书记兼镇长，姓南，名归雁。看上去很年轻。猛不丁遇见温如风这样一个人，南书记还有点不知所措，急忙说："请这位老乡先到客房休息。吃了没？捞一碗面，多浇臊子噢。"温如风很不客气地："不吃！我只说事。""总不能在外面说么。"人就被领进客房了。

大家立即就在乒乓球案子旁炸了锅。有认得温如风是北斗村开磨坊的。还有人知道他跟镇上计划生育专干安北斗是同学。

南书记就找安北斗。文书说北斗一下班就上阳山冠看流星雨去了。"朝回叫！"

6 安北斗

阳山冠是镇政府背后的一座山。从镇政府后门出来，爬上山顶也就三四里地。慢慢走，个把钟头即可登顶。上一任镇上书记和妇联主任，就是每天吃完晚饭，说去爬山锻炼，结果在树林里锻炼了非正常项目而出的事。有好多晚上，还说跟安北斗一起上山观天象，结果观一会儿就不见人影了。后来组织调查才发现，他们是在半山腰一个像石床一样非常美妙的岩石缝隙里，铺了花草树叶，似蝴蝶、蜻蜓、草蛇一般，首尾相交，以仰观俯察天地之美妙。关键是领导还爱作诗，有些句子严重坐实了他们"恨不能化蝶而去"的"梁祝之恋"细节。自南书记来，锻炼是锻炼，但绝不上阳山冠，也不跟妇联主任一起出行。只有安北斗，还老朝山上跑。有人就打趣说：安干事还上山锻炼呀！他一笑说：噢，陪不陪？呀呸！陪你上石床啊！

安北斗上山像猴子，出出溜溜的连飞带跳，登上阳山冠垴只需二十几分钟，并且还背着三脚架、单筒望远镜、照相机等天文"辎重"。望远镜是在省城上大专时，到鼓楼下淘的苏联旧货。照相机也是买同学的老海鸥。人家要换新的，他却用当年的全部家底买了人家的三手货。但这已足够满足他的天文爱好了。

说起天文爱好，还得说他的小学老师草泽明。依据北斗村的习惯，安北斗他爹也毫不例外地给他起了个名字叫安存镰。镰刀能存住，有稻子、麦子割，那就是好日子。可草老师在他小学一年级时，就发现他喜欢数天上的星星，并且对北斗星、牵牛星，还有银河系和古老的二十八星宿都特别敏感。一说他就动脑子记，还能记住，因此，就给他改名安北斗了。当时他爹还觉得名字有点大，村子叫北斗村，镇子叫北斗镇，怕娃命浅浮不住。可草老师很坚决，说就叫这个名字好！结果十年后，北斗村终于考上了一个大专生，就是安北斗。虽然学的是农技专业，跟天文八竿子打不着，可村里毕竟是出了人才。跟他一起上小学的孙铁锤，初中就逃学，整月整月学校找不见人。温如风倒是能学也肯学，家里却接济不上，爹死娘滚坡的，弄得早早回去开了磨坊。直到现在，安北斗也还是北斗村唯一一个出来当干部的。虽然毕业后他也想留在县城工作，可没门路，也是枉然。但回到家门口也有好处，从某种程度讲，甚至有点风光无限。不仅很快就娶下农技站站长的女儿做了老婆，而且还有了个漂亮女儿。虽然他娘唠唠叨叨，说他管着计划生育，都不多弄一胎指标生个儿？生儿毕竟是传宗接代的正事！可他终是觉得不能为生儿，去给女儿弄个假残疾证明，且风险也太大。何况杨艳梅喜欢利索，觉得生一个已够够的了。现在除了工作，他就是观天文。再就是熬资历，从副股朝正股级熬，然后再上副科、正科。他想法不大，一辈子能弄个正科，就是祖坟冒青烟的事了，副县、正县从来就没想过。县太爷岂是随便能做得的。邻村出了个副县长，据说光家里的祖坟头就请风水先生架罗盘移了三次，结果刚一当上，下河游泳还给淹死翘了。看来富贵也不是能强求的。

这阳山冠顶，在安北斗看来，就是天底下最好的一处天文观测点了。首先是山头比较孤立，附近再高些的山峦都离得远，天际线开阔；二是镇上夜晚的灯光昏暗，十几个路灯在山顶上看，就像几点萤火虫，对夜空没有任何影响；三是不远不近，相对山势也不陡峭，上下安全方便。总之，他对自己的现状很是有些满意。虽然计划生育工作麻缠较多，好在大事有书记镇长在前边扛着。且全镇上下还都喜欢安专干，说他弄啥文气，讲道理。不像有些干部，爱生整，把人硬绑到床上，抬到卫生院压住就给"劁了""扎了"。而安专干一般都是用嘴皮子把人磨去的，"善于做深入细致的群众工作"。上一任书记就对他很好，说准备解决他正股级待遇问题呢，没想到跟妇联主任出了那事，反倒惹了他一身臊。他还给纪委写了好几次材料，证明自己没有给书记"骄奢淫逸"提供场所便利，更没有"拉皮条"，以达到不可告人的"谋取正股级职务提升之目的"。他的确以为人家就是像他一样喜欢天文。尤其是妇联主任，娇小玲珑，一惊一乍的，好像真对天文有了极大兴趣。他还卖派自己的知识，给人家搜肠刮肚地讲银河系、讲盾牌座 UY、讲更浩瀚的宇宙深空，以图让他们也喜欢上天文，他便显得再不孤单，尤其是以免别人说他不务正业呢。可没想到，人家就是借他这个"电灯泡"来"不务正业"的，弄得自己也有些跳进黄河洗不清。最后处理了书记和妇联主任，还调走了镇长，说书记就是镇长搞倒的。而他依旧是计生专干，仍是副股级。星星还是那个星星，月亮

还是那个月亮，只是新来了书记兼镇长南归雁。

说来也巧，南归雁竟然是他上大专时的同学。不过人家毕业后，端直去了地区农技局，那是县团级单位，起点高，这才几年，就以"第三梯队"的名义派下来做书记兼镇长了。而他还是"八不靠"的副股级。心底虽有些不平衡，但也理解这就是人生。人家生在地级市，而自己生在农村，能到镇上端一碗公家饭，已是美好人生了。为了避免别人说闲话，他也不太朝南归雁跟前凑。同学关系还是南归雁自己说出来的。有人问，他只说就一起读了三年大专，人家是班长，后来还当了学生会主席，而自己就是离人家比较远的一颗"小行星"而已。有时他想，自己可能就是那颗名叫"贝努"的小行星，直径也就五百米左右。而人家是地球、火星、金星、水星，直径都是拿千米万米来计算的。当然，他也是在总结与前任书记相处的教训，离质量太大的星体过近，"小行星"容易被吞噬撕毁。

他今晚是来看流星雨的。所谓流星雨，就是那些散落于太阳系的小球体，在运行到地球附近时，被引力拉进大气层，高速摩擦所产生的燃烧坠毁发光体。也可以说是宇宙微尘毁灭前的最后闪亮。

谁知他刚架好仪器，还没来得及调试，朱武干就跑上半山腰喊："安干事，南书记让你立马回镇上有事。"

"大周末的，有病呢！"他叨咕了一句。

7 南归雁

南归雁这个名字的确充满了诗意。有时人的名字起好了，也能带来一定运势。比如南归雁，如果叫南发财、南立柱、南富贵、南成功，从谐音上讲，都是要沦为笑柄的。叫南不怕、南不倒，又直白了些。可南归雁听起来就十分雅致。据说把他从市委派下来，就是组织部部长一眼盯上了这个名字，在下面画了一杠，然后打问情况，还不错，便作为第三梯队下派了。看来起名字的确是一门学问。诸如孙存盆、牛存犁、温存罐、安存镰、蒋存驴之类，大体是不容易编入什么梯队的。

南归雁到镇上才一个多月，也遇见了不少麻烦事，比如在处理前任的一些遗留问题上，处处都显得棘手难堪，不过总体还算平稳顺遂。像今天这样端直冲进来告派出所所长的，他还是第一次遇见。

派出所的老何，还没来拜访过他一次。他倒是去拜访过人家。级别虽一样，但人家管的是一镇一乡，且直接隶属县公安局，似乎牛哄一些。都说老何不好惹，镇上干部背后也有叫他何黑脸、何茄子、何首乌、何阎王的。

南归雁已经听明白温如风状告老何的理由了，一是跟孙铁锤、叫驴这些地痞流氓打得火热；二是肯定孙铁锤就是偷树贼。他反复问：除了蒋存驴喝醉后，说孙铁锤是贼喊捉贼外，还有什么扛硬证据？温如风说，回想起那晚故意把他灌醉的前前后后，一切都是有预谋的。再说，也没谁有这大的贼胆敢偷这棵树。并一口咬定：何黑脸与他们绝对是狐群狗党、沆瀣一气、狼狈为奸、蛇鼠一窝！南归雁没想到温如风还能用这大一串形容词，说明他是有些文化的农民。

南归雁没有基层工作经验，除了客气，不停地给温如风倒水、点烟外，就是请他消消气，另外还真不知说啥好。文书倒是能说会道，可温如风有点四季豆米油盐不进，越劝越得寸进尺。

这时，安北斗一脚踏进门来。

南归雁有点像看见救星一样，急忙说："你同学来了，你们好好聊一聊！"

文书在安北斗耳旁悄声叮咛了一句："一定要把人摁住，绝不能出镇！"

安北斗身上还背着仪器，朝客房床上一撂，暗示让他们先出去。

南归雁和文书就出来了。

客房里传来了这样的对话：

"你是哪里不舒服了，要在今晚跑到镇上瞎胡闹？""安存镰，你少给我来这一套。你端了公家碗，吃了公家饭，啥都弄受活了，我他妈连孙子都装不成。孙铁锤偷了我的树，告他，何黑脸还跟他穿连裆裤。我想装乌龟王八蛋，狗日的还把牙花子剔出来塞到我嘴里，你说这口气能忍了？他爹欺负我娘，如今他又欺负老子，我把这个地痞流氓没法了，但把他何黑脸总有法，他是公家人，我不信就没王法了！前边那个书记不就告倒了吗？他何黑脸跟孙铁锤、叫驴这些人狐群狗党，那就是软肋，我非把这根软肋斩断不可！""就这事？""还要多大的事？""走，跟我上阳山冠上说。""这么冷的天，我跟你上阳山冠，是脑壳让门夹了。""今晚有流星雨，咱一边看一边说行不？""不去。我难受得心里跟棍戳一样，这些事放到你，你受得了？""受不了。""就是啊！""但得有个解决事情的过程。""我今晚就想解决，起码让何茄子来给我做个保证，必须限期破案。""别何黑脸何茄子的。人家好歹也比你长十几岁吧？""管他长几岁，跟叫驴、孙铁锤整天混到一起的人，就没好货。相由心生，脸乌得跟紫茄子一样，失了人面，活该！""存罐，你是个老实人哪，咋如今学成这样了？""别叫我存罐，我叫温如风。""你刚把我不是也叫存镰么。你还温如风呢，我看你硬得像铁鸡公。走，帮我背东西上山。""不去。""你不去，我也懒管你的事了。""你个计划生育专干，我又不刮宫引产。"

南归雁和文书都被里边的对话惹笑了，急忙捂住嘴。

"你还瞧不起我，是吧？温存罐，老实给你说，这事还就我管得了。""吹，可吹。你比南啥子雁还能，你一根指头都能剥葱。"

南归雁又想笑，但忍住了。

里面对话在继续："你说，想要个啥结果？""首先得让狗日孙铁锤给我道歉，扯出鼾水淋荡的牙花子朝我嘴里塞不对。其次他何首乌……""叫何所长，最起码也得称人家老何。"温如风倒是有所改口："那……必须让老何以公心断案，给我把那半棵树的钱弄回来。""还有啥？""把这两件事摆平了，我还推我的钢磨去，他哪怕把叫驴那些地痞认成干爹我都不管。"安北斗似乎是狠狠在温如风身上拍了一掌说："包在我身上了，走！""你个跑计划生育的，还有那能耐？不上你的当。""我要没那能耐，书记能让朱武干跑到半山上把我请回来？我跟南归雁和你一样是同学，懂不？""吹牛不上税吧？"只听安北斗把观测机器弄得一片乱响："走，上山，再晚就来不及了。""我还给你背出行李来了。这重的家伙，你自己背。""你背着好看。走！"

见他们要出门，文书就拉着南归雁急忙朝一边躲。

温如风果然是浑身挂满了仪器，跟安北斗从后门上阳山冠去了。

文书说："你放心南书记，计划生育多难肠的事，北斗都能摆平了。这货有时还行！你就一心抓大事吧！经济指标硬得跟毛铁一样，鸡毛蒜皮的事，都交给他去捂弄好了。"

8 星空

这晚天空纯净得几乎没有一丝云雾，整个银河系都在夜幕深空悬河一样波光粼粼。

好久都没遇见这样的天气、这样美妙的星夜了。安北斗甚至激动得不住地抖腿。他娘说，爱抖腿的人都是穷命。可他但凡遇见好事双腿就抖个不住。那岂止是激动，简直是肉体与灵魂的跳跃与沸腾。

天上已有流星划过。安北斗一边调试仪器一边埋怨："都是你个挨锤子的货，害得我一晚上跑两趟，差点把好事耽误了。""这是啥好事？一天老看星星，能看出花来？""你老推钢磨，能推出花来？""我得挣钱过日子。不像你们干部，不愁吃不愁穿的闲屎浪荡，还吃了东乡逛西乡，村村都有丈母娘。"安北斗噗嗤笑了："你把我丈母娘找出来，看在东乡么还是西乡，找不出来，把你丈母娘找来。""你才娶的老婆么，大概也是新盖的茅厕三天香，保不住哪天也就胡日翻开了。你们前任书记不是你拉的皮条，在这山上睡天床嘛。"气得他抢过手电筒，就要敲温如风的脑瓜："你也胡说，我安北斗岂是那等蝇营狗苟之辈。""人家都说，又不是我说的。""闭嘴！"

一阵寒风袭来，凉得温如风缩了缩脖子，把手也笼到了袖筒里。

"真美啊！"他禁不住赞叹起来。

"啥美？"

"星空啊！"

"让我也看一下。"

安北斗就让温如风对着大炮筒子看了看，问："美不美？！"

温如风大不以为然地："你是吃了没油盐的饭了，人心里挠搅得跟啥一样，你闲得做驴声唤。这有啥好看的？"

"存罐！"

"别叫我存罐。"

"好好看看夜空吧，喜欢上了，你那半棵树倒是个屁事。"

"说鬼话。天上再好看，与你毛相干。"

"知道不，只有这星空，才平等地属于每一个人。你只要用它是属于你的心情来欣赏，它就完全是你的了。"

"这不是阿Q吗？草老师不止一百遍讲过阿Q，你这就叫阿Q。哪一个星星是你的，指给我看看。"

"都是的！全都是的！"

"阿Q，活生生的阿Q！你只说我的事咋办？"

"你的啥事？"

"哎，你是成心跟我捣蛋是不？我啥事？半棵树的事，还有孙铁锤那牙花子的事。咋办？"

"凉拌！"

温如风气得就想踢了支大炮筒子的破轨道仪："哎安存镰，你是把我当三岁娃娃耍是不？我给你把几十斤重的死铁疙瘩背上山，就等着你'凉拌'？""那你还想咋，把老何揍一顿？""哎，在山下你给我咋答应的？说保证让老何把那棵树的案破了，还要让孙铁锤给我道歉，转眼就不认账了？""案就那么容易破？全镇今年被偷偷挖走的成百年大树七八棵，还拐卖了几个妇女儿童，把老何没累死。你这半棵树，倒算啥事？我给他说，让他重视就是了，你赖在镇政府不走，那是办事的方式？""搞了半天，你们是串通一气来欺压百姓啊。安存镰，老实告诉你：没门！我现在就回你们南书记床上睡去，他不把何乌脸和孙铁锤这伙狐群狗党收拾了，休想我走出他房门半步！"说着就要下山。急得安北斗一把拉住他说："你咋是个不听劝的货？啥时变成这样不讲理的人了？过程，一切都得有过程。案是那么容易破的？何首魁见天把疑犯弄一堆回来审，日夜都没闲下。惹急了，他戳你几警棍，好受是吧？一镇人都不敢惹老何，你还明目张胆到镇政府告人家，是活泼烦了，寻着挨枪得是？"我就想挨枪咋了？他一个派出所所长，整天跟一些哈尿混到一起，还有没有我们喝的汤？"说着，他继续要朝山下扑，安北斗使劲一拽，把他袄子上的扣子都拽掉了两颗，仍是要跑。

安北斗突然吼了一声："温存罐，你只要不听劝，现在离开阳山冠，就永远别找我。信不，你今晚不会睡在南归雁的床上，只会铐在派出所的偏斗摩托上过夜，看守很可能还是叫驴。看不夹了你的蛋。你去吧，跑快些，小心摩托上铐的人多，没地方拴了。"说完，还懒得理他，把眼睛又贴到望远镜上去了。

温如风突然一屁股坐下来干嚎道："还有小老百姓的活路吗？镇上镇上不管，派出所派出所跟恶人鬼混，我是把老天的妈给责了吗……"说着直拿中指戳天。"温存罐，骂人归骂人，可别骂天，老天好着呢。不信你来看，看看这天空有多美！我现在调出了北斗星的位置，咱们北斗镇、北斗村就是以北斗星取下的名字，你来看看！""你们干部真是闲得蛋痒啊！我不看，没心思！""你不定跟我多看看星空，就没那些烦心事了。地球都是浩瀚宇宙的一粒微尘。你那半棵树和牙花子，何值一提？""那让孙铁锤把牙花子塞到你嘴里行不？""我是打个比方。面对星空，没有什么大不了的事值得哭天抢地的。地球都是一粒微尘，我们算啥？几十亿年后，连太阳都要耗尽燃料，失去引力，膨胀得把地球吞得一干二净。还有什么事是值得去争死争活的呢。""阿Q，我说你是阿Q吧，你还不承认。我就这样让孙铁锤一家两代人欺负了，你还给我讲几十亿年后的事。啊呸！""这不打比方嘛！""比你个头哇。看看这是啥世道？"

又有流星划过。安北斗急忙把眼睛又贴在了照相机上。

"安存镰，亏你还是我同学，把我的事就这样不当事？你才端公家饭碗几天，就跟他们成了一丘之貉。大不了我把他狗日孙铁锤家一把火点了，把派出所也点了，活不成去屎！"温如风这次是决意要下山了。

就在这时，大面积流星雨开始下起来。

安北斗直喊："流星雨！存罐，快看流星雨，这可是几年遇不见一回的流星雨啊，一小时上百颗，你让我好好看一晚上行不？求求你了老伙计！"

"看尻呢看。"温如风扑扑通通朝山下冲去。

安北斗一边咔里咔嚓对着天空拍照，一边喊："存罐，如风，我今晚回去就找老何说，你再等我一会儿，这阵儿下的密度大得很，你快看嘛，多美呀！"

温如风没有停下脚步，更不想看什么狗屁星空。下不下流星雨干他腿事，他只能顾着脚下的路。一边朝山下跌撞，一边嘟哝："一路货，都是一路货！"

安北斗既舍不得如此美丽的天象，也怕温如风真的生出事来，只胡乱拍了一阵，就连忙收起仪器，朝山下跑。边跑边朝天上看，今夜这天际真是太美妙了，流星雨几乎以每分钟几颗的密度飞逝着。可偏是遇见了"瘟神"，让他无法享受这顿视角与精神的盛餐。他不住地朝星空张望着，几次失脚，差点没闪到沟里去。

"驴日的温存罐，让何黑脸铐上一夜才活该呢！"安北斗一边骂一边跑，在温如风刚踏进镇政府大门时，他也追到门口了："温如风，你看都几点了，还来胡骚扰。""这不是骚扰，这叫人民来访！"温如风很镇定地说。"不就是半棵树和牙花子的事嘛，值得这样不依不饶？""要是人命案，我端直就去县法院了。"说完温如风直朝院子里冲。

南归雁正在搓洗白衬衣领口，没防顾温如风一头扎了进来，立即让他显得有些手足无措。幸好安北斗也撞进来了，人已跑得大汗淋漓，身上仍挂满了那套破旧的装备。

安北斗与温如风到底是同学，开腔也硬邦："温存罐，你想咋？"

"我叫温如风，少温存罐温存罐的。"温如风也不瓤活。

"好好好，温如风。南书记把你的事交给我了，有问题我会向书记汇报的。走，到我房里说去。"

"你个跑计划生育的，能管得了何首魁？再说你的眼睛老在天上，哪有心事管地上的事。"

这货不是当着书记面点自己的炮捻子吗？气得安北斗都想踹他一脚，但还是忍着说："我负责让何所长把你的事当头等大事来抓，好不好？！"

南归雁也发话了："你就听安干事的吧，他要处理不好，再来找我怎么样？"

温如风看南书记这么客气，也就不好再说啥了。他还朝南归雁的床上看了看。床的确很窄，并且码了半床书，仅够一个人来回翻身的。一镇的人都在传说，过去的书记床很大，人又胖，跟妇联主任在上面"谈心"时，把半边床都压塌了。新来的书记为了汲取教训，只弄个单人床板，还支在外间，故意把窗户缝隙也不糊严，谁想看尽管看去。都知道书记一成半夜地在批阅文件，在看书，在搞调研报告。温如风一路下了那么大的决心，最终还是没有在书记的窄床上睡下去，就跟安北斗出来了。

　　刚一出门，安北斗还真踹了他一脚："给我做醋是不？ 我看星星咋了，误了谁的啥事？""你还踢我？""我就踢了，咋了？""你是干部，不是那阵儿上小学、上初中了。""要放在那阵儿，我直接把你揍扁！""安北斗，你咋不敢当着书记面揍呢？""走，回去当面揍！狗坐轿不服人抬的东西！""你再说，我可真睡到你书记床上了。""睡去，书记刚好一个人，寂寞着哩。""我真睡呀！"安北斗一把又将他薅住说："睡死呢睡，走！"就硬是把他拉到自己房里去了。进房也没好话："你就在这儿待着，我去派出所老何那儿了解情况，你要不老实，我就让他把你铐了算了。""你敢！ 有吃的没，饿了。"温如风要得有些理直气壮。"没有。"他嘴说没有，却从一个箱子里拉出两包方便面来："吃死你！ 自己泡去，该不要我喂吧？"温如风嘴角露出了一丝笑意。

　　安北斗气呼呼地出去了。刚出门，他又反身把照相机拿上了。

　　"你可别只顾看星星，我还急着呢。"温如风说。

　　"操你的闲心。"然后他狠劲把门拉上走了。

　　在去派出所的路上，他又对着天空照了几张。这么美丽的天象，也只有几个娃娃在跳着喊着看，还被大人追着朝回撵，说天不早了让麻利上炕。

　　他到了派出所院子，果然见翻斗摩托上铐了四五个人，都是讪皮搭脸的样子，有一个还在打瞌睡。而他们头顶这阵儿流星雨下得正欢实，却没一个朝天上看的。

　　所里正在"挑灯夜战"审讯人。叫驴还坐在一旁看热闹。

　　安北斗把何所长叫了出来。他跟派出所老合作，有那破坏计划生育的，派出所时不时也得上手。老何就是脸黑，脾气对路了，啥话也都能说上。"咋铐了这多人？"他问。

何首魁说："几个哈夹把人家五星村一户人家的两个娃，双生子，一回弄去卖了。气得婆娘上吊了。娃他爷去撵人，栽到沟里还摔死了，快绝户了！""人都抓住了？""逃不出这几个货，我今晚非把他们蛋黄都捋出来不行！"

只听隔壁审讯室叫驴大喊一声："你还犟，何所火眼金睛，你个小毛贼还想翻出他老人家的手掌心，老实交代！"

安北斗就说："这么严肃的事，咋能让叫驴掺和呢？那就是个偷鸡摸狗的货。""实在没人手了，叫驴跟着跑腿连补贴都不要，撵人比干警还快些。"老何说。"那也不能瞎掺和，算咋回事嘛！容易让群众对派出所，尤其是你产生看法。""看法顶屁用，你得拿人归案才是硬道理。没办法，案子成倍增长，正式人手就这几个，昨天撵逃犯还骨折一个。都想弄大钱、发大财，歪门邪道就都出来了，把我何首魁累死，案子存量还是一个劲地增长。上边还嫌我们破案速度慢，我总不能萝卜快了不洗泥，搞些冤假错案吧？""那倒也是。我今晚来……"何首魁把手一摆说："你不说我都知道，是不是你们村上那个推磨的，到南归雁那里告我状了？""你咋知道？""派出所是吃干饭的，都告到所长头上了，我能一无所知？那我还办辣子案呢。"他急忙解释说："其实不是告你，他对你没啥意见，别误会何所。那是个本分人。""本分还到书记那里告刁状？我总不能给他捏个偷树贼出来么。""事情你都知道，他坚持说孙铁锤是贼喊捉贼。他对你抱了很大希望，相信案一定能破。你是老公安了，破案名声在外，没有不服你的！""少来这一套，我何首魁不是三岁娃娃，不吃这个。""真的，他跟你没啥。今天下午，孙铁锤大概从派出所剔着牙花子出来，说跟你是一级关系，硬把牙花子朝人家嘴里塞。狗逼急了都跳墙呢，何况是一个活生生的人。""那跟我啥关系？""我不是说了嘛，他就是想借你这个大磨扇，把孙铁锤那个小鬼压住么。何所，咱们是朋友，你也比我年长十几岁，我就实话实说了，跟孙铁锤还是要少来往。他一家人，在北斗村可没啥好名声，啥事都能干出来，别坏了你的彩。""还用你来教训我？""不是教训。我哪敢教训何所，是进言。""行了行了。他告我想咋？""一是那半棵树的事；二是想让孙铁锤为牙花子的事给他道个歉。人家是有手艺的人，推钢磨一年也不少挣，稍安顿一下就行了。""我还能顾上牙花子的事？孙铁锤偷树证据是啥？""温如风生气，既是树的事，也不是树的事。他就是嫌你何所不该跟孙铁锤这样的人混在一起，觉得平头百姓就没日子了。""对了对了，我跟谁在一起不在一起，用不着他来管，让他哪里娃娃不打他到哪里耍去。没工夫跟他扯咸淡。"说着就要逐客。

安北斗说："何所，这事只怕还得引起重视啊！温如风看着闷乎乎的，话也少，发起犟来可是九牛都拉不回的。那年他说不念书了，草老师到他家把鞋都跑烂了，还是不念。要念，他高考注定比我分高。""让他犟去，贼没找见，派出所不能给他捏一个。"安北斗还在央求："哎何所，你说话有分量，能不能让孙铁锤给温如风回个话，这事就算先有个说辞了。""孙铁锤给他回不回话，不是派出所管的事。我忙得鬼吹火一样，人命关天的，他那倒是个屁事。"

安北斗知道何首魁的脾气，再说也无益，就离开了。

流星雨这阵儿下得越来越密集。他想静静拍几张，可房里温如风还等着回话呢。他必须息事宁人，就把何所长如何重视，案子会如何加快推进，以及孙铁锤很快就会给他回话的假笼笼，编了一圈，算是临时把人稳住了。加之温如风的确也想回去推磨，还有上千斤麦子等着变面粉呢，他还真起身回去了。

温如风一走，他背起仪器，一溜烟又上了阳山冠。

9 状告南归雁

南归雁是早上七点被电话吵醒的。他迷迷糊糊地问谁？里面搭腔："王中石。"

啊，县委书记！

他一骨碌翻身坐起来："王书记，我南归雁。"

"你立即来县上领人，看把人打成啥了。人家端直是来告你的。叫个温如风。把你派出所所长也带上！"说完电话就挂了。

南归雁一下愣在了那里。他立即穿好衣服，连脸都没顾得抹一把，就开门喊叫安北斗。炊事员说今天周日，安干事好像刚睡下不一会儿。"给我叫起来！"炊事员就去敲安北斗的门。"敲死呢敲，我不是说了不吃早饭嘛。"安北斗在里面躁了。"不是吃饭。南书记叫你，好像有急事。"炊事员把声音压得很低，"老大好像很生气，你麻利起来。"安北斗就起来了。门刚打开，裤子还没穿好，南归雁就冲进他房里，把桌子拍得嗵嗵直响："你玩忽职守、敷衍塞责 …… 玩物丧志，观的什么天象？北斗镇不是天文台，把这些破玩意儿一律没收了。"说着，就要拎他的长枪短炮。安北斗一把捂住那些脱皮掉漆的仪器说："南书记南书记，咋回事吗？""咋回事？让你安抚的温如风呢？""回去了，回去推钢磨去了！""推你个头。立马跟我走！""咋了？""昨晚让人打了个半死，撂到县委大院门口了。马上上县！"

这时，派出所的偏斗摩托都开到镇政府门口了，开摩托的正是何首魁。南归雁二话没说，跳上偏斗里，气呼呼地坐下了。安北斗坐在了何首魁身后，他想搂住何所的腰，觉得稳当些，谁知何首魁一筛："嫑搂！"他就抓住坐垫边沿，被何首魁呼地加油画了半个圆圈拉走了。

北斗镇离县城也就六七十公里，何首魁飙得快，一个多小时就进了城。路上三人谁也没说话，不仅车速高，风大，有些张不开嘴，也都不想说。但愿温如风没被打死，人还有救。

南归雁一直回忆着县委书记在电话里的口气，那可不是什么好兆头。王书记此前对他一直很客气，毕竟是市里下派干部。可今早这电话，似乎没有多少客气成分了。当他们赶到县医院急诊室时，只见温如风浑身插满了各种监测仪器和管子，人已看不清眉眼了。县公安局和信访局的也早已在场了。

安北斗直到此时脑门才沁出豆大的汗珠来：谁能把温如风打成这样？据说打人者头上都套着丝袜。他这阵儿还真有点后悔，昨晚只顾了观测流星雨，还的确没考虑到会出这大的事。人要再没了，那才是吃不了兜着走的事。

大家急需知道的，是温如风的伤势到底有多重。可没有一个医生敢说硬话，都说能挺过七十二小时就有救。从昨晚被打到现在，才过了十几个小时，还有近六十小时得往过熬。不过公安局的那位局长说：应该问题不大，被打后，能摸回家，让老婆找人连夜朝县上抬么。还答应给抬的人，一家磨二百斤面粉不要钱。说明他脑子当时没被打糊涂。

中午时分，温如风的老婆花如屏也赶到县城了。来的还有他妹妹温存雨。当花如屏走进急诊室，看到温如风被那么多电线和管子缠绕着，人已昏迷不醒，就端直朝地上一卧，抽不上气来了。安北斗急忙去拉，越拉人越软瘫。最后是护士和南归雁、何首魁一起帮忙，才把她弄到过道椅子上躺下的。他妹妹温存雨也哭得扶不起了体统。这阵仗安北斗过去见过，搞计划生育就时常这样跟人打交道。不过那里边演戏的成分重些，而今天，温如风是实实在在插满了管子在抢救，并且好像凶多吉少。

南归雁又紧急从镇上调来几个人，其中包括两个女干部，才算对女家属有了照应。不过温家的亲戚也在增加。先是花如屏的爹娘来了。接着亲戚又来一河滩。事情闹到这一步，吃住自是镇上一应包圆儿。顿顿上六菜一汤，有人还用筷子刨来刨去地嫌太素。文书说：领导干部下乡，现在规定都是四菜一汤。温如风的岳丈花存根说："王八汤上一窝，顶咱一大桌。"南归雁没法，说让猪蹄子、红烧肉都给上上，别再惹事。文书嘟哝说："人家要咥王八呢！"

所有人都在七十二小时的危险期内，严阵以待并惶惶不安着。

县委书记王中石也密切关注着医院的动静，几次让秘书打电话问人有危险没有。他本来是要下乡去看一个乡镇企业发展项目的，临时又改了行程。陪同考察的人说，挨打的就是一个推钢磨的，估计也闹腾不到哪儿去。而那边的投资老板已经到位了。王书记坚持说要等当事人挺过七十二小时以后再去。乡镇企业局领导还有点着急，说不就是半棵树的事嘛。王书记说，人都快打死了，满县城人都知道放在县委门口了，你说哪头重哪头轻？老百姓无非就是这些针头线脑的事，何况为半棵树已闹得人命关天了。

这期间，王书记还听取了南归雁一次汇报。大概是他的态度过于严肃，而让南归雁有点结结巴巴。尤其是他没有听到南归雁对事件头绪的清晰梳理，就有点不高兴，他把他的话打断了："说明这事你早知道，为什么不搞预案？为什么不亲自出面化解矛盾？你的敏锐性、洞察力、预判能力都到哪里去了？这还能当一个镇的一把手？看把事情闹成啥了，要是死了人，我第一个先把你南归雁撸了！"

南归雁从县委出来，高一脚低一脚地像踩着棉花包。回到医院，一见安北斗就来气，虽然出事后，一切都是靠安北斗在张罗应对着，并且跟他一样，已经三十多个小时没眨眼皮了，可他毕竟有责任。要不是太爱那些烂星星，事情也不至于搞糟成这样。他真想把王书记撒给他的气，一股脑儿都撒到他头上。可安北斗已疲劳得站着都在打瞌睡，他也就把火气忍了。倒是何首魁拿得稳，竟然在医院长条凳上能睡着。南归雁问他："你估计是谁干的？"老何不紧不慢地说："不好说。人平常得罪了谁说不清。很多看似有关联的事，却又毫无关联。而你觉得无关联的事，背后却关系十分密切。法律又不能乱猜疑。一切都只能在水落石出后才看得明白。这就是我干了半辈子公安的经验。"南归雁突然问："前天下午温如风来镇上告你的事……你知道吗？""什么意思，南归雁？"何首魁没有叫他南书记，并且说，"要让你主持办案，一开始就会犯方向性错误。""不是这个意思，我是说……"没等南归雁说完，何首魁就摆手制止了："不说了，你也要怕，人就是死了，你大不了挨个处分。那是案子，家属再闹，又不是政府把人杀了，你怕啥？再胡闹，越过红线就把他铐了。"说完，他到一边抽烟去了。蹲下时，南归雁还真看见他屁股上别着手铐，且不

止一副。

在挺过七十二小时后，温如风没死，但也没醒来，并且还出现了呼吸窘迫症状。医生说恐怕得切开喉管。这事需家属拿主意。花如屏当然是救命第一了，答应让切，并签了字。就在手术器械一应齐备，准备割喉时，温如风突然睁开了眼睛，呼吸也渐趋平缓。割喉的必要性明显就失去了。在以后的几小时里，温如风被打得紫乌的眼睛时合时闭。坐在床边的安北斗明显能感到，这双眼睛在微眯中扫视着房内出出进进的所有人。

何首魁只看了一眼就出去了，无论他的面庞还是脊背都很冷。

南归雁虽然心绪有所平复，却充满了惧怕甚至一种巴结讨好相。

温如风嘴里就喃喃着在说话了。

"你说什么，存罐？如风？"安北斗趴在他耳边问。

"告……告……"

"都成这样了，还告啥呢。等身体好了再说。"

"告……告……"

"你要告谁吗？"

温如风把两只烂桃一样的眼睛朝南归雁翻了翻："……南……归雁……"

南归雁的手不由自主地抖了起来。

10 脆骨

南归雁抖动的手被温如风看得清清楚楚，这绝对是一块软肋。

何首魁那根老油条，你再炸，都不吃油了。

安北斗就是个计生专干，尿不顶。

而这个南归雁，年轻，不经事，无论几天前在镇政府里，还是这七十二小时在县医院，都吓得没了主意，就怕事闹大了不好收场。死死咬住他，事情就有门。

其实从七十二小时前挨黑打到现在，温如风都并没有真正昏迷过。打是打得很重，脑门、后脑勺、腰眼、臀部，都被什么东西撞击过，砖头和棍棒的可能性较大。肯定没有上铁器，他能感觉到。而最要命的是交裆，被几个人都踢过，就好像那个地方最惹他们恼恨似的，踢得委实尿不下，插上导尿管了。

县医院的水平的确有些让他怀疑。过去就听说，大病必须进省城看，县上也就只能治个头痛脑热的，因为好医生都走了，仪器也不行。经过这次亲身体验，他信服了这个说法。因为惊动了县委书记，他被抬进来，立马就成立了以院长为组长的专家会诊小组，竟然还真把他当深度昏迷对待了。一堆人用平板车把他推来拉去，透视，拍片，搞了个不亦乐乎。他还是平生第一次被女人用剪刀铰了裤裆，把那一堆肿胀的玩意儿露出来，任由几个女护士擦洗消毒，用镊子、钳子扳上压下、拽左拉右地上药、插管，就像是收拾刚挖出来摆了一地的红苕土豆。

整个七十二小时，医院里好像都在围着他转。姓陈的矮个子院长似乎一天能来八趟，晚上都住在办公室值班。好像他温如风随时都会一命呜呼了。

除了何首魁那根老油条，其余北斗镇来的人是三班倒地值勤。安北斗和南归雁更是没明没黑、没时没点地守在急诊室外，最多靠在凳子上点几下瞌睡得轴不正的蔫脑袋而已，偶尔开门他都能晴见。这状况令他很是满意。

不过老婆花如屏和妹子温存雨哭得死去活来的样子，也有些让他心疼，熬更守夜、连哭带闹的太伤身体。几次他都想给花如屏暗示一下：还没到要准备老衣、棺材的地步；儿子温顺丰也不会一时三刻没了爹；她大料是当不了寡妇的；妹妹也不会立即就没了把她一手拉扯成人的像父亲一样的亲哥。至于两个老丈人也赶来，只是帮个人场，凑个气氛而已。他想把底透给花如屏，可护士二十四小时不离监护室，也不让她进来，说怕交叉感染。他想了想，不暗示也好，这事如今最重要的就是造势，不闹不赖，势从何来？

远亲近邻来了不少，吃住都是镇上管待。让他们吃去、喝去、住去、喊去好了。他都听到几个亲戚在宾馆打牌谁赢了、谁输了、谁在牌上做了手脚的话，看来心思也并不都在他的病痛上。好在能来暖个场，哄个摊子，也是大为必要的。当然，他们最好都住在宾馆里打牌安生，别老围在急诊室外哭闹，听得他心烦。有时他恍惚感到自己是真的要死了，觉得活着是不是一种梦境？可护士扎针的疼痛，尤其是给他交裆换药的刺激，还是一次次在提醒他，生命大致是无碍的。

现在他想得最多的，还是究竟谁下的黑手。何首魁？派出所所长敢这样胡整？他之所以敢到镇政府告他，就是觉得这家伙还不至于胡来！告他是逼他办案，是想让他少跟孙铁锤、叫驴这些哈戾染扯。何黑脸这人心是狠点，但这么多年，还没人说他给谁下过黑手的。上一任派出所所长就老给人下套，想收拾谁，一套一个准，最后被套中套给害了，现在还关在大牢里。

想来想去，给头上套了丝袜，在黑暗中毒打自己的，最有可能的仍是孙铁锤。但他当时在月亮地里隐隐发现，三个人又都不像。孙的身材他还是印象深刻的，尤其肚子凸出，都是胡吃海喝塞成那样了。

而打他的人，没有一个肚子是大的。有一个倒是有点像叫驴。可叫驴那晚的确喝醉了，在他离开镇上时，亲眼看见那货躺在派出所门口，人事不省的。是不是平常推钢磨得罪了什么人？可思来想去，觉得没跟任何人结过梁子。除了孙铁锤，这一辈子他还真没有第二个仇人呢。因此，这次必须借势，把孙铁锤彻底扳倒才是正理。

本来他是想再昏迷七十二小时，把镇上和县上都美美吓唬吓唬，并且还装出了呼吸急促、命悬一线状。谁知那个陈院长突然出馊主意，说不行了切开喉管，要保证呼吸通畅。他娘的，好好的喉咙割破算咋回事？就在一切手术齐备，医生已经在他脖子上比画，护士开始消毒时，他不得不睁开了已经不太适应光线的眼睛，嘴里直喃喃。

安北斗问他想说啥。

他把房里所有人都看了看，最后把眼睛死盯在了南归雁的肋骨上。

通过这几天住院，他可是学到了不少医学常识。过去只知道腔子疼，不知道那是胸腔的肋骨软组织在作怪。这次反复透视、拍片，还做什么CT，医生确定，他的二十四根肋骨大体无碍。这些肋骨都包着心肝肺，它们无碍，想必里边那些细软也是无大碍的。但衔接胸椎的软肋确有大损伤。软肋，就是脆骨。炖猪排的时候，那儿最好吃，有嚼头。人身上一样，医生说那儿也最脆弱，想是炖了也容易嚼烂的。生活中有很多东西都不大好咬。比如何黑脸，你就咬他不动。但通过几天的观察，他发现南归雁的软肋比较明显，张皇失措了几天几夜，见他醒来，还眼泪汪汪地拉住陈院长的手，当救星看，好像是他们医院让人起死回生的。南归雁是镇上一把手，真要制服孙铁锤，相信自会有手段，就看他制不制了。反正他有软肋就好办，死死咬住，不信他不疼。

"哎哟！"

"又咋了，如风？"差点没惊厥了南归雁。

"疼！"

"哪儿疼？"

"浑身到处疼啊！"

他没敢指具体的腹腔脏器，害怕医生又让拍片子做CT。听说那玩意儿有辐射，照多了得癌呢。

11 小年

只要没有死人，就什么都好说。

在温如风挺过七十二小时后，南归雁倒头在宾馆美美睡了一觉，然后才考虑起下一步工作来。他先找到何首魁，希望加紧破案，尽快把打人凶手绳之以法。说这话时，他还用手指敲了敲桌子。

何首魁不紧不慢地说，县局都插手了，能破就一定会破。但所有案子都不能乱逼，一逼就会搞成冤假错案，这是他几十年干公安的教训。这黑脸还很不客气地说："你年轻，路长，一辈子要记住，萝卜快了不洗泥。越有权越不敢乱逼人，但见逼，就出事。底下人都是看领导眼色行事，你一急，他们比你还急，急了就狗急跳墙，不弄出个冤假错案来咋交代？咋出成绩？我们见得多了！吓唬吓唬可以，但不敢随便拿人，一拿一辈子就毕了，好多人背后都是一大家子，冤枉不起啊！""那你的意思是不破了？"南归雁有点咄咄逼人的意思。"我没说不破，而是要正常破，不要急头绊脑地乱破。"

南归雁看何首魁一脸不屑的样子，就突然联想起温如风的话：何黑脸跟孙铁锤、叫驴这些哈尿都穿着连裆裤呢。好在这案子县公安局已上手，局长说这是中石书记亲自督办的案件。

在温如风醒来后，南归雁又去找王中石书记汇报了一次。王书记说："人没出事就好哇！记住，不管在哪里当官，人是第一位的。死了人我就要你的乌纱帽！北斗镇这几年经济建设拖了全县后腿，还怪事不断。你既要保一方平安，还要抓紧谋划经济发展思路，任务很重啊！你这名字……南归雁，搞不好……可就真成'难归雁'了！"说着，还拍了拍他的肩膀。虽然有上级、长者开玩笑以化解气氛的成分，但分量却很重。都走出县委大院很远了，他还觉得脊背麻酥酥的。

他要带着一镇的干部往回撤了。离开时，他找安北斗谈了一次话，谈得很是没有大学同学的味道了。他严厉指出："事件触目惊心，震动全县！这是一起由于干部作风飘浮、玩忽职守所造成的恶性事件，损失不可估量！好在人没出大事，这是不幸中的万幸！中石书记反复强调：我们必须以高度的责任感加以挽回补救。书记还批评说，北斗镇的经济发展已拖了全县后腿，却丑事不断、怪事连连。我们目前面临着维稳与发展经济的双重责任和压力！一个温如风，把一镇的干部都搞乱了阵脚，再出个李如风、吴如风怎么办？啊？！"南归雁又敲了桌子沿，并且这次敲得很重，自己都痛得有些抽抽，还甩了一下。默默无语很久，他才把话锋一转说："北斗，你毕竟是我的老同学，关键时刻必须冲在一线，干在前边！连老同学都给我掉链子，我还上谁的发条去？把温如风稳定下来，就是在保一方平安，就是在推动经济发展！镇上事多得很，我把人交给你了，出院后，必须亲自把他给我领回来，好好推磨去。案子县局上手了，相信会有结果的。北斗，你干计生专干也好几年了，只要把温如风的事办好，晋升正股也不难。只是再别观天象、拍星星了，那玩意儿不说玩物丧志，的确是耽误工

作，得汲取沉痛教训哪！"

南归雁走后，安北斗沉闷了很久，但依然还是伺候温如风去了。

他跟花如屏两班倒，护士已撤除一级护理，他还得给温如风端屎倒尿。看着温如风交裆那一堆紫乌的肿胀，确实令人心惊胆战，是谁这样狠毒，端直朝命门上攻击呢？安北斗在深深愧疚自责，那晚太痴迷于流星雨了。他轻轻拎起温如风那吊紫乌紫乌的肉锤说："存罐，尿！尿一点会舒服些。"温如风瞪了他一眼，疼得意思让他快放下。他就把那吊已说不清是什么物件的肉赶紧放下了。大概是放得太快，温如风还哎哟了一声。

又过了几天，温如风的交裆明显好了许多，尿时也不咧嘴做特别痛苦状了。只听他低声给花如屏安排，让麻利回去，说家里老母猪下崽了，得招呼；院子、地里到处都是冰溜子，怕儿子不听话，玩得摔折了胳膊腿，姥姥又管不住；还有钢磨也得开起来转一转，怕停的时间长了，锈了机器零件。在花如屏离开前，刚好陈院长带人来查房，他就请陈院长把温如风的情况再给花如屏说一下。大概是混得熟了，陈院长就端直跟温如风开起玩笑来："没事，就是一个月内过不了性生活，一个月后照常。"羞得花如屏一头从病房撞出去笑去了。温如风也忍不住噗嗤噗嗤差点笑呛了气。陈院长说："这有啥，性命性命么，没性哪来的命，我给你讲的是科学。"安北斗主要是想了解温如风大脑的情况，只见陈院长对温如风诡秘地一笑说："你问问他自己，脑子有啥问题没。"

"有些昏。"温如风蔫蔫地说。

陈院长一笑："让砖拍了能不昏。"

安北斗问："会不会再出现大的反复？"

陈院长又一笑说："你先问他脑子有啥大问题没有？把红烧肉、猪蹄子放开咥就行了。"然后陈院长就笑着走了。

又过了几天，安北斗听见陈院长在跟温如风开玩笑，他就站在门口听了几句。陈院长说："你以为县医院大夫、机器都是吃素的？把你一抬来，我们就发现脑颅内没啥大问题。只是把下体踢成那样，几个抬你的人说，可能是派出所干的；你妹夫说，也可能是'村盖子'打的；县委书记又那么重视，我们也看你可怜，就当重度昏迷处理的。那天要给你割喉插管，不是一下就把你吓醒了嘛！当然打得也的确很严重。主要是生殖器，不是脑壳，现在可以肯定地说，一切功能都完好无损。你要住是你的事，我们只给你开点消炎药就行了。要打吊针，那也就是葡萄糖盐水，别的不能胡打，打多了反倒把脑壳打坏了，知道不？""院长，我不出院。只要坏人没抓住，我绝对不出。""天天住到医院总不是个办法。人家破案也有个时间不是。还有案子几年没破的，死人现在还在我们冰柜里存着，你说咋办？""反正我不出院。我脑壳疼，蛋也疼，腰也抬不起……"

就在这时，安北斗走了进去，朝他们中间一站，故意表现出一副一切都听清楚了的神情。随后，安北斗就比较强硬地给温如风做了几天几夜思想工作，让麻利回！小年那天，县城四处放起鞭炮，敬起灶司老爷来，温如风再也睡不住了，便就汤下面说："那年后你还负责把我抬来。"说完就让安北斗把他背到车站去了。

12 大年

腊月二十九那天，安北斗又被南归雁叫去谈了一次话，首先还是说提正股级的事。安北斗也能听出话音来：倘若能把温如风稳住，正股级就有门儿；若再上县去闹，不仅正股级泡汤，而且还要给他处分。

安北斗说："关键是公安局得抓紧破案。"

南归雁也挺着急的："案子毕竟太小，眼看过年了，老虎沟乡又出一起恶性杀人案，说省厅八处都来人了，县局几个科全上，人手都不够。温如风的案子太小，又交回派出所，让老何办了。"

安北斗一听就急了眼："人家告的就是老何，还让他办，这不老鼠舔猫鼻子——寻着找咬吗？"

南归雁也没法，他还找何首魁谈了一次。老何待理不理的，只顾用老虎钳子和钉锤修理一副开关不灵便的旧手铐。他说得多了，老何还怼了他几句：你是城里长大的，哪知乡间的事，乡里打捶闹仗，把谁脑壳拍一砖，卵蛋踢几脚，都是常事。啥案都破，都拿人，把你镇政府关满也关不下。他说：那你说咋办？老何说：拣重要的办。他问什么是重要的？温如风都闹到县委大院，惊动了中石书记，还不重要吗？何首魁用钉锤砸得手铐哗啦啦直响说：毕竟脑袋没打坏，蛋也还有用，那就得朝后搁。一旦把脑袋和蛋打坏了，那就是重要案件，就得朝前放。南归雁当下就急了，问他：春节后他要再到县上闹咋办？老何说：让闹去么，只要他不嫌耽误工夫。他说问题是温如风确有冤情，一棵大树不翼而飞，损失好几万，孙铁锤连一句话都没有。现在又打成这样，你派出所能没有责任？何首魁哐当把修理手铐的工具一撂说：哎，你书记可不能这样说话噢，我就这五六个人，两三把枪，十来副手铐还有锅盔没牙的，管着一镇一乡呢。南归雁也话里有话地说：你不是还有联防队吗？叫驴不是都在帮你办案嘛！谁知这话把何首魁逗躁了：用叫驴咋？就那点经费，联防队能雇几个人？叫驴一分钱不要，整天帮着跑腿抓人，放到你南归雁当所长用不用？他又急忙转圜说：我又没说你不该用，只是温的案子也不敢轻视啊！还没等他说完，何首魁就接过了话茬：光偷树案今年一镇一乡发生了三十七起，你就是把这几个干警的命要了，案也破不完。何况我们日夜破着呢，这不，都快大年三十了，还逮了几个回来正审着，没闲过！老何说得很不客气了。再加上派出所又不归镇上领导，所长尊重地方了，给你一点面子；不尊重了，把你弹得嘣的一声响，气得你只能揉肝。话就再谈不下去了。

正是看到形势严峻，南归雁才找安北斗的。他只能要求自己人做好自己的事："春节期间，你可得给我把人看好了。明天就是大年三十，我今晚还得回市上一趟。一切都等过了年再说吧。我是希望趁年关，跟你那老同学好好聊聊，也跟孙铁锤谈一谈，尽量让他们坐到一起，化解一下矛盾……""咋可能呢？""咋不可能？"安北斗说："温如风直到现在都一口咬定是孙铁锤下的毒手。""可孙铁锤那天晚上一直在村里开会，有证人哪！""干那事他能亲自动手？""证据呢？关键是要拿出证据。北斗镇再不敢出么蛾子了。这个年关你可重任在肩哪！"说着，南归雁还拿出两瓶酒和一些糕点糖果来："是我看望嫂子和孩子的！你大我两个月，就算兄长了。"安北斗咋都不要，说："这成什么话，我都没给你行礼。"可南归雁硬是把东西塞在了他怀里："你也辛苦了，在县医院守了一个多月，回家啥都没准备，还得继续看住人，不容易！我母亲一直在住院，我也得趁年关回去尽几天孝。不瞒你说，老人得的是肺癌，大概没几天了！"他说得鼻子有点酸楚。安北斗急忙说："放心吧，你好好回去尽孝，这边有我守着。"

南归雁紧紧握了握他的手，心事重重地走了。

他怔了好半天，觉得对老同学还有了深深的歉疚感。

当天晚上，他就回北斗村了。

北斗村离镇上就七八公里路，中间隔着一座山，好像就有了距离感。有时甚至像两个世界。镇上原书记和妇联主任"睡天床"的事，在北斗村传开时，人都被处分得卷包走人了。有人借到镇上赶集，还专门去看过"天床"，回来一路嘲笑两个货是"傻娃睡凉炕，不嫌沟子硌得慌"。之所以能把这两个世界联合起来都称北斗，是因为天上的北斗七星在这里有了十分形象的分布：阳山冠就是它的天枢星，像北斗七星的斗口。另外五座山分别是天璇、天玑、天权、玉衡、开阳星。而北斗村简直是一颗活的摇光星，竟然就叫勺把山。安北斗在上小学时，草老师曾带他们到山下，进行过现场教学，并讲清了天上地下的七星对应关系。还讲了一个传说：大概在两千多年前秦始皇修陵墓时，有那不堪忍受疾苦的囚徒，借上秦岭伐木，偷偷翻过山梁到南边逃命来了。跑到北斗镇的有七个，在即将饿死时，突然来了七仙女，给一人鼻子吹一口气，大家才慢慢醒来。关键是七仙女还给他们造了七座房子，并主动留下来做饭种地生娃娃，七个男人从此过上了衣来伸手饭来张口的日子。在草老师看来，这是个人间懒汉的白日梦。但同时他也指出：说明这里曾经出过高人，懂得天文地理，让天上地下浑然一体了。

安北斗虽然回到了家里，可心思却一直在温如风身上。这家伙放话说："我看了日子，明年正月初六出门大吉！"这话就像一种病菌，一直弥漫在他心头。如果说能安宁过到初六，也算有几天清闲。可温如风还有一句话：他们让我过不好日子，我也让他们过不好年！这话就完全没谱了，他们是谁？他会让"他们"怎么过不好年？

安北斗家离温如风家有二三十丈远，并且安家在坡上，温家在坡下。因为温家早先开着碓房，所以选了地势最低的老鳖滩，主要是为了利用水的落差。而安家一直喜欢地势高的地方，觉得向阳、干爽、上风上水。安家跟温家坡上坡下落差有十来丈高，形成了一个大斜坡面，小时他们经常从斜坡上坐溜溜板，端直能溜到温家后檐沟。每每也曾"翻车"，缩成刺猬状，滚在臭水沟里半天爬不起来。

安北斗一回家，就把天文观测仪架起来了。这次不是朝天，而是把"大炮口"对准了温家。

老婆杨艳梅嘟囔他："有病呢。"

"这是工作。"安北斗强调。

"给个棒槌你还当针（真）了。"

杨艳梅是镇农技站杨站长的女儿，上了地区卫校，回来就在镇卫生院工作了。两口子都吃公家饭，那时在北斗村，简直是神一样的存在。何况艳梅她爸这个站长，早已是正儿八经的正股级，听说最近还有可能调到县上升副科呢。杨艳梅不免在他面前就气强些。现在不像恋爱那阵儿，她也不喜欢他观天象了，说莫非还想当电视剧里那个神神道道的袁天罡不成。尤其丈人爸，更是多次提出，别玩物丧志，得务正事。丈母娘端直说：不定安家祖坟山还能出个县长啥的，年轻人总得朝前奔么！安北斗觉得岳父岳母和杨艳梅对自己的期许都太高，赶退二线前，混个南归雁现在的位置，那已是祖坟冒青烟的事了。他一直反对别人说他不好好工作，玩物丧志。当计生专干这些年，把哪项事误了？每到关键时刻，不都是他日夜奔波在一线，甚至亲自上到山垴垴上，把人朝卫生院抬，做完手术又抬回去。出了问题，在人家家里一守半月，挨骂受气，直到一切稳妥，才撤离现场。就是观天象，也是在闲暇时候。别人凑到一起打牌、喝酒，一搞一夜到天亮，自己凭啥就不能看看星星月亮？这不，连年都准备交给工作了，还要咋？

杨艳梅是想看望了公公婆婆，就回镇上农技站过年去。村子就是村子，镇子就是镇子，看着一山之隔，一切却大不一样。比如北斗村过冬取暖还烧的疙瘩火，火星子迸起来，动不动就把衣服烧出一串砂眼来。手上脸上也会烫伤。而镇上机关都烤的木炭火，明显卫生安全许多。尤其是安北斗家的生活习惯，仍是农村的感觉，而杨艳梅家全是吃商品粮的，连安家的筷子、碗，她都是烫了又烫，仍觉得吃着胃里不舒服的。因此，拜完年，祭完祖坟，她就闹着要回镇上。安北斗看咋都留不住，就用自行车把她送回去了。杨艳梅死活要他留在镇上一起过年三十夜。他说必须回，有工作。为了让她高兴，他甚至像初婚之夜，一连忙活了三趟，可杨艳梅还是不让他下床。后来是她爸敲窗户说："北斗，南书记既然反复交代，你就要当回事呢。温如风想让谁过不好年那句话，的确得警惕！可不敢在年关惹个事，谁都扛不起！"安北斗刚好借机起身，还是被杨艳梅将关键把柄抓住不放。平常机关人多，他们做爱声音很小，墙不隔音。而现在机关走空了，她像是被谁揪住了耳朵一样故意乱喊乱叫，安北斗让声小些，她偏朝死里喊："我管他呢。耶！耶！爷呀！"荡得像是风中的旗，浪里的鱼。在老家，那房也是不隔音的，他爹一咳嗽，窗户纸都抖动。眼下这环境真是太难得了。杨艳梅甚至骑在他身上，掐他，揪他，咬他，他只好又补了一课，才勉强脱身。

当他把自行车歪七扭八骑回北斗村时，年三十的夜幕已降临了。

他觉得无论如何都得先去温家走一趟。拉拉话，拾个底，心里有数些。

他提着四色水礼刚出门，就被村子中心传来的三眼枪声震得停住了脚步。那是一种用铁器装了火药放出来的响声。器形像手榴弹，有三个大拇指粗的筒，装三管火药，再安三个捻子，能一连发出三声响来。俗称铳子。在北斗村，除了结婚娶媳妇、正月耍社火，平常过年放铳子的，也就孙铁锤家。整整放了三十响，说明有十把枪，十个人同时在放。孙铁锤弄啥都讲排场。

当他从斜坡上仄仄斜斜趔趄到温家后檐沟时，孙铁锤家的团年鞭炮还没放完，从响声估计，一千头的响鞭至少也在三十挂以上。整个北斗镇都兴这个，看谁家过年炮放得多，门口炮子纸厚。当然，在北斗村，一般没人敢跟孙家比。你就是有，也得悠着点，那风头是抢不得的。

只听温如风在家里骂："孙铁锤是死了娘吧，要弄这大的响动。"

大户人家死了爹娘过白事，或者三周年纪念，也是要放铳子的。

13 出天星

安北斗踏进温家大门时，温如风正在包面，这家伙现在又弄了台压面机，钱终是挣不够。大概谁家要过事，每把面的腰封上，还贴了花如屏剪的双喜剪纸。

"都三十晚上了，还忙。"没等他问完，温如风就来了气："要不是挨了黑打，一个年关，能挣平常几个月的钱。老子迟早是要把他们的黑血放了！"

安北斗一听这话，心里就发起毛来，急忙把话朝一边岔。他本来准备叫存罐的，这样叫着亲切，可还是打住了："如风啊，南书记本来说要来看你的，可他母亲身体不好，就让我来代他拜个年，这是人家行的礼。"

他是把南归雁给他的东西，又给温如风拿来了。并且还加了他娘灌的香肠。

"经当不起！只要他南归雁把害我的哈尿抓住，比啥都强。我们人物小，吃了大人物的东西克化不了。你娘做的香肠我留下，是个人情。"

花如屏接了香肠，拉过凳子让他坐，他才坐下。

"老同学啊！"

"也经当不起！你是政府干部，我是个烂推钢磨、压面的，你就叫我温如风吧。"他把两尺多长的切面刀，铡在风干的长面条上，弄得满案子咔咔嚓嚓直响。那刀刃在灯光下显得亮晃晃的锋利、寒凉。

花如屏给安北斗泡了茶端来，问："你家团年饭都吃了？""还没呢。"温如风说："那你还不回去陪爹娘吃团年饭，朝这里跑啥。""你们不是也还没吃嘛！""我们是啥家儿，能跟你们干部比？年这玩意儿，都是舔肥沟子咬瘦尻的货，哪儿红火朝哪儿钻。我们就是熬日头的，还有年！""看你说的这些话，像不像个老同学。""自你考上大学，我们就两清了。""如风，我安北斗是哪儿把你得罪了，连同学关系都两清了？""我知道你们是怕我再出去告状，给镇上难看脸，才又是行礼，又是拜年的。实话跟你说，北斗，安干事，我啥都不要，就要把打我的人揪出来。还有那半棵树，不能让孙铁锤独吞了。树当年没用的时候，年年都是我喷药，树心都快让虫嗦完了。这阵儿值钱了，他夜半三更偷着卖了，天底下哪有这样的怪事？还下黑手把人往死里打！村上是他孙铁锤说了算，那派出所、镇上呢？也都是孙铁锤当家？何首魁、南归雁都是干啥吃的？这天底下还有没有王法？你信不，他县委王书记这次要是不给我把事弄清白，我就连他一起告。光脚不怕穿鞋的，咱走着瞧！"

面对温如风如此凌厉、决绝的态度，安北斗有些暗暗吃紧。草泽明老师之所以要给他起名温如风，就是因为他那阵儿蔫不出溜的，温顺如春风。而今夜的温如风，简直是料峭如铡面刀了。

外面的鞭炮和铳子又响了。儿子温顺丰从耳房直蹦跳着出去看去了。

花如屏说："孙铁锤家是咋了，年三十晚上就放这么多铳子，那明早出天星，还不知要咋放哩。"

"哈尿货，看他能活到大年初一早上！"说完，温如风把那铡面刀在案子上狠狠砍了一刀，刀尖端直扎进了椴木板，整个刀身都竖了起来。刀口寒光闪闪，刀背厚如火钳，无论用刀口还是刀背，都能让承受方无法安生到大年初一早上的。

安北斗内心更加不安起来。他觉得问题比他想象的要严重许多。从温如风准备要告县委王书记的口气看，好像年关问题不大；可从他砍铡面刀的凶劲儿和那句狠话中，又分明潜藏着当夜就可能出现的某种危机。他只能悄悄安顿花如屏，让她警觉些，干这莽撞事何苦呢？老婆娃娃都不要了？花如屏说没事，他就是说气话，真有那胆，树也不会让人偷了；人也不会黑更半夜被打成那样。不过她把话锋一转又说："这些事要是解决不好，我就不敢保证了。兔子急了都乱咬呢，何况人。他孙铁锤把树偷卖了，把人打成这样，过个烂年，还嚣张得放铳子，要是把存罐惹急眼了，也不定会闹出啥事来呢。"

"千万不敢哪，花嫂，你可得把存罐哥看紧了，弄出乱子来，家可就塌火了！"

花如屏还是话里有话地说："那就看你们政府的本事了，我可管不住。存罐这人你知道，一辈子没惹过谁，跟个蔫萝卜一样，这回实在

是被欺负得转不过脸了，他们下手多狠哪！"

"知道，嫂子，我心里有数。你这几天可一定要把人看紧了。听不得铳子声，把门窗关严些就是了。"

从温家出来，安北斗习惯地看了一下天空。山里的夜空永远都是那么繁星密布，望一下，都觉得是一种眼福。不过今晚被鞭炮放得有点乌烟瘴气。尤其是孙铁锤家，炸得就没停，这家伙是咋了？他想去看看，主要是不想让温如风再受过大刺激。

孙铁锤家住在村子最中心的位置。从勺把山顶看，整个北斗村像一个蜘蛛网，孙家就在网中间织得最密的地方。说高门大户也算不上，一九四九年新中国成立那阵儿，孙家还是贫农，房也是分地主家的。他爹娶的就是地主的小老婆。后来一步步成了村里主事的，无论人脉、势头，也就一点点把风水转成了现如今这个样儿。

安北斗走到孙家时，门口还聚集着叫驴、羊蛋、狗剩、骆驼、磨凳等一干人，跳着喊着在放铳子和雷子炮。不仅把一村的娃娃都吸引了来，而且家家户户似乎都有来捧场的。连孙铁锤自己也闲不下，点了一个冲天炮，在地上一响，迸到半空，竟然还炸出六响来，叫"芝麻开花节节高"。见他来，孙铁锤招呼了一声："北斗来了！"他从来都不叫他安干事，还有什么安主任的，无论谁在哪里当干部，回到村里，孙铁锤都是老大。

安北斗也习惯了，孙铁锤毕竟比自己大两岁，按村里的老称呼，还叫他孙哥。孙哥让他到屋里坐，毕竟是镇上的干部，他就进屋里坐下了。外面仍有叫驴几个在放"大地红"。大户人家门口永远都不愁添喜兴凑热闹的人。

安北斗有点单刀直入："孙哥，年三十晚上咋就整出这大的动静？"

孙铁锤一笑说："我总觉得今年有点晦气，村里大树被偷了好几棵，连我自己的也被偷了。加上温存罐到处告状，听说王中石都拍桌子骂人了。你说咱北斗村好事无人知，瞎事传千里，是不是得炸炸霉气。开年我还想甩开膀子好好给村里干点事呢，就这驴日下的老给人添堵！"

原来孙铁锤也一肚子气，连住骂了一串温存罐。他就说："孙哥，你毕竟是村上拿事的，别跟他计较。刺激得过火了，再惹出啥事来，你也不好过！"

"我还怕他个烂推钢磨的，想告尽管告去。他整的动静越大，不定县上越关注北斗村呢。如今不是兴知名度、要打广告吗，让他好好打去。"

话赶到这儿了，他就问了一句："孙哥，你估计是谁打了温存罐？"

"谁知道谁打了他，打了也活该！何首魁还问是不是我打的，我说我还嫌脏了手。何况那晚，我们村上一直在开会，研究明年种烤烟、买烘干机的事呢。"

他就再不好说啥了，但还是提醒道："孙哥，今年冬里干燥，村里到处都堆着麦秸和苞谷秆，小心放铳子、鞭炮把那些东西引着了。还是少放些安全。"

孙铁锤把手一挥说："放心，离麦秸和苞谷秆都远着呢。不炸炸晦气，北斗村就不得安生。"

从孙家出来，安北斗突然觉得自己防范的任务加重了许多。他也再无心到亲戚同学那里走动了，端直回到家，就位在望远镜后边，定定观测着温家的动静。偶尔也忍不住要把大炮筒子朝星空望一下，也就一下，立马又得对准温家前后门。那把铡面刀实在有点像冷兵器时代李逵们使的那些玩意儿，割谁的鸟头犹如削泥。孙家闹的响动越大，他眼睛也就瞪得越圆。

当安北斗生怕温如风扛了李逵们才使的"趁手兵器"，连夜去削了那歹人的鸟头时，温如风偏是温柔如风，干了一件黑夜最适宜干的人性勾当。他们先是吃了团年饭。花如屏做了四凉八热十二个菜，还带着两钵酸辣肚丝汤和漂了鸡蛋饺子的生氽丸子汤。又烫了一壶甘蔗酒。一家人吃喝得面红耳热，胃袋撑持得再也容不下哪怕是一点勾芡缝隙的汤汁时，温如风就宣布困觉！

三十夜家家讲究火塘不熄。花如屏就给火炉里架了几个老树蔸子，燃得堂屋哗哗剥剥一片火红。儿子试了新衣服、揣了压岁钱，也早早睡了。他们捡拾了碗筷，反复检查了门户闩锁，也躺到了热炕上。

花如屏问他那里咋样了？他知道是说那里："好像肿消完了。"她就用手电筒伸到被窝里照："真个消完了。"他说："人家县医院的医生还是厉害，你记得那个陈院长说的，赶过年你就能过上正常性生活了。"她噗嗤一笑说："陈院长怪得很，老爱开玩笑。""人家是帮了咱忙的，我一抬去，他就看出脑壳没打坏，但一点都没声张。也是想帮咱申冤哩。"他说着，好像有了反应，就挖抓起了花如屏的线裤。"不敢，不敢，再忍忍，过元宵节再说。""没事，陈院长说了，一消肿就行。大年三十的，还能没个娱乐。""你可要趁摸着。"他就趄摸上去了。"哎哟！""是不是痛？""不是痛！"

外面又是铳子和鞭炮的混响声。他说："你喊，泼住命地喊。今晚啥啥都听不见。"花如屏就爷呀娘呀地喊起来了。

可怜安北斗，这阵儿正撅着屁股，把大炮筒子死死对着温家门口，严阵以待着。"炮口"是从窗户伸出去的，半夜零下十摄氏度左右的寒气，袭击得整个房里都跟室外一样。他是把两床被子裹在身上，还给头上戴了他爹的老火车头帽子，始终处于箭在弦上的引而待发状。

温家彻夜炉火通红，难道还在加班包面不成？孙家折腾得越红火，他就盯得越仔细，单怕那把亮晃晃的铡面刀被温如风提出门了。到后半夜时，孙家都悄无声息了，而温家还火光闪闪，这越发让他担惊受怕。他爹见他这样辛苦，半夜还爬起来，说替他看一会儿。爹的眼睛不好使，万一走神，让温如风钻了空子溜出去，那可就是天大的麻烦。他还是坚持自己亲自观测，他爹披上被子陪着。他娘把堂屋的炉火移了些过来，也陪着他们父子干熬着。可再大的火，都经不住敞开窗户灌进来的风，后背烤焦了，前胸冻翘了，三人都是裹着被子过大年了。

他娘说："你这倒是何苦，都以为在镇上当干部拽活（洋气），谁知道你不是抬着人家怀娃婆娘，到卫生院刮宫引产，就是年三十夜盯着温存罐。当这样的干部，还不如人家孙铁锤过得囊获（日子美好）。你看人家是啥势？一村人都到门前吹红火炭。瞧你这干部……让人知道大牙都能笑掉。"

娘还没嘟囔完，他爹就发话了："公家的事你不懂。年纪轻轻的，不跑些腿，出些力，背些亏，哪能随便就让你把镇长书记当了。帮忙盯一下温存罐有啥？不就是熬点夜，受点风寒的事。书记把任务交给你，那就是器重，可马虎不得，有半点闪失人家就不信任你了。"

安北斗盯得久了，到底还是忍不住要把大炮口对天空照一下。

后半夜没人放炮了，烟雾散去，天上一满是星星在眨眼。他想借

这个机会，让爹娘也看看望远镜里的银河系。谁知他爹说："霎看那些没用的东西，干正事要紧。温存罐一旦溜出去，真给孙铁锤一铡刀，你念的大学、公职就全打了水漂。"

他就不得不把大炮筒子又对准了温家磨坊。

这一晚的时间对于安家很慢，对于温家可是有点快。温如风与花如屏折腾两番后，都累得上气不接下气的，就呼呼噜噜睡着了。那铡面刀也被时间和空间都彻底遗忘在了黑暗中。温如风的鼾声不比李逵、鲁达来得优雅精致，一股扯不上来的气口，甚至把花如屏都吓醒来，直替他扑簌胸口。也就在这时，出天星的铳子和炮仗一起炸响起来。花如屏懒洋洋地把大腿朝温如风的肚子上架了架，一来想再睡，二来也欲造成对男人的精神麻痹。温如风却偏是两耳倒竖，有些不耐烦地朝暗处的铡面刀盯了几眼。然后侧耳细听，辨别如此猛烈的总攻声源头。虽然全村都在跟着噼里啪啦地乱放着，但零星的就是零星的，唯有一个声音集中而响亮，那就是孙铁锤家一鸣独大。

"小心把驴日的房炸塌了。"

他也是有几挂鞭炮的，本想炸炸晦气，却终是懒得放了。就是放，那些好舔肥沟子的神仙大概也听不见。何况自己心情阴得跟锅底一样，哪有心思弄出属于过年的响动。他只翻了翻身，恰好跟花如屏列着的胯骨贴合上了。花如屏也顺势把胯骨朝前顶了顶，像水蛇一样扭在了他身上。他就又来了感觉，并立马念叨起陈院长的好来："还真个让他说中了，啥都好着哩！"便又金刚钻一般揽起了瓷器活儿。她说："人家都出天星放炮呢。""咱好像没炮似的，放放放……"

出天星的满村响动，让守了一夜的安北斗，从昏昏沉沉中打起了精神。他想这阵儿温如风大概是不会扛着铡面刀出门了。他爹娘也把脑壳伸向窗外，一边拿手帕擦迎风泪，一边瞅着温家院子的风吹草动。直到天大亮了，孙铁锤家出天星的铳子、鞭炮声熄火了，温如风的儿子也在道场上放起了地老鼠，尤其是花如屏端着夜壶，很是安静地去了茅房，他爹才说："年三十夜看来是平安无事了！"

这时，不仅他娘打起了喷嚏，而且他爹也咳嗽得心肺都要拽上来了。竟然像传染病，安北斗也喷嚏连天，眼泪汪汪。他娘说："招祸了，一家人都招祸了，我赶紧烧姜汤去。"

14 请春客

北斗村的年过得比往常热闹了不少。尤其是这几年有人出门打工，回来领些红男绿女的，初看都不认识了。可细一看，那不是雷家的存蛋、汪家的存盐、齐家的存霞、尹家的存兰嘛，但如今都不叫存蛋、存盐、存霞、存兰，而称托尼、汪总、丽达秘书和兰溪美发总监了。头发都是赤橙黄绿青蓝紫的色彩斑驳，男女也不大好分辨了。但却有一种共识：普遍对村里变化太慢有意见，说人家把人都活成啥了，咱还是这尿势。炮放得多、放得响顶卵用。

说归说，意见归意见。人家孙铁锤从正月初二开始就吃起"磨盘会"来。地方上叫请春客。一般从正月初二开吃，直到上元节，更有吃出一个正月的。有的是亲戚门户圈子；有的是人情交际圈子；有的是"逞能摆阔"圈子；还有不得不打肿脸充胖子的"奈何不得"圈子；反正就是挨家挨户地转着吃。地方上有头有脸的人，自是各种"磨盘会"的上宾。从孙铁锤他爹孙存盆那会儿起，基本一个正月都不用回家吃饭，整天都是醉醺醺的，有时还得主家朝回背。第二天早上头还晕着，但中午又得前呼后拥地出门吃去。那时公子孙铁锤就跟着混了不少嘴。到了他这阵儿，开"磨盘会"的风气更是有增无减。不过孙铁锤在吃别人家的同时，也会在初七那天，亲自摆上几桌，招待重要客人。按地方风俗，一鸡、二犬、三猪、四羊、五牛、六马、七人、八谷、九豆、十麦。就是这十天都要有所管待敬侍，比如一鸡、二犬，就是初一得给鸡喂好些，初二得给狗几块像样的骨头。而初七管人，算是请春客的正日子。孙铁锤家待客，自然得放在这一天了。

安北斗作为镇上干部，已几年都被邀在列。大年初三，孙铁锤就让叫驴上门打招呼了。可今年他既没说去，也没说不去，只嗯啊着点了点头。虽然看不惯孙铁锤那一套，可也不愿得罪人。毕竟家在村里，面子抹不开。

这时温如风就放话了："初六是个出门的好日子！"

如果初六这货真出门告状去了咋办？所以他在初三那天，就急急呼呼骑车子去了一趟派出所。所里门口的三轮翻斗车上，又铐着几个人。何首魁正坐在办公室里，拿着手印、脚模在比对。

安北斗拱拱手说："给何所拜年了！""空脚吊手的，拜个鬼年！""这不请您吃饭来了嘛！丈人晚上在农技站请客，让我来请您！"何所说："你看我还有时间吃饭。这几个货，乘三十晚上，把人家磨石沟口一棵白果树偷着挖了，上百年的老树哇！几个挨瞎锤子的，都弄到小磨岭梁上了，叫我们撵回来了。气得我都想把几个骟了！""你这是看啥？""看这几个货，是不是偷温如风那棵树的货。""是不是的？""不像。几个也死不承认。我还对一个哈尿上了刑，可胡乱承认的，都牛头不对马嘴，看来的确不是他们干的。行刑逼供

65

那一套使不得。""何所，温如风那棵树，八九不离十，就是孙铁锤和叫驴他们干的。""你看你，证据呢？你把证据给我拿来！""并且温如风也肯定是他们打的。"他还说得很坚定。"安北斗，你管好你的计划生育就行了，破案少掺和，那不是你的强项。我最讨厌的就是外行把案情分析得跟唱戏一样，头头是道。常常会把破案线索引向一边去。温如风挨黑打的过程，我详细调查了孙铁锤和叫驴他们的客观时间，都没有作案的可能性。证据，一切都得拿扎硬证据说话。""可温如风要是初五前得不到准确回音，搞不好又要告状去了。""他爱到哪儿你让他到哪儿去，别惯那瞎瞎毛病。反正我不能办冤假错案。"……

回到村里，安北斗心里就越发吃力了。他甚至都有点害怕正月初六这个日子。

人急了，啥办法都能想出来。初四那天，安北斗突然遇见了牛存犁，灵机一动：这家伙不是牛让人偷了，也没破案，气得见人就撅吗？初二那天，还见他跟温如风蹲在太阳坡里咕叨了半晌，兴许他能帮点忙。

天快黑时，他故意把观测仪扛到牛存犁家门口的土坡上，朝天空对望起来，引来了牛存犁。牛问他望啥？他说看天象。安北斗爱看星星，一村人都知道。但把这玩意儿架在自家门口，围一堆娃娃来看，牛存犁还是有些好奇，就凑过来问："最近天象咋个样？"安北斗直摇头："不咋样。""咋不咋样？"他说："你看见流星没？大年初一晚上就有流星，初二、初三下得没停，今晚更多，你看看，你看看！""这说明个啥？"牛存犁问。"从天象上看，今年一个正月都不吉利。流星流星，就是弄啥都流产的意思。"牛存犁搔着没发的头皮说："这个怕不准吧？""这是科学，科学不准啥准？"安北斗说得很坚定。孩子们议论纷纷，都说科学自然是最准的。牛存犁自己就把话赶到那儿了："不是说，初六是个好日子，利于出行吗？"他故意神神秘秘地说："咱是镇干部，不能随便散布谣言，我的话你就全当没听噢。"说着，收起仪器就要走。

牛存犁急了："哎哎存镰，安干事，我还说初六出门去看牛犊子，准备买一条回来呢，你的意思，不吉利？"他还真觉得不能耽误了牛存犁买牛的事，就说："你要信这个，主要是出行不吉利。""买牛犊子就要出行哩，在邻村。"他说："那个估计问题不大，从天象上看，出行超过方圆十公里，可能才有麻烦。""那啥时出行才顺当？""整个正月都不行。"气得牛存犁把光脑袋拍得啪地一响："他娘的，卖牛那家离咱村刚好十公里。"他还有些歉意，但为了稳住温如风，也就没好再多说。何况买牛犊子也不在乎十天半月的。

果不其然，初六那天，温如风没有出行。因为初五下午，他见牛存犁到温家坐了小半晌才出来。出门时，还有点东倒西歪的，像是喝了酒。

初六一早，安北斗就蹲在自家窗前，观察动静。直到太阳出来，花如屏才头发揉得乱糟糟的，端着尿盆朝后檐沟走。温如风是十点多露的头，他急忙调好焦距，看他干啥，原来是清洗压面机的滚筒，镜头里看得一清二楚。温用铁刷子刷得很仔细，没有半点要出远门的意思。他心里才安稳下来。这一天，他和爹娘仍是轮流值班放哨。温如风把磨面、压面的机器弄出来清洗、上油、给皮带打蜡，忙活了整整一天。晚上九点多，家里就漆黑一团了。他还有些不信，一家的勤快人，哪一夜不是忙活到一两点。他扑扑通通从斜坡上跑下来，还偷偷摸摸听了一阵墙根，花如屏的叫声，都有点邪行。那女人平常见人总是羞脸子，这叫声可是淫荡得了得，像是温如风在拿刀一下下剐她的肉！乐得他回家舒舒服服地睡了一夜好觉。

担惊受怕的初六总算过去了。

初七一早，他就听温家的钢磨、压面机都响了。看来是没事了。中午，他就浑身有点轻松地到孙家赴宴去了。本来说不去，他爹说得罪那人干啥？存罐有他们盯着，让放心去。他就去了。

孙铁锤的面子果然大，不仅请来了邻村管事的，而且把从外面"端公家饭碗"回来过年的，一律都请到了。关键是还请来了派出所所长何首魁。

席吃到半晌，他娘突然来叫他，悄悄说："瞎了，存罐背着包出门了，像是要出远门的样子。"

他一下就傻愣在了那里。

15 出访

出访，一般是指到外国进行访问的意思。用在温存罐身上不大合适，可他偏把这次告状叫出访。大致是他听错了，人家说的是初访，因为还有非（法）访、重访、缠访、闹访等说辞。而他以为初访是不准确的，因为年前被抬到县上，那就是初访了。而这次，他既不是非法上访，也不是故地重游，更算不得缠访、闹访，也确乎只能定义为出访了。

要说还都是孙铁锤家初七管人惹的祸。

一次开了十六桌。老虎杠子、划拳猜宝声，喊得一村子人都能听见。还放了三眼枪，唱了花鼓戏。加上叫驴这一伙狗腿子又爱张狂，舞扬得像是王母娘娘开蟠桃盛会。连邻村的娃娃都撵来抢炮仗、讨压岁钱。事情还出在温如风的儿子趁家里人推磨、压面不注意，也跑到孙家门口讨要三五毛钱不等的压岁红包，被狗剩羞辱一番，拿篾片抽着他的小手说："你爹个哈尿告人家，你还有脸要红包，要红包！要红包！"温顺丰哭着回去让花如屏看他被打肿的小手，一下刺激了温如风，他当机立断，决定出访！

安北斗急急火火赶到温家时，花如屏正在喂猪。这一家人是一分钟都闲不下的。不仅推钢磨、压面，槽头还养着一窝猪，房前屋后敞放着几十只生蛋的鸡鸭，还有一群爱撵人的大鹅。他一进院子，那群鹅先团团转着像是要围猎他似的乱啄起来。好不容易走到花如屏跟前，双手已让鹅啄了好几口。是花如屏一阵吆喝，鹅才退阵的。

"存罐呢？"

花如屏拿猪食瓢，照着霸槽抢食的猪脑壳，美美磕了几瓢："我叫你抢，我叫你抢，别人都耍吃了。"那头霸槽猪，才把前腿从槽里蜷了回去。

"花嫂，我存罐哥呢？"他又问了一遍，花如屏才开腔："出门了。"

"到哪去了？"

"男人家出门，谁还给女人打招呼。"

这明显是搪塞话。安北斗知道，温如风平常跟老婆关系很好，做啥都商商量量的，出门还有不给她打招呼的？他就说："嫂子，我也是为你们好。存罐到哪里去，你得跟我说一声，我还能害他不成。毕竟是老同学，兄弟一场嘛！"

"温存罐就是一个烂推钢磨、压面的，还能跟你安干事称兄道弟，同学也都是陈芝麻烂豆子的事了。你们如今势力多大，镇上干部来一河滩，连派出所都来齐了。孙铁锤家请的才是你们的同学兄弟，别把存罐当猴耍了。"

"看嫂子说的，我啥时把存罐当猴耍了？"

"还没耍猴，就差在孙铁锤家门口竖个杆杆，把存罐朝杆杆顶上吆了。你们有头有脸的人好在底下看猴戏么。"

"对不起嫂子，孙家请春客，我也是没推掉。我给存罐哥说了，正月十五，一定请他和你到家里坐坐。我把请客的日子定在十五了，存罐知道。"他的确是这样安排的，之所以定在十五，也是为了拉长战线，多把人稳几天。谁知这家伙初七到底还是走了。

从温家一出来，他立即就去找了还在孙铁锤家酒席宴上的何首魁。希望他能安排人跟他一道去追一下温如风。谁知何首魁很干脆："追他干啥，派出所要是把这号货都当一回事，见天耗着，那我还办案不？他爱到哪儿到哪儿去！"还没说完，孙铁锤就出来叫，何首魁又进屋喝酒去了。无奈，他就夹上车子，一直顺公路追到镇上，也没见到温如风的踪影。他就打电话给南归雁汇报了。

南归雁一听，在电话里直接爆了一句粗口："你能弄屎！连个人都看不住。大过年的，他再跑到县上闹，我看你也别混了！"说完，那头把电话都摔了。过了一阵，电话又响了，南归雁语气有所缓和地："本来我不想说，还是给你实说了吧，我妈……不行了……实在走不开，你得立即采取措施，无论如何，都得把人找回来。拜托了，老同学！"南归雁的嗓子已经沙哑，说话也很疲惫。那句"拜托了，老同学"，甚至让他有些感动。他就说："放心吧，我立即去县城找！你家里还需要人来帮忙吗？"南归雁说："你知道就行了，不许给任何人讲，我处理完后事就回来。只希望我回来那天，温如风也能回到北斗村！"

"我尽力！"

"不是尽力，是必须！"南归雁把电话挂了。

他在去县城以前，还特别回村上找了牛存犁，觉得兴许从他那里能找到点蛛丝马迹。他看牛存犁最近跟温如风打得火热。

当他赶到牛家时，牛存犁正在收拾牛轭头、牛笼嘴、牛鼻绳、牛鞭子，还有老木犁这些家什，用桐油染得黄澄澄的发亮。牛存犁本来初六就要买牛犊子的，结果听他说"出行不利"，就只在家里做些准备。他打问温如风的事，牛存犁是知道一些的，但又不想吐口。逼得急了牛才说："存罐也相信日子，本来正月是不准备出门的，还请人打了卦，初七一早就开张了。谁知你们干部吃磨盘会要整那么大的响动，恨不得把几个村都炸得飞起来。好多家丢东丢西的，鸡、鸭、鹅不说了，大件的猪、牛、骡子，还有成百年的大树，说丢连根毛都寻不着。而群众反映贼就在孙铁锤家和派出所里出出进进。大过年的，这些贼又穿起连裆裤，连何黑脸都来了。他们吃喝在一起，朝死地吃，朝死地喝，生怕别人不知道是一伙的，还要放铳子、唱大戏地闹腾。存罐心里挠搅得跟锤子戳一样，他不走，气都气死了。"

"你知道他去哪了？"

"那是个闷葫芦，除了推磨、压面，平常也不跟人来往，我咋知道他去哪了。只听他说：我就不信，还没个世事了！"

从牛存犁家出来，他又急忙夹着车子朝镇上跑，为了加快速度，甚至连屁股都没落座，始终前倾身子站着蹬。赶到镇上，他还是先去了一趟派出所。何首魁刚从孙铁锤家喝酒回来，头有点晕，眯瞪了一会儿，就开始办案了。从年三十晚上到初七，所里又抓了好几个偷树、偷牛贼回来，还有打架把胳膊打折的。何首魁气得把桌子拍得暴暴响：

"你脑子都进水了，大过年的，也不让人安生。还指望派出所给你管吃管喝的是？我都想把你这伙驴日的皮捋下来……"

安北斗在门口晃了半天，何首魁才极不情愿地走出来，问："咋了？你就这好凑热闹的？还是温如风那事？让他跑嘛！我就奇了怪了，你们怕他个啥？""何所，你看是这样，南书记来电话了，让一定要找到温。并且让我给你汇报一下，再不敢让他到县上去折腾了。大过年的，闹着对镇上不好。""就是你们前怕狼后怕虎，才养成了这伙人的瞎毛病。他闹腾能咋？案没破么，非让我弄个冤假错案才都满意了？县公安局不是也上手查了么，破案就那么容易？我吃了几十年公安饭，就总结了一条：要听人瞎忽悠、瞎指挥，一旦乱了阵脚，百分之七八十都办成了糊涂案。""那你说温如风挨黑打，就跟孙铁锤和叫驴他们一点关系都没有？"他在问这话时，叫驴正在院子的三轮车上帮忙铸人，对那些不规矩的，时不时还给一脚。叫驴穿的是黄色大头牛皮靴子。何首魁说："从所有证据链看，孙铁锤和叫驴都不在现场，他们没有作案的可能。我已反复取证调查过，也不能冤枉人不是。""会不会是他们指使人干的？""指使谁？在哪里指使的？都查无实据嘛！"

安北斗哀叹了一声："咱们今天真不该到孙家吃磨盘会。""吃磨盘会咋？吃了他孙铁锤的，只要他犯了案，照样逮。都叫我何黑脸，不就是说我翻脸不认人嘛！""孙铁锤家请春客，兴师动众的，群众可能看着不顺眼。温如风本来推钢磨都开张了，结果看我们都去孙家吃五喝六的，一气之下就走了。""我还是那话，他爱去哪儿去哪儿，别把他太当回事。我吃了孙家的磨盘会，还要去其他几个村里吃。吃饭也不光是吃饭，也在办案。办案有各种办法，不是坐在这里审，再拿铐子到处铐、绳子到处捆，有时吃饭打牌也是办，那叫侦办。再说了，所里办好多案子，还全凭村干部帮忙哩。跟人家都闹成两张皮，出门依靠谁去。跟这些人打交道，没有你想的那么纯粹简单！"

安北斗是怎么也说不过何首魁的。连南归雁的话，在这里也啥作用不起，何况自己。他本来是希望派出所也去一个人，把摩托开上，找人办事都方便。一看三轮摩托周边铐了好几个贼，何所又是那态度，他就只好自己坐班车上县去了。

16 雪城

安北斗进城那天晚上，大雪把县城覆盖得只能看见一街两行的红灯笼。有的灯笼上都落着厚厚一层雪。街上除了零零星星的孩子在堆雪人、放鞭炮，几乎没有什么人影。只是家家户户都能传出划拳猜宝声。有人甚至跑出门来，一阵呕吐，又被人搀回去继续喝。安北斗除了开会，平常很少进城。加之雪夜对城区的笼罩，都辨不清东南西北了。他觉得首先还是应该到县委和政府门口看看，兴许一下就能找到温如风呢。他是问了几个大一点的孩子，才有人给他指了指方向。

县城毕竟小，不一会儿就到了政府门口。这儿什么也没有，只有几条游狗在雪地里乱嗅。他还跑到一个"五讲四美三热爱"广告牌后边找了找，那里倒是窝蜷着一个流浪汉，但不是温如风。政府大门紧闭着，他轻轻推开侧门的一条缝，看门老头问干啥，他说找人。老头看了看他背得鼓囊囊的行李说："大年关的，找什么人？给人行礼都不看时候。"他急忙解释说："我是北斗镇的，有人可能到县上告状来了……"还没等他说完，老头就说："还没上班呢，告的哪门子状。出去，把门闭下！"他还朝院子里探了探头，除了满地积雪，的确空空如也，他就退出来了。虽然看门老头态度不好，但他心里还是感到一阵安然，说明温如风没到县政府来。

县委大院离政府不远。温如风年前被人抬来时，就放在那里。这家伙懂得县上县委书记官最大，当时雇人就端直把他抬到县委门口横着了。他顺着政府院墙，朝县委门口走。那里也吊了四只大红灯，两扇铁门同样严丝合缝地紧闭着，连朝进瞄一眼的缝隙都没有。他想总是来了，得探听点虚实，就敲了敲铁门上的一个小窗孔。窗孔倒是拉开了一点，里面歪着半个很胖的脑袋极不耐烦地："敲啥敲啥敲啥？"他又介绍说自己是北斗镇的干部，没等说完，那人就躁了："领导都不过年了？寻情钻眼也不看个时辰！"说完哗地把铁窗滑上了。他把四周打量了打量，仍是只有几条游狗在打着转圈地相互纠缠，大概是吃饱了，都唧唧哼哼的很是缠绵。

他总算感到了一阵轻松，从种种迹象看，温如风还没到县委和政府来过。不过他立即想起年假是放到正月初七的。人会不会在初八突然出现呢？他很快住了下来，准备明天一早去拦人。他浑身冻得有点像筛糠，房里也没暖气，就打了一盆滚烫的水，烫起脚来。刚把冻得跟生铁板一样的脚端在热气上蒸着，南归雁就给他发来了信息：

> 北斗：辛苦了！今晚务必要找到温。明天是新春后第一天上班，不能让他再到县委政府胡闹。镇上已臭名在外，千万不敢再雪上加霜。归雁

这样的短信今天南归雁都给他发好几条了。

县城虽小，可大小旅馆不少，这阵儿到哪里找去？但南归雁的指

示，让他还是坐卧不安。泡完脚，他又到离县委政府比较近的地方，查看了几家私人小旅馆。人家见他不住店，又不是派出所的，就刺刺刮刮地把他打发走了。也只有明天一早到门口堵人一条路了。

　　心里搁着事，一夜都没睡好。五点多他就爬起来，随便抹一把脸，端直去县委与政府接壤的地方候人去了。雪是停了，可风跟刀一样乱削，尤其是在丁字路口的风道上，把他冻得穿一件三十五块钱的假黄军大衣也不顶事。他用围巾包着脸，上下牙直磕磕，清鼻长流。从凌晨五点等到八点多，上班的倒是陆续来了不少。由于需盯着两个大门，他就不得不眼观六路，耳听八方。双脚冻得直在原地小跑，过路人看着像是遇见了疯子。直到十点多，县委院子拥出一帮人来，中间走的正是王中石书记。这时候，他最怕老温突然从某个角落猛扑出来，扑通跪下，状纸朝头上一顶，像唱戏。告状人自古至今都沿用的这个套路。他恨不得把眼睛撕裂了，四处乱盯乱看着，直看到王书记带人走进政府大院，说是给各部门拜年去。只听院子里一片欢腾。但温如风始终没有出现。他总算松了一口气。却也没有掉以轻心，直到一小时后，王书记拜年结束，一大群人又从政府大院倍感振奋地送出来。王书记还专门到十字路口慰问了站岗的警察，又去医院看望了医护人员，然后才回县委大院。他一直跟着，就怕温如风突然闪出来。终于什么也没发生。他才在附近一家餐馆歇下来，要了几个水煎包子，边吃边继续观察动静。

　　中午机关休息时，他给南书记打电话报了平安。说王中石书记都在大街上出现了，要告，那是再好不过的机会，可温如风没有出现。只听南归雁在电话里说："越是这样越要提高警惕，不定就会生出啥大事来，必须盯紧。你就在那一带游动着，我再派一个人来协助你。"

他还问了他老母亲的病情，南归雁沉重地说："人已不在了！"他说了几句节哀的话，然后就按照要求，在附近一家小旅馆开了房。那房的窗户，刚好能看到两个大门口的动静。第二天，南书记又把招商专干调来，两人轮班把那儿守着。

真是见鬼了，他们守了三天三夜，都没见老温闪面。

他还专门去医院找了一趟陈院长。

陈院长给他提供的消息更让他惶恐不安，温如风初七晚上来找过他。主要是想让医院开证明，说把他脑壳打坏了，里面老嗡嗡响，走路两边歪，身子不平衡，落下残疾了。陈院长还开玩笑说，大雪天，没有人走路不两边歪的。问他下体情况，他说勉强能尿。陈院长说，性生活也正常了吧？温如风咧嘴一笑说，把人打成这样，还有那心思。陈院长又说，该过的性生活还得过，那也是恢复身体机能的一种方式。温就笑了，缠他半天，非要开脑残证明不可。陈院长说那需要进行很复杂的医学鉴定，不能随便开，开出去就成了法律依据，要关人的。温说，我就是想把害我的人关起来！陈院长告诉他：我们给你提供的那套病历，已经非常清楚了，只要找到凶手，伤害罪绝对逃不脱。可温如风偏是要开个更狠的证明，说告起来攒劲些。陈院长始终没松口，说你脑壳里边问题不大，别瞎折腾。还问他，年都没过完，到哪儿告去？温如风在大风地里撂了一句：穷人家哪有个年喏！

安北斗从医院出来，又到县公安局、法院走了一趟。虽然他们这些人把一个基层小公务员完全不当一回事，连坐都没让一声，可他还是基本问清楚了，这两天没有北斗镇的人来告状。他让招商专干紧盯着县委政府大门，自己又到车站溜达好几次，还把凡能找到的私人旅店，齐齐箅梳一遍。最后，是在车站背巷一个叫迎春楼的小旅馆找到了温的踪迹。初七下午五点左右，温如风登记入住过。听胖乎乎的老板娘讲，这人一住下，就问医院咋走。出去一个多小时回来后，要了些开水，啃了半边锅盔馍，就睡了。第二天一早，大概五点多，急急呼呼退了房，应该是去了车站。其余的就一概不知了。

难道这货又回北斗镇了？

他急忙把电话打回镇上，让去温家看看。附近邻居说好几天都没见温的影子了。找花如屏问，还反咬一口，说她还想问政府要人呢，把人打成这样，连句话都没有。坏人又是拉客，又是放炮的，这是要把人朝死的气是不？你给镇上说，温如风死了！

线索就中断了。

死，温如风是不大会死的。

安北斗仍然没有放松警惕，继续在满城搜寻。直到南归雁从市里回到县上，他们研究了半天，才觉得事情可能不妙，温如风不是到市上就是进省城了。可地方那么大，怎么找去？南归雁给母亲守了三天灵堂，已是疲惫不堪，说着说着就睡着了。最后是安北斗拿了主意："南书记，咱们还是先回镇上吧。你也好好休息几天，缓一缓，一旦有动静，我立马出发。这样大海捞针不是个办法。"

南归雁也急着想回镇上开会。上任眼看三个月了，都希望看到他的新思路、新作为。这次春节回市上，在伺候母亲的同时，他也找一些能干人聊了聊，就北斗镇的现状，勾画了一个基本蓝图，正想回来大干一场呢，就说："那咱回吧。北斗，你还得把心思放在温如风身上。市上那边我给同事招呼一声，问题不大。你准备进省城。北斗镇的任何发展，都要建立在稳定上。有人在外面闹腾，就整得鸡犬不宁的。不仅分神分心，而且还影响招商投资形象。我们必须把问题解决在萌芽状态。"

他们返回那天，不仅县城大雪纷飞，而且连几十公里外的北斗镇也下得能见度不到两米远。天地混沌一片，雪花也不知是从天庭倾覆人间世，还是从地下飞扬重霄九，崇山峻岭顿然消失，万径沟壑顷刻填满。雪住后，公路上的冰溜子足有上尺厚，弄得好几天进省城的班车都来不了。

暴雪后的天空，纯净得就像湛蓝的画幕一样，纤尘不染。安北斗刁空，又把观测仪架到了阳山冠上。他是披着被子在那里观测的。尤其是正月十六晚上，他甚至还观测到了一颗很小的行星，在金牛座的位置忽隐忽现。他是有野心，要在这无际星空，找到一颗属于自己发现的星体的。这大概也是许多天文爱好者的平生意愿。就在他有些兴奋着这颗星体的异动时，南归雁突然派人来喊他，说温在省城出现了，闹得动静很大。

他回到镇政府院子时，南归雁把行李都收拾好了，说话很激动，并且手都有些颤抖。吩咐他跟他一起连夜上县，明天一早到省城领人。

这次跟他们同行的还是何首魁，县局给老何下了死命令：必须配合镇上去领人！老何把偏斗摩托都发动了。

17 省城

温如风平生还是第一次进省城，没想到世事这么大！客车把他拉到五一停车场，一下车就找不到方向了。他到处问省委在哪，政府在哪，法院在哪？这身穿戴打扮与神情，让被问的人都有些莫名其妙，也就有点当神经病看待了。打问半天，有人才大概指了一下：往城里走！他勉强摸进西城门，又沿路打听，多是些生冷蹭倔、待答不理的人。气得他在心里老想发撅。乡下人问路，有时都能帮着送出几里地。咦西京人咋是这神气，像是谁没打招呼掰了他的馍，比吃了炸药都爆裂，开口就是你弄咋的嘛，问省委，那都是你问的地方？有的还"快僻僻僻死"，只能问出一肚子气来。因此，他就尽量少问少打听。自己认得字，就在公交车站找，总算把那些地方搞了个大概。然后决定先朝省委走。从镇上情况看，书记比镇长管用。有时书记硬得来了，镇长吓得屁都不敢放一个。县上也是书记比县长牛。省上自不必说。他走前牛存犁就曾给他灌过药汤：弄就朝大的弄，弄小了尿不顶。

温如风拐弯抹角来到省委大院门口，也看清了那块高高大大的牌子，但已是晚上十点多了。路灯昏黄，人烟稀少，只有穿军装的人，还笔挺地站在大门口，是鸟都飞不进地严阵以待着。他朝当兵的跟前凑了凑，大概还有四五米远，人家就让他止步了。他也觉得这时不能再打扰，就准备就近找地方安歇下来。

在省委南面背巷子里，他终于找到了一家私人旅馆，房里两张床，竟然还住着一个上访户。简直是瞌睡遇见了枕头。两人就披着被子，抽着劣质烟草，咕叨了半晚上。那人先是一脸瞧不起他的神情，后来谝着谝着，也是他拿出了花如屏烙的油酥饼，还有甘蔗酒，吃着喝着，才给他过起了招。

那人叫欧宝财，陕北人。他的案情简单地说，就是走了狗屎运，在别人都瞧不上的承包地里，一锄头挖出了露天煤炭。然后这承包地就被一级级收回，说是归国有开采，谁知又承包给了私人老板，眼见人家发得噗嗤噗嗤的，竟然还合理合法了，他不服，就一步步走上了职业告状的路。当听了他的冤情后，欧宝财嘁的一声说："照说你这就不是个事，半棵树、牙花子、打了蛋、人家请客你生气，都什嘛事？

我那是几百万、几千万、几个亿的事呀！可既然有人下黑手打了你，干部还狼狈为奸，这就有说头了。"欧宝财深深抿了一口酒，咂摸着嘴说："这甘蔗酒还行，能喝。你看过张艺谋的电影没有？"他摇摇头说，一天忙得鬼吹火一样，哪有闲工夫看电影。欧宝财说："《秋菊打官司》，跟你这有些像，也是让人把蛋踢了，到处讨说法。巩俐演的他老婆，有些说不出口，但还是逢人就说。电影的看头就在这儿了。看你把重点放在哪儿，是半棵树、牙花子，还是蛋的事？还是干部作风问题？得有个重点，懂不懂？现在告状人多，明早你到大门口一看就知道了。像你这点碎事，基本就是淡闲事。勉强挤到前边，人家信访局登记情况，几句话就把你问得连自己都觉得不够跑路费。一脚还是踢回镇上处理去了，连县上都不够秤。你想想，半棵树，值几个嘎？蛋打了，那就是个笑话。你咋说？何况蛋现在又好了，啥都不影响。蛋的照片我也看了，没照好，像机关食堂里摆的一堆紫薯，那能说明什嘛情况？至于干部作风，就更是个空洞概念，作风作风，搞了男女关系，让人现场逮住才是作风问题。像你刚才说的，镇上前任书记跟妇联主任活活被人摁在石床上，那才是扛硬的作风败坏，除此以外，都是扯淡。大年初七，人家干部凑到一起吃顿饭，又没吃你的，把你气成那样，够不够半句话？"

"问题是我那半棵树，让村干部偷了；人又被他们打了；派出所、镇政府上上下下不仅不查，还到他家吃吃喝喝，把他娘的三眼枪、雷子炮放得跟天戳漏了一样；下边狗腿子还打我娃的手。狗日都是故意的，气得我肝疼啊，你知道不？这冤情还有人管吗？咱还有活路吗？"

"你说的都对对着哩，可说来说去就那点碎事。偷树的证据、打

人的证明一概没有。人家干部过年凑到一起日囊一顿饭，那叫个什嘛事？你告谁去？"

"我告他何首魁，还有南归雁。"

"何首魁、南归雁何许人也？"

"一个是派出所所长，一个是镇上书记。"

欧宝财噗嗤笑了，又嗞地抿一口酒问他："多大的官？"

"一个北斗镇就好几万人哩。何首魁的所长还管着另一个乡，加起来也快七八万人口了。"

"生八路，看来你还是生八路哇！告状你得抓住要害，打蛇得打七寸，懂不懂？比如我，跟你一样，也是一个村民，如果你只告村支书、村主任，在省城那就是个笑料。你也看到了，这是多大的世事、多大的场面，七八百万人口啊！在西京人看来，你那乡下旮儿的事，就是死个把人，也都是踩死蚂蚁的碎碎个事。何况是半棵树、牙花子，那就是张艺谋电影里那颗蛋的事。当然，你也牵扯到蛋，拍电影演戏还行，告状可不灵。你说说，为甚要到省城来告？"

"把事朝大的闹么。"

"这不就对了。你县委书记是谁？"

"王书记，叫王中石。可我挨了黑打，被抬到县委门口，人家是帮了忙的，把我弄到医院看了病，还天天问候，也让公安局查了。"

"查出来了吗？"

"查出来了我还告？"

"就告他，告王中石！一个县委书记在省城虽然也没啥情况，可毕竟还能提上串。告什么何首乌、南回北归雁，还有什么生（孙）铁锤熟铁锤的，一个烂烂村官、派出所所长、乡镇书记，在省上这盘棋上，连个大象腿上的跳蚤都不是。说了白说，告了白告，鬼都没人理你。不信你明天去喊喊试试，还以为你是精神病呢。"

欧宝财特别能喝，开始还嫌乡里的甘蔗酒味淡，谁知花如屏装的是酒头子，少说让他喝了一斤半。老欧喝得疯疯张张的，反复强调，到省城告状，就得在你县委书记和市委书记头上摸哩。最后他又骂了一阵老曲、老姚什么的，才嗵的一声倒下睡了。甘蔗酒后劲特大，欧宝财后半夜直用手指头抠喉咙呕吐，喊叫头痛得快爆炸了，还日撅他说："额是身家过亿的富豪，可不能让半棵树、牙花子的蛋事给整……整壮烈了！"

第二天一早，欧宝财还睡着，他就起身到省委门口观察动静。果然像老欧说的，门口堵着人，有的还拉着各种布条，写着五花八门的诉状，好像多数与拆迁有关。真有些近不了身。家里事太多，钢磨、压面见天都是百十元往上的净收入，也耽搁不起。可这口气不出，又过不去。但凡能压住火，谁又愿意出门受这份洋罪呢？他踅摸来踅摸去，也想找个纸壳子，写上几个字，顶在头上，朝大门口扑通一跪算了。可欧宝财说，在大机关门口弄事，得讲点方式方法，不能斜着来，自找苦头。正在为难时，有人把他肩膀一拍，回头一看，是欧宝财。问他："看清楚了没有，半棵树是不是个蛋事？""问题是不是半棵树的事了。""可说到底还是半棵树引起的系列淡闲事么。""那你的意思不告了，让哈尿成精翻天去？"

欧宝财把他肩膀一拍说："走，这门口少染，有摄像头呢。"说着，把他拉到了离人群较远的地方，还指了指对面一个院子说："你知道那是甚地方？"其实他早就发现，那个院子门口也站着放哨的，只有一些小车出出进进，显得更加神秘而已。

欧宝财说："知道不？省上的大脑髓都住在那里边。这边院子没啥大人物，都是跑腿干事的。你想闹出大动静，还得把眼睛朝那边盯。""咋盯？""这个我不能教你，一旦弄住，你这批嘴一抖搂，我还成教唆犯了。我的案情最近有些进展，上边有批示，信访局让等消息呢。""那你当初是咋引起注意的？""你看报不？"温如风摇了摇头说："我就是个推磨、压面的。""要告状你就不能只懂推磨、压面，得看新闻、读报纸，了解天下大势，知道不？"温如风想起昨晚初见老欧时，他的确是在读报，并且不是一张，而是一摞。他当时还有点惊慌，只有干部才读报的。后来才知道他跟自己一样，也是告状的。并且现在老欧手里就拿着一份报纸，还故意给他展示了一下大标题，上面是一个重要会议的信息。

欧宝财说："大脑髓们一个不少的都会出来！"

温如风好像突然有了主意。

18 马后炮

何首魁他们进县城的路上，摩托几次熄火不说，还差点在土地岭梁上急拐弯处滑到沟底去了。勉强进到县城，领导们已在会议室等半天了。见面还没坐下，政法委书记就先发一通火："速度这么慢，路上踩死了不少蚂蚁吧？你们的人在省上两会开幕时，突然闯出来，一下跪到领导车前，头顶状告咱们中石书记的牌子，引起了巨大反响，都很得意是吧？中石书记脸丢得连会都开不成了。书记的脸是他个人的脸吗？那是全县人民的脸，知道不？！为这事，年前反复给你们敲过警钟，让把人安抚好，好嘛，还跑到省上闹去了。有预案没有？人离开了怎么不报告？南归雁，看你这书记还干不干？年过得这么消停？县委要求一把手春节期间坚守岗位，你还跑回市上，正月初十才回来，想干啥？你咋不把元宵节过完再回来呢？"说着把桌子拍得嗵嗵直响。

安北斗感觉那可是比训儿子还严厉。南归雁本来可以解释一下老母亲的事，可他没说话，只低头做着笔记。安北斗实在有点看不过去了，才解释一句："南书记母亲正月初八去世了！"政法委书记这才缓和了一下情绪，但也没说对不起，只把话打住了。

公安局局长又接着收拾起何首魁来："老何，你是老公安了，把这点屁事都办不好？这是多大个案子，不就是半棵树的事吗？还有老虎沟杀人灭门案重要？市局和县局抽调一百多名干警，连年三十晚上都在破案，你们在弄啥？温如风是中石书记特别关照过的，年前我在医院也再三叮咛，让你抓紧办案，这就是你办的案？十几个派出所，我几乎年年给你先进，你还受过省厅表彰啊！给你明说，老何，局里意见很不统一，就是嫌你骄傲自大，不注意小节。把这么个事能办成这样，你能弄屁能当所长？我都想给你撸了！"

何首魁把摩托开得打滑在地，脸上蹭了一块皮，有巴掌大，血刚凝住，还带着腐殖质没擦净。安北斗见他这阵儿也蔫驴一样，闷声不响地甘受训示、撅骂。局长骂完，就吩咐派警车连夜朝省城赶。

警车上路后，安北斗才发现，连政法委书记也坐在另一辆车上在前边开路。积雪已转化成冰凌的秦岭盘山公路，警车也得套上防滑链才能像蜗牛一样朝上爬。南归雁、何首魁和他坐在车上一直都没说话。临开车前，局长让弄了十几个烧饼和咸菜放在车上，算是他们的干粮，可一直都没人吃。安北斗实在饿得不行了，才提议让都吃一点，说路长。司机预计赶天亮前看能不能到省城。何首魁倒是啃了一个。南归雁到底吃不下，就一直那样眯着眼睛闷坐着。安北斗也吃得有些没味道，就检讨说："都怪我，把人没看住，后来又麻痹大意了。南书记让到省城去找，我当时就该去。"何首魁还是那话："省城那么大，他不冒头，你能找见？看，咋看？人家又没犯法，总不能拿手铐铐住、脚镣铆住吧。"

南归雁一直不说话，安北斗能感觉到他心里的巨大压力。首先是丢了王中石书记的脸，后果严重程度可想而知。加上政法委书记那顿训儿般的苛责，还有才死了亲娘的悲痛，他几次看见南归雁眼里都闪着泪光。他真想安慰安慰老同学，可自己的这点分量又管什么用呢？

安北斗最后悔的还是不该去吃孙铁锤家那顿饭。他认为就是那顿饭惹的祸。孙铁锤太张扬，恨不得让满世界人都知道他与上上下下的关系。每年都想通过"磨盘会"昭告全村：谁也别想在村里兴风作浪，谁露头谁就等着招祸吧！今年大概也明显有做给温如风看的意思。因为温已公开跟他孙铁锤叫板，并叫到县上去了。叫了板又怎样？是镇上替你温如风出气了，还是派出所替你出气了？越想越是这么个理，"磨盘会"吃坏事了。

当警车勉强开出大山时，何首魁又冒出一句话来："记着，别给温如风好脸，别惯他的毛病，越惯越得寸进尺。一切还都得按法律办。没证据就别给他低三下四地下话。下了话，找不到证据，他能变本加厉，从西京闹到北京去。"

"那我们就不管了？"安北斗有些战战磕磕地问。

"管？咋管？永远都只能是马后炮，你信不？除非派专人一年四季把他拴到裤腰带上。"

直到这时，南归雁才开口说："即使拴到裤腰带上也得拴。莫非还要让一个温如风把北斗镇的经济社会发展拖垮不成。"

天终于大亮了，两辆警车像两个泥巴蛋一样开进了西郊电子城。

19 **如愿以偿**

温如风是在省里两会开幕那天早晨，突然出现在会堂门口的。

提前他跟欧宝财反复查看了线路。欧宝财让他装成过路人，手上捏几根油条或麻花，再提几根葱蒜、白菜之类的，一边走一边吃，越随便越好。并反复叮咛："你屄可不敢把我出卖了。我是看你可怜，又是生八路。你要敢把我扯出来，我就不是把你蛋打成紫薯色的事了，而是端直剁了喂狗去。"

温如风自是满口答应，并且自己还反复把线路勘察了几遍。连买油条、麻花、葱蒜、白菜的市场都找好了。准备朝头上顶的状子，是在垃圾筒里捡的纸箱子，裁出一个方块来，细细修剪了边沿。还买了一瓶红钢笔水和毛笔，提前把"状告永平县委书记王中石"写了上去。欧宝财还夸他毛笔字不错，他说小学临过柳公权。这么大的纸壳子掖在哪里呢？欧宝财还帮他做了演习，说："肚子上比后腰抽出来快些。有时别在后腰，还没等你抽出来，事情就过撤了。这个得反复演练！"

在等待过程中，他起早贪黑，又实地跑了好多趟，是演练再三再四。无意中他还发现了一件事：难怪乡下这几年老丢大树，原来是都移到城里来了。欧宝财告诉他这叫"大树进城运动"。乡下但凡有点年岁的树，都让城里弄来了，人家有钱，看着也美么！气得他还诌了一句："放在乡下就不美了？都是老先人栽的，连老先人都不要了？为这树，把贼和骗子招得满天飞。"

一条一条的街道，都移栽着老树。有的整条街还都是国槐。他还在栽国槐的大街上一棵棵地找，要是遇见他家那棵，是能认出来的。树上刻有记号。那阵儿他跟花如屏才恋爱，她嫌他娘名声不好，有些不情愿，他就在树上刻了一个花瓶，里边还刻着花。有一晚上，在月光下他拉花如屏去看，花如屏的眼泪一下就出来了，然后他就把她抱住了。这棵树被偷，算是连他的爱情都偷走了，咋想都不是半棵树的事。常言说：树挪死，人挪活。他还很是有些担心，那么大的树，一挪几百公里，还不知是死是活呢。几乎每棵树都削了顶盖，砍了枝丫，只剩一个光秃秃的树桩，还浑身挂满了吊针，倒是何苦呢？他都怕他那半棵树早已不在人世了。这些挨枪的城里人！

正月十八的前一天，欧宝财就转移了，并一再叮咛，让弄出动静来，可别朝他身上染。温如风按反复演练过的计划行动，竟然一举成功了。

看着那么多盯来盯去的人，防范得有点鸟都飞不过去，但却没人把他当回事。用欧宝财的话说：你这人长得低调，再弄个一把抓的帽子戴上，鬼都不注意你！他竟然就咬着油条，提着两把葱蒜和几棵圆白菜，忽的一下扑到了中心位置，十分轻松地拉出肚子里藏着的纸壳子，哗地朝头上一顶，大喊一声：

"小民冤枉 ——"

他大概看得有点走眼，拦住的竟然是十一号车，不是一号。立即就有一堆人把他朝起架。他急中生智，一下钻到前轮子下，死都拽不出来。最后硬是被一帮穿便衣的小伙子抬出包围圈的。当下造成了拥堵，而堵住的就有越来越小的车号。这事一下在会上就炸锅了。

他被一帮小伙子抬出去后，端直弄到一间房里了。他是做好了挨打准备的。这些人要是揍起他来，可不是叫驴那帮人的身手，他们个头都在一米八往上，大概一拳头就能要了他的小命。但没人打他，都只像看怪物一样盯着他：这家伙是怎么钻进来的？ 有人倒是看见他远远地正吃油条，还提着几棵菜晃来晃去的，咋就像变戏法一样，突然扑跪在道路中间了呢？

他从这帮人的惊慌失措和提心吊胆看，事情是闹大了。他们先把他弄到一个房里关了大概有个把钟头，然后，就有人来问话。问完，那人说："你厉害，领导让立即调查清楚事情原委，给告状人一个交代。你把你的书记整美了，全省的县委书记都没他这样风光过，可是亮了个大相啊！"说着，那人还看了看已揉得抽抽巴巴的纸壳子，"王中石"三个红字十分醒目。

随后，他就被一辆警车拉到一个宾馆，说是等县上来领人。这期间，门口一直有人看着，他也出不去。人家也没慢待他，吃饭还弄了四菜一汤，说省委书记下乡也就这标准。当然话里都味味道道的。管他呢，先咥了再说。

这天晚上，他睡得很扎实，唯一遗憾的，就是这好的软床，这白的被子，这暖和的房子，这热的洗澡水，连蹲茅坑都在房里坐着，要是花如屏在就好了。

正月十九一早，他还没起来，就有人敲门，敲得很是急促。弄得他穿衣服都扣错了一排扣子。

打开门，一下拥进来一堆人。有他认识的，也有不认识的。认识的都走在后边，那是何黑脸、南归雁、安北斗。走在前边的是啥书记、啥主任、啥局长。

只听啥局长说："我们这就算把人交给你县上了，再出事，会上安保组和信访局概不负责。"

县上给人家一一做了保证，然后，他就被拉上车，一路朝回走。

南归雁死不说话。

何黑脸是一副想揍他的样子。

他心里毛毛的，中途闹着要下车。安北斗说："存罐，咱回，这也闹得够大了。要相信组织，一定会把事情处理好的。"说着，还把他扣错的扣子帮着重新扣了扣。他才做出一副极不情愿的样子闭上了眼睛。

其实这阵儿他心里美得很着呢，总算达到目的了，甚至让他想起了一个形容词：如愿以偿！回去看他狗日孙铁锤还放三眼枪不。

20 立春

温如风这次"出访"，是在市、县、镇三级干部护卫下圆满结束的，于正月二十日下午十六点十分顺利返回永平县。因南归雁和何首魁被县上留下要研究问题，而交由安北斗全权负责，转乘派出所三轮摩托，于当晚十八时二十五分安全抵达北斗村。沿途闻到风声，争先恐后、跑得遗鞋掉帽子的观望者，虽没达到"箪食壶浆，以迎王师"的程度，起码也是都张大了嘴巴、久久不能闭合地拥塞于道。

温如风在省城拦车告状的事，像长了飞毛腿一样，早在全镇传得神乎其神了。有人甚至说他是端直跪在了省长车前，在乡里一些人想来，省里自是省长最大。省长不仅亲自下车搀扶，而且还安排了高级酒店，好酒好烟管待数日。只怕那半棵树和打蛋的事，解决起来，是要三天两后晌地快刀斩乱麻了。当然，还有另一个版本，说他拦路一跪，当下就被八个彪形大汉拉到黑拐角，打得粪便拉一裤裆，一边找牙一边讨饶：再告我就是驴日下的！并且人已关了大牢。无论如何，他是完好无损回来了，并且是警车护送！虽然一个轮子的气瘪蔫得顺地噗嗤，可这毕竟是何所长的座驾呀！关键是警车后边还自发地跟上来几辆"护卫"摩托，更有蜂拥而上的自行车队夹持，都是看热闹不嫌事大，搞得比过去镇上来了书记县长的阵仗都大。

温如风还有点小得意，他希望孙铁锤也能在队伍里面，看看欺负他的结果。谁知就在这时，嗵嗵嗵，村中三眼枪又响了。真是活见鬼了，这都正月二十了，还放他娘的哪门铳子。有骑着摩托跟得紧的人说："孙铁锤他舅过三年呢。村里还请了唱戏的。"

温如风的脸一下就阴沉下来。

安北斗立马有些心慌意乱。他记得孙铁锤他舅是二月二龙抬头那天死的，咋提前十几天就过起三年了？真是热闹处卖母猪——瞎凑的啥团场？

警车径直把温如风送到老鳖滩，安北斗还故意提前下车把他搀扶了一把，也是想给他一个面子，更是想给凑热闹的看看：温如风好好地回来了！可不敢把人再逼走了。在县上临行前，南归雁一再交代：回去二十四小时把人盯紧了！那股严肃劲，就差说：再出事，你安北斗就背着铺盖卷走人吧！

花如屏见温如风从警车上下来，哇的一声大哭起来。乡下人不似城里，当众敢抱着男人哭，怕丢丑，而是一下抱住他妹子温存雨，哭得鼻涕一把泪一把的稀里哗啦。儿子温顺丰也跟着哭。温如风故意伸胳膊伸腿地说："哭啥，都好好的。省上的大官都要给咱做主了，还哭啥呢。"他故意把声音说得很大。

这时，孙铁锤他舅家的祖坟山上呜哩哇啦、噼里啪啦响动起来，虽没有年三十和初一早上那么撼天动地，可也是另一番气象的震荡山川，何况选在了今天。

县剧团的闹台一响，人轰的一下又都奔村委会大道场上看戏去了。

安北斗把温如风安顿进家门，就把话朝明的挑了挑："按组织吩咐，让我二十四小时把你盯紧，就怕你再出去闹腾。我一路上也在想，人家把话都说到这份上了，各级领导也都引起了高度重视，你就在家好好等消息吧。都立春了，我看老鳖滩的桃花都开了，你还先得把家里的几亩地顾住。需要了我可以帮忙。一年之计在于春嘛！你勤劳几十年了，都舍得把这大好农忙时节错过？磨坊也得好好开着，见天几百块，耽误得起嘛！"

温如风突然跳起来："他一个烂舅，都死三年了，过去也没见他稀罕过，今天知道我回来，放的啥铳子？唱的啥大戏？"安北斗急忙安抚说："这你可能有点想多了。村里老人但凡有点家底的，谁过三周年不响动一下。""他舅是三年前二月二那天酒喝多了，一头栽进赵寡妇的茅坑淹死的。他当时让捞起来就埋了，一天都没放够，嫌臭。今天倒想起死舅了。这才正月二十，三年哪有提前过的？""存罐，别自己给自己找别扭。过三年差前差后一个月，都是常事么。你想想，二月二前后，大农忙的，谁还顾得坐席、听戏。""狗日还是想气我呢。我都想把赵寡妇的尿盆子扣到他门上，算是给他随礼了。""对了对了，好好过你的日子，管人家干啥。听话，再别出去了，把地里活儿忙完，磨坊也开张起来，静等好消息就行了。""要是没好消息呢？""我给你打包票，这回一定有，毕竟把大人物惊动了。听我的没错。"

说完这话，其实安北斗心里也没底。人物再大，指示再硬，事情还得发回原籍处理。而处理人说来说去，大概还是何首魁、南归雁，包括他自己。以何首魁的态度，仍是老三样：时间、证据，加上咳嗽带出瘀伤。想让老何有点激情，有点人文心，除非石磨子能哭喊、铁砧子会说话。但无论怎样，他对这次事情还是抱着希望的，毕竟闹大了。他还给花如屏也交代了一番，让把人看好，说闹到这份上就行了，搞不好还真能把一个浑浑全全过日子的好罐罐给踢打了呢。

劝完温如风，他又到孙铁锤家走了一趟。温如风无论告南归雁、何首魁、王中石，根子还是他孙铁锤。是那半棵树、牙花子、挨黑打、请春客等一系列事情惹的祸。孙铁锤活人的方式就是好张罗、讲排场，恨不得把北斗村的天空都搭个席棚，由他家盖起来，见天拉席面、宴宾客；都来给他随礼、上贡、捧场子。他舅，都知道是远近闻名的赌博骨碌，就爱跟女人丢酸坎子胡拉扯。死得那么臭不可闻，竟然在三年后又搭起快半里路长的席棚，吹吹打打，收礼待客起来了。

孙铁锤的老婆叫刘兰香，这阵儿也是哭得呜呜的，在戏台子前上香呢。

剧团正在唱《黑虎坐台》：

> 赵公明丧了命阴魂不定，
> 恨子牙气得我耳目圆睁。
> 我这里跨黑虎且往前行，
> 三霄洞别三妹我细诉冤情……

安北斗是在院子最里边的房里找到孙铁锤的。敲开门，一摊人正在搓麻将。嘴里都叼着烟，房里熏得相互看不清脸面。见安北斗进来，孙铁锤招呼了一声，问他："听说驴日下的回来了？大正月的就去告，娘老子死早了，没人好好指教的货！还告到省上去了，把老子抓起来好了！瞎皮烂眼的，以为是跪了大领导的车，结果才是前边开路的秘书长，当老子不知道。老子的侄儿就在省府工作，驴日的被抓走一个钟头，老子就接到电话了，以为他是谁呀！幺鸡！""碰！""碰你妈的瘪哩碰！"这时有人推门进来，问三眼枪还放不？说温存罐回家后，把门窗都关上了。孙铁锤说："放，继续对着他家放。把晦气全放到老鳖滩去！八筒！"安北斗惊愕着孙铁锤消息来源的快捷与准确。孙铁锤继续一脸不屑的样子道："北斗，看把你忙活的，就是天子下了圣旨又能咋？咱又没端他公家碗，能把我白瞅两眼半。驴日下的当年打葫芦包，让马蜂蜇死了我爹，还没跟他算账呢。八万！"

谁能把孙铁锤治住呢？这是当下安抚温如风的关键。像他这样有事没事地乱刺激，温如风大概迟早还是要跑的。

安北斗突然想到了草泽明。

21 草泽明

草老师在村里当了十几年民办教师，孙铁锤、温如风、安北斗他都教过。好多年也转不了正，听说不"走动"不得行。而他既舍不下面子去"走动"，也受不了外行教干为升学率，动不动就指着鼻子骂人的鸟气，干脆扔了教鞭，回去"耕读传家"了。他爷爷就在村里教过私塾，他爹也是识文断字的人，但都没离开过北斗村。都过的是两亩地一头牛，老婆娃娃热炕头的日子。不过草老师没有娃，是师娘不生。也请地方老中医开过不少方子，吃了还是没动静。师娘迷信，专门回老家弄了一棵皂角树回来栽着，皂角结子呢。去年有人来拜访草老师，说久闻大名，上门讨教的竟然是草老师最爱讲的曾国藩家书要义。谁知喝了人家孝敬的闯王醉，竟然人事不省，皂角树就被连根挖走了。师娘那天是到镇上卖鸡蛋去了。他家一天有时能拣十几颗鸡蛋。回来见没了皂角树，气得拿棒槌把看家的大黄狗的腿都砸瘸了。草老师倒是看得开，四十五六的人了，结不结子就那么回事了。狗是怪不上的，要怪就怪自己好喝好显摆，竟然把曾国藩讲了两个半小时没住嘴。来的是一男一女。男的在做笔记。女的双手支下巴，两眼扑闪闪，显出一脸的崇拜相来，他就讲得特别生动起劲。房后皂角树就在这个时候被连根刨走了。没给草家结子，师娘总是有一份歉疚的。他老安慰说，他教的娃娃多，待承好了，满村都是自家的儿女。

草老师家住在全村最高处，离安北斗家还有一里多远路程。房子是卧在一把太师椅一样的山腰里。为了能俯瞰全村面貌，他爷在延伸出去的一个梁包上，建了一个简易亭子。远看群山郁郁苍苍、一亭置于万木荟萃之中，确有吐纳云雾、汇聚山川精气神的点睛妙用。亭柱上刻着"江山无限景，都聚一亭中"的对联。亭子的四梁八柱，都是就地取材的各种圆杂木，随弯就弯，绝不扳正削直，以图美观。顶上盖的是丝茅草，过几年翻新一次而已。四壁常年搭满了瓜藤蔓。远看像柴草垛，近看像小牛圈。可钻到里面一看，世事还真不小，竟然有青冈石棋盘、紫藤摇摇椅，还有毛竹加蒲草的软卧榻。一个老树蔸子削平顶端后，竟做了可供四五人品茗的茶几。他每天都沉浸在这个小世界里，翻翻书，抿两口小酒，煮三巡老茶，再看看村里如练的河水东去，实在有点"子在川上曰：逝者如斯夫，不舍昼夜"的况味。

几亩地，一年三百六十几天，有六十天就打理好了。牲畜，以敞放为主，单门独户的，也没邻居找麻烦。他还借自然花木，养着十几笼蜂，到时候割蜜就是。再就是一群野斑鸠，被他惯得能站在他手心吃食，卧在他肩头丢盹，立在他头顶拉粪。剩下大把时间，就抱着书，坐在亭子里朝日头偏西地看。如今看书也没压力，既不考秀才，也不中举人、争进士的，想看啥看啥。他还给茶几上刻了陶渊明几句诗："既耕亦已种，时还读我书。""纵浪大化中，不喜亦不惧。"师娘有时也生气，怕他把眼睛看瞎了，骂他书里能看出花来，鸡吃麦子都懒得起身吆。他说鸡能吃多少，吃得再多还不是给咱长肉生蛋哩。气得师娘也撕过几回书，撕烂了，他把零片片捯饬起来，还看。家里衣食无忧，他又不想发大财，日子就过得真正是《诗经》里说的"民亦劳止，汔可小康"了。

安北斗过年时是去看过他的。草老师的殷实日子，中心体现在每年自酿的上千斤甘蔗酒，和吊在火塘半空铸铁炖罐里一年四季都煮得咕咕嘟嘟的腊肉上。来人随时拉出一块，就能切出红馨馨的砧板肉下酒。他每次去，草老师都埋怨不该带东西，说老师啥都不缺。动物有吃的、有巢穴就够了，而人也只需要食物、房屋、衣裳和做饭、取暖过冬的燃料足矣。这些东西山上取之不尽用之不竭，其余的闲在那里都是累赘。安北斗说，你这是梭罗的思想。草老师不知道梭罗是谁。他说是一个作家，也是哲学家，写了一本书叫《瓦尔登湖》。草老师让给他弄一本看看。他说你们干部出差多，见识广，但凡有好书了搞几本，老师就是陶渊明的日子了。

这天安北斗来时，他正躺在亭子外的一堆干草垛上，用书扣着脸丢盹。书还是他去年开口要的《物种起源》。大概又被师娘撕过，连封面都粘贴得有些残缺不全。他喊了一声草老师，人哼哼一声，醒来了？问他咋来了？他说送书来了。不仅有《瓦尔登湖》，还有一套《缀白裘》戏本，都是他要过的。他一边翻看一边说："二次再进城了，记得给我弄一本《老残游记》。这还是我爷手上的物件，让你师娘塞到火塘里了。那书不贵，薄薄的，有一段写王小玉唱书的句子，老师都能背，你听噢：'王小玉便启朱唇，发皓齿，唱了几句书儿，声音初不甚大，只觉入耳有说不出的妙境：五脏六腑里，像熨斗熨过，无一处不伏帖；三万六千个毛孔，像吃了人参果，无一个毛孔不畅快……'你听听这写法，如今谁还有这手艺。可惜让你那个养鸡婆师娘，骂我吃着碗里盯着锅里，心里还惦着辣子窝里，一下把王小玉烧得连灰渣渣都寻不见了。"

在草老师身旁不远的地方，是几堆正燃烧的火粪。这是农村最好的肥料。冻土一松，立马从地畔、山林弄来腐殖质、树叶和干灌木丛，把土堆上去，然后点着下面的易燃物，烧上一天一夜。等土凉了，再把猪圈、鸡笼、厕所的家粪拌进去，种洋芋、点苞谷、追麦田，都是上等的好肥料。所谓无污染农家食品，就是靠这些肥料生长出来的。而化肥倒是快，越追地越瘦，越追作物越不养人。草老师始终保持着年年自烧火粪的习惯。他朝坡下一指说："你看看，如今还有几家烧火粪的。都嫌慢，不增产。只怕再有一两年，连化肥催的粮食也懒得种了，都想发大财呢。"

安北斗朝坡下一看，果然没几家烧火粪的。放在往常，一立春，满村都是火粪味儿。

虽然是春天，但正午的太阳依然晒得人有点头晕。草老师就把他让进了亭子。

棋盘上，还晾着他在老皮纸上练的字：

云盖秋松幽洞静，
水穿危石乱山深。

门前自有千竿竹，

免向人家看竹林。

"老师好雅兴哪！"

草老师说："年年都得给人写春联。毛笔字这东西，时常不练手就生了。今年就没有去年写得顺畅。对联是一村的门面，写不好，就丢了一村人的脸。没事画一画。字这玩意儿喂不家，一放就生。""难得你这心境，总是这样乐天、淡定。"他夸了草老师一句。"唉，只是不喜欢搅和热闹而已。"草老师从亭子朝村里看了看说："太热闹了！太会制造热闹响动了！我喜欢安静。喝两盅吧？让你师娘弄俩菜。""不喝了吧。""人生不喝酒还叫人生？"他对老屋场喊，"弄俩菜，北斗来了！"师娘远远地应了一声。

草老师接着说："有一句古训叫：富贵怕见开花。现在刚过了几天有油有盐的日子，就折腾得恨不得让石头都要开出花来。这闹腾背后，又不是真正的睦邻友善。曾国藩讲：孝友、睦邻、节俭、知书达理。我看这也是维系一个村庄的根本。可咱这一村人的活法，咋离这些就越来越远了呢？这么多的大树丢了，到底谁是贼？有些娃娃媳妇还被偷去卖了，谁卖的？一村的匪气戾气，都是咋养成的？红白喜事动不动就摆几十桌，甚至几百桌，搞得一些穷家庭娶不起媳妇嫁不起女，死不起爹埋不起娘的，都起哄架秧子着想咋？就说孙铁锤，你舅都死三年了，摆这大的阔气弄啥？听说家家还都得随礼，这不是偷、不是抢又是啥？"

安北斗看草老师把话赶到这儿了，就说："草老师，你是大家公认的明白人，村里没有不尊敬的。孙铁锤是你的学生，如今恐怕也只有你能说上话。他把温如风简直欺负得太过了。我才把人找回来，就怕他又欺负着把人撵走了……"

没等他说完，草老师立马用了体育课上叫暂停的手势："打住，打住，你给我打住了。孙铁锤我是给他教过几年小学，千万别说是我的学生，经当不起！我没给他提醒八十回。听说他把牙花子朝温如风嘴里塞，我又硬着头皮捎了一回话，人家叫把话捎转来说：让草泽明把×嘴夹紧！"

"有这话？"安北斗也感到吃惊。

草泽明半天没说话，眼里甚至还有泪水在打转圈。

"草老师……"

"还有更难听的呢，不说了，有辱斯文，有辱斯文哪！"草泽明把话题一转说，"可你记着，让他张狂去，人不灭他，天都会灭他的。他老子孙存盆不是厉害得很么，咋让马蜂给蜇死了。现在还不是他最张狂的时候，这世事，他的张狂大概才刚刚开始呢。等着瞧吧！核桃、毛栗最终都会有人砸着吃的。人道是天道，没人道了也就快了！北斗哇，记住三句话：一是养正气，打好人的底子；二是蓄志气，活得有点骨头；三是固阳气，勤劳正直向上。我之所以不当老师了，就是没人听我这三句话了，都只要考试成绩，要旁门左道，要立马生财，那不是我想教的书哇！不说了，喝酒！"

安北斗就再不好说啥了。

远处，孙铁锤他舅的祭戏，已唱到《龙凤呈祥》了。

22 雨水

省上两会一结束，县上就及时传达了。大会上，王中石书记除了强调经济工作外，撂下稿子，把北斗镇温如风的事，讲了十几分钟。南归雁头低得再没处低了，只感到无数双眼睛在他身上来回穿梭，如芒刺在背。他就怕书记点他名，到底还是点了："南归雁呢？"他站了起来。王书记说："你这名字很好听哪，可你要是把北斗镇搞不好，大雁恐怕也难归呀！春节前已经把事情闹得那么大了，我怎么批评提醒你们的？仍是得过且过、麻木不仁！"王中石敲桌子了，吓得几个爱咳嗽的烟鬼都憋住了气。"我倒不是痛惜状告我王中石，瞎了我的啥名声。我是觉得永平县在全省本来就没地位，也没啥影响力，这下好，你给咱放了大大一个卫星哪！（又敲了桌子）你回去看，要是连这么点事情都办不好，就把辞职报告打上来，我随时给你批……"

这两天会，可是开得南归雁把人丢得连一丝丝脸面都寻不见了。当初调他来时，也是谣言满天飞，一会儿说他是市委组织部部长的人，一会儿又说他是市委书记的远房侄儿，还有把关系扯到省上的。自王中石把他在大会上提溜起来狠批一通后，谣言就又来了：这货谁的人也不是，就是名字叫得怪，让领导乱点了鸳鸯谱，让他拾了个活茬。他的确感到压力有点大，加上母亲去世的哀伤、劳累，他都有点躺下快起不来的感觉了。

王中石大会批评完南归雁，下来问了问秘书，是不是批评得有点重。秘书说，反正够他喝一壶的，不过不批评也不行，一个温如风，看给县上捅下多大娄子。紧接着，有关部门就问要不要给南归雁一个处分，让他汲取教训。王中石说你们研究研究吧。让他特别生气的是，温如风的事年前就已爆发，他千叮咛万嘱咐，最后还是闹升级了。南归雁有不可推卸的责任。可随后，他听到一个消息，说南归雁母亲在春节前已下病危通知，他赶回去伺候几天后就去世了。王中石对干部尽孝道一贯很提倡。连父母都不孝敬的人，让人很难相信会对老百姓真好。因此他立即制止了有关方面对南归雁的处分研判，说："没有那么严重，年轻干部嘛，批评批评就行了，何况他家里的确有事。"他甚至还有点后悔，不该在大会上让小伙子站那么久。虽然是点名时自己站起来的，他应该让他坐下再批评。温如风在省城上演那一出，的确令王中石十分不堪，也十分恼火。开会期间，不停地有人在用眼睛睃他，议论他，搞得他很是狼狈。市委书记也在小组讨论会上点了名，要求做好信访源头工作，不要把小事聚大，大事聚炸。但仔细想想，南归雁干事还是很认真的。温如风挨黑打后，听说他一头扎在医院三天三夜没合眼。小伙子也特别想把全县经济最落后的北斗镇搞上去，听说春节回家还在找人论证发展思路呢，他就觉得有必要在批评后给年轻人解解包袱，让他好轻装上阵。

王中石亲自主持召开了"村民温如风事件处置工作专题会议"。不仅因为省市领导有批示，让把事情妥善处理好，并要求上报结果。也是想在处理这件事和其他类似问题上，就如何把握度的问题谈些意见。县委一把手为一个告状村民开这样兴师动众的会议，在县上还是第一次。

县上要求何首魁和安北斗列席这次重要会议。

当何首魁用偏斗摩托把安北斗拉到县委院子时，会已经开始了。安北斗还是第一次踏进县委大院最后边那个小院落，那是常委们办公的地方，甚至有点神秘。有人端直把他们领进了会议室。

安北斗一眼看见王中石书记坐在最顶头的位置，其余分坐两厢。

外面还围了两圈。他也看见了南归雁，虽在内圈，却排在末端。第二圈也是满的。他和何首魁是被工作人员引导着坐在了第三圈。加起来大概有三四十人参会。他们进门时，是信访局局长正在说话，中心意思是：小事不要出村，大事不要出镇，矛盾不能上交，一切问题都需就地化解。可安北斗干了这么多年农村工作，一个突出感觉，就是百人百性情，每一件事都是每一件事的搞法，有时几乎很难有规律可循。比如温如风这个人，要发挥村上领导优势，一下就砸锅了。他正是跟村上头头铆上劲了，才如此"离经叛道"的。

他侧眼看了一下坐在身边的何首魁，正在弹腿。也许是开摩托有点冷，他把腿弹得桌子腿都跟着晃起来。在听完信访局局长的发言后，王书记问："北斗镇具体负责温如风事件的同志来了没有？"办公室说来了，他和何所长就站起来打了个招呼。王书记说："好好，请坐下！你们说说，这件事怎么才能又快又好地处理完结？"安北斗希望老何说，何首魁偏让他说。面对这么多领导，这么大场面，他脑子嗡的一下就乱了，嘴憋得像谁把鼓槌粘在了鼓皮上一样，拿不起也敲不响。他勉强说了几句起因，王书记就说："只讲办法，不讲过程。过程我们都知道了。看看你们还有什么好的对策？"这下把他弄得更傻眼了，就随嘴咕哝了一句："我保证……把人先看住！"会议室引起了一阵骚动。

王书记说："不是把人看住的事，而是如何解决问题，让这个人彻底放下来，回去推他的磨、过他的日子去。半棵树在我们看来可能不是啥大事，可放在一个具体的老百姓头上，有利益的事，还有面子的事，有时就是想争口气。温如风争气的成分就大一些。他家推磨、压面能挣不少钱，早就小康了，可为什么还这么干，要找根源，你们要牵住牛鼻子去解疙瘩。咱们县上常年在外告状的十几个人，但还没有一个搞得如此声名远扬的。不过我刚才也反复讲，老百姓能够站出来维权，尤其是维护尊严，是一种社会文明进步的表现！树丢了，人挨了黑打，他不维权能行？都不维权，岂不助长了邪恶犯罪？只要不是无理取闹，靠胡搅蛮缠攫取不正当利益，老百姓真有法制观念是好事，不是坏事。咱们好好解决就是了嘛，怕什么？南归雁也不要背包袱，温如风被打住院，你日夜守护着，说明对老百姓还是有感情的嘛！这件事你回去下点功夫，县上等着你们的处理结果。好吧，今天会也开得时间不短了，归雁表表态吧！"

安北斗与何首魁这远坐摩托飙来，算是赶了个会议尾巴。

只听南归雁好像是受了多大惊吓，又有些无比感动一般，绊绊磕磕、语无伦次地表起态来："王书记……各位领导：我们一定汲取教训，深刻总结这次事件的教训……是沉痛教训，绝不再给县委县政府和全县人民添乱……抹黑，一定把温如风的事件……教训处理好，把他那半棵树找……找回来，还要把打人凶手……彻底查清，给县委县政府……还有全县人民一个交代……"

安北斗看见南归雁在表这番态时，何首魁显出了一脸的鄙夷相。老何的腿也抖得更欢实了，甚至让坐在很远的桌上搞记录的人，都狠狠白了他一眼。

回到镇上，南归雁立即召开了干部会，说是传达会议精神，其实气还在温如风那件事上憋着。他也没客气地把安北斗叫起来站着批评了半晌。安北斗看他情绪如此黯然、激愤，也就给足了老同学面子，没有做丝毫辩解。

何首魁没有来，但主席台上摆着他的名字。有人说他感冒了。镇

上的会他可以参加，也可以不参加。

会议扩大到村一级，孙铁锤倒是来了。安北斗从南归雁的训斥中，也处处听到了对孙铁锤的敲打。但村干部就是村干部，不在公务员序列，因此，任何领导对他们讲话，都比对镇上干部客气许多。

会后，孙铁锤还问了他一句："咋了北斗，温存罐还真把祸咥大了？"他也借机敲打了一下说："这回恐怕不是闹着玩的，省市领导都有批示，县委王书记还亲自主持开了会，要把偷树贼和打人凶手一查到底！"他看见孙铁锤用指头剔了一点牙花子，迸出老远说："抓不住人顶尿用。"

镇上开的是经济工作会议，南归雁却把温如风的事说了半天。下午，连会都没让安北斗参加，就安排他回去驻村，一是看住温如风；二是展开全面调查，不信揪不出打人凶手来。

安北斗先去了一趟派出所，还是想跟何所长联手干。没想到何所长还真感冒了，可能与骑摩托来回颠跑有关系，额头上敷着热毛巾。在县上开完会，他们等着上摩托时，公安局局长跟他说了半天话，好像也是在训斥，并且很严厉。回来一路上车飙得风快，安北斗都怕他把摩托开到沟里去了。

他没好直接跟何所长说联手的事，只说南书记让自己立马回去驻村。

"那你去么。"何所只淡淡地说了一句，就再没下话了。他知道老何的态度：任何事不是领导急了，就可以跟着随便抓瞎的。并且越在都乱黄的时候他越镇定，倒显得自己毛手毛脚的不成熟。他就独自骑车子回村里去了。

这天，天上下着贵似油的春雨，地上溜光，自行车几次都打滑到了麦田里。他腰上的呼机也不断地震动着，一看，是老婆杨艳梅在骂他：

你脑子是进水了，不是催粮要款，就是刮宫引产，这下还让告状的给缠住了。一搞一月不落屋，死去吧你！

23 惊蛰

安北斗出门时雨很小，他想着春雨只会下那么几滴，没想到越下越大，已淋成落汤鸡了还没到北斗村。他走前是去了一趟卫生院的，杨艳梅正穿着白大褂在织毛衣。有一个病人躺在远处挂吊瓶。她一见他气就不顺，从前年冬月数落起：给人家抬了一个月的人，集中到卫生院引产、上环，还帮着伺候"月婆子"，就差没替人家洗裤衩了；刚安生些，又弄到县上伺候温如风；人家哪怕把温如风的卵蛋打成鸵鸟蛋了，与你啥相干？一个腊月、正月都围着人家转，温如风是你爷是你爹呀？现在又去驻村，镇上那么多干部，就你轻狂？就你能行？给个麦秸还真当拐棍了，看南归雁是给你弄了股级呀还是科级？滚，滚远些，死到村里永远别回来！气得他二话没说，夹起车子就走了。他也知道欠着老婆的，可又有啥办法？哪一节不扛都过不去么。就说眼下让驻村，不去行吗？温如风要真再有个什么动作，说开不就把你开了，胳膊还能扭过大腿？

当他勉强夹着车子回到家时，不仅头发湿得把脸贴成了半张瘦饼，而且脚上的泥巴和烂草，把鞋也糊成了两个鱼篓子状，鼻子还直打喷嚏。他娘说你这是咋了，出门连帽子都不戴？他爹帮着把自行车弄到檐下放着，他就直奔后窗户，去看老鳖滩温家的动静了。他娘说："在呢。这几天我和你爹都盯着。存罐烧了火粪，点了洋芋、苞

谷。钢磨、压面也都开张了。"他这才弄毛巾擦起头发来。边擦边打喷嚏，他娘就嘟哝着烧姜汤去了。他爹说："那么急呼呼地召到县上，是不是又挨训了？"他故意把事情说得很轻松："还轮不到我呢。在省上是王书记挨，到县上是南归雁挨。""那到乡上，不就轮到你了。人常说官大一级压死人么。"还真让他爹给说着了。上面千条线，下面一根针，层层压下来，镇上开了挤得加凳子的干部扩大会，最后把千条线全都穿到他这一根细针眼里了。让他来驻村；让他来广泛开展群众调查；让他来看住人；还说一旦有闪失，拿他的党性原则是问。他也觉得有点冤，这就不是计生专干的事么，活活摊到身上，还挣不脱了。开始他也打过小九九：喜欢干单纯的事，自己好把握时间，刁空能把望远镜架起来观观天象。也免得蹲在机关，被呼来唤去的，有时还得陪人搓几圈麻将、挖几把坑。没想到，摊上的竟然是这样一桩粘牙事，温存罐已不是昔日的温存罐，犟得来了，都想上九天揽月去。这个货！

春雨说停就停了。

他连续几次到老鳖滩观察动静，只听温家钢磨转腾得一片响，面也一吊半院子，好像一切又都进入了正常轨道。

直到这时他才发现，一场春雨，加上荡漾的春风，把北斗村烧火粪聚下的烟雾，刮得干干净净。大地显出湿漉漉的润泽感来。数处桃花，也赶在柳梢绽开前，艳炸地抢了春的头彩。喜鹊生怕人看不见似的，要跑到人前屋后，叽叽喳喳，把人的视线朝春之眼上引，好像春天是它们带来的。就连上坡觅草的羊，都你钻我挤地加快了兴奋的脚步。安北斗也忙忙碌碌地走访了好几家亲戚、同学、朋友，想摸摸那半棵树和黑夜打人的底细。虽是拐弯抹角着，却都讳莫如深。一说到孙、温两家的事，都在打马虎眼。倒是对村风日下，偷鸡摸狗一日胜似一日，全满腹牢骚着。尤其是对叫驴、狗剩、羊蛋、骆驼、磨凳这一伙"村痞"，都表示出了极大的愤慨。他也就把眼睛盯到了这伙人身上。

自打过年放鞭炮起，就看不见的月亮星星，又重新布满了天空。他扛起大炮筒子和照相机，叫上狗剩和羊蛋，说上勺把山喝酒走。那两个家伙开始嫌冷，可都嗜酒如命，终是没能抵住诱惑，就跟着上了山。

勺把山顶有一间小木屋，那是他前几年在几棵树上搭几根横梁，再用圆木在四周夹起树枝，形成的一间小房子。他本来是想在北斗村发展起几个天文爱好者，没想到，开始跟着来的一群孩子，家长嫌耽误学业，看星星也不长学分，就再不准跟他"瞎混"了。只有叫驴、狗剩、羊蛋、骆驼、磨凳这几个爱打牌、好喝酒的，常在夏天跟上来熬更守夜。他们倒不操心天文，而是惦记着那口酒，顺便也纳了凉。

今晚只有狗剩和羊蛋在，叫驴、骆驼和磨凳被派出所叫走了，晚上要帮忙去撵人，说哪个村的媳妇被拐跑了。其实他最想找的是叫驴，还专门拿了度数特别高的酒，是想把他灌醉后，好套话的。不过狗剩和羊蛋来了也好，他怀疑那晚黑打温如风的，就逃不出这几个货。叫驴已证明不在现场；骆驼去他舅家帮忙杀猪去了。这两个货说是在盐店街看电影，还有鼻子有眼地看的是《断背山》。可谁能证明呢？今晚这鸿门宴，他就想把实话掏出来。

虽然川道里阳气朝上，已经暖开了一些花草，可海拔近千米的勺把山梁上，还是冷得要命。一上来，狗剩就说今晚这酒喝得不值。嘴说不值，他架望远镜时，这小子已抿上了，说刚去尿呢，冻得那玩意儿都扯不出来了。羊蛋在木屋外搂了些干树枝，准备生火。木屋中间有个石头围起的火炉，点着火，给上面棚几块石板，既防火，还能烧烤、取暖。谁知他刚把望远镜焦距调好，就"呀"了一声，像是遇见了意外惊喜。羊蛋急忙问咋了？他说："月食，快来看，特别小，肉眼几乎看不见。"狗剩仍抱着酒瓶子说："那就是天狗吃月么。安哥，你老看那有啥用嘛。""你喝酒有啥用？"安北斗怼了一句。"喝酒起码能暖和身子么，你一看一夜星星月亮，把蛋都冻得从吊袋里蹿到楼上拽不下来，何苦呢？快来抿一口。"安北斗仍是手忙脚乱地调整着角度，在用照相机拍照。羊蛋就凑过来看稀奇："真个有一点黑拐角，像是被狗啃了一口。我大说了，天狗吃月是要生背运的，得敲锣打鼓把天狗朝一边赶哩。"安北斗说："你大那叫不懂科学，地球运行到太阳和月球中间，地球的影子把月球遮住了一角，就会产生这种现象。你都是跟草老师上过天文课的人，还是这式子。咧远，我要拍照。"

只要有酒，狗剩就对什么都没兴趣了，把鸡爪子也啃得一嘴的油汪。羊蛋说："我和安哥还没动嘴，你就日囊了这些。"狗剩说："砍藤割草，各有爱好么。""安哥别看了，你拿点好东西，都让狗剩咥完了，快来抿两口吧！"安北斗才进木屋，跟狗剩和羊蛋品起酒来。他其实也是希望狗剩先喝个差不多，才好套话。羊蛋酒量小些，半斤左右就能放倒，而狗剩至少得一斤半。他今天故意拿了两瓶闯王醉，就是想在后半夜把事情弄点眉眼出来。有多重信息，都指向了这两个人。并且温如风也感觉那天晚上揍他的，有个人像是狗剩，但头上套着肉色袜子，身上又捆了丝茅草，脸型、身材就不好辨认了。

这两个货，平常都爱朝孙铁锤家里凑，一来能混吃混喝；二来偶

107

尔也能凑上桌摸几把牌；或圪蹴在桌子拐角，看谁牌旺，下个炮子钓个鱼啥的。孙家过大事小情的，放三眼枪，他俩都是一线炮手。不过羊蛋比狗剩胖，也笨些，圆饼子脸，老笑不嘻嘻的，倒没听说他害过人。而狗剩个子小，二指宽一张窄溜溜脸，又长得细挑，狗钻不过的窟窿，他都能一缩身子穿过去。据说好多撬门扭锁、爬窗翻墙的事，他都脱不了干系。还有人说，他半夜糟蹋了男人出门打工留在家里的媳妇，事干完，人还打呼噜没醒。最后也都是自己"吹牛"吹出来的。总之，一村人都知道这不是个好货。今晚就放开让他喝，不信弄不出一点蛛丝马迹来。

谁知折腾半夜，狗剩少说也喝了有一斤五六两，还是没探测出任何端倪。听他们说，其实何所长早把这一伙叫去收拾了几天几夜，啥都没问出来。只是被连续车轮战，整得有些招架不住，招了看完《断背山》回来的路上，狗剩确实拾掇了羊蛋。气得羊蛋当着安北斗的面，把酒浇到狗剩脸上骂："你狗日就是个畜生！我不愿意，他在后边撒土巴坨吓我，说是鬼来了，然后就把我压在大石包上了。"

两瓶酒喝得连瓶子都打了，狗剩把鸡爪子啃了"头茬"，又过了"二茬"，真的是像狗一样，把骨头渣都嚼得一点不剩。可有关半棵树和温如风挨黑打的事，连点缝隙都没套出来。气得他后半夜，嫌狗剩又是呕吐又是打呼噜的，干脆几脚把他踢走了。不过羊蛋睡到天蒙蒙亮时，倒是给他吐露了一点还算有用的信息："安哥，打温存罐的人，不一定在咱村。我跟狗剩也出去打过人，那是邻村雇的，有人给现把。兔子不吃窝边草么。"

天大亮了，晨雾淡淡地笼罩住山峦，像是敦煌壁画上那些飘飘欲仙的云裳羽衣女，缱绻旖旎，衣袂翩翩，让群山充满了仙气与灵动。

山梁上的各种雀儿，唯恐自己声小地竞相歌唱起来。他在用镜头捕捉那无尽的远景与近景的虚实构图。

羊蛋突然喊："安哥，蛇！""说鬼话，这两天哪来的蛇。""你看么，这不是蛇是啥？"安北斗一看，果然有一条一尺多长的红皮格子蛇，从山洞里溜了出来。溜得很慢，甚至有些木讷、呆滞。大概是他们的响动和木屋里火炉的温暖，把蛇给提前引出洞了。

他突然想起已是惊蛰了，地下的蛇虫鼠蚁，也到该出洞的时候了。

24 春分

安北斗驻村已快满二十天了，按照南归雁的要求，也进行了广泛调查，并且还到邻近几个村，展开了深入细致的走访。但没有任何人能提供打人和偷树的线索。邻村人把温如风都叫温师。农村凡有手艺的人，乡里乡亲的都统称师傅。温如风能推磨、压面，并且不短斤少两、讹人诈人，人们自是很敬重。他丢了半棵树、挨黑打和进省城"扑车"的事，早已传得沸沸扬扬。当然，在调查过程中，大家普遍关心的，还是温师的交裆是不是彻底打坏了？都说好在有了儿子，再没个儿，这不让人谋害得断子绝孙了？可惜了那么漂亮的媳妇！他还解释说，都好着哩。人家偏是不信：好啥呢，说媳妇半夜老气得嚎叫呢。他笑笑说：嚎叫不一定都是生气么！不过在访谈中，也听到一些说一半留一半的声音：温师那半棵树和蛋的事，八九不离十，都是本村打铁的咥的货。他说村里早都没人打铁了。人家就诡秘地一笑说：没打铁的，还能没把铁锤了。他就明白是啥意思了。

经过好多天的走访，他才有点理解了何首魁的无奈。的确村村都有被人把大树偷卖了的。村村也都有挨了黑打找不到冤家的。好多人家的全劳力都出门打工去了，有那眼瞎耳聋的，还别说挖走了树，连做饭的锅被人揭走，柴火点着，给锅里添水才发现是浇在火头上了。村子真不是过去那个村子，寨子也不是过去那个寨子了。派出所也不断地雇人在一镇一乡到处撵人逮人，可贼哪是逮得完抓得尽的。有些人，东西丢了就丢了，黑打挨了就挨了，可温如风不得行么。老温有文化，加上方圆几十里都温师长温师短地叫着，让人打了不该打的地方，还给嘴里塞牙花子，面子过不去么。

为了稳住温如风，他除了亲自观察、发动爹娘放哨监督外，自己也几次上门，以磨面、压面、喝酒的名义，去跟他聊天探口风。温如风是何等精明的人，自是知道安北斗驻村和来家的理由，就不断地发出警告：我再给你们一个月时间，要是还收拾不了孙铁锤，我就到北京出访了。"凭啥收拾孙铁锤？得讲道理不是？""凭啥？凭他是偷树贼，凭他是打人的幕后黑手。事多了。""存罐兄！""别叫我存罐！""如风兄！我也给你透个风，为这事，何所长都动了不让动的刑罚，把几个怀疑对象收拾得几天几夜没合眼，用大灯泡烤，拿电警棍戳，可的确没弄出事么。"温如风嘴头很硬地哼着说："一边到贼家里喝酒，一边审贼，那不就是贼喊捉贼么？还不知私下是咋样勾肩搭背、通风报信的呢。何黑脸绝不是个好警察，你记着。我都怀疑他是暗中指使、以黑养黑、坐地分赃的黑社会头子。""你也不能这样乱怀疑人么。""我就怀疑他了，咋？再告，我就到北京警察总部告去，你信不？"

安北斗发现这个同学的确是变得厉害了，竟然这样不讲道理不听劝。无论小时在一块儿盘尿泥，还是上小学、初中，他都是闷不出溜、少言寡语的人。啥事能忍则忍、能受就受了，只要你不欺负他妹妹温存雨就成。那阵儿他也长得瘦削、单薄，但面对欺负他妹妹的人，绝对能一下扑上去，眼见把半扇墙都扑倒过。自他娘死后，回家开了磨坊，也是不惹人、不害人地与人为善。那半棵树要是别人偷了，估计他也不会在意成这样，毕竟是有点家底的人，弄得老耽误生意不划算。可这是与孙铁锤的纠纷，他就有点不依不饶。关键是他娘被孙存盆屡屡糟践，是村里公开的秘密。有人在他上初中时还侮辱他。后来孙存盆被马蜂蜇死了，他觉得人算不如天算，也就了了。没想到，孙铁锤仍把他当"下饭菜"，并且是一而再再而三地"下套"。他已多次对安北斗讲过：这口恶气不出，我就枉来人世走一遭！

花如屏对安北斗倒是一直笑呵呵的。一边包面，还一边劝温如风说："人家安干事又没把你咋，年前还伺候过你。为你的事，把人家耽误得媳妇娃都顾不上，跟人家说话客气些！"这的确是个人见人爱的女人，长得鼻梁高高的，瓜子脸，有点小酒窝，一说话还满脸的羞涩感。加上都说她在床上爱叫唤，叫驴、狗剩这伙哈尿，就把她评成"北斗村第一性感少妇"了。其实她也是快三十的人了，但就是长得身材匀称、娇小玲珑，好像从十几岁到现在都没变过样。安北斗还隐隐劝过温如风：就凭这媳妇，都得常年在家守着，狼多着呢！可温如风偏是一根筋地要出气。他就再三规劝道："你要相信组织。从省上到市上、县上、镇上，你的事都是头等大事，领导十分关心重视。但你也得给时间么。这是案子，既牵扯盗窃，又牵扯刑事伤害，不是说破就能破的。要是一个月真破不了，又出去闹呀？""什么叫闹？我这叫依法维权！放在你，你能把孙铁锤饶了？把蛇鼠一窝的何黑脸饶了？包括他南归雁、王中石，说是层层重视，都咋重视的？就派你一个搞计划生育的来瞎抹搭，准备剐了我还是骗了我？告诉你，甭把老百姓当猴耍！我再说一遍，一个月后，要是还没结果，我就进京了。那时别怪我不给领导面子。""南书记也在亲自抓，亲自调查。人家总不能放下一镇的工作，整天围着你一个人转么。"

"你甭官官相卫。记住，一个月！"

这事还真闹得不好收场了。事情重大，必须立即汇报。他从温家磨坊出来，连家都没回，就端直夹着破垮垮自行车回镇上了。

镇上正在开会。他从窗户朝里透了一下，发现坐在会议室的有一多半都不认识。并且穿戴打扮都很洋气，不像本地人，也不像上级来的行政干部。有女的戴着小碗口大的耳环，嘴画得比财务上用的印泥更红润油光。还有头顶没毛，络腮胡子却长得像高山瀑布一样挂满前胸的。也不知啥会，反正开得热火朝天。南归雁在主持。他心急火燎地打了几次手势，南都没注意他，兴趣完全倾注在一个演讲得嘴角堆满白沫者身上不能自拔。他终于忍不住闯进了会场。那个嘴角溢白者甚至还站起来舞动双臂，在大屏幕上挥斥方遒、指点江山，表情和手势夸张得酷似演戏。内容好像是与文化旅游产业有关。安北斗急忙给南归雁耳语了几句。南归雁澎湃的情绪，似乎受到了致命一击，但很快又恢复了常态，只低声道："回头说。"他就出去了。

他在院子里转了一圈才发现，今天镇上是有点要大操大办什么喜事的意思。伙房里不仅杀了五六只鸡，而且还从鱼塘买了鲤鱼、鳝鱼、甲鱼。山里人平常都吃腊肉，今天案子上却摆着新鲜猪屁股，说明为这事还杀了猪。大厨和帮厨也增加了好几个，都是北斗镇平常办红白喜事有名的那几位。他就问管伙的老曹：都来了些啥人，还这大阵仗？老曹说都是从大地方请来的，要搞啥子"点亮工程"，吸引人来旅游呢。

"点亮工程？"

他看从老曹那里问不出道道来，就把上厕所的朱武干跟上，问开啥会？朱武干也很是有些激动地说："南书记这回可能要给咱咥大活了！规划要把整个北斗镇的七座山都点亮。还要搞一台大晚会，把人都吸引来，再靠民宿、农家乐带动经济发展呢。刚那个说得唾沫星子直溅的胖子画家，说还可以搞一个啥子书画小镇哩。"他一愣说："邻县不是有把山城全点亮的，也没吸引来多少游客呀？"朱武干说："这些专家说咱们这儿不一样，有文化底蕴，可以在七星山上大做文章。来的还有几个作家，可能骗了，说得南书记都激动得坐不住了。尤其是来搞晚会的导演、策划啥的，说就叫《印象北斗镇》，要弄成天上人间浑然一体的啥子'天人合一印象秀'呢。""南书记认可了？"他问。"我看挺上心的。不上心也不会请来这多名人，花这多钱。看来书记是要有大动作了。你也去听听，这些人嘴能批干得很！"朱武干尿都没抖净，就又一路小跑着进会场去了。

他本来就为温如风的事心生挠搅，又听说要点亮七星山，就更是心乱如捣杵了。他跟邻近几个县的天文爱好者都有交流，大家公认北斗镇是方圆几百公里最好的观测点。首先是夜静。天文观测最重要的是地面不要有亮光，并且越暗越好。在北斗镇无论走到哪里，天空都纯净得像蓝色画布，多数时候甚至连一丝白云都没有。尤其是晚上，底色仍是泛着深蓝，星星和月亮，甚至像是谁安装上去的一样，都显得有些不真实了。作为天文爱好者，这是他半夜睡觉都能笑醒来的事。听说"点亮工程"把有的地方，已折腾得山上走兽虫鸟四处逃窜，再也听不到百鸟朝凤的日噪夜鸣了。制造出来的，只是"鬼火森森，蓝焰如磷"。

　　他知道南归雁自上任那日起就在想大招，想"拐弯超车"，彻底改变北斗镇落伍面貌，没想到想的竟是这一招。他从窗户看见，那个胖子画家还没说尽兴，一个戴着深度"二饼"眼镜的瘦子作家就在跟他抢话筒，好像他们已完全掌握了北斗镇经济文化发展的秘笈，唯恐建言献策不及了。

　　好不容易等到吃饭时，南归雁给各位专家敬酒三巡后，才起身到外面找他说事。他已整整等了书记五个小时。本来是说温如风的事。这阵儿，他甚至觉得"点亮工程"已超过温如风事件的危害性了。但他还是从温如风说起：老温有可能进京，并扬言要到警察总部去告何黑脸！南归雁问告诉何首魁了没有？他说没有，按规矩得先汇报给自己的领导。

　　南归雁对何首魁一直有意见，包括今天这个论证会，也是请了他的。但何首魁话很生硬，说除了社会治安一类的事，一般不要叫派出所来，然后就把电话挂了。南归雁说："你直接去给他汇报，就把温的原话转达给他，不信他不怕公安部找他的麻烦。照说偷树和打人都是刑事案件，他不好好破案，把我们搅到里边脱不了身。我一个镇书记，到底是抓经济建设，还是去抓破案、看守温如风？必须让他们派出所行动起来，要不然，还能让一个温如风拖垮一个镇不成。温如风的事我也在反复了解调查，派出所不上不行么。"说完南归雁又要去陪客人，安北斗叫住了："南……南书记！"

　　"还有啥事？"

　　"我听说……你要把北斗镇的七座山……都点亮？"

　　"啊，手笔大吧？不仅要点亮七座山，而且还要用缆车把七座山连起来，以阳山冠为背景，搞一台《印象北斗镇》大晚会，常年演出。你不是喜欢观测天文吗？有专家建议，直接造一个月球，成为悬浮在空中的游乐场。这样不就可以大量吸引游客，发展民宿、农家乐，并且带动各种土特产销售吗？"

"画饼充饥！"

"你说什么？"南归雁被他这句毫不客气的话顶蒙了。

他重复了一遍："画饼充饥！全国人民都是这样想的，都想把自己那个地方搞成名镇、名县、名市，甚至神话。可实际上，都只是自娱自乐，教训遍地。"

南归雁把他美美瞪了一眼："安北斗，亏你还是我的同学，我想干点事，你就这态度？听听专家的论证嘛！以为我是突发奇想？那你说北斗镇怎么干？要矿产没矿产，要资源没资源，还能干啥？就这样坐吃干等共产主义？"

正因为是同学，安北斗才敢这样跟他讲话："瞎折腾比坐吃干等更可怕！"

气得南归雁把手一挥："去去去，干你的事去。我现在就要一个好的发展环境。让何首魁无论如何都得把温如风摁住。再跑，我们都得去北京领人，那就瞪大眼睛等着北斗镇坐溜溜坡朝谷底滑去吧！已经是倒数第二了，再倒一位，按县上要求，不是我一人下的问题，而是连你们在内，工资、补贴、奖金、升迁统统完蛋！"说完，他镇定了一下情绪，又喜笑颜开地进宴会场了。

气得安北斗狠狠砸了一下门框。只听打托盘上肘子的人喊：

"闪着，油——来——了——！"

"吃屎呢吃！"他狠狠嘟哝了一句。

25 春雷

安北斗从镇政府出来，端直就去了派出所。虽然他也不想看何首魁的脸，但形势紧迫，不去不行。

派出所与镇政府隔着一条浅河沟，位置明显比镇政府高些，有种居高临下的感觉。他一爬上半坡，就听叫驴在喊："我给你几个哈尿说，不老实交代，老子就把你几个腿卸了！"他心里一阵不舒服。何首魁为啥老要把这些地痞弄来帮忙，很严肃的法律一下整成了儿戏。镇上人都有看法。他也多次提醒，可叫驴仍是派出所的常客，动不动还扬言"今天要出警""明天要逮人"的。因为马瘦毛长，也有人叫他猴子，简直是活脱脱一个"沐猴而冠"者。

偏斗摩托和几个树桩上都铐着人。叫驴操着警棍，把这个戳戳，那个刨刨，嘴里不干不净地骂个不停。见他来，刺啦一笑说："安干事来了！昨天撒黑金鱼沟丢了一个娃，我们连夜出警，把这几个货笼挂住了。牙口还都钢得很，何所正亲自提审呢。"

安北斗没有跟他多说，直接进了审讯室。

这是一间简易得再也不能简易的房子，连窗户都没有，只有一张桌子，还有几个硬板凳。灯泡倒是亮得很，直射着一个目光呆滞、面无血色的女人。这女人微胖，因头发蓬乱，而使圆脸显得更加扁平，有点像没成熟时遭了压挤的倭瓜。

"你不开口我也可以把你关起来，都证明那个娃最近几天你特别关心。昨晚丢失以前，有人看见你还给娃水果糖吃了。我有充分的证据链证明，是你把娃骗出刘罗锅老屋场的。"何首魁倒是没有像平常那样措辞强硬、拍桌子打板凳的，也许是面对着一个有点可怜兮兮的女人吧。见他进来，老何有点没好气地："我正办案呢。""你办，你办。"安北斗也觉得有点不妥，就退出来了。

他在审讯室门口站了一会儿，大概是里面能看到他的影子晃来晃去的，何首魁就出来了。"啥事？"他觉得在院子说，叫驴能听见。"到你房里汇报吧。"何首魁就有些不情愿地把他领到自己房里去了。

所长住在全所最顶头的一间房里，房中间隔着一个竹笆墙，上面糊满了发黄的旧报纸。墙上贴着一张年画，是一个胖娃娃，怀里抱着一条大鲤鱼。里间支了一张床，还有一个床头柜，上面放了一本金庸的《天龙八部》，早已翻得有皮没毛了。外间也很简单，一张桌子，几个凳子，中间放着一个火盆。火快熄了，看来他有好半天没进过自己房了。"啥事吗？"何首魁一边用火钳翻火，一边给嘴里咕嘟了几口煮茶。"还是温如风的事。""又咋了？""他看事情没啥动静，这回可能……要进京城告去。"何首魁咣当撂下火钳说："让他去么。京城是大家的京城，谁都可以去！""他是……要去公安部告！"说完，安北斗又有点后悔，这样说岂不是加大了他的恼恨，更不利于破案吗？何首魁果然是被激恼了："去，让他快去，端直找部长告去。只要他有本事见到。"安北斗说："老温这人我知道，也是说气话。他跟你其实没啥，说是告你、告南归雁、告王书记，也是为了让你们加大力度，帮他把案破了。那是个老实人，并不想闹搅，人家磨坊生意不错，要不是为一口气，谁愿意这样瞎折腾呢？""他那倒是些啥事吗？还有房子让人扒了的；人被打瘫痪在床的；媳妇拐了、娃卖了的……你说哪头轻哪头重？你不到派出所不知道，好事都在你们镇上堆着，在喇叭电视里喊着。一镇一乡的瞎瞎事都在我这里攒着。有些案，你就得加大力度破。他这，就是等着拔出萝卜带出泥的事。你说昨晚金鱼沟丢的这个娃娃事大不？两口子出去打工了，爷爷奶奶都要撞墙、上吊，这才是人命关天的大事！他个烂罐罐倒胡搅和啥？"那你说他真去北京了咋办？""让他去么！他推钢磨、压面挣了钱，旅游消费去，你管那淡闲事干啥！""何所，别说气话，这毕竟是省上督办的案子，得给上面一个交代呀！""那你说咋办？我把这一伙瞎瞎锤子都放下，让丢娃的老汉老婆上吊去？所里几个人都派去把温存罐跟上、哄上，再找头奶牛，一天把奶也给他呃上？"安北斗噗嗤笑了，说："何所，不是这个意思，我是说，你看能不能想些办法，把案子推进一下，尤其是看能不能让孙铁锤把那半棵树的钱先赔了再说？""凭啥？孙铁锤不承认，派出所没证据，凭啥让人家赔树？""都分析是孙铁锤干的。我也觉得这半棵树他孙铁锤脱不了干系。何所你有威望，孙铁锤怵火你，也听你话，你就出面做做工作，让他给老温下个话，哪怕是牙花子的事，总得推进一下嘛！别刺激得鸡飞狗跳的。北斗镇本来就落在人后了，再在全国扬些臭名，只怕永远都翻不起身了。"何首魁听到这里，突然站起来说："安北斗，你啥意思？好像是我护着孙铁锤？你都看出这棵树孙铁锤脱不了干系，我是包庇犯，与孙狼狈为奸了是吧？""不是这个意思，不是……""我还不知道你们的意思？北斗村早有人放话，说我跟孙铁锤穿着连裆裤，以为我没听见？他温存罐闹上天闹下地，还是那话：没证据我不能给他捏一个。要都凭猪脑子想象一番，就能揪出个罪犯来，还要我何首魁干啥？要派出所干啥？弄一帮批干鬼，划着拳、喝着酒就把案破了么。还嫌我不该到孙家吃饭，说是把温如风气走了，你不也去吃了吗？人家三番五次地请，能不去？我说过，我到哪里去，都不能排除那不是一种侦查手段，包括赌窟淫窝。你给他捎话，就说我还会到孙家吃去，爱走让他跑快些！"安北斗急忙说："何所，千万不敢再刺激了，你要说去孙家吃饭，是一种侦查手段，我倒是可以转达给他。""不用，人家请春客，我就是去吃饭。犯不着给他下这没厘头的话。我干什么也不用给他汇报。他那点破事，我还顾不上！"说完，脸一拉下就要出门。他又一把拽住说："何所，何所，老温的事你还真得上点心，我也不想弄这粘牙事，可不行么。"何首魁无奈地应承了一声："知道了。"

这时只听院子里叫驴用警棍把一棵白杨树抽得啪啪直响："你狗日还不老实，想逃哩？再在手铐上胡蹙摸，小心我把你五个指头全掰了喂狗！"安北斗就顺便又提醒了一句："何所，再没人了吗，老用叫驴？""那你来。叫驴一分钱不要，日夜跟着撵人、逮人、当看守，就图了个风光。你要再能提供这样的人了，派出所举双手欢迎！就这警力，就这财力，你当所长看能雇几个英雄模范了，算你能！"说完何首魁一脚跨出门去，把叫驴撅了一顿："把警棍放下！胡戳啥呢？"

安北斗离开派出所大院时，只听天边滚过一阵雷声。春雷一声震天响，好像是个好词。可在北斗镇又有说法：春天打雷不吉利，多半有啥事要发生。

只见黄昏中的阳山冠垴上还有闪电，抽扯得渐渐昏暗的天幕上都有了裂缝。

他好久没回过家了，得回去看看杨艳梅和安妮。

杨艳梅就住在卫生院里，晚上这里基本没人。尤其是春天，都忙，有点病也舍不得来看。有大病的，都上县了。因此，天刚一暗，院子就显得黑咕隆咚的有些阴森。前院子是门诊、药房和两间住院病房，职工都住在后院。说是一个卫生院，其实也就两个医生、两个护士，外带一个药剂师兼会计。住房倒是宽展，他在镇政府分了一间，杨艳梅在这儿还有一个休息的地方。平常他不回来，她就住医院里，有时值夜班也方便。

他进院子时，还听杨艳梅在跟人说笑，他一出现，她立即就把脸拉下来，进房去了。只见另一个护士笑着说："我正跟艳梅姐开玩笑呢，你还真回来了。再不回来，小心艳梅姐改嫁了。"说完，笑得噗嗤噗嗤也回房去了。

他进门时，房里没有开灯。他拉了一下开关绳子，杨艳梅忽地把身子扭向墙壁，撅给了他个冷屁股。不过这屁股倒是一下就让他浑身热络起来。他觉得欠老婆的太多，就干脆把灯一关，来了个饿虎扑食。谁知她身子一闪躲，让他扑了个空不说，还把膝盖硬生生磕在墙上，痛得眼泪都快下来了："你干啥呀！"

"你说干啥？要流氓也不看地方。"

"我咋要流氓了？"

"你是谁呀，不是要流氓？"

"对不起，艳梅，这阵儿的确忙。"

"你哪一天不忙。亏了先人，还当公务员呢？不是抬人引产刮宫，就是盯人放哨蹲坑。你看看一个镇上还有比你活得更窝囊的没有？"

"那你说咋办？工作么。"

"再别说工作，连你女儿都羞得没脸没皮了。"

他知道女儿安妮一直住在姥姥那里，嫌医院不洁净。

"我也给南归雁说了，等处理完温如风这事，他就安排我做另外的工作。他吐露过，说会把正股级的几个位子挪腾一下，我也该安排了。那时下乡就会少些。"

"对了对了，要给我说这些。好好守你的温存罐去，那是你活先人！"

他一边揉着膝盖，一边讪皮搭脸地说："对了些，对了些，我回来一趟也不容易，今晚泼出一夜不睡，补付你，得成。"

"恶心。我还嫌你恶心。滚，滚回你村里睡去。滚滚滚！"

从杨艳梅的情绪看，好像还不是在耍小性子。他又勉强了一下，从背后伸出手，一下抓住了要害部位。过去一抓，她准是一个机灵，就滚到他怀里乱咬起来。可今天，她端直操起菜刀，要剁手。吓得他急忙把一对扑棱棱乱蹦跳的大鸽子放生了。她顺势一掌将他从房里推了出去，门嘭地关上了。

他轻轻敲了几下："梅，艳梅！"里面毫无动静，却把院子里的医生、护士和他们的家人搅扰起来，都打开窗户或掀起门帘朝这边瞅。

他不想让人看笑话，就故意大声说："梅，我开会去了，一会儿就回来。"

杨艳梅才不给他这个脸呢，端直在房里骂道："开你娘的脚去！"

他尴尬地朝邻居咧咧嘴，是笑得满脸神经都极不配合也不协调的难受加难看了。好在院子中间吊的灯泡只有十五瓦，上面还灰蒙蒙地粘着死蚊蚋，哭和笑也不大能看清楚，他就灰溜溜地出去了。

他本想去看看女儿安妮，可走到农技站门口，又住了脚。岳父倒罢了，岳母那脸色实在让他有些够受，满眼瞧他没本事的相，老说：一起的同学，人家南归雁都当书记了，你才是个副股级，还是"相当于"。就差没骂他"亏先人"了。有一次，他在田埂上拍照傍晚的"火烧云"，一不小心，掉进人家猪圈里，糊了一身粪，臭烘烘的还在满镇上到处抓拍着，刚好让岳母撞见。她当时正跟供销社主任的老婆嗑着瓜子逛街道，见他这副臭德行，羞得一头打进茅厕再没出来。由此，他就知道丈母娘瞧他是有多么的不顺眼了。加上天也晚了，门不一定能敲开。这个丈母娘，给谁开门都是要在门缝里透几透，看空没空手的。

他想独自一人上阳山冠去，可所有观测天象的家什都在北斗村家里支着，镜头对的是温家前后门。加上今晚的春雷声不小，闪电频率也越来越高，把阳山冠顶的天空，几次都撕得开花八裂的，他就回政府院子去了。

26 点亮工程

安北斗躺到冰凉的床上，一下都懒得动弹了。暖瓶里的开水，还是半个月前在伙房打的，想喝一口，又怕闹肚子。他突然从窗户缝里看见，会议室的灯还亮着，难道那一帮人还在开会论证？这倒是引起了他的兴趣。他径直走进后院，从窗玻璃朝里一透，发现只有南归雁一个人，还在一个简易沙盘前把小旗旗挪来插去的，像是要打大仗以前指挥员的运筹帷幄。这让他突然想起一句话：人类一思考，上帝就发笑。他先忍不住笑得捂住了嘴。

"谁？"

"我。"

他推门走了进去。

"你不在村上盯着温如风，住到镇上干啥？"

他有点生气："我是镇上干部，咋就不能回镇上住一晚上？你把我当啥使唤了？"南归雁看他弓弦上得有点硬，就说："你是我老同学，这大的事，不靠你靠谁？""别给我戴二尺五，我已是经过几任领导的人了，高帽子一个比一个摞得高。我看你们当领导的，对老实人也就只能耍这点把戏。年终了给个奖状，披一绺绺红绸子，再戴个花，好了还发个洗脸盆、钢精锅啥的。真关系硬的，屉里倒腾，揪住头发直往上拔。我不需要这个。咱是凭良心干事。"说着，他给自己倒了一大杯水，咕咕嘟嘟喝了个一干二净。南归雁一笑说："北斗，你就这样看我的？"他又倒了一杯，还是喝得咕咕直响，对南归雁的提问没有理睬。"我才来多长时间，你安北斗不多帮着点？温如风目前就是镇上最大的隐患，直接影响了经济发展，我不靠你靠谁？"他总算把水喝够了，无论在派出所何黑脸那里，还是在卫生院杨艳梅那里，连水都没混上一口，渴得嘴像胶黏着一样张不开。他发现南归雁给火盆旁还烤了两个红苕，也懒得请示，就拿起一个大的，剥皮吃了起来。烫得白眼直翻、脖子直扭歪，还是觉得香甜。

"你慢些，没人跟你抢，两个都是你的。"说着，南归雁进自己房里拿酒去了。书记的办公室与大会议室是连着的。南归雁还顺手抓了一袋花生米和几袋太阳锅巴，还有密封包装的卤猪蹄："来，我请你！"

"这从本质上跟发洗脸盆和钢精锅是一样的。"

"你这个尿人，咋变得这么不厚道了。过去在学校，你可是公认的福星哪，失恋的女生，都敢让你安北斗陪着走一夜，还朝你怀里钻着哭，说是安全……"

"霎糟蹋我，就陪人走过半晚上，人家要跳河，我不搂住，让她跳去？"

"搂住很正常。搂一夜还很安全，这个不容易。末了都说谁跟你结交谁有福呢。如今咋变成这样了？"

"人善被人欺，马善被人骑么。"

"谁欺负你了？"

"你！"

"好好，我欺负你了。那你不盯温如风了，我另派人去。你给咱回来搞项目。""啥项目？"

"点亮工程！"说着，南归雁朝沙盘一指。

他一听说这个工程，就想发作，但还是忍住了。既然南归雁以老同学的姿态拿出酒，他也就不客气地给自己倒了一大杯，给南也倒了一杯。他咕咚先干掉了一半。南归雁怕他一气喝完，给他发酒疯，急忙挡住说："你慢点，酒我还有，今晚就是想跟你说说话呢。"

"你想听真话么假话？"

"看你说的，听假话干啥？"

"关于北斗镇点亮工程，我就给你两个字：胡闹！"

南归雁真是有点受不了老同学的刺激了："你咋说这话呢？那么多专家都没你有学识？一个镇的干部都没你能干？镇班子集体决议，你一个安北斗凭啥就敢说是胡闹？"

"再问一句，听真话么假话？"

南归雁没好气地："说，把你想说的都说出来。想干事就不怕反对派。"

"你先把我弄成反对派，这是听意见的态度？"

"说吧说吧，我洗耳恭听！"

安北斗走到沙盘前说："这沙盘，大概就是那一伙专家弄的，少说设计费也得好几万吧？"南归雁眉头一皱，说："花费合理不合理，有审计部门和纪委操心，你只说你的意见。""好好好，我想说的是，这帮人只图挣钱拿设计费、劳务费，根本不可能考虑地方上的实际情况和利益。别把他们看得太神秘，你让他们在北斗镇设计一个太空站他们都敢接活。只要给钱，他们会找出一百个理由，说太空站建在北斗镇比建在太空更节约成本，更能体现出地方政府领导发展经济的眼光和魄力。他们已不是我们过去在课本上学到的那些专家的人格品行，他们现在就是利益虫，比镇上卖豆腐、韭菜、胡萝卜的张二婶、杨二嫂更能斤斤计较，不过钱数是天壤之别而已。当知道你这个一把手想干啥时，他们会千方百计利用那点知识，拼命讨好巴结，生怕论证不到位、不充分，使你产生动摇，而让他们煮熟的鸭子飞了。"

"安北斗，留点口德行不？专家里有的都是六七十岁的长者了。"

"对不起，因为我没有在这个点亮工程中看到任何长者的自尊和学识水准。"

"狂妄！"南归雁都拍桌子了。

安北斗反倒冷静了下来："那你还到底让不让我说话？"

"说，把你那些自以为是、桀骜不驯的话都讲完。"

"因为我是一个天文爱好者，我在全国有不少这方面的朋友。他们那里已经为点亮工程付出了代价，到处都整得残破不堪的，我们不能重蹈覆辙。"

南归雁一笑说："说来说去，还是你那点个人爱好么。你的个人爱好能跟北斗镇七八万人口的经济利益相提并论吗？"

"我可以不在你北斗镇观测天象。可要把北斗镇七座山全部点亮，让山上的动物日夜不安；植物也受到光污染，彻底改变光合作用的规律，兴许植被会遭到无法想象的破坏。南归雁，我的南书记，你想搞的旅游拉动，还未必能拉起来。你想想，谁跑到这里看一晚上满山点亮的灯泡？就是再美丽，它有天上的星星美？有银河系美吗？五分钟，不，十分钟、十五分钟，一群电灯泡是不是就看得够够的了，你能发展起什么经济来？"

"农家乐、民宿，再带动土特产、养殖业发展……"

"让城里人看完电灯泡，住一晚上，再左手一只鸡，右手一只鸭，后边拉一头土猪回去？驴也是这么想的。"

"你什么意思安北斗，成心跟我抬杠是不？你还骂人？谁是驴？"

"别嫌我说话难听，结果八九不离十，等着瞧吧！"

"太自作聪明，太自私自利了！就为自己那点兴趣爱好，置七八万人口的发展前景于不顾，你活该得不到赏识提拔。"

"南归雁，我也没想让你提拔。副股级干到死，我认了！只是你别拿北斗镇的七座山做试验，死路一条，你信不？"

"截至目前，从专家到镇上干部，再到人大，没有不看好这个项目的。"

"你大概也听过一句话，真理有时掌握在少数人手中。"

"你那叫螳螂当车，不自量力！"

"我知道我干不过你，但我有保留意见的权利。我还回北斗村蹲守温存罐去。现在看，干那个比你满山乱安电灯泡有意义。"说完，他摔门出了会议室。也就是同学，他才敢这么任性、直率、碰硬。

只听南归雁在会议室里拍桌子喊道："你以为你是谁呀！"

他站在院子里，仰望了一下星空，远处依然有隐隐约约的闪电，但深空已然是繁星满天了。一些星团，甚至今夜故意在给他展示那密云般的拥挤布局与亮度，美得像画。可谁又能画出这样开阔、丰富而又深邃的天幕呢？

他突然想流泪。

27 清明

安北斗又回村里守温如风去了。

他脑子始终绷着那根"一月后"的弦，眼看十几天过去了，何首魁那边案情没推进；"点亮工程"抓得更是紧锣密鼓；南归雁还老让人捎话给他：要想尽一切办法把温如风留在村里，绝不允许放出去影响北斗镇经济建设。

他最近也越来越朝温家跑得勤了。花如屏倒是对他蛮客气。老温却一副与他做了对头的样子，水都不给喝一口。就好像树是他偷的，蛋也是他打的一样。他还故意说："哎，存罐，我是把你咋了，上门连一口水都讨不到嘴？""我再提醒一次，我身份证上的名字叫温如风。小名只有父母才配叫！""好好好，温润如风，那是君子的风范哪，总不至于伸手专打上门客吧？""你是政府，我是人民群众，我还敢打政府，不想活了吧。""那人民群众也不能不给政府水喝么。""政府还缺水？想喝哪儿喝哪儿。只要喝，一条河都有，随便喝去。几条沟的水，不都让你们喝干了？一会儿修大寨田，一会儿拦水库，人定胜天么！"这家伙的确有些难对付。

尤其是最近，开始折腾勾把山的"点亮"了。只见孙铁锤像是吃了兴奋剂一样，发动叫驴、狗剩、羊蛋、骆驼、磨凳一干闲人，整天骑着摩托，插着彩旗，到处喊叫要成立什么北斗村旅游责任有限公司。连这几个货自己都没搞明白，到底啥叫责任有限公司，还是有限责任公司，反正就是让大家都要踊跃交钱入股。还说过了这个村就没这个店了，旅游带动起来后，凡没入股的，别说开店办农家乐，连葱都不准卖一根。温如风就鼻子一哼哼说："都入么，但凡孙铁锤煽惑的事，小心进去转一匝，出来连沟门子都给你缝上了。"

在这一点上，安北斗倒是跟温如风心情一般，不过思考的角度不同而已。只是自己毕竟是政府公务人员，不能公开跟镇上唱反调。看来这次阵势很大，七座山都联动起来了。自己想"螳螂当车"，也绝无可能。既然责任是管住温如风不要告状，那就在这里尽职尽责吧。

有一天，他在路上遇见花如屏，还故意拦住套了几句话："嫂子，你给我说实话，存罐哥是不是又要出门了？"

花如屏永远都是笑眯眯的样子："看安干事说的，男人的事，我咋知道。"

"家里多好的日子，何苦呢？半棵树的事，有我盯着，迟早都是要弄清白的。弄不清白，我负责赔偿，咋样？挨打的事，也早晚会带出来的么。何所长日夜都在问案，总得给人家时间不是？啥也不在乎一月两月，一年半载的，关键是引起重视就对了。咱俩能不能配合一下，把存罐哥稳住，好好推磨压面，那就是方圆几十里都比不上的好日子么。你看行不？"

花如屏还是笑。

这个花如屏是远近有名的贤惠媳妇，长得有模有样不说，人也温顺腼腆得有些像电影《唐伯虎》里的那个秋香，还爱笑。笑话也就传了不少。说她看着个子碎，身材单薄，嗓门却大得能穿透几层墙。尤其是晚上，半个村都能听见浪叫声。有那恨颠颠的婆娘就说：温存罐让人把那玩意儿打坏了也好，免得花如屏那个母狼不安分。不知咋的，安北斗看着她也老想笑，但总忍着。心里就怨着温存罐，这么好个媳妇，咋就不好好守着，要跑死呢。做了半天工作，见她也笑着点了头，他就觉得兴许是能起点作用了。

谁知这天傍晚，叫驴又惹了祸。他骑了插着"北斗村旅游责任有限公司筹备处"旗旗的摩托，跑到老鳖滩歪嘴驴一样大喊大叫着："温存罐，老温，你个死瘟神还叫不答应，出来个活的。入股了，我是代表镇上和村上来跟你谈话的。入也得入，不入也得入，你家有钱，必须带头入。不入村里就要上硬的，北斗村不能拖了全镇的后腿！"

温如风没出来，花如屏倒是笑眯眯地出来了："你说啥，存驴兄弟？"

"是嫂子呀！"叫驴怪笑一声道，"半个村的人都说，夜半老听见母狼叫，说明存罐哥好着哩么，还赖人把他打坏了。真打坏了，叫唤啥呢。"

羞得花如屏正难以面对时，温如风操了一根吊面棍，从磨坊冲出来喊："叫驴，你个驴日的下来，有本事你下来！"说着就要上去打。

叫驴"呜"地把摩托发动了，边跑边喊："你必须入股，不入小心还得挨黑打。再挨，可就真把蛋打坏了，母狼也就跟别人叫唤去了。"

温如风狠狠攒了一阵，没攒上，气得大骂起来："你驴日的记着，老子绝对就是你这一伙打的。幕后黑手也逃不出孙铁锤和何黑脸这两个哈屄。老子明天就走，直接进北京，到总部告去，不把你几个货扳倒，我就不姓温！"

回到家里，温如风麦子也不磨了，面也不包了，直说让收拾行李，要进京。

吓得花如屏趁上茅房的机会，猴子一样几个出溜爬上安家院子，算是把信送出去了。她再回来，温如风已经把出门的提包都收拾好了。她就说："跟个叫驴置啥气，那就是个闲人，值得吗？""闲人？一会儿在派出所抓人，一会儿在孙铁锤家当走狗，一会儿又代表镇上和村上强人入股；他是闲人？他就是这伙人的帮凶！"温如风让烙锅盔，并且叫烙十斤面的，他夜半要动身。

花如屏正左右为难时，安北斗一头打了进来，手里还提着一个酒瓶子，是一副烂醉如泥相，差点撞到温如风的怀里。花如屏一看就是演戏。刚上去送信时，他还正在那个大炮筒子一样的望远镜前，对着天空乱照呢，怎么一下就醉成这样了。她差点没笑出声来。

安北斗前后缠着要跟存罐哥喝酒。说今天是清明节，他想起奶奶很难过。他奶奶过去也是心疼过温存罐的。存罐到世上来，还是他奶接的生。温如风见安北斗醉成这样，又拿他奶说事，也就任他存罐哥长存罐哥短地喊叫了。不过，他还是要花如屏给他烙馍。安北斗却死搅蛮缠着让花嫂炒菜喝酒。这一夜，看来安北斗是明显要赖在这里不走了。

就在凌晨一点时，村里突然传来哭喊声，说叫驴骑着三轮摩托从老鸦咀上摔下去了。他娘哭得一村人都能听见：存驴是帮派出所撵人贩子摔下沟的呀！

四个小时前，叫驴还在村里到处张罗入股的事，四小时后，怎么又说为派出所撵人摔到老鸦咀下去了呢？从那里摔下去还能有命了？这一消息，明显把温如风也怔在了那里。

安北斗突然接到传呼，要镇上所有干部立即赶到老鸦咀抢险救人。他正在两难中：离开了，老温咋办？温如风却端直跟他说："你也要装了，快帮忙去，毕竟是条命。我再给你们一个月时间，说到做到。"

当他赶到老鸦咀时，已有人打着手电正到处找人了。

好在月光很亮，山崖倒是能隐隐糊糊看清楚。南归雁和镇上好多干部早已赶到现场，有人打着火把都下到沟里去了。

安北斗很快知道，偏斗摩托是叫驴开的，上面还坐着何所长和另

130

一个干警。

这条沟他很熟，过去计划生育撵人时，有人躲进沟里，他下去找过。以他对摩托冲出公路的刹车痕迹判断，摩托不至于摔下沟底。他叫了朱武干说："跟我走，从这儿下。"

果然，他们很快就找到了已经摔散架的摩托。

那个年轻干警是挂在树上了，从树上再跌下来，又遇见岩石上的腐殖质，只摔断了一条腿，处于半昏迷状态。

而何首魁浑身都是血迹，乌脸上划出了七八寸长的口子，血是半渗半凝状。他的脸长，有人也叫他何马脸、河马脸、蛤蟆脸的。总之，他的绰号有一长串。见不得他的人很多，怪名字也就过一阵冒出一些来。要是脸再长些，兴许这划破的口子还会继续延伸下去。他是半卧半坐着，看上去像是一个血糊郎鬼，挺吓人的。只有叫驴已经僵硬了，直挺挺躺在他的身旁。

何所长的脸上已全无表情。

"何所，何所，何所！"安北斗连住喊了三声，何首魁才微微颔了一下首。

朱武干已经把那位年轻警察促起来，并且在朝公路上喊人了："找见了，人在这里——！"他还用手电筒朝天空画着圆。

"叫驴咋了？叫驴！叫驴——！"安北斗大声对着叫驴耳朵喊。

"他叫蒋存驴！"何首魁很是郑重地纠正了一下，然后说，"已不在了！"

安北斗又把叫驴的胸脯按压了按压，只压出一嘴的血水来，就说："我把他先背上去！卫生院也来人了，兴许还有救！"说着就把人朝起拉。

"等一下。"

何首魁突然脱下了警服，虽然已被划得多处破损，但领章、警徽还都在。他把警服慢慢穿在了蒋存驴的身上，并且一颗一颗地扣好了纽扣。再把蒋存驴一只半睁着的眼睛，抹了一下，算是瞑目了。然后，他才挣扎着，帮安北斗把人背了起来。

乱石嶙峋，枯藤丛生。月光下，哪儿看着都变了形。风再一动，妖魔鬼怪就都在朝安北斗不怀好意地勾肩搭背、招手致意。他心里直禀告：存驴，我可是在背你，别吓唬我啊！嘴上这样说，心里还是麻阴得突突乱抖，脚下也直发软。

蒋存驴在这一带基本算个恶人，谁提起来，都没半句好话，甚至是恶狠狠的诅咒。一些老人经常背后骂他：咋不翻崖摔死呢？今天果然是翻崖摔死了。把他背在背上，安北斗甚至都有点害怕那双老偷鸡摸狗的爪子，要是突然像电影《画皮》里那个鬼爪子一样伸出来，钢针一般扎进脖子，自己大概立即就没命了。尤其是蒋存驴勉强挂在他肩头的长下巴——那下巴的确长，把他肩头啃得牢牢的，一走血一涌，端直就喷在了他的脸上，甚至还溅到了嘴里。血竟然是那么腥、那么咸，是一股铁匠和铜匠铺子的味道。难怪说人体含铁、含铜、含锌、含锰、含钼、含硒、含碘地含了十几种微量元素。他甚至还闻到了钙、钠、钾、镁、碳、氢、氧、硫、氮、磷、氯的味道，有些是田里用的，有些是生活中用的，他老婆在卫生院给人打吊针，里面好多味道也都含在药水中。人就是这些元素合成的，合起来难，散起来就像瓶子打了，突然洒一地，是真正的覆水难收。那些杂七杂八的味道甚至都在发臭了。

看来清明节真不是个好日子。

28 扫帚星

安北斗把蒋存驴勉强背到公路上，血水和汗水把他的衣服浸透完了。卫生院两个医生和另一个护士都来了，但杨艳梅没来。没来也好，要是来了，见他这样，只会骂他傻×。过去也没少骂过。

南归雁见他累成这样，把他抱了抱，也算是主动化解了一下他们那晚不欢而散的尴尬。

两个医生和护士还给蒋存驴做了些抢救动作，但同时也告诉南书记，人应该已经死亡快一小时了，随后给脸上盖了纱布。这时，朱武干和其他人，把何首魁和那位干警也弄上了公路。何首魁一瘸一拐地走到蒋存驴跟前，单腿跪下，掀起纱布看了半天，然后，把手中的大盖帽，端端正正戴在了蒋存驴的头上。

这时，只听远处蒋存驴他娘哭天抢地地喊上山来："你个扫帚星哪，把娘害苦了哇！怀你那年，娘就看见扫帚星了。没想到，你还真成了扫帚星……把老娘一个人撂到半路上咋办呀……"

"扫帚星"是附近几个乡镇对蒋存驴的称呼。他娘也老这样骂他。

蒋存驴打小就不好好念书，小学一毕业，就成了"街溜子"。都说他坏得出奇：从窗户缝里给女老师房里放菜花蛇；还给女同学书包里塞活老鼠；以致后来偷鸡摸狗、扭门撬锁，几乎就是"哈尿"的代名词。有时见天都有来给他娘告状的，他娘见面就撅就骂，抓住啥都朝他身上砸：筛箩、栲栳、板凳、水瓢、锅盖、吹火筒，甚至包括铁锤、斧子、弯刀、锄头、钉耙。薅住啥就是啥，砸了、打了、砍了、戳了，他一蹦八尺高，死到外面混几天，但还是要回来看娘。对娘他绝对称得上是一个孝子。无论如何，都得给娘把柴火剁好，米面油弄齐扎；

有时还拎回一个猪项圈或野味兔子、麂子腿、果子狸啥的，并百般赌咒发誓，说是买的或自家逮的。总之，他爹修水库那年淹死后，娘是既痛恨又挂牵着这个孤零零的命根子。哪怕瞎到骨头缝里了，但儿子还是自家的亲！

当几个人拉着拽着他娘，让在月光下看了一眼儿子时，她一下扑到身上，使出浑身力气，把已死得硬翘翘的蒋存驴，又搡了个稀里哗啦："你死你死你死你死去吧，你个扫帚星，撇下娘，教娘怎么活呀……"村上来的人多，硬是把他娘抬到拖拉机上拉走了。

孙铁锤也赶来了。南归雁问他怎么办。蒋存驴毕竟是北斗村人。孙铁锤还抽抽搭搭直抹眼泪，动了真情地说："好兄弟呀！他这是因公啊，得有个说辞！"

到底把人抬到派出所，还是抬回村里，大家商量了半天。村干部一哇声要求抬到派出所去。毕竟是出警撵人死的，你派出所得负责到底。南归雁坚持要让抬回村里。因为"点亮工程"最近请来不少专家和工程技术人员，镇上机关都住满了，办丧事不方便。村里人越聚越多，都坚决不让把"凶死"的人朝回抬。孙铁锤也在里面使暗劲。最后何首魁决定："抬到派出所吧，我们负责到底！"

南归雁当晚就协调处理后事，会开完天都大亮了。因为何首魁身负重伤，不仅脸上破损大，颈椎、腰椎都有问题，不得不躺在卫生院接受治疗。这边处理后事领导小组虽然是南归雁亲自担任组长，可真正牵头办事的，还是安北斗。一来他是村里人，熟悉情况；二来听说因蒋存驴突然出事，温如风答应再给一个月时间。因此，这桩迅速就闹得不可开交的事件，安北斗就不得不临危受命了。

灵堂设在派出所道场上，地方倒是宽展。从粮站借了几块大帆布，

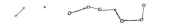

赶早上太阳出来时，棚子就搭好了。棺材也是邻近买的，一个老人说是要留着自己睡的，却遇见公家出了满意的价钱，就言不由衷地说：既然是公家征用，小老百姓还能说半个不字？就让叫驴睡吧，谁睡不都是睡，只是可惜了一副好寿材！这里边还有一个巧合：棺材就停放在派出所不远的一户人家门口，老人每年都会给内外上一遍土漆。漆干后，还会翻进去仰躺着睡一个时辰，说是既能治腰腿疼，还有利于延年益寿。就在去年夏天油漆完，叫驴突然从派出所那边跑过来，一个箭步蹿进去，跟老人并排睡了半天，还一个劲地让他别乱动。事后老人才知道，他是在派出所拿老虎钳子夹了一个偷化肥贼的手指头，何黑脸操起警棍要抽他，才一箭射出来钻了棺材的。既然早都抢过，那就让他睡去好了。这事一时还传成神话了。

当一切都布置停当，把蒋存驴放进去，用一个大台球案子将棺材安置到灵堂中间时，蒋家凡沾点边的亲戚都闻风而动了。包括过去提起叫驴，都恨不得拿砖头砸死的远房叔伯婶娘、侄儿侄孙，大大小小五六十号人，或悲恸欲绝，或披麻戴孝的，都簇拥着他娘，从四辆挤得干巴巴的拖拉机上跳下来，哭得一个镇都天摇地动起来。

镇上干部上了一半，其余还得顾及"点亮工程"，可接待的人手仍是不够。最后南归雁让从其他村又抽调了一些干部，县公安局也来了人，才算把场面稳住。

除了哭闹，主要还是谈判条件。

何首魁无论如何都在卫生院躺不住了，非要回派出所。医生说移动有危险。可他说就是躺，这阵儿也得躺在所里。没办法，就把他搬运回派出所了，并且他要求就躺到灵堂里，陪陪存驴。

入殓时，何首魁一再交代，给存驴穿身警服走，并且要新的。他说蒋存驴同志多次表示过这种愿望，出警时，希望给他穿身警服，哪怕给顶帽子也行。可他始终守着这个底线，警服不能随便让他穿。他至多就是个内部掌握的联防队员，并且不能公开讲，因为他口碑实在太差，怕打派出所的脸。如今连命都搭给派出所了，穿身警服又算什么呢？虽然穿了何所长的警服，戴了何所长的大盖帽，瘦皮邋猴的，帽子还有点戴不稳，甚至给里面塞了棉花、垫了报纸，可看上去毕竟是正经威武了许多。

这天从下午到晚上，派出所道场拥满了人，比看戏都热闹。尤其说叫驴摔死了，来看热闹的就更多，说啥的都有。只听他娘把嗓子都嚎干了，还是那句老话："你个扫帚星哪，咕咚一死，为公家卖了命，让老娘咋办呀……"

北斗镇只要死了人，半下午就有来做道场和唱孝歌的。道场是和尚或道士做法事，县公安局来的领导坚决不同意，说这是公事，不能搞封建迷信那一套。那几拨临时剃了头、穿了法衣、捧了朱砂符咒的人，钱就挣不上了。但唱孝歌是一种风俗，也是守灵的一种手段，内容无非是劝善尽孝，还有前朝后代、帝王将相、才子佳人的故事。灵堂空旷，且是清明时节，细雨纷纷、北风呼呼的，天刚撒黑就冷得人有些撑不住，唱一唱能把人留住帮忙守灵，也就让唱了。

孝歌的头腔开得极其浪漫又哀伤备至：

一对鼓槌圆溜溜，
孝家请我开歌路。
开天天有八方，
开地地有九州。
开喉喉有百转，

开歌歌有千篓。

唉——

为人在世有什么好，

说声死了就死了，

亲戚朋友都不知道。

亲戚朋友知道了，

亡人已过奈河桥。

阴间不跟阳间桥一样，

七寸宽来万丈高。

大风吹得摇摇摆，

小风吹得摆摆摇。

两头都是铜钉钉，

中间抹的花油胶。

天上雷公在吼叫，

地下火狱呼呼啸。

阎王前边猛喝道，

小鬼后边拿叉刨。

有福亡人桥上过，

无福亡人跌下桥。

早上过桥桥还在，

晚上过桥桥抽了。

亡者回头把手招，

隔断了阳间路一条——

叫驴他娘已被这孝歌的开头，唱得快哭晕死过去，被人抬到派出所客房摁下了。她还是直骂自己，不该选了个扫帚星出没的日子，生了存驴。驴本来是个贱物，阎王瞎了眼睛也要，存都没存住哇！

大伙也都议论，驴就没个好名声，啥子驴唇不对马嘴、好心当了驴肝肺、卸磨杀驴、黔驴技穷，老戏《窦娥冤》里最瞎的一个丑角叫张驴儿，《包公三勘蝴蝶梦》里一个瞎瞎丑也叫赵顽驴。看来这就不是个正经名字么。

安北斗哪里事急，就朝哪里冲。见老人晕死过去，就扑进客房，又是掐人中，又是规劝地："蒋婶，别怨自己，也别怨存驴了。扫帚星也不是一颗坏星星，它的形状像扫帚，其实叫彗星。咱们太阳系多得很。"因为大家都怨扫帚星，安北斗就多说了几句，"这种星星是冰块组成的，在运行到太阳附近时，因为温度太高，冰块融化解散了，就形成几千万公里甚至几亿公里长的明亮尾巴，它是一种很美的天文现象。存驴兄弟最后是追逃犯死的，不就跟这彗星一样，融化得很美丽吗？"安北斗像诗一样的天文学解释，倒是让大家听懂了，可对于蒋婶，好端端一个儿子，突然融化解散了，美是美丽了，养儿防老可指望谁呀？

孝歌开完"歌路"，就从盘古开天地唱起了。

在另一间房的谈判桌上，蒋家的亲戚在漫天要价，派出所的代表在就地还钱。

县公安局最后征求何首魁的意见，问该咋办。何首魁一口咬定："恐怕得给存驴一个名誉！"

"给啥名誉，莫非还想弄个烈士不成？"

"烈士也是人当的。那就报烈士吧！"何首魁反倒被激恼了，并十分坚持。

安北斗都有点诧异，按叫驴平常的表现，是怎么都与"烈士"这两个字联系不起来的。可何所长说："蒋存驴这些年一共帮派出所出警达三百次以上，没有要过任何费用，除了我们偶尔主动给他一点补贴，他就是觉得跟派出所一起出警风光。不让他来他偏来。是做出了不少牺牲的。"

孙铁锤也插话说："叫驴在村上也没少出力。平常敲个锣，跑个腿，喊个人啥的，也都是尽义务，他就爱在人前唬唬。昨天下午还在满村动员入股、忙镇上的点亮工程呢。何所传呼一叫，调转摩托，就端直飙到派出所了。说英雄模范好像不像，怕惹人笑话，可是……"

"惹谁笑话？他此时就是英雄，就是模范，就是英烈！"何首魁急得都要从床板上挣扎起来了。

县局领导一把摁住他说："别激动，老何，咱们再找找政策依据吧！"

外面的孝歌已唱到三国的《诸葛亮吊孝》了：

> ……
> 哪料想贤弟你不能长寿，
> 实可叹志未酬一命罢休。
> 贤弟死不报丧所因何由？
> 难道说人不在情也不留？

韵白祭奠：

呜呼公瑾，不幸命殒。

将星陨落，三十六春。

壮志未酬，岂不痛心。

受我之音，魂必永宁。

哎——

诶——

29 谷雨

蒋存驴之死，谁也没想到会闹出这么大动静，开头几天还算平稳，双方谈判代表似乎也能坐在一起，就一些问题，找到共同点。可谈着谈着就崩了。

谈判是派出所和死难家属之间的事，安北斗主要负责接待应酬。南归雁也有指示：别引火烧身，那本来是派出所的事，不过出在北斗镇地盘上，我们帮着打理而已。不扩大事态，对经济社会发展有利。尤其是"点亮工程"正在紧锣密鼓阶段，省市县来了那么多人，事闹大了影响太恶劣。

安北斗虽然对"点亮工程"十分不满，可作为干部，也不能不执行镇领导的决定。他是按照书记指示，掌握着处理后事原则的。他甚至感觉问题不大，叫驴他娘也不是个胡搅蛮缠的人。按地方风俗，遗体一般会放三到五天，只有老人才可放七到九天。如果五天能顺利下葬，也就万事大吉了。这中间，他甚至还抽空去了一趟卫生院，想跟杨艳梅好好谈谈。谁知去了才知道，人已借调到县医院了。难怪叫驴出事那晚她连面都没闪。这么大的事，都没商量一下，令他很是生气。他还跑到农技站找了一趟岳父。岳父倒没咋，丈母娘却直喊叫，让他别朝屋里走："你才背过死人，浑身一股血腥味儿，何况还是叫驴那个祸害瘟，跑到屋里我们还住不住？"他就退出来了。看来背叫驴尸体的事，也是传得满街镇都是，连一些娃娃见了他，都吓得直嫌腿脚短了尺寸地乱跑乱蹦。

他本来是想办完事就上县去找杨艳梅的，可叫驴的后事越处理越粘牙，尤其是他家拐弯抹角的表舅出面接手"谈判代表"后，形势急转直下，不是第五天埋人的事，而是看五十天后能不能下葬了。

这个表舅安北斗平常都没见过，也不是北斗镇人。据说他们家好多年都没来往了。但方圆几十里出了粘牙事，一般都会找他出面打理，几乎是无往而不胜。表舅是叫驴出事第三天，有人用小四轮拖拉机接来的。他姓蔡，亲戚都称蔡表舅，还有喊表舅爷、表舅公的。蔡表舅六十岁上下，戴一副黑洞洞的石头镜，灰白的头发，顺头皮乱爬着，没一点形状。满脸看上去也很沧桑。总之，没有任何突出的行色，捏上锄把，那就是一个比北斗镇同龄人毫无差别的老农民。亲戚们甚至都对这个名气颇大的表舅有点失望。有人还悄悄砸刮：可不敢请来个只会吃菜的表舅。

蔡表舅到灵堂旁的家属客房安歇下后，外人先是一概不见，只听本家亲戚汇报情况。当他顺手操起桌上写随礼单子的笔——那是一支只值几毛钱的披头散发的小学生用的毛笔，只捋了捋，拔掉几根杂毛，就如行云流水般地记下了谈话要点。亲戚里有懂毛笔字的，先吓一跳：这是颜体呀，写得跟《祭侄文稿》似的，记错的地方随意一圈一挽，就更是充满了只有亲人才有的心绪哀痛与悲凉。表舅好生了得！他老成持重，始终一言不发。看人也是从石头镜片的上方静默凝视，眼睛久久不眨，直到听明原委后，才略微颔颔首，再让别人接着讲。

大概三四个时辰过去，表舅就似乎已成竹在胸了。一众的亲戚，也从黑洞洞的镜片后边，似乎看到了大势的两颗定盘星。

接待完本家亲戚，蔡表舅才跟派出所正式接触。副所长只谈了一会儿，出来就对县局来处理后事的股长说："这家伙可能有点麻烦。什么政策都懂，什么文件连文号都能背出来，要价很高，不好对付。"县局的人也不想深度卷入，他们只跟蒋存驴他娘谈，其余亲戚一概不见。事情只能轮到安北斗上了。他倒是有些跃跃欲试：是哪方神灵，弄得副所长都无言以对了。副所长跟何首魁刚好是一文一武的搭配，平常都是以能说会道见长啊！

安北斗就进去会见蔡表舅了。

蔡表舅很客气，安主任长、安主任短的。他已知道安北斗虽是丧事处理领导小组下设的办公室副主任，却是实际上的干事人。官家这一套蔡表舅很懂的：挂名归挂名，干事归干事。挂名比干事的人，往往多出好几倍来。可千条线最终都要插到一个干事的针屁股眼里。他一点都不倚老卖老，弄得安北斗还有些不安生起来，就说："蔡叔，别客气，论年龄我们都是你的晚辈。"蔡表舅急忙纠正道："这可得两讲。论年龄我是虚长你几岁，多吃了几年白饭而已。可这是公事，我们就得讲规矩。过去民告官，即使是赢官司，也要挨板子的。今天政府好，讲究人民当家做主，可不能都是主人么，毕竟还得有拿事的不是。都做了主，就没主了，那不乱套了？我表外甥这事，安主任就是主事嘛！主事者即为官家，我们必须得尊敬官家不是。世事有序则安，无序则乱，这个马虎不得的。"蔡表舅一席话情通理顺，说得安北斗也有些无言以对了。他就说："蔡叔，我看你是明大事理的长者，这事你还得顾全大局，让存驴早日入土为安哪！"

"安主任说话见笑了，我就是一乡野村夫，存驴的远房表舅，拿不了什么大事的。顶多也就做个和事佬，给两边都安顿一下，一边要维护政府，这个你得相信我的觉悟；一边也得把我表姐安抚住是不？要不然，他们把我这远接来干啥？难哪，都难哪！难就难在这以身殉国上啊！"蔡表舅开始说话还软软的，调门也低，突然就像秦腔花脸唱到激昂处，一下翻高八度音，用假嗓门，也叫"犟音"宣叙咏叹起来，端直就把叫驴的死，定性在"以身殉国"上了。

这也是处理这件棘手事的争论焦点。除了何首魁，几乎没有人认为叫驴的死，与"牺牲""殉国"这类崇高字眼有关联。那就是胡逞能摔死了。有的甚至说，叫驴是活该，就爱到处搔手，摩托、拖拉机、小车、卡车，遇见啥都敢开。谁的自行车放在那儿，他只要想用，也不知弄个啥铁丝钩钩，轻轻一搅，锁就能开，屁股夹上就走了。那就是爱发闲贱的货，既然摔死了，国家给几个钱把人埋了，再给他娘一点抚恤金不就完了。还什么烈士、牺牲的，根本就沾不上边么。家属团也没敢朝牺牲上想，反正总是跟你公家跑腿摔死了，无非就是想多要几个钱而已。何首魁对叫驴的定性，属在内部讲的，县局来人已经让他不要再扩散了。问题出在家属要价是从三十万起步的，而公家只答应给八到十万，当然还留着余地。那时一个挖煤的塌死在煤窑，也就赔七八万元。干部因公殉职，多发十几个月工资而已。叫驴一个大闲人，自家地里草长多深都懒得挖一锄子，全靠他娘在土里埋葱种蒜刨食，身价都熬过出门挖煤挣钱的了，还想咋？蔡表舅是有见识的人，没有在钱上做文章，而先是端直在"殉国"上定了性："把这事落实了，再说下一步吧！"事情一下就僵住了。

安北斗说人都去世几天了，现在气温也在回暖，恐怕不敢再放了，能不能先埋了再说。蔡表舅笑笑说："安主任，这不是能急的事呀！我也希望明早就抬回去入土为安，可安得了吗？即就是不说以身殉国的事，三十万谁拿？这灵堂里不是摆的一只小狗小猫，他是个活蹦乱跳的人哪，是一个时代的热血青年，为追击在逃拐卖妇女儿童犯罪分子英勇捐躯了呀！'打拐'行动是目前公检法的重心工作；保护妇女儿童的合法权益与人身生命安全，牵扯到社会制度与法律的完善健全；《新闻联播》天天都在报道，这个你比我清楚，你是公家人哪！这是一场由何所长亲自指挥战斗，我表外甥蒋存驴一马当先，积极响应政府号召，奋不顾身、赴汤蹈火、冲锋陷阵、视死如归，以致流尽了最后一滴鲜血和生命的大事体呀！草草掩埋了，对得起在天英灵，对得起由此变成孤寡老人的英雄母亲吗？"蔡表舅连珠炮似的发问，还真把安北斗搞得有些不知所措，难怪副所长都败下阵来。他说："蔡叔，这毕竟是在和政府打交道，你们要相信组织，绝不会让蒋存驴同志鲜血白流的。可遗体不能再……"

"要不相信组织，不拥戴人民政府，存驴就不会舍生忘死；我们也不会坐在这里进行和平谈判哪！"说着，蔡表舅还从一个包浆了的挎包里，拉出一本皮皮都用胶布粘贴过的《中华人民共和国民事诉讼法》和一堆过了塑的残破文件，细细翻动起来。

"蔡叔，我们这不……成拉锯战了吗？"

蔡表舅将眼睛从黑镜片上方凸显出来慢条斯理地说："安主任，你用的这个词不甚恰当啊！怎么是拉锯战呢？如果你们能痛痛快快答应他们提的三十万条件，再把英雄母亲养起来，同时把她收养的侄儿弄到派出所接个班，戴上大盖帽，了却了英雄的夙愿，那何用把我这个老朽从几十公里外三拖四拽来呢？"

"办不到的事，我们抬来杠去的有用吗？无论怎样，总不能把尸体停在那儿折腾吧？"

"咱俩也打开窗户说亮话，人一埋，还说啥？拿啥说？"蔡表舅狡黠地一笑，"都是明白人么。"

"那这拉锯战到底拉到啥时候哇？"

"你要硬说拉锯战，这个比喻也好。你知道中国古代打得最长的战争是多少年吗？整整一百二十三年哪！五胡乱华，从西晋末年一直打到北魏统一。那可是人老几辈子在拉锯呀！你耗得起吗？连我们的骨殖都没了，何况我表外甥。其实这事很明了，公家对私人，石头对鸡蛋，只要不硬碰硬，一切都好说。硬碰不得，也碰不起呀！这个你比我懂，维稳工作至关重要！昨天省报头版说的就是这个。听说你是个爱观天象，知晓天下大势、能掐会算的人，存驴什么时候能下葬，你应该比我清楚啊！"

"蔡叔，你错了，我是个天文爱好者，既不会掐，也不会算，我就知道，这事拖不得了，棺材缝里都有成群的苍蝇盯上了，说明……"

"不说这个，我们不说这个，那是卫生院、防疫站的事，你得让比你更大的领导知道，这事没有他们想的那么简单。不是钱多钱少的问题，咱是法治社会，按有关法律和文件规定，我表外甥完全符合国发《革命烈士保护条例》第三条第三款之规定：'在作战前线担任向导、修建工事、救护伤员、执行运输等战勤任务牺牲的，应批准为革命烈士。'""可这不是前线哪，蔡叔！"安北斗强调说。"派出所追赶逃犯，那不是战时，不是前线吗？存驴占了两项：'担任向导''执行运输任务'。他还占了一条：'本条例第三条规定以外的牺牲人员，如果事迹特别突出，足为后人楷模的，也可以批准为烈士。'""这里面可是讲要'足为后人楷模的'呀！"

蔡表舅抬起眼镜腿看了看他："我说得不对吗？存驴死得十分惨烈，事迹不为不突出啊！听说是你亲自从山下背上来的，四肢都摔成了莲花落子，血喷了你一脖项，你也很英勇啊！政府也应该给你请功的！"

"蔡叔，不说这个，那就是背个人的事，谁遇见都会背。"

"那可不一定，现在眼见谁摔倒了连扶都不扶一下的有的是，何况你还是端公家饭碗的。了不起，好干部！"他还给安北斗扎了个大拇指，然后说，"我这里还有民政部关于贯彻执行《革命烈士褒扬条例》若干具体问题的解释，其中第十二条讲到：在中国共产党领导下，因对敌作战或对敌斗争……注意……牺牲的人员，无论烈士生前是军人、机关工作人员……注意……参战民兵民工的，参照有关文件执行。我家存驴开车担任向导并执行抓捕拐卖妇女儿童犯罪分子的行为算不算'对敌斗争'？他生前不是警察，可总算'参战民兵民工'吧？你们政府比我更懂得文件法规。如果可能的话，我希望你的上级能接见一下草民，我也是想为工作尽点绵薄呀！"

安北斗突然感到了"高手在民间"这句话的深刻含意。的确是遇见真正的高人了！出来后，他就把跟蔡表舅所谈的情况做了汇报。南归雁看事态严重，就立即和县局的同志一起开了碰头会，大家意见比较一致：不能他们闹啥就给啥，蒋存驴能授予烈士称号吗？平常都干些什么事？偷鸡摸狗的，胃口也太大了。不埋就搁着，不可纵容得寸进尺。这时，何首魁因腰颈部都疼得厉害，已送县医院检查去了。事情就僵持下来，只有安北斗每天到现场支应着。

又放了好几天，灵堂实在臭不可闻，再喷消毒水，人都无法落座。

安北斗跟蔡表舅也磨了多次嘴皮，仍是必须报烈士，这是处理一切问题的前提。蒋家的"势力范围"也越聚越大，很快就扯拉了上百号人的阵仗。拐弯抹角的亲戚，甚至都牵连到外县去了。安北斗再次把灵堂正酝酿的危机，向南归雁做了详细汇报。刚好何首魁也从县上硬要回来，就把他拉回来了。县局、派出所和镇政府举行了第十一次联席会议。何首魁是睡在一块门板上参会的。

大家就家属团所提出的意见，逐条进行分析研判。几乎所有人都觉得报烈士不合适，尤其是熟悉叫驴的，总把他与那些英雄模范联系不起来，一说就想笑。其实除了蔡表舅，他的亲戚们也都没太敢朝这方面想，知道自家人几斤几两，那就是一只"过街老鼠"，能问政府多要几个钱就万事大吉了。唯有何首魁坚持要给荣誉，他躺在门板上慷慨陈词道：

"这个姓蔡的表舅我知道一点，是个讲理讲法治的人，农村就少了这样一些人啊！他这个表舅虽然给存驴用的一些词有失恰当，或者拔高吧，可这件事我认为是找到了推进方向。蒋存驴同志属于政府在紧急关头征用的一个民工，这个当没有异议。征用后，他接到传呼，即飞一般赶到了出事地点。他是在'工作需要、工作范围、工作时间'里以身殉职的，完全符合一切因公牺牲条件：一、说他'担任向导'并不为过，他对路径熟悉，摩托是他开的。需要说明的是，方圆几十里就他摩托开得最好，并且敢于夜间飞车。他抄的是近道，月光下我们甚至已经看见了罪犯逃跑的身影。二、'担任运输任务'，这个似乎也不用多讲。我与干警小高一个坐在车斗里，一个坐在他屁股后边。我俩都拿着手枪，一个盯左边，一个盯右边。存驴在发现罪犯后，加速追逃中，因道路转弯太急，刹车失灵，才导致坠崖的。三、也是最关键的一点：蒋存驴同志在生命最后时刻，没有想着自己，首先让小高和我快跳车，为保护我们，他甚至还做了一个挽救动作，把自己置身于最危险的悬崖边，才让小高跳车成功。我因实在来不及纵身，而与他一道翻下深沟。幸好有那么一块缓坡地，才救了我的命。说他在'对敌斗争'的关键时刻'实绩特别突出'，我也表示完全赞成。至于这么个具体人，是不是'足为后人楷模'，大家可以各抒己见。可最后那一刻，他把生让给我和小高，把死留给了自己。事实也果然如此，我们两个活了下来，他……（哽咽）足以成为我何首魁的楷模！他在我心中的形象比在座的都高大，对不起！我不想讲大话，蒋存驴平常也的确不是一个守规矩的人，顺手牵羊、小偷小摸、打架斗殴、耍牌赌博、吊儿郎当、混吃混喝，甚至见了大姑娘小媳妇还爱怪话连篇、动手动脚，都是事实。为这些事，我用警棍戳过，大头鞋踢过，手铐铐过，黑房子关过，可他每每在关键时刻，还就能站出来，像他蔡表舅说的那样，奋不顾身、赴汤蹈火！同志们，我活了几十年，就明白了一个道理：老天对人唯一的公平就是生命。这是它给世人的最大恩典，让我们都来活一回。可只让你活一回！谁都只给一回！哪怕你再能，把天能戳个窟窿，活完了都得滚蛋。谁不想长寿？谁不想多活呀？蒋存驴脑袋没谁尖？比谁傻吗？可在千钧一发之刻，他毅然把自己交出去了。今年刚刚三十六，是本命年哪！他腰上还系着红腰带，脚上穿着红袜子，摔成莲花落子后，我才看见，里面还穿着红裤头……他比谁都想活呀同志们！他不英雄谁是英雄？他不烈士谁是烈士？我们身上都有毛病，这个世上没有完人。谁要说他是完人，那他就是这个世界上最大的骗子！当然，蒋存驴身上的毛病可能多一些……不把蒋存驴同志的事办好，我他妈就不干这警察了！谁给国家卖命哪！都靠卖嘴皮子、说大话能行吗？你看我们一开会，卖起嘴皮子一个比一个能，卖得好的还都风光无限了，可关键时刻谁朝出站哪？那些没说过一句大话却能站出来的才是硬道理，才是真英雄啊！狗日拐卖妇女儿童的，已经整得好多家都妻离子散、上吊服毒、家破人亡了……蒋存驴同志是多次分文不取地追逃啊！我们要对得起蒋存驴，不要求全责备……谁不服，谁拿命去试试嘛！"

大家还从来没见何首魁哭过，可今天他不仅一边狠狠拍着床板，一边还声泪俱下了。

当然，最后老何也有些婉转地说："我也知道烈士的荣誉是崇高的，英模的称号是神圣的。申报程序十分严肃复杂，一时半会儿不可能办下来。综合考虑，蒋存驴也确有短板。我个人认为他是烈士，只能代表个人的认识和意见。何况也不能再僵持下去了。烈士够不上，将功折过，授予他一个见义勇为的勇士总是可以的吧？报县政府就可以审批，来得也快。这是我最后的建议！"

这个建议倒是很容易就达成共识了。赔偿条款也都同意按最高上限处理。然后就是跟蔡表舅的谈判了。蔡表舅非常清楚烈士与勇士之间的差别，可这次是南归雁、何首魁、安北斗与县公安局一同跟他谈话，都明确表示，烈士的审批程序特别严谨，会涉及蒋存驴同志的一贯表现。要他们蒋家先接受见义勇为勇士称号的申报。这也是由县一级人民政府授予的崇高荣誉。蔡表舅毕竟是明白人，他提出烈士、英模称号，本身也有法乎其上，取乎其中的意思。加上这场拉锯战已将他拉得身心疲惫，也有知难而退的意思，就说蒋家保留烈士的申诉权。

一场风暴眼看就要化解了。可蒋家还是闹得不行，嫌赔款太少，与他们的要求距离尚大。加上战线拉得过长，家里都有事，情绪就颇为激愤。他们竟然把安北斗团团围住，有人甚至还推推搡搡地想下手打。安北斗能做到的就是骂不还口，打不还手。农村工作做得多了，他知道自己的冷静和笑脸，是唯一降温和化解矛盾的良药。别人能闪的都闪了，能躲的也躲了，唯有他，南归雁更进一步明确：是镇政府全权处理后事负责人！一切都得兜着、顶着、受着、忍着。他喊道：谁都不要乱来，他要跟"总代表"蔡表舅谈话。可这帮人发现蔡表舅的着力点并不在钱上，便有些想撇开的意思。就在大家把他推到蒋存驴棺材前，逼着他闻里面的臭味，有人甚至还在后边强压头颅时，蔡表舅搀着蒋存驴的娘走进了灵堂。

蒋存驴他娘喊："都别胡来！请师师为主。既然把他表舅请来了，就一切都听他表舅的。"

蔡表舅扶扶黑洞洞的眼镜，对安北斗说："安主任，对不起，你也辛苦了，半个月熬得一晚上只眨一两个小时的眼皮，我们都看在眼里，休息去吧！我想给本家亲戚开个会。成不成，明早见分晓。"

安北斗对蔡表舅拱拱手，还作了个揖，就离开了。可他到底还是不放心。他们会开什么会呢？一旦有过激反应，自己总得掌握情况吧。他就悄悄卧在灵堂外面的一个土坑里，静静听着里面的动静。

蔡表舅先是咳嗽了两声，然后说："我知道你们不满意我跟政府的谈判条件，想多挖抓几个。我也缺钱，你以为我不缺？多挖抓几个，按规矩我是抽的头子钱，也会多分几个，何乐而不为呢？可我们要看大势啊！不懂大势你都活的啥人吗？你们都说，人是脸面重要还是钱重要？我知道，每个人嘴上都会说脸重要，可实际肯定都觉得钱重要么，尤其是现在，隔手的金子不如到手的铜么！我给你们算个大账，就按你们狮子大张口的四十万、五十万，即使最后能搞定，那不得给表姐留大头？就算大家闹着有功，来了大小一百几十号人，一人分个几百块、千把元，咱是要一个大大的名头好，还是要这点钱好？蒋家祖祖辈辈就是给人家放牛、烧炭、挖煤的，今天突然出了这么个人物，不觉得麻子脸上都放光彩了吗？咱们现在灵堂里都是本家，我打开窗户说亮话，存驴平常是啥人你们都清清楚楚。要不然咋都喊成'狗日的叫驴'了？不是这件事，你们谁还愿意承认叫驴是亲戚？我表姐刚还说，这些年连过年都没人到家里来往过。连我也一样，提起来都嫌丢不起老脸。不怕表姐在，你们都说说，北斗镇附近十里八乡，谁不骂，谁不恨他？连你们这些亲戚，恐怕平常也是牙帮骨挫得嘎嘣直响，恨不得拿石头塌、用搅屎棍打的要跟他刀割水洗。可老天睁眼，咱家娃娃突然不轻如鸿毛，要重如泰山了！县政府都要给荣誉、给旌表了！你们却还在那点钱上斤斤计较，看看你们这点出息、这点眼光。现如今我是跟政府在谈条件，要求给他立丈二高的纪念碑，这是存驴的碑，也是蒋家满门亲戚的脸哪！蒋家啥时这样在镇上、村上活过人？蒋门历史要改写啦！看看你们，都是啥神气，人家安主任亲自把人从山底下背上来，你们就能推人家、搡人家、背后踢人家响沟子，还要把人家鼻子硬朝棺材缝里摁，这都是蒋家人干的事？人臭了，这么远闻着都发恶心，还准备朝哪一天放？你们都表个态，如果不同意明天下葬，我连夜走人，你们另请高明，我伺候不起这门烂亲戚！已经从清明熬到谷雨，小心一吊熬成八百了。我蒋家这些大小先人们哪，可不敢长虫沟子没深浅，都活成一帮糊涂蛋了！"

蔡表舅把棺材板拍得嗵嗵直响。

安北斗直到这阵儿，才松下一口气来。他翻过身，朝天上一看，今晚的天空特别蓝，蓝得星星都像小电珠一样是精心布排上去的。要是手边有个相机就好了。可他实在疲乏得有点撑不住，就闭上眼睛睡过去了。

30 杨艳梅

杨艳梅借调到县医院，是她爸一手办的。

她在卫校的几个同学都在县医院上班。本来她也是可以早去的，但那时遇见了安北斗。整天想给女儿找个好女婿的母亲一眼就把人看上了。个头长相都不错，又有大学文凭，将来肯定前途无量。那时她妈老说：你爸才是个农技学校中专生，都提了站长，北斗咋还不混个镇长。再努一把，弄个县长都是有可能的。她妈唯一不满意的，就是他家在农村，父母都是捏锄把的。这样的穷亲戚，容易染到手上抖不利。为这事她妈还专门去北斗村看过一次，发现安家虽是农民，却是勤劳人家，养猪养鸡养羊的，日子过得特别殷实。光房梁上吊的腊肉都四五百块，这就是农村富裕人家的基本象征。她妈就撺掇她主动跟人家多接触。那时安北斗还有些踌躇满志的样子，整天背着照相机和一个大炮筒子，动不动就上山观测天体去了。似乎对她还没太在意。这对她甚至产生了不小的刺激呢。

她打小就被誉为"美人坯子"，在地区卫校也是校花级人物。可惜几个男护士她一个都没看上。之所以毕业回了北斗镇，也是因为她爸想逐渐把她从镇卫生院转岗到行政上，嫌做护士没出息。其实这事跟上一任书记都说好了，可书记出了事。南归雁一来，又一切按规矩办，搭不上茬，加上她对安北斗也越来越失望，就一气之下借调进城了。

县城是她特别向往的地方，要不是为朝行政上转，她早去了。现在孩子由姥姥带着，自己也利索，说走就走了。对安北斗她确实有些失望，用她妈的话说，越看越是毛桃子大个核儿，没多大发胀。南归雁跟他是同学，已成镇上一把手了，他还被人家使来唤去地盯梢、蹲坑、伺候人。说他，他还有理八分的：老同学才来，分配工作你能驳人家面子？加上着了魔怔地爱观天象，她妈说，那就是个石灰窑里扔块砖——白气冲天的货！玩物丧志，谁有啥法。别说科级、县级，就是弄个正股级，怕也难肠。经不住她妈见天唠叨，见猪骂猪、见狗骂狗地指桑骂槐，尤其是大过年的，他竟然像"守先人灵堂"一样把温如风守了一个正月，气得她就毫不犹豫地离开了。

　　县城跟镇上完全是两个概念，好玩的地方多了去了。加上自己上班以外无事一身轻，就整天跟同学同事看电影、唱歌、跳舞，活得从来没有这样轻松快意过。才来一个月，新歌就学了七八首，这在北斗镇是想都没法想的事。镇上天一黑就是喝酒、打牌、睡觉，再没有别的娱乐。跟安北斗初谈恋爱时，她也爱上阳山冠看星星。看着看着，捏手、抚摸、拥抱、接吻，再"天当盖顶地当床"地满地打着滚，的确很是浪漫过。有一夜，两人疯张得裙子、乳罩、短裤、汗衫都让猛然刮来的一阵狂风吹到崖下了，他们是裹着树叶做亚当、夏娃状下的山，也算是幸福了好几年吧。后来有了女儿，她就再懒得上山受风挨冻了。可安北斗仍是乐此不疲。这在满镇人看来，就是个疯子，是个不务正业者，并且九牛拉不回。进县城后，她有时虽然也想女儿，可孩子打小就不让到卫生院里玩，怕染病，一直住在姥姥家，对自己也无所谓，平常通通电话，心里也就安然了。对安北斗，就更无所谓了，大概与人们说的婚姻危险期有关吧，他们也刚好到了"七年之痒"阶段。

　　一天下午快下班时，她正给一个病人拔吊针，安北斗来了。人明显有些消瘦，眼窝陷下去两个深坑。她从电话里早听她妈唠叨过叫驴摔死闹的风波。县城人也都知道，并且传得更凶，说把镇政府的大门都让棺材堵了。她妈说，人家都怕染手，就他安北斗在那里颠前扑后地出风头、当傻子。连死人都是他从沟底背上来的，污血染了一身。杨艳梅见过尸体，还上过解剖课，倒是不像她妈那样怕死人。她妈还在电话里告状说，安北斗就这样表现，家属仍不满意，拳打脚踢不上算，还把他脑壳差点摁进棺材里吻了死尸。她是觉得这个男人的确活得太窝囊，把干部当成这样，都没听说过。可人毕竟是看自己来了，她就把晚上约好的到歌厅练歌推了，先陪他到酒店吃了一顿饭。

这顿饭吃得很是别扭，相互之间也似乎找不到什么共同话题了。她只特意给他点了驴皮冻，那还是他们结婚前，专门上县拍婚纱照时吃过的一道菜。她记得他特别喜欢。可今天，他一筷子都没动，只闷住头，愣吃白米饭就土豆丝。她突然意识到，可能是与叫驴之间犯了忌讳。听说叫驴最后高度腐烂得县防疫站都去做了全面消杀。

她希望他问一问借调的事，但他始终没有涉及。记得那次进城他们就住在这家酒店，晚上都十一点多了，外面还人头攒动，夜市上的烟火气不断。附近镭射影厅的打杀声和歌舞厅里"纤夫的爱"声此起彼伏。不似乡间，天一黑，多数人就上炕了。她记得自己还说了一句：北斗，咱们将来要是能来县城工作就好了！他也很是兴奋地答应：只要你喜欢，咱就努力！这一努力就是八年，他还努力到村里蹲坑、沟里背死尸去了。

"习惯吗？吃住都咋弄的？"他终于问了一句。

"吃在大灶上，挺好。住是临时宿舍，三人一间，先凑合吧！"

吃完饭，他们在酒店开了房。登记时，他刻意要了八年前住过的那一间。房已重新装修，明显比过去上档次许多，价钱也翻了几倍，可感觉似乎比过去冰凉不少。夫妻之间的生活该办的也办了，可办得很是像办事走程序、过流程。不像第一次来，先嫌两张单人床太窄，合并到一起，结果把她还光溜溜地从床缝里跌到了地上。后来嫌床上不得劲，又把被子铺到地毯上了。再后来，隔壁人嫌他们闹腾得太欢，不停地敲墙，他们又不得不把被子移到卫生间里窝蜷着继续。总之，外面夜市闹了半夜，他们也折腾了一晚上。那次在县城一共住了五天。办离店手续时，人家硬让他们赔了五十块钱，说是床前横着的长条凳腿脚劈叉了，断茬印痕是新的。安北斗也没好抵赖，交了罚款，就赶紧跟她低头溜了。

今晚同样是两张床，他们也没朝一起挪。走完程序，她就上另一张床独自睡了。她听见他在床上翻了几翻，大概是太累，也睡了。人与人之间的感觉到底是怎么回事呢？恋爱时，就觉得天下人都没有对方可爱。尤其是他对天文的痴迷，简直可以叫超凡脱俗。那时两人挎着胳膊，走在镇上，直觉得自己是这个世界上唯一的公主，而他自然就是那个白马王子了。记得那时她不仅喜欢他迟早挎着照相机、扛着望远镜的样子，连自己，也是喜欢帮他挎着扛着的。春夏秋冬的那些晚上，他们上到阳山冠甚至勺把山顶，安北斗能把天空划分出无尽的星座来。告诉她什么叫黄道，什么叫赤道，什么叫太阳系，什么叫银河系，什么叫仙女系，还有只能在南半球才能看到的什么大小麦哲伦星云等。并且总指着属于她的那个处女座位置，详细讲述着人类对这个星座的各种不同解释。告诉她，处女座是正义的化身。并且从古希腊神话的雅典娜讲起，直说到现代人对处女座的各种性格定位。她印象最深的，说处女座人特别有主见，有理性，意志坚定，能掌控住自己的命运。还说处女座人身上有一种难以抵御的魅力，光芒和气质令人着迷而崇拜。尤其强调说：处女座人是最理想的人生伴侣，家庭观念很重，婚姻特别牢固，是情人眼里永远的掌上明珠……这才八年，两人睡在一起，就像左手摸右手一样毫无感觉了。看来生于什么星座也是不大靠得住的。

第二天，安北斗本来打算是要留一下的，她却说晚上要值夜班，初来乍到，不好调休。其实同事知道她爱人来，已主动要求与她调班，但她拒绝了。留下也没什么意思，搞不好说僵了，还反倒生出一肚子气来。

他们中午在一起吃了一顿饭。她说下午要上班，他就说那他回去了。他已看见她用上了手机，就告诉她说自己也买了一部，是最便宜的那一款。呼机时代说过去就过去了，很多地方已收不到信号。临别时他说："艳梅，对不起，我就这点能耐。知道你一直喜欢县上，那就留下吧！夫妻县上镇上两头跑的也多的是。我也帮不上啥忙，需要了，打个电话，我随时就来。"说完就走了。

他走后，她才在包里发现，里面放了一千块钱，还留下一张字条：我随时等你的电话！

31 立夏

安北斗的确想再留一两天，把夫妻感情修复修复，可杨艳梅说要值夜班，并且一值就是一礼拜，那里面明显有不想挽留的意思，他就知趣地走了。与她的裂痕，恐怕也不是一两天能弥合得了的。他知道症结还是在自己没出息上。行政机关讲究职务高低、权力轻重、人前人后、面子大小这些事。自己恰恰职务最低、权力最轻、走在人后，面子自然也是最小的。那些眉高眼低、贵贱冷暖不仅表现在各种场面上，也体现在生活日常的皱皱褶褶里。机关瞧不起，机关外的也未必瞧得上。尤其是丈母娘，越来越把小瞧他写在脸上了。当初他大学毕业回来，也就她最把他当"白米细面"，几乎是用各种手段，三天两后晌就要把他邀到家里，煮腊肉、捏扁食地让"跟你叔抿几盅"；还又是使眼色、又是用胳膊肘拐女儿，叫端茶、递扇子地"跟你北斗哥谝一会儿去"。结婚后，发现他最上心的是"白眼张天"；最愚蠢的是不讨领导喜欢；最背点的是啥好事都轮不上；最苦情的是职务晋升不沾边。她就指鸡骂猴、踢狗磕猫地敲打：观天象、测八字、算命打卦，那都是瞎子才干的事，北斗镇集中起来能拉一卡车，莫非还缺一双走路都要人牵着的眼睛不成。他听见也全当没听见，反正他既不是测字的也不是算卦的，说天文学，也老有人问：弄那玩意儿能吃么能喝？一时半会儿跟人也解释不清楚。但工作他绝对没误过，观测星空只是业余爱好。他老有一个观点：你们休息时能喝酒、打牌，我就能去看星星月亮！可机关工作有时窍道恰恰就在酒场和牌桌上。丈母娘就越发觉得他是个"尿囊包"了。连被她管得不太说话的岳父大人，偶尔也会说：北斗，星星不是不能看，可看眼色，比看星星重要啊！你毕竟是在机关混，机关有机关的潜规则呢！当农技站站长的岳父这话很有哲理，可他宁愿放弃一切，也是舍不得放弃星空的。这大概就是命吧！他亲耳听见丈母娘对着他女儿安妮数落：你爸那叫额头挂棒槌——好那一吊子，今生来世都没治了！杨艳梅能借调到县上，丈母娘大概是没少加火添柴的。听说岳父也有进城上副科的可能。上次管农业的副县长来，在杨家吃饭，最后就打了包票：老杨的事包在我身上了，位子一挪出来，就到县里上班。组织部部长是我二舅的挑担，他必须把事给我捻弄圆了！

他最近情绪的确很低落。除了累，也有对人生的悲凉感。尤其是叫驴最后那个形象始终挥之不去。出殡那天，叫驴娘非要再把儿子看上一眼，不看就不许朝走抬。北斗镇也有讲究，死人在安葬前才"掩殓"，就是让亲人再看一眼，才揭去罩在脸上的火纸，让亡者上路。可叫驴放的时间太长，实在臭不可闻，棺材早用漆油蜡密封了。他娘却死闹着不行。最后还是他拍板：让看一眼，毕竟是娘啊！他要求所有人都离开现场，只留下他和八个"杠夫头"，用蘸过酒精的毛巾捂上口鼻，把叫驴娘架上，照一眼立即拉走。在让他娘照那一眼时，他也睄了一下：叫驴的脸膨胀得有洗脸盆大，已墨黑如漆，就像即将要爆炸的黑气球。唯有那身警服，终是被他膨大的身子撑持起来，留下了一点英武之气。

活着、死亡，这两个概念最近始终在他脑海里打架。他突然那么想好好看看星空，只有看着那里，觉得人情冷暖、眉高眼低，甚至婚姻家庭、生离死别才可以暂时忘却。

从县上一回来，他在镇上也没停留，就回村里去了。自打把蒋存驴安埋后，镇上就大张旗鼓地全面实施"点亮工程"了。据说各种工程技术人员和安装队就来了好几百人，镇上家家户户都成了客房。他戳在那里似乎有点局外人的感觉。刚好南归雁也让他回到自己的岗位上去，他就回老鳖滩看了一眼温如风，然后扛着长枪短炮上勺把山了。

这一夜，天空没有一丝云彩、半点杂质，湛蓝里还略透点纯白。是如此的清澈深邃，浩瀚无垠。任你如何纵情眼界，也无法找到无尽的边缘。肉眼都能随便看到银河系和仙女座。他虽然架起了大炮筒子，但没有去借仪器观测。他觉得躺在地上，仰望着星空，就已经是足够壮丽美妙的事了。在省城、县城，他都向天空仰望过，雾蒙蒙的，什么也看不见。即使有那么几颗，他清楚，大多是人造卫星，离地球很近，看上去很亮，但也很假。唯有北斗镇，夜晚还是纯净得犹如千山深处的湖泊。一些恒星在蓝色底衬中的亮度，几乎像突然打向天空的闪光弹，甚至呈现出了放射状的多棱光芒。尤其是那层层叠叠伸向无尽头的星云，在他眼中，是地球上任何东西都无可比拟的景观。但这样美丽的夜空，很快就要消失了。一想到这里，他牙骨挫得嘎嘣响。可自己人微言轻，反对又有什么用呢？

在他的印象中，北斗镇还从来没有这么思想统一、行动整齐划一过。并普遍认为"发展经济的思路总算对头了"。这是充分利用天然生成的"北斗七星"有利资源，"小投入大变样"地带动旅游发展的"大眼光""大格局""大思路"。似乎只要把七座山点亮，北斗镇就"生意兴隆通四海、财源茂盛达三江"了。也许会这样吧，但光的污染，必然使天空变得一片昏暗，他所剩无几的那点偷着乐，恐怕也要消失殆尽了。

只有久久仰望过星空，他才懂得，在浩渺无穷的宇宙里，地球几乎连一粒尘埃都算不上。人又算得了什么呢？离开杨艳梅后，他的确感到很痛苦，就急着想面对星空，也许是寻找一种麻醉吧。当一镇人都在为"七座山马上要亮如白昼"而兴奋不已时，他是越发地觉得痛苦与哀伤了。他站在山头上想哭、想喊。但他知道勺把山上的猫头鹰夜叫，满村人几乎都是能听见的。自己一旦哭喊起来，人们就会敲锣鸣炮地出来驱赶"栽死鬼"。勺把山上"栽死鬼"可不少，连温如风他爹他娘都是在这里"滚坡"的。山里人把从山上摔下去丢了命的，统称"栽死鬼"。据说叫驴死后好几个晚上，勺把山上都有"栽死鬼"的叫声，如鬼哭，似狼嚎，更像是草驴被谁掐住了脖子的绝望哀鸣。想着想着，叫驴掩殓时那张像气球吹得欲爆裂的黑脸，又不停地闪现在眼前。他甚至觉得周身都是这张脸在打旋，脊背上也是叫驴的死尸在压迫。他可是夜半在山上住惯了的人，还从来没害怕过，但今晚恐惧了。他把手电打开，还原了身旁怪石嶙峋的山崖，肯定是没有什么鬼魂与活物在作怪，才战战兢兢钻进睡袋，从眼睛能看见的最边缘处，数起星星来。

从儿童时期他就无数次数过，可又无数次中断，总是没数清过。但今晚他想数清楚。再过一月，就数不成了。他按中国古代对天空二十八星宿的位置划分，左东方青龙、右西方白虎、后北方玄武、前南方朱雀地细细数来，虽然一夜无法尽览，可还是数出了四千多颗，可能有重复交叉的，也有星系似云团般一片粘连着，但目所及处，稍微明晰的颗数大致如此。这也是他几十年来第一次数清北斗镇上空的星星。可这才是万里星空的冰山一角啊！像太阳这样的恒星，仅在银河系都是以千亿颗来计算的。与银河系比邻的仙女星系，竟比银河系还大了一倍多；而像银河系、仙女星系这样的庞大星盘，在宇宙中也是要拿亿万个来计数的。地球算什么？安北斗又算什么？他在反复追问着这些问题。

也就在这天晚上，勺把山上又爬上来另一个人，竟然是温如风他妹夫秤存星。秤存星比他小几岁，上学也低了好几年级，平常接触不多，但在温如风的问题上，也帮过他不少忙。温如风有时还是听这个妹夫的，因为他说话做事都靠谱。

秤存星似乎对星辰大海也有些兴趣，就说："北斗哥，你也教我看看星空吧！""你不是忙着搞根雕吗？生意怎么样？""不行。""咋了？""都嫌土气了，现在啥都讲究高端大气上档次，土得掉渣的东西又不灵了。""那你准备咋办？""出去打工啊！""到哪儿？""出去再看。反正总比窝在村里强。村里活得憋闷得很。""你一个人去？""不，带上存雨。""那是要彻底离开村子呀？""唉，闯闯吧，好多年轻人都出去了，有的还真闯出息了呢。""也好，出去闯闯，总比死守在这儿瞎折腾好。"随后，听说秤存星就带着温存雨离开北斗村了。为这事温如风还骂了他一顿，问他给他妹夫嚼啥牙帮骨了，跟他看了一晚上星星，就把他妹子带走了。搞得安北斗还无话可接。倒是花如屏说，存雨他们早都想出去打工了，怪人家安干事啥事。

　　温如风在蒋存驴死时，是顾全大局，又给了一个月宽限的。按照宽限期，也到了快行动的日子。他继续把大炮筒子对着老鳖滩。焦距调了又调，终于找到了他家的前后门。他噗嗤笑了，怎么老瞧见花如屏懒洋洋地端着尿盆上厕所？过一会儿，温如风也出来了。是从堂屋将吊面的架子，一个个搬到了场院里，并一行行整整齐齐排列开来。这货心细，说面架子放在外面，有时半夜被闲人一脚踹倒，骨牌一样一倒一地。有时干脆就不见了。因此每晚都是要扛回去的。这两口，绝对是一对过日子的好手啊！他还真是有点羡慕人家的小日子呢。

　　他确实不想盯这个梢了。他也知道自己为啥被人瞧不起，包括妻子、丈母娘、岳父甚至女儿。安妮就曾问他：爸，你是不是个跟屁虫？一个堂堂的大学生，怎么就活成了像电影里那些偷偷摸摸、跟出溜进的戴个鸭舌帽的"小特务"呢？亏了自己没戴帽子。

　　眼看到了立夏时节，整个勺把山上的阔叶林带都茂密得蓬住了天。春生、夏长、秋收、冬藏。现在就是最疯狂的生长季节。从山头望开去，除了盘龙一般的逶迤河道被粼粼清波荡漾着以外，群山苍翠、万树俯仰。奇花异草、百色虫鸟也都争奇斗艳、竞相舞动鸣唱着。一群野蜂甚至让他想起了在大学时，学生乐团演奏的《野蜂飞舞》，充满了生命的跳跃与灵动，声音的狂浪与奔放。而他现在就置身于这群欢乐无限的野蜂之间了。它们追寻着无尽的花蕊，在嬉戏狂欢，声音动作都带着春天的节奏。而躺在杜鹃、凌霄、紫薇、金银花丛中的他，就是这辽阔舞台上的唯一观众。同时他还新奇地感到，浪漫的野蜂、蝴蝶、蜻蜓、蚂蚱，在天地间编织了一个巨大的笼子，他在笼里，而它们置身笼外，自由而放浪形骸。他知道这七座山上除了没有虎豹、黑熊这些伤人的大动物外，山羊、麋鹿、麂子、锦鸡五花八门，应有尽有。连娃娃们都敢钻进半山中扑蝴蝶、逮画眉、捉刺猬、躲猫猫。他是自小在勺把山上溜大的，那时到山顶砍几捆柴火，朝沟里一放，骑在上面，喊一声走，柴火捆子就跟长了耳朵一样，十分听话地把他们连人带柴运到山脚下了。坡度缓急刚好，即使把谁栽下来，打几个滚，就能随手抓住藤萝树根，爬上去再"出溜"就是，很少见谁摔得腿断胳膊折的。

就这样一座一早便百鸟朝凤的山岗，浓雾还缠绕着它的腰肢时，就听雾里有人喊叫起来："用绳子拉，前后左右两丈远一个灯！""注意，都必须安在山下能看见的地方，有些端直朝树顶上安。""一个灯八十块，安不好把你脑壳换上！"

安北斗听出要换人脑壳的是孙铁锤的声音。

紧接着，只听山林里的雀鸟吓得丢了魂似的满山乱撞起来。"点亮工程"终于推进到勺把山上了。

安北斗扛着他的大炮筒子，快快地避过满树林乱钻的太阳能灯泡安装队，端直下到老鳖滩去了。

这时，手机响了，是南归雁的。问他咋老不在服务区？他只噢了一声，未置可否。南书记叮咛他得昼夜鏖战，一定要盯紧温如风，小心关键时刻出纰漏。他只回了一声知道，就挂了。

他也准备去跟温如风好好聊聊，得掌握动向。

自蒋存驴死后，他还没正式跟温如风照过面呢。镇上闹那么大的动静，北斗村几乎人人都去灵堂转过，唯有他和花如屏没去。温如风死见不得叫驴那个货。并且一直怀疑，他家被盗的那半棵树，叫驴脱不了干系；他挨黑打，叫驴脱不了干系；村里出的那些瞎瞎事，也没有一件叫驴是脱得了干系的；即使不是他亲自干，也是孙铁锤和何黑脸的走狗帮凶。叫驴的死，兴许能让温如风熄灭一些肚子里窝的火呢。谁知安北斗刚把大炮筒子一放下，说想讨口水喝，温如风就上火了："你们厉害，是你的功劳吧？把叫驴都打扮成什么勇士了！猪在圈里捂不白，羊在坡上晒不黑。你们竟然把叫驴捂白了、晒黑了，厉害！那倒是个锤子、鸡巴、狗屎、毛蛋、屁卵子！"他一口气骂了一堆脏话。安北斗还不好硬杠，就婉转地说："人都不在了么。""人不在了，栽死鬼的魂还在。日夜还在勺把山上叫唤哩，比野驴蛋让夹住了都难听。""存驴……是为追逃犯死的。""他自己就是个逃犯，还追的什么逃犯？派出所何茄子是黑了路了，老跟叫驴这些罪犯卷在一起，摔死活该！你们还弄成狗屁勇士，埋在烈士陵园脚下了。烈士陵园是当年红二十五军被打散，路过咱村，钻到勺把山里，让像叫驴、孙铁锤这样一伙瞎尻知道了，把人家几个娃娃，活活下石头塌死在石灰窑里，听说最小的才十四岁。你说这都是人干的事？但凡是个人，你不给娃们弄点吃的，哪怕撵走都行嘛。可这些货，生生把人砸死了，多惨哪！人家是啥英雄？叫驴是啥子屁毛灰，能把他埋在那里？""不是矮了半里地嘛！""矮一百里地也不行。我要是烈士，非起身把这货挖出来喂狗不行！"

花如屏给安北斗沏了一杯茶，埋怨温如风说："你少说两句吧，人家就是把叫驴弄进'封神榜'，与你啥相干。""老子不服！他要是埋在派出所，陪着何黑脸，我屁都不放一个，可埋在烈士陵园脚下我就嫌恶心。咱打小学就年年被草老师带去扫墓，你安北斗也一样。现在我年年给爹娘上坟，还要去给娃们烧炷香，放挂炮。这下去不成了，把死驴埋在山脚下了。我嫌臭，呸！"

其实安北斗对给叫驴申报荣誉，开始也是有看法的，勇士也是英雄。但最后他想通了。尤其是何所长那番话，他觉得说得特别在理。人的生命只有一次，叫驴的生命毕竟是献给正义追逃事业了，何况还有我们不掌握的信息。据何所长说，叫驴为派出所义务做了很多事，属于他的"舌头"。临死前还有立功表现，说以后会证明的。他就很快在这件事情上转了弯，并且成为给蒋存驴申报荣誉的积极推动者。也许我们把英雄看得过于神圣，甚至是天生的，就像电影、电视和戏里写的那样，从少年时期就好得出奇，有的竟然在十月怀胎时就有了征兆。可从叫驴身上看，英雄就在我们身边，兴许平常站得还比较靠后，有的可能还活得有些污秽、丧眼，只是在关键时刻，他一步跨到了最前边，那就是英雄了！这些话也没法跟温如风探讨，他恨叫驴不是一天两天，北斗村人恨叫驴，也不是一年两年了。都对这事嗤之以鼻。这就让安北斗越发看出了蔡表舅的高明。蔡表舅的最后诉求只有一条：把人埋在烈士陵园脚下。为这事也纠缠了好几个来回，蔡表舅甚至一让再让，同意低矮半里地，但需立一通比那位十七岁的排长矮十七公分的墓碑，永享后世祭奠。你不得不承认这位民间高手的过人之处。这个蔡表舅在乘小四轮拖拉机离开时，他是给鞠了躬的。

安北斗来温家主要是探口风，看他宽限一月的日期到后，都有什么打算？聊来聊去，温如风还是那些话：何首魁总没死么！他说何所长颈椎和腰椎都摔坏了，恐怕得休息一段时间，最近无法破案。

温如风一边压面，一边扯到了"点亮工程"："把七座山点亮，吸引人来看，那好看吗？勹把山让孙铁锤承包了，钱是挨家挨户集资的，不知又要让这哈尿给腰包倒腾多少进去！反正我是一分没给，他就是将来一家分个金元宝，我也不稀罕。何况让孙铁锤承头，小心家家户户将来连卵包都齐茬割了，半个蛋不剩。"

跟这家伙越来越没法对话了。好在他倒没流露出急着要出门的意思。上次说的再给一月宽限期也没提。大概是听说何首魁还躺在卫生院，脖子和腰上都上着箍子，动弹不得，案情没法推进。再加上地里麦子也快黄到梢了，估计再一月内也是不会出门的。

离开老鳖滩，他还有了一种轻松感。

回到家里，他爹娘也给他上了一课，说让叫驴享受了这大荣誉，还立了碑，是给北斗村树了个瞎瞎榜样。应该再埋远些。他说本来想埋在他死去的地方，可那里是公路急拐弯，人都怯火叫驴，怕引发新的交通事故。加上家属也不行，人都死一二十天了，耽误不起。他爹说，虽然埋在山脚下，可一面山都显得不洁净了。我们年年都是要给那些娃娃挂青、烧纸的。娃娃们可是为打江山死的，二十岁都没活到。他说：各是各的意义吧！他娘仍坚持说：叫驴摔死就是村里少了一害！

他爹又问他，镇上在满山岭上安灯泡，你咋没参加？他说他的任务是看住温如风。他娘就又唠叨："温存罐有啥好看的？大大一个干部，一天就守着一个推磨压面的，丢人不？都说书记是你同学，还不给你弄一份赢人的差事干干。年轻轻的，是吃了没油盐的饭了！"他爹说："让看就有让看的道理吧。"他娘却不依不饶："一肚子书白念了，三更灯火五更鸡的。费了家里一坡的人情一坡的钱，到头来就守个烂罐罐，有啥道理？"

任娘再不高兴，他还是得把大炮筒子架着，每日每夜看看天，再看着老鳖滩。

那几日，他听见羊蛋、狗剩、骆驼、磨凳骑着摩托，架着喇叭，还在挨家挨户收"点亮工程"入股款。也见孙铁锤带领外面来的工程技术人员和村民，日夜连轴转着在勺把山上安装太阳能灯，噪劲大得山摇地动、天翻地覆的。

想来想去，他又回镇上去了。

32 太阳能

南归雁这一个月几乎每天只睡四五个小时，还有干不完的活儿。岳父要补过六十大寿，老婆咋都希望他回市上一趟，说她老爸从外贸公司经理位置退下来，身边人马上像演川剧"变脸"一样，官名都不叫了，端直称老黑，他岳父的确姓黑。下棋也没人让步了，下一场输一场。过去单位搞活动年年拿冠军，自退休那天起，就没赢过一次，有时三步就直接让人把老帅"智取"了，气得肝痛。再是岳母乳腺也有点问题，吓得整天在家哭哭啼啼地交代后事。可南归雁的确是走不开，弄了这么大的团场，要点亮七座山，还带一个大晚会。再加上蒋存驴的丧事，搅得他连吃饭时间都在开会。他觉得自己是真的可以用夙夜在公、日理万机这些词了。可老婆见天打电话说她头都快要爆炸

166

了，让他无论如何抽时间回去一趟。他怎么解释都不行，气得老婆在电话里发飙：你以为你是总理呀？科级在市上就是给人家拾鞋带的！好几次她把电话都摔了。摔了他也回不去，这是什么时候哇！

好在蒋存驴安埋了。他知道事情已闹得全县都摇铃了。北斗镇连续出了"三大冷彩"：一是前任书记的"石床风月"；二是温如风"省会告状"；三是蒋存驴的"陈尸风波"。虽然"石床风月"与自己无关，可温如风和蒋存驴的事，却身在其中，无可逃避。县上哪个领导在电话里也都不比他老婆温柔，有的还冷嘲热讽，摔电话的次数加起来，更不比他老婆少。现在好像"石床"成了自己的"风月"，温如风成了自己的"同党"，蒋存驴也成了自己的"双簧"，总之，北斗镇一切都不对、不行、不成。尤其是他南归雁到任后，经济社会发展不仅没有改观，而且在维稳上还给全县连续"放大炮"，轰得全省都挂号了。他是无论如何都得有所改变。而这一宝，就全纳在"点亮工程"上了。

其实"点亮工程"也是他从外地学习借鉴来的，人家把山川点亮后，就成旅游爆款了。为慎重起见，他也是聘请省市县三级专家进行了反复论证，都一哇声地拍案叫绝，才上的人代会。都认为这次书记是抓到点子上了。然后他找银行贷了些款；再找工程队垫资买了些器材；还要求各村积极入股，将来利润分成。总之，从目前情况看，形势一片大好。如果这一仗翻起身来，北斗镇的困境也就算彻底扭转了。中石书记几次说要来看看，他都说不急，让朝后放一放。他是想在七座山点亮那天晚上，让书记在开幕大戏上出席剪彩，从而一扫北斗镇的霉晦与乌烟瘴气，也让大家看看，南归雁下派来不是吃素的。

七座山上的太阳能灯泡，已全部进入安装阶段。一亩地平均安三十到五十个，远近疏密有别。七座山先装五万个，价值在三百五十万左右。他现在的主要精力都用在晚会和旅游解说词，以及广告语的编撰上了。

晚会开始想法很大，准备请国内顶级团队来搞。一联系，人家根本不接亿元以下的活儿，连普通剧务都没见上。最后只好请了本省的《梦回大汉》剧组。价钱也是一砍再砍，总算在四百万以内搞定了。策划和导演组、舞美组已来过多次。舞台以阳山冠为背景，总体设计南归雁和镇上都已比较满意了，现正在搭台和搜罗演出道具。仅农村的犁耙、打麦的连枷、碾场的碌碡、驴拉的石磨，还有犁铧、锄头、铁砧、锤子、镰刀、筛箩、簸箕等农具就收满了几大库房。

关键是旅游解说词和广告语，咋都让南归雁不满意。已经修改几十稿了，他看着仍是直摇头。文案团队是从省上请来的。据说都是这几年走南闯北、给地方作赋作歌、给旅游景点编故事造神话的"顶流大腕"。

"关键是故事！重要的事我说三遍：故事！故事！故事！"这是负责解说词撰写的头儿——一个出了十几本书、名片两面都印满了头衔、名字后边突出烫金了"中华著名文化学者"几个字的应老师反复强调的一句名言。

据说应老师兼了七八所大学的客座教授，还顶着十几个文化研究会会长、副会长、秘书长、顾问的帽子。大概是戴得有点多，头发都压荒脱了，只剩下后脑勺一圈圈，形象有点像古画《八仙过海图》里的铁拐李。

应老师多次讲道："宇宙万物、人类世界，包括一个国家、一个民族、一个地方、一个家庭、一个英雄、一个人物、一个山脉、一个沟壑、一条河流、一道山梁、一座庙宇、一个道观、一部电影、一台好戏、一块石头、一个山洞……（足足能说二三十个）都是靠故事安身立命的。没有故事，那就是行尸走肉、皮囊徒有。一旦有了故事，那就百世流芳、仙气十足了。譬如北斗镇的七星山，流传中早已是故事成堆、人物成串了，可为什么又没有成为桂林、肇庆的七星岩，台湾、沈阳的七星山，铜鼓、浏阳的七星岭，揭阳、宁德的七星洞呢？为什么？都说为什么？没有好故事嘛！你们的故事有是有，却俗不可耐，缺乏基本的想象力和创造力，我看纳鞋底的老太太都会编。无非是猪八戒用钉耙挖了七道槽；孙悟空用金箍棒戳掉山一豁；王母娘娘把寿桃扔了一个核；太白金星的裤子挂烂一个角……没有任何文化含量嘛！从南到北、由西到东、市市县县、村村寨寨、沟沟岔岔、角角落落，搞旅游开发都是这样编的。要叫我说，还不如人家给西门庆造故居有吸引力。你们真要下势搞，就得在解说词上做文章，我看这个比安灯泡、搞晚会更重要。舍不得在这上面投入，那就是头痛挠脚、背疮胸割、缘木求鱼、抱薪救火呀！当然，我不是说安灯泡、搞晚会不重要，我是说灯泡、晚会就投入了七八百万，而解说词才给七八万，这是本末倒置、抓小放大、饮鸩止渴啊！"

　　说来说去还是嫌钱给少了。好吧，既然促上架了，也不在乎再挨一刀，尊重文化人嘛，给，加到二十万！可炮制出来还是凌空蹈虚、越发地八岸不沾。南归雁看得实在着急，满嘴的火泡都攻到嘴角外堆成草莓状了。

　　正在这时，安北斗推门走了进来。

　　他知道，安北斗对"点亮工程"始终有意见，生怕把七座山点亮，望不成星星了。是他一人看星星重要，还是北斗镇七八万人口的民生经济发展重要？这是一个人的格局、胸襟问题。安北斗在小镇混的时

169

间长了，心胸也混成一地鸡毛了。自上大学起，这家伙就把精力和钱财花在观天象上，宁愿挨饥受饿，也要购买装备，多少次夜不归宿，甚至都差点让学校除名了。有些人爱好啥，一阵子就过去了，他却把天文爱得死去活来，永不回头。听说他跟妻子一家都弄得水火不容、各奔东西了。所以"点亮工程"的困境，他也懒得给他说，有时还怕他看笑话呢。好在安北斗干事还是认真的，并且很有一套办法。尤其是蒋存驴的丧事，整得镇上当时确实狼狈不堪。闹到中途，家属甚至已经起灵，要把棺材抬到镇政府门口堵着，就是为了搞臭"点亮工程"。是安北斗顶在棺材前十二个半小时，才算制止了这场狂风巨澜般的移灵风波。近二十天，安北斗一直处在一线，从背死人出沟，到最后拉回村里安葬，几乎每一细小关目都是他亲自谈判处理，直到风波平息。应该说，他是有功之臣，并且是大功臣。南归雁也想在忙完这阵后，把他正股级待遇解决了。不说老同学，人家自己把事情也干到这份上了。

安北斗一进房，先咕咕嘟嘟喝了满满一缸子水，然后擦擦嘴说："书记，给换一个活儿吧！""我不是说了，没人的时候，你还叫我归雁嘛！看叫得生分的。换啥活儿？""温如风我不想看了。""咋了？"他有点吃紧地问。"没咋，基本平稳着。他家麦子今年旺得很，一天恨不得朝地里跑三趟，估计舍不得在这个时候出门去。收了麦子，我就不敢保证了。反正我是不想看了。镇上这么多干部，都换着看一看嘛！"

安北斗这样一说，他反倒放心了。这个时候也是"点亮工程"最关键时刻，等麦收后，七座山早点亮了，该是迎宾搞民居和农家乐的时候了，温如风即使捣蛋，也能腾出手来应对了。他就问："那你想搞啥？""随便。听你书记安排么。""目前的中心工作你都知道，你说你搞啥？"他知道这家伙无论放到哪里，都是一把好手，就看他愿干。安北斗有点无奈地："那就'点亮'么、安太阳能灯么。""你也想通了？""想通想不通都得干么，我算老几。""你看你，还是思想不通么。让你去安太阳能，还不三个灯泡哑两个。""你把我看成啥人了？搞破坏的是吧？""不是这个意思，北斗，我是说，看守温如风的工作，跟安太阳能灯一样重要。甚至更重要。""我说不看了，绝对不想看了。看在老同学的面子上，给我换一个工作，行不行？"安北斗甚至说得有点小激动。

他就说："那好，给你换一个。"他突然想到了旅游解说词。那上面也是天文地理的，安北斗不刚好合适吗？他就把这份难缠的工作弄到了他头上。

33 北斗星

安北斗接管这事的当晚，就跟应老师团队接触了一下。应老师先探明了他的身份，当得知是个计划生育专干，并且外带蹲坑看守上访人员时，就有些待理不理的。只让一个女助理把打印稿给了一份，他们继续开会，提升故事内涵去了。安北斗倒没在意他们的态度，只把一万多字的《北斗镇经济社会发展理念》与《七星山故事新编》看了一遍，噗嗤笑了。他脑子突然闪出一个念头：这年月说谎造假，已到了可以把屁股当脸的地步。就这还二十万，放在他，二万都不给！他嗖地站起来，端直进了会议室，里面乌烟瘴气的，烟抽得他甚至有点看不清几个人的脸面了。应老师就坐在平常书记坐的位置，眼睛盯着投影，正在讲"文化内涵发掘与旅游开发之可持续"。见他进来，连助

171

手的助手都没把身子哪怕是欠一下表示个态度的意思，仍把眼睛盯着画面，听应老师说得云山雾罩、天马行空。

他终于听不下去了："应老师，应教授，应院长，应总！"这几个称呼大家都是轮换着叫的。他也不知姓应的更爱听哪一个，就把几个都叫了一遍，然后说："恕我不懂旅游文化，更没有搞过解说词。可北斗镇我从小在这儿长大，山山水水、一草一木，还是略知一二的。尤其是这七座山，的确酷似北斗七星的布局，很像是人间对天空大熊座尾部的高级仿真再造。啥传说都有，几乎每个上了年岁的老人，肚子里都有一堆故事。我个人是不同意点亮的。把它们点亮了，天空真正的北斗七星就看不见了，故事大概从此也就终结了。过去那些老故事，都是人们看着天上觉得好，才想象着地上的。天上的没了，地上的自然也会消失。咱们今天不说这个。既然要点亮，我觉得就要点出点水平来，神话传说当然得有，可也应该把天文地理知识结合上吧！要不然，淘大的神，还不如请几个老汉老婆坐在山脚下，用打渔鼓筒子、唱花鼓的方式讲得更精彩些。"

大家都不说话了，像看怪物一样看看他。然后又看看应教授，再看看投影上似乎像狮子又像河马，也像野猪还像大象的山势构图，等着应总发话。

应总揭开茶缸盖，吹了吹上面好像啥都没有也早已不发烫的水面，润了润喉咙说："看来你们北斗镇在发展经济、追赶超越上，思想并不统一呀！"

这话分量可一点都不轻。在行政机关干了这么多年，安北斗还是能听出弦外之音的。他笑笑说："看来应老师也不是单纯研究旅游文化的专家呀！我只想请教旅游文化方面的问题。比如你们现在正研究的这座山，象征天权星，民间也叫文曲星，看似较暗弱，其实它比太阳的质量和半径都要大很多，只是离我们太远而已。这座山既不像狮子，也不像野猪，更不像河马、大象，我个人觉得在这方面太过用力意义不大。山上曾经出过一个唱花鼓戏的老汉，县文化馆请去录音，三个半月把肚子里的戏文都没录完，结果唱得有点激动，突然心肌梗死，去世了。老汉一字不识，一只眼睛还瞎着，可把前朝后代的历史故事能唱得清清如水。光唱本就整理了一尺多厚，我觉得这就是中国的荷马呀！除了介绍这颗天权星的科学发现与定位外，把这个老汉的故事发掘一下，可能比到底像狮子还是野猪更有意义。还有你们对阳山冠，就是天枢星的文化内涵发掘，我尤其不敢苟同。这是一颗有四点八倍太阳质量的巨大恒星，离我们有一百二十多光年远，简直是神一样的存在呀！你们怎么……老要朝阳具上想呢？是的，远看是有那么点像，可它也像麦积垛、蘑菇云、原子弹爆炸、龙卷风……还可以更进一步向深空想象：太阳风暴、木卫一上的火山、土卫六上的冰火山……值得想象的东西多了，七星山完全可以搞成一个充满想象力的天文科学博物馆呀，为什么老要朝生殖器上联系呢？这个山像阳具，那个山像会阴。现在但凡长得挺拔一点的山势，或者哪儿有个山洞，就都朝那方面开发、引申。那就是想象力、创造力、艺术性？我尤其不同意你们对那张'石床'的所谓文化内涵发掘，那就是北斗镇的丑闻。天宫确实有个'天床'，由六颗星组成，在小熊和天龙座，与北斗七星的大熊座也算比邻，但我们古人想象的不是你们那个意思呀！你们把'天床'搞成了仙女下凡与阳具山猛男的野合，甚至把七座山都搞成了他们的女儿，又跟七仙女扯到一起，恕我不恭，这解说词恐怕得全部推倒重来！"

会议室突然像引爆了一枚炸弹，嘭的一下，所有人都头晕目眩，脚底悬空，全炸趴下了。

过了许久，应教授应院长应总倒是先清醒过来，把笔记本电脑啪地一合，夹起来就走。他边走边宣布："散会！"踢里倒腾，一总七八个人，全都收拾起家伙，离开了会场。安北斗还没咋反应过来，不就是发了个言嘛！南归雁派自己代表镇政府来，说的就是让自己把关呀！这又是阳具又是会阴又是"天床野合"的，解说出来对北斗镇形象有好处吗？关键是七星山旅游解说词撰写组里，竟然没一个懂天文的，大多都是影视编剧、新闻主持、商业营销方面的在校生，这不开玩笑吗？他也气得嗵地站起来，把挡在面前的一把椅子狠狠踢了一脚，摔门而去。

他回到房里，正翻看那一堆天文地理杂志和书籍，南归雁就敲门进来了，端直问他咋回事？他没好气地说："镇上就找了这样一帮货来搞解说词？""咋了？不就是不满意，才让你介入修改吗！""那是修改的事吗？那是整个思路都不对，需要全盘推倒重来的问题。""北斗，来不及了，一切都来不及了。他们定稿后，还要立即培训导游小姐，必须背过。总不能拿着稿子给游客念吧？"他说："解说词是一种文化，只要解说就会传播开。你是北斗镇书记，你愿意让人把镇政府所在地的靠山，说成是一个阳具？镇政府是靠在阳具上的？把前几年发生的丑闻，'穿越'成什么唐朝一个'猛男石匠'，勤劳勇敢、力大如牛，因做梦得到天仙女暗示：若能打造一个面对星月的石床，日夜可遥望天庭父母，她便自愿'冲破仙规'，下凡与他'结为丝萝'。石匠由此挥锤奋力，日夜开凿，石床终于打成，天仙也如期而至，由此制造了'风流千古'的'石床风月'佳话。我想问问南书记，这个'名胜'解说，我从哪里改起？我们到底想给人传播一种什么样的旅游文化？"南归雁说："我也不同意，可他们说这是一个'兴奋点'，还可以搞'石床夜宿'开发，多凿些天床，一晚上一对收费八百八十八，搞不好还是个'经济增长点'呢。并且他们集体都很坚持，你要跟我一样觉得不妥，就改嘛！你总不能在外人面前……公开传递出两种声音吧？"

听话听音，他听出那个应教授恐怕在南归雁面前已经添盐加醋、上纲上线了，就十分气愤地说："那好吧，我什么也不说了，人微言轻，说了也白说。就让这帮所谓的文化学者，把北斗镇弄成个阳具吧，背靠在阳具上，再给大路上弄些阳具图腾戳着，兴许还真能吸引来游客呢。赞成，我举双手赞成，好了吧！"

南归雁气得嘴唇都发青了，直敲桌子说："安北斗，别给我来这一套。你反对归反对，可你是政府工作人员，就得服从组织决定。"

"我没有不服从组织决定哪！你让干啥就干啥，人家不听我的，我拿啥决定？"

"你一掺和进去，就给人家来了个全盘否定，那是干事的态度？"

"我没听见一句与北斗七星有关的解说，就下凡那个仙女，还是什么'给嫦娥做饭的小厨子'。而北斗七星是几十到上百光年以外的七颗恒星，嫦娥是离地球才三十八万公里的月亮上的传说，这哪跟哪呀？他们连星空的基本常识都一无所知，闹出了真正的天大笑话，难道我不该否定？"

"你懂！你能！可已经没有时间了，只能先修修补补，天大的事，以后再说不成吗？"

"问题是咱要褂子，要礼服，他给缝了个大裤衩，咋补？你另找

175

人补吧，我没办法，丢不起那人。也伺候不起那些爷！"

气得南归雁嘴唇都在发抖了："亏你还是老同学，就这样跟我对着干？你知道我弄这事有多难吗？为批项目，到银行贷款，找企业垫资，把胃都喝穿孔了，给你们谁喊叫过一声？不支持我都成，求你别跟我唱反调了行不行？北斗镇的GDP已是全县倒数第二位你知道，再掉一位，你连副股级都不是了，就到伙房当厨子去吧！那儿窗户大，烟囱比你那个炮筒子还粗还长，就到那儿看星星去吧！"说完，南归雁一脚踢开他的门，冲出去了，头差点没碰在门框上。

安北斗也很生气，可看见南归雁急成这样，还气成那样，反倒有点想笑。但又笑不出来。南归雁毕竟是真心想让北斗镇"跨越式发展"。看那架势把命都快搭上了。为跑项目、贷款、资助，也的确喝得"胃穿孔"、累得"拉条跌膘"的。全镇干部更是连轴转着。深夜一点了，不仅各会议室全亮着灯、开着会，而且山上也是灯笼火把的，都在三班倒地安装灯泡。他本来是想独自上山，再好好观测几夜星空的。山一点亮，大概什么也看不见了。可他到底还是没好意思去。想起南归雁那样子，他也有些感动和同情，熬更守夜的，不仅两眼布满血丝，两嘴堆满燎泡，走起路来也扶着腰，说是椎间盘突出了，腰上还上着箍子呢。大家忙成这样，难道自己还真成开历史倒车的绊脚石、搅屎棍了？他躺在床上，努力想找到自己的位置。温如风他是不想看了，再说目前看守的必要性也不大；解说词组也回不去了，不仅那个应教授见他如寇仇，连组里其他人，在厕所照一面，尿没抖利索，都扭脸走了。自己还能干什么呢？装太阳能，那是技术活儿，且都承包出去了。想来想去，好像还真只有到厨房帮灶合适。不行了自己先给自己降一级呗！剥个葱，捣个蒜，烧个火，揉个面，帮忙架个蒸笼，总还是可以的。听说一天光馒头都得蒸四五千个呢。找好了位置，第二天一早，他就去伙房蒸馍去了。

谁知一茬馍还没拔笼，南归雁又来找他。啥也没跟他客套，就撂了一句："到晚会组去！人多，需要协调。记住，就是协调！人家有总策划、总撰稿、总导演、总灯光师，你只负责协调咱们的人，跟人家搞好配合就行了。有天大的意见给我说，不要跟人家硬碰硬，都是省上来的大艺术家，惹毛了，就把锅彻底砸了。"

这时大师傅喊叫拔笼，他和另一个小伙子跳到灶台上，一格一格拔下六层笼来，又白又胖的馒头让他还颇有些成就感。然后，他咬着一个滚烫的馒头，就到晚会组当"协调"去了。

34《印象北斗镇》

《印象北斗镇》剧组驻扎在镇中学。除主创人员外，还来了一百多专业演员，但他们都住在县城宾馆里，每日用四辆大轿车拉过来，排练完再拉回去。而群众演员，都是当地学生和农民。好在导演要求不高，年龄不超过六十五，没残疾，会站队，走路可以小跑起来就行。因为年轻人都出去打工了，村里留守人员以老人、中年妇女和儿童为主。整个晚会场面很大，"花心"部分由专业人员完成。"边角料"，也就是远处陪衬者，都是就近找来的村民。开始大家都不敢上场，一辈子还真没跟演戏沾过边呢。可一旦排练起来才发现，原来演戏这么简单：会犁地的犁地；会插秧的插秧；会薅草的薅草；会碾场的碾场；会放牛的放牛；会放羊的放羊；就是要求有一些队列、阵势而已。比如用连枷打麦子，一次要上四百个妇女，人不够，老汉包了花头巾，也排在后边打起来。主要问题是人太多，有些老汉老婆耳朵又背，加上觉得特别好耍，就笑闹得场面无法收拾。七八个副导演拿着半导体喇叭，一天把嗓子都喊哑了，插秧的队伍还是歪七扭八；薅草的锄头抡得七上八下；连平常很自然就统一起来的打连枷——麦子、黄豆、扁豆都是这一打，可一讲队列、一放音乐，就打得乱成了一锅粥。加上组织纪律性也很差，今天这个要去给人做满月；明天那个要给外孙结婚；还有家里没人，鸡、鸭、葱、蒜、李子、杏子让人偷了，要留下看守门户的；更有几个妇女不知扯啥是非，正排练着，一下撕抓得把好几个都弄到卫生院缝针、包扎去了。总之，排了几天进展都不大。有些还越排越倒转回去了。总导演就很是着急，让镇上派得力干部来协调，怕耽误事。镇上之所以选择这个时候搞"点亮工程"启动晚会，也是考虑到农闲时节，一旦麦子成熟，龙口夺食，只怕用轿子把这些人都抬不来。

安北斗一进组就发现，这可不是闹着玩的。一两千老汉、老婆、妇女、娃娃，弄到一起安全都是大问题。他们原来也编了几个组，但都是按插秧、薅草、打场、放牧、舞龙、火把、别鼓组编排的，形不成真正的管理架构。前几年他参加过行政学院公务员培训，按管理学要求，八人以上就得形成一个团队，并且必须有一名负责人。近两千人也得组成一两百个小团队，再分成若干小组，每组还得有中层管理人员，从而形成金字塔结构。只有这样，才可能达到有效管理目的。这些年的农村工作经验，他也反复总结实践过，凡搞大型聚集活动，都需有科学管理原则和方法，否则总会出事。让他记忆最深刻的是，有一次搞三镇三乡物资交流大会，玩龙耍狮子时，就把三个人活活踩踏死了。那次上边来总结教训时，他作为负责生猪交易市场的小组长也列席了会议，虽然坐在后排，可到底还是忍不住站起来发了言。他说：你看天上的所有星系，看着凌乱不堪，其实都在万有引力的作用下，按照各自的轨道有序运行着。一旦失序，就会发生相撞和坠毁。这次踩踏事件的根本原因，就在于各乡镇都好大喜功，是在无序状态下，只管把人吆喝来，图热闹，并且越多越好，而没有考虑到这些个体生命行星的运行轨道，踩死三个都属万幸！这一番话，差点没让几个乡镇领导把他恨死：就这货能不够，他好像是玉皇大帝，啥都懂！两个乡镇长为此还挨了处分。但他的这个办法，在这次晚会上立马见效。他不仅没有打乱原来的节目编组法，而且还使组内出现了"比学赶帮"局面。更重要的是，负责十组以上团队的大队长，都由各村委会负责人亲自担任；而十人小组长，一般由德高望重的长辈承头，说话有人听，批评能管用。排练秩序很快得到根本扭转。总导演不停地给他竖大拇指。

就是牛存犁找过他一次，反映了北斗村的一些情况。牛存犁被他指派为放牧第十六组组长。其实很简单，就是把自家的牛吆来，放到舞台背后的阳山冠脚下灌木丛中吃草就是。这个导演也不要求排队，也不要求做任何动作，挥挥鞭子或躺在草地上睡觉都行，比打连枷、薅草、敲别鼓、跳火把舞容易许多。只让一百多个孩子，骑到牛背上走来走去玩一玩就成。牛存犁说他家新买的犍牛年龄小，腰骨嫩，还不让骑。他们是开场节目，二百个犁匠排成一长队，从东边犁到西边，再从西边犁到东边，然后找地方坐下或躺下就是。大概有四百多米的距离，也都排练着犁好几十个来回了。音乐放的是《在希望的田野上》，开始声音太大，音箱吼天震地的，吓得牛犊子乱蹦，后来声音关小些了，牛才慢慢适应。犁地是牛存犁的老本行，不存在任何表演难度。他的犁匠小组也好管理，都是本家亲戚。加上这一段牛都闲着，每天有人管饭，还能挣几个闲钱，是睡着了要笑醒的事。他找"安协调"，主要是反映有关孙铁锤贪墨与不公的问题。

所有来的农村演员，除管两顿饭外，每天还发十五块钱补贴。大牲口也是十五块，指的牛和骡子；小牲口指羊，一天发五块，从头到尾光吃草就行。牛存犁反映的问题是：北斗村因为离镇上近些，一共来了五百八十多号人，七十多头牛，十一匹骡子，还有一百三十多只羊。他发现孙铁锤不仅在里面虚报冒领，而且还有克扣工钱问题。比如有人家里有事，迟到早退了，他就把人家的钱扣得一分不剩，但在镇上又没少领，里面水分很大。安北斗没有直接回答他的问题，只让他管好第十六组，说有些事等他了解清楚再说。他也确实了解了一下，倒不像牛存犁说的那么严重。北斗村人多，难管理，孙铁锤为严明纪律，的确是扣了一些人的钱。但他的解释是，等事毕了，准备奖给干得好的，安北斗也就再没多问。

眼看晚会就进入合成阶段了。外请演员，说除了北京两个大腕，是演出当天赶到现场外，其余的都来了。

安北斗尤其喜欢省上来的唱丑角的喜剧明星火烧天父子仨。这是大西北真正的名丑。长得一模一样，城里叫"克隆人"，乡下叫"一个模子倒出来的"。那天三颗菱形脑袋也是一律刮得锃光瓦亮。他们一露头，整个北斗镇就炸锅了。过去老在电视上看，没见过真人，今天父子仨是真真切切地来了。三人从轿车上一下来，忽地就围满了人。乡下人看稀奇，那是真的朝死里围，连裆里、胯里、胳膊弯里，都会钻出一层层南瓜、北瓜、冬瓜、葫芦一样的小脑袋来。派出所雇了几十个帮忙维持秩序的，几乎全都布在了贺氏父子周围。老子火烧天，大家自是认得清楚，可那弟兄俩，谁是老大、谁是老二，简直争成了一笼蜂。倒是火烧天豁达幽默，直喊道："乡党们，不争不吵，听我给大家介绍：其实品种差不离，就是遭受风化程度不一，长得造型有点各异。走在左边的是老大贺加贝，右边是贺火炬——他兄弟；你们都给父老乡亲作个揖！"贺加贝和贺火炬就很是听话地给两边人鞠了躬。火烧天说："我八九岁时就跟师傅一起来这儿唱过戏，好像是有一个老庙宇。是不是叫七星庙，三四百年是有的。"有人喊叫，"文革"时烧了，连砖都拿回去砌茅私、猪圈了。火烧天直哀叹："可惜！可惜！"他见围观的人挤得实腾腾的，有点寸步难行，就接着打躬作揖道："众位父老乡亲，现在参观还为时尚早，请借个路，让我们赶快到学校，准备一下节目，免得让大家看不好。借道，借道！"说着，他还努力打起转圈让大家看了前脑看后勺，看了左棱看右角，整出漫天的欢喜来。安北斗突然觉得这就像是三个外星人光临了北斗镇，喜兴得连燕子、麻雀都密密麻麻多了起来。

　　黄昏时分，舞台部分灯光突然爆亮，只听成千上万人"噢嗨"一声，整个阳山冠都在灯光射程之内了。总灯光师是从省上请来的丁白大师。今天太阳出来时，就有人撑起一把太阳伞，摆了一把白色折叠椅恭候着。大师是下午快三点时坐房车来的。穿着一身洁白的运动服，外带白帽子、白袜子、白鞋，有点一尘不染的味道。他好像跟开车门的人很熟悉："顺子，灯都装到位了？"叫顺子的，也就是早早给丁大师撑起太阳伞、放好折叠椅的那位连忙说："看这还用丁大师你操心嘛！咱啥时还给你掉过链子。我一共带了十六个人，撅起沟子干了三天三夜，所有吊杆、灯光都按你的布位图齐齐到位，放心，只是个赢人么！"这个人就是多年后因《装台》而出名的刁顺子。

　　"安协调"这阵儿的岗位，已经挪到总导演和总灯光师身后，随时协调一切彩排中可能出现的问题了。当夜幕降临，灯光五彩缤纷起来，远处比兔子还小的牛存犁们挥鞭让牛羊奔走，中间八百人躬身插秧，近处省歌舞团八十名美女《踏歌》而行时，现场立马呈现出从未见过的热烈气氛。

第一章《春色》一完，第二章是《阳山》。灯光一启，安北斗就觉得有点不对，咋看着这山势是有点异味儿。接着后边就有人喊："锤子，看像不像个锤子！"安北斗看明白了，丁大师的灯光思路仍是把阳山冠朝阳具上进行象征的。他就拍了拍大师的肩膀。丁大师很不高兴地把肩头掸了掸，好像是嫌拍脏了他的衣服："什么事？""你这个造型？""造型咋了？不像吗？"安北斗问："像啥？""不是叫阳山吗？导演要求威武雄强、坚挺有力，是不够坚挺吗还是冠状不明显？电脑灯可以随时改。"安北斗有些哭笑不得地："丁老师，不是这个意思。我是说，这么大的演出，弄个这玩意儿不合适吧？""那弄个啥玩意儿合适？""你看噢，我们这儿叫北斗镇，这次旅游宣传也是冲着北斗七星来的。古代中国把天空分为二十八星宿。世界上还分成了八十八个星座。无论星宿、星座都有图案、故事。不知丁老师是什么星座？""巨蟹座，咋了？""我是说能不能给背景山上打些星座图案，既形象，也很美，还能普及天文知识。比如北斗七星，就在大熊座……""弄个黑乎乎的熊，好看吗？""巨蟹也行啊！白羊、金牛、狮子、双鱼座，凡动物都会有趣，也都会好看的。""给我的脚本上就这样写的，你自己看去。"说着，丁大师把面前画得五马六道的几片纸页，推到了安北斗面前。上面果然写着："阳山冠，象征着昂然耸立、坚挺不衰的阳刚气象，这是人类延绵不绝的生命图腾，请舞美设计和灯光师借山体之势，做好有关生殖崇拜的象征造型。"安北斗哭笑不得地摇摇头说："这是北斗第一星哪！从远古到现在，人们面对天空，好像还没有叫出阳具座的。星座都有象形感，比如天龙、天鹅、天箭、天鹰、天秤、天蝎、长蛇，甚至巨蛇座，可还没有叫乳房或屁股座的，尽管很多星辰的布局完全可以这样去想象，但从来没有这样叫过，说明人们对天空是有一种神圣和敬畏感的。阳山冠，是象征天枢星，枢有门轴、枢纽、中枢神经的意思，还是请丁老师给造一个更美更好的形象吧！"

丁大师倒是不犟，拿起对讲机就喊："顺子，把背景上靠东和靠西的四十台电脑灯，统统朝外移动五米，我要重做程序。"由于"安协调"把天文知识讲得头头是道，丁大师倒是有些尊重的意思，就说："你把八十八个星座的动物图像选上几个典型的，我晚上连夜做程序。"

"谢谢丁老师！"

安北斗高兴地正在给一片纸上画星座图案、标动物名称呢，有人拍了一下他的肩膀，回头一看，是南归雁。只见南书记一脸的严肃神情，好像是又遇见什么大事了，他就赶紧跟着出去了。

35 外星人

事情的确是闹大了。明晚的"点亮工程"省长要来看。当然，是副的。一个副省长突然要到北斗镇来，也是一件不得了的大事体。这么多年，镇上来的最大官，就是行署副专员。自撤地建市后，还没来过。这次是副省长陪同国家铁道部一个领导，来考察铁路建设规划，刚好经过北斗镇，县委王书记便邀请一起看看"点亮工程"，也是为了促进人家的规划决心。这事对于北斗镇来说，就像一跤子跌进地窖里，无意间拾了一疙瘩金子，却又烫手得要命。接待问题先不说，王书记首先提醒：你们北斗镇人爱告状，尤其是那个温如风，可不敢领导一到，先扑通一跪，把好事就搞砸了。南归雁满口保证说：一定做好保障，请书记放心！

放下电话，他第一个就找到安北斗。照说，这事现在还是高级机密，镇上其他领导都不知道。他得先稳住温如风再说。现在怪事多得很，越不想让谁知道的事，人家知道得越早。BP机一过时，手机在乡间也迅速就不是啥稀罕物了。开会时，只要有人出去上一趟厕所，啥消息都走漏了。最近为一些工程包揽和分工的事，班子内部也不是很和谐，难保谁还恨不得让温如风跳出来给他弄个难看脸呢。

他刚说完，安北斗就说："我不是已经跟你说好，再不看温如风了吗？"

"可情况特殊不是？"南归雁表示出了十分恳切的态度。

安北斗是真不想再染这事了。再染，别说岳父、丈母娘、老婆、女儿瞧不起，恐怕连整个北斗镇人都要下眼观了。尽管"点亮工程"他不喜欢，可分给自己的哪一项工作，还是干得比看温如风有意思。他也很是坚决地说："你还是找别人吧。我协调晚会……走不开。""晚会我找人协调，你必须去稳住温如风。这个比晚会重要。"南归雁的态度更强硬，并且向他保证说："就这一次，明晚一结束，立马变回来。"

领导永远都有办法让你干特别不想干的事，你还抹不开面子张不开嘴去拒绝。尽管是同学，但人家毕竟是上级。他叹息了一声，也没再表示不同意。南归雁拍了拍他的肩头说："你恐怕得立马动身回村去。到位后尽快给我来电话。从现在开始，你的岗位就是全镇最重要的岗位，随时保持联系畅通。这件事须保密。你到位后，我再召开会议。你离开也得自然些，保持内紧外松。"

就在这时，有人跑过来喊南书记，说总导演那边发火了，嫌"安协调"跑得没影了，晚会弄不下去。他看看南归雁的表情，南归雁毅然决然地："你去吧，我协调。"说完，他还真朝晚会现场那边走去。

安北斗骑上摩托，刚发动，手机就响了，是南归雁的声音："北斗，你还得到晚会现场来一趟。立马！"他就又朝晚会现场一路小跑过去。

到了现场才知道，总导演不是一般发火，而是戴上帽子、披上风衣要拜拜了。这些人才不管你小镇上一个书记不书记的，他就觉得用"安协调"顺手，使一个眼色，都知道朝哪儿用力。上千人的场面，地方上没有一个能协调、会沟通的人，总导演一点办法都没有。开始他们以为把农民组织起来，打打连枷、插插秧，再锄草、犁地、放牛羊，又不跳芭蕾、霹雳舞啥的，大概很容易，取名就叫"自然生态舞蹈"。没想到会这么难肠。总导演说了一句很精彩的话：我都不知道李自成当初是咋整的！眼看场子都要砸了，南归雁不得不把安北斗又叫回来，悄声对他说："请来的这些爷难伺候得很。咱的人也不好协调，灯一亮，音乐一响全乱套了，满场乱跑乱叫唤。你先对付着把彩排搞完，注意带上两个人，逐渐把你替换下来。彩排一结束，立即回村。我先去搞接待方案。"

安北斗就又协调起晚会现场来。大概是他跟乡民熟悉，说话也亲热、生动、尊敬些，容易把导演意图简单明了地贯穿给大家，所以晚会很快又有了秩序感。

那个从省城来的装台领队刁顺子，还专门跑到他跟前跷了个大拇哥："高，还是安协调高！一样的话，你说出来，这些下苦的先愿意听么。这不都把连枷打得美美的，牛在后边也走顺了。你那个建议也

185

好，咋能给舞台背景上扎个大毛锤子，这是高台教化呀……"说着他还"阿嚏"地打了个喷嚏，像是有些感冒，但仍在夸，"你看现在多好，又是金牛，又是白羊，又是双鱼的，看着也吉祥么！就是把装台的整苦了，几百台电脑灯，你安协调一句话，害得我们几乎一多半都移了位，到这阵了，弟兄们连夜餐都没着落。但工作你放心，绝对是指到哪儿咱打到哪儿，即使饿得前胸贴住后背，都没马虎过。"说着他又打了个喷嚏。安北斗听出了刁顺子话里的意思，就跟身边人说："这十几个装台的的确辛苦，三天三夜连轴转，让给大灶说，给人家晚上弄一口热和饭，加个夜宵。再给熬点姜汤。"他看那人有点为难，"你就说南书记特别交代的！"那人才去了。顺子又把安北斗的脊背轻轻拍了一下，再次竖起大拇指："高家庄的高！安协调就是高！"

晚会最精彩的节目，还是火烧天父子仨演的《外星球来的三个和尚》。

节目主持人一报幕，所有群众演员和一些挤进来看热闹的观众，一下就骚动起来。因为他们父子仨既是秦腔戏曲名丑，也是电视上露脸特别多的喜剧明星。陈彦在长篇小说《喜剧》里对他们的火爆演艺生涯多有描述。

灯光师故意用三台煞白的灯，将三个剃得亮晃晃的菱形脑袋送了出来。不得不服，这三颗头颅真是长得过于"奇险诡谲"了些。

父亲火烧天先开口，然后兄弟俩打配合：

地球上的女士们、先生们、朋友们，听说你们还称父老乡党们：
　　　我们来得有点遥远，
　　　路上就走了一百二十三点六光年。

从月亮到地球，光线以光速走是一秒零三，

你想想我们为来祝贺演出走了多少天？

不来总觉得有点欠，

毕竟你们遥望了我们二百多万年。

亲戚朋友越走动关系越谙，

不走动就活成了光棍一条单打单。

从长相上可能有些让你们不太满，

可在我们天枢星的卫星上咱父子仨都是抢手的靓仔俊男。

宇宙浩瀚，审美也许完全相反，

你们喜欢的公主在我们那儿只能刷锅洗碗。

太空大得没有个边边沿沿，

不是光你们地球人会说会谝能咥能干。

你们叫人的生物站到了食物链的顶端，

而别的星球上还有长得像蛇像鹰像驴的生物在造光速飞船。

星球和星球之间差别很远，

条件不同，有些蜥蜴可能在另一个球体上进化得手握了生杀大权。

你们不要小瞧了身边的花鸟虫鱼、蚂蚱秋蝉，

他们有可能就是外星人派来的友好使者或斥候侦探。

随便捻弄和捕杀它们可能带来危险，

给它们留一条生路才会让你们人类健康安全。

生命的优点和毛病哪个星球大概都无二一般，

有善良勤劳的就有二流子懒汉。

我们星球上的《三个和尚》跟你们玩的一个版，

打起伞来也都是无发（法）无天。

明明知道水是一切有生命星球的第一资源，

却偏偏懒得挑、懒得抬，等人伺候着好当活神仙。

闲言少谝，咱得立马开演，

你两个货，伸完懒腰、打完哈欠、抬起水桶、准备造膳！

……

开场白一完，底下人先笑得捶腰砸背、捂肚子抹泪的。虽然后边是《三个和尚》的传统故事，可依然在星际与地球之间来回穿梭，编排演出得十分幽默风趣。让安北斗没想到的是，火烧天那么自然地把宇宙、银河系、北斗七星与太阳系、地球、月亮之间的关系都带了出来，并且基本符合天文实际。另外，还加上了热爱大自然、保护滋养我们生命星球的主题，着实让他大吃一惊。事后他才知道，火烧天为这趟演出，还专门买了相关的天文书籍"恶补"一番。别的大腕都是明天开演前才赶到，而他们父子今天就跟一帮伴舞的演员一块儿来了。人一落停，就关在房里修改排练，连窗帘都拉着，整整闷了四个多小时，直到彩排才露面。

安北斗正惊叹着一个老艺术家做事的认真与谨严，脊背又让南归雁拍了一下："彩排一结束，立即撤，车都给你准备好了。"

彩排搞到很晚才结束。一结束，他就急急呼呼回北斗村了。

36 芒种

安北斗回到村里已是凌晨五点。他先到老鳖滩看了一眼，温家的灯早亮了。他急忙隐蔽到灌木丛中，只见花如屏顶着面架子，一个个朝院里摆，却没见男主人闪面。他心里猛吃一惊：这些活平常都是老温干的呀！村里人知道，温如风心疼婆娘，苦活重活都是自己抢着上前。尤其面架子，尺寸高，花如屏得顶在头上才能挪动。加上为了稳实，哪一个都是几十斤重。但温如风始终没出来帮忙，他觉得有点怪。不过，他很快就闻到了一股恶臭味是从温家房后飘来的，还隐隐听到有点响动。他就猫着腰，悄悄朝后檐沟方向挪去。原来温如风正在茅坑里淘粪。他先用手机给南归雁联系了一下，告诉他自己已到位，然后就静静蹲了下来。

温如风淘满两桶粪，忽闪忽闪朝地里挑去。这家伙，你不得不承认在北斗村绝对是第一勤劳人，用叫驴的话说，老温在路上遇见一疙瘩牛粪，都舍得用新草帽碗子揽到自家地里去。越有，越见他起早贪黑、忙得两脚不沾灰。

温家的自留地和承包地都不远，安北斗扭身又跟了几步。让他不可理解的是，挑粪有啥必要起这么早。跟到地畔子附近，只见他小心翼翼地把一瓢瓢大粪，浇在了花生苗上。地真是秀得跟花一般，还搞的间作套种。一行行麦垄中间，种了不少花生，还有黄豆、绿豆、芝麻。这既是主粮，也是很像样的副粮。麦子一割，在毁茬地里又会点上苞谷、栽上红苕，这大多是喂猪喂鸡的。老水磨旁还有个水塘，养的鸭、鹅都是自己刨着吃，一年随便就能拣几大筐蛋。在他家自留地里，更是豇豆、茄子、辣椒、黄瓜、西红柿、大葱、韭菜、蒜苗一行行、一坨坨的各成起色。老鳖滩是沙地，照说特别适宜种花生、点洋芋。但老温一直讲究"端碗不求人"的种庄稼法，啥都务一点，即使遇见瞎瞎年景，这样不成，那样也会揪几把回来。纵然家里推磨、压面那么挣钱了，但庄稼活儿照样赶，并且比谁家看着都有样样行行、茂密繁盛。

浇完地，温如风回到自家道场上，花如屏也把面架子摆好了。总共有五六十架，他还帮着用眼睛吊了线，调了调位置，总想摆得齐整些。只听他说："还是起晚了，你闻闻，臭得哽人、憋气，一会儿压出面来，小心都是一股大粪味儿。"花如屏说："说得邪乎的，一阵风不就把臭气吹走了。你快歇一会儿去！""你也歇一会儿，今天来压面的多。晚上几座山要点亮，镇上还有戏，村里远近的亲戚也会来看，面都要得急。要真像孙铁锤他们批嘴掰掰的那样，大山一直亮着，来看的人多了，只怕面架子还得赶紧请张木匠打几十个。"花如屏又说："让我去打连枷，让你去薅草插秧，我们没去，孙铁锤该不会又做啥手脚吧？""做他娘的腿脚。不挣他那几个演戏钱，看把我白瞅两眼半，我们又不是唱戏的。那好货，但见集体弄事，过河沟渠子都夹水哩。我听存犁唠叨，连他们演戏的牛工、羊钱都敢克扣。"两人说着进房了。

安北斗看看天已拂晓，眼前肯定是平安无事，就先回家去了。

他爹今天也起得早，也在茅坑淘粪。累得气喘吁吁的，还有点咳嗽。"爹，你咋这早起来淘啥粪呢？""今天芒种，得给地里追点肥。老辈子有讲究：豆饼油饼菜籽饼，不如芒种一勺粪。我怕追晚了，太阳出来，晒得臭烘烘的。"安北斗知道，北斗村务庄稼的老手，都还是喜欢用家肥。并且越来越不喜欢化肥，来劲倒是猛，一追就见效，但几年就把地追"撂荒"了。

他帮爹把粪挑到了地里。本来他爹也是要抽去镇上"薅草"的，年龄没过六十五，在"群演"范围内。是因有哮喘病，才刷下来了。他娘去了。毕竟是干部家属，做啥都得带头，不能给儿子"掉链子"。

安北斗也在"打连枷"队伍里看见他娘了，虽然笨些，但认真、听话，就是有点使蛮力。他爹一提起这事老想笑："你娘连枷打得咋样？那可是她的拿手好戏，一个夏天，要帮人赶几个麦场，总不至于上了戏台子，连连枷都不会打了吧？"他一笑说："娘打得好着呢，别说麦子，连铁子都能打下来。"他爹笑得就喘不上气来了："等她……打完回来，让……给我也演一场。"

安北斗一边帮爹浇地，一边想着自己的任务。他突然灵机一动说："爹，你下午去存罐家压面去。""压面干啥？你娘面擀得多好，走时还给我擀了几斤，都放在那儿，我随时就能下着吃。压的面死钉秤，吃着不爽口。""不是这个意思，今晚镇上有活动，上边要来大领导，怕存罐又去闹事。"他爹就问："你咋还没取利手？"他说："书记答应了，最后一回。这次事情大，不干不成。"他爹停了一会儿又问："晚上搞活动，我下午去压面，压完他要跑还不跑了？""多压些。力争赶晚上十二点以前才风干、包好。""那得压多少哇？""我算了一下，五十斤比较合适。""压那么多，给谁吃去，不糟蹋粮食吗？你娘那面擀的！""两码事，爹！我还不好出面，一出面，他就会起疑心：镇上搞那么大的世事，到处抽人手，我能在他家压七八个小时的面？""那倒是。""你去压，我在外面接应。一旦有事，你就跟出来喊：存罐，我的面还没弄完，你咋能撂下跑呢？剩下就是我的事了。不过尽量不要让他出来，一跑出来就不好收拾了。你在里面有两个任务：一是谝闲传，分散他的注意力；二是防止有人进去通风报信，说晚上有大领导来。一旦遇见这种情况，你就说是胡说，你听北斗说了，啥领导都不来，全是游客。如果发现他神色不对，有离开迹象，你要立即出来，装作不小心，撞倒一个面架子，好让我做截击准备。""那一架面可不少，撞倒就只能喂鸡了。""爹，这都啥时候了，还操心一架面的事。那架面就是儿子的前途命运！""知道了，知道了。"

过了中午，安北斗把他爹送到温家后檐沟，他爹就呼哧呼哧喉咙里拉着风箱压面去了。他蹲守在自家的麦田里，地势高，能把温家房前屋后看得一清二楚。他算了一下，温如风就是动身，也应该在下午四五点钟以后。他想眯瞪一会儿，又睡不着，并且南归雁连续在发指令：

> 事情特别重大，务必严防死守，万万不可掉以轻心！

他就在中午一点提前进入"阵地"了。从昨晚南归雁给他作指示起，他就觉得一切用战时术语表达才更符合当前实际一些。

阵地四周都是正在泛黄的麦子，阳光下呈黄金色。他脑海中甚至突然闪出一个念头：温存罐要是发现了目标，给这儿撂一把火，呼啦一下，自己就彻底完蛋了。暴晒到三点多，他眼前甚至出现了海市蜃楼：整个北斗村都是金灿灿的一片高楼，连勺把山都成了埃及金字塔的模样。好在自己进入阵地时，提了两鳖子壶水，他把毛巾打湿捂了一下脸，眼前的幻影才逐渐消失。勺把山还是勺把山，北斗村仍是北斗村，温家道场上吊的面，也不再是朝天放射着光束的芒刺了。

这时，他再次接到南归雁指示：

> 事情还在进一步变化，你的位置显得更加突出重要，务必盯死守牢看紧！

什么意思？他还分析了一阵，无非是更进一步强调重要性呗。必要时，大不了自己扑下去，将人一把抱住，死死压在身下，直到危险解除再松手罢了。跟温存罐又不是没打过架，上学那阵，哪一天同学之间还能少了摔几跤。温存罐把他压在身下，或他把温存罐压在身下都是常事。那要看那一天的体力和身边伙伴是"向灯""向火"了。今天自己的体力肯定会比老温好，他挑半夜粪，再压一天面，累得咽肠气断的，而自己虽然暴晒在阳光下，毕竟还是养精蓄锐着。

　　安家这块麦田是日照较长的地方，勾把山影都遮不住西晒的阳光。他是喜欢在各种状态下观测太阳这颗恒星的人。就连今天，也是带着滤光镜的。为了怕太阳的强大热力，把望远镜接目镜部分的胶体软化了，他每观测一两分钟，就移开一下，看看温家的动静，也刚好让仪器降降温。小时候直接用眼睛看太阳，刺得满目泪水，想想甚是后怕，搞不好眼睛就刺瞎了。而现在这些滤光镜能够将可见光、红外线、紫外线减少到百分之九十九以上了。上大学时，他第一次去天文台观测太阳，才亲眼证实了草老师讲的"火球"理论。草老师说，太阳这个火球燃烧的表面体温达六千摄氏度左右，而内核高达一千五百万摄氏度。体积比地球大一百三十万倍。关键是像太阳这样的恒星，在银河系足有千亿颗往上。安北斗突然就对天文产生了巨大兴趣，直到上大学，都把很大一部分精力花在了天文爱好上。他是很真切地看过这个火球表面的燃烧状况，也观测到过太阳黑子、光斑，以及表面颗粒。还有幸看到过太阳风暴。当给别人说起来时，都觉得十分可笑。尤其是有一次给他娘讲太阳时，一不小心，跌到了红苕窖里，他娘说太阳关你屁事！他无法给娘讲清太阳跟人类的关系。不仅他娘，连他爹听着也是在操心着灶洞里的火。后来他发现，身边没有几个人想听的，都觉得他是"淡话篓子"。特别是他很悲凉地讲到太阳的年龄还有四十五亿年左右，将来人类会面临无尽的黑暗与冰冻时，几乎所有人都觉得他基本就是个神经病。

他的头晒得有点炸裂的疼痛，这让他不能不想起那个叫凡·高的画家。他在大学看过《凡·高传》，印象很深：这家伙爱在酷烈的太阳下行走、画画，最后甚至精神失常，不仅自己割了自己的耳朵，而且还在三十七岁那年，于精神错乱中，开枪把自己打死了。凡·高的死，不能不说与太阳有关。是阳光把这个人搞成了世间独一无二的绘画天才，也是阳光把这个天才晒成了人间不可理喻的疯子。他觉得今天他的精神就有点错乱了。一会儿想到儿时，一会儿想到大学，一会儿又想到与妻子杨艳梅的感情。

杨艳梅是怎样由爱他，到爱天文，跟他整夜到阳山冠上看星空，白天一起看日出、日落、日食、日珥、日冕；又是怎样变成一提起阳山冠，就骂，就嘲讽，甚至端直砸了天文望远镜的。这是多大的起伏、转折与落差呀！可他还就越来越对这一切感兴趣，这大概就是命了。

一只麻雀一直在他身边的麦丛里飞来飞去，好像也不是找食物，这麦田够它果腹饱餐了，似乎就是孤独。叫声凄厉而哀伤。但再叫，还是只有它一只。他就想：这只麻雀的痛苦，大概是嫌身边没有一个群落，难以形成阵仗，而孤独得有点欲哭无泪了。

突然，南归雁给他下了第五道"金牌令"：

　　事情发生巨大变化，首长晚上看完晚会，会顺路参观"点亮工程"，最后从勺把山离开。你的任务已上升为镇上一号重点保障工程，望不惜一切代价，筑牢最后一道防线！我已安排朱武干

194

和村上干部孙铁锤他们，来共同完成保障任务。切切！

看来事情确实在千变万化中，变得越来越严峻紧迫了。他也从被暴晒得昏昏欲睡中，一个激灵坐起来，给头上浇下一鳖子壶温开水，准备投入战斗了。

他给南归雁回了五个字：

人在阵地在！

紧接着，他就看见勺把山口那边，开回了一个摩托队。他用望远镜一照，全是孙铁锤、狗剩、羊蛋、骆驼、磨凳这帮人。里面还有朱武干。

37 摇光星

勺把山象征北斗星的斗柄，天文学上命名为摇光星。虽然排在七颗星的末尾，但它又象征着另一种意义的打头阵，所以也叫破军星。这是草老师在小学课堂上讲的。草老师说：这个斗柄指向东方，就是春天；指向南，就是夏；指向西，就是秋；指向北，就是冬。因此，北斗村上过学的娃娃，晚上抬头都能喊叫："噢噢噢，那就是我们勺把山！"还能根据摇光星的指向，说出春夏秋冬来。这颗星可大着呢，有六个太阳那么重，是七百个太阳的亮度，就是离我们远了些，需要走一百零二光年。一百零二光年是个什么概念呢？草老师说：太阳离地球一点五亿公里，它的光照射到地球需要八分零二十秒，摇光星可想而知。但我们村就非常幸运地对应着这颗恒星，希望你们当中将来在各方面都能有"打头阵"的人物。

这村里还真没人在外面打过啥头阵，孙铁锤家亲戚虽然在省城当处长，还不是本村人。有人笑话说，除了温存罐咥了冷活，端直跑到省上领导的车前告过状外，还真没发生过惊天动地的事，也没出过咥活（厉害）人。早先安北斗考上大学，有人说可能会咥活，没想到，到现在还是"凉棒"，连正股级都没混上。但今晚，北斗村要咥大货了。不仅要来两个省军级、九个司局级、三十一个县团级，而且科级都成了"跟脚驴"。正式消息是下午四点通报到孙铁锤这一级的，如果不是要来勺把山，只怕人走了，他也未必能搞清来了些什么角色。

南归雁自昨晚就不断地接到通知，每次都不一样。来的领导数字也一变再变。省上厅局级一会儿说来六个，一会儿又是九个。市县也跟着变。先说市委书记来，后说市长也要来，副市级和部门领导自是跟来一串。县上不仅要对口接待，而且还需增强服务保障，科级以下上人无数。直到下午四点，才有了相对准确的县处以上领导名单。反正一共来四辆考斯特，另外还有十几辆安全保障服务用车。这大的世事，好在县委、县政府办公室一早就来了人。中午，市委、市政府两办负责人也到了。主要接待都由市、县两级负责。镇上的任务，首先是安排好一顿饭，要求必须"四菜一汤"，不能超标，但也不能不像样儿。市、县四办主任与南归雁一道研究了几个小时，才把"四菜一汤"搞定：第一道是当地板栗炖土鸡，鸡头、鸡脖子、鸡屁股、鸡爪子都不要，外加木耳、牛肝菌；第二道是臭鳜鱼，围一圈清蒸黄花，据说是部领导的最爱，刚好县上也有一家安徽人开的小店；第三道是东坡肘子，碗底垫糯米糕，外围生菜、花椰菜加鹌鹑蛋，这个是省上领导的偏好；第四道要一份素菜，考虑来考虑去，还是弄了个素八样乱炒，食材涉及赤橙黄绿青蓝紫各色；汤是清炖王八汤，放大枣、枸杞、天麻、红参若干。主食也准备了四样：馒头、米饭、刀削面、燕麦疙瘩。方案一定，就立即打电话让县副食公司经理亲自押送有关食材、大厨和面点师傅朝北斗镇赶。其余就是安排临时歇息的地方了。领导说了，不专门汇报，也就不需准备会议室。在车队进入北斗镇地界时，南归雁上到一号车，边走边介绍情况。关键是在县上车队出发前，王中石书记又亲自给他打了电话，说部省领导看完晚会后，要直奔下一个县城。这样北斗村就成了必经之地。南归雁立即想到了温如风。这不朝枪口上撞吗？刚好勺把山今夜也点亮了，山形还特别漂亮，领导一旦来了兴致，要下去走走，岂不麻烦大了？他在出发到镇界接待以前，紧急召见了朱武干和村里的孙铁锤等相关人员，不仅布置了领导所经过路线的接待任务，而且还特别叮嘱了温如风的事。孙铁锤把腔子拍得暴暴直响说："放心南书记，他温存罐连领导的毛都见不到。必要时我就把驴日下的捆起来了！"南归雁立即制止道："不敢胡来！看住就行了，不能用非法手段限制人身自由，这是底线。"孙铁锤非常轻松地一笑说："包在我身上了！"然后，他们就各自分头行动了。

对于孙铁锤来讲，这也是北斗村千载难遇的特大喜讯。啥时这么多大领导能经过一回村上？就是不下车，忽地开过去，也得走十几分钟啊！更何况他这次在勺把山"点亮"上，特别用心费力。听说别的山都是方圆一公里安三十个灯泡，他就让安了四十个，明显比别人亮堂许多。勺把山这次真是要"打头阵"了！当然，灯泡质量另讲，反正这是南书记的工程，他必须让南书记满意。至于能亮多久，那要看南书记"过渡"多久了。不定下一任来，又让放孔明灯哩。

本来他们在晚会上都有事。接到紧急指示后，孙铁锤立马让羊蛋、狗剩、骆驼、磨凳几个平常跟他跑得欢的，快速朝村里赶。可这几个不仅要"锄草""插秧"，而且还要光脊背"背媳妇回娘家"，他们可喜欢这一段戏了。孙铁锤说："背锤子呢背，这事比天大，回！"他们就跟孙铁锤跑了。气得总导演一个劲地骂："一群天底下少见的野百姓！乌合之众！"

回到村里，孙铁锤和朱武干先带人把领导要经过的路线齐齐勘察一遍，一些破旧的房子晚上倒是看不见，糟糕的是公路沿线田畔上，几乎十几丈远就是一个粪坑，不仅严重影响美观，而且臭气熏天。平常月亮地里，粪凼都是明晃晃的，山再一点亮，搞不好还能看出倒影来。这是北斗村人老几辈的务庄稼法宝：家家都在田间地头挖几个水坑，不仅积雨积雪，也攒粪攒肥。尤其是在芒种前后，又都给粪凼里添了家粪、牛粪、猪粪、鸡粪，是等麦收后种毁茬庄稼用的。谁都知道这一坑坑混合物沤烂在一起，浇地、追肥是一顶一的好料。可今晚这些好料都成了北斗村的"臁疮腿""牛皮癣"。孙铁锤指挥动员起在家里看门的六十六岁以上老者，立即用苞谷秆、柴火垛甚至烂炕席，朝上面铺。家里没人的，他亲自动手跟狗剩这伙人到处挖抓东西往上盖。直到把沿公路边上的粪凼全部掩饰完毕，才准备治理温存罐呢。

安北斗他爹自打中午从温家后檐沟，接过儿子扛来的五十斤白面，勉强弄进压面房，先气喘了半天说不出话来。温如风还埋怨说："安叔也不说一声，我上去背就是了，还让你老巴巴地跑一趟。如屏，快给安叔泡茶。"家里还等着几个压面的，都是现兑现地晚上要招呼客。温如风让他先回去，说等面压好，送上去就是了。并且说今天可能还顾不上。安北斗他爹明白肩上的重任，就说："不急，你先给别人压。

叔今天正好没事，你婶到镇上'打连枷'去了，我在家里闷得慌，你这儿人来人往的热闹，叔也好混个心焦。"

安北斗他爹就这样留下了。一切都没有出现反常，他甚至还出去看过面架子，一旦遇见紧急情况，扳倒哪一架，既少损失，还容易把消息传递出去。他知道儿子埋伏在哪一块儿。那一块麦子长得最旺盛，麦穗长，颗粒大，一粒粒都鼓睁睁的，他是准备留着做种的。可儿子认为那里打埋伏最佳，他就不得不让去了。他甚至想到了过去看的电影《鸡毛信》，自己老了老了，却被儿子拉入伙，成"儿童团员"了。需要扳倒"消息树"的紧急情况，直到天撒黑都没出现。中途倒是不停地有人说镇上演"打连枷""薅草""放牛犁地"的笑话，温如风好像没多大兴趣，总是不接话。当有人说到集资安灯泡时他才插了一句："你都把钱交给孙铁锤，说能让钱生儿子，小心给你生个癞蛤蟆。"

孙铁锤紧急动员全村老少把顺大路边的粪坑掩盖完后，才回到村委会，安排控制温存罐的事。在他看来，这就不是个事。一切都是领导惯下的瞎毛病。依得他，就一个字：揍！往死里揍！温存罐是揍没挨好，皮做烧哩。他爹孙存盆管了村上这么多年，就总结了一句话：甭给谁好脸！一旦给脸，就都蹬鼻子上脸地来了。他让羊蛋和磨凳守住温家后门；狗剩和骆驼守前门；一旦发现问题，立即扑倒，必要时给一砖，等领导车队过去再放人。朱武干说，南书记有交代，在温如风这件事上，要统一听安北斗指挥，不能乱来。孙铁锤大包大揽道："老朱，你甭管，我的地盘我做主。安存镰弄啥磨磨叽叽的，还是文化人那点尿毛病，眼睛一半张天、一半朝地，老把温存罐当人看哩。那就是头驴，管他就得跟管牲口一样，一吆喝、二撅骂、三拿鞭子抽。

鞭子抽着再不管用了，端直就上砖拍！都按我的弄法，保证把他扣得住住的。"朱武干还是坚持要与安北斗会合，一起商量着办。正在这时，安北斗就来了。孙铁锤一见他身上挎的那些玩意儿老想笑，开口先飙了一句："安干事，背着长枪短炮的，是准备打温存罐的脑壳呀还是给他腿上钻眼哩？"

安北斗望着孙铁锤那张刮得跟青冈石一样生硬冷酷的脸面，突然发现，这家伙不仅浓眉大眼，而且还有了几根长寿眉朝下耷拉着。不过他老用手朝上抹，立棱起来，就有了张飞、李逵、鲁达之相。且眼睛也长得圆鼓睖睁，鼻子坚挺如削；嘴巴方正阔大，就是厚嘴唇略有些外翻。村里人都说，跟他爹越来越像是一个模子刻出来的。难怪有地方算命先生说，他跟他爹都属奇人异相：要么命大福大、通吃八方，遇见战乱，还有可能出将入相，甚或率土一方；要么命浅福薄、终身是祸，即使平地走路，也会跌坑坠洞，死伤无常。为这事，孙铁锤还找过那算命先生，准备拍他一砖。谁知先生死活只承认他说过八个字："命大福大，通吃八方。"并且还补了九个字，"绝对的！绝对的！绝对的！"可谁都知道，他老子早已死于无常了。孙铁锤倒是呈现出了蒸蒸日上的气象。

安北斗听完孙铁锤的安排后说："不需要，你们都去搞接待。这么多车、这么多人经过村子，还有那么多游客，安全是第一位的。尤其小孩、老人，还有痴聋瓜呆的残疾人，车灯刺眼，喇叭又刺耳，容易惊厥乱跑，出了事就晚了。"

"可最大的隐患是温存罐哪！"孙铁锤说。

"那儿有我就行了。你和朱武干把主要精力放在现场指挥上。一是保证车队顺利通过；二是保证游客不出问题；三是确保村里留守人员都别朝车队和人窝里挤。任务重着呢，不是一个温的事。"

孙铁锤还巴不得安存镰把温存罐的破事一包袱揽了，他好耍人去呢。北斗村啥时玩过这大的世事。羊蛋、狗剩、骆驼、磨凳更不愿意在这样显赫的场面上，不露脸，不别腾，而去看守一个瘟神。

朱武干还把安北斗拉到一边问他："你一人吃得消？"

"让这些人来，只会添乱。从目前看，温一无所知，还在打夜工压面呢。"

说话间，勺把山已在夜幕慢慢撒下中，渐趋明亮起来。整个山的轮廓一下被勾勒成一头下山虎的形貌。虽然村里剩下的看门老人和小孩已经不多，但还是发出了汇聚起来的"噢嗬"声，像是集体发现了天外来客。

与此同时，勺把山以外的天空，也都泛起了光芒，像是黑夜又被重新点亮一样。对于常年除了星月再无别的光源的乡村，无疑比往常闹元宵、耍社火更具浓烈的节日气氛。可也就在整个天空发出了星球爆炸般划破夜空的光亮时，安北斗抬头一看，所有星星都瞬间暗淡下去，就连十分丰盈的上弦月，也只剩下了隐隐约约一线乌蒙，像是许久不用而生了斑驳锈蚀的烂镰刀。

人们都朝勺把山欢呼奔涌而去，唯他站在那里，突然泪流满面，不能自持。昨晚就试过一次，据说七座山已全部点亮，可他在晚会现场看彩排，演出灯光十分强烈，让他难以想象外面的状况。他甚至还心存侥幸，以为几万个太阳能灯泡，大概不至于把灿烂星空毁于一旦。可今晚在远离主会场的地方，发现灯光对天空的污染竟是如此强烈，那就可以断定，整个北斗镇，夜空都是迷蒙一片了。他背在背上的仪器，突然比千斤还重，压得他甚至都想一跪不起了。

可南归雁再次发来了指令：

> 晚会已开始，大约一小时二十分钟后车队到达勺把山，务必做好最后保障工作。注意：小心村上对温如风采取过激行为，重大事情由你亲自决断。

这次他没有回信，是不想回。他不认为这项工程能给北斗镇带来什么福音。把七座山点亮，除非用直升机在空中俯瞰，就像人间仰望星空，兴许还有一点意思，但也仅仅是一点意思而已。站在地面看，能比霓虹闪烁的城市夜景美到哪里去？而天空由此一片苍茫，这是多么得不偿失的一件蠢事呀！城市没有星空了，乡村也没有了。星星和月亮难道从此要进入神话世界了？他突然想到了那个坚持哥白尼太阳中心说的意大利人布鲁诺，最后甚至被宗教裁判为"异端"，活活烧死在罗马鲜花广场了。自己虽然活得很好，没有人要烧死，可关于保护自然星空的说法，在北斗镇也属一个"异端"了，更是一个让谁提起来都要乐得喷饭的笑柄。他每每挎着、扛着、驮着几十斤甚至上百斤重的观测仪器在前边走，后边就是一串噗噗嗤嗤的笑声。跟乡下人看疯子窜大街没有什么两样。

尽管他心里此时有一百个不情愿，甚至一千个强烈反对和抗议，但他还是准备去完成任务。他两腿像灌了铅一样，沉重地走到温家压面房的道场边沿，借着一蓬牵牛花卧了下来。他首先听见了他爹的哮喘声，也听到温如风在说："安叔，你都待大半天了，回去吧，我把这点面压完，就给你压，不用你老亲自招呼。""没事，我回去也是一个人，急得慌！"安北斗感到他爹气都有些扯不上来了。放在平常，这阵儿娘早让他躺下，抱着暖壶睡了。花如屏也说："安叔，不行你到外面看一会儿灯去，勺把山全都亮了。""能看见，我在窗户都睄见了。"

这时，安北斗又收到南归雁一条信息：

晚会过半，严防死守！回信！

他嘟哝了一句："守你个头！"但还是回了两个字：知道。

这两个字既能说明情况，也能说明情绪，让他南归雁分析去。他又举起"大炮"，对着天空搜寻一番，真的是什么也看不见了，气得他都想把仪器扔到温家猪圈去。

勺把山口那边终于骚动起来，开道警车先呜呜呜地过来了。

孙铁锤直喊："让开道，让开道！轧死白轧了，村里可不管送葬！"

别人倒是吓得直朝后闪躲，只有狗剩、羊蛋、骆驼、磨凳几个蹦得欢实，还故意在要道上窜来绕去，生怕别人看不见这大的世事他们是拿事跑腿的。就听孙铁锤又骂："你都朝前扑死呢扑！领导前头驴后头，铁匠炉子少圪蹴。你都不懂啥意思？领导前头绕来绕去，领导能待见？驴后头跟紧了，看不踢死你？铁匠炉子少圪蹴，小心铁水烫死你着！都把马朝后抖，快，领导的车马上就过来了！"

正说着，一号车就在另一辆警车频闪得让人眨眼的警笛声中露头了。孙铁锤带头鼓起了掌。他最怕车队呼啸而过。又一想，即就是呼啸而过也是胜利，毕竟是过了。北斗村在自己当政的历史上，曾经过过这么一支大小官员比村里耕牛都多的队伍。

苍天哪！大地呀！不是过的问题，就在一号车走到自己面前时，突然减速停下，并且打开车门，先跳下来两个精壮壮的小伙子后，一连串走下了几个明显是很有派头的人。接着，县委王书记就喊南归雁。

南归雁是坐在开道的警车上，据说从北斗村就是经过，他负责引路开道。从县上和镇上领导的安排看，也不希望在这个村子停留。因为这儿有一个著名的上访户，都怕惹"狐燥"。可铁道部领导见勺把山造型独特，又比别的山点得明亮，就临时起意说下来看看。这一下，大小二十几辆车里的人也都下来了。

打小卖蒸馍，啥事没经过。这是北斗镇见过世面者的一句口头禅。可今晚这世面，孙铁锤还真没见过。不仅大小官官排了三四百米长，而且随行记者也是扛着长枪短炮，有些像滑稽的安北斗，跑得满地都是。在一片噼里啪啦、咔哩咔嚓的响声和闪光中，只听谁"哎哟"一声，接着又是"噗里噗通"的几声响，原来有记者在找最佳位置和角度时，从玉米秆掩盖着的几个粪坑上跌了下去。跌下去的不是一个两个，而是下饺子一样在几百米阵线上，跌进去了八九个。事后才知道，里面不仅有省市县的记者，而且还有北京来的大报名记。另外还跌进去一个准备给领导探路的啥子秘书长。不知谁喊了一声："小心，凡铺着苞谷秆、麦草、炕席的地方都不敢踩，下面是粪坑。"接着，一股恶臭随着晚风袭来，大家就都捂着鼻子上车了。

王中石和南归雁分别都美美瞪了孙铁锤几眼，车队呼啸而去。

狗剩见孙铁锤霜打了一样蔫巴，就宽心说："还好，大官总算没跌进去，要跌进去一个就屄下了。"气得孙铁锤不知怒火该朝哪儿发地狠狠端了狗剩和骆驼几脚："你们能弄屃，能弄屃，能弄屃！为啥不把粪坑看住，就爱朝领导前头胡窜。给老子把大事误了。"

安北斗离公路较远，不知道那边都发生了什么事。当警车、喇叭声以及村里的吆喝声四起时，温家的钢磨和压面机声也轰隆巨响着。安北斗卧在牵牛花中，甚至都能感受到磨坊地基的抖动。他无暇去看车队，只能眼睛一眨不眨地盯着温家大门。这货门头上安了一个洗脸盆大的照妖镜。镜子里能把点亮的勺把山看得一清二楚。从山前经过的车队，也闪闪烁烁、历历在目。卧了一天，浑身发麻，他已活动起来，单等那千钧一发时刻的到来了。

可这一刻始终没有出现。车队在一片麦田旁似乎只停留了两三分钟，那一阵他还有点着急。如果温如风跑出来，飞奔着穿过一片花生地，冲到车队前也就只需几分钟。可车队又迅速离开了。直到那一字长蛇阵，消失在勺把山东头的急拐弯处，他的心才完全松弛下来。

温如风一天都没出门，只在快下午时，从后门出去上了一趟茅厕，还一边抖着一边就出来了。看来的确是忙。从前门出来吊面、晒面、取面的都是花如屏。外面那么热闹的世事，似乎与他全无关。说明保密工作做得好。总之，一场各方都觉得可能是很大的危机，竟然在当事人毫不知情的情况下安然度过了。

但他还没有接到南归雁的指令，就仍卧在那儿戒备着。

只是温家突然传出花如屏的喊声："安叔，安叔，你醒醒，你咋了？你可不敢吓我们哪！安叔！"

这一惊吓可不小，安北斗也顾不得隐蔽了，就三步并作两步地跑进了温家大门。他爹果然是晕倒在长青凳上了。

温如风及时关了所有设备，正在掐他爹的人中和虎口穴。

花如屏在拼命摇着他爹的身子，喊着都成哭腔了。

他一个箭步跑上前，一下抱住了他爹："爹，爹，你咋了？爹——！"

就在这时，他爹喉咙里呼噜了几声，似乎是醒过来了。

温如风是何等精明的人，一下大概就明白了原委，没好气地说："安存镰，亏你做得出！ 多孝顺的儿子啊！ 日弄你爹在我这儿整整坐了十个钟头。坐晕了，差点出人命了！ 孝顺！ 天下第一大孝子啊！安叔今天要是有个三长两短，我看你都咋给你娘和世人交代！"

安北斗灰溜溜地把他爹背回去了。

38 猫头鹰说

覆巢之下安有完卵乎？

我不得不声泪俱下地要控诉一番：我的家园被毁于一旦了。

小说本来轮不到我说话，可作者总是喜欢弄个动物出来替他跑腿磨牙。《喜剧》就犯的这毛病。不过那只屁股很大、长相颇为滑稽的柯基犬，永远只操心桌子底下谁勾脚苟且以及骨头那点小事。而我思考的是大问题。当然我们品种不同，也不能怪柯基犬没有雄心壮志，造化弄人，使命使然哪！ 我关心的是生死问题。人都说：夜猫子进村，注定要死人。那个夜猫子指的就是我们猫头鹰。关于生死问题，人类有个叫哈姆雷特的都问几百年了，也没问出个所以然来。只有我们掌握着有关生死的秘密。《喜剧》里的柯基犬无非猖猖狂吠、钻角摸缝、搬弄一些是非而已。而我们始终谨言慎行、大音希声。所谓不飞则已，一飞冲天，不鸣则已，一鸣惊人，大致就说的是我们。不过我们不是一鸣惊人，而是一鸣要死人的。

我们的寿命一般在二三十年。我能活二十九岁零三个月又七天。人类永远不知道他们的寿数，这就是我们高过他们的地方。我们的历史主要通过口述，十分简洁，没脑子的闭嘴了事。不像人类谁都要讲话，有的废话连篇，有的满嘴喷粪，还要伐倒许多树木，制成纸张到处印发。人类从古希腊天文学家托勒密到今天，自以为掌握了星空的秘密，其实哪有我们知道得详细，我们才是夜的精灵。尽管我也不爱太过明亮的星月，晃眼得很，但并不影响我精确掌握黑夜的秘笈。

先说我们在星空的位置，距离地球两千六百多光年的地方，就有一个猫头鹰星云。你看看那脸，再看看那眼，像不像我们。不是酷似也是神似。有趣的是，那个星云刚好就在北斗七星的勺底位置。因此，我们世世代代住在这个地方是跟人类一样，有说法的。

现在我不得不代表动物界要对七星山"点亮工程"骂一阵大街了。

虽然我信奉的原则是：不庄严、不高冷、不静穆、不优雅、不卖萌，毋宁死！但我还是忍不住要骂一声：他奶奶的！

"点亮工程"对于我们猫头鹰来说是一场灾难。

都知道我们白天昏昏欲睡，多数时候如醉酒状态，努力想威严地坐卧于大树之巅，却因眼前白茫茫一片，而不时会跟跟跄跄、跌跌扑扑地显出一些"醉鬼"的丑态来。这让那些白天能眼观六路、耳听八方的家伙，不免传为笑谈。当然它们也只敢背后嘀咕，一旦到夜间恢复了视力，我就会立即将那些白天乘我之危的"嚼舌者"，予以逮捕。我在人类的破秤上也就十几公斤，而面对猎物，从高空俯冲而下的肌肉收缩力量，聚集到披坚执锐的利爪时，所产生的力量可达三四百公斤以上。扑倒一个人也不在话下。不过人类报复心很重，我们还是忌惮着他们的心眼、格局和猎枪。除了人，七星山上最大的动物就是野猪、麂鹿、猕猴之类。这些家伙我们也干过，不过是在夜间它们就寝时。有时用力过猛，或将猎物捣出脑浆，甚或扑空，让自己头脸抢地，伤及皮肉，几天都只能就近抓捕些诸如蛹卵、毛虫之类的蠢货。经验告诉我们：淘神费力过大，且有一定危险性的事少干。尤其是猴子，太爱乱抓乱叫，我实在受不了那种泼妇式的一触即跳与浅薄。因而，我们还是以抓捕山鸡、田鼠、夜莺、飞虫类小动物为要。尤其是夜莺，我基本是见一个捕一个，倒不是它有多么美味，而是讨厌那种在夜晚展示歌喉的卖弄风骚。以为它唱得有多么悠扬婉转、高亢嘹亮，有时就把我已准备好餐盘正欲享用的美食给惊得四散逃窜了。当然，也正是它好逞能表现，因而，我的听力几乎没有错误判断过它的方位，而使它们在我的领地日渐稀少。

　　稀少的不仅仅是夜莺。自七座山点亮后，几乎所有动物都不翼而飞了。以我的观察，造物主最爱的是甲壳虫。几乎漫山遍野都是，据说颜色各异，还有能发光的。可惜我看不见。我的眼中只有黑白两色。只知道他们的命运也是天壤之别，有的演变成了天使，而有的终生都在滚粪球。对于我来讲，无论是高飞的"花大姐"，还是西西弗斯式的滚粪球者，都像人类餐盘中的鱼子酱与芝麻粒，我在享受美食时，总免不了要把它们夹在田鼠的脑袋皮中，予以细细品味。即使大量动物在没有黑夜的七星山上无处藏身安歇，甲壳虫总不至于也落荒而逃吧？不，就连它们也在"点亮工程"中突然销声匿迹了。真是可笑至极，什么狗屁生命也这样敝帚自珍起来。我十分丰富的食物链条，几乎顷刻之间就变得牙唾不剩了。柏拉图有句至理名言：用词与事实必须相符。我说的的确是实际情况。白昼与黑夜对于动物界竟然是如此重要。七座山但凡能跑、能飞、能走、能爬、能蠕动的，都搬迁一空了。我是凭借武力，暂且占据了一个山洞，才找到了一点有黑夜的感觉，食品是我平常不大享用的蝙蝠。因为这家伙是古老生物，身上病菌很多。尽管我的肠胃消化与解毒功能十分出众，但有时也不免有胃疼和拉肚子的毛病产生。胃肠负责消化食品中的化学物质；肝脏负责解除化学物质与药物毒性；而心脏负责泵送血液，它们都是由特定的细胞和组织结构而成。由于山体被破坏，加上光污染，还有人类在安装灯泡时，一些蚊虫拼命反抗攻击，而使他们使用了大量的杀虫剂、灭害灵（听听他们对动物的不恭），导致所有食品都有了我的内脏还难以快速进化到位以解除的毒素。食品安全是我目前面临的最大危机。尽管蝙蝠已让我饱尝饮食折磨，可就这点瞎瞎"余粮"也所剩无几。它们都抖抖瑟瑟地倒吊在黑洞深处，我转动头颅数了数，以日均食用八只的速度（已做到了最大节俭），大概也就能维持半月左右生计。何况还有趁我不备，偷偷溜出洞去，以求苟活者。

我恐怕也得考虑搬迁问题了。这可是个要命的问题。因为祖上数代都盘踞在这里。据姥姥讲：能守住七星山的任何一座，那就是福如东海水长流、寿比南山不老松的日子。从父辈到我，也的确在遵从姥姥的教导中得到了实惠。据地方猎人说，我和父亲都是金色皮毛，比其他猫头鹰科贵重许多。父亲让一个猎人打死，竟然被人类判刑一年零六个月，这个挨千刀的货应该处以凌迟！不过也终因他作恶多端，而在另一次打野猪时，跌下悬崖，尸骨寸断。正所谓猎人多死于虎口，武人必亡于剑下是也。北斗镇最会骑摩托的叫驴，不就在摩托上摔死的吗？我最讨厌啰唆，可常常是讨厌什么自己就是那个毛病的沉疴最甚者。我要说的是，北斗七星山，我独占了一个勺把，地盘足够展翅翱翔。食品也曾经丰富得朱门酒肉臭。那些盘桓在其他六座山上的同类（每座山上都居住着几十口子），都特别艳羡着我的"独户别院"，也有"参与开发"的各类磋商，都遭到我不容置喙的严词拒绝。我习惯于独自用餐，喜欢欣赏被我攫住咽喉的动物最后的哀嚎、惨叫和蹬腿表演。尤其喜欢独自安寝、思考一些大问题。总之，是独自享用着这个山头上的一切吧。哪怕多余的田鼠腐烂、雀鸟老死病故、昆虫一再蝶变作茧，也不许同类来享用一星半点。谁让我是金色的高贵品种，就连爱情，也是不大喜欢把谁娶进门来，让她成为永久新娘，从而破坏我独享宁静的。南宋有个名气不大的词人朱淑真写过一阕《减字木兰花》，开头就是："独行独坐，独倡独酬还独卧。"更像是在总括我的生命行止。人类以为猫头鹰是一夫一妻制的典范，那是大致情况，我属例外。需要的时候，我会到附近六座山上走走看看，遇见心仪者，就献上一只勺把山上的田鼠，以求美满的瞬间联欢。据说也留下了不少杂色品种，就由她们养着去吧！我只会像父亲一样，在适当的时候，挑选出一只别的动物议论纷纷的金毛品种，领来接续继承权而已。现在竟然在一夜之间，那"至于万世、传之无穷"的祖训，崩毁于一旦了。据说其他六座山上的同类早已撤离了，而我还在做最后的坚守，以保持仓皇辞庙时不同于它们的那点淡定与尊严。

让我十分不理解人类的是，怎么就那么喜欢热闹，以致晚上都要点亮。他们不是喜欢标榜孤独吗？什么百年孤独、千年孤独，好像孤独就是一种生命高级状态。可惜的是，他们连一刻也享受不了像我这样真爱真懂孤独的孤独者。他们没事就爱朝一块儿凑，生怕冷落得活不下去。动不动就要沟通，要寻求理解，甚至和解。终是活得猥琐而不自信的表现。尤其是连黑夜也不放过，要折腾，要狂欢，要娱乐至死。不像我在白天就会休息。他们自然也应该在黑夜中安眠一下。我见过他们睡觉的模样，那就跟死了一般。金钱、美女、美食、房子、级别、职称、荣誉都不要了，天下也跟着很是太平了。可他们一旦醒来，立即就会想到墙缝里偷偷塞着的那卷钱或什么金货；以及迫不及待要喂进嘴里的动物残骸；尤其是哪怕死也要先搂住再说的某种情欲烈焰的火山爆发。关键是他们的相互残害，只有死了才了了。一旦醒转来，害人之心便立马毒如蛇蝎地膨胀起来。总之，我对他们自诩为地球上的高级生命，保留着还有很大提升空间的意见。生命是什么，是运动，是呼吸，是反应，是生长，是繁殖，是吸收营养，也是不断排泄的过程。追本溯源，所有生命都有共同的进化根源，并且在基因层面相互关联。这是谁说的我忘了，我不喜欢考据，也不需要在 C 刊上发表论文，光注释就一长串。也许我们最早就是一条鱼，而后来有的站立行走，有的展翅高飞了。但从本质上讲，所有生命关系都是相互依存的。可人类偏要认为他们是高级生命体，有主宰和把其他生命玩于股掌之间的绝对权力。比如"点亮工程"，就把我们逼得彻底失去了家园。他跟我们谁打招呼了？口头上喊叫要保护动物，实际又在以我们的牺牲换取他们的幸福与享乐。生了怪病，只要怀疑上某个病毒来自我们中的某个成员，立即就会予以无情捕杀。作为动物界的智者，我真是感到无助加无奈。他们见不得我发声，我是偏想在他们狂悖至极时给以决绝的呐喊。

我知道他们不喜欢"夜猫子的叫声"。人间流传着这样一个故事，足见他们对说出事物真相的动物有多痛恨。传说有一只白鸦因为告诉主人，说他老婆偷情，而主人一气之下宰了老婆，却又念着老婆的好，就把仇恨记在说真相的白鸦身上，从而把它的白毛扒光，烟熏火燎成了一只乌鸦。从这个教训看，管住自己的舌头何其重要啊！谁烂嘴，谁将受到白鸦变成乌鸦的惩罚。可我还是忍不住要对人类的狂悖"哇呜！哇呜！"叫几声。

蝙蝠食物储量终于只剩下最后三只，我已毫不留情地实现了它们的转世。尽管惨叫得我也有些受不了那声波的过度震荡，但还是在它们的最后舞蹈中，给以剧终的造型。

我要彻底离开勺把山了。白天无法行动，黑夜又处处点亮。我只能在黑白交界的黄昏，冲出山洞，急速朝大巴山方向逃窜。实在不喜欢这个修辞，与我的尊贵有悖。可还有什么词能表达我此时内心的悲凉与仓皇呢？

苍天哪！怎么还有几个蜘蛛在洞口大加网络、以图抓捕小得可怜的散落蚊蚋。蜘蛛在我的餐饮中，大概相当于人类的螺蛳吧！虽不能作为主菜、大餐，偶尔食用一下也是有点意思的，何况我已节约食品到了面黄肌瘦、四肢乏力的地步。这些家伙似乎有一种预感，见我徐徐滑翔而来，立即"日"的一下，如飞机起飞与降落般地四散逃去。我自然是不能放过这最后的晚餐。只要它们细腿微微抖动一下，我就能判断出它们的准确位置。我们的听力是超常的，比人类高级一千倍不止。我们的耳朵一只高一只低，上下呼应、左右逢源，再复杂的集群信号，都能迅速辨别出来龙去脉。几乎没费吹灰之力，我就将蜘蛛和它们费了洪荒之力网来的蚊蚋（此时还紧紧搂在怀中）全部笑纳了。这实在有点不雅，像猪八戒吃长生果，还没尝出滋味，就囫囵下咽了。

我终于在灯泡还没有发光前飞出了山洞。仍是保持着基本贴住地面飞翔的习惯，总想最后再抓点什么带走。

大地呀！怎么就如此幸运地遇见了这只已让我讨厌很久的老公鸡了。只要食品充足，我们一般是不会去抓捕人类喂养的那些家禽的（肌肉也不筋道）。尽管我脚下三四百公斤的重力，足以扑倒他们圈养的任何动物，但我们还是保持着互不侵犯的基本生存原则。可眼下既然你们不仁，我也就不义了。何况是这只让我讨厌不止一两年的金黄色公鸡了。首先他不应该是金黄色（这颜色我也是听来的）。关键是它总有二三十只以上的母鸡陪伴左右，一派傲岸气象，全然缺乏生命的自律意识。它就是地上的一只公鸡而已，怎么敢在有金色猫头鹰出没的地方耍这等威风？苦我久矣！今天自然是要破除一些与人类之间的默契，将它顺手牵羊，不，是予以报复性惩戒了。稍事逼近，它就吓得双腿打软，单等束手就擒（你以为公鸡有多大能耐）。我只轻轻一抓，就像起重机吊了一只小绵羊，昂头而去。我看见身下失去了霸凌护佑的一大群母鸡，倒是有一种获得解放感，"哥大哥大"地发出了声部不同的纵情歌唱。

就在这时，我的家园爆亮起来，他妈的"点亮工程"！我要再晚几分钟启程，大概就会像醉汉一样栽倒在山洞外的某一个悬崖上了。

39 织女与牛郎星

杨艳梅借调到县医院时间不长，她爸就提拔到县农业局做副局长了，正儿八经副科级。据说有些在乡下熬了好多年的副镇长、副乡长，想平挪到县上都很难。可她爸是提升调动，一步到位。她妈户口随迁。而杨艳梅的调动，是在她爸的答谢宴会上办妥的。

为这桌宴席，她和她妈忙了好几天，菜品连熊掌都上了，并且是前右掌。据说熊瞎子爱用右掌吃食，尤其是掏蜂蜜、雀蛋、蚂蚁、蛹虫，吃完总舔个不住，口水就让这只掌拥有了特别充分的营养物质。一头熊的另三只掌，加起来都没这只贵，值一部高档手机钱。她还跟她妈探讨过："要是左撇子熊呢？"她妈在她后脑勺上敲了一下说："就你想得怪，左撇子也没右掌贵，客人要的是这个名分。"那天各种家禽野味，时蔬菌类，总共弄了三十二个菜，俗称"八大件子"。

所谓"八大件子"首先是八个凉盘，四荤四素。四荤用的是凉拌猪耳朵；温拌腰花；清蒸腊肠、腊肝、腊猪心外带血豆腐干（属腊味小四拼）；还有一个她妈最拿手的菜，就是把猪小肠缠在筷子上，扭成麻花状，用炖罐文火煮熟，然后起锅晾干，切成椭圆形薄片，再用葱、姜、蒜、醋等佐料调制后，仍扣成麻花状盛盘。在北斗镇这是杨家一道名菜，一般招待书记镇长或上边来客，她妈才置办一回，因为仅这一道菜都得收拾大半天。四个素拼盘，无非是芝麻酱拌豆油皮加黄瓜丝；黄豆芽加红、青两色大炮辣子丁（黄豆只能长出米粒大一点芽来，还必须提前摘掉豆皮）；还有一道干辣椒炝莲菜，会放点黑木耳做点缀；再就是油炸花生米，这是喝酒必不可少的。她妈特讲究，一般招待重要客人，花生米提前要反复挑选，个头绝对一般大小，都是品相、色泽极其饱满好看的那种。下面是八个主菜带八道汤盘。这大概就是"八大件子"的主体了，讲究上一道硬菜配一道汤。八个硬菜和八道汤也是讲究四荤四素的，但招待的客人特别当紧，也就破了规矩，上的荤菜可以是六道，甚至八道全荤。这天她妈就是这样准备的：第一个端出来的是香酥葫芦鸡；第二道是松鼠鳜鱼。这两道菜都是吉（鸡）庆有余（鱼）的一种讲究。第三道是红烧果子狸；第四道是一虾两吃（那时县城活虾极少，从省城拉回来能晃荡晕死一多半，所以价钱特别贵）；第五道是天麻炖野猪肉；第六道是牛肝菌炒麂子肉；第七道是红烧嫩笋野鸡（野鸡学名叫雉鸡，尾巴特别长，多被舞台上吕布、周瑜、穆桂英、樊梨花等男女英雄，弄去做了插在头顶上以示英武的翎子）；第八道就是精心炮制了三天三夜的熊瞎子前右掌了（但愿不是错砍了左撇子的前右掌）。八道汤是与八道主菜交叉上桌。今天的第一道就是王八汤，这自然是最硬的一道汤。王八绝对是在河里捉的，这个好认，家养的一看就乖巧，脂肪厚也懒得动，生长期短，颜色自然偏嫩；而野生的偏黄，有蜡质感，体态矫健、爪子锋利、贼劲死大，都买回来两三天了还试图从深铁桶里越狱逃跑。第二道是鸡蛋饺子黄花木耳汤：把鸡蛋摊成小饼，包上肉馅儿，扣在碗底蒸熟后，翻在汤盆里，是一个碗状的坨，然后把烧好的黄花木耳汤浇上去就是。第三道是铁棍山药炖猪蹄；第四道是酸辣肚丝汤；第五道是鲫鱼汤；第六道是生氽丸子汤；第七道是青蛇汤（杨艳梅死不让弄，嫌恶心，可她妈听说如今县城人讲究吃蛇，上了蛇，宴席就是一种档次，也就从饭店弄了一条炖好的青蛇——《白蛇传》里把赤胆忠心的青蛇叫青儿，好在不是白蛇，那可就把一个戏的主角炖了）；第八道是百合煮汤圆，这也完全是一个讲究。一般"八大件子"到此就过了大劲，最后吃米饭无非是再上两个扣碗肉而已。但今天杨艳梅她妈又另加了八道下饭菜：豆酱蒸扣肉；豆腐乳蒸扣肉；梅菜蒸扣肉；粉蒸扣肉；外加一个小炒（土豆丝、绿豆芽、粉条、肉丝、豆腐丝、木耳丝、青椒丝、黄花菜八样混炒）；一个洋芋粉饼炒腊猪脸（这是山乡几个县的最爱，尤其猪拱嘴那儿筋道又脆落，特别耐嚼耐品）；还有一个生腌芥菜和一个生腌线椒。这两个菜一上来，杨艳梅她妈先自谦一番："对不起，慢待贵客了，随便抓两个烂腌菜，凑个碗数。"谁知就这两个菜下饭最可口，吃得最多，因为实在是吃腻歪了。都说："今天杨局长和嫂子算是给我们普及了啥叫真正的'八大件子'常识。"

现在该说说客人了。这也是一个特别豪华的"锅底"，主宾是那个几月前就答应给杨艳梅她爸捣弄副局长的常委副县长，再就是组织部部长。不过副县长带着老婆（也是副科）。其余还叫了两个退到二线的副县级，过去都是在台面上吐口唾沫能把地砸个坑的人，至今

"余温尚存一息"，是副县长的老哥儿们弟兄，要说蹭饭，他俩也算。还有卫生局长等。杨艳梅她爸首先感谢了各位的鼎力支持，自己咣当咣当干了三杯，然后才请副县长讲话。副县长非常干脆："都在酒里了，干！"大家就"嗞溜"一声，把杯中酒喝得干干净净。酒是好酒，原谅这儿就不做广告了，一箱六瓶，喝完又打开一箱。那时这酒还算便宜，可一次招待客人能动用两箱的也不多。当第一箱喝完时，副县长端起酒杯把卫生局长叫了起来，说："老杨的女儿已经借调到你们县医院了，啥都不说了，干一杯！还有你，你，都端起来端起来，还是那句话，一切都在酒里了，干！"说完，他先带头干了。那几位也就跟着"嗞溜嗞溜"喝得见了底。其实本不需要那么大的响动，也不需要错位发声，但这响声无论如何都是要让提议者听见的，尤其是还得配合上十分夸张的俯仰动作，这就是酒场的大学问了。

而在几个部门领导前仰后合地饮下"话在酒中"的美酒时，杨艳梅刚好端上那道青蛇汤。她本不愿端这道菜，但她妈坚持要让她上，因为"重头戏"要来了。前边她爸已经把她介绍给各位客人了，不认识的都在惊叹：杨局长还有这么美丽的一个千金，难怪说北斗镇出天仙了。但酒没喝尽兴，话也就没朝深处引。当第一箱酒都成了空瓶子，杨局长毅然打开第二箱时，杨艳梅刚好把青蛇汤端上桌。那位副县长就让卫生局长等几个站起来，干了那杯尽在不言中的美酒。事后半月，杨艳梅的正式调动通知就下发到北斗镇了。

安北斗"日弄他爹当看守"的事，在北斗镇一时传为笑柄。他爹那天被他背回去，整整在床上困了三天，水米不进，还发起了高烧。他娘从镇上"打连枷"回来，见老汉成这样，气得把儿子骂了几个来回还不解恨："你不知道你爹是齁包子（哮喘病的土叫法）？喝不得凉风，见不得沙尘，闻不得花粉，哪里就受得面粉了？温存罐和花如屏见天推磨、压面，都是弄头巾把脑壳包得跟打锣槌一样，只露点眼睛，眉毛还都上满了霜，你是要把你爹朝死里呛啊？那么大的世事，人家把你辞到一边，你还把老子也搭上，亏死先人了！"好在他爹吃了土医生的偏方，没几天，缓过劲来，他就回镇上去了。

其实镇上这次闹的笑话更多。首先是几个记者跌进粪坑的事，并且大社、大报、大台居多。市县小报、小台记者不让靠前、不让挡道、不让乱窜，还反倒没机会跌。实际掉进粪坑的只七八个人，但最后传成了一二十个。还有市上一个秘书长，最后也传成了副市长。这很是让南归雁担惊受怕了一阵。怕领导批评，更怕记者杀个回马枪，整个"假典型"，那可是吃不了兜着走的事。基层最怕的就是那些"害死人"的真假记者。挎着照相机、夹个本本满世界乱飞。也的确有专门下套弄钱的主儿，套不上就害人。那晚领导看完晚会后，说了两个字："不错！"当然路上又补了几句，"尤其是那三个'外星人'不错，啊！"再问了演打连枷、插秧、犁地的都是不是当地农民。因为有好几处都出现了满台乱跑的现象；还有扬起连枷，把连枷头端直抡到十米开外，打了别人后脑勺，痛得立马晕倒在地的；后边犁地的牛，有一条还突然发飙，冲到了前台等等，反正大小出了十几处事故。气得导演一个劲埋怨镇上不该临阵换将，说要是那个"安协调"在，也不至于犯这么多低级错误，出这么多糗事怪事。

北斗镇有句古谚：道士走后房前屋后的纸，唱戏走后房前屋后的屎。这次是真的应验了。演出只进行了一场，而收拾摊子整整弄了半个月都不得零干。原想接着演几场，甚至还想"永久驻场演出"呢，现在看来是极不切实际的想法。光这几千演员大小便都成问题，弄了几个临时厕所，也没人进去，关键是已搞得下不去脚了，还别说几百头牲口要吃要喝要拉。外请专业演员、舞美团队就更别提了，见天都是白花花的银子。人吃马喂都背不住，何况其他开销。最后只好宣布：暂停演出，等待加工提高。其实是作鸟兽散了。好在山是点亮了。县城和其他乡镇也陆续来了些看热闹的。的确是好看，可在经济上发胀不大。只零星带动了几个炸麻花，烤红苕，卖醪糟、凉粉和擀面皮的摊子，一般都是看一眼就连夜走了。

安北斗这回总算交了差。全镇最担心的维稳问题，竟稳如泰山，反倒是孙铁锤胡闹，让粪坑事件"抢了头彩"。孙铁锤过去天天都爱到镇上晃荡，说最近半个月再没闪面。南归雁也答应安北斗的要求，再不让他当看守了。刚好镇上新招来一个公务员，说让锻炼去。已进入夏收，估计温如风也不会乱跑了，那是个在路上见一粒麦子都要捡回去的老农性格，虽然年龄没过四十，但一切习性都是老一辈的传统和做派了。目下龙口夺食，只怕是把他撵都撵不走的。

南归雁也听说了安北斗父子看守温如风的"笑话"，对他还是心存感激的，就再次暗示说，会很快给他安顿一个位置。可安北斗现在操心的不是位置，而是家庭。杨家已全部办进县城，连女儿安妮的户口都迁走了。而且岳父又得到了提拔重用，估计丈母娘的脸色会更加难看。走起路来，她那本来就并不拢的双腿，大概会霸道得更斜更宽了。可无论如何，自己毕竟是做父亲的人，为了孩子，为了这个家，也得再去努力一下。何况杨艳梅也没说跟他分手的话。

南归雁同意他到县上住一段时间，他知道牛郎织女的日子不好过。但他是一把手，没办法。他也听到一些安北斗与杨艳梅已貌合神离的传言，就觉得特别有给他放一段时间假的必要。加上安北斗去年的公休假都欠着，休息一下也是应该的。他甚至下命令说："过了端午节再回来！在你调到县城以前，我给你这个牛郎也会常放假的。"

安北斗苦笑了一下，就先回村里帮爹娘把麦子一割，又抢在头茬上了脱粒机，一切安顿好后，才准备上县。也许是看守当惯了，突然一解除，老毛病还是改不了。他发现自己几乎一多半心思仍在温如风身上。竟老想朝他家里瞅。这货最近不仅一早就下地抢收麦子，而且中午晚上都闲不下。村里那些长眼色的，怕孙铁锤不高兴，也不敢帮温家收割，因为他们两家地畔子紧挨着。而到孙家麦田舔沟子的倒不少，还生怕磨亮的镰刀插不上手。没人帮忙，温如风和花如屏就自己干。晚上，安北斗还架起大炮筒子观测过，天上是什么也看不见了，全是脏兮兮的光。而温家的夜晚，却灯火通明着。新麦子下来，都急着要吃新麦子馍、擀新麦子面呢，这货就忙得见天都是凌晨一两点才歇磨熄灯。一早，夫妻俩又到地里收拾毁茬田去了。这小日子过的，那才叫男耕女织呢。

安北斗觉得真是犯贱，还惦记着这个货，是寻着上砧板挨剁哩。

端午节头一天，爹娘也催他麻利去看媳妇、孙女，他就上县了。

40 端午节

杨艳梅特别适应县城生活，觉得那简直就是换了人间。加上她爸又是一个副局长。在县城，也不算小官，一万多人口的地方，可以扳着指头数的也就那么几十个，并且还有那么多扛硬后台。自己调动，包括安妮上学，都没费吹灰之力。她所要做的事，就是将在镇上的穿戴打扮，全部换成"县城范儿"。县城人开口闭口别人都是"乡下来的"，曾让她很不自信过。自打她爸上任副局长，自己也正式调来，并彻底把浑身上下的衣帽鞋袜包括烫发样式革命一番后，走在人前就完全自信了。

最好的日子大概就是当"女光棍"。孩子利索了，上学接送有姥姥。想回家吃饭了，她一到家，她妈就能把饭端上桌。想出去玩了，哪怕唱歌跳舞到半夜，就说加班了事。晚上即使不回去，医院宿舍也能住，虽然是三人间，可平常真正在那里睡的至多一两人。关键是老公不在身边，她想跟谁吃饭、跳舞也没人管。偶尔也会感到寂寞，有点想安北斗。可一想起他那副窝囊相，抬孕妇、背死人、蹲坑放哨的，跟县城干部气质简直没法比，心里就会凉半截。尤其是她妈又爱嘟囔，她就更不愿解决目前的状况了。其实那天请客时，有人是问过她配偶情况的，结果让她妈一下给支吾开了。也不知咋的，她妈越来越见不得这个女婿，说好歹得让他在底下奋斗个正股级，要不然，嫌调来太给杨家丢人现眼。

安北斗来县城，提前也没跟杨艳梅打招呼，是想给她一个惊喜。尽管他也知道，她大概既惊不起来也喜不起来，可毕竟几个月没见了。他在酒店登记后，先洗了澡，才给她发信息。虽然有了手机，但还是很少打，她老不接。接了也甚冷淡。因此，手机也还是当传呼用了。过了许久，杨艳梅回道：我五点半下班。他就躺下睡了。一觉醒来才四点半。他也没再睡，就面对镜子，把头型捯饬了一番。大概是电吹风质量太差，还把最关键的一撮毛烫焦了，发出一股胶皮臭。他又躺下看了一阵电视，直到六点过几分，她才敲门进来。

杨艳梅现在完全是县城范儿了，尽管是自己老婆，见了面，他甚至都没有搂抱的勇气了。虽然此前，他已设想过多种相见法，都与激情四射、泰山压顶、势如破竹、鬼魂附体的量级相关。当人真的来到面前，那份高冷、淡漠，甚至身子人为一闪躲，他的激情和自信就顿失大半。那一身洁白到鞋袜甚至包包的装束，让他这个穿着酒店睡衣，尽管也是白色，但上面明显有烟头烧出了多个窟窿的破旧色，形成了十分鲜明的对比。那个他想象了一下午的久别胜新婚场面，不仅没有如期到来，而且还出现了让他生命激情顿感萎蔫的断崖式降级。

　　她用手摸了一下圈椅，看有没有灰尘。宾馆布草虽然破旧一些，卫生还是勉强能说得过去。她就跷起二郎腿坐下了。不得不承认县城与乡镇之间的生活感觉与距离。杨艳梅是比几个月前漂亮、年轻、性感了许多，甚至已逆回到生孩子以前的状态了。这还是自己的老婆吗？法律上肯定是，但心理距离，似乎有点像城里人会见乡下穷亲戚。"你咋来也不提前说一声。"他能听出，她话里似乎有埋怨的意思，就结结巴巴地说："明天过端午……来看看你和安妮。"她端直说："我端午值班，不放假。今晚……还要上夜班呢。"他就有点恼火甚至上头了："安妮……我也不能看了吗？"她也觉得有点理亏似的："谁说你不能看了。你……不是老惦记着星星月亮吗？"说着，还故意盯了一眼他的大炮筒子。"看星星月亮咋了，恋爱时，你不是也爱看吗？怀安妮时，你不是还在山上没人的地方，敞开肚皮，说让孩子也提前看看星空吗？现在咋这反感的。"她一笑说："看吧看吧，那是你的事。像你这样的人，满县城我还没听说一个。社会都到哪一步了，你真有闲心。""怎么你也是这观点，我耽误谁的啥事了？""没有没有，你谁也没耽误。你吃了没，我给你带了些吃的。实在对不起，晚上……要值班，没时间陪你吃饭。家里……我知道你也不愿意去。""不吃。你拿走吧！"他真的生气了。

倒是杨艳梅起身脱起了衣服，并且是脱得一丝不挂地站在他面前。

他把头一直低着，只看见了她美丽的脚踝骨。

"要不要，不要我真上班去了。"说着她就要穿。

他突然觉得某种美好的东西是要彻底失去了，就站起来，哗地将睡衣褪到地上，一把搂住了她。并迅速找到了久别重逢后的兴奋。但对方似乎已没有什么激情，就是在完成一项任务。她甚至不愿深度接吻，头还一个劲地朝一边偏。自己是刷过两遍牙，而且还嚼了口香糖的呀！是不是电吹风烫焦的那块儿发出了怪味儿？他生怕她看见了自己头上那点"破绽"，但她好像自始至终都没朝那儿正眼瞧过一下。他还是在努力寻找着昔日那份和谐与融洽。

"你稍快点，我真要值班！"

他就出溜下来了。

"是你不要的噢。"

他直想发火，可忍住了，说："你值班去吧！"

她就穿起来了。

他没有下床，只用被子掩了掩。夫妻之间的这种生分，已有点深入骨髓了。

杨艳梅穿完衣服后说："对不起，明天我爸我妈他们把安妮带到大姨家过端午节，大后天才回来。你要是能等住，孩子回来我们一起吃顿饭。"

他没有回答。他是真想看看孩子，因此，也就扔不出一句太过硬气的话。

她穿完衣服，进卫生间收拾了一下头发，就说："我走了！"

门关得很轻，他能感觉到，她的离开也是轻快而又充满解脱与自由感的。

他有些想流泪，但用双手捂住了脸。尽管没有任何人能看见这张脸，可他还是紧紧捂着，生怕暴露出自己的脆弱与无奈。

无论如何他都得见见安妮。她爷爷奶奶也嘱咐，一切要朝孩子身上看。有娃的人了，弄啥就得先顾着娃。他也能看出，安妮打小就依恋着姥姥、姥爷，杨家什么都有，似乎什么也都好。而爷爷奶奶在农村，每每回到家里，杨艳梅都是这不让吃、那不让动的嫌有病菌，吃了摸了会生病。孩子与爷爷奶奶的感情也就疏远了。加上姥姥又不待见女婿，安妮就身不由己地对他也多了些冷眼和生分。可不管咋，她还是孩子，不能一直几月不见。他必须等待着那顿与孩子见面的饭。

这天晚上，县城夜空晴好，繁星灿烂。而北斗镇过去是比县城的天空要更加纯净幽深的，可惜现在满天脏得一星半点都难以找见。好在这个孤独寂寞的端午前夜，还有星空陪伴。他就扛着长枪短炮，上气象站的山梁上去了。

杨艳梅这天晚上并没有值班，端午正常休假。安妮倒是跟姥姥、姥爷去了几十公里外的大姨家。但她提前有约，要跟一个人喝茶聊天，并且地点就选在家中。

她匆匆忙忙从酒店出来，几乎是一路小跑着回家去了。因为他们定的是八点见面。而现在还有半个钟头，她得先回去收拾一下。

安妮他们中午就走了。给大姨拿东拿西的，家里整得有点凌乱。她胡乱将眼前的东西抓到她爸妈房里藏着，然后将客厅和自己房里都精心收拾一番，感到颇为温馨后，才装点起自己来。似乎哪一件衣服又都不合身，哪一个发卡也不醒目提神了。试来试去，还是穿上了在舞厅第一次见他的那件月白色连衣裙，十分简洁大方，只在胸前别了一枝价值十几元的金边红玫瑰。甚至让他误以为自己还是一个未婚少女呢。有那么夸张吗？她也半信半疑。

那天本来她是不想去的，可一起唱歌跳舞的"女光棍"们一再撺掇，她还是去了。天底下的事情，是什么样的人就能吸引来什么样的朋友，这帮"女光棍"不是离婚的，就是男人或男朋友出远门不在的，再就是大龄剩女。她们永远都有说不完的话题。连吃饭也是最能吃到一起的。麻辣烫都要最辣最麻最刺激的。那晚，有人说会有一个"大人物"来跳舞，歌也唱得特别好。其实她并没在意，因为她还是更喜欢跟"女光棍"们一起唱、一起跳。偶尔与男的跳一曲，也并不舒服。首先是县城的男人们都爱喝酒，酗酒后跳舞对她并不是一种享受，有时甚至被酒气熏得都想吐。再加上有的男人跳舞端直就心存不良，为此她都跟人翻过脸。但最终她还是去了，一去就盛开了一朵似乎还不愿轻易凋谢的花朵。

八点几乎只差几秒钟，门被敲响了，声音很轻很轻，明显是不想惊动他人。

她早已准备好冲向门把手，可还是矜持了一下，不想让他感到自己过于激动。但又不能太久盘桓，害怕邻居多事会出来窥探打问。他的身份毕竟特殊。她也轻轻扭开了门，他一闪身就进来了。她朝楼道打量了一下，人影子都没有，并且提前她还故意关掉了一个灯，也再没人开启，显得十分昏暗。她轻轻关上了门。反过身，见他站得很近，似乎有一种想拥抱的意思，但她立即很是礼貌地表示了拒绝："请坐！"他一笑，就朝她指定的位置坐下去了。

她给他沏了茶。都是早已准备好的，只需把开水倒进去就是。沏完茶，她坐在了他对面较远的沙发上。那种刻意的距离感，又让他微微笑了一下，笑得很优雅。乡镇与县城的距离有多大，县城与省城的距离就有多大，甚至更大。这是她对这个男人的基本感觉。他说："我终于把你爸对上号了，在一个会上。""你高高在上的，还能看清底下的一个副局长。""想看谁，再远也能看清楚。"她脸唰地就红了。自结婚后，都很少有这种十分过激的羞涩感。"你爸跟你长得很像，高鼻梁大眼睛的，年轻时一定很帅！""听我妈说，我爸年轻时可没让她省心过。"说完这话，她自己先笑了。"你大概也很难让人省心吧！"这话意味就深长了。她急忙说："我可是太让爸妈省心了。就一傻乎乎的白大褂。""你……那一位……觉得你省心吗？"她的脸又红了，随口答了声："那当然。"不过急忙把话题引开说，"你们明天也放假？""没有说放，其实是放了。""你都不准备回省城一趟？""回去也是一个人，不如就地过节。"她憋了一会儿，到底还是忍不住地问："我不相信……储县长会是一个人。"问完这话，自己的脸已发烫了。"真的一个人，都离几年了。""追求的……大概排成长队了吧！"她没想到自己能说出这话来。"没有没有。哪顾得上啊！"

　　储县长其实是储副县长。准确地说，是来挂职的科技副县长，叫储有良。原来是省上一个研究所的副研究员，后来想走仕途，找到要害人点拨了一下，以无党派身份提到了副县级。到了县里，其实啥也干不了，既不懂农村工作，也不懂经济工作。以为他懂科技，让分管了一两个部门，也是被他搞得一塌糊涂。底下人叫苦不迭，有的甚至要辞职，说还没见过这么"日巴欻"的干部。王中石书记也很无奈，就把他挂在"空挡"上，临时堂堂差。因此，他也就有了大把的时间游山玩水、钓鱼打牌、跳舞唱歌，单等"下挂"时间一满好走人。大家也都希望上边快点来考察，提拔走了都安生。

杨艳梅开始也听到过一些闲话，不过从自己接触看，觉得这个人挺有趣味，挺有风度，而且是见过大世面的人。这么年轻，就副县级了，前途自然不可限量。当然更重要的还是跳舞、唱歌都有感觉。他个头挺拔，可谓风度翩翩、洒脱不羁。就连探戈、伦巴也都跳得把县城的舞迷们能甩出几条街远。在他的带领下，她的舞技也日渐长进。不过在舞池里，贴着她的耳朵，他已约过她好几次，让到他的住处去聊聊天，她到底没去。储县长毕竟太扎眼，她也不愿去蹚这浑水。实在是一约再约，刚好端午节爸妈要去大姨家，她就同意他到家里来了，这样一切都主动些，免得面对难堪时不好应对。不过终是自己想见，才有了这样的安排。

孤男寡女的两人世界，又有一份不会有人打扰的安全保障，果然是十分的快意愉悦。她提前就已把音乐放好，不过声音调得很低，这样使房内更有一种温馨与神秘感。

他呷了几口茶，就起身说："来一曲吧！"

"在家里跳呀！"

"这环境多好。"

"不跳不跳，咱们就坐着聊天。"

他已上前躬身邀请，并很是有分寸地把她拉起来了。她在推辞，她在退让，但终究还是和上他的舞步，开始了暗红色灯光下的旋转。

这是与歌舞厅完全不同的环境，两人一擦身，她立即就有一种陷入感，陷入了什么不得而知，只是觉得随时都有引爆的危险。可恍惚间，她又希望爆炸，希望像飞蛾一样扑进这爆裂的火焰。而他把她越搂越紧，甚至在不知不觉中，已搂进了她的卧室，并且直朝床榻抵压过去。她一个激灵猛醒过来，不，这算怎么回事？竟然是在自己能够防范的家里缴械投降了。她与安北斗恋爱一年多，他都没敢碰过她的身子。她喜欢这个男人，对这个男人有感觉，但也没有准备跟他上床啊。这是怎么了，一切都黑里糊涂、不明不白的。无论如何，都不能再进行下去了。她突然把他朝开一掀，郑重地喊："储县长，你干什么？"他很是赖皮地一笑说："你说干什么？""不跳不跳了。到客厅喝茶。""再跳一曲嘛！""不跳了，要么喝茶，要么……您就请回去休息吧！我爸妈他们……兴许一会儿就回来了。""他们不是走亲戚去了吗？""说不准，回来也就几十分钟的事。"

储有良还想推进，发现她推托的感情的确是真的。再加上也害怕她爸妈突然返回，他给发干的嘴里咕嘟了几口冷茶，就撤退了。

他一走，她就突然想到了安北斗，觉得挺对不起他的。她甚至想到酒店去陪陪他。可到酒店一打听，说人已背着长枪短炮，上气象站梁上去了，还拿了一床被子。气得她都想砸了他的门。这阵儿又有点后悔，不该让那么美妙的音乐舞步，终止在床前了。

安北斗今晚收获不小，竟然看到了五年前在黄道附近出现的那颗小行星。他当时就起名为安妮星。他甚至还把她们母女弄到山上守了半夜，想让孩子亲自看看这颗星星，并且说一旦证明是新发现，他就要上报小行星中心，予以编号命名。虽然杨艳梅觉得他有些"说鬼话"，但一家人还是很兴奋地把星空守了半夜。

他有好多次对小行星的特殊追踪，但都证明不是自己独一无二的发现。在浩瀚星空，找到一颗属于自己发现的小行星，是许多天文爱好者的梦想，但真正的发现者却寥寥无几。说明了行星发现的难度与运气。但这颗小行星让他有点大喜过望。他清楚记得，那也正好是五年前端午节前后。那晚天空清纯得像擦拭一净的玻璃板下压了一块湖蓝色的透明纸。望远镜焦距刚调好，这颗不曾见过的小行星就进入了画面。以他十几年的天文知识积累，十分敏锐地觉察到，这可能是一次新发现。他连爬带滚地扑到山下，把杨艳梅和女儿接上来，想共同见证这颗他十分肯定的发现。那时杨艳梅也觉得野外过夜挺浪漫，虽然她妈说他们是一对神经病。可当他把她们母女接上山后，那一块却起了阴云，小行星消失得无影无踪，并且几年间都再没见过。但那一块始终是他的关注点。凭记忆，他断定，这兴许就是五年前光顾过的那一颗。他多么想现在就飞到山下，把她们接上来，亲自见证这颗他已在心中命名为安妮的新星哪！可他知道，女儿不在县城。杨艳梅即使不值班，对这个也是兴趣全无了。她甚至已将她妈那句话挂在嘴边了：你有病吧，老白眼张天的！他就只好一人独自享受了。

端午节这天，杨艳梅没见他，是提前说过的要值班。医院值班，一上手术有时十几个小时，他也理解。但她给他送来了粽子，还有一些吃喝，倒也让他感到温暖。晚上，他依然去看那颗小行星去了。那个引力比什么都大。他甚至还怕她突然下班后，说要来宾馆休息，他还舍不得丢掉这次难得的观测机遇呢。好在直到天亮，她都没跟他联系。直到中午，他正睡着，手机短信响了一下：

下午五点，我带女儿来宾馆，咱们一起吃顿饭。

五点她带着安妮准时来了。他兴奋得不停地给安妮讲着五年前那颗小行星可能回归了。为此他还给她讲了哈雷彗星的故事。他说天空的彗星和大海里的鱼一样多，光太阳系就在千颗往上。而这里面最数哈雷彗星出名。这是一个叫哈雷的英国天文学家，通过天体运行规律计算出来的彗星。据记载，这颗彗星七十六年出现一次，轨道如出一辙，哈雷便断定，是同一颗彗星的三次回归。并预言，七十六年后，它会再次回到太阳附近。可这时哈雷先生已经五十岁，觉得自己是看不到它归来了。就在他去世后的一七五八年，彗星如期而至，因此这颗星星就被命名为哈雷彗星了。他对安妮说："一九八六年，哈雷彗星又回来过一次，爸爸此生有幸，总算见过一面。二〇六二年，它将再次回归。而那时你都六十多岁了，爸爸也许不在人世了！爸爸今天要给你讲的是，五年前我在阳山冠上看到的那颗小行星，也许又回归了，我会计算它的轨道。如果证实是同一颗，我就准备申请以你的名字命名！"他还让安妮今晚跟他一道上山去，说或许能亲自见证呢。

在一旁点菜的杨艳梅叨咕了一句："又说鬼话！"

安妮倒是很有兴趣听天文故事，不过她也问了一句："爸爸，昨天过端午节，我还给姥姥说，你发现过一颗天上的小星星，要以我的名字命名呢。姥姥说，你爸尽干些不打粮食的事，有能耐把那颗星星拉回来，拴到自家后院才算本事。"

杨艳梅瞪了安妮一眼。

他说："星星在天上那么漂亮，为啥都要拉到自家后院拴着呢？"

杨艳梅诌了一句："你有那本事吗？"

"就是有那本事，有那必要吗？把好东西都拉回自家后院拴着，你们就给孩子教这个？"

她啪地把菜谱一合："莫非你还要让安妮也跟着你去弄那些没头没

脑的鬼事。娃连作业都做不完，你趁早歇着！"

杨艳梅有时也不喜欢她妈的浑身世故相，可有时不自觉地就重复了她妈的语言、表情、动作，这大概就是母亲对子女耳濡目染，以致根深蒂固的影响力了。

见一面越来越不易，他也就有所克制，不让说天文，就跟孩子说了些学校环境，以及老师同学方面的事。

这顿饭吃得十分别扭，虽然鸡鸭鱼虾样样不缺，可滋味已不同于过去所有的家常便饭了。他突然感到，他的爱情、婚姻、家庭也像星际运动一样，似乎正在迅速朝着永别的方向演进。看着女儿的样子，他心中暗暗期盼着：但愿这个永别之时不要来临，或者不要来得太快，他还有点接受不了。

她们走后，他回到房里趴在床上，眼泪终于止不住哗哗流淌出来。

眼看天色已晚，他洗了一把脸，准备再上山观测去。据他估计，这颗小行星有可能像五年前那样很快消失，他还需要拍下更多的资料，以利于轨道计算。可就在他扛着仪器刚出门时，南归雁来了电话，说温如风突然失踪，据他老婆讲，有可能去了北京。他已派人来接他，一个半小时后镇上要召开紧急会议……

气得他猛地把按键撂了，手机扔了的心思都有，真是自己给自己买了个"拴狗链"。不是早已说好，再不染温如风的事吗，死缠住我干啥？镇上干部又没死完，就我这只鳖好捉是吧？他开始想得很硬，不管，大不了给个处分。小行星可不等人，再捕捉，就是五年以后的事了。他多想给女儿在她充满梦幻的年纪，摘下这颗星星哪！这时，手机又连续响起来，见他不接，就用短信"速回""切切"着，比催命鬼都难受。

"南归雁,我操你八辈祖宗了吧!"

可再一想,毕竟端着公家饭碗,关键时刻松螺丝,也不是自己的处事风格。他就骂骂咧咧地准备返回了。

41 京城

都凌晨两点了,北斗镇会议室还灯火通明着。今晚与会人多,连孙铁锤都列席了。

何首魁自叫驴开摩托翻车受伤后,躺了一个多月,因案子太多,已挂着拐上班了。今晚也被南归雁请了来,脸比以前更黑。

安北斗坐在大长条桌的最远处。照说还有连副股级都不是的新来者,他不至于活得如此叨陪末座。可今晚他偏要坐在这里,看都不看南归雁一眼。他对面就是孙铁锤。

温如风是今天一早出门的。按说昨天才过端午,不至于走得那么匆忙,可他就是一早就走了。有人看见他是顺河而下的。肩挎一个人造革皮包,手提一个大拉锁包,背上还背了一把二胡。有人开玩笑说:"温师,你这是出门卖艺呀!"他只哼了一声,没搭腔。温如风打小就能拉几下二胡,别人戏称"杀鸡"。安北斗知道,他弄了这么多年,把个《赛马》硬是死活拉不下来,好多地方酷似钝刀子杀鸡。这货背着二胡,明显是有出远门的意思。

自端午节前安北斗彻底交差后,接管温如风的是新入职的镇北漠。这名字有人开玩笑说,是适合做封疆大吏的,偏只考上了小镇的公务员。南归雁根据安北斗的分析,估计麦收前后温如风是不会出门的,镇北漠也就有所放松警惕。何况派他去驻村,也不单纯是看守温如风。谁知这家伙竟然在端午的第二天就上路了。

仔细分析，温如风是早有准备的，端午前就抢收了麦子。不仅快速收割、脱粒、烘干，而且地也平整出来，把毁茬苞谷都点下去了。还栽了几垄红苕蔓。当有人说他背着二胡，像卖艺的一样出远门了时，镇北漠就赶紧给南书记汇报了。孙铁锤也上门找花如屏问。花如屏糊了一脸的面，开始死不承认，后来问得急了才说，大概是去北京了！

天哪，乱子惹大了！

当所有被通知的干部集中到镇上会议室时，安北斗也赶回来了。他一走进北斗镇地界，见几座山都鬼火一样亮着，天空脏兮兮一片，就想骂人。当然最想骂的还是南归雁。

南归雁见他走进会议室，还站起来招呼了一声："北斗，辛苦你赶回来了！"他端直给了南归雁一个脊背。南归雁仍是很礼貌地让他朝前坐。在机关，他有固定位置，可他偏就在末座叨陪了。大家把情况分析来分析去，他始终一言不发。

何首魁也趔着身子，看似是腰有伤，其实也对南归雁大有不屑。但南归雁始终对他礼貌有加："何所，还是请你先做指示吧！"

"不敢。"可咳嗽了一声，何首魁还是开腔了，"这完全是小题大做。天要下雨娘要嫁，让他去嘛！我一直搞不懂你们怕啥？比如他告我渎职，我就不怕。证据不足，我就是阎王也不能随便拿人。急头半脑的，净办些皮焦里生的案子，教训还少吗？我不怕人叫我何黑脸，漂不白，没治！"大家哄地笑了，他接着说，"都半夜两点多了，我这腰也陪不起了。派出所就这态度，要人没有，要枪不敢给。我觉得也没必要让一个温如风牵着鼻子跑。哪怕上联合国告，让他告去嘛，怕啥？失陪了！"说完，他站起来，拄着拐一瘸一瘸出去了。南归雁还喊了两声"何所！何所！"没留住。

这事无论何黑脸管不管，他这个书记都得管，这是镇上的大事。最后他决定，由副书记带着朱武干、安北斗、镇北漠一起，明早顺河朝下找。从行进路线看，温如风这次有可能从另一个县出境，然后迂回进京。南归雁还带着人走到地图前，画了几个红箭头，颇似一场战役打响前，指挥部里的调兵遣将、运筹帷幄。

安北斗笑也不是哭也不是，就又被卷进了温如风的烂事里。

会议结束时，南归雁还故意走到他跟前，想与他握握手。他的手没伸出来，并且还反问一句："你咋保证的？""事态不是扩大升级了嘛！你最熟悉情况，知道他的秉性，你不出面谁出？""你就能捉鳖！"说完，他一脚踢开门出去了。

第二天一早，他就随着副书记一起出发了。因为要撵人，他也没好带更多行李，但单筒望远镜和照相机仍背着。副书记还说："北斗，背这些东西能跑动？""绝对落不到谁后头。"说着，他还真走在了最前边。

当他们一路找到另一个县城，折腾了一天一夜，连温如风的蛛丝马迹都没寻见。副书记就决定，由安北斗和镇北漠端直去北京。南归雁有指示，如果在另一个县城找不到人，温如风就有可能放了烟幕弹，仍是从本县出境的。因此，副书记又带一干人折了回去。

安北斗带着有点瓜头愣脑的镇北漠，从北京一出西站，就傻得不知如何是好了。两人嘴张多大，东看看，西望望，世事大得没法想象。他见镇北漠的嘴比他张得还大，更冒傻气，他就把自己的嘴先合上了。看来一切主意都得自己拿，镇北漠说是大学生，也没进过北京，人不跑丢都算万幸。

他先走近了一个戴着红袖圈的老大爷。有红袖圈，就是一种问路的安全保障。红袖圈上印着一圈黄字，好像与卫生、治安都有关系。但老大爷眼神并不在川流不息的人群上，而是操心着各种随手扔下的瓶瓶罐罐、纸壳纸盒。在不远处的墙拐角，就放着一个他收集杂物的蛇皮袋子。说是拾破烂的，却戴着红袖圈；说是治安卫生管理员，却兼顾着拾破烂。安北斗想帮他给蛇皮袋子里塞纸壳子，老大爷明显是有一种警惕的："干吗？ 干吗？"一口标准的京腔，嘴里像是转着一个陀螺，让人立即就肃然起敬了。他也用普通话回敬了一句："叔，额（我）们是西北的，来北京办点事情。请问一般来京告状的人，都会朝哪达儿去？"这段普通话说的，连一个字都不标准，让镇北漠的脸甚至都有点挂不住。戴红袖圈的老大爷更加警惕起来："哪儿的？""西北，就是歌里唱的'我家住在黄土高坡'那达的。不过，那是歌儿，额们那儿山清水秀，跟北京一样，美得太太！"这时一阵狂风袭来，风里还弥漫着黄沙，把老大爷一堆没收拾进口袋的杂物，刮得到处乱飞。他和小镇都急忙去帮着挖抓捂弄。

这举动大概使老大爷产生了好感，但也并没有放松警惕："来告状的？"安北斗急忙解释说："不。额们是来找人的。"他还用动作比画了一下，"干部，我们是国家干部。有证件。"说着，掏出了工作证。老大爷接过工作证瞧了瞧，有点不屑地："什么人儿都来北京告状。知道北京吗？ 且大啦！ 省长市长来也未必能摸着门儿，一个犄角旮儿的小镇子，来告谁呀？ 不瞎折腾吗？ 告着告着就都拾了破烂儿回不去啦。"大概是说到拾破烂有些不妥，又改了口，"何苦呢？"安北斗急忙说："您说得太对了，额们就是想把他领回去。不知他会到哪达去。""喊，能去哪儿。无非是天安门广场溜达溜达，有的也会扑通跪下，把人吓一跳。再就是去南城西街递状子去。那地儿热闹，房价儿

234

也便宜。除了大冬天儿能冻死人外，其余时间朝天桥下一躺，运气好了，还能瞧见启明星。"他问："天安门、南城西街都在啥地方？""公交车牌子上多了去了，随便儿瞧去！"然后，老大爷就去管一个吃剩下方便面汤盒随手一撂，准备扭头而去的旅客："哎哟喂，您，说您哪，干吗这是？就您家后院儿恐怕也不该这么糟践不是？这可是首——都！您以为是什么地儿？嘛东西都能乱扔乱倒，捡起来您哪！"小镇终于说了一句："真是北京，拾垃圾的都说普通话，还您哪您哪用的尊称。不像咱们那儿人，说普通话，十个字有九个半音都不准。"安北斗白了他一眼："走，处（去）天安门！"还是普通话，还是一个字音都不对。小镇捂住脸跟着走了。

去天安门的路果然好找，公交站牌上到处都是。他们很容易就挤上了一辆公交车。大概是他们日夜兼程，连脸都没顾得好好洗过，这阵儿在密闭空间，身上立即就散发出一股怪味儿。挤在身边的人，都用眼睛把他们斜视着，有的还努力屏蔽着呼吸。一个脸庞丰盈白嫩得像十五月亮一样的阔面大妈，甚至还用胖乎乎的手在鼻子前扫了扫，最后实在是忍无可忍地嘟哝了一句："要了人的小命儿啦！"她拱开人群，想朝一边挤，头过去了，宽阔的脊背和肥硕的臀部，却还夹在后边愣是闯不过关。安北斗还担心望远镜被挤坏了呢，却见人群像被他们引爆了一般，都仄斜着炸裂向四方，跟他们保持出了一定的间距。他和小镇都突然感到了自己的寒酸和卑微。小镇背的帆布包，虽廉价，还算时尚些。而他挎的人造革拉锁包，拉链坏了一半，用蜡烛膏了又膏，勉强拉上，还是有一段没一段地开裂着；加上头发纠纠结结的蓬乱，汗水还把它们一缕缕扭成了股份；再配上一架脱皮掉漆的望远镜，看上去真像一种怪物了。就连说普通话，他觉得过去也没糟糕成这样。

上大学那阵，开始也很是被同学笑话了几个月，后来还算说得不赖么。怎么才回去七八年，就一个字音都发不准了。难怪连小镇也有些瞧他不上，一开口，那小子就显出一副觉得丢人败兴相。

他们终于在天安门站下车了。以为就是天安门了，谁知走了好半天，才看见天安门城楼。两人都很是激动，来到国家的心脏了！他们所做的一切工作，都与这里紧密相连着。两个低到尘埃的最底层小公务员，心跳在加速，且不由自主地把嘴又张得大了起来。不是傻，而是惊愕、喟叹：这才叫天大的世事啊！打上小学起，这里就是最向往的地方，今天终于来了！双脚就真实地踩在这块大地上了！回去可以给许多人炫耀我去过天安门了！好大好大呀！比想象中的要大好几倍不止！安北斗突然想，一个温如风，就是跑到这里头顶状子，喊叫几句他那半棵树的事，再捎带着骂几句孙铁锤、何黑脸，又能怎么样呢？至多被人当成疯子，傻看两眼而已。

他们一边找人，也一边把心中的胜景都看了个遍。在金水桥畔、华表之下，还有大会堂和人民英雄纪念碑前，他还给小镇照了相。小镇给他也照了。这小子，回去一冲胶卷才发现，凡给他照的，不是只有脖子以下，就是只有脖子以上，再就是半个脸在镜头里，半个在镜头外。他还瞧不起他，他才半个眼也瞧不上他呢。

他们来回在天安门广场篦梳了好几遍，确实没有发现温如风的踪影。眼看下午四五点了，小镇又累又饿，说他快不行了，一屁股坐下，再没起来。安北斗又朝人群密集的地方搜寻了几番，才决定朝南城转移。

在以后数天里，他们就半天到天安门、半天到南城西街查找，直到过了夏至，温如风都没有出现。

42 天权星

天安门太大了，南城西街递状子的队伍也很长。温如风与安北斗他们来回游走在这两个区域，竟然从来都没照上过面。

那一天，安北斗和镇北漠在天安门广场篦梳他时，他也在那儿看风景。北京他也是第一次来。天安门他也很向往，咋都看不够。他也在兴奋着今生总算来了一趟。他还想着，将来一定要让花如屏和儿子温顺丰也来一趟呢。要不然，一辈子都白勤劳、白活了。

那天他们离得最近处，是人民大会堂前。他在国旗附近搭手仰望，而安北斗他们在人民英雄纪念碑前照相。当他看完所有风景，又回到金水桥畔，扑通朝那儿一跪，被人带走时，安北斗他们还咧着大嘴，在毛主席纪念堂前东张西望。

温如风是比他们早一天到达京城的。他果然是顺河而下，然后在一个无人烟的拐弯处，突然改道，穿插过一条羊肠捷径，从另一条公路上，搭乘一辆拖拉机，直奔县城外一个小火车站而去的。几乎是神不知鬼不觉地踏进了北上列车。出发前，他是从别人那儿取过经的。那天邻镇一个老上访户来压面，他跟人家谝了半天，还给人家管了饭，对京城的路数算是有所了解。因此，一下火车，他就先奔南城西街附近安顿下住处，才思谋着怎么进行第二步。

那附近低档旅馆很多，名字也叫得特别，甚至有天理、天权旅馆。他之所以选天权，也是因为北斗镇就有天权山。小学时草老师也讲过天权星。这里的四人间，一晚上一人才三十五块，简直便宜得超出了他的想象。花如屏是不想让他出门告状的，但这口气实在咽不下。既然他犟着要出远门，她还是让把钱带得很宽展，穷家富路么。何况温家的底子是让他活得有些底气的。花如屏还交代说，既然去一趟京城，就好好逛逛，一年累得王朝马汉的，歇歇脚也是应该的。告得成了告，告不成了逛一逛早点回来，说到底也就是半棵树的事。他说塞牙花子侮辱人、挨黑打都不是事了？他是吃了秤砣铁了心地要把孙铁锤和何黑脸们告倒，不告倒，他也会活活憋闷死的。

这次之所以突然决定出门，也与端午节前孙铁锤的最后一次摊派催账有关。说"点亮工程"是惠及全体村民的大事，各家都得出人出钱出力。村上通知让他跟花如屏去演"插秧""薅草""打连枷"舞，两人忙得都没去。只把孩子支应去"放羊"，还坐在牛背上吹了笛子。其实笛子是假的，就一截竹棍，还把儿子的嘴戳破了。孙铁锤最后上门说：京城、省城、市上、县上领导都看了，对"点亮工程"评价很高，并且还要大力推广呢。领导表扬了，说勺把山这一块搞得尤其好。你温家出了啥力？他就不阴不阳地顶拨了一句：领导没表扬给粪坑里"下饺子"的事吧！气得孙铁锤狠狠鼓了两眼说：给粪坑"下饺子"了又咋，大领导又没掉进去，看把你腰闪了没？你个挨瞎锤子的货，就见不得村上有半点好。老实告诉你，老子这次是把粉擦到脸上了，给一村人都贴了金！既然大伙儿脸上都明光金灿的，这金也不能白贴，谁都得放点水。尤其是你温存罐，贴了金，来推磨、压面的人自然会更多，这叫秃子跟月亮沾了光，知道不？是集体在给你打广告，你能白挣钱？然后三下五除二，就给他家摊了两千元，说仍算是股金。鼓（股）你娘的头巾（金）！他从来对孙铁锤父子就没信任过，自然是一分不给。可孙铁锤岂是一句不给就能罢手的，当下就吼起来：温存罐！他也不瓤活：我的小名不是你叫的！我就叫了咋？温存罐，温吊罐，温尿罐，你不给两千元，那就把两颗卵蛋拿来！狗剩和磨凳还真扑上来掏。他就气得愤然上路了。

他知道现在只要一出门，后边都有"尾巴"。他的尾巴就是安北斗。最近又换了一个新来的大学生，村里人叫他"正掰馍"。这小子明显比安北斗差远了，眼睛好像也不好使，迟早都在玩手机，盯他也是明来，眼珠子欠活泛。要是让他当特务，只怕把敌人弄不住，反倒能让人家割了他的舌头、挖了他的眼珠。他知道安北斗早都不想盯他了。出门前，他也从北斗他娘那里探听到，安北斗上县跟老婆娃过端午去了。靠"正掰馍"盯，就是侥幸跟上几步，只要他略施一计，就能撂他八百丈远。何况他那天出门，那小子还没起床呢。只有村头老曹家的黑狗，跟了他半里路远。开始还以为是跟他呢，后来才发现，人家眼睛是斜盯着田埂上一路小跑着的一条骚母狗的。

他下榻的天权旅馆几乎全是告状的，有的已住上年天气了。初入伙，还都有些瞧他不起。尤其是同室的另外三人，几乎连理都懒得理他。原因有五：首先是没有进京告状经验，完全一个"生八路"，说啥都听不懂，告状这一行多是用的暗语。二是来自西北落后地区，还是一个名不见经传的山沟小镇，天然受到歧视。三是告状事件太小，半棵树，加一个村主任、派出所所长，算个毛事。他还解释说，镇上和县上领导他也要告，人家一听就说：胡扯淡不是，半棵树、挨黑打与那些领导有毛的关系。他根本就没在人家"专业人员"眼窝里攒。四是临时性、随意性、冲动性太大，作为长期上访人员，准入资格受到质疑。五是沟通困难，说的山里话似鸟语，转成普通话像羊叫。他在房里憋屈地睡了一晚上，那三个人买了鸡爪子、羊蝎子、花生米喝了半夜酒，黑话他也的确听不懂。到凌晨四点，几个人就穿上袄子，说是排大队去了。

虽然快夏至了，可京城的晚上还是凉飕飕的。他也悄悄跟着这三个货，去看排的啥队。快五点时，信访接待部门那条街上，就已人头攒动。他也混进去胡乱排着，主要还是为了熟悉情况。可队伍里的人都很少说话。一旁既有维持秩序的警察，也有逛来逛去的闲人。后来才知道，那可不是闲人，都是全国各地来负责处理的工作人员。大家之所以低着头，很少交流，就是怕口音被听出来，立马会有人劝返。

世上真是有无尽的偶遇与巧合，温如风竟然在这里碰见了欧宝财，就是在省城遇见的那个"老油条"上访户。照欧宝财的说法，他告的是惊天大案：承包地里的露天煤矿被强行霸占。他倒没有小瞧为半棵树起事的"小虾米"温如风。并且指导着他填了表格，插在他前边递上去了。他离欧宝财的住处倒不远，本来想搬到一起去住，可已交了预付款，人家咋都不退房。他就只好抽空过来与欧谝一谝，夜深了才回去困。欧宝财把这里的一切都摸得门清：之所以天天要去排队，递状子，就是为了引起重视，行话也叫"打卡"。看来告状的门道和学问的确很大。他在北斗镇了解的一些情况，与来京后的很是不符。那个来他家压面的邻村上访户，看来就是盯着他款待的那顿肉臊子面，还有免费磨的几十斤麦子。他说到京城你首先朝天安门走，端直把状子朝头上一顶，扑通一跪，啥问题都解决了。可来了一打听，所有人都嗤之以鼻，说你去试试么。他第二天的确去试过，却多了个心眼，身上啥都没带，扑通跪下，看身边如何反应。结果立马过来几个穿得标流线直的小伙子，架起胳膊就把他朝一边拉。他急忙做揉脚状，说脚扭了，直喊疼、疼！人家把他拉到一个车上问了半天，他身上除了一点零花钱，就是身份证，还有一个老照相机。他说就是来看天安门的。日子好了，出来逛逛，东张西望的，一不小心，把脚崴了。几个人相互看看，也没难为他，就把他放了。

他从欧宝财嘴里才知道，天安门可是不能随便乱跪的。胡闹可以以扰乱社会治安罪把你抓起来。他就随着欧宝财每天早上去排队递状子，下午胡乱逛逛。有时也会把二胡拿出来，坐在天桥旁，拉拉《赛马》。快弓部分仍是乱翻跟头。竟然还有人给他面前撂几个镚子儿。开始他还觉得有点受侮辱，后来也习惯了，起码够一顿早餐钱，有时还能管一天。这样消磨了十几日，他觉得也不是个路数，尤其是想家、想花如屏了，也操心自己的生意。他就准备撒撒脱脱弄一场，引起注意后，赶紧回去算了。他还是想到了天安门，想到了那几个标流线直的小伙子，反正把他也没咋。自己有冤情，响鼓明敲，又能把他咋？他又不偷不抢不犯法的。这样想了几个来回，他就拿着状子，又去了天安门。

然后他就被几个标流线直的小伙子又架走了。这次架走再没放。并且他很快知道，安北斗和那个"正掰馍"已经来京十几天了，竟然和他住在同一条街上，却每每擦肩而过。

43 大暑

"点亮工程"把北斗镇的确是在全县和全市都"点亮"了。至于说引起了省上甚至中央领导的注意，连南归雁都知道那是夸饰之词。他懂得哪一级以上才叫中央领导。说"点亮"了全省，可省电视台新闻里"点亮工程"仅闪了一秒钟，解说词还是领导沿途考察如何如何，压根儿连县上的名字都没提。并且那一秒钟画面里，领导指指点点的身影还占了近一半。市上电视台倒是给了不少镜头，他也露了半边脸。的确只有半边，不过鼻子还算完整地框了进去。他能理解，如果给他露了全脸，市上领导就剩下半边了。有熟人还打电话说在电视里看见他了。他自嘲说：半个脸，也只有你能认出来。就这半脸之露，竟然引来全市好多单位的考察热潮。县电视台更是大张旗鼓地跟踪报道，并且还让他对着镜头说了一分多钟，图像自是霸屏了。如果再给些费用，可能还能给他们搞一小时专题节目呢。实在是价钱谈不拢，才搁下了。不过北斗镇"点亮工程"，一时还是成为全县甚至全市文化旅游发展的"新亮点"了。就在学习参观络绎不绝、游客成群造访时，温如风上访事件，也再次把他整得灰头土脸，不，简直是狼狈不堪了。

开始他也希望温如风只是吓唬吓唬镇上，去了别的地方。安北斗每天在北京给他的回答只有三个字：没见人。他知道安北斗不是一个敷衍塞责者，也不喜欢讨好巴结、夸大其词，没事偏要把事说得很悬乎。有就是有，没有就没有，他不可能给你编出一句谎言来，让你兴奋一阵，然后才觉得竹篮打水一场空。有时真需要这种效果，哪怕是兴奋一会儿也行，可你别指望这家伙能制造出来。但他也绝对相信安北斗一切都会尽力而为的。

当十几天过去，温如风一直没有回家，安北斗也无任何消息时，最坏的结果果然来了。电话竟然是王中石书记打来的："南归雁，你怎么搞的，给全县捅下这大娄子？"他就知道事情不妙："王书记，怎……怎么了？""还怎么了，你们那个温如风，捅天了！"怔得他半天没说话。王书记说："立即到北京领人去！"说完电话嘭地挂了，明显是很生气的样子。

他把听筒握在手中半天才勉强放到话机的凹槽里。

刚转身，就见何首魁已站在他身后了，一脸不高兴的样子说："你不是派人去北京了吗？咋还需要派出所去配合？"

南归雁不知道具体情况，也不知该说什么好。何首魁黑着脸问："你们还去人吗？县局要求我必须去。"南归雁急忙说："我跟你走。"何首魁不耐烦地："对了对了，你去干啥？我只是按县局要求，给你们说一声。不就一个温如风嘛，我一个人都拎回来了。"说完，何首魁转身就走了。

几天后，温如风倒是被"拎"回来了，可何首魁"拎"得过了头。据温如风说，一共踢了他三脚，一脚在大胯上，离最敏感部位只差几公分；还有两脚在屁股上；他的臀部非常瘦弱，经不住何黑脸这两脚。温如风哗地脱下裤子让他看时，的确还有两个紫乌的撞击点，肿得像变质的桃子。他几乎是当着镇上一堆干部的面褪下裤子的。里面也没穿裤衩，还打起转身让人看了臀部，又看前胯。穿上裤衩，的确是影响三处踢伤的视觉冲击力。朱武干急忙喊叫把裤子提上，他偏不："你们端公家饭的都不要脸了，我个平头百姓还要啥脸。我准备上县找他王中石看去，就在县城十字口脱了看。"南归雁急忙劝他，并硬帮着把裤子提上了。

他安顿朱武干把温如风弄到客房先住下，这边听安北斗和镇北漠的汇报。镇北漠说，北京光天安门广场都不止镇中学操场一百个那么大，找人实在太难。他直问："老何为啥要踢人家嘛，还嫌不麻烦是不是？"安北斗没说话，还是镇北漠在回答："既怪何所，也怪老温。何所开始态度也能说过去，他就是那么一张黑脸，笑着比拉下还难看。谁知老温死不上套，走着走着，就朝一边溜。北京大得没边没沿的，一钻进人群，鬼都寻不见。他都偷着溜好几回了。何所那脾气么，就给了几脚，人才乖乖回来的。"

"这一踢，麻烦不更大吗？！"

南归雁又问了些其他情况，安北斗始终一言不发。他说："北斗，你觉得下一步该咋办？"安北斗拿鼻子哼了一下说："我知道该咋办？！"这家伙好像对让他重新接手温如风的事，仍心怀不满着。别人想去京城逛一趟，没安排上，还闹情绪呢。他倒好，一副受了委屈的样子。看着他好长时间没理发而变得像毛冬瓜一样的脑袋，还有那个听说已摇摇欲坠的家庭，他也有些歉意，就说："先去洗个澡，吃了再说。"

安北斗起身就走了。他又问了镇北漠一些情况，仍是理不出个把能安抚住温如风的头绪，他就上派出所找老何去了。

老何根本就不认同现在这种处理方法。首先他不愿意去领人，是局里下了死命令，说只有他这样的老公安才能对付住"老油条"。第二，他承认踢了温如风三脚，那也是迫不得已。准备踢第四第五脚时，让安北斗挡了。他说再让他逃掉，还得花更大的人力财力去找。你镇上有钱，就派人满世界找去吧！老何说他已给县局报告了，那三脚，随时等候处分。第三，老何仍是让别太把温如风当回事，比他案情重大的有的是。还是那句老话：没查个水落石出，不能弄个冤案去安抚他。总之，何首魁认为一些领导是怕出事，怕丢乌纱，还想当好人。温如风跪一下能咋？还跪成爷了？谁想认这个爷认去，反正他不认。他只认事实，只认法。说着他还把警棍折了折，像是要动刑的样子对隔壁喊："小高，把那个强奸幼女的哈尿货带到审讯室。对不起南大书记，我出去好几天，攒下一堆案子推不动，回头谝！提人！"

南归雁找了一肚子气回到办公室，文书就说县上来电话了，信访局要召开联席会议，专题研究温如风上访事件。通知让他和何首魁，还有安北斗、镇北漠去参会。他本来是请了县文化局、商业局、旅游

244

局的人来，要商量如何进一步搞好"点亮工程"以带动旅游发展呢，就不得不给几家分头打电话另约时间了。叫何首魁，人家坚决不去，只派了副所长支差。县上不同意，何首魁问强奸幼女案大，还是温如风半棵树事大？最后上边也不得不退让，就让副所长去了。

　　会从下午两点，一直开到晚上九点半才草草收场。政法委书记主持会议。南归雁先检讨，说把人没看住，然后由安北斗和镇北漠介绍情况。安北斗还是没说话，仍由镇北漠把进京的前后经过讲了一遍。镇北漠提前做了充分准备，把事情的来龙去脉整得跟说评书一样环环相扣、引人入胜。尤其是在北京找温如风的过程，比听评书都精彩。他讲完，让安北斗补充，安却松干冒气地来了一句："人没找到，说那些顶啥用。"就再没话了。然后，由派出所副所长汇报他们对这件事的办案经过，从半棵树说起，一应调查先后投入警力、耗费时间不亚于一个大案的投入量。当然，他也替何所长那三脚做了检查。下面就是一个又一个部门发言表态，都强调了这件事的极端重要性，甚至上升到关乎全县、全市、全省经济社会发展的高度来认识了。但最后什么问题也没解决，还是落到北斗镇了，谁家的孩子谁抱走！首先是看守好温如风，决不能让他再离开北斗镇半步；二是由镇上先赔偿那半棵树钱，就是加上一倍、两倍、三倍都值得，掏钱买平安嘛；三是责成派出所加紧破案，必须把黑夜中打了温如风的人绳之以法；四是由公安局研究处理好何首魁那三脚的问题，不要由此引起新的问题。政法委书记说得斩钉截铁，自以为会议很有效果。副所长却对着南归雁的耳朵嘀咕：首魁所长早都料到是这个结果了。

　　都十点了，南归雁接到一条短信：中石书记让你现在来他办公室一趟。这是县委办公室主任发的，他就又匆匆返回了县委大院。王中石书记门口还排着几个人，秘书让稍等一会儿，他才急忙在笔记本上，准备了几条汇报要点。当然首先是温如风的事；其次还有北斗镇到底怎么发展经济，迎头追赶的问题；再就是"点亮工程"中石书记到底是啥态度，至今都没明确表过态。此前他已约过好几次，秘书都说等机会。要不是温如风的事，兴许这机会一时还等不来呢。中石书记也确实忙，都快十一点了，还有人候着。直到十一点过了，他才坐在了与书记紧挨着的沙发上。他想着中石书记肯定是要劈头盖脸收拾一顿人，今天下午政法委书记就很恼火，见他第一句话就是：南归雁，你可给咱又放卫星了！是载人上天哪！而中石书记有点慢条斯理，先问了问下午和晚上的会议情况，然后说："你们准备怎么办啊？"他讲了会议的要求，说回去会抓好落实。中石书记说："我在乡镇干过，不容易，想把一个活生生的人看住，除非关起来。可人家又没犯法，哪能随便关人呢。这就得动脑子、想办法，疏导、安抚、化解是第一位的。需有得力的人去做深入细致的工作。不要搞得兴师动众、鸡飞狗跳的。也不要层层加码。咱们好多事情不是层层松垮，就是层层加码，都缺乏实事求是的态度。我之所以叫你来，就是怕你们压力太大，越搞越砸。我是有这方面教训的，情绪一激动，随便批评一个人，弄得好多年都没人敢跟这个人来往；偶尔流露一点对某个人的看法，立即弄得县委大院的人都不敢跟这个人说话了；我随便说了一句一个单位的门楼子没盖好，竟然连夜就拆了重盖。权力要求掌权者必须谨言慎行啊！这次更是一样，来头再大，你们也得冷静处理，不要整得皮焦里生的，将来还得翻烧饼。我马上要退二线了，一辈子干过不少乡镇，也在县上、市上机关兜兜转转，得按规律、下数办事，别一上头，就飞过梁去了。百姓百姓，百人百性嘛！我们面对的就是老百姓。我是

246

学法律的，孟德斯鸠说，制定法律都要考虑山川地貌、民情风俗物理实际，要不然就执行不下去，何况是最基层的行政治理。我当镇书记时，有老百姓在我门口一睡好几天，给他递饭，人家把碗都摔了，我看也没损失我的啥威信嘛！这件事固然很大，但温如风就这么个具体的小老百姓，还得从实际出发，把他那点事情解决好是关键，不就是半棵树起的因嘛！"

"王书记，问题现在已不是半棵树的事了。他告的是挨黑打破不了案，还扯出村上、镇上一系列事情。有的没法落实，有的一时又落实不了。落不实，他就还会去告。"

"那咱们就从半棵树抓起，一样一样地来嘛！总之，我害怕你们操之过急，采取一些霸王硬上弓的手段，把矛盾越聚越大。今天看似压住了，可强人硬下手的事，迟早还会爆发出来。那个派出所所长，凭什么踢人家三脚，得严肃处理！"

"其实何所长……也是一个讲法治的人。"他还替何首魁辩护了一句。

"讲法治还踢人？我看他首先不懂法。基层很多事都是这样搞坏的。说是给公家干事，干着干着就动了私刑。这三脚不处理，温如风能不再去告状，嗯？"

中石书记说是不要太强硬，但语气依然很硬邦，南归雁就再没话可说了。这时，秘书拿了一大摞文件进来，明显是帮着下逐客令的。他就急忙问了一句："王书记，不知……我们那个'点亮工程'，你还有啥指示？"

"去看的人多吗？"

"县上去的多，市上也不少，还有省城来的。"

247

"有住下消费的吗？"

"这个……还不多。资金有限，配套设施还都没搞起来。尤其是七座山的连接索道。"

"归雁，要慎重啊！我一直没明确表态，就是有些吃不准，怕一旦表态，都大张旗鼓干起来，最后落个一场热闹咋办？这些年我们吃这样的亏可不少啊！一时全县养荷兰鼠；一时几个县又都养金貂、银狐；最后杀了都没处埋去，一臭几十条沟，几十道川。山区要发展经济，难度比别人大几倍甚至几十倍都不止，都在摸索，可也折腾得够呛。本来就没钱，有时还当了小白鼠。当然我也没反对你们搞，既然已经点亮了，就亮着吧！但我建议不要再投入更多钱。我是要离开这个位置了，才慢慢感到'领导充分肯定'这句话的分量！你很年轻，想干事是好事，可要干成几件事，实在不易啊！"中石书记说着站起来，拍着他的肩膀，把他送出了会议室。

在空荡荡的县委大院里，他突然有些不会走路了。已入大暑的盛夏，到了这阵儿还是热烘烘地蒸人。尤其才从空调房出来，一下像钻进火炉一样，身心似乎都有一股焦煳味儿。本来他是想听几句书记表扬的。没想到，中石书记心里却藏着这么深的质疑、担忧和告诫。好在书记大概没有向任何人表露过心迹。都说中石书记特别爱护下属，虽然严厉，但从来不挫伤干事者的积极性。一旦表露，县上各部局委办，一准就不会再有人去北斗镇调研、考察，甚至随时准备投入资金表示支持了。更好在，中石书记马上要退居二线了。要不然，整得他还真有点骑虎难下呢。

县委大院是三进三出的院子，大门还不在中轴线上的拐来拐去。不过他终于还是摸着门出来了。

44 下弦月

安北斗在南归雁去王中石书记那儿时，抽空找了杨艳梅一趟。不仅出租房里没人，医院也没找见。他去家里找，岳母倒是开了门，却说艳梅在值夜班，安妮也睡了，明天要上学。岳父穿着大裤衩出来照了一面，只说让进门喝点水，还问吃了没，岳母却没有放他进去的意思。他也没戳破杨艳梅今夜没值班的谎言，就离开了。

他给杨艳梅打手机，一直没人接，发信息也不回。他心里突然有点慌乱，总觉得哪里不对劲。这毕竟是上万人口的县城，密密麻麻挤在一个由山岚围堵起的瓮底里，找人委实太难。南归雁明确讲，今晚不回北斗镇。他们在宾馆已安排了房间，却没给他登记，说得让他和艳梅借机团圆团圆。镇北漠大概是与他一起出差混搭久了，竟然也敢开他的玩笑说："今晚这县城防震任务很重啊！"

搞得他反倒没去处了。

好在观测仪器都随身背着，天气也热得像火炉蒸烤一样。他知道，山顶在后半夜，仍然是凉得要穿棉大衣的。可他只有一个选项，只能穿着半截袖衬衫，上山去了。

下弦月已瘦得只剩一张弯弓吊在天上，像一幅孩童眼中十分夸张的绘画。他朝山头爬时，天空还星云密布着。当他进入理想观测点，准备架机器时，乌云却一层层翻卷起来，直到把星空完全遮蔽。在伸手不见五指的黑夜，他感到有些冷，就随手折下一些阔叶树枝，把自己包裹起来。这种事他过去也干过，甚至用干土把身子掩埋起来取过暖。他是希望乌云很快过去，谁知却迎来了豆大的暴雨，砸得他只好扛着仪器，躲到一个山崖凹槽里蜷缩着。他上下牙床打着磕绊在想：

杨艳梅今夜到底会在哪里呢?

从这里俯瞰瓮底,整个县城轮廓依稀可辨。他知道,小小的山城,夜生活还是十分丰富的。仅歌舞厅就二三十家。还有好多镭射影厅。麻将摊子更是遍地开花。尤其夏夜,哪儿放一张桌子都围一摊人。他多次半夜行进在街道上,几乎几步远就能听到"夹八万"或"炸弹"声。县城一直是杨艳梅十分向往的地方,唱歌跳舞更是她的最爱。孩子有姥姥带着,唱到几点跳到几点,都由着她的性情来。至于今夜沉浸在哪里,他还真难以想象出。也不愿去多想,自己又没能耐调进城,也就短了要求妻子的气力。何况也确实让温存罐这个货缠住了,给妻子女儿的时间太少。家里的土特产,拿去人家不稀罕。工资也是紧巴紧,再加上来回出差,基本都耗得一干二净。他觉得自己是越来越在杨艳梅面前低矮三分了。

好在乌云又过去了,深空依然繁星灿烂。大地被暴雨袭击后,反倒泛出了热腾腾的地气,他又进入了观测中。在端午出现的那个小行星位置寻找了许久,几乎把牛郎星附近都找遍了,再也不见它的踪影。他越来越坚定:这颗小行星是五年才回归一次的星体。他也计算过,小行星运行周期应该在一千八百二十六天左右,下一个回归期是绝对不能错过了。他能送给女儿的最贵重礼物,大概也就是这颗小星星了。尽管他无法把星星"拉到自家后院拴着",但他依然十分坚定地相信,女儿到那时一定会珍惜异常。

启明星已呈现出一星独大的亮光。按照南归雁的要求,今天需乘最早一班车回北斗镇。他收拾好行囊,从高坡上一路仄斜着跑到了瓮底。又去杨艳梅的宿舍敲了敲门,里面依然没有动静,他就只好奔车站去了。镇北漠竟然讪皮搭脸地开玩笑说:"哎呀安哥,昨晚地震绝对在八级以上，兄弟都被从床上摇得跌地上了。"惹得大家哄地一笑。安北斗没理他，这小子啥时已公然跟他称兄道弟了。几个月前来时，可是称安老师、安主任的。

班车大概快到北斗镇时，他才收到杨艳梅的信息说，昨晚在同学家唱歌，手机忘带了，问他走了没有？他想了想，还是给她回了一条：已回北斗镇。下次见！

直到这时他才发现，自己跟杨艳梅之间已经很是客套起来。

他回房抹了把脸，就被南归雁叫去了。

南归雁确实表现出了某种平和，不像过去一提到温如风，就显出一种急躁和不安情绪。他还摸出一包烟来，给一人点了一支。两人平常都不抽烟，但上大学时，一起学着抽过。安北斗是有点舍不得钱，除了养家，省下的都买了观测仪器和照相器材。别人偶尔发一支，他也抽。而南归雁却是作为一种恶习硬戒掉的。但到北斗镇后，遇见难缠事多，就又抽起来。

"北斗啊，我恐怕得食言哪！"

"打住，打住啊！"他急忙做了个暂停手势。

南归雁一笑说："我也是遇见太难的难题了。你说让谁干合适？"

"都行。都比我合适。镇北漠就很合适。"

南归雁摇摇头说："放在平常，望望风，放放哨，是可以的。但现在他绝对胜任不了。温如风接回来，现在还住在客房里。好吃好喝地伺候着，动不动还喊叫要让王中石来，让公安局长来，让法院院长来。连你也知道，镇北漠是玩不转他的。这镇上就两个人能玩转他。"

"嫑给我戴二尺五。还有谁？"

"何首魁。可老何那玩法不灵哪！硬碰硬，早晚还是以温如风占上风而告终。这次就是例子，踢了三脚，倒是把人踢回来了，可踢到镇政府客房里，就没处踢了。他老何还得背处分。我也不敢把人再朝派出所推，推去让老何再踢几脚咋办？"

"何所也是气得没法了。我在场，踢的都不是要命的地方。"

"那是在京城大街上。如果关到派出所里，谁敢保证他不朝要害处踢。"

"这些年了，也没听说他踢死过人。"

"踢死他何首魁也完蛋了。北斗啊，能不能给我再帮个忙！"

"打住啊，我是政府公务员，不存在给谁个人帮忙的问题。"

"哦对不起，我是说，现在镇上经济发展正在节骨眼上，我得腾出精力来抓经济工作。你看温如风朝客房一躺，一会儿喊王中石，一会儿喊何黑脸，一会儿又喊南归雁的，让我咋整？"

"他又不是我的啥亲戚，能听我的？"

"我看还就你能降服住他。镇长、副书记、副镇长们也都是这看法。"

"你们啥意思？莫非我跟他是一伙的？"

"不不，不是这个意思。都夸你是这个！"南归雁还竖了一下大拇指。

"高帽子又来了。既然已经妨碍到北斗镇经济社会发展了，我看你们领导就该带头把这件棘手事接过去嘛！把个卒子拱过河顶啥用？"

其实安北斗心里早有准备，大概这事最后还得烂到自己手上。过去镇上但凡捅饬不零干的事，都会把他刺到前边。当然，他也乐意到人前去显示一下青年干部的能力和大学生的水平。现在已有更年轻的干部了，自己也该摆点老资格了，可麻缠事，还是一个劲地朝身上摞。嘴上说不情愿，其实心里已把活儿接了。不过也不能让南归雁觉得自己好使唤，说圆就圆，说扁就扁了，他说："你是书记，当然是你说了算么。可总得给个时间吧，我不可能一辈子就守着坛坛罐罐吧。"

"就这一次，把人劝回家里，等待处理结果完事。县上和镇上也会做些配合，比如那半棵树，镇上赔了算了。公安局也会对何首魁有处理意见。你再想想办法，反正就是掏钱买平安吧！咱们得算大账。"

"大账？只怕是越买越不得平安，走着瞧吧！"

安北斗起身走了。他没有先去跟温如风照面，这货他现在也不想理睬，四季豆米油盐不进么。他是眼看着何首魁踢了老温三脚。第四脚踢在他上前阻挡的干腿梁上，现在还是一个大乌疙瘩，他只是不想让人看到而已。气得来了，其实他也想把老温美美端几脚。

他先回了一趟北斗村。温如风在镇上客房住着，有十几个干部轮流值班，安全保障措施比来一个大领导都全活。大概他也不想跑。那天在北京见他时，人已转交给市上驻京办了。从市驻京办主任口里得知，这家伙本来是熬不住了，急着回家呢，才放的"起身炮"。家里一摊生意，还有个一村的男人都在胡趸摸的女人，他不可能长期放心胆大地"流窜"在外。出门告状，一是面子难舍；二是恶气难出；三是敲山震虎；能达到这些目的，大概也就收兵回营了。看似是状告何首魁、南归雁、王中石，其实主要还是想镇住孙铁锤。其余没有人跟他有大过节的，即使这次何首魁踢了他三脚，也构不成重大怨恨，何所毕竟是接他去了，还拿自家钱给他买了驴火烧、炒肝吃。可孙铁锤，谁拿他也没法，那就是个"村盖子"，算不上正式干部，哪一头都管不住。加上又有亲戚在省上要害部门工作，远远近近、上上下下的人，就都怯他几分了。在安北斗看来，村里也得有老温这样的"咬头铁锹"，都是软蛋一枚，也就任由孙铁锤欺侮宰割了。可自己的工作偏偏是劝温如风安分守己地回家，他也就不得不无奈地要顺着如何让他回家的思路来考虑问题了。

他首先想到了花如屏。这个女人，好多人一提起来就噗嗤笑了，竟然是笑她会叫床。一个娇小玲珑、高鼻梁大眼睛的女人，总让人与拽住耳朵、尾巴，朝案子上一压，又是过刀又是烫毛的杀猪程序连在一起，自是有无尽的欢乐话题穿过大街小巷。他每每见了花如屏，总是不叫嫂子不搭话，温如风也的确比他大几个月。他认为目前能把温如风劝回家的还只有这个女人。

当他夹着自行车跑到老鳖滩时，花如屏正把吊了一院子的挂面，一手手朝案板上码，准备切了包装呢。已上小学的儿子温顺丰，在房檐坎下做作业。温如风离开时，专门把岳父岳母接过来，说是帮忙招呼摊子，其实是提防各种贼眉鼠眼者的惦记。花如屏见他来，先把敞得有点大的领口抄了抄。领口是紧称了，胸部却在衬衣里边丰隆得呼之欲出。弄得他有点不好意思地直朝地上瞅："嫂子包面呢。""嗯嗯，包面，包面。"她大概是意识到了自己胸前的某些问题，还故意把胸部向回坍缩得坍缩。可那充盈的生命力，明明是朝外蓬勃的资质，岂能像中子星一样，自我紧结得失去了体积的饱胀。

花如屏并不知道她男人已回镇上。但安北斗回来了，她自是要打听行踪。她清楚安干事就是她男人的影子，全村人都这样说。安北斗也如实告诉了温如风现在的地方，他来就是希望她去把人往回劝的。镇上处于两难境地：既想让老温赶快回家，又怕他回家再跑了。他来找花如屏，就是希望她既能把人接回来，又能把人稳住的。她听完只笑了一下，还是包着面。这女人，心深着呢，明明流露出急切想见到男人的意思，却又很快用另外一种表情把事情抻着："既然住在政府，那你们政府就应该往回送么，我接的哪门子人？"看来他们夫妻在所有事情上都是配合得严丝合缝的。不仅如此，她爹娘见他来，一人手里还捏了个"道具"，坐在不同的方向朝这边瞭着。她爹看似是在安装锄把，却永都安不上；她娘用砂纸在打磨一个铁吹火筒，那就是灶洞的物件，何须打磨得锃光瓦亮？可一旦有情况，这两个"道具"都是能要人小命的。他笑了笑说："花叔花婶，你们也都没打算让如屏去看看存罐？政府对他好着呢！可再好，住在那里也不是个常法么。多好的日子，一镇人都羡慕死了，何苦要跑来颠去的。啥好日子都跑散伙了。"

远近闻名的挂面匠花存根，据说过去普通人家都接不到门上去的。只是现在时兴机器压面，手艺废了，瞧人才能给个正眼。人绝对是一顶一的精明。他不紧不慢地说："不挨黑打、不吃下眼食才是好日子。弄两个小钱，还不够买气受的，这叫日子？"她娘倒是客气："北斗，要不要婶给你下一碗鸡蛋臊子面？"手里的铁吹火筒却攥得更紧了。安北斗笑笑说："不了婶，我还得回家去，半个月没落屋了。"他都走出院子了，花如屏又追过来问："让……让看？""咋不让看，随便看。我就是来通知嫂子，让去看望的。"

这天晚上花如屏果然去了，并且还在客房住了一夜，那个闹腾啊！

45 无月之夜

安北斗回家看了看爹娘，他娘给弄了一大碗裤带面吃了，就又连忙夹着车子回镇上了。他一回去，镇北漠就神秘兮兮地说："来了，花

255

如屏来了！"花如屏好像是含着某种隐喻的符号，谁提起来都特别兴奋。他就去看了看，果然听见花如屏在说话。他相信她是愿意让男人尽快回家的，只要在交流，就是好事。谁知交流着交流着，竟然超越范围，产生了肢体接触。

这是晚上快十点的事。

镇上一拨一拨地来人，都是赶晚饭前到，吃了饭，好去看"点亮工程"。干部们一到晚上，基本都出去陪人了。今晚也只留下安北斗和镇北漠值班。所谓值班，其实就是看着温如风。

几间客房，占据着政府院子的一个角落。过去老空着，自"点亮工程"后，还临时开发出几间来都不够用。温如风住在最里边一间，连窗户都没有，只有一扇门对着院子。安北斗和镇北漠虽然住在另一个对吊角，但在自己窗户里，能瞧见这儿的一切。

事情最早是镇北漠发现的，温如风房里的灯怎么关了？由于窗外持续传来"点亮工程"的音乐声，几个月放的都是"亲不够""爱个够"的那些歌曲，因此，院子里什么响动也听不见。有时炊事员喊开饭都操着喇叭。镇北漠警惕地朝客房走了几步，就听见了与户外大喇叭颇为不同的声频，当然，其本质都是歇斯底里的喊叫声。他又上前几步，就辨清了缘由，那是一个女人既想压抑又抑制不住的放浪锐叫。他虽没结过婚，却恋过爱。他立即就把传说中会叫床的花如屏与现实中的声音紧密联系起来。一阵兴奋，让他疾步前趋，那声音越发地尖厉扎心：像是被锋利的刀具剜挑着心头肉一样深入骨髓，又像是被倾覆而下的甘霖酒泉浸泡着那样透彻心脾，他心跳得不能不捂住胸口，生怕里面会有东西蹦出来。他想听，又觉得这声音太是不妥，就转身去叫安北斗。谁知动作有点猛，竟然把脑袋撞在了柱子上。一阵懵懂后，才一头扎进安北斗的房里大喊起来："出事了！""出啥事了？""快，快去听！温如风……"

安北斗吓得一个箭步就催了出去，温如风可绝对不敢再出事。当跑得越来越近，几乎刹不住车时，他听到了房里的喊叫与对话声："有人呢。""喊你的！""娘啊爷呀……"花如屏在里面像是打了麻药没管用，谁给她硬做剖腹产一样，有节奏地喊叫得只剩下破口大骂了。

安北斗急忙朝后退，谁知一脚踩在镇北漠靸着拖鞋的光脚丫子上，痛得他立即把一只脚抽到半空中乱甩。"还不敲门？"安北斗轻声说："不要敲。吓坏了还是咱的麻烦。""还能让他在机关干这事？"安北斗一想，也是。可又一想，还是没有惊动。"安哥，你也太放纵他们了吧！""那你敲去。敲出病来你负责！"说完安北斗就回房去了。镇北漠也到底没敢敲，只是坚持听到最后落停为止。

"你疯了！"花如屏喘着气说。

"攒……攒美了！"温如风气都喘不上来了。

就在这时，镇北漠突然发现炊事员也在另一旁听墙根。他觉得事态有点严重。

去外面看"点亮工程"和陪同的都回来了。镇北漠就去给南书记和镇长做了汇报。与此同时，炊事员也在灶房把这事说给了一河滩人听。男人们听了有感到兴奋也有气愤的。女人们，尤其是镇长老婆，反应极其强烈，说还能在镇政府出这样的怪事，有王法没有？让必须立即把这个女人赶出去。

大家都看南书记。

南归雁就找到安北斗，问咋回事？问得急了，安北斗觉得也有些理屈词穷，结巴道："就……就那么回事。"南问为什么不制止？"吓出毛病谁负责？本来就……打出过毛病。"一句话还把南归雁给将住了，但想了想，他还是很生气："也太不像话了！你不是叫来做思想工作吗？就做的这工作？"安北斗磨叨了一阵，有点私下开玩笑用以化解地："人嘛，这……也是思想工作的一部分嘛！"南归雁把桌子啪地一拍："安北斗，少给我胡来！""我咋胡来了？""这还不是胡来？立即叫人走！"说完，狠劲将门摔上了。

其实安北斗也很生气，老温的胆子也忒大了点，竟然在机关客房就干上了。这厮人！他嗵嗵嗵地敲门去了。花如屏打开门，还捋了捋乱糟糟的头发，有点害羞的意思。安北斗单刀直入地："闹够了没？都该回家了吧？"他也有点拿住了人的短处，想乘势轰赶的意思。"啥意思？"温如风问。"你说啥意思？""凭啥？""就凭你亵渎镇机关，都应该收拾你！"温如风来劲了："啥叫亵渎镇机关？你以为你们机关那点破事我不知道？上一任书记是咋走的？镇长老婆常年四季住在这里，他没亵渎过？机关干部的老婆老汉来探亲，一住好多天，都是和尚见尼姑？他们是合法夫妻，我也是；他们能探亲，我就不能探？我是你们接回来安顿下的，一切都合理合法，别给我乱扣帽子，本人是吃饭长大的，不是吓大的！"

这个温如风是越跑越油，啥都一套一套的，你还不能不承认他有道理。仔细想，人家还就是合理合法又合情的。除了喊声过大，还真找不出别的毛病。花如屏不是自己亲自请来探望的吗？那门不也是自己亲自给人家带上的？想借机敲一杠，还反倒把自己手给夹住了。不过他也没松口："你到底回不回？""不回。凭啥回？""存罐，你咋把人活成这了呢？""别叫我存罐，纠正了多少次，还叫。我是温如风，姓温名如风！""你还温如风，温你个马脚疯！""你可是政府。政府

258

骂老百姓，我也是可以告的！""你告告告去，反正我已被你弄得人不人鬼不鬼的，想告跑快些。""我告你还嫌费油钱。咋弄，都这阵儿了，今晚又没月亮，把你嫂子留下还是送回去呀？"

安北斗想了想，还真得赶紧把花如屏送走，留到二半夜，再喊起来，麻烦就更大了。他问："你不走？""事情没处理，我咋走？这客房你们就先按半年准备吧！给我换个有窗户的，我不是坐牢，而是等待人民信访结果的。""你是人民？你是个辣子！""那谁是人民？安北斗，别以为是同学，就可以乱讲，我都给你一盘子一碗攒着呢，别让我端出来。""你端，快端出来。我现在最盼的就是从你这儿取利手。""我更不喜欢你像一条烂尾巴一样跟着我。闲话少谝，赶紧把你嫂子送回去，别人送我还不放心呢。"

花如屏被惹笑了，说："我自己回。不要安干事送。"温如风说："就让他送，他是政府给咱安排的公务员，随便用。再说，送一下嫂子有啥。他还送不得呀！""少来了你！"安北斗也是无奈，就用自行车把人朝回送。

花如屏怕坐不稳，偶尔还会抓一把他的裤腰带。车一颠簸，她又叫了一声，仍是十分的锐利，甚至让他浑身都燥热起来。他突然觉得有些不妥，就说："嫂子，你等一下！"他又折回身去把镇北漠叫出来，一起把她送了回去。看着花如屏进了房，他才跟镇北漠离开。

"这女人，老让我想起《水浒传》里的潘金莲。"镇北漠说。

"甦胡说！人家咋潘金莲了？"

"浪得很。"

"北斗村最干净的女人！"

"哟哟，安哥还动心了！"

"滚！"

他就回家去了。镇北漠独自回了镇上。

这天晚上，他在家里翻来覆去睡不着。倒不是为花如屏。他是老想着如此纠缠下去不是个事，自己也耗不起，就想到了草泽明。在这个镇上，如果草老师都做不通温如风的工作，那就谁也莫想了，只能长期耗下去。

第二天一早，他就上到草老师的庄上去了。草家庄的盛夏，百木苍翠，青藤环绕，一早还雾气腾腾的，确有几分仙气。有人称草老师是卧龙先生，他每每回应道：你们这是亵渎诸葛亮呢。咱就一介平民，初中文化，民办教师还下岗了。人家卧龙先生是啥学问啥人格？敢跟人家比？不折我寿嘛！

草老师趁早在地里割黄豆。他就搭手帮着割了一阵，然后又摊开暴晒着。

中午师娘弄了几个菜，摆到凉亭石桌上，他们就喝起来。草老师一声"干！"嗞地一口，香得像是饮了甘泉乳酪。他说："《瓦尔登湖》我看了，梭罗的思想就是咱老庄思想么，里面把咱孔子的话也引用了一河滩。""看完了？""算是稀里糊涂地看完了吧。"三杯过后，草老师问："找我有事吗？""也没啥，就是存罐那点破事，你大概也听说了。""别存罐存罐的，我改了温如风，你还这样叫。那时候娃们欺负他，叫他尿罐、粪罐的，他都快气疯了，来找我，我就给他改了。名字是脸面么。他回来了？""回来了，可赖在镇政府不走哇！""为啥？""还不都是那半棵树引起的一堆破事，这次在京城，何所长又踢了他几脚，就彻底搁不下了。""你看看，派出所所长踢人，执法犯法，还能怪百姓闹腾？""问题是……存罐……""你又

260

叫。""温如风……还跟花如屏睡到机关客房了。""客房不就是让人睡的么。""不是睡……是……喊叫得像谁把她杀了一样。你知道的，花如屏……爱喊。"师娘先噗嗤笑了："这个死女子，也不嫌丢人，还喊到政府去了。"草老师扶了扶黑框眼镜，慢不腾腾地说："的确有辱斯文。不过你们干部睡得，人家就睡不得？食色性也，很正常么。还有啥？""这事又落到我头上了。劝，劝不听；说，说不灵醒；还想请老师出个面呢，如风听你的。"

草老师想了想说："这个我不好说。要劝，我会去劝何首魁给温如风先检讨。可老何是个兵，有理说不清，搞不好还会再给我几脚，岂不自取其辱？你们别大惊小怪的，客房么，要住就让他住一阵，把何首魁逼逼也好。警察凭啥动不动把人踢几脚？他应该为他那几脚付出代价！""草老师……""这事你别说了。"他摆摆手说，"我是不可能为这种事出面的。记住两点：一、天塌不了；二、温如风能一级级找政府，说明他还相信政府能给他主持公道；一旦不信了，温如风可就不是温如风了。来，跟老师打几下老虎杠子。"

"老虎！"

"杠子！"

"虫！"

也不知是谁发明的行酒猜拳令，还真简洁生动：老虎倒是厉害，可害怕杠子，杠子却怕虫，虫又怕着老虎。循环往复着，一窝就把一窝降住了。

这天下午，安北斗喝得有点高，就在亭子的长木凳上睡着了。直到晚上八九点才醒来。一看，草老师点着玻璃罩马灯在翻书。他好奇地问："草老师，你咋把这玩意儿翻出来了？"他说："自你们镇上把七座山点亮后，我就突然想起了老马灯。拿出来一擦洗，特别好使。尤其是夏夜，在亭子纳凉，再翻翻书，这不神仙日子么！现在用电量大得吓死人，动不动灯泡就发红、停电了，还不如这玩意儿灵便。晚上我跟你师娘把所有灯一关，天上也没星星看了，她就看勺把山，我看书。一个夏天，我俩就两把蒲扇，一盏马灯，连电扇都没开过，起码能省几百块呢，这不学梭罗嘛！"

"你是活学活用啊！"

"咱们老子、庄子、墨子都是这说法。可说了几千年，还管什么用？"

安北斗看看勺把山，又瞅瞅天空，脏兮兮的，像是谁把搞混杂的洋漆泼到上面了，就不由自主地哀叹了一声。

草老师说："北斗啊，其实温如风也不难劝，你们只要大小给个台阶，他就会自己下来的。"

"不可能，他已不是你早年教过的那个温如风了。"

草老师摇摇头说："弄啥你都得研究规律。温如风一般会在啥时出门，你大概也有下数，农闲时节。这家伙心疼媳妇娃，啥苦都愿意一人承受着。马上就到秋忙了。他家黄豆、绿豆、扁豆、小豆没割；毁茬苞谷没掰；红苕没挖；接下来还得犁地、施肥、种秋；他恐怕在你们客房早急得双脚跳了。赶快找个台阶，最好是让何首魁去下个话，说自己踢人不对。你信不，他连夜就回家掰苞谷去了。自几座山点亮后，雀鸟都不在山上待，全跑到庄稼地里了，糟害得他不心疼？你试试吧！"

也是活该事成。安北斗回去第二天，派出所就接到县公安局通知，何首魁那三脚，挨了党内警告处分。老何虽然很生气，但还是表示服从大局。安北斗急忙把这消息告诉了温如风。谁知温还不买账："官官相卫，处理太轻！"安北斗就不高兴了："你咋变成这式子了？人家为去接你挨了处分，你还嫌处理太轻，啥人嘛！""你们都沆瀣一气、狼狈为奸着欺负老百姓。欺负么，我就把这客房住它一辈子到老，看你们咋整！""住去，你就朝死里住，永远都甭出来。出来你是孙子！"他说着，气得把门反锁上了。只听温如风在里边摇着喊："哎安北斗，你们这是私设牢房懂不懂？想罪上加罪是不是？看我咋告你！""告去，腿放长、放快！""你反锁着我咋告？""学土行孙，从地里钻！"

温如风又摇了半天门，他就是不开。直到吃饭时，才给他送了一大老碗燃面进去："你不是能得很么，咋不从地里钻出去。""安北斗，你少来了。别以为我们是同学，就不告你。你再批干，下一个靶子就是你！""快，直接朝这儿打。"他指了指自己的心窝，"不告我你就是孙子！"气得温如风直摇头："没想到你们干部也有这样豁出脸不要的。""我让你都快整疯了，正想一纸状子，告得离你狗贼远远的呢。""你个革命干部、大学生还骂人。""我就骂了，骂的就是你这滚刀肉。""我滚刀肉？我看你也差不多。"温如风把燃面喝得呼呼噜噜直响。"吃死你！"他又要关门，温如风把一条腿别在门框上，边吃边慢条斯理地问："何黑脸啥态度吗？""你咋能叫人家何黑脸呢？人家年龄比你大十岁不止吧！""脸黑是实际情况么，你们不是讲实事求是吗，还害怕人叫。你只说他啥态度。""什么啥态度？""接到上级处分后？""想再踢你三脚。""那好，让他来踢，我可以撅起屁股等着。""那你就等着！"他又要关门。温如风仍拿腿别着："他只要有个态度，我温如风也是讲理的人。"

他立即就明白了温如风的意思。看来草老师还是把这货猜得透。可要让何所给他一个态度，恐怕是比登天还难的事。但无论如何，他还是要去给老何磨一磨，恐怕成了呢。结果磨了几次都毫无效果。何首魁手头也的确有几个案子，整得焦头烂额的。听说连续两晚上都只睡了三四个钟头，脾气躁得老拿警棍把桌子抽得啷啷响。再磨，这老兄只怕还会提起家伙，去把温如风的小命要了。的确是磨不得了。

可人算不如天算，就在这时，上级突然通知要连续下几天特大暴雨，让各乡镇做好抗大洪防大灾的准备。安北斗知道，温如风住在老鳖滩，最怕的就是洪灾。他就借机在温的房外，跟镇北漠大谈特谈起雨情灾讯来。急得温如风在里边直摇门，他偏不开，说："你就在里边住着吧，外面下特大暴雨，有滚坡水，出来不安全。家里有花如屏呢你怕啥。这几天我们都不在，但炊事员在，饿不死你。我们抗灾去了！"温如风立马急眼了："等一下等一下！""干啥呀？""你开门！"安北斗把门打开了。温如风仍把一条腿别着："你只让何首魁来回一句话就行。""回什么话？""踢我不对。"这个死牛犟瘟，到这阵儿了，还是要讨一句话。安北斗也实在懒得跟他耗了。大暴雨即将来临是事实，他还得回去帮爹娘把房顶苫一苫呢，老屋破漏多时了。他就随口回了一句："何所出门办案去了，让我转告你，他踢你不对。""这不就对了。我先回去一下，等暴雨过后再来住着接受他的道歉。"说着，他从安北斗的腋下就钻了出去。手中的行李看来早已准备好了，只是鞋带还没系上。朝前跑时，左脚踩住了右脚鞋带，差点把自己摞了个狗吃屎。

46 中秋节

据天气预报和县上通知，这次暴雨来势凶猛，南归雁将干部迅速部署到了各村组，安北斗仍然包的北斗村。就在他夹着车子朝村里猛蹬时，温如风一个箭步蹿上了后座，车速一下慢了下来。他对着狂风喊："谁让你……"后半截话被风噎了回去。温如风直戳他的腰眼："骑你的！""咋是个死皮货！""快点，像老娘儿们赶庙会！""滚下去！坐便宜车子还谈嫌鸡蛋不长毛。"可温如风偏是把他的腰一把紧搂着，嘴里还批批嘟嘟："关键时刻，干部让老百姓滚下去，称职吗你？""我就不称职，咋了？"他还真把他筛下去了。他又追着连蹦三次，到底坐了上去："挨锤子的安北斗，你等着！""我就等着，咋了？"这下温如风死死抠住了他的裤腰带。

紧赶慢赶，大暴雨还是提前来了。

花如屏虽然早早把压的面拾掇干净了，可一场院的面架子仍是被风刮倒一地。她爹娘见今天行风走暴有点古怪，已跑回老庄子收拾防固去了。关键是老鳖滩地势太低，被大水漫灌着，地上迅速就积起一米多深的水潭来。花如屏很少见过这大的暴雨，院子也从来没淹成这样，她一下就乱黄了。一会儿顾着抓乱飞的鸡，一会儿救着乱叫的鹅，抓住了这个跑了那个，直到温如风赶回来，迅速抽了水磨上拦水的闸门，又和安北斗一道扒了洼塘泄洪口，才算没淹着房。让人咋都没想到的是，架在后院缓坡上的猪圈，竟然被滚坡水把老母猪和十七个猪崽一回冲到了后檐沟。等她发现时，个个像是烂抹布一样漂在臭水上。老母猪也被冲下来的猪圈栏杆，砸得血糊淋荡的只有两排猪奶胀鼓鼓浮在水面。她一屁股坐在臭水沟旁，哭得差点没晕死过去。这可是她起早贪黑喂养得跟孩子一样有感情的十八条生命哪！她便娘啊儿啊大乖呀小蹄子地叫唤起来，整得一村人都来看现场。

全村就数温家灾情重。

这事看上去满村人都很同情，其实好多人是在看笑话呢，说温家恨不得把人世间的钱挣干挣尽了。推磨、压面不算，还要养鸡养鸭养鹅养猪地挣。且猪崽一个个胖嘟嘟的，还没满月买家就定完了。这下好，全打了水漂，外带一窝鸡娃也殒了命。老天爷弄啥都是有下数的，滚坡水咋就偏偏把他家猪圈鸡笼连窝端了？那都是报应。本来温如风把十七个猪崽和老母猪烫出来，做了些腊肉和灌肠，剩下的想跟村里人分了呢，毕竟不是发瘟症死的。谁知一村人竟然没几个好货，有的还烂嘴说：花如屏哭老母猪和猪崽，就跟被谁压住了叫床一样，整得可受活了。气得他把吃不完的猪下水全埋了，吃他妈的瘟哩，不如喂狗、肥田去！他倒是给安家送了一个整猪崽，毛刮得净净的，还外带了一块老母猪勒条肉。安北斗不要，他爹让收下了。事后他爹说：存罐把人活背了，这肉得吃。将来让你娘拿东西再填情。人情礼往的，没人接他的茬，这人就活不成了。

那天安北斗急急忙忙朝回赶，本来是想先给家里苫苫房顶的，他娘早喊叫灶屋和堂屋都漏。可温如风一屁股赖在后座上，加上风大，就有些骑不动。让温骑，他说腿让何黑脸踹坏了，吃不上力，他就把赖皮货蹬回来了。没想到，老鳖滩淹成那样，他又不得不帮着扒口子放水。等回到家，屋里已漏成水塘了，爹和娘都在朝房外舀水。

自这件事后，温如风倒是安宁了一阵。一来花如屏对那条老母猪和猪崽耿耿于怀，动不动就一把鼻涕一把泪地哭起来；二来收秋在即，温如风是不会让地里庄稼白白糟蹋的。平常就数他地里扎的草人多，还都披着蓑衣，扬着鞭子，也的确能吓唬野兽和雀鸟。从大的形势上分析，这货近期是绝对不会出远门的。安北斗就回镇上等候其他安排，也想就此彻底摆脱温的牵绊。

镇上最近事也特别多。尤其是那场突如其来的狂风暴雨，不仅造成了几十户受灾面，而且把"点亮工程"也搞得七零八落，甚至形成了不少"黑洞"。好在全镇都没死人。因此，除派几个人在底下处理灾情外，其余干部，一律又去"点亮"了。南归雁要求，必须在半个月内重见光明。

安北斗尽管始终对这项工程有看法，但分了工，还是带人上山了。照说太阳能灯安装好后，除害怕偷盗与人为破坏外，一般刮风下雨是不受影响的。每个灯板底下都用水泥基座固定着一根钢管，努力找大树遮不住的地方露出头来。太阳能板是光控的，天一黑就亮，天一亮就灭。平常也能储存些能量，以备阴雨时之用。灯具的寿命一般在两年左右。可满山形成如此多的"黑洞"，一是安装时追求速度，导致一些钢管已东倒西歪；二是有些太阳能板自身质量不过关，已提前寿终正寝；三是狂风把好多树的枝干吹劈叉后，将灯柱砸倒、把灯板彻底覆盖了；还有一些地方垮了"鳌子"。安北斗带人一面山一面山地检查，有些不得不在晚上干，只有晚上才知道哪里"缺牙"。他一边检查也一边在抱怨南归雁，彻底把北斗镇观天象的有利地势毁灭了。看着那些东倒西歪的钢管，他也恨不得再给几锤，彻底砸个稀烂。可他是带队来重新"点亮"的干部，就不得不把钢管再扶起来，用水泥灌注稳当，还得把太阳能板擦亮了，让它去对抗黑夜，遮蔽星月。

这狗日的活儿！

整整忙了半个月，七座山才完全恢复"点亮"。游客又陆陆续续来了。南归雁很是满意，就再次给他放假，让中秋节到县上跟一家人好好团圆去。

他实在有点不想去，也很是有些害怕节日了。可最终还是硬着头皮去了。

那天晚上，月亮有些像舞台上唱戏的道具一样，挂在县城这个大瓮口的边缘上，圆得有点失真。瓮底城的河边，三三两两有谈情说爱的。县剧团这一晚也恰巧在演《天仙配》。他跟杨艳梅天撒黑时就到河边的两个石头上坐下了。

月亮升起来有点早，北斗镇已经没有如此皎洁的月色了，他看得有些喜悦，就咔咔嚓嚓拍了几张。杨艳梅很是不屑地把脸扭向一边了。那眼神、表情，他都能感到有点刺骨，但季节并没有到寒风侵袭的时刻。他还穿着 T 恤，那砭骨的蔑视甚至让他顿时有点满头大汗。

他是中午进城的。前天就发信息，问她中秋节是带着孩子回一趟北斗村，看看爷爷奶奶，还是他来县城？过了许久，她回了三个字：我上班。这冷冰冰的三个字，让他没有了进县城的勇气。可爹娘非让他去团圆不可，说家里咋都行。他娘甚至把见孙女的东西都准备好了，光各种动物造型的花馍就蒸了半口袋，是硬把他推出门的。杨艳梅的态度，又让他窝蜷在镇上不想动身。最后是南归雁下了命令：你要重视家庭呢，中秋节必须去跟杨艳梅团聚。需要几天我都准假。在说这番话时，似乎里面还套着什么话。他犟了一下，南归雁更为强制地：必须去，别跟我犟！家里爹娘不让回，单位一把手又强令，他就只好来了。

仍然像上次那样，她并没有上班。听同事说，这几天她可能都不会来。在离开时，他感到背后有叽叽咕咕的议论声。回头一看，那几个护士又挤眉弄眼地散开了，他就感到有点怪异。包括南归雁让他必须进城与老婆团圆的语气、神色，都让他心里打过咯噔。难道杨艳梅有啥问题了？他从医院出来，又给她拨了电话，没人接，她几乎永远都不接，总说有事或在静音上。他就发信息说自己已到县城，问她和孩子在哪里。过了许久，她倒是来了，却说爸妈把安妮带回老家了。

他委实有些不高兴，让把孩子带回去看看爷爷奶奶怎么都不行，他娘一提起孙女就抹泪。但他还是忍着，没有表示出过度的不满，有更多人心疼孩子也是好事。

大过节的，杨艳梅没有问他吃饭没，也没把他朝家里带，两人就那样随意走着，来到了河边。他能感到她对他的态度，不是一个冷若冰霜可以了却的，甚至有点急于摆脱却又难以开口的无奈神情。

今天进城，他还有意理了发，穿了最好的T恤，给皮鞋打了蜡。当然，那蜡也实在不该打，当下打，光鲜得比新鞋还新，过一阵，就成灰老鼠皮色了。好在脚掌底下已断裂的那一块看不见。他倒是给女儿买了一双新皮鞋，还是红色的。女儿从小就爱小红鞋。可杨艳梅用鼻子哼了一下说：跟人造革的差不多，谁穿？

在河边轧马路的情侣很多，他突然觉得自己跟人家哪儿比都更像一个"乡棒"。只有仰望天空，他才能找到一点做人的自信。因此，他还故意多拍了几张月亮在云霞中的穿行，也是为了消除两人之间的尴尬。

他们在石头上坐了好久，杨艳梅一个劲看表。看表这个动作在这时给他输送的全是快结束吧、一切都该结束了的信号。

"你有事吗？"他问。当然，不仅仅是发问。她随口回答："要上夜班。"他实在是有点忍无可忍了："你好几天都没上班了，今天上啥夜班？"她就生气了："你调查我？哎安北斗，有没有搞错？我上不上班你管得着吗？""你是我老婆，我不该问吗？""你凭啥到单位去调查我？""谁调查你了？我来县城你半天不接电话、不回信息，我不到单位找还到哪里找去？""我给你说了有事。""都在过节，有啥事？"她嗵地站起来喊道："我有啥事还让你管？""我们是夫妻我为

269

啥不能管？""你也配说夫妻？""哎杨艳梅，啥意思？""没啥意思。你就好好给人当狗尾巴蹲坑、盯梢吧，我陪不起了！咱好说好散！"说完，她拍了拍屁股上的灰尘，就要离开。

他一下挡住了去路："哎杨艳梅，啥意思？"

"没啥意思，好说好散，就这！"

他看她去意已决，加之身边有好多人都在朝这边瞅，也就放她走了。

他突然想哭，但没有哭出来。他只能再次把脸面仰向星空。

月亮这时已完全在夜色中亮如银盘，十分称职地扮演起了中秋之夜象征着一切美好而团圆的主角。

47 黑洞

杨艳梅哭了。她的眼泪无疑还是为安北斗抛洒的。虽然她已深深感到了与安北斗之间的距离，但这个男人并未伤害过她。她甚至还找不到更正当的理由来与他分手。可分手又势在必行。

一切都得从端午节那一夜说起。她与储有良将舞步终止在床前时，本来她是想去宾馆陪丈夫安北斗的。谁知他竟然又背着长枪短炮，上山看他的死星星烂月亮去了。她真的很生气，突然觉得这个男人的确是一无是处。一辈子只操心虚无缥缈的天空，是多么不靠谱的活法呀，将来的出息已经可以想见。就像她妈说的，到老了只怕混个副镇长都得挣尿血。话虽难听，她也似乎越来越认同了这个预判。当初恋爱时，不正是喜欢他追逐星空那种忘我执念的"不同凡响"吗？怎么今天仰望星空又让她如此恼火怨恨，甚至倍感难堪了呢？自打进县城后，她就突然觉得在小镇那些年简直是白活了。除了晚上跟安北斗上山望星空，还真没个快乐的去处。他们在山上野营、野餐、野合，那在小镇，就是一种高级、一种档次、一种超凡脱俗。而在县城，好玩的去处遍地都是，人也生活得极其实际。她爸的朋友圈就是局长、县长们，外带各种能大把花钱的老板。在一起说的也是官场、商场、情场。她爸虽然有她妈死死管着，极少开"荤"玩笑，其他人可是放纵得让她有时听着都脸红。昔日小镇生活，在这个圈子的眼中，不是"地狱"，也是"炼狱"。开口闭口都是某某某也熬穿头调上县了。每每在这时，她脑子嗡地就闪出安北斗来。他何时又能熬穿头呢？关键是也没想朝穿头地熬，那副模样，身上迟早挂满了观测仪、照相机，真是活像一个怪物了。

那晚从宾馆出来，她第一个又想到了储有良。只比安北斗大三岁，人家已是副县长了。她妈说，只怕安北斗八辈子也赶不上，除非把那一摊看星星的破玩意儿撂到爪哇国去，看下辈子能不能混个县团级。县团级在她妈眼中，那就是天神爷的位置。连她爸也没敢朝那儿想。但她妈倒是有信心，老说：吃！谁管着县团级，咱就天天请他来吃，我天天给他做，看杨家给祖坟还弄不下一炷县团级的香火了。她爸让悄着，她妈偏要喊：你非给咱弄回来不可！靠你那个死女婿，只怕还得活倒蹴回去当副股。

也就在这时，信息又来了，是储有良的：

艳梅，休息了吗？我把手机忘在你家了。现在可以来取吗？我就在你家附近。

她心里突然一阵怦动，几乎路都有点走不稳了，是一路小跑着回家的。院子里除了乱转乱嗅的猫狗，已经没有任何其他身影，都快凌晨一点了。可当她打开门，准备进房时，身后猛然闪出储有良来。似乎再也不需要舒缓低迷的爱情音乐和跳舞来热什么身，她端直就被倒推着移到了先前止步的席梦思前。乳罩扣环忙乱中解不开，竟然被他从胸前的连接处撕成了两个莲花瓣，胡乱扔到写字台上，一下扣住了一个洋布娃娃灯罩的半边脑袋。她还说：储县长，你干啥呢？但也没有阻挡他去撕扯另一处并不结实的遮羞布。她是希望有点过程，起码得有几句过渡的话吧，可一切都不似想象的那么诗意浪漫。储有良已是烂泥糊也要全然吞咽下去的焦渴状。还没等她回过神来，他就已经彻底占领了安北斗才合法拥有的领地，并一阵狂轰滥炸，让她彻底沦陷了。从床上到地上，再到沙发上，让她想起了战争片中实施的"焦土政策"。她觉得这个端午之夜自己是完全被"焦土"、被"肢解"、被"大辟"、被掰碎揉化了。当他们静静躺到床上，还没过一分钟，储有良就呼哧大鼾起来。也只有这时，她才看清，他比安北斗白，是白了许多。安北斗日晒夜露的，有时看上去简直酷似一截焦炭。

储有良的手机的确是在客厅里放着。是不是故意丢下的，她没有问。她已知道他离婚了，现在是单身。县城可是有不少靓姐靓妹对他有意思，说有的都在发起总攻了。可储有良偏偏在见她第一面后，就盯住不放。当他们在曼妙的音乐中起舞时，他多次对着她耳朵说：你很有味道！她还故意装作不懂地：储县长是说我们不讲卫生吗？他笑笑说：明知故萌！不过我就喜欢你这股萌劲儿！

她开始并没有想到自己和储有良会走到这一步。调到县城后，也有不少人见她"单吊"着，频频起过歹意，都被她用尖头皮鞋和耳光制服了。有的还是很有地位的人。玩是玩，乐是乐，底线她仍坚守着。

她是安北斗的老婆，是安妮的母亲，还是杨局长的女儿。她得给孩子和当局长的父亲顾住脸面。说县城大，上街头发生的事，下街头一时三刻就知道了。她的确对安北斗越来越不满意，但直到端午节前，也没产生"断舍离"的念想。她甚至还跟父亲商量过，是不是找人把北斗调进城算了。可她妈坚决反对，说混不出人样，调来干啥？这事就搁下了。随着端午之夜的"焦土"式沦陷，一切就在朝难以想象的轨道上滑去。

其实那是她人生最纠结的一夜。她那么希望与储有良在一起，觉得有种特别高级的感觉。可当他第一次把她快压倒在身下时，她又奋力反抗着结束了那顿似乎掺杂着毒品的精神盛宴。那一刻，她觉得特别对不起北斗，并且急于想见到他。可当她走进宾馆，听说他又去山上与星月做伴时，就一下失望得犹如跌进了冰窟窿。这个男人还有什么指望呢？固然，他不嫖、不赌、不贪杯、不吸毒，许多臭男人身上的毛病，几乎全都没有。可恋上了星月，用她妈的话说：既不能吃，也不能喝，还不如吃喝嫖赌了实在呢。关键是让人看不到任何希望。你升不了官，做生意也行啊！那么多人下海经商不都赚了吗？你夜夜盯着空气算咋回事？还是她妈那句话：他不是说空中好多星星都是纯金纯银，还有纯玉石的吗，拉一颗回来拴在自家后院才算本事！你又不是三岁娃娃，指望数星星找乐子。县城人可是比小镇人活得实际多了，那就是看你家有没有当官的；没当官的，在好单位也行：政府、银行、电老虎之类的都算有脸面；没有这些，有房产、存款、像样的铺面也成；反正没面子没钱财的，一概都不在他们眼窝攒。她爸也是五十好几的人了，将来一退，家里靠谁？靠一个夜夜数星星的人，岂不窝囊透顶？当她离开宾馆时就在后悔，不该拒绝了储有良。正在这时，储有良就发来了要回来找手机的信息。她是瞌睡遇见枕头地快速朝回跑去。后来的一切轻度抵抗和挣扎，就都是一个女人要与愿意上床的男人之间，在走一些必要的程序了。

大概是凌晨四点多，储有良醒来，又折腾了半小时，才说要走。她表示了不舍的意思，头枕着胳膊死不动。他说怕再晚走不出去了。她硬是让他使了老鼻子劲才将胳膊抽出去。快速穿好衣服，他还掀起一角窗帘朝外瞅了瞅，然后从墙上卸下一顶草帽来深深扣在头上。她噗嗤笑了：这早谁戴草帽，不是此地无银三百两吗？可他还是坚持戴上了。倒像北斗镇一个赶早出门拾粪的。

她从窗户看着他低头走上大街，一直消失在尽头。然后她又朝天空看了看，月亮好光洁呀！她就突然想到此时此刻，可能与她一同盯着月亮的那个人。她心里突然产生了一阵深深的歉疚。回过身，看着从卧室到客厅被绊倒一片的杯盘狼藉，她猛然想到了一个安北斗时常提到的词：黑洞。

黑洞是人类在二十世纪才发现的一种天文现象。安北斗跟她恋爱时，从恒星到白矮星，再到中子星，还有黑洞，每每给她讲得津津有味。她也听得走火入魔。他说太阳在几十亿年后，当耗尽了核心中的氢燃料，就会无限膨胀，甚至可能吞噬掉地球。等它完成了最后的疯狂，燃尽所有残留物质后，就会坍缩成一颗白矮星，直到熄灭、死亡。她突然觉得她和安北斗的爱情，就进入了白矮星状态。而中子星是比太阳大一点五到两倍左右的恒星的最后归宿。安北斗多次给她比画说：一颗水果糖大小的中子星的质量，会超过十亿吨以上，它是将一切空间都逼干挤尽的物质。她突然又觉得自己与储有良的感情，一夜之间已压缩到了中子星的致密程度。但面对安北斗可能正在观测着的那个月亮，尤其是在打扫"焦土战场"时，捧起女儿安妮的照片，她又觉得自己像是被撕扯进了天体中的黑洞。仍是安北斗给她讲的：黑洞是超过两到三个太阳质量以上的巨大恒星的最终坍缩过程，由于引力超强，周围空间区域所有物质的逃逸速度，会变得异常迅猛，连光都无法从中逃离出去，自然是什么也看不见了，这就是黑洞现象。她觉得自己现在就被吸附进了无底的黑洞中。速度是那么快，甚至感觉不到在行进。但又分明能感受到来自洞底和四周的拉力，让自己坠落得心甘情愿、义无反顾。安北斗说，这个黑洞是没有尽头的，你休想从这一头进去，从那一头出来。这趟旅行注定是要丢失所有行李的，但她已然在穿越黑洞的路上了。

很长一段时间，她都有一种行进在黑洞中的迷茫感。当然，也有无比刺激的兴奋与幸福感。她与储有良的绯闻，很快就在满世界传播开了。尽管没有任何一场偷食禁果被人当场抓住过。无论在她家，还是储有良的临时住所，以及她值夜班的地方，包括气象站山梁上的树林里……她觉得，他也觉得，都是绝对没有被第三者发现的。可他们的浪漫史，不，小县城人可不这样叫，他们叫"两人在偷着压饸饹（一种用力很大很猛很野蛮的荞面制作法）"；也叫"咥实活"。反正他们的故事跟任何此类故事没有什么不同，都规律性地在人们背后传播得花开八瓣，一提就几近喷饭时，他们才从别人的眼神和表情中看到蛛丝马迹。这事永远是当事人最后知道。当他们知晓时，跳皮筋的孩子们已编成儿歌了：

　　　储备粮，压饸饹，
　　　一压就是几大锅。

三天保证吃五顿，

还剩一锅端上坡。

虽然没有直接叫储有良，但儿歌已是家喻户晓。

先是王中石书记找储有良谈了一次话。谈得很不客气。不仅要他个人注意影响，而且提名叫响地让他不要搞坏了别人的家庭，尤其是基层干部的家庭。王中石说，一个县团级干部的所作所为，在县上影响会很大。特别是负面信息，会成倍放大。还说如果有必要，他会让组织部门提前安排他返回省城。储有良知道王中石即将退居二线，听说省市都上过会了，也就没把书记谈话当一回事。何况自己已离婚，跟杨艳梅也再三表明态度，只要她离，他就娶。而杨艳梅不仅在单位被人背后指指戳戳，她爸也正式跟她谈了一次话，让必须跟储有良断了，说这成何体统？她还强辩：都是别人嚼舌根！她爸说，你们不见面，别人能嚼起？可她妈不这么看，说艳梅跟储县长见面咋了？还把你个副局长的面子折了？我就要请储县长到家里来吃饭，还光明正大地请，看他都把鳖眼干瞪着。她妈还果然把储县长公开请到家里吃饭了，并且见人就说：有良县长中午在我家吃饭呢，刚走！这事就越闹越大。杨艳梅在这个黑洞中，也就不得不持续螺旋式下坠了。世间几乎所有事物都是进去容易出来难。有时面对巨大的舆论压力，她也想过逃逸。但那速度，真跟安北斗讲的黑洞原理一样，是怎么都逃不出去的。连光速都逃不脱，何况她？

按牛顿的万有引力说：万事万物，最终获胜的永远是引力。到底是什么引力让她欲罢不能呢？欲望、前程、体面、尊贵、物质、金钱、上流、虚荣……这一切的一切，安北斗都无法满足她。而储有良几乎应有尽有。虽然储有良在金钱上也并没有太大把大把地抛掷，她在这方面似乎也没有太多的要求。他每每回一次省城，能给她带回一些高档化妆品和围巾、衣裙足矣。她没有接受过他一分现金，那也是她保持矜持和尊严的最后底线。她也在不断地试探，看储有良是不是真心。几个月过去，她似乎已看到了他的坚定。因此，现在最大的问题，就是与安北斗如何脱离婚姻关系了。

这期间她也看过不少《婚姻大全》和《离婚指南》之类的书籍，还有类似的八卦小说，找到的基本答案，就是你要跟谁脱离关系，须当断则断，绝不可藕断丝连。可她心里对安北斗，确实有藕断丝连的东西，何况还有孩子这个"牵筋"。但黑洞效应，已经不容她再做任何游移不决的思考，只能奋不顾身地向几百万度的燃点中扑去。

当中秋节来临时，她觉得已是解决问题的时机了。事情的过程最后只有她妈完全知道。而父亲，有点长吁短叹，好像是在官场受了白眼，在家也只能选择有口说不出的沉默寡言。说了只会跟老婆吵架闹仗，他不能跟母女二人都做了对头。唯有放弃抵抗，只跟外孙女搅和在一起，才见他脸上还有点副科级领导的光泽。

杨艳梅终于在合适的时机抛出了"好说好散"这句话。她不相信安北斗没有听到任何传闻。连她自己都感到县城已经地震了，难道乡间小镇能如此闭塞，一点都察觉不到余震？她在等待着安北斗的反应。坠向黑洞的物体是绝对逃逸不出来了。这些常识都是他讲给她听的，现在该他好好消化一下现实生活中的黑洞原理了。尽管她仍觉得撕破脸有点早，也有点无处下手，但黑洞的吸附力与速度，已经不允许她再迟疑徘徊，必须当机立断了！

48 摘星星的"骗子"

安北斗中秋之夜并没有在山上盘桓多久，也再没心思观测和拍摄那个似乎已久违的圆月。而是回到医院住院部，找到了值班护士。这是那几个下午朝他挤眉弄眼的护士之一，但他觉得她的眼神中有同情感，也有欲说还罢的某种隐秘。小护士终于开口了："哥你千万别说我说的。我是看着你可怜。我男朋友也是被别人撬走的，把我蒙了大半年，我见不得这些事。但这都是会要人命的事，我说了你可得把嘴把严啊！"安北斗突然不想问了，觉得自己的行为十分丑陋。尤其是一旦捅破，家庭怎么办？安妮怎么办？就在他扭身出门的时候，小护士大概是特别不放心，又撵上来叮咛了一句："哥，可千万别说见过我噢。"正是这种闪烁其词，让他的好奇心再次冲破了理性："到底咋回事吗？"她又是一番掩饰，然后就竹筒倒豆子全倒了出来。甚至连跳皮筋的儿歌，都给他朗诵了一遍。他立即想到了南归雁急切让他进城团聚的表情。说明这个世界上，除了自己，"戴绿帽子"已是路人皆知的笑柄了。他特别恼怒，当时就想朝政府大院冲。但一想到女儿，也想到了昔日的杨艳梅，到底还是在冲到大门口后，狠狠砸一拳，离开了。

他在县河边徘徊到快天亮时，终于还是忍不住想去见见女儿。他越来越不相信杨艳梅的话，也越来越恼恨着那个丈母娘。他坚信杨艳梅能走到今天，丈母娘一定没少给力。最早逼着杨艳梅跟自己上山看星星的是她，因为那时他大学刚毕业，都认为前途无量；后来撺掇着把杨艳梅调走的也是她；不让安妮跟他见面，老说你爸半夜上山看星星，迟早都会被狼叼去的还是她。兴许安妮就在家里，只是不想让他见到而已。无论如何，他都得见见女儿了。

天亮时，他到底还是游走在杨艳梅家附近了，他想等待女儿出现。同时，他也在考虑对策。他甚至都想回去听听南归雁、何首魁，还有草老师的主意。南归雁是同学也是领导；何首魁懂法；草老师明理。可这事，又是跟谁能说出口的？先闹起来？还是先压住火？不行了再跟杨艳梅谈谈，兴许就是传言呢？只要她不承认，他也就会放过这一切。放过她，就是给家庭一线生机，给女儿一张脸面。何况自己毕竟还无半点真凭实据。快十年的社会工作经验也让他懂得，传言常常很离谱。没弄清原委，冲动起来就是放纵魔鬼出笼。北斗镇就发生过因奸情传言，而愤然打死无辜者的凶杀案。他浑身的血性告诉他，此时必须先冷静下来。冷静会让事实澄明。星空就是因为冷静，而各自行有轨道，安之若素，值守恒常。

直到九点多，他才看见杨艳梅从外面回来，手里还玩着钥匙。见他，先是一惊，然后又恢复了昨日的冷若冰霜。他极力保持克制地："我想见见安妮。""我说了，她跟姥姥、姥爷回老家了。""那你昨晚在哪里？"他到底还是忍不住要问。"你管呢。""我咋不能管了？"她先发制人地："早干啥去了？""我工作忙，一有空也就来县城了，你咋回事？"他有点语无伦次。但她毫不示弱："好意思了，来县城也是跟踪盯梢吧。""我跟踪盯梢谁了？""你的同学温存罐哪！还盯梢谁我就不知道了。盯了也白盯。你一辈子就干了些没名堂的事！好了好了，不跟你争了。我说了，咱们好说好散，我啥也不要你的，娃也不需要你半分钱的抚养费，还不行吗？""凭啥？"他的调门突然升高起来。

她看见不少人都在朝这边瞅，并且还有凑近看热闹的，就想快速撤离。他偏是追着不放,她就只好先把他带回家里了。

安妮和她姥姥、姥爷果然不在。

她昨晚也显然没有回家。

他就继续追问:"你昨晚去哪了?""在家里,咋了?""放屁!"他终于爆出粗口来。杨艳梅的语调也在升级:"你把我当温存罐是吧?没在家咋了?我偷人养汉去了,咋了?"

杨艳梅昨晚跟他分手后,的确去了储有良的住处。之所以没在这个家欢度中秋之夜,也是怕安北斗来闹事。

当下气得他再也说不出话来,手直发抖地:"你……你……真不要脸!"他觉得这话有点严重,说完还有点后悔。

谁知她全然一副破罐子破摔的神情:"我就不要脸了,咋?你既然说放屁,那就全当一个屁,把我放了算了。求求你了!要不要我给你跪下?"说着她还真跪下了。

他一下傻了眼。看来一切全是真的了。

女人这一闹,反倒让他没了主意。憋了半天,他问:"你真连娃的脸也不顾了?她可是个女孩子呀!"

"我就是为了顾她的脸,才想跟你算了。你想想,娃跟着你……能有啥前程?"

他彻底跌坐在沙发上,半天才扶起身子说:"好……好……既然你们都是这想法了,那好,我给娃前程,给你前程……"

都走到门口了,他又回转身说:"杨艳梅,你记着,我不会饶过储有良的。他是县团级干部,我非让他一败涂地不可!"

她大喊起来:"与人家有啥关系?你抓住人家啥把柄了?要是,也是我狐狸精,死缠着人家好不。人家早离婚了,是单身,你能把人

280

家咋？"

"他破坏别人家庭！"

"这家庭早该破裂了。你就应该跟星星月亮结婚，跟温存罐搞同性恋去，还配谈婚姻、家庭！"

这些话每一句都戳在了他的心尖上。而每句话里都透着她的决绝，甚至隐含着某种已久的蓄谋。除了感到耻辱外，还有遭人耍弄的恼羞成怒深含其中。他觉得已经没有什么好谈了，就扬言："我找储有良这个狗杂种去！他得在县政府的院子里给我说出个子丑寅卯来！"

这时，杨艳梅反倒冷静下来了："人家回省城了，你找谁去？我老实告诉你，好说好散。这事与人家无关。你也没有任何证据证明人家破坏了你的家庭。我们就是过到头了，这不是封建社会，没感情了还捆绑一辈子不成？我再说一遍，好说好散！你不好算，我杨艳梅也不是省油的灯。你就看着办！"说完，她还坐在沙发上，跷起二郎腿，直闪直摇晃。气得他都想上去把那两条上过别人床的腿剁了。但他到底还是没有找刀，也没有剁腿，他努力抑制住即将冲向炸点的暴怒，有点懵懵懂懂、方向难辨地出来了。

他感到一个县城，不，是全县人都拿着绿帽子，在向他挥手致意。他到底还是去了县政府，不过没有闹，只是在门房打听储有良在不在。门房也果然说："储县长早上八点多就回省城过节去了。"这哈尿货，昨晚中秋节过美了，今天还回去过的哪门子节。据说这家伙一回去就是好些天。他就无可奈何地又回了北斗镇。

回到镇上，南归雁先问怎么不多住几天？他没搭腔。南又问：咋不把艳梅和女儿带回来看看爷爷奶奶呢？他还是没吭声。只是窝进房里，狠劲把观测仪器用铁锤砸了，再不想看星空了。然后倒头睡了两天一夜。是南归雁让镇北漠撬开窗户，才把他弄出来的。弄出来还是死不说话。镇上大概也不是南归雁一个人知道这事。今天这个上县开会，明天那个出差的，大概早都在私底下传疯了，只是都回避着他而已。连镇北漠这小子，都是话里有话地说："安哥，想透了那倒是个锤子事，气坏了身子不值得。"他看自己在镇上也没脸待，就请假回北斗村去了。

爹娘知道他心里搁下大事了。小事小情的，从来都是自个儿扛着，连哼都不哼一声的。见他这样有气无力地失了人形，也就只让他吃了睡，睡了吃，看护着不出事就行。

一天早上，草泽明老师突然来叫他。估计是爹娘见他水米不进，去找了草老师。他就勉强爬起来上了草家坡。

一路上草老师也没说话，就端直把他领进了木亭子里。最近草老师是越发把这个亭子修葺得有了更古朴的模样。远远看上去，像麦秸山，只是中间掏空了而已。师娘顺着亭子种了一圈葫芦、南瓜、旱黄瓜，还有葡萄、荼蘼、爬山虎，有时能把亭子遮得严严实实。坐在里面，猛然感到像是置身于海底世界。只有采花的蜜蜂，嗡嗡着才能把人的意识带回地面。秋冬季节，再挂些玉米棒、辣椒串和药葫芦，太阳一照，是金灿灿、亮晃晃的扎眼。

安北斗这几天也想来找他，但终是说不出口的事，也就只有装在自己的闷葫芦里朝死里憋了。

草老师端直朝竹躺椅上一躺，让他坐在一个用葛藤做的吊篓子里，既舒服，还能像打秋千一样来回晃荡。

草老师一躺下就被蚊虫叮上了，他一个劲地用另一只脚去挠。整个夏秋季，他都只穿草鞋。这阵儿棚子里被太阳晒热了，他干脆连草鞋都脱了，就那么用光脚板踩着地。见他还穿着皮鞋，就数落："你捂脚气呀？老师给你一双草鞋，穿着比神仙都舒服。"

直到这时他才感到，自己的皮鞋里面已经稀泥逛荡的，一只鞋垫褪出半截在鞋外，脱下来满亭子都是臭味。

"看看你们，这就叫臭讲究。"

他嘴角刺啦了一下，有点笑不出来。

"咋了？遇见啥烦心事了？"草老师终于在点题了。

"没……没啥。"

"没啥就好。我跟你师娘都说了，咱今日好好喝两盅。"过了一会儿，草老师又问："真的没啥？"

"真没啥。"

草老师就又拍起蚊蝇来。

安北斗顺手拿起一本翻得有皮没毛的《庄子》，也是没话找话地说："都做了老庄，谁干活呢？"

这一问，把草老师的话匣子打开了。他正有好多话憋着不知跟谁说去呢，师娘可是懒得听他瞎掰扯。他一边给他倒茶一边说："北斗哇，这话可是大谬不然哪！老庄不是不让你干活，而是不要有非分之想，不能胡来呀！一切都得顺其自然，不瞎折腾。人要过度把欲望这个恶魔放出来，那可是不得了的事啊！我在想，历史上要没有老庄，不知会产生多少妖魔鬼怪呢。就说咱北斗镇吧，为啥娃娃和妇女能让人贩子搞去卖了？长了几百年的大树，连根都刨了。现在一个村子，就剩我家这几棵了，我和你师娘几乎是整夜都得起来巡逻放哨，树上挂满了铃铛，还是担惊受怕呀！一些人把德缺到这份上，那不都是无边的发财梦惹的祸？可惜呀可惜，现在还有几个人能想起老庄？他们不是儒家的正统正道，但大道旁边没有老庄提醒、吆喝，甚至断喝，那也是走不稳靠不住的。你是公家人，也得好好读读老庄啊！政府不光要提倡发展经济，也得看看底下的经济是不是靠机巧机心发展起来的。与其靠机巧机心，损人利己，缺德败性，还不如做'抱瓮灌园'老人呢。你让我看的《瓦尔登湖》，里面有一句话说得好，'我宁可坐在一个南瓜上，一个人拥有那个南瓜，也不愿和别人挤在一个天鹅绒坐垫上。'我不怕人说我守旧。我只想左邻右舍都安安稳稳的，家要像个家，人要像个人，村庄要像个村庄。不敢钱有了，家没了，人没了，村社败了，那算咋回事啊？"

这句话深深刺痛了安北斗的心。杨艳梅突然变成那样，难道不是欲望惹的祸？当初恋爱时，她多少次在阳山冠上紧紧搂着他的脖项说：有你和满天星星陪伴，一辈子就够了！这才几年，连他背着观测仪、照相机，都要遭她满脸鄙夷唾弃了。他也觉得自己是越来越配不上人家了。人家的爸爸是副局长，全家又进了城。而自己就是个蹲坑盯梢的最底层小公务员。尽管蹲坑盯梢这几个字难听，可实际上说得也并没越外。只是他心有不甘而已。尤其是听说她跟一个副县长有染，就更是气不打一处来了。草老师叫他，之所以能来，也有讨教的意思。这口窝囊气咽不下呀！

"草老师，如果……人……遇见了过不去的坎，该咋办？"

"那要看什么坎了。所有的坎，最后都得自己去过。要我说，这世上就没有过不去的坎。一切都是自己的心坎。心能过去，那坎就过去了。当然，如果你欠了别人的债，可能不好过，但除非被活埋，你也是能过的。只要不欠良心债，我认为生命都是值得过下去的。"

"没有，我没有欠谁的债。我是说……如果有人欺负我，欠了我的良心债……该咋办？"

"饶恕。乡里流传着一句古语叫：饿死不做贼，屈死不告状。当然违法的另讲。如果是自己的亲人，就更得饶恕了。"

他实在没办法跟草老师讲出原委，觉得这是一个男人的巨大伤痛与耻辱。他相信如果说出真相，草老师也不会让他饶恕的。草老师从来都是敢碰硬的人，要不然也不会为学校建教室，还有让学生必须写大楷这些事，跟镇上、县上闹翻，端直"解甲归田"了。但草老师有一句话，如果是自己的亲人，就得饶恕宽容。杨艳梅还是自己的亲人吗？可女儿是！这场事闹下去，终究伤脸、受害最大的是安妮。还有一个让他痛不欲生的事就是：他心里至今都深深爱着杨艳梅。尤其这件事发生后，他还越发纠结着这个女人了。他一边在检讨自己，也一边在思考结局问题。他不相信储有良是真心爱杨艳梅的。只不过是独自一人来县上挂职，寂寞无聊，胡成乱道而已。如果真闹起来，兴许一切就难以挽回了。他特别不敢往下想的是：要给安妮留下一个永远破碎的家庭，这是何等悲惨的结局呀！每看到一颗深空的星球，大的让他想到杨艳梅，小的就想到安妮。突然都没有了，那星空对自己还有什么意义呢？

他觉得跟草老师无法说明真相，也就得不到任何答案。不过草老师说的一切坎，都是心坎这句话，对他仍有启发。他得去努力面对这个坎，并准备从心中越过它。

那天他喝了不少酒。最后是师娘把壶藏起来，他们才没烂醉如泥的。

晚上回到镇上，南归雁仍然很是关心这件事。尽管"点亮工程"再一次兴起，仍需要像安北斗这样能干实际工作的人去盯紧压实，可

285

他还是让他继续上县，把家庭事情处理好再回来。南归雁始终没有把事戳破，他也不想在老同学面前丢人现眼，就说："没事。"然后还是介入到如何扩大影响，真正带动北斗镇旅游发展的具体事务中去了。

不过这期间，他先后几次拿起电话，端直拨通了储有良的机子。有几次储也接了电话，他又不知该讲啥，只静静地怔了许久，又挂了。这样反复几次，再拨通时，储有良那边就不紧不慢地问："你谁呀？什么意思？知道这是谁的电话吗？"那气势很是有些让小人物感到不安，但他终于憋不住骂了起来："储有良，你个流氓，我操你祖宗！走着瞧！"然后嘭地把耳机摔上机架，竟然把卡耳机的塑料片都砸掉了。他还在想更恶毒的语言，准备再痛骂几回呢。

有一天，杨艳梅突然领着安妮回了一趟北斗镇。

他和南归雁都以为是有了转机。南书记甚至让厨房在准备最丰盛的宴席，想给他们和美一番。谁知杨艳梅关上他宿舍的门，安妮先是扑通一下跪在他面前了："爸，你就饶了我们吧！把我和妈妈都放了吧！我会永远爱你的，爸！你永远都是我的亲爸！"说完还嗵嗵嗵地磕起头来。

他脑袋嗡的一声炸了。他明明知道这都是大人教的。可面对自己的亲骨肉，还是有些不知所措。他想拉孩子起来，谁知杨艳梅也跪下了："北斗，我和孩子都求求你了，咱们就好说好散吧！你也别去扰害别人了。我说过，一切都是我情愿的，与别人无关。你骂我啥都行。我们真的是过到头了，缘分尽了。孩子我带上肯定比留在这儿强。但她永远都是你的女儿，永远都姓安！念我们夫妻一场，在阳山冠上守过……那么多风吹雨打的夜晚……你就宽宏大量，让我们也去讨一份自己的生活吧！你的事，都说好了，很快把你办进县烟草局，工资比现在高两三倍，也有晋升空间。也算是我们杨家给你的一个交代吧。求求你了！"说着她竟然哭起来。

安妮也跟着大哭不止。一个孩子，竟然说出了让他无法不痛彻肝胆的话来："爸，求你了！我不喜欢星星月亮，我要好多好多的芭比娃娃、喜羊羊、灰太狼……好多好多。姥姥说了，你那星星都是骗人的，一个也给我拉不回来……"

安北斗终于控制不住情感溃堤地失声痛哭起来："别说了，都别说了。走，都走吧！我也不要朝什么烟草局调……别费那个神了。我一辈子就在北斗镇，哪儿也不去……你们走吧！快走，小心我改变主意……"

是杨艳梅把安妮拉了起来。临出门时，她又说了一句："人家……已经调回省城了，你就……别打电话了。我说过，不是人家的错，都是我……对不起你！"

"滚！"他的枪膛即将憋炸。

安妮被这一声滚，吓得又哭起来。他拉开门，让她们一路小跑着出去了。然后，他狠劲摔上了门。老门扇被摔得门框附近的墙皮都震落好几块。

一院子人都在不同的窗户和门缝里盯着这间房的动静。终于看见母女俩哭着跑了出去，像是受了很大的委屈。南归雁还让追赶了一阵，但人家很快上车呼啸而去。有人说，那辆小车开来一直都没熄火。

南归雁敲了半天门，安北斗都没开。敲得急了，他还在里边吼了一句："敲死呢敲，都滚一边去！"房外才安静下来。

安北斗最伤心的还是安妮那一跪。他也知道，孩子所做的一切，都与大人有关。但能做出来，也足以将他的心击得粉碎。他真说过要上天给孩子摘颗星星的话。要是能摘回来，也早摘了。但他努力在"摘"——那就是用一生的时间，为她发现一颗小行星。他觉得作为父亲，用这种方式，去疼爱因自己与另一个女人的爱情而来人世走一遭的女儿，也算值了。谁知孩子早被她姥姥"揭穿了把戏"，只喜欢能拿到手的芭比娃娃、灰太狼……最终把摘星星的父亲看成了"骗子"。

他用厚厚的被子死死蒙住头，哭得整个身体都在抽搐，而让声音尽量不传出去。他甚至想立即上县，把储有良揪出来，端直拉到十字路口，让一颗变轨、失序的星体迅速坠毁。一个小人物，对待一个大人物，唯一能产生效果的办法，就是以迅雷不及掩耳之势，将他的丑恶嘴脸公之于众。其余一切，都是徒劳的。因为人家会以各种手段，得到无罪、无辜的辩白与保护。但他不能这样做，因为连女儿都给他跪下了。他无法去伤害一颗比自己更脆弱稚嫩的心灵。何况这样做的结果，坠毁的就不是一颗流星，而是几颗，包括杨艳梅，更包括自己的女儿。也许孩子从此在学校、街道，总之一切有人的地方，就再也不能阳光花朵，而是处处遭人指指戳戳了。纵然如此，婚姻的瓦釜，也是再不可能鼓捣浑全了。

事后他知道，储有良确实走了。挂职期并未满，是因为与杨艳梅的事，闹得满城风雨，而让王中石书记劝走的。他走后不久，杨艳梅也去了省城。再然后，人也一纸调令，到省上一家大医院上班去了。

49 又立春了

南归雁没能阻止住老同学安北斗的婚姻崩塌。在当事人知道以前，他在县上就听到不少风言风语。可从对安北斗的试探中，本人好像毫无觉察。直到王中石书记找他谈话，让尽快安排小安来县上一趟，把家庭的事好好处理一下，他才知道事情的严重性。可安北斗哪是储有良和杨艳梅的对手啊，一切都朝不可逆转的方向彻底滑落而去。好在储有良迅速调离，才没造成更坏的影响。那段时间，他暗中安排镇北漠和朱武干几个人，把安北斗盯了好一阵，生怕他想不开生出啥事来。可安北斗看上去一直很冷静，除了更加少言寡语外，该干什么还干什么。要说镇上干事最靠得住的，还是安北斗。尽管有时表现出一种小知识分子的傲骨，不像别人那样百依百顺，甚至对他这个一把手，都有点"屌不甩"的感觉，但他仍是喜欢安北斗的。因为交给他的事，没有扎不实的。办成了也不表功，更不喊累。现在他也不玩天文仪器了。据说连天上看都懒得再看一眼。而过去边走边仰望，常常是会跌下沟渠粪凼的。

镇上的老大难问题——温如风告状，最近也销声匿迹了。自那场大暴雨让他家受到惨重损失后，镇上也有意给了些救灾补助。当时村上还不同意，孙铁锤甚至喊叫活该，说应该把驴日下的塌死，少一个祸害。他听了很不高兴，一个村干部怎么这么说话？他坚持必须给。安北斗也支持他给。温家毕竟死了老母猪和一窝猪崽，还外带一河滩的鸡鸭、庄稼。由于地势低，房根基也受到损害，且不好收拾。为此他专门去温家走访了一趟，并刻意在他家安排吃了一顿饭，坐在炕头跟温如风拉了半天家常。而这顿饭孙铁锤早已安排好了，但他执意要在温家吃。闹得孙铁锤还很不高兴，听说夹枪带棒地嚷嚷了好一阵。安北斗倒是大加赞赏地说：镇上书记就该这样当！并告诉他，近期温如风是不会告状的。一来你给老温带了面子；二来他也不可能让老婆娃住在摇摇欲坠的房里过日子。

整个镇上的工作，仍是围绕"点亮工程"在细化、提升。尽管王中石书记并不看好，但碌碡已推到半坡上，也不能让它滚下来。好在王书记终于退到市人大去了。南归雁在春节快来临时，又掀起了一波热潮，希望把全县和全市的眼球都吸引到北斗镇来。他甚至还在省城的几路公交车上打了广告，说北斗镇不仅点亮了人间罕见的"七星山"，而且狮子龙灯社火全套上，广告语是：让你过一个人间天上心跳体验的吉（鸡）年！为此还专门请来省上民俗专家，设计了"万人社火大巡游"，希望在春节期间，一举将旅游经济发展构想推向高潮。北斗镇除了"八山一水一分田"外，要想发展经济，也别无路径可走。这个蓝图让南归雁可谓是呕心沥血、殚精竭虑了。近来他还恶补了不少文化旅游知识，他相信只要树起"不信东风唤不回"的持续用力劲头，就一定能把"七星山"做大做强。品牌一旦形成效应，每天哪怕吸引来一千游客，那么民宿、农家乐、土特产系列开发这些附加值就能带动起来，从而真正惠及一方百姓！

　　"的确是想得天花乱坠！"

　　这句话是安北斗撂给他的。也只有安北斗敢在他跟前炝蹶子。他就问："你要是镇上一把手，面对这么个既闭塞又没矿产资源的摊子，怎么干？"安北斗说："我不是一把手，不在位不谋其政。只是觉得你这个干法，有点图热闹不打粮食。"南归雁也懒得跟他较劲，只要他干活就成。该干的事，安北斗倒是一样也没落下。"万人社火大巡游"的总协调，还是落在了他身上。好在过去各村搞这事都有基础。加之又是春节，相对农闲一些。可一旦听说政府牵头耍社火，立即就都讲起价码来。

　　往常搞社火，都是自发的，有为年景不好，祛灾禳祸的；也有要办大事，提前哄场子的；还有村里主事人喜欢热闹的；更有持续不断连年闹社火传统的；总之，自发的都好办。基本是大家凑份子。社火走到哪里，都会准备些好吃好喝的，无非是点心、绿豆糕、炸面叶、芝麻核桃糖之类的土特产。再富些的人家，也有封红包的。东西都放在几张摞起来的高桌子上，或是狗都钻不过去的矮板凳下，让玩龙、耍狮子的，须得使些技巧才能叼走。社火一般从正月十二耍起，十六烧灯。最后收到的东西，大伙一平分了事。可一听说镇上要玩灯，麻烦就来了。扎一条龙多钱？一对狮子多钱？一副竹马多钱？一条旱船多钱？一对大肚子和尚戏柳翠面具多钱？关键还都不是一条、一对、一副的事。按民俗专家要求，万人巡游总体是十二条二十四米长的黄龙、黑龙、青龙、白龙阵，二十五对大狮子配二十五对小狮子的"百狮闹春图"；另外还有百条采莲船，百人高跷队，一百对大肚子和尚戏柳翠，二百副竹马，外带一千只竹鸡、一千条竹鱼；还有大小八个锣鼓队和唢呐队；再带一千根一头红一头绿的花棍，一千对彩扇，五千条红绸子，一万套上红下绿（男装）、上绿下红（女装）的彩服等。为了"上档次"，民俗专家还想把外地的大型芯子引进来，觉得这么大阵仗，没有一点高难度的东西说不过去。便又有了十二抬芯子的整体设计。内容涉及《白蛇传》《铡美案》《游西湖》《昭君出塞》《周仁回府》《柳毅传书》《麒麟送子》《吕布戏貂蝉》《桃园三结义》《三打白骨精》等内容。还有万人的劳务费。总体算下来，二百万都打不住。

　　这个数字可是让南归雁一下瞪大了眼睛。但"万人大巡游"的广告已打出去了。万人彩衣总得有吧？压来压去，一套衣服压到三十元，并且觉得有六七千人，也足可号称了。民俗专家搞的高难度芯子表演，其中《白蛇传》的"水斗"，本来是要租十轮大卡车做底座来表现各种水怪的，最后也只用钢筋架子把三个孩子绑上去，搞了个《断桥》场面。十二抬芯子，最终只落实了六抬，基本都是两三人的造型。而彩扇、花棍、锣鼓队，都是减半的定制。本来要扎千只竹鸡、千条竹鱼，要求都是立体的形状，鸡冠子、鱼尾巴能晃动起来。最后也都印成了鸡和鱼的花纸片片，拿在手上摇一摇了事。十二条龙减成了四条，并由二十四米缩成了十六米长；一百头狮子减成了二十四头；旱船、高跷队、大肚子和尚戏柳翠，都只留下了三分之一的阵列。唯有五千条红绸子没减，但宽度和长度都做了压缩，这个成本也比较低。出游队伍总得扭起来吧，一条巴掌宽的红绸子咋说都是既省钱又花俏的道具。民俗专家气得够呛，但也不能不面对现状。就这五六十万的开销，南归雁还是希望各村都能拿一点。镇上的确没钱。要发展经济就得联手。他为此开了几次专题会议，各村的头儿都是直朝墙拐角溜，生怕与书记的目光对上。孙铁锤倒是有点大包大揽："北斗村不要镇上一分钱，书记咋说咱咋干！"

有了这个突破口，许多事明显就好推动多了。作为总协调的安北斗说，当时在北斗村的确费神少。但事后却淘神最大，麻烦最多，这是后话。孙铁锤把事情一压下去，就发动羊蛋、狗剩、骆驼、磨凳几个，组织起过去扎过龙灯、狮子、竹马、旱船的工匠，立即到村委会，没明没黑地加班加点干起来。每天谁干多少，都有明细账目，并信誓旦旦地保证会一一兑现。这样不仅提前完成了任务，而且最后把个别村没能接手的大肚子和尚与柳翠面具，也都接来裱糊好，且画得喜眉活眼的生动传神。而安总协调在其他村，却招了不少骂，惹了不少人，都说镇上是尿尿不捉鸡巴 —— 要大娃，没钱还敢这样拿竹竿子戳天。

无论怎样，"万人大巡游"的社火大会是如期举行了。尽管笑话漏洞百出，但五个晚上的活动，先后吸引了近十万人来参观游览。整得一些参加巡游队伍的，见烤红苕土豆、炸麻花油条、做凉皮饸饹有利可图，最后都开小差去帮家里人烧火刷碗去了。搞得玩花棍和舞扇子的队伍，有点像溃不成军的逃兵潮。关键是还嘻嘻哈哈、胡乱戳脊背踢屁股的没个正形。队伍本来就训练不齐整，安北斗是费了九牛二虎之力，才帮着民俗专家"呛呛乞呛乞，呛呛乞呛乞呛乞"地搞了个简单行进舞蹈，加起来也就七八个动作，整了几天几夜，还是与锣鼓点没半毛钱关系。都是各走各的，像一栲栳黄豆泼出去，各自滚得无边无沿了。舞蹈起来也如同推磨、洗锅、淘米、搅糊汤，多数都是跟人瞎溜摸、乱比画。弄得民俗专家直敲没毛的脑瓜说："南书记、安协调，你们还是找根草绳，让我上吊了好受些。"安北斗还鼓劲说："党老师，主要是看大阵仗，没人关心细部。"气得党老师砸着胸脯说："你们这还有细部？连粗部都得站到几十里外看去。"

七千多套彩衣彩裤，由于质量太差，稀化得第一晚上刚一舞动起来，一些人的裤裆就扯烂了，笑得一窝一窝的婆娘，相互满怀里乱撞乱打滚。好在里面都有老棉裤绷着。只一晚上下来，服装基本都开花八裂了。有的还缝一下，有的缝都懒得缝，第二晚又"扮"上出场了。党老师感慨万千地说："我现在才理解，当初搞农民运动有多不易啊！"作为一个民俗艺术家，他还真是只注意了细部，而总体效果，竟然是出奇地"惊艳""炸裂"。这些词都不是当地人用的，而是市县电视台报道、外地来看热闹的游客说的。关键是这里边来了一个重头人物，不仅十分欣赏，而且还要求全县各乡镇领导都来参观学习，并且要开现场会。

他就是新来的县委书记武东风。连南归雁都没想到，来客中竟然有他。

武东风书记是立春那一天报到的。他们倒是请了，但县委办的人说，书记刚到任，来的可能性不大。没想到，人家恰恰是正月十五那一晚来的。而社火与巡游的正日子也是这一天。

其实南归雁最担心的是正月十五这一晚的安保工作。怕人多，出现踩踏事故。镇上朱武干为此挑选了上百号精壮劳力，戴了袖圈，四处执勤维持秩序。派出所所长何首魁对这事一直有看法，甚至公开讲：这是劳民伤财的政绩工程！南归雁跟他辩论说："何所，那你说北斗镇的经济怎么搞？总得有个突破口吧？上一任书记你们嫌人家不干事……"何首魁插话道："不是不干事，而是净干了日巴欻的事，在阳山冠上赏了月。""好了好了，不说这事了。我倒是想干点事，你又不支持？只要你说得对，我就按你说的办。你说，这个镇的经济到底怎么发展？"何首魁说："这不是我操心的事，我操心的是你们把人的欲念都忽悠起来，最后咋收场？偷树？赌博？卖娃娃？拐带妇女？啥来钱快弄啥，给派出所整一河滩的事！""正是因为穷，才偷树，才拐卖人口的。""不穷也偷，也拐卖。是心坑填不满了。你就是把这热闹弄成了，我看奇奇怪怪的案子也只多不少。""那你的意思是彻底躺倒不干就没事了呗。""我可没说这话。我是希望加强综合治理，别踩跷跷板，顾头不顾腚的，就是把黄金巡游回来，也尿不顶！"何首魁说是说，但面对这么大的人群聚集活动，尤其又在晚上，让派出所还是全梁上坝了，并且亲自担任了治安总指挥。不过他的话，却在南归雁心里一直打着来回。他相信老何也不会是一个人的意见，起码安北斗跟老何就有点一个鼻孔出气。他自己也有了很多担心，不仅担心巡游出事，更担心热闹过后，到底能不能把经济带动起来？可这个镇，

穷得不动大手术实在是不行了呀！

也正是在这个节骨眼上，新来的县委书记出现了。并且对他的做法大加赞赏，认为是大思路、大眼光、大手笔、大开发！这四个"大"，把南归雁"一饭三吐哺"所创立的"北斗镇五年经济发展规划"，一下推到了"上风口"。

那晚武书记来，并没有惊动任何人，也没带随从，就是听说一个叫北斗镇的地方在耍社火，阵势很大，想来了解一下民风民俗。他甚至还带着夫人，也算是过一个与民同乐的元宵节吧！后来的传说，就成书记微服私访了。当漫山遍野的太阳能灯一亮，再加上龙腾狮跃的巡游队伍铺天盖地而来时，他内心猛然一怔：这不正是全县发展特色经济的最大出路与亮点吗？自上级找他任职谈话后，就一直在揣摩这个县的经济发展问题。全县什么矿产都没有。过去形容叫"穷山恶水黑石头"。即使有一点铁矿、铝矿、铅锌矿，也都毫无规模，只是小打小闹而已，工人能发下工资就算好企业了。而上级对王中石的工作也不是很满意，说人是好人，忠厚实在，但四平八稳，经济发展缺乏开拓性思路。永平县与发达市县的距离在明显拉大。谈完话，他的确倍感压力，正在积极寻找突破口呢。北斗镇没有任何人认识他。他甚至玩得有点兴奋，端直钻到狮子群里，去感受那些光着脊梁的汉子，是怎么忍受铁水浇身的。

广场上炉火通红，八个人轮番拉着巨大的风箱，将一大炉子铁水煮得咕咕嘟嘟直冒烈焰。而八个牵引狮子的人，都手操长柄铁勺，端直从炉子里舀出铁水，再由八人拿木棍，像天女散花一般，把泼向空中的铁水打散，形成无尽的花朵，飘落向摇头摆尾扑上来抢夺礼物的狮子群。难道铁水不烫人？武东风书记见一些孩子也在里面来回乱窜，飞溅的铁花洒在他们身上，既不喊烫也不喊疼地胡蹦乱跳着。他也就故意凑近体验了一下。铁花落在脸上、手上、脖子上，还真只轻轻灼了一下，就毫无感觉了。与此同时，大肚子和尚戏柳翠队伍也蜂拥而至。他们都戴着厚厚的假面具、假胸脯、假肚皮。见人就搂就抱。连武书记也没逃利，竟然让一个穿得花不棱登的柳翠，端直抱住说："走，咱上阳山冠石床做耍子走！"正说着，面具却开裂了缝子，竟然露出一个毛胡子老汉来。笑得周边倾倒一片。

武书记在与民同乐中，精神大振，心情大爽，自己还钻到狮子皮下舞了一阵狮子，耍了一回龙。他连夜叫来县委办的人，与南归雁一道，商量起了正月十六开现场会的事。随后，南归雁很快就调到县上去了。

50 还是惊蛰

南归雁走后，一镇的人都在议论，把我们整得脱了几层皮，人家一拍屁股升官跑了。其实是平级调动，临时任命成了县旅游开发办主任，兼政府办副主任。

能看出，南归雁走时有点难为情。尤其是对老同学安北斗，一直说提成正股级，就是没找到合适机会。先是觉得一来就提拔老同学不合适；后来又安不下合适位置；再加上一件大事接一件大事地忙碌着。原说等"万人大巡游"搞完论功行赏呢，谁知事情刚毕，调令就到。领导干部一旦确定调离，就不能再研究重大事项尤其是人事了。因此，安北斗和其他几个准备动一动的干部，就都泡了汤。安北斗虽然失落，倒是没咋表现出来。其他几个人有些像霜杀了的茄子。无论谁接任，至少都得再耽误半年以上。南归雁挨个表示歉意，也说等新任书记定了，他会努力再推动一把的。可都是"老油条"了，谁还不知"油条"的炸法？新官能理旧账？一个旅游开发办主任，加上政府办副主任——那玩意儿像板凳一样，想加多长加多长，啥工作需要全面协调，给谁头上安一个就是了。可想玩转干部，门都没有。

南归雁在离开那晚，专门跟安北斗长谈了一次。明确表示了歉意，并说等他落停后，就把他调到县上，他也需要这样扎实的干部做助手。安北斗一口回绝了："打住！我一辈子都不会上县的。北斗镇除了让你把天空搞脏了，其余没有我不满意的地方。再加上爹娘都老了，我住得近，好照看。不是每个人都喜欢上县的。你南归雁把人活大就行了。"

"北斗，看来你对我还是有意见哪！"

"有啥意见。你多能干，来镇上不到一年，就干了两件惊天动地的大事。这不，书记一赏识，立马上调，说要把全县都'点亮'了。这下台面更大，够你耍了。北斗镇毕竟小，要不开。全县四十多万人口，你起码可以搞十万人大巡游嘛！方圆几百里的山脉，也够你'点亮'了。只是个祝贺么！"

"看你，这不全是讽刺吗？你说说，北斗镇拿啥发展经济？也就只能在这七座山上做文章。我也是受你的启发，才在北斗七星上想了点招……"

"还是受我的启发？"

"我知道你有气，搞坏了你的天文爱好。可我难道还有啥私利吗？你说一个一把手到了这么落后的地方，不想点大招能行？我是把自己的啥工程队或亲戚弄来赚黑钱了吗？"

"没有，你手笔大！你廉洁！你厉害！我就是提醒你，在北斗镇弄的这两件事，要是黄了汤，只怕老百姓要骂声一片了。"

"北斗，这也正是我担心的事，刚刚起步啊！好在县上很重视，我也希望借机推动一下，彻底把这儿的旅游带动起来。我走后，你还得支持我的干法呀！"

没想到安北斗把他怼了个干的："我从来就不支持你这些干法。但我人微言轻，只能执行，仅此而已。"

"北斗，我把你得罪得有这么深吗？"

"你没有得罪我。我只是不喜欢你这种干法而已。有人喜欢就好。还是那句话，祝贺么！"

谈话到此就打住了。

南归雁走后，果然是怨声载道：欠一屁股账，人跑了！他的工作临时由镇长负责。镇长姓蓝，名一方。过去慑于南归雁从市级机关下派的来头，啥都表示坚决支持，大小问题保持高度一致。其实心里是有看法的。南归雁一走，让他临时主持工作，很多矛盾就暴露出来了。继续支持南的做法吧，遇到了一批反对派。尤其是脱了几层皮，没得到任何好处的那些干部。还有就是十几个村的头头脑脑都有意见。特别是孙铁锤表现得最为激烈。当时煽惑村民去扎狮子、龙灯、竹马、旱船，甚至连别人不接的活儿都接了，让南归雁感到这个基层干部很得力。孙铁锤为了表现积极，还捶胸拍腔子地表态：一分钱都不会欠大家的！南归雁一走，他开口闭口都是：有本事上县找南归雁要钱去！县官不如现管，他孙铁锤才不怕一个什么狗屁旅游开发办主任呢。为这事差点激起一场"讨薪风波"来。蓝一方镇长虽然也不愿揽这破事，但南归雁毕竟是新任书记提拔走的；对北斗镇的"点亮工程"和"万人大巡游"，武东风书记也是全面肯定的，自己的乌纱帽从某种程度上讲，南归雁还是提着一点襻襻的。真要从中攘几句瞎话，做糖不甜，做醋准酸。他就安排安北斗全权处理这事，并且下了死命令：一不准上访；二不准漫天要价；三不准给南书记造成负面影响。

其实自南归雁走那天起，从蓝一方镇长开始，就很自然地把安北斗划到"南线"上去了。安北斗也是一肚子火，没处发去。都在"选边站队"，他却沉默无语，也不想给人证明他不是南的人。他不属于任何人的人，他就是一个政府公务员。端公家碗，受公家管。公家就是公家，不是任何个人的家。他也不需要依附到谁身上占点啥便宜。事实他也没占上过谁的便宜。可这种"划线""站队"越搞越明显：连过去坚定站在"南线"上的人，因没得到实惠，也很快倒戈了。最后，"南线"上似乎只剩下他一人了。蓝镇长安排他去处理这事，并且明确表示，不能对南书记造成负面影响，也是话里有话的。不去吧，没任何道理可讲。再加上他也不愿落个"热粘猛裂"的"倒戈"名声。可从镇上又拿不出处理这笔欠薪的资金，对策只是八个字：安抚化解，账有账在。这八字方针也的确没啥毛病，但归根结底还是又要马儿跑，又不给马儿加把草。也确实无草可加。用蓝镇长私下的话说：南给北斗镇把十年的坑都挖下了。

其他村上的事，说一说，抹一抹，倒是暂时安宁下来了，唯有北斗村越闹越凶。孙铁锤阴一套的阳一套，表面上也说些大话，好像在安抚，背地里又煽惑人"朝大的闹"。毕竟北斗村承担的费用最多，"冤大头"就背得重。听村上知情人讲，孙铁锤开始是错打了算盘：首先以为南归雁不会这么快就走人，加上从市委空降的，不可小视；二是揽政府的活儿，不会打水漂，只要门楼子在，迟早都得"清把（钱）"；三是所有工程，弄到手就有剥皮的无尽环节；还有就是想积极表现一下，看有没有提拔机会，现在已有不少直接从村干部选拔为副镇长的先例了。总之，押错了赌注，也就不得不设法翻牌。同时他也在揣摩蓝一方的心思，闹，也是一种站队方式。

安北斗详细了解了北斗村"跌进深坑"的状况：全镇"万人大巡游"的主要工程，的确都是北斗村包揽了。其实村里也没拿一分钱，都是挨家挨户地摊派。有些是孙铁锤派人上门勒索的。当时倒是硬压下去了，有钱出钱，没钱的出力。唯独温如风家既没出钱，也没出力。孙铁锤让上门讨要，还被老温用一锅烧开的水，把狗剩和磨凳的后脊背差点烫伤了。人都怕白火石、铜豌豆、滚刀肉。温如风一闹，倒是绕过了"欠薪"这一坑。别人闹腾讨债的事，他得意地直总结经验说：听孙铁锤的话，你连裤子都没得穿的。那家伙屁股一撅，你就得赶紧趔远！

安北斗的爹拉扯着呼呼噜噜的哮喘"风箱"，对儿子说："北斗，我看这事靠安抚、化解，怕是搁不下。有人都准备上县去闹了。既然南归雁是你同学，都说你们穿着连裆裤，这时候就得出面替人家担着点。'账有账在'只怕说不过去，多少都得刀下见点菜呀！比如咱家，还有你大伯、二伯、三姨家，都好说，我们给人家扎了十个竹马、跑驴；你娘还糊了十个大肚子和尚的脑壳子、肚皮；另外跟着舞了几晚上红绸子，脚也扭了，还花了几十块药钱。你二伯娘的脚也崴了，还请人正了骨。我都能说话，暂时不要也行，长远不给也就那么回事，亏就亏了。谁让你要来蹚这趟差呢。可其他人，你多少都得给人家打发一点，要不然，这一关怕是过不去呀！现在思想工作不比往常了，不好做，不来点实际的，人家拿鞋底掌你的嘴，你都没理说去。"

安北斗了解到的确有人在准备横幅，要去围堵县委政府的大门了。

他就先把人稳住，让给他几天时间，自己连夜上县找南归雁去了。

南归雁简直是拼了命了。据说自调到县上，就住进"点亮工程"总指挥部里，几乎没出来过。人也熬得有些消瘦，胡子拉碴的，都没了一点小伙子的形状。说话还有些沙哑。

安北斗单刀直入地："你一拍屁股跑了，把我可害惨了。"

"我也没想到啊。如果给我哪怕三年时间，一切就都会按我的思路实现的。"

他一笑说："原谅我目光短浅，看不出来。也许是在镇上待得久了，麻木了。"

"不是我说你，你还真有些麻木。不麻木，老婆都能跟人跑了！"

一提起这事，安北斗就恼火，说话更不客气了："先顾好你自己的事吧！讨薪队伍马上要上县了，你看咋办？"

令安北斗震惊的是，镇上闹成这样，南归雁竟然一无所知。他大概以为他是调到县上了，并且是书记钦点，底下人自会把一切摆平吧。何况当初哪一个不是拍着腔子保证过的，怎么转眼间成了这样？南归雁还有些不信，甚至抓起电话，就拨通了蓝一方，问怎么回事？蓝支吾半天，他才终于明白，安北斗说的基本是实情。当然，他并没有说任何是非，也没攀扯"划线""站队"的事。这些糗事，上一任书记倒台时，就已经把他划进去过，甚至说他是"石床红娘"，他都没跟人辩白，觉得乏味无聊至极。他只告诉南归雁，要让老百姓拿上钱才是硬道理。孙铁锤这会儿就是想包揽也包揽不了，何况他还生怕事情闹不大呢。南归雁直到此时才感到了危机。为防止后营起火，他直接去找了武书记。县上"点亮工程"刚刚起步，自然不能让"试点"出现差池。武书记跟财政局打了招呼，端直给北斗镇拨了五十万下去，让先把欠老百姓的材料和工钱发了。镇上扣了一点，补了些自己的窟窿。另外给各村撒了些"胡椒面"，抹了抹平。毕竟是耍灯。过去政府没让耍，自己不也平摊着耍过么？自然，给北斗村撒得最多。虽然与孙铁锤的"胃口"相差甚远，但据安北斗估算，按当初孙铁锤给老百姓许下的愿，也基本持平了。就是他想从中揩油的那一部分没揩上。因此，全镇骂南归雁骗子声音最大的就数孙铁锤了。

一波刚平，一波又起。镇上勉强压住了因"点亮工程"浮起来的满塘葫芦，就准备考虑"新的经济增长点"了。蓝镇长毕竟得有所表现，看能不能顺利接了一把手的位置。他考虑的"增长点"是酿酒。北斗镇乡民自己会酿一种甘蔗酒，在全县都颇有名气，就是产量低，不成气候。蓝镇长准备在自己手中，把这个"亮点"抓起来。上会时，立即获得一片赞誉。尤其是从南归雁那里"倒戈"过来的人，不停地给他跷大拇指："高！实在是高！""这才抓到点子上了！"甚至还有眼中闪烁着"北斗镇有救了！"的泪光的。唯有安北斗还是那副"屌不甩的德行"，这是有人给镇长递上"投名状"的用语。安北斗的确是"屌不甩"，并公开讲："这不是啥好点子。老鼠尾巴榨不出几钱油来。酒这行当竞争多激烈，几乎每个地方都有老百姓自己的烧酒手艺，都想做成亮点，一个省恐怕得有几百几千个品牌。品牌多了就是没品牌。最后都瞎忙一场。"蓝镇长听了自是很不舒服。好在安北斗很边缘，决策也不需要他那一只胳膊举起来。

就在这时，老上访户温如风又出发了。出发的日子恰恰在惊蛰那一天。因此，镇上人都说：这货选的是蛇出洞的日子啊！

蓝一方也听说这家伙出发了，但没当回事。自己毕竟才主持工作，他就是告天王老子地王爷，与自己也是腿毛的事。加上他一直在一线忙着甘蔗产业部署落实，没工夫跟一个"烂人"去周旋。可几天后镇上就接到通知，说温如风在北京。而北京正在开两会，让立即去领人。他这才吓出一身冷汗来。

安北斗再次被推上了"全镇乃至全县、全市、全省目前最重要的岗位"，这是引用蓝镇长的原话。蓝一方甚至都有点求他的意思了。他就带着镇北漠又出发了。

51《赛马》

温如风还是背着二胡出门的，有些像流浪艺人。自上次回来后，花如屏就不同意他再四处奔波，但他到底还是出来了。告了这么长时间状，他也有了越浪越大的名声。十里八乡的，见面少不了总要问："你那事有眉眼了吗？""理解，咋不理解？蒸馍就图蒸（争）口气哩！""知道，咋不知道，都说你们北斗村孙家人歪得很，狮子老虎都敢戳呢。就你胆正，怕他个辣子！"反正啥话都有。只是所有话都指向一个结果：不告不行了。你不告，首先是弄不过人家；再就是不占理；再再可能就是服软了。他才不服这个软呢。

小人物一旦被逼得没辙时，就会考虑一些超常的法子，那既是一种无奈，也是一种沁入心脾与深入骨髓的悲哀。谁又愿意常年颠沛流离在外呢？他当初辍学，就觉得靠一双手、一副吃苦耐劳的身板，必能获得一切。从童年起，他就爱围在铁匠炉子旁，看人家光着膀子抡大锤，也爱看人杀猪，两三百斤重的猪，被几个壮劳力从猪圈拉出来，朝案子上硬摁，那是需要大力气的，软蛋只能递刀拔毛。他还爱看几个壮劳力抬石头、打夯时相互回应的呐喊声，以及盖房人在半空里抡墙杵时咬紧牙关的坚毅与笃定。他觉得在任何地方只要舍得出力，就有衣食不愁的日子。他愿意为这日子付出哪怕是超常的劳作，只要能过上一种不看人脸的生活。草老师从一年级起，就爱讲"劳动是美丽的"这句话。并且把劳动的号子声叫"最美的歌"，他还让大家在课间操时，"杭育杭育"地排练"号子舞"，动作再也简单不过，可人人都能兴奋不已地参与其中。"锄禾日当午，汗滴禾下土。谁知盘中餐，粒粒皆辛苦。"也是他记得最牢的一首诗，因为他觉得的确写得好。可现在的北斗村，诚实劳动已不是歌，而是一个笑话，甚至是蠢驴行为了。

温如风一边走一边泪水长流。他不是迎风眼，就是忍不住想落泪。

其实他真是舍不得出门的。普通人有一个贤惠的妻子，就是手心捧着一颗明珠了。而他的妻子既贤惠又漂亮，是远近公认的"人梢子"。关键是花如屏对他真的好，都是因为他勤劳，能挖抓日子。自娶进门，就死心塌地地跟他过，从不招蜂引蝶。他知道盯她的哈床不少，有的借推磨、压面，一守就是老半天，眼睛里全是欲火。嘴大张着，恨不能连鼾水把人一口吞了。但花如屏总是包着头巾，还遮着鼻子以下的脸面，只专注活计，那露出来的高鼻梁大眼睛就尤其迷人了。村里的娘儿们都很是嫉恨她，说那注定是个烂货，保不住底下都有病呢，要不然喊啥？并咒她：迟早都会让公狼背到深山老林里叫去！一些男人就像老鹰、秃鹫一般，随时都想生扑硬抓，可她总是能找到合适机会，撤身而去，绝不就范。他们也只好酸溜溜地骂她是假正经，而且吃不上葡萄要赖藤蔓，就莫名其妙地对他温如风充满了一眼的邪火。天底下有这样好的女人，也正是他敢出门办大事的保证。何况为了安全，他是不惜代价，把丈人爹和丈母娘接过来吃住着。

他一边走，一边又想起了去年下大暴雨那天晚上的损失。花如屏面对一窝死猪崽，真的把他浑身恨得都快咬遍了，嫌他不该出去跑死呢跑，气没出一口，钱没挣一分，还挨打遭罪的，让她在家受尽可怜。那一阵，他也在下决心，再不跑了。跑也白跑。当胸砸一拳，打折胳膊自个儿揣进袖笼算了。但心里是这样想着，嘴里并没说出来。一说出来，他就输得不像啥了。几乎在老婆跟前也是做不成男人的了。他一直等着政府给他回话。

其实在他心中，安北斗也就算政府了。好在他那天骑自行车，把自己骂骂咧咧带回来，还帮他放了院子里聚的水，救了灾。事后他才知道，安家也就在那一时三刻，漏得三花墙都差点泡倒塌了。他心里也很是不落忍。随后，南归雁书记还专门到他家慰问了一次，并且指名道姓要在他家里吃饭，据说气得孙铁锤都骂娘了。孙家把"八大件子"都准备好了，可南书记愣是没去，偏要在他家吃手擀面。孙铁锤拿着煮好的腊麂子肉，提着西凤酒想来作陪，他不让进门，南书记说要尊重温师傅的意见，这是温师傅的家。他听着当下就流出了眼泪。南书记一直把他称温师、温师傅。并在他家炕头坐了一个多小时，听他把丢树、挨打、吃牙花子等事又细细说了一遍。南书记还亲自跟他商量了赔树的事。可他一再坚持，不是树的事，也不是钱的事，而是人的事。那天安北斗也在座，南书记就一再叮嘱：温师傅的事，推进到什么程度，要随时给他汇报。可时间不久，南书记就调走了。事情依然没得到解决，他就拦住安北斗问：政府到底准备咋办？ 安北斗说：南书记要给你赔树，你又说不是树的事。现在南书记走了，你又问咋办。他说南书记走了，莫非把政府也背走了？ 安说：那倒没有，你开个价吧。他问谁赔？ 安说政府赔呀！ 他说：树是政府偷的？ 安说：那你老要告，弄得鸡犬不宁的，政府不赔咋办？ 他说：只要政府写句话，

305

说树是政府偷的，我就接受赔偿。要是政府不认账，我也不受这不明不白的钱。安说：你看你，是不是太咬蛋？有人赔，拿到钱就行了，管他谁给的。他说：安北斗，你把我当成啥人了？我是缺几个烂钱才去告状的吗？明明是孙铁锤偷了树，你们就是不抓不管，放任他组织人半夜打我，还给我嘴里塞牙花子。我去告，去找理，你政府的何黑脸还踢我。这是一连串欺负老百姓的事件，给几个黑钱就了了？了不成！他在说"了不成"这三个字时，甚至是跳了脚的。

安北斗老是改不了从小一起光屁股耍大的那股赖皮劲儿，有时就忘了他自己是"政府"，竟然说：哎温存罐，你鬼跳绳哩跳。给谁跳？给我跳？我才不吃你这一套。我就这大个脸，能给你争取一些损失就不错了。南书记走了，我找蓝镇长；半棵树钱嫌少，我给你争取一棵整的咋样？案没破，不能证明树是谁偷的么；黑夜打你，也没任何证据能证实是孙铁锤指使的；何所长踢你是事实，已受处分了，还要人家咋？他就骂：何黑脸活该！半棵树的案都破不了，还当所长呢？要是我，尿一泡把自己淹死算了。安说：你个温存罐哪，还得挨黑打！他说别叫我温存罐！安说：僻僻僻，快僻死，我还忙着哩。说完还真走了。他对安存镰最不满意的，就是不该老在正事上摆出同学的架势，搞得软硬都不是。

自己到底想干啥，有一段时间他也在犯嘀咕：是赔半棵树，还是赔面子？事情越卷越多，也越卷越没个头绪。半棵树是起因；塞牙花子是火上浇油；挨黑打是雪上加霜；连续告状得不到妥善处理，还遭恶人戏弄耻笑是持续发酵；劝返途中又遭驴踢（何首魁踢他那几脚，他始终说是让驴踢了），可谓屋漏偏遭连阴雨。整个盘算下来，自己的确是亏吃大了：一是为出气偏装了更多的气；二是为讨债偏破了更多的财；三是为面子偏丢了更大的脸；四是为在老婆跟前活得像个男人，却偏偏越活越像个窝囊鬼。弄得他真的不再出门都不行了。

花如屏这次是绝对的反对，让他无论如何都把腿蜷了算了。不要那半棵烂树了，挨打全当是让熊瞎子扇了耳光、疯狗咬了腿、歪嘴驴尥了蹶子，总之，在家千日好，没头没尾地告下去，只怕是家底摊尽也贴赔不起。那几天，她甚至格外殷勤、黏糊，见天晚上再累，都爬到他身上水蛇一样乱扭动，夜莺一样纵情唱。他也的确衰退了斗志，准备抹下脸，正经过日子算了。可这世事，偏偏就算不成。镇上搞"万人大巡游"，给他家摊派了三百元，他坚决不给。理由很简单：他孙铁锤把那半棵树钱赔了，我就给他这不要脸的摊派钱。"四大金刚"上门催讨了几次，看勒现款没指望，就又让他家糊二十个"柳翠脸"和二十个柳翠的"奶壳子"。狗剩还贼眉鼠眼地看着花如屏的大胸说："照嫂子这胸糊，我看就嫽扎咧！"最后是被他拿铡面刀撵出去的。当然，最终巡游的零星队伍经过他家门前时，他也按往常惯例，给三张桌子上摆了挂面、点心、烟酒、茶果，让耍狮子、踩高跷、走芯子的觉得，还是温家给得实在。五天下来，他家的破费还不止三百元。这是他情愿的，只要不让孙铁锤摊派去了就成。

没想到这事跟孙铁锤又结下了梁子，这家伙绝对是睚眦必报。"万人大巡游"孙铁锤弄了个"副总统（统一协调）"职衔，胸挂指挥牌，手拿半导体，坐着摩托，张罗了几个村的事。最后安排巡游线路时，故意让"万人"踩踏了温家的青麦苗，虽然"万人"是号称，但几千人过去，地也踩成了铁板一块，把他差点没气死。找孙铁锤讨理，还说黑更半夜的，队伍要朝哪儿走，鬼知道。这件事算是又一次火上浇油了。尤其是南归雁走后，镇上安排家家都要发展酿酒产业，有些已出苗的庄稼都要毁掉,一律改种甘蔗。他不仅一棵没种,还把踩坏的麦田,一夜间全栽了四季豆。气得孙铁锤就拿他开刀,让"四大金刚"把那些豆秧全拔了。

他就是这样再次上路的。

他上路前,是找过安北斗的。安北斗让他去找蓝镇长,他也找了。蓝镇长是在另一个村的田埂子上接见他的,正忙着检查甘蔗产业种植落实情况呢。他说出这事来,人家一脸的不高兴,种甘蔗是全镇发展经济的新思路、新举措,岂容各种硬抗软磨。蓝镇长端直给他上了一句硬的:你自己看着办吧! 你这人爱告状,都害怕,惹不起。你想咋种就咋种,全镇也不缺你家这几亩甘蔗地。说完,扬长而去。陪着检查的一溜人,甚至还发出了讥笑声。这笑声和蓝镇长冷如铁板的脊背,是逼他上路的最后一根稻草。

面对一地被毁的瓜菜秧苗,花如屏也改变了主意,同意他上路了。并且还给他烙了几斤面的干锅盔、酥油饼,伺候他在五更时分,又加了一次精神大餐,才松开他的脖子,让他背着二胡出门的。

他这次也没有要回避谁的意思,就那样大摇大摆地离村、过镇、上县、出省了。

出村时有人问:存罐出远门哪? 因为是长辈,存罐就存罐,他应了一声:噢! 他眼睛的余光能扫见,都在一旁停下了手中活儿,努嘴挤眼、指指点点的。他出门在村里应该不是件小事了。

出镇子的时候,也有人看见说:这不是温师嘛,又出去啊? 他还是噢了一声,甚至走得有点气势起来。

出县城的时候,就没人认识他了。但他想,以自己走时的响动,应该有人在每趟去省城的班车旁实施拦截了。没想到连个熟人毛都没见，他就顺利地到了省城。其实他是真的希望有人在路上拦一拦，有人拦，就有了说理的地方。也有了听你说理的对象。他是急着地里瓜菜秧子被拔了个一干二净，算上麦苗，把两料庄稼都毁了。种，种不成；不种，那简直是遭天杀的庄稼人：多肥的田哪！年前他早早烧了火粪，还去勺把山上，背回几十背笼腐殖质，倒在火粪堆上连人粪、鸡粪、猪粪一起沤着。大年初一、初二、初三，连驴都要歇脚的日子，他两口却把肥全追到了地里。只几天，麦苗就像是上了色，墨绿墨绿的，壮得像宽叶韭菜。是孙铁锤使坏，过了"万人"队伍，还让二百对大肚子和尚与柳翠搂抱着在他地里乱翻乱滚乱喊叫。就这他都当胸砸一捶，忍了，毕竟是耍社火。谁知刚补上豆苗，又遭了灭顶之灾。狗日的甘蔗！这阵儿就是补上甘蔗，也不至于把地撂荒啊！他是多么盼人来拦住他，给个说辞，然后赶紧回去，把一料庄稼兴起来，哪怕是甘蔗也行啊！可愣是没人拦挡，他就不得不乘火车进京了。

这次进京不比往常，进去了他才知道，到处管控很严，说在开"两会"。他一进告状者长住的村子，一些人还惊叹：你怎么这个时候来了，没人拦？他说没有哇！人家就说：你可能还不够秤。他知道是遇见大世事了！心里还一阵激动，感觉是来对了。自己不就是希望引起重视吗？记得上一次来，欧宝财讲过：事情越朝大里闹，才越可能得到解决。这次没见老欧，听说他被老家来人请到西双版纳去了。这家伙已混成"重点对象"了，有人还很是羡慕呢。每逢大事，老欧就有人管吃管喝管住地请去旅游了，并且地点还由他选。老欧已逛了好多地方，连九寨沟都去过。温如风倒是没心思逛，他一出门就操心花如屏；操心他那面铺生意；这次更操心着那片撂荒的庄稼地。那可也是一块"刮金板"哪，被他务得一年也是小半万的收成呢。

这天晚上，他心烦意乱地在房里拉了一阵《赛马》，既不热烈，也难奔放，刚拉一会儿，就下不去了。曲子本来就难，所有快弓部分，他都只学了"半米儿"。家里有个收录机，他常常是对着"匣子"练习的。花如屏喜欢他没事了摸摸二胡，最害怕他像村里其他人一样，动不动就聚到一起"耍钱"。都知道他家挣了几个，就趸摸着拉他上场子。她不喜欢的事，他是绝对不干的。再加上，他也知道村里那些货色，见赌就会有人下黑手。尤其是孙铁锤，都说就没见输过。他偶尔有点空闲，觉得摸几下二胡挺受活，关键是也不想跟村里人多来往。人家跟他来往，也都顾及着孙铁锤的脸色。不来往就不来往，他有老婆娃、磨坊、承包地、二胡就够了。那时花如屏看上他，也与他拉《二泉映月》有关。有人说他像在"杀鸡"，有人说他是驴蛋被夹住了，可花如屏偏爱听。她多次说，听人家收音机里《赛马》拉得多好！他就铆上劲地练。那可不是一支随便能拉下来的曲子，都几年了，能顺溜拉过关的还不到三分之一。他老想拉，就是没时间。出远门背上，既能岔心慌，一拉响，也能像快马一样回到老鳖滩。谁知刚拉一会儿，隔壁就有人敲门："哎，伙计，能不能把人的命饶了？这可是首都，制造噪音是违法的。"他就只好给二胡筒子里塞上毛巾，悄悄地拉。

他一边练着快弓一边想，明天如何才能弄出响动来。脑子还没理出头绪呢，就又有人敲门了。他以为还是让他别弄噪音的，急忙把二胡放下了。可门照敲。开始还客气，越敲越急促。四个铺位的房间，平常都是客满为患，这次就住了他一人。一声紧似一声的敲门声，还整得他挺心慌的。开始他死不搭腔，后来看实在不行，是房东来叫，他才把门打开的。门一开，冲进来几个人，直让他掏身份证。他颤颤巍巍地把身份证让人家一看，一个操着醋溜普通话的说："奏（就）是他。跟我们走一趟。"他死抓住床沿不放，那人倒是客气："没人把你咋，就是不能住在这里。麻利收拾行李走！"他还是不动。房东说："放心吧，没事儿，你不就是来告状的吗？他们是政府，有冤就给他们诉去！不怪我不让你住，嘛时候啊！"房东还没说完，就有人帮着他提起了蛇皮袋子和人造革拉锁包。还有人拿起了二胡，问是不是他的，他点了点头。醋溜普通话说："你倒是快活，把我们没害死！"然后，就把他拉上了一辆小车。

他斗胆喊了一句："我有冤枉！"醋溜普通话说："等你们县上把你领回去再喊。额们有额们的工作。""我不回，我就要在京城告！"就再没人理他了。看上去他们也很疲惫。说话间，醋溜普通话竟然睡着了。

这天晚上，他是在一个聚集了十几人的大房子里蜷缩了一夜。

第二天安北斗就来了。

不知咋的，他见了安北斗还很亲切。但又觉得悲哀。白跑一趟，啥都没干成，又落到了他手里。连天安门都没逛成，觉得挺冤的。

安北斗见他，第一句话竟是："我就知道你来了。"

这话把他激恼了："原来是你下的黑手？你打的黑枪？"

安北斗说："我有病呢。"就再懒得跟他说话了。

安北斗这次来，长枪短炮一样都没背，反倒显得有些不像他了。他就问："你那打月亮的烂炮呢？"

"闭上你的嘴！"安北斗好像很烦躁。

52 再造银河系

安北斗从京城把温如风领回北斗村后，一再给他和花如屏交代，不要再出门了。毁坏他家庄稼的事，一定会有说法的。然后，他就找

311

到蓝镇长，讲了这件事如果处理不好的利害。蓝一方开始以为温如风事件与他关系不大，谁知层层电话下来，几乎都是让他吃不了兜着走的事，也就很是重视起来。前边的账怎么算他不管，但为种甘蔗毁秧苗的事，一下就给温家赔了两千块。连安北斗都觉得数字有点大，温如风也颇感意外，倒是觉得蓝镇长利爽，也就算是把他暂时稳住了。

全镇甘蔗产业搞得如火如荼。就安北斗不看好，并多次撂干话：杀猪杀屁股，各有各的杀法。真正的杀猪匠反倒不会杀了，得要镇上干部手把手教了。有人说这是"南线上的人在作妖"，镇长怕他下去起负作用，就干脆把他彻底边缘化，留守机关值班了。所谓值班，一是接电话；二是有来参观的兄弟单位，陪人家转一转。自南归雁走后，没人吆喝，也少了接待热情，其实"点亮工程"已每况愈下。

安北斗倒是落了个清闲，忍不住翻出些天文书刊来，看得"旧病复发"，修理起了自己毁坏的器材，又准备观测去。就在这时，县上突然来电话协商借调他去"点亮办"工作。他知道是南归雁的主意，特别不想去。县城是他的伤心之地，甚至一辈子对那里都心存余悸。再加上对"点亮"也多有不满，特别不愿意去干不想干的事。最后，是南归雁直接给他打电话，要他务必尽快报到，说那边急需有经验的协调人。他觉得在镇上也很是别扭无聊，加上借调函一到，蓝镇长也催他，要他必须服从组织决定，他便很是无奈地上县报到去了。

镇级"点亮工程"放大到县域，真是小巫见大巫了。光指挥部的沙盘模型就让安北斗看得倒吸一口冷气。第一期工程是点亮方圆二十多公里；第二期点到五十公里左右，基本就把北斗镇包裹进来了；第三期是点亮县域全境。的确是波澜壮阔、气势恢宏。也可以说是苍莽浩瀚、繁星如织。关键是整个结构号称"人间银河系"。他噗嗤一笑，这就叫银河系了？可又觉得笑得似有不妥。南归雁是那么认真着迷，给他介绍愿景时，甚至不由自主地一手叉腰，一手在空中不停地画圆、打围、切割、包剿，像是一个什么大人物在运筹他的百万雄师。

南归雁自进城后就一直住在这个指挥部里，钢丝床支在墙角，方便面摞了好几箱。人也疲惫憔悴得像是几天几夜没眨过眼皮的赌棍。面对这种真诚和投入，安北斗甚至也在怀疑自己是不是为观测星空，反对光污染，而显得过于自私了。兴许这种大手笔，真能把一个县的旅游经济带动起来，从而让几十万人口摆脱贫困，过上翻天覆地的好日子呢。他这次倒是没有过多讥刺南主任"异想天开"，只是让他注意休息，一期工程完工也到七夕节了，见天耗十几个小时身体会撑不住的。

给他安排的工作，还是联络协调。并且还任命了个副组长的头衔。组长由"点亮办"一个副主任兼任。主要任务是上传下达、疏通各方。但凡没人管或理不顺的事，都由他们出面调解打通。好在有县委书记的尚方宝剑，也有企业的垫资投入。自是规模盛大，可谓山川为之激荡摇撼了。几乎不分昼夜的行动，惊得县城方圆几十公里内的雀鸟、麂鹿、野兔、草蛇、刺猬、果子狸等，纷纷不明就里地胡跑乱撞，有的竟然活活被汽车撕裂、轧扁在公路上。

安北斗不喜欢坐办公室，更多的时候，还是爱漫山遍野地乱跑乱钻。尤其喜欢值夜班。"点亮工程"二十四小时歇人不歇工。他最愉快的时刻，就是背着相机和望远镜，上到县城四周的山梁上，观测可能只剩下最后几个月的星空了。也许是命吧，他就喜欢仰望这"一毛钱都不挣"的地方。可看看星空，仍是得再看看瓮底那一两万人口的密集灯火，又不由得要想起杨艳梅和女儿来。

杨艳梅彻底在省城落户了。是不是跟储有良在一起，不得而知。但他知道女儿还在这个瓮底城。他也试图几次去探望，都被丈母娘用各种方式阻挡了。到学校去看，安妮竟然吓得直往一边躲，像是遇见了歹人。他也就不得不赶紧走开，怕给她心理上带来不适，尤其是给孩子在同学面前造成不良影响。他也不知道杨家是怎么教孩子的，总之，他觉得安妮已经没有父亲这个概念了。人性真脆弱，才一年多天气，父女竟然变得如此天远地隔，形同陌路，还有什么亲情是不能改变的呢？但无论怎样，他都不怨她，毕竟太幼小。他想父爱应该是更加深沉久远的东西，而那颗决心要以安妮命名的小行星的发现，就显得格外重要了。他在等待几年后的那个时刻。如果这颗行星在同一位置出现，就完全证实了他的轨道计算。一想到这里，他甚至有些激动。他在努力给孩子准备着一个超大礼物，相信她将来是一定会理解父爱的意义的。

　　在他进城十几天后，杨艳梅就知道了消息，紧急从省城赶回来，跟他见了一面。这次是离婚的最后摊牌。气氛倒是很融洽，她把他请进了县城最豪华的饭店，点了最贵的鲍鱼翅、大龙虾。但他自始至终没有动一筷子。他只要求把孩子带来，一切谈判才有可能进行。她终于把安妮带来了。是安妮的举动，让他下了最后的决心。

　　安妮一来就哭。应该是她姥姥送来的，但姥姥自始至终没有闪面。安妮仍像躲瘟神一样躲着他，直钻到杨艳梅的背后，不肯多看他一眼。尽管桌上的美食可能对孩子有较大诱惑，但今天她似乎也只多看了几眼，只哭不吃，嘴里喃喃着："你……你放过我……和妈妈吧！"这明显不像孩子的话，但孩子连续说了不止十遍，他心就软了。尤其是杨艳梅说到孩子的教育、前途等问题时，让他不得不心生彷徨与愧疚。

杨艳梅说："跟你回北斗镇，让她爷爷、奶奶养着，先把镇小学念完，再念两镇合办的初中？考得好，到县城上重点中学；考不好，读三四个乡镇合并的普通高中；最后再考一个三本、民办大学或大专，挣死挣活跟你一样，仍回到北斗镇当计划生育专干，或前后就盯着一个温如风……"

难道自己就有如此不堪？可当杨艳梅把女儿未来的路线图明确标示出来后，他也确实觉得自己活得十分地不堪了。不仅在镇上混得背，而且在全县都挣了一顶无人不知的绿帽子。他不愿进城，是因为这顶帽子过于沉重。最后之所以同意来，也是对女儿还抱着一线希望，想把她争取到手！可现在看来，一切几乎全无可能，他就准备彻底放弃了。他也不愿拖着，既然没有任何转圜的可能，为什么要拖？拖着是为孩子，想给她一个完整的家。而孩子现在几乎再次跪下要求释放她了，像是他把一只活泼泼的小生命，关在铁笼子里，不让她出去自由呼吸、展翅高飞似的。能这么做吗？唯有放弃，才是此时此刻作为父亲的唯一出路。他似乎不得不"救救孩子"了！终于，他放弃了，他们很快办了离婚手续。

什么都没有了。看看天空，再看看瓮底，他又一次想砸了望远镜，但最终还是忍住了。他还有他的生活，尤其是父母，年龄都大了。医生说，他爹的哮喘病随时都有生命危险，他就不能离家太远。顾不住的，只得放弃；顾得住的，还得努力去顾！自己对失去女儿都如此上心，爹妈对儿子的上心程度可想而知。他硬撑着干到七夕节，把第一批灯光点亮了。

要点亮那天晚上，他最后一次背着望远镜，上山去看了一次真正的银河系。记得第一次给杨艳梅讲银河系时，她就显出一脸的崇拜相来，紧紧搂住他的臂膀，像是生怕把什么宝物丢了似的。他就春风得意地卖弄起来：咱们太阳系呀，就处在银河系的旋臂位置，大致就是你现在搂着我的这个地方。她就搂得更紧了，并且还把他胳膊咬了一口说：这是不是地球的位置。他痛得哎哟一声：差不多。你想想看，人类有多渺小，地球只是太阳系中一个中等星球，拿光速计算，太阳光照到地球需要八分二十秒。而月光到地球只需一点二秒，我们与月亮的距离竟然是三十八万公里啊！你知道整个银河系的直径有多长吗？她调皮地说：肯定比你胳膊长，再加上腿。她还比画着挠了一下他的脚板心。他也开玩笑说：还得加上一镇的猪腿、驴腿、牛腿、马腿，包括你的腿，还有丈母娘的腿，总共是十万光年。银河系像个椭圆形的磨盘，始终在旋转，并且转速很快。从磨盘这一头到那一头，光速都需要十万年。你想想这是多么遥远辽阔的星辰河海呀！她眨着眼睛问：那牛郎织女星在哪儿？他得意八分地说：这个算你请教对了，我在认识你以前，首先就认识的织女星。她用小拳头砸着他说：不行不行，不允许你认识任何异性。那拳头砸得叫个舒服呀，他就想一辈子当受虐狂，连忙解释说：一个异性都不认。然后就把她抱到怀里，调着焦距，找到织女星的位置说：织女星可没法抱，比太阳表面温度都高。再然后，又找到牛郎星说：他们之间的距离是十六光年，永远都无法见面。她问：那为啥要说他们是夫妻呢？他说：传说呀，古代关于星星的传说很多，说明咱们先祖很早就在仰望星空了。她说：废话，我说的是这么远怎么做夫妻？他想了想说：大概做长久夫妻本来就很难吧！

关于牛郎织女星，他们在北斗镇的几座山上，不止提起和观测过百遍以上。而他们的爱情杰作——安妮，按照时间推算，也很有可能是一个七夕夜的果实。那时他们就有那么痴情浪漫。爱不够，也玩不够。他们是自然之子。丈母娘的小农意识，甚至常常成为他们背后的嘲讽对象。他们的生活与品位，在北斗镇显得那么高雅而独特。记得安妮一岁多时，他们就带她上山过夜了。丈母娘还骂他们是疯子。可小安妮兴奋得一上山就睡不着。这也要看，那也要问，整得他只觉得天文知识不够用，就不断地买书恶补。孩子对美丽的星空，简直充满了无尽的好奇。当他把牛郎织女星的故事讲给她听、指给她看时，她竟然说，她和妈妈要住到织女星上去，并让爸爸住到牛郎星上。他说：一年就只让爸爸和你们见一面吗？她偏说：我就要你住到牛郎星上去，就要，就要。他说：好好好，爸爸明晚就住到牛郎星上去。回忆起这些细节，他突然一背的虚汗，孩子竟然一语成谶哪！

正在这时，方圆二十多公里的人造银河系突然点亮了。

就在地上"银河"轮廓渐渐清晰时，天空的银河系，却慢慢暗淡下去。他连珠炮似的咔里咔嚓记录下了瓮底城最后的自然星空——那条流淌了数十亿年，甚至百亿年以上的天空河流……

瓮底霎时一片欢腾，鞭炮锣鼓齐鸣、烟花飞溅十里、长夜明亮如昼、"游河"队伍"旋臂式"地运转开花了……

安北斗嚎啕大哭起来。

一个男人的哭声，是能让黑夜变得惊悚而不安的。何况像老牛哀嚎。在巨大的声响面前，老牛的哭声也不过是一粒微尘的悸动而已。他觉得自己是孤独地进入牛郎星了。那不正是孩子需要的结果吗？孩子大概是觉得那里很好玩，而他觉得自己是与居住的星球毫不相干了。

53 斗转星移

事物的运动规律体现在一切方面。孟浩然的那几句诗真是吟得绝妙：

> 人事有代谢，
> 往来成古今。
> 江山留胜迹，
> 我辈复登临。

不知诗人当时的心境如何，竟然写出这样世事更替、生灭代谢的深刻而又感伤的诗句来。那是对千古的总结。也许过去时事发展缓慢，"往来成古今"甚至需用千年百年说话。而安北斗所面对的寒来暑往、春去秋至的人事更替、涛走云飞，常常像在一瞬间。有时直感到无法概述、无从说起，而事实已是匆匆过往、花开花谢了。

还是从县城那个"再造一个银河系"说起吧！不能不说一期工程取得了巨大成功。因为从市上和省上来的游客迅速攀升，县城几乎家家都搞起了摊点，办起了农家乐。许多人家也把自己住得宽展的房屋腾出来，做了临时旅馆。各市县参观学习访问团，络绎不绝。县接待办主任一天有时得陪十几场宴席，一斤半的酒量，还是常常醉得端直卧在沙发上，等另一波客人来后，被人搀着毅然"奔向战场"。四套班子领导也是来回客串，端着酒杯常常走错包房。就这还仍然有被冷落的"级别不够"的参访团长、组长。

从游客量看，方圆二十公里的点亮，暂时已能满足夜间旅游需要。

只是许多地方需补充完善。安北斗又拾遗补缺地协调了一阵，就想回去。县城毕竟不是自己的落脚之地。又听说女儿也被杨艳梅接到省城去了，就觉得再在这里悬浮着毫无意义。他给南归雁说了几次，南归雁坚决不放，说：我借你来，就是想把你彻底调到县上工作。书记一高兴，你这个协调组副组长，都按正股级待遇对待了，还回去干啥？跟着我干二期三期吧！二期就与北斗镇连片了，回去何必呢？任南归雁再说，他还是要回。他对看不见星空的地方实在没有兴趣。加之他恨县城，尤其经常开会时，会碰见前丈人爸；还会面对各种稀奇古怪的眼神，真是唯恐逃之不及了。

安北斗到底还是回去了。级别问题也得到落实，组织部门为此还专门下了文件，任命他为北斗镇旅游办副主任。主任一般都是政府一把手兼。这也是根据全县旅游产业发展需要设置的新岗位。安副主任一回来，镇上就炸锅了：说到底还是老同学能办事，借调到县里转一圈，把官一升就回来了！这下也更坐实了他与"南线"的"铁关系"。旅游办副主任一职，镇上本来另有考虑，鸠占鹊巢，蓝镇长自是很不乐意。好在安北斗不擅长察言观色，也不怕谁给他脸子看。他常说：我干的是公家事，不是谁的私差、家奴！该咋干，他仍咋干。镇上不比县上，能各司其职。基层讲"丑不丑，一合手"。而北斗镇目前需要"老王打狗，一齐上手"的事，就是甘蔗酒产业发展大计。

自南归雁走后，蓝镇长倒没明确提出关闭"点亮工程"。但因"点亮"后期维护费的持续不断，难以"寡油壮捻子"，他就及时推出了新的经济增长点：家家做甘蔗酒。镇上的工作重心一转移，原"点亮工程"就成了"生死由之"状态。也没人说熄灭，可坏了的灯柱、灯头一旦不维修，也就黑得窟窿眼睛的没了看相。加上有人来参观，也没人好好接待。再有人为讨好镇长，给外界撂些怪话，砸些"洋炮"，"点亮工程"很快就成僵死的百脚虫了。

安北斗从县上回来时，七座山上，也就还剩星星点点的灯光在惨淡值守。逃跑的各种动物似乎都回来了。他甚至亲眼看见了那只金黄色猫头鹰。有人说这家伙一段时间跑得无影无踪了，只偶尔回来惨叫几声。这货一叫，准没好事。容易让他想到他爹。医生说，他爹的齁病随时都有可能扯不上气来。因此，他是不喜欢猫头鹰乱叫的。可这只金黄色猫头鹰还特别喜欢在他头顶盘旋。有很多次，他甚至发现这家伙就在他观测星空的附近一守一夜。毕竟是个不祥物，他也扔石头撵过，但这货有点不长记性。他喜欢星空归来，但不喜欢这只猫头鹰重返家园。

蓝镇长到现在也没转成书记，"点亮工程"日薄西山，他甚至还有点害怕安北斗上去"奏本""点炮"。有一次，他还当着全镇干部讲了一次话，其实是专门讲给安北斗听的："归雁书记当时非常英明地决策了'点亮工程'这个发展大计。他走后，我们也始终在坚定维护着这个工程。当然，根据实际需要，我们也开发了新的甘蔗酒产业。一家至少吊两千斤甘蔗酒；有条件的，吊三五千斤；能吊万斤的就重奖；这是符合地方发展实际的老产业啊！但在发展酒业的同时，也一直高度关注着'点亮经济'。无奈县城一亮，我们就有些冷清了。但大家不要气馁嘛，第二期就会把我们再次带动起来，形成'点亮工程'的航母效应。现在，我们必须保护好原有设施，不许任何人，尤其是那些放牛娃子，随便到山上把太阳能电池板卸回家安着，那是国家财产，遇见要坚决打击，绝不姑息！这是谋长远的大计呀！是东风书记亲自抓的新型旅游产业啊！请旅游办的安北斗……副主任，一定要高度重视这方面的工作，绝不允许一块太阳能板再熄灭、再损坏、再丢失！"

蓝镇长讲得振振有词，声震屋瓦，但安北斗心里清楚，全镇重心工作都在甘蔗酒上。而七座山上的太阳能电池板，是他让不灭就能不灭，他让不卸就能不卸的？为此他还专门找了一次何所长，问有那么多人偷太阳能设备，派出所有啥办法？何首魁顶了一句："我能把一镇人都关起来？法不治众你懂不？放在山上也是白放，还不如让老百姓弄回家里安着，有的把院子点亮了，有的把庄稼地点亮，防了虫害，我看也不是啥坏事嘛！"

其实全镇上下都是一样的认识，让他一人维护"点亮"，自是越点越暗。"观灯步道"上的排排路灯，由于经费问题，晚上也不再开启，星空就依然显露出来。这在他心里，自是偷着乐的事。每到晴空万里的夜晚，他就又可以背着家伙上山去了。有人就给蓝镇长打小报告说：这货巴不得电池板让人偷光偷尽呢。偷光偷尽了责任还是你镇长的。

而蓝镇长认为，你安北斗既然是旅游办副主任，那甘蔗酒也是旅游产业。"点亮工程"你没守住不说（责任很明确，南归雁和县上你自己交代去），但也不能清闲得上山看星星吧？他就又让安北斗包村抓甘蔗酒。而包的仍是北斗村。

孙铁锤倒也抓着家家吊酒的事。并且全村"毁产种甘蔗"比谁都下手早，种的户数多，占的面积也大。可当家家把酒吊出来时才发现，"比卖马尿都难！"这是北斗村人说的，最后竟成了一镇人的口头禅。为这事，蓝镇长甚至多次跑到县级机关亲自搞推销。可销路很是不畅。机关接待，已经不是甘蔗酒可以打发的了。不上最贵的，也得上有点名气的牌子酒吧。而民间喝酒的档次也在提高，喜欢甘蔗酒的年代早过去了。即使要，一家灌几十斤撑死。一镇人口，每家都吊了两千斤往上，拉到哪里都是累赘。一扎一堆的坛坛罐罐、老老少少，甚至成为北斗镇的象征性符号了。何况周边乡镇还有赶热闹，以为北斗镇人是得到了啥秘笈，也学着毁了麦田种了甘蔗的。酒业一时泛滥成灾了。本来镇上是想烧一种土壶，打上统一商标的。可商量来商量去，不仅嫌成本高，而且还相互不服，害怕不好的酒害了好的，最后只好让八仙过海了。面对拉来背去的瓮缸、木桶、塑料壶、玻璃瓶瓶，还有铝鳖子、铜耳锅、铁炖罐，你只能觉得山民确实充满了智慧，有的连煮猪食的大铁锅都系了草绳，盖了锅盖，拉出来卖酒了。还有把大树裁成几截，端直掏空心，灌满酒，梁柱一样一排排立棱在那里的。往往是满荡荡拉出来，又满荡荡扛回去。变得不满的，要么是不小心洒了，渗漏了，要么就是自家喝了。并且一路都在埋怨，恨不得唾到镇政府大门上。急得蓝镇长把脑门拍得山响，在会上下了死命令："必须想尽一切办法把酒推销出去。包村包户，推不出去的，自己买回去喝！安主任（注意，这次蓝镇长把副字取了），你既然是县委组织部任命的北斗镇旅游办主任，该是发挥作用的时候了。你跟南归雁是同学，我就不信他能不帮你。'点亮工程'队一上几千人，能不喝酒？加班加点不需要解乏？'点亮办'不需要接待人？你必须带头推销十万斤出去。推不出去，旅游办主任这差事……（本来他是想说一句狠话的，但想了想，还是有所婉转）你就看着办吧！"

安北斗都想当着众人面，给他纠正一下：我是副的，主任是你亲自兼着。但想了想还是没说。毕竟情势危急，一些老百姓在到处撒火：他镇上再不想办法，我们就把酒倒到镇政府门口，点一把火烧了去屎！

他包的北斗村情势更加危急。除了温如风，几乎家家都是三五千斤的存量。卖不出酒，搞不好明年还得闹春荒。他家就带头吊了三千斤。他爹齁病那么严重，稍干点活，喉管里就像拉风箱一样乱响。可在支持村上和镇上的决定时，却从来没打过折扣："谁让咱是公家人的家属呢？做啥事不都得朝人前走。"可这次酒卖不出去，他爹也着了大急慌，齁噜得说一句话得歇几口气。孙铁锤把他这个包村蹲点干部，过去从来就没当回事，但这次也做了"挡箭牌"。左一个安主任，右一个安钦差的，叫得他心里越发烦乱不堪。他也的确连夜上县找了几次南归雁。南也帮了不少忙，但最终只推销了七八千斤。就这还是以他政府办副主任的身份，硬给几家机关食堂压下去的。进山搞"点亮工程"是有几千人，但都有严格规定，决不许在山上喝酒、抽烟，违者是要刑拘的。安北斗知道，要是没有如此严明的纪律，只怕几十公里山梁早都烧光烧尽了。

这件事的最终结局，还是以几个村的老百姓用酒浇了镇政府大门，砰然点燃而了结。好在酒的度数不高。浇酒以前老百姓也反复喊叫威胁过，镇上早有准备，最后只把枣红大门烧黑了事。但事情的性质是严重的。县上最终处理结果，是把蓝镇长调到另一个十分偏远的乡，降为副股级公务员了。而把每家的酒，回收一千斤，算是一种安抚，也是为了稳定明年的春荒与春耕生产。听说这些酒拉到县上，每个机关认购一些，另外还统一用塑料壶包装了一些，在各种旅游景点上，销售了两三年才"耗损"完。而整个北斗镇，一年多都在酒气熏天的日子里浸泡着，连狗和猫，都醉眼迷离的，是一副东倒西歪相。

需要特别交代的是，南归雁在二期工程未完时，就被调回市上，做了旅游开发局副局长。与此同时，大规模铁路建设开工了。而铁路在经过整个县域时，几乎全是钻山穿沟的桥梁隧道。"点亮工程"受到极大影响，几乎是自然而然地寿终正寝了。

一夜间，轰轰烈烈的开山炸石运动又全面开展起来。

54 沸腾的群山

孙铁锤做梦都没想到，转机会这么快。在发展甘蔗酒产业时，他是卖过命的。记得每年去省城看自己远房侄儿孙仕廉时，无论置办多少土特产，都忘不了要提一塑料桶甘蔗酒的。看上去侄儿很喜欢，还问他：咱们那儿那么穷，为什么不多酿些酒卖呢？他就把这话记在心上了。因此，当蓝一方镇长主事时，他先献了一策，说他在省府当处长的侄儿说过甘蔗酒的事。当然是有所渲染。谁知这一策与镇长的发展大计不谋而合，为此，蓝镇长还很是有了吃定心丸的感觉。

孙铁锤有他的小九九：酒业一旦发展起来，一村人就都得围着他的屁股转了。过去发展烤烟、木耳、养荷兰鼠，不都得求着他爹，后来又求着他。有利的事，他们出面帮着倒腾倒腾；没利了，趔远点，再大的磨扇也压不住他们的手，谁让你自个要种、要养呢？从他爹手上他就发现，凡折腾集体的事，没有不赚几个的。即使集体赔了，个人也都没吃过亏。当初南归雁来折腾"点亮"，包括"大巡游"，他都是积极推动者。遗憾的是，油水不大。尤其是现在这种"垫资先搞"法，得慎之又慎。在南归雁手上，他是起早贪黑，"吃鸡打狗"，想着这么大的世事，又是层层发包，还能不剥出几层皮来？谁知错打了算盘，差点连自家的算盘珠子都跌进灰里找不见了。因而，南归雁调离时，他在村里是放了"送瘟神炮"的。欠钱都让找南归雁要去！蓝一方临时负责后，发展甘蔗产业，他又是颠前扑后，到家家户户去抓转产落实。除了温存罐揾不直外，其余一律改种了甘蔗，也都如期吊出了酒。谁知销路并不如想象的那么乐观。他带着人拉了几千斤，跑到省城侄儿那里说这事，竟然碰了钉子。侄儿好像是忘了他先前说过的话，只说：省城现在谁还喝这个。事后侄儿媳妇才给他吐了真言：以后别拿酒了，仕廉爱喝茅台。你给的酒，都瞎在那儿了！他去后阳台转着看了看，年前送的甘蔗酒、腊猪屁股、腊猪脸、麂胯子，都像破烂一样扔在角落里没动过。那是多么好的腊味呀，加起来足有三四十斤，在灶头上烟熏火燎两三年，煮出来是可以香半个村的。自己都没舍得咥呢。尤其是麂子腿，现在都不让打了，说是保护动物呢。可他还是让人偷着打了，现在拿都拿不回去了。不过侄儿最终还是帮了忙，给市上打了个电话，几千斤酒就一伙拉去变现了。他想再拉点，一个管接待的副秘书长说：对了对了，都是看你侄儿的面子，帮着消化一点就行了。买了也是搁着，接待上不了桌的。他的路就断了。连他都没销路了，谁还有？然后，大家就把镇政府围了。最后浇上酒，把大门点了。不能不说这里面他起了十分重要的"点乱眼药"作用。但真正闹事现场，他可是一次都没闪过面。浇酒点火时，他还故意把麻将桌子摆到家门口，直打到有人骑摩托跑回来说，镇政府让人点着了，他还装出一脸惊悚相来。

　　事情后来就由县上直接插手处理了。武东风书记把蓝一方骂了个狗血喷头。并且每户收了些酒，算是以平民怨。他孙铁锤也从中有所盈利，但终是枸杞泡水 —— 发涨不大。听说蓝一方走时，也大致了解到了点燃镇政府的"幕后黑手"。但在处理这件事上，武书记有原则：宜粗不宜细，不要追究太多群众的过错。派出所只把点火人弄去关了几天，何况还是个不满十六岁的娃娃。听说蓝一方走时很狼狈，只有安北斗一个人送了一程，蓝一方说了一句很窝火的话：哈尻就是哈尿，你永远别指望他能干出人事来！指的谁，都觉得不甚明了。孙铁锤耳朵根子大概是有些发烧的。但发烧归发烧，骂，他还是要骂的："蓝一方，我看叫烂一方差不多。狗日的甘蔗酒产业发展思路，跟'点亮工程'是爷父俩比卵子，黑不溜秋一对瞎蛋。"

铁路工程没想到上马会这么快。那次《印象北斗镇》晚会领导才路过视察，接着就有人来测量。过去也测过几次，都放下了，这次是动真格的了。光县城就住下两三万"建设大军"。北斗镇也来了好几千人。连村里常年在外打工的都闻讯赶了回来。孙铁锤想着这可是千载难逢的发财机遇呀！家家都在忙着看是不是弄点农家乐、开点小铺面、炸个油条、卖个麻花啥的，年轻人倒是在忙着开发廊、歌厅，还有张罗洗脚房、按摩房的。这些孙铁锤都想过，意思太小。他是想包洞子、架桥梁。这样的大好时机，再舀不上几勺，以后大概就没戏了。他又觍着脸去找了一趟侄儿。孙仕廉知道这事，说主要工程肯定包不上。在大山里穿洞子，机械都是进口的，动辄上百万，甚至上千万，你有那么大的本钱？关键是铁路部门都有专业技术工程队，不可能用"土八路"作业。但孙仕廉还是给他弄了部分标段的沙石供应。让他赶快组织砸石头、淘河沙。山里人恨了一辈又一辈的穷山恶水黑石头，一下要变废为宝。他开始还有点不畅快，那能挣几个毛毛钱？没想到，竟然是把大货给咥了。

他首先在勺把山上放了一炮，差点没把半个村子的房基震垮塌。

北斗镇七座山都是花岗岩石质，有地质学家认定，这是距今一万年左右，由大地震和山洪暴发形成的山崩地貌。由于"养在深闺"，且体量太小，而无法让外界认识。其实当初南归雁搞"点亮工程"，也有想让"灯光秀"把山崩地貌照亮的意思。这里很多山石都是犬牙交错地摞着、靠着、单摆浮搁着。看似满山灌木葱茏，青藤缠绕，乔木挺拔，松针向天，可哪里经得住两吨多炸药的一次性轰炸呢？全村人竟然眼见着一个山脚就彻底改变了形状。先是蘑菇云般地腾空而起，一阵飞沙走石，瓦破屋残，门窗变形，再看时，勺把山那只凌空而下的"老虎前爪"，就变成了皮毛不存、筋骨碎裂的瓦渣滩。好在放大炮前，是反复在喇叭里喊叫过的，他让羊蛋、狗剩、骆驼、磨凳几个喽啰，拿着半导体四处催促，让都赶快躲一躲，村里要放人老几辈子都没见过的大炮了。

孙铁锤家离那只老虎爪子虽然远，也早早安顿老婆刘兰香和儿子下了地窖。他是戴了安全帽，站在窗前，由狗剩和磨凳护卫着，要亲自看看自己导演的这出好戏。随着那声巨响，他的确被地底下的某个怪物，向上推起了半尺高，又拉下去，再往起推了几推，掀了几掀。是狗剩和磨凳把他紧紧架着才没跌倒的。当他看到蘑菇云爆起时，立即朝窗户一边的墙体上躲闪了一下，紧接着，就听到噼里啪啦的石头砸瓦声。并且很是砸了一阵才停下。当他再朝逐渐清澄下来的老虎前爪看去时，已是断掌残趾、面目全非了。从目测效果看，爆破绝对成功了。

这次炮的确放得大。学大寨那阵也天天放，不过就是装几斤或几十斤炸药而已。而这次是两吨半。好在提前传得邪乎，人都躲了。但房屋几乎家家受损。有的房顶端直开了"天窗"，而真正的窗户却成了无遮无拦的门洞。乱飞的石头，也砸死、砸伤、砸跛了不少鸡、鸭、鹅、狗。还有一条正出门挣钱的"脚猪"（配种公猪，因老要出门做活，主家吆着亲自走来走去而得名），竟被飞来横石，生生砸死在十分劳碌疲乏的配种归来路上。好在主人眼尖腿快，一闪身跌到坎下，只掰扯了一个大脚趾的指甲盖。各家损失各家贴赔，因为这是集体放大炮。此前孙铁锤已成立公司，且是股份制，除了温存罐——又是这个驴日下的——坚持不入股外，其余都是股民了。因此，孙铁锤倒是不用操心赔偿的事。

自打从侄儿那里领到铁路沙石供应活计后，他就一直在盘算，到底怎么搞才好。开始毕竟要投入不少现金：炸药、雷管、破石锤、碎石机、淘沙船、运输用的拖拉机，七七八八算下来得上百万。自己也拿不出这多钱。就是能拿，心里也没底，一旦跌进深坑拔不出来咋办？他立即就想到了"全村总动员"这个概念。把一村人都套进来，挣了，分配权在自己手中；赔了，管他三七二十一，平摊了事。第一个大炮一放响，他就发现自己的招数是对的，要不然，炸了这么多房，还不知要咋闹腾呢。如今的村民，毕竟不是他爹那个时候了，咳嗽一声，磨扇子就把所有的屁都能压住。现在动不动还要"维权"呢。"维权"这些新鲜词，都是安北斗这伙人常挂在嘴边的。上学、出门打工的多了，也把这些词讲得跟吃饭、困觉一样随便。讲着讲着，村里人就不好带了。这次好，自己都是股民了，自家放炮炸坏了自家的房子，找鬼"维权"去？唯一闹腾的就是温存罐，说他家磨坊被开了三个"天窗"；茅厕连顶盖都砸到坑里了。传得玄乎的是，他老婆花如屏刚从里面出来，裤子都没提上呢（一说起花如屏，几乎每个人都愿意多撂几句杂嘴）。孙铁锤不想跟温存罐直接照面，就让羊蛋和狗剩上门，问赔现金还是修房？最后撂下三百块，算是在这件事上没添新麻烦。毕竟刚开张，他不想沾上晦气。

让孙铁锤没想到的是，这一炮就把投资的一半给挣回来了。

孙铁锤放大炮那天，安北斗也在村里。放这么大的炮，镇上不放心，何况他包村着，就回来了。提前他也去检查过，孙铁锤一再拍胸脯，保证万无一失。负责放炮的技术人员，也是从铁路上请来的，人家算了当量，测了安全距离，告知了撤离范围，他就插不上嘴了。尽管如此，他还是让做好人和大型牲口的安全防范，并亲自检查了好些腿脚和耳朵不灵便的人家。直到要点炮前十几分钟，他才撤回家里，把爹娘安顿好，等着点炮。

　　修铁路肯定是好事，但炸勺把山，安北斗是有看法的。不仅他有看法，村里一些长辈也说是破了风水。像圈椅靠背一样环抱着北斗村的山势，失了前爪，也更像是失去了"下嘴唇"，整个村子就顺着一条已干涸的沙河床，跑风漏气，"唇亡齿寒"了。但修铁路这等大事，到处都在开山放炮，削一只"前爪"，也就不显得那么突兀了。安北斗曾经上门做过孙铁锤的工作，能不能不炸山？河床挖开，大石头有的是呀！孙铁锤说他是响应号召，积极支援铁路建设哩。靠河里那几个石头，找眼珠子一样找出来，再破到鸽子蛋大，火车只怕早过去了。安北斗知道自己人微言轻，何况路一开工，就根本不是一个勺把山的事，而是整个群山都沸腾起来了。切胳膊锯腿、削鼻子挖脸，甚至开肠破肚、敲骨吸髓都是常态。那种排山倒海的声势，岂是一个小小的"虎前爪"能规避得了的？连他爹最后也在浩大的"积极支援铁路建设"的喇叭声势中，参加了村里"砸石头公司"（全称叫"北斗石料供应有限责任公司"，山民嫌咬口，进行了直截了当的简化）。他爹说，安家不能在大是大非面前做"缩头乌龟"，赚钱不赚钱都在其次。

　　随着轰隆一声巨响，安北斗眼见着青筋暴起、威风凛凛的"虎前爪"，像一堆破抹布一样摊在了地上。他家也被开了"天窗"，但他爹并没声张，因为几乎无一家幸免，安家这点小伤也就不值得说给人听了。就在那两吨半炸药爆响的同时，安北斗还听到了远远近近的开山炸石声。眼前的一切，让一个天文爱好者，立即联想到了宇宙大爆炸的说法。

按现代天文学家的理论，宇宙在一百三十八亿年前，还是一个致密的奇点，是自身压强与炽热难耐，导致了大爆炸，大分裂，大膨胀。宇宙在爆炸后的黑暗无序中，苦苦摸索了数亿年后，一些物质才在相互引力下聚拢靠近。这种新的聚合，又产生了巨大的内部摩擦和外部引力，从而逐渐点亮了许多像太阳一样的恒星。当然，那时还没有太阳。普照我们的恒星——太阳被点亮，才是四十五亿年前的事。宇宙至今还在那次爆炸的裂变中持续膨胀着，也持续熄灭、点亮着，并且无边无岸。作为一个有着十几年天文爱好历史的安北斗，其实始终都在追问宇宙的边界问题，以及爆炸的起点和落点。自铁路开工，尤其是身边的"砸石头公司"成立后，他似乎才有点理解了天文学家那"无边无岸"的说法。到处都在炸响。置身北斗镇，你也无法知道哪是"奇点"、哪是边界。就连孙铁锤公司的"大爆炸"声，也是此起彼伏，声声不绝于耳。人们在这种爆炸的习惯声中，突然发现孙铁锤阔起来、抖起来了。有人说，人家孙总才叫毛辫子上绑辣椒——抢红了呢！孙铁锤先是穿起西服、扎起领带来了。开始还老用领带擦嘴角的饭渣、白沫。后来就开上了"铁壳子吉普"。没过一年，又换上了价值一百多万的路虎。而全村男女老少，全都沉浸在了日夜加班加点砸石头、淘河沙的无尽劳作中。都挣到了钱，都在点票子。但孙铁锤这个董事长兼总经理，已经常年住在县城的宾馆里"遥控指挥"公司运营了。

安北斗作为镇上旅游开发办副主任，全部工作已转移到铁路建设沿线与当地村落、老百姓纠纷的协调上去了。铁路上的人还是称他安协调。无论发生大小事，他总是处事有方，并能协调到位。都发现，老百姓听这家伙的。但安北斗最近心里也有点发毛。他发现，淘沙船已把温如风家的磨坊快挖成"孤岛"了。他还找过孙铁锤，说得适可而止。孙铁锤一条腿上坐着一个小姐，一个帮他出牌，一个在给他嘴里喂荔枝。他同时咬着荔枝和小姐的手指头说："让他告去，我就想把这货挖塌死在磨坊里。"

温如风果然又上路了。

55 暗物质

什么事都不能欺人太甚。这几年在花如屏的管束下，温如风是有所收敛的。他也觉得跑来跑去都是白费力，还耽误了生意。再加上，出门远走，实在是放心不下花如屏。不仅村里一些闲人惦记着他的女人。铁路上又来了一帮精壮壮的劳力，下了班，都在村里猴急着到处乱钻乱窜。见了大姑娘小媳妇，甚至老媳妇，眼睛都能放出光来。何况是他家的花如屏。但这次实在是忍无可忍了。一个人被欺负到走投无路的地步，就顾不了许多地要去拼命了。

事情还得从"砸石头公司"说起。温如风从来就不相信孙家父子能给全村人谋出什么福利来，也就从来不上他的当。因此，当孙铁锤要成立什么狗屁公司时，他镢子儿都没掏。那时孙铁锤缺钱，是想让他拿几个出来的。全村数来数去，就数他家底子厚。再加上孙铁锤也特别想把他套进来，放话说：套进来老温就乖下了。找了许多长辈出面做工作，最后甚至自己都觍着脸上门请他入股了，但他到底还

331

是没有朝进卷。虽然第一次放大炮，开了他家三个"天窗"，砸塌一个茅厕，也及时赔偿了。可自打那以后，石料供应竟然让孙铁锤迅速暴富，也就膨胀得没边没沿了。金钱这个东西，能使一些人变得体面、温润，甚至慈善起来；但也能惯坏一些人的脾气，让他变得疯魔癫狂、无法无天。孙铁锤显然属于后者。他才不管什么影响不影响，后果不后果的。"只要不是咱的人，统统都是坏人、敌人，必须弄死他！"这几乎成了孙铁锤的口头禅。他还多次在公司大会上讲：谁不长眼睛，跟咱的敌人打得火热，也朝死里弄！他在外面划了哪些线，定了哪些"坏人""敌人"，村里不得而知。但在北斗村，他的"敌人"十分明显就是温如风。人都要靠孙总活着，靠孙总挣钱，自然是不敢接近他的对头了。温家也就一日不似一日，直至被人欺负得挖成了"孤岛"。

前边已多次提到老鳖滩。所谓老鳖滩就是一块低洼地，形状像一只老鳖。温家祖传水磨坊，就选在这个河水落差点上。后来河干了，改用电磨，但家园却再也无法挪动。没了水的干沙滩，除了贫瘠得杂草丛生外，再就是臭泥坑里的苍蝇蚊子，像是活在天堂般的世界里，几乎不分昼夜地歌舞升平着。温家的自留地和承包地，也都在这块千年河床冲击而成的沙窝里。好在他经营得细心，成熟了一茬茬小麦、玉米、大豆、洋芋、红苕、瓜果和落花生。顺着田园四周栽下的果树，也渐渐成材挂果。这是他们夫妻俩都已很是满意的世界了。他最喜欢的就是远离其他人家，过单门独院的生活。草老师甚至说：如风这就算提前小康了！那还是新千年才来临的事。可这种安宁日子没过多久，孙铁锤就偷了他的半棵树，由此受尽冤枉气。折腾一整，不仅没效果，而且还贴赔不少。花如屏也给他放狠话：你再出去跑我就改嫁了！他要说世上最舍不得的，就是老婆娃娃热炕头了。本来也想认卯算了，可自打修铁路开始，他的日子就又不得安生起来。别人家都通过修路，多少赚了几个。而他家的生意反倒大不如前。本想来了那么多人，那么多张嘴，自是要吃要喝的。谁知人家都瓜蔓一般，瓜长到哪儿，藤藤蔓蔓就牵到哪儿。面粉、面条、面包，甚至蒸罐罐馍都是"定点供应"。连他过去的老客户也扯拉过去不少。尤其是孙铁锤"砸石头公司"成立后，到处炸得乱七八糟，有的地方连自行车都得扛着走，他家的生意自是更加惨淡了。花如屏还有些埋怨他，嫌当初不该没加入村上的公司。他说：那是村上的？那就是孙铁锤的。把肉捞尽了，看别人能喝上一口汤不？走着瞧么！

不过后来他也在思谋转型转产，这些时髦的辞令电视里天天喊，他也觉得喊得有道理。眼看着红火了几十年，甚至上百年的事体，说塌火就塌火了。好在他家有点底子，只要瞅准了，还是能扭身转向的。铁路一修至少四五年，洞子一个连一个，需要大量的混凝土。虽然孙铁锤承包了不少标段的石沙供应，但零星的，也能卖出去。可就在他准备买一台挖沙机，把自留地和承包地里的沙石翻出来变现时，镇上和村里先是到处贴通告，大意是所有沙石都归国家和集体所有，个人一律不得随意开采。紧接着，孙铁锤就弄回四条采沙船，日夜轰鸣着，像是要把地狱里的魔鬼都拽出来一般乱翻乱挖起来。关键是这些采沙船先从老鳖滩开始，很快，就把他家采成了出门即是深沟大坑的孤岛。然后，四条船才向四周延伸，直到把"老鳖"翻了个底朝天。

温如风这次出门是得到花如屏同意的。人被欺负成这样，这个"小钢炮"女人，自是也气得嘴脸乌青，说话都前言不搭后语了。她送男人出行，甚至还搭了梯子，才从"孤岛"上离开的。

温如风这次仍是大摇大摆着走的。有人遇见他，他端直说：老子去告孙铁锤呀！

这话也很快传到了孙铁锤的耳朵里。孙铁锤现在才不怕谁告呢。镇上领导见了他，也是不叫孙总不说话，连吃饭都是促着他坐上席的。都知道孙总在县上也是吆五喝六的人了。钱果真是上能叫神降雨、下能使鬼推磨、中间能让人变脸的好玩意儿。何况他省上还有扛硬靠山。依得他现在的脾气，都想端直把温如风以破坏铁路建设罪抓了算尿。可何黑脸总是不配合，老问他凭啥抓人？他说：就凭看不顺眼！何黑脸一笑说：那把现在的监狱再扩大几十倍都关不下。

爱关不关。爱告告去。尿管！

第一个接到电话的就是何首魁。原来在省上开经济工作会议期间，温如风又差点冲进了会场。

在何首魁心中，好像温如风都快两年没闹腾了。最近集中上访的，几乎全都与铁路沿线财产纠纷有关。再说派出所哪能什么都管。自铁路开工，刑事案件翻倍增长。主要还是偷盗建设物资，破坏相关设施，也有村民组织蒙面"黑打"修路职工的，有利益问题，还有说是动了谁家媳妇、姑娘的事。尽管铁路方面也有警察，但多数都得地方配合办案。因此，派出所连轴转都转不过来。关键是其他地方案件也没下降。并且犯罪手段越来越离奇古怪，让老百姓和派出所都防不胜防。何首魁记得安北斗曾给他讲过什么暗物质的话，说他们的工作，就是在与各种暗物质打交道。他觉得有趣，还问过什么叫暗物质？安北斗说，一种肉眼看不到的物质，比如说氢原子，四百万个排成一行，才只能排满一根绣花针的针头。再就是一种人类目前尚不可知的物质，但它广泛散布在宇宙空间，可能比已知物质更强大、更丰富、更具有牵引力和黏合性，只是我们还不能通过科学手段分辨出来而已。暗物质被认识，可能还需要很长一段时间呢。这个说法他倒是觉得很有道理。现在他眼前几乎布满了这种不可知的东西。物质欲望把所有人的胃口都吊起来了。而物质是可见的，欲望是不可见的。欲望的膨胀，让有形的物质似乎变得越多越短缺，越有越稀少，一种暗物质就强劲地弥漫开来。在一个老警察眼中，甚至觉得这种暗物质现在充斥着整个世界，在无孔不入地渗透、充盈、扩张、压强着，想辨认，竟是那样无能为力。

何首魁仍然没有觉得温如风去省城"差点冲进经济工作会场"，是什么大不了的事。他急着要办的，是那些因诈骗、拐卖而妻离子散、家破人亡的案子。他是绝不可能为这事亲自去跑一趟的。别人喜欢不喜欢，他都不会去表这个现。阉鸡焉用骗牛刀！温如风爱折腾让他折腾去，他就是跑到喜马拉雅山顶上怪叫几声又能怎么样？何首魁甚至连普通民警都不想派。也实在是抽不出警力去搪这种无意义的差。还能让一个温如风，动不动就卷一堆干部去围追堵截？有闲钱，还不如多拨些给他办案呢。

后来到底还是安北斗去了。这是他意料中的事。按上边要求，当地派出所一把手必须去，让他一口回绝了。安北斗在离开时来了一趟所里，让他最好能亲自去看看温家那个"孤岛"，说真的挖得太不像话了！安北斗说得很沉重。但他的确有要案在身，下午就带着几个警察埋伏到几十公里外的深沟里去了。并且一埋伏就是好几天，还连诈骗团伙的人毛都没抓着。几条沟的人几乎被他们洗劫一空啊！这些狗日的暗物质！

335

56 双子星

安北斗早就预料着有这一天。他也给新来的书记提过醒，但没有引起重视。新任书记叫牛栏山，发展思路既不同南归雁，也不同蓝一方，不仅七座山"点亮工程"很快一灯不剩，而且甘蔗酒产业的酒窖都变成了沤粪池。他提出的新思路是：抓住铁路建设机遇，大干快上，让北斗镇五年变成致富的启明星！安北斗调侃说：启明星虽然亮，但只有地球五分之四那么大，离我们近些而已。而北斗七星仅天枢星——就是对应我们阳山冠的那一颗，体积都要比太阳大三万多倍哩，把自己比作启明星，不是对北斗镇的降级吗？牛书记说：你个书呆子呀！难怪都说你老朝粪坑里掉。那就是个比喻嘛！北斗镇既没任何矿产资源，也没有肥沃的土地资源，更没有一星半点工商业资源，有的就是山梁、沟槽、青冈石。如果再不抓住铁路建设机遇，就真是只等开除球籍了。几任书记在讲发展速度时，都爱说要被开除球籍的话。安北斗偏要撇火：开除球籍？把你开除到哪里去？太空？水星？金星？火星？月球？你上得去、活得了吗？

最近，安北斗心中始终强烈地印象着温家那个"孤岛"。他想谁看了都会生气的。但在北斗村，却偏偏没人生气。还都在挖"岛"进程中有所贡献。连他爹都说："存罐这人也是的，咋跟铁锤飙上了。你能飙过人家？再说了，铁锤毕竟也是为全村干好事，通过自家亲戚，揽工程，让大家挣钱，谁不感恩戴德？他没入股吃了亏，赶紧折回头给人家赔句话，入进来不就是了。铁锤不同意，我都愿意拿这张老脸去蹭一下，帮他一把。何必自家把自家要弄成人家的死对头呢？鸡蛋能碰过石头？"他还说了他爹一句："孙铁锤把上百万的车都开上了，大家才挣了几个？"他爹说："人家哪怕把飞机开上了，那是人家的本事。反正满山的石头，没人家包工程，不还都是石头？而现在是钱哪！"他爹说得喉咙一阵发急，像是风箱又被拉到了火头上，他就不敢再说了。可他实在看不下去一村人对"孤岛"的挖法。

那是壁立千仞、万丈深渊的挖法。远远看上去，温家院落就像是一座空中楼阁。并且深渊近在咫尺，千仞就壁立在老磨坊的巨轮下。而那下面就是沙床，眼见着废弃的木头巨轮，随时都会倒塌在已下潜到深槽中的采沙船上。花如屏不时在上面大哭大喊。温如风也会搬起石头，朝那些靠近的挖沙者，乱抛乱扔一阵。人是会躲的，但丝毫也不能阻止铁甲一般的采沙船，如魔鬼一样直捣地狱深处的所向披靡。安北斗是给孙铁锤打过电话的。孙铁锤现在回村很少，见一面都很难。一般人的电话，他也不好好接。接了有时不是女人的声音，就是身边喽啰在搭腔。安北斗还上县去找过一次，结果孙铁锤在温如风的问题上态度很强硬，说塌死他负责！安北斗就无话可说了。为此他又找了牛栏山。牛书记也到现场看过一回，并且阻止了采沙船对"孤岛"的掘进，也给孙铁锤通了电话，让不要再挖了，说的确有危险。但牛书记对温如风不参加全村沙石供应的"打别扭"做法，也很有意见。再加上大概也没少听温如风告状的故事，就把他很自然看成一个问题人了。牛书记说："对这种人也不能太迁就。都迁就了他，那经济还发展不？孙总咱必须支持！现在就是八仙过海、各显神通的时代。谁能给北斗镇带来利益，我们就支持谁！温如风以不危及他家生命安全为前提，但这种自甘为铁路建设钉子户、钢牙齿、滚刀肉的做法，绝不能容忍！"

温如风就是在这种大背景下再次上路的。

安北斗这次上路的心情，也与以往大不相同。他甚至十分同情起温如风来。派出所老何他们不来也有他们不来的好处。老何是个认死理的人，一百个见不得温如风。他安北斗也未必喜欢老温，但这次，的确是觉得人家有理。谁逼到这份上，大概也是要蹦几蹦、弹几弹的，除非是一截朽木头或一摊烂泥。

他一到省城，很快就到有关部门办理了交接手续，把温如风领了出来。人家还说你怎么只来了一个人，把人能弄回去？这人可厉害了，几个小伙子都压不住，跳起来喊冤，把会场外的服务台都掀翻了。他说放心吧，交给我就是了！然后就把温如风领走了。一领出去温如风就喊："你个安存镰骚啥情呢，谁让你来领的？你不会让他牛栏山、何黑脸来，让他武东风来，你来顶啥用？老子不回！"说着又是一跳八尺高。他急忙说："别喊了行不？你是想让人家端直把你关进去是不？跟我走，有事商量着来！"温如风见他口气软中带硬，话里有话，就说："饿了，你既然来骚情，就得管饭。""管，吃死你！"然后俩人就到回民坊上，找一家羊肉泡馍馆坐了下来。

因为不在饭口，人也少，他俩就一边掰馍一边聊。安北斗还不敢过分表示出对他的同情与支持，毕竟公务在身。但他觉得这样轻易把温如风领回去，也毫无用处。"孤岛"的"刀削斧劈"，抑或叫"竞相蚕食"，尽管已叫停，但问题并没有得到实际解决，哪怕是道义上的支持。在有些镇领导眼中，温如风已然与刁民画了等号。镇上和村上怎么处理，他已能预料个大概。即使硬把人劝回去，肯定还是要走的。这次安北斗是面临新的难题了。过去就是劝，说些好话，再吓唬吓唬，反正把人弄回去了事。说上天说下地，就是半棵树、挨黑打、牙花子，还有遭何首魁端几脚的事。在他看来，那都不是啥大不了的事。温如风也有温如风的毛病：一根筋、铁壳嘴、咬住谁就死不丢。但这次，是家园遭难了，他不能不顺着温如风的思路去想问题。房庄子是命根子，放在谁，也善罢甘休不了。临走时，他最后讨要了牛书记的底线，拿啥劝温如风回来？总得给点底料吧？牛书记说：实在不行了让他搬迁。我们准备从几个大滑坡体上，迁一批住户下来，搞安居工程，盖好让他去住一套就是了。安北斗知道那些房的简陋、挤卡，温如风那么好的家园，绝不会去住那些"八不沾"的安置房。但他也无法说过牛书记，就先进城了。他也是算走算看，兴许温如风被孙铁锤欺负得也想离开北斗村呢。

他先问了一句："如风，"他没有叫存罐，觉得此时叫存罐有些刺激人，罐罐的确是快打了，"你想不想彻底离开那个地方？"

"啥地方？"

"老鳖滩哪！我看那也不是个啥好地方。过去推水磨，需要河水落差。现在河也干了，水磨也不推了。一下连阴雨，就成孙悟空闹龙宫了，何苦呢？干脆趁这次机会迁了算了。"

"朝哪儿迁？"

他喉咙里哄哄弄弄了一阵说："镇上在羊角滩……弄的安置点咋样？"

没等他说完，温如风嘭地就把掰馍的老碗摔了，恶狠狠地说："安北斗，安存镰，这就是你给我想的好主意？我都被欺负成这样了，你还火上浇油！把我当痴聋瓜傻的五保户对待是吧？老实告诉你，谁要把我老鳖滩的房庄子挖垮了，我就跟他拼老命了。你信不？他一家老少有多少口，就都把脖子洗净，自己伸到砧板上，等我去挨个剁好了！不剁我都不是温家娘生爹养的！你安存镰也把脖子洗一洗，伸长些，剁着利索，磨磨叽叽地疼！"说完扭身就走。

他急忙起身去拉，温如风已冲出门外了。泡馍馆的服务生追出来要钱，他一手抓着温如风的裤带，一手掏出钱撂给人家，才被一街两行的人看着热闹，钻出了回民坊。他被温如风拖得有些跟头跟跄地说："有话好商量么，跑死呢跑。""没啥好商量的。你们是老鸹猪毛一般黑。我也不指望老鼠能帮着剥了老鼠的皮，抽了老鼠的筋。""那你准备咋办？"温如风说："总有说理的地方。我不相信天下都黑成墨了。""你慢点，慢点。咱找地方再商量走。""不跟你商量，你个芝麻粒大的干部，牙缝都塞不住。要找我就找大的说。找个大西瓜，看砸不死你！"温如风走了半天还回头骂了一句："你顶卵用！"气得他直想扑上去把他掀翻在地，美美给几脚，但他不能，也不敢。他就那样被温如风牵着，直跑到南城墙根下的一个门洞前。他说："如风，你看天也黑了，咱就在这儿商量吧，我给咱买些肉夹馍，一边吃一边说，咋样？"温如风大概也是饿得不行了，加上街角的腊汁肉夹馍也的确香得他嘴角直流口水，就放慢了脚步。安北斗不放心，还是小孩子玩"逮羊"游戏一样，把他"尾巴"牵着，温如风一筛："放你的，让人看看你这骚情样子。"他就斜眼盯着他，去买了六个肉夹馍，温如风直喊："我得四个。"他又加了一个，还给一人买了一瓶可乐。温又喊："我要啤酒，两瓶。那黑汤汤我喝不惯。"他只好补买了两瓶汉斯啤酒，两人才坐到了护城河边的绿植护坡上。

仲春时节，夜幕刚刚撒下，灌木丛中到处都是谈恋爱的。还有叽叽歪歪坐在情侣怀里，旁若无人地乐呵得直跳跃的。那时护城河还没点亮，几乎成为城市唯一的一条隐蔽带。他们置身其中，有点不伦不类，但也有些触景生情、想入非非。

安北斗首先想到了杨艳梅和女儿，她们就是这个城市的人了。住什么方位，安妮上的什么学校，他都一概不知。有一阵，镇上电话一响，或者邮递员把信件朝门房一搁，他就会抢着去接、去翻看。冥冥中，他老觉得孩子是会想起他，或者要给他来个什么信息的。他多少次把安妮架在脖项上，攀上阳山冠顶，孩子是乐呵得要爸爸一辈子都这样架着她的。面对星空，孩子也说她将来是要上月亮去，给爸爸妈妈拿好大好大的手电筒照路的。她所指的路，就是他们上阳山冠的那条羊肠小道。但事实竟是如此残酷。自他跟杨艳梅离婚后，就天各一方，甚至像是从来都没有过任何生命交集地相背而去了。这使他不停地想到天体的运行规律：科学家发现，所有星系都是以爆炸的速度唯恐避之不及地射向远方，并永不回头。他甚至还仰头看了看，在城市的雾霾与光污染中，天空酷似一张洗荒脱了的麻灰色床单，单调得几乎无一星半点的饰物点缀，并且笼罩得很低很低。关键是他在这时还想到了另一个男人储有良，就立即厌恶起这个城市来。

"北斗，知道她们住哪儿不？"是温如风一句话把他带回了现实。

"谁？"

"你老婆娃，谁？"

他一下把话题岔开了："操好你自己的心。"

"我起码老婆娃还在，跟我死活都一条心着。"

"那你还到处乱跑？回去守住不就行了。"

"正是为了老婆娃，我才一趟趟朝出跑的。谁是脑子进水了，放着好好的日子不安生过。"

他大概是一种习惯性，又看了看一无所有的天空。

温如风就说："别看了，啥都没有，你只说我这事咋办？"

他还真觉得难办。这次出来，跟任何一次心情都不一样，他甚至是想帮温如风一把的。两人现在坐的位置也不远不近。温如风蜷缩成一疙瘩的样子，侧面看，很像是一个星体。而自己不知什么时候也蜷缩成一个球状了。这两个球体，现在不是谁围绕着谁转，谁把谁捕获、吞并的问题，而是相互缠绕着分离不开了。很像是天文学上的双子星，内部质量突然变得异常接近，引力也彼此呼应相当，它们是要在天空中的某一位置共同旋转起舞了。但安北斗不能告诉他自己的真实想法，他也不能"教唆"温如风去干什么。他只是觉得，唯有引起上边重视，"孤岛"问题才有可能得到妥善解决。否则，将是一场无休止的"拉锯战"。这是由温如风的性格所决定的。放在其他人，也许就完全是另一种结局了。从半棵树起，应该说把各种相互妥协的手段都用遍了，可这货哪怕是肺叶挣破，也要先把气出了再说。对于温如风，一切就只可能是一种模式、一种结局：砸锅卖铁，鱼死网破。

恰在这时，安北斗突然听到背后步道上有几个人一边哼着秦腔，一边在说："明晚可是太重要的演出，省上几套班子都要来看戏呢。""跑好你的龙套，谁来看，关你腿事。"

他突然拍了拍温如风的肩膀，让起身跟上。

他们就尾随着这几个又是哼哼又是蹦跳，还有突然就能打起一个"虎跳"或原地拔起一个"前卜"跟头的人朝前走去。

57《一棵树》

这几个人是省秦腔剧院的。安北斗是被他们明晚有重要演出的信息所吸引，且省上四套班子领导都要来看戏。温如风有些莫名其妙，跟了一阵说："像是唱戏的，跟着干啥？"他让他别说话，他们就一直把这帮人跟到了剧院门口。门口挂着一个广告牌，上面画了一棵大树，树下站了好多人。最中间的，好像是秦腔名角忆秦娥。但喷绘颗粒粗糙，不大清晰。加之又穿了农村服装，完全失去了忆秦娥平日在电视上的那种风采。

剧名叫《一棵树》。倒是一下吸引住了温如风："一棵树？ 也让人偷了？"他一笑说："天底下都是偷树贼，都把树丢了。"温如风也笑了："咋叫《一棵树》？ 这怪的戏名。半棵树我看也能成戏名了。"安北斗说："把你也写成戏，注定鼻梁上要画块豆腐干。"温如风有些生气："那是小丑么。哎安存镰，在你心中我是小丑？ 那你是啥？ 我看你也是小丑，戏里凡盯梢、望风、当解差的，都是小丑。你就是个烂解差，以为你是谁？""那你是谁？""戏里被小丑押解的都是谁？ 自己想去。"安北斗故意说："要么是杀人魔头，要么地痞无赖。""说明你就没看过戏，懂个屁！""好好好，我是小丑，你是武松、林冲、卢俊义，行了吧？""反正你要把我当小丑看，你就不是好货。那孙铁锤是啥？ 何黑脸是啥？ 莫非他们上台了，还能扮俊脸不成？ 看那些死模样！"安北斗说："就你温如风好看，就你该俊扮，其余都是小丑，好了吧。你呀，真是越活越讨厌，越活越烦人了。走，先找地方住下，明晚看了戏再说。""鸡肚子不知鸭肚子事，我心里挠搅得跟辣子锤一样乱捣，你还顾得看戏呢。""你不看？""不看。""真个不看？""坚决不看。""那我就连夜押解着上路了！""我不走。""你留下还能干啥？""找人么，干啥？ 我这样让你弄回去，你给我解决问题？""准备找谁？""谁能给我鸣冤，谁能治住孙铁锤，我就找谁。"

安北斗看这家伙有点唤不醒，又故意把眼睛朝广告牌上瞅了瞅："你说这角儿是不是忆秦娥？ 看着既像又不像。"他还朝一段模模糊糊的剧情简介看了看说："哦，是演治沙英雄哩。难怪！""咸吃萝卜淡操心。演谁与你腿事。"安北斗还在暗示："难怪剧团那几个人说，明晚有不少领导要来看戏了，难怪！难怪！"温如风突然像醍醐灌顶一样把脑门连住砸了三下："哎存镰，北斗，安北斗同志，安主任，够意思！"安北斗这阵反倒拿起糖来："啥够意思？走，回！""真够意思！你要上台唱戏，我一定给你勾个包公脸！太黑了，还是关公脸好看些，给你勾个红脸关公，美！"温如风还给他扎起了大拇指。"去去去，我说看戏也是逗你玩呢。忙得跟啥一样，还有心思看戏。走！""放心，我还能不知好歹，把朋友出卖了？！"安北斗故意说："你说啥我听不懂。"

其实这阵儿安北斗心里已在犯嘀咕了：作为政府工作人员，与工作对象串通一气，甚至算得上是指点迷津……不，简直是出谋划策了。哪一条捅出去都够自己喝一壶的。可一想到那个"孤岛"，又由不得他要帮温如风讨点公道。但他还是得装作犯糊涂的样子。因为这家伙没啥底线，只顾结果，不顾后果，谁知他会捅出多大的娄子来呢？他突然有所改变。但温如风这一窍一经点开，也就不是他再能操控得住的了。老温像老电影里某个失去联系的人，突然找到了组织一样紧紧拉住他的手说："放心！我绝当不了叛徒。无论坐老虎凳、灌辣椒水、上美人计，都会钢嘴铁牙，一字不漏。行了，你明晚也别看戏了。我一人看，是你打了野眼，我偷着跑出来的。你只再给我挨磨一天时间就行。事成了，我家弄个香火台，把你敬起来！""避避避死！明天一早起解！""起不成！"温如风突然手舞足蹈地朝大街上跑去。他直朝前追，两人就像演猫抓老鼠游戏一样，闪来躲去的，最后在五羊酒店安顿住下了。

他始终不承认是自己故意让他关注那台戏的。温如风偏要得意洋洋地表白："放心兄弟，我不会告诉任何人咱是狼和狈的关系。"气得他拿起鞋底，照温如风的瘦屁股，美美抽了十几下。温直喊："舒服！舒服！舒服！你再抽！再抽！再抽！要是何黑脸，让他抽一下试试，我端直就告到警察总部去了。你随便抽，哎哟哟，咦哟哟，咦哟哟的哎哟哟……"这个死皮货！

睡到半夜，安北斗突然发现温如风正趴在床上写东西，形象颇为滑稽，内衣竟是一身红布做的。上身像个红裹兜，简直把自己穿成了一个充满稚气的乡下孩子。而下身是个超大的红裤衩。问他为啥把裤衩做得那么大？他就从裤衩四周掏出几十封信来，每封上面都写着大得不得了的一些人物的名字，大概是从报纸上抄来的。他还从交裆处，拉出一卷票子，并且很是大方地到夜市上买了四个卤猪蹄，还有一串切得跟铜钱一样的牛鞭，外带啤酒、花生米，强制性地把安大主任管待了一顿。且一再表示：成不成都不会让安主任受牵连的。

安北斗始终不承认自己出了什么点子，还是催着明早回。他也知道一切都已不可逆转，就只能等着明晚那《一棵树》的剧情发展了。

酒店离秦腔剧院只有半里地，这天一早，他们就由南朝北走了几个来回。也反复看了《一棵树》的简介和职员表，主演的确是大名鼎鼎的忆秦娥。连安北斗都想看了。却没票，是包场。温如风急得心里跟猫抓一样，问咋样才能弄到票？看大门的说：只有等开演前，看"黄牛"手上有没有。他问啥叫"黄牛"，人家说是票贩子，那些人什么票都能倒腾出来，就是价钱大些。

安北斗老觉得心里不踏实，害怕温如风惹出什么事来。快中午时，他是真的要"起解"了。可这家伙咋都不走，甚至用手死抠着门框，说除非把他杀了。还真拿他没治。他就那样一步不离地把温如风跟着。在快开演前的一个多小时，剧院门口警察多了起来。温如风显得有点焦躁不安。他也心慌意乱着。

看来票还真不是问题。有人手里捏着一沓，在很远的地方就问要不要？那大概就是"黄牛"了。温如风肯定是要买一张的，但好座位都上百块，快赶上北斗村半亩地的年收入了！他想坐得离领导近一些，又下不了势。他还在伺机朝最热闹处接近，如果领导进场前，能把告状信递上去，票钱就省了。可来的小车太多，也不知哪个官最大。加上但凡有大领导来，一定是前呼后拥，水泼不进的。直到有人说快开演了，他才知道领导早进完了。一慌神，他咬住牙根，掏了八十元，买了一张还算不错的票，准备进去。安北斗也想进。他说你还是别去了，这事与你无关。大料老温也是舍不得再多掏一张票钱的。

安北斗突然觉得还是应该阻止住他，可这货跟地老鼠一样，出出溜溜钻进人缝就不见了。他想再等等，等戏票由肉价跌成豆腐价时，再买一张进去。但很快就谢绝入场了。他便只能在剧场外边听着里面音乐大作，合唱声声：

> 一棵树啊一棵树，
>
> 狂风吹不折，
>
> 历尽暴风雨，
>
> 好小一棵树，
>
> 好大一棵树……

安北斗还没有如此焦虑不安过，真像是热锅上的蚂蚁。而且这蚂蚁还不能朝"锅沿"前靠,一靠近,就有人朝一边赶。"锅里"正热油蹦豆般地慷慨激昂、声似裂帛。而他就在警戒线外几十米处来回游走、心似油煎。他好后悔,怎么能给温如风出这馊主意呢?他预感这货今晚是要被抓起来的。一旦抓起来,那可真是吃不了兜着走的事。他不仅亲手将温如风推进了火坑,而且把自己也架上了火炉。他双眼紧盯着几个太平门,随时准备应对不可预见的一切后果。

百密一疏。千虑一失。警戒如此严密的地方,这一晚竟然出现了难以想象的两大漏洞。这是事后安北斗才听说的。第一"漏洞"先来自剧院内部。据说一个颇有名气的丑角演员姓顾,名盼望者,一生喜好"亲切接见领导"。但凡有重要人物来,他一般都会突然闪出,一阵亲密拥抱,把领导送上车,挥手致意远去后,才对身边人说:没办法,老朋友来了,得出来送送!谁也不知他的底细,握着领导手时那亲切的样子,谁也不敢质疑他们不是老朋友。而老顾自身又长得颇有些派头,加上"会见"动作潇洒自如,甚至堪称大气磅礴,也就从来都没有人怀疑过他的"重要"身份。只有剧院人知道,老顾的"亲切接见"基本都是闹剧。并且每每接见的都是大员要员。否则,他也未必有时间"出来"一下。这晚的重要演出,院领导就怕他"出来",还提前做了周密安排。因为整个安保由公安和警卫局接管了,院里只负责外围。院长提前给保卫科打招呼说,你们晚上看好老顾就行了。顾盼望为人热闹喜兴,尤其招年轻人爱戴,有了重要演出,早早就有人烧火他:顾老,这次你恐怕得亲自出来一下!他只回答两个字:没空。但哪一次都说没空,关键时刻,哪一次又少了他的身影?把单位领导都能挤到一边,他会冲到最靠前位置,拉住首长,就是一通乱握乱摇。这一晚,保卫科接到院长指示后,就早早研究对策,弄了四捆啤酒,还买了梆梆肉、鸡爪子、兔脑壳，把他三番五次地请来，说是要向顾老请教一些艺术上的问题，算是一种别样的"看守"。谁知顾老喝到兴头上，说尿憋得不行，保卫科长看还有时间，便让他尿去。可就这一小会儿，他竟然把大事办了。"办完事"回来再喝时，他们才知道戏刚散，领导已全部撤离，而顾老也成功进行了"亲切接见"，并"一一拥抱送别"过了。中间失误就一刻钟。按保卫科掌握的演出时长，是两个半小时。结果上边有人提出必须在两点一刻结束，下午竟临时裁掉了十五分钟戏。而这个裁戏时间与保卫科没有衔接，就造成了如此大的漏洞。事后科长见了院长，把头拍得暴暴直响说：怎么能出现这样的失误？我们有责任，可他们业务科耍啥大，沟通一下能把他们的×嘴拉豁了！院长无奈地说：关键是老顾亲切得差点把领导胳膊摇脱臼了。大概是喝高了，拥抱时还一股酒气、蒜味儿，冲得领导个个脖子趔多远。可不是，吃梆梆肉那可是一片肉一口蒜才最香的。老顾仅独头蒜就嚼了四颗，啤酒喝了五瓶半，走时还包了兔脑壳和鸡爪子若干，说是他家猫喜欢咥。

还有一个大漏洞，就是一个观众在戏结束时，突然扑到大领导面前，将一沓告状信递了上去。并且当着上千观众的面，还与领导"亲切交谈一分多钟"。而这个漏洞的主人正是温如风。

58 风搅雪

其实温如风把告状信塞进领导手中这一晚上，孙铁锤也在省城。他现在大本营在县城，但时常会到省城住一住。一是办事，二是越来越感到大城市的优越与滋润。过去来一趟省城都要埋怨一回：不知都挤在大城市有啥好处，人挤人，人撵人的，弄啥都不舒服。他每次来都恨不得把最新的衣服全穿上，包包蛋蛋也都是最好的，可一出车站，就显出了寒酸相。人造革包把脖颈勒多深，领带也常常偏到了锁骨旁。再朝侄儿家一走，侄儿媳妇的眼神里，总是富含着一些说不清道不明的东西。每次离开，晕头转向得都能碰到门框上。他多次发誓再不来了，这挨屎的西京！可现在，手里有了钱，开着路虎，朝五星级酒店一住，服务员又都认识孙总，感觉就全变了：原来这地方美着呢！过去来，为了离侄儿家近，住背巷子，一晚上花几十块钱，心里都辣乎乎地疼。现在住的阿房宫酒店，端直要的是克林顿下过榻的总统套。照说他的钱也还没有那么宽裕，可与各类企业家打交道多了，就摸出了门道：你必须扎起势来，才能把事弄大。何况手里还真有了几个。山里的石子、石沙供应，那是锄子儿不掏就能源源不断获取的自然资源。加上最近还弄了几处碾压路基的工程。现在到侄儿家去，也再不用准备腊猪屁股、麂胯子、甘蔗酒之类的土特产了。想起这些，他还有些脸红呢。乡下人真是可怜，把自己舍不得吃的东西省给人家，还是晚辈，结果全当了负担和垃圾。现在反倒简单了，让狗剩或磨凳扛上两箱茅台朝那儿一蹾。他走时，再给侄儿媳妇撅一摞银行捆扎好的票子，每每送到电梯口都觉得"礼貌不周"了。有几次她是直接送到楼下，眼看着"表叔"的路虎出了院子，人还站在瑟瑟寒风中挥手不止呢。

娘的腿，孙铁锤想，咱过去倒是活了个鬼。在北斗村还以为就人五人六了。住进县城才知道，人原来是这样活的。见天打牌、喝酒、洗脚、揉腰、看武打片、看黄碟，还唱歌跳舞。往常想着跳舞是多么难肠的事，总怕出丑，结果简单得跟拔木桩子一样，搂住摇晃就是了。农村凡会打铁、推磨、搅糊汤、拉风箱的都能跳，节奏也差不多，无

349

非手里捏的、怀里搂的是人而已。唱歌那就是乱嚎叫，凡孙总嚎的，一律都会赞不绝口、掌声雷动，跟刘德华、成龙，还有什么毛阿敏、刘欢也没什么两样。过去想见县烟草公司一个股长批几条烟都难肠死了，现在科级、县级都是座上宾。像文化局、文联、什么作鞋（协）这些单位的领导有人想叫，他都一句话：叫那些不打粮食的干啥？你是闲得没卵事干了。

自到省城五星级酒店住了几回后，他才发现县城人倒是活了个茄子。这儿无论吃的喝的，一应服务享受，更是另一番讲究了。同样是歌舞厅小姐，档次能把县城的撂几道梁远。再就是饭局，地点、菜品自不必说，出席的排场也了得。有时连县处级都要叨陪末座了。"孙总虽然是乡镇企业家，却是无冕之王啊！"他也很快适应了这种席位越来越靠前的安排。总之，世事大得没个边边，环环扣扣、渠渠道道都让他看得眼花缭乱。他由此也更坚定了要挣大钱的决心。在小县城，自己还算是个人物，在省城，要不是老打着侄儿的旗号，再生装包里鼓着，出手大方，其实连狗屁都不是。就自己挣的那几个钱，但敢实说出来，八九不离十，会让人噗嗤一下笑出两吊鼻涕来。没钱，你就是个辣子，还是个长得皱皱巴巴、快蔫干落蒂的青辣子。有钱，你弄啥都是最佳最好最美的那一个。喝了酒跳舞，有人拿你跟黄豆豆春晚上的《醉鼓》比；嚎一曲，又说你比刘欢的《北京人在纽约》唱得好；长相，把你与早期的王心刚和现在的刘德华能拉到一个等级上；戴个礼帽、穿件风衣出来，马上又有人说你像《上海滩》里的许文强了。其实他心里清楚，在西京，自己身上的一切，还像老毛没褪净、新毛没长出的"换毛鸡"。但这种"天不管、地不收"的美妙感觉的确太诱人、太受活、太玄妙、太大喜过望了。这日子，就是活他娘个五百岁，沟通。比如中国政法大学、华东政法大学、北京大学法学院、中国人民大学法学院等等。我们希望与这些法学院保持互动，获得提升自己的压力和动力。我希望我们的领头羊们能够把我们带到一个更健康的大草场，让我们都能吃好的草，生产更优质的牛奶。昨天，在我们研究生毕业典礼上，我说了这样一句话："离开了中国法治这盘大棋，个人的得失都算不了什么。"我想法学院也是一样，离开了中国法学教育健康发展这盘大棋，单个法学院的得失真的也不算什么。现在我们面临很多诱惑，有许多特殊的资源，有的法学院致力于简单地争夺或者保持这些资源。但是，我认为，这样做不一定是好事，我们还要看到法学教育长远的要求。

记：那北航在学生的培养上有没有什么特别之处呢？

龙：北航在学生的培养上注重三点。一是标准化。没有规矩不成方圆，我们要将国内国外法学院中成熟的、好的经验吸收过来，进行消化，建立一套标规贯彻于目标之中，做到人才培养的合格。二是逐步提升。我们要通过法学院的学科建设、人才培养体系的深化，对我们的法学教育在整体上进行提升，在培养水平上逐渐跻身国内著名法学院之列。三是提炼特色。我们要在一个好的基础上提炼我们自身的特色。比如在航空航天法律与管理领域、信息与法律领域做到国内最好的教育平台、政策咨询平台。这样我们的法学院才会更加生动，贡献才能更为凸显。其中，标准化很重要。无论情况如何变化，我们的法学院都要做到符合法学教育体系各方面的合理要求。师资、学科、学院体系、学生的素质、培养目标、课程设置、培养过程等等因素都要考虑进去。

记：龙老师，您刚才提到北航的特色教育，那是不是意味着北航的学生毕业去向都很特别呢？

龙：有一部分是这样的。我们大多数同学是按照国家法学人才目标加以培养的，是国家法律人才的主力军。我说我们要突出特色，但不是所有的学生都搞特色，还要结合学生的兴趣爱好，只有部分有特长的同学才往特殊人才领域培养。航空航天法律管理的就业缺口很大，特殊技术开发、特殊产品生产、特殊企业机制、特殊设备购买的处理，国家航空航天、信息产业管理部门，航空航天、信息类大企业，以及特种律师事务所等等都需要懂航空航天法、信息法、工业产权法的人才。而我们培养的学生还远远不够。我们学生的就业形势很好，主要是综合素质高，因为我们招生人数少，老师学生基本上是一对一的。每届几十个学生我都能叫出名字来，这样的师生比让我们的学生都能获得充分的锻炼。

记：谢谢龙老师跟我们谈了很多关于法学教育的内容，接下来我们的话题是关于您的学术研究。龙老师，您的专著《民法总论》在2001年出版后几个月内就宣布售罄,2002年马上就出了第二版。这在法学界甚至在学术界都是很罕见的。您的著作同别的民法理论著作有什么大的不同?

龙:谢谢读者们的厚爱。我其实也没有作出什么特别成就,可能只是大家觉得我在这本书的写作上费了不少心血,读起来还是有些收益吧。我个人关于著书立说的见解是,不应盲目追求数量,而应该呕心沥血追求质量。

记:那您的观点跟别的书会有很大的不同吗?您跟江平老师在民法领域有没有基本观点的差异呢?

龙:我个人更注重材料和知识的系统的基础的整理,在此基础上再做学术思考和建设工作。我的这本书主要在这方面有些优点。但缺点也不少,就是离博大精深还有很大距离。我的知识和思想在很多方面是向前人和同行学来的,包括向老师学来的。江老师是我尊敬的导师,对我影响颇多,至今有很多问题我还是喜欢请教他。在基本思想和观念方面,我是很倾向江老师的,至于具体的一些知识和方法方面,当然与老师有所不同,有时甚至是老师没做,学生做了就是差异。当然,我还不敢奢望"青出于蓝而胜于蓝",江老师的学术思想以及人生境界是我永远超越不了的。

记:那龙老师您在民法领域的基本学术观点是什么呢?

龙:在民法领域,要说在基本的理论和制度方面提出许多独特的观点是不现实的,只能说你在某些方面可以有一些较为深入的把握或者心得。民法的几乎所有领域都留下了杰出民法学者的思想痕迹。历史上伟大的法学家很大一部分都是民法学家。所以,对于我们今天这些晚辈民法学者来说,首先是一个谦虚的面向多元的学习问题,能够读懂前辈大家的思想,体会他们的知识,形成一份沉甸甸的理解就很不容易了。像著名的民法学家王泽鉴先生,他学问做得那么好,可是却仍然很谦虚地说自己做的不过是判例、学说与比较法研究而已。当然,我们也有面对当下的建设使命,要做一些向前的学术和制度建设工作,但对待这份工作应该小心谨慎。

我个人来说,研究兴趣较广,就民法方面而言,近二十年主要是两个特点。第一,比较注重尽可能全面的学习积累。我个人以为研究应该建立在牢固的学习基础上。因此,多年来一直保持了不断学习的习惯,对民法的学习,我力求多多益善,尽可能收集书籍和材料,认真地阅读、消化,以做到对民法有一个相对宏观和全面的把握,进而做到体系化和细化。所以,一些熟悉我的同行朋友在研究某些领域的时候往往愿意事先与我做些探讨,我的一些提示可能有启发作用。第二,喜欢思考一些比较基础的或者前沿的问题,常常涉及问题探源。比如,我的博士前阶段做的是法律行为的基础理论研究,后阶段做的是民事主体有？"他还有点不服，给温存罐赔辣子哩，还加倍赔。谁知孙仕廉竟然拍了桌子："你听懂没有？！是想坐牢，还是想自由自在？"他连忙回答："听懂了！""三、我没有拿你任何东西，除了甘蔗酒、腊肉、麂子腿……麂子也是二级保护动物，我没吃，你也别提。至于丽达（他老婆）拿了你啥，我不知道。如果拿了，我会让她立即给你退回去！"

"看表侄（见脸色不对）孙处……你这见外了不是。我是傻子？能害你？害丽达？就是上老虎凳、灌辣椒水，也与你半毛钱关系都没有。再说了，你放一百二十个心，我现在就回去，人不到，'孤岛'就填平了，啥啥事都没有。你信不，他调查完，还得给我表功哩！妈的，我带领大家挣钱、致富、支持铁路建设，还有罪了。让他们查去，除了治理刁民外，看我还干了啥？"

孙仕廉大概是不想跟他多攀扯，准备起身走。他一把拉住，从皮包里拿出一摞钱来，说："省里还得靠你……摆平……"

"行了行了，你把自己屁股底下打整利索就行了。记住，我没见过你！"

"没有，绝对没见！"

孙仕廉说完，还从窗户和门缝朝外看了一下，才女里女气地溜出去了。那身段、那气势，那平日似乎一切都稳操胜券的神情，怎么突然变成了这样，有些像胆战心惊、躲躲闪闪的老鼠。他可是从来都没见表侄儿这样小心翼翼，甚至窝窝囊囊过。兴许事情的确有点非同小可。俗话说：矮檐底下耍梗头。看来这次还真得给温存罐低一回头了。低就低吧，等缓过劲来，看不把驴日下的脖子拧下来。

当他从茶社出来时，一阵旋风差点把他刮回去。这都几月了，突

353

然来了倒春寒，不仅风利得像刀子，而且风中还搅着雪花。他勉强走到车前，羊蛋拉开车门，他上了几次才踏进去。"回村！"羊蛋还有点不理解地看了他一眼，以为说错了，晚上不是安排在大香港鲍鱼翅请客吗？"你耳朵聋了！"羊蛋就再不敢问了。

59 冰雹

县委书记武东风接到市委打来的电话，也是在早晨九点前后的事。秘书长在电话里大致说了一下昨晚省城的情况，并要求他抓紧落实，领导要回复。

他也是才从省城开经济工作会回来。会上，温如风冲击会场的事就闹得沸沸扬扬。他也立即做了部署，要求县上有关部门尽快把人劝回去，有问题解决问题。没想到，一波未平一波又起，这么快又跑到人多众广的剧场里大闹一场。他拿起电话挨个训了一通，都说高度重视了，最终把问题还是指向了北斗镇。他立即给牛栏山拨通电话，端直问怎么回事。牛栏山还以为是倒春寒下冰雹的事，就诉起苦来："哎呀武书记，这次灾情可是严重啊！冰雹把麦茬几乎全打倒了，半人高的玉米秆，也都打成了光索索，最严重的地方，把几十户人家的瓦房都砸出鹅蛋大的窟窿来……"

"我问你那个温如风是怎么回事？"

"……我已派人到省城领人去了呀！"

"领的人呢？"

"大概……大概快回来了吧！去领的人……很有经验……很得力……"

"的确很得力！"武东风气得把电话挂了。

牛栏山过了一会儿，又把电话拨过来，问他要不要来县上一趟。武东风说："你先处理好灾情吧！"

其实武东风是准备亲自去一趟北斗镇的。他反复研读了传真来的省市领导批示，也琢磨了市委秘书长电话里的语气和内容，觉得这事自己得亲自上手处理才行。但先得顾及冰雹灾害。昨晚和今早不是一个北斗镇下了冰雹，而是全县一半地方都遭灾了。在山区干部里流传着这么一句口头禅：干得千好万好，死了人不得了！作为一个学文科的干部，他对这句话很是感慨。山里地势险恶，夏季最易发生山洪与泥石流，有时眼看着半座山都在倾盆大雨中蛟龙一般跌入深沟大谷了。那上面的山民自是难逃厄运。他一上任，就曾处理过这样的灾难。而现在是千树开花、万树发芽的季节，却遭遇倒春寒，竟然还下起"小碗口大"的雹子，甚至砸死了一家三口人，他就不能不去看看，然后才准备拐到北斗镇去。

他上任已经一年多了。对于这个山乡穷县，原书记王中石的观点是：千万不敢瞎折腾，老百姓受不了。而县上多数干部对王中石的评价是：人不错，挺厚道，也不贪，就是趋于保守。也有的甚至干脆说王中石耽误了全县经济发展，是个罪人。但王中石离任时，有点哽咽地对他说了十二个字：岂能尽如人意，但求无愧我心！这话是许多领导干部都爱用的座右铭。既像生命精神标高，也像块遮羞布。记得王中石最后特别交心地跟他谈了一席话，说他家祖宗三代都是农民。他先在村里干主任、支书，后来上大学，再折回来当了副乡长、镇长，兜来转去的，又当了副县长、县长、书记。遗憾的是始终没离开过永平县，眼界可能窄了些。但也因此让他更熟悉县里的山山水水、一草一木。他强调干部不能调换太快，蜻蜓点水，就容易乱下药、下猛药，企图来手快。他说他不是没折腾过，为让老百姓尽快发家致富，到处学习经验，移花接木，有灵验的，也有折腾得血本无归的。因此，他对决策和拍板这个环节一直持十分审慎的态度。他强调说山区有山区的特点，因地制宜四个字特别关键。他不反对想干事的年轻人搞些试验，但一切实验，都要跟老百姓的意愿相结合。他说老百姓比我们更懂得"人畜有吃有喝能安生"才是好日子。在他手上关停了一些破坏水源的造纸厂、水泥厂，包括一些采石场，大家有意见，嫌他是小脚女人走路，扭扭捏捏。他坚持说要看长远，要以几十万人能长久安居乐业为目的。王中石反反复复讲给他的一句话就是：越穷越爱折腾，老百姓真是折腾不起呀！

武东风觉得王中石这个人倒是蛮真诚的。看上去甚至不像一个县委书记。倒更像是一个乡镇长，甚或一个中学教师。他从关中经济人口大县的常务副县长，一步提拔到永平县县委书记岗位，各方都是寄予厚望的。组织谈话时，也说到永平县的经济排位问题，希望他能尽快扭转局面。其实他一来，就有点发蒙，尤其是面对深沟大岭，又缺乏矿产资源的贫困县，还真不知从哪里抓起呢。之所以对北斗镇的"点亮工程"突然产生兴趣，也是基于自己在平原大县分管旅游产业时的一些经验，才让一下"点亮"了几乎半个县域。应该说开局不错，吸引了不少游客，还带动了农家乐和农副产品销售。干部们也很振奋。但随着铁路全线开工，很快就把整个山川炸得千疮百孔，"点亮经济"也在到处开山放炮的"禁止通行"中无疾而终。好在一切都是铁路建设"万炮齐鸣"把灯炸灭了，不能说是决策失误。他在大会小会上讲：铁路一通，仍然点灯。不管怎么说，上任的"第一板斧"，毕竟是没砍出政绩来。他的关中老家村子，是出过不少大官的地方。历朝历代，有过几任封疆大吏。就连如今，县处级都是多得"用卡车拉的"。以他的年龄，有人预计前途不可限量。可到了山里，他才感到有点茫然，简直是有劲无处使，啥智商在这里都被搅成了"稀糊汤"。财政收入少得可怜；矿产也是星星点点的不成气候，开采不够成本钱。他把老家朋友请来投资，人家一吃一喝，拔腿就跑，说还是饶了我吧，谁愿意把钱扔到这里打水漂。好在铁路开工了，高速路也在勘测，这是穷困山区"破局"的千古机遇！可时间至少需要五年，他武东风的年龄优势也就彻底熬过撇了。回不回得去关中，都得两说了。

窗外雪花还在旋动，当他赶到被冰雹砸死人的村子时，县上已有好几个部门都到了。书记要到哪里，风声总是比长了脚要快出许多倍来。人已入殓。三口人才两口棺材，小女孩是放在奶奶脚头的。据村干部介绍：下雹子那阵儿，七岁的篮篮正在坡上放羊。一共就两只，大的有五六十斤，小的才十几斤。先是爷爷去喊，半天没回来，奶奶又去找。雹子实在太大，下了足有一顿饭那么久。冰雹一停，有人发现，爷孙三口都被砸死在坡道上下不远的地方。那只大羊也砸死了。只有小羊还在篮篮怀里捂着，也快死了。篮篮爹妈在外打工。家里还剩下一个快九十岁的老太太，有点奄奄一息。村里人都说，人老几辈子没见过这大这猛的雹子，他们叙述不是"小碗口大"，而是"老碗口大"。有个老者还说注定要砸死人的，果然就砸死了。村里人尽管在讲述，但脸上还是显出一种麻木相。可武东风流泪了。他是忍了几忍，都没忍住，就背过众人，用手帕擦拭起来。他很喜欢郑板桥的那首《墨竹图》题诗：衙斋卧听萧萧竹，疑是民间疾苦声。些小吾曹州县吏，一枝一叶总关情。无论走到哪里，他都爱把这首诗挂在墙上。作为一个学文科的官员，他也在业余时间，创作过一些诗句、散文，并以"萧萧竹"的笔名在省报上发表过。不过有组织部门的朋友提醒他，玩玩可以，千万别让人知道，不然会认为你不务正业。他还辩解说，古代哪个官员不会写几句诗、做几篇文章？朋友说：那是古代，搞啥都胡子眉毛一把抓。现在是分工很细的时代，连人体都要解剖了研究，侍弄口腔的，不管盲肠、胆囊。人家要能抓经济的，你偏爱鼓捣几句顺口溜（把诗叫顺口溜，已使他满脸羞红），那不南辕北辙，自寻短板吗？但在他心中，不仅希望成为老家村里人所期待的那种大官，也希望自己能有苏轼、王安石、范仲淹、郑板桥那样的情怀和斐然文采。

面对被冰雹砸死的三口之家，他又想作诗。可烦心事不停地侵扰着。市上的常委竟然亲自把电话打来了，问那个叫温如风的老上访户，怎么在经济工作会上闹一场后，还能跑到戏园子再闹一出，工作怎么抓的，能出这么大疏漏？要求尽快调查清楚，并在第一时间上报处理结果。他安顿完死者，悄悄给老太太枕头下压了几百块钱，就连夜赶往北斗镇了。

60 月偏食

牛栏山自武东风打完电话，心里就瞥乱得很。急忙问安北斗走到哪里了？安北斗说在回来的路上，温如风也带回来了。他又给孙铁锤打，孙在手机里端直说："你放心栏山兄，温尿罐我立马就给你摆平了，啥啥事都没有。"

人要大了，说话语速、语气、长短就都有了讲究。牛栏山本来想多问几句，可孙铁锤已把电话挂了。自他调到这个镇上，知道的第一件事就是孙铁锤有个侄儿在省上要害部门任处长。开始孙铁锤还叫他牛书记，叫着叫着就成了栏山兄，书记不见了，牛也不见了。有一次喝完酒，甚至端直老牛、牛老弟的，叫得他很不舒服，但也只能认了这一壶。尤其是铁路开工后，孙铁锤不断地揽下一些工程，的确带动了一方经济，让很多人有了来钱路。一时还传为佳话，说北斗镇也有了重工业部和轻工业部（重工业是砸石头，轻工业是淘河沙）。而这两个部都由孙铁锤统率着。虽然铁路建设与地方交集的事情比较多，但要揽下像样的工程的确很难。地方政府主要是负责协调、维护和保障建设，层层要求讲格局、看长远、算大账。而像孙铁锤这样有办法包工程的能人，自是稀罕得不仅要保护、奖励，而且有时简直得巴结讨好了。毕竟石头他一个人砸不尽，河沙他一家也淘不完，带动的可是全镇成千上万剩余劳动力的产业链哪！孙铁锤现在对镇上干部也越来越不当一回事了。开始吃饭是礼让他上座。现在只要摆席，自己就一屁股塌在上席的位置了。有时在县上设饭局，都开席了，有人问他跟牛栏山熟不熟，他说我立马给你把牛吆来，然后直接拨通电话，让牛火速朝城里赶，有些像命令。虽然他也不想去，何况有一个多小时的车程，但权衡再三，还是得去。孙总每每斜依在特别安放的雕龙琢凤的太师椅上，像是半边屁股长了火疖子，有点四周都挨不得的样子。其实要的就是那个躺势。见了他，甚至欠一下身子的举动都没有了。他也就只好叨陪末座，拼命敬酒。满眼望去，哪一个又是得罪得起的。孙铁锤喝"通关"酒，有时竟然能绕过他。即使装样子，嘴里也充满了大不敬的调侃：不给现任领导敬，心里迟早都是病哪！老弟，咱也走一个！

孙铁锤把温家挖成了"孤岛"，他是听安北斗汇报过的。他也从别处听到了"孤庙""孤坟"说。之所以没到现场去看，是因为看了也白看，他不想遭被动、受辱没。他还叫安北斗做工作，让温如风尽快给孙铁锤低个头、下个话，加入公司，一切不就自然解决了？安北斗说，温如风要是能给孙铁锤低头下话，哪能闹到今天这种地步。他们的仇怨，也不知从何年何月结起，可自打那半棵树的纠纷开始，就没有丝毫扭转余地了。他还问：那倒是为啥吗？半棵树，至于弄得山摇地动的，还一拖几年解决不了？安北斗眼睛瞪多大说：我也老想问这话，可问谁去？但凡知道的，还没有不重视、不批示、不追查的，可最后就弄成了这样一笔糊涂账，而且都快出人命了。“牛书记，只要不死人，啥都好说。死了人，镇上可就吃不了得兜着走了！”这是安北斗临走前给他留下的最后一句话。

据说温如风这次走得十分高调，甚至有些虚张声势。听说在镇政府门口还喊了几声：到底有人管没？不管，就别怪我找能管的人管去了！一些人还把他当笑话围着戏弄一番。一个人创的“奇迹”多了，还要一根筋地搞到底，大概别人就把他当疯子看了。似乎弄啥也没了分量，喊一喊、别腾一阵，甚至乱骂一通，都是个笑柄了。反正从他耳朵听到的，对温如风也没多少好话。孙铁锤端直给温下的定义是：中华千古第一刁！

温如风走那天，他是和安北斗一道，去协调几户人家与铁路上为一块河滩地打群架的事去了。回到镇上也听说了温的去向，并且安北斗还再次提醒他：这次温如风的确是被逼急了！可镇上和铁路上最近发生的几起纠纷，又需要安北斗去调停。这家伙处理纠纷的确有他一套办法。不管你拿着菜刀、斧头，他都敢迎面而上。与铁路上谈判，也能把理由找得很充分，最终让老百姓满意，并双方达成妥协。他当时还想，温如风要告让告去，兴许还能帮镇上灭灭孙铁锤的威风、捋捋这只“翻毛鸡”的奓毛呢。谁知在省城竟然连续上演了“冲击会场”

和"看秦腔递状子"的大戏。吓得他这两天也乘月色去北斗村看了看"孤岛",的确挖得太不成样子了！义愤中,他也在等着武书记来,看能有啥好办法把孙铁锤治一治。

安北斗领着温如风是中午坐班车回来的。他也跟温如风见了一面,突然觉得这个人还不可等闲视之。瘦得猴精猴精的,却有一双直视过去让人不得不回避的藏满了仇恨与不信任的眼睛。本来他是想了解了解情况,跟他谈一谈,谁知他扭头就走,说要赶紧回家,害怕把老婆娃塌死了。他问了一下安北斗的情况,安也有些闪烁其词,不太像平常的性格:"我领到人本来是准备回来的。结果住的地方离剧团近,老温说想看一场戏,没拦住,就钻进去了。我只好在外面等。谁知这一晚上省上领导也来看戏了,他就递了状子。我知道的就这些。"说完,他还补了一句,"牛书记,这事放到你,你告不?"他眼睛一下就直了。安北斗这家伙,屁股咋完全坐到温如风的板凳上去了？问题是把天戳个窟窿,怎么补?

好在这事对孙铁锤好像有所触动。人已从省城急急呼呼赶了回来,在镇上还把温存罐大骂一通,将"中华千古第一刁"改成"万古第一刁"了。据说今天一早他就电话吩咐手下,让几条采沙船集中力量,把"孤岛"周围挖空的地方,紧急回填了土石方。总算是让"岛"显得不那么孤,"坟"也不那么阴森可怖了。并且还给温家填出一条出门的路来。孙铁锤回村一看,对着温家大嚷:"行了,孤坟野鬼绝对是可以勾肩搭伙、来回串门了！"

武东风书记是晚上十点多才赶到北斗镇的,一下车就说要去看现场。

当他们到"孤岛"附近时,自然已看不到"孤岛"之孤,更别说任何险情了。武书记甚至有点生气："怎么说得那么夸张？ 这房子有危险吗？"

村上有人插了一句嘴："谁听温疯子的话，小心没裤子穿。"

温如风也不知啥时就成了温疯子。人一旦被贴上某种标签，立即就在别人心目中大打折扣了。

孙铁锤直到这时才凑上来说："武书记，现在事情难干得很！ 铁路上急着要用沙石，温存罐这个钉子户就是给你死挡着道，让几十万块钱的采沙船没法开采。再这样我也准备歇菜了。铁路建设也不是我孙铁锤一个人的事，受这等冤枉气，我还不如到外地搞投资、挣大钱去，何苦呢！"

牛栏山觉得孙铁锤这家伙的确不是等闲之辈，竟然把输理的事说得那么有理八分，还十分委屈。尤其是要到外地投资去，明显是戳上上下下干部心窝子的话。县上连各乡镇都下文成立了招商办，要求必须改善投资环境，把"财神"请进来，谁还敢把自己的"财神爷"逼跑了。

突然，村里又是敲锣又是击鼓地闹腾起来。武书记问怎么回事。有老者朝天空一指说："快看，天狗吃月了。"这本来是自然现象，但在老人们心中，仍是不吉利的大事体，但见"天狗吃月"，必要响动驱赶。今晚是月偏食，地球只挡住了太阳光的三分之二，就有人敲箩筛、栲栳、打梆鼓、铜锣地在攉"天狗"了。

这时，武书记的秘书让接电话，原来是孙仕廉打来的。

61 萧萧竹

武东风这一晚住在镇政府，他的窗外恰恰是一片紫竹林。萧萧风声，加上月影晃动，越发让他想起郑板桥那幅《墨竹图》来。住在县委大院深处，感觉到的是一种喧嚣，尽管院落套着院落，常委们住在最深处，而书记又在最深处的深处，但依然无法获得一份宁静。因为永远都有各种人以各种办法，探听着书记的行踪。并且能准确获悉你每天都开些什么会，见些什么人，跟谁谈了多长时间等等等等。总之，你不可能有自己的时空，更不可能像郑板桥一样，还能琢磨几句诗，画几笔画。他来报到时，捆的几捆想看的书，到现在竟然连一本都没读完。你就是个陀螺，是架机器，是一口摆动不停的时钟，头天晚上有人把发条上好，第二天一早醒来，只任人由一个齿轮带动另一个齿轮转动就是。直到发条松弛完，你躺下时，也基本就疲乏得跟"下桩猴"差不多了。但这时你的心并不能静下来，因为还有许多明面上拍不了板、拿捏不住分寸的事，需要在躺下时，继续"再现""回放"，甚至"定格"或做"局部放大"。你得在这些画面、台词、语气、表情中，反复权衡利弊、掂量轻重、卡尺等寸、挖掘内涵。比如今晚，孙仕廉打来的那个电话到底是什么意思？他到现在就还没琢磨透。

他跟孙仕廉过去并不认识。那是在担任县委书记后第一个月，他去省城跑项目，一个从省级岗位退下来的老领导把孙仕廉带到了饭局上。那位老领导也是他们村里出的"封疆大吏"。孙仕廉那天倒是很客气，一直把他称作父母官，他还有点不习惯那种虔敬姿态。因为在重要机关工作的人，出了门，似乎多少都有点见官大一级的优越感。好像他就是那个机关了，无论脸面英俊丑陋，个头高矮胖瘦，走路内拐还是外八字，都觉得那个要害机关就是他的模样了。尤其是一些处长，出门更爱故意耍大牌，吓唬人。但孙仕廉身上还并没有那种令人过于讨厌的毛病。他到县上后，孙仕廉也没给他找过人事安排上的麻烦。这是最头疼的一件事。县上反正就那么多位子，在外地工作的"有头有脸"者，一人要求安排一个，他也得把干部队伍来回捋码好几遍。他的办法就是态度好、给希望、线放长。线一放长，希望就在，希望在，就不至于得罪人。小小县官，哪里得罪得起无尽头的上司呀！项目还跑不？工作还搞不？前途还要不？经济还发展不？各种巧立名目的评比还拿不拿名次？有时"绊翻"一个要害部门的"小石头"，都有可能让一县的某些机遇翻车、"撂荒"。车翻了，撂凉了，你还不知"鬼"在哪里猫着。因此，孙仕廉的电话，他不能不引起高度重视。

问题就在电话内涵有些发掘不清楚，让他面对窗外斜月下的竹影，始终不知如何判断是好。孙仕廉在电话里反复强调，孙铁锤也不是他的啥子亲戚，该怎么处置就怎么处置。如果确实像信里所反映的问题那么严重，就绝不能姑息迁就。总之，他想说明的是，不要听孙铁锤在那里瞎讲，他和他没有任何大不了的关系，亲戚都是闲扯的。所含暗语是：无论如何处置，都千万别把他染进去。看来这事在省上的确来头不小。要不然，何至于让孙仕廉急慌得半夜打电话，唯恐撇之不清？他想了想说："孙处，问题也没有那么严重。我到现场看了，孤岛之说有点夸大其词。不过听说今天他们紧急回填了一些土石方，安全应该不成问题。"同时他也留有余地，"晚上在月光下看，不是太清楚，明天我到现场再看看吧。省市都要求报告结果，现在也不好轻易下结论。"电话里暗哑了半天，孙仕廉才接着说："理解，这事的确难把握。不过，还是尽量不要把事惹得太大，对县上不好。领导批示是让调查清楚，不要层层都理解成了天怒人怨。这种批示我们见得多了，还是以地方经济发展为要啊！"然后又扯了几句别的，电话就挂了。他明显能感到，孙仕廉有些心虚，并且有点小巴结的意思，这在过去可是绝对没有过的。

也不知是什么原因，他今晚住在镇政府的客房里，还有点害怕。特别是窗外的竹影和风声，不停地在玻璃窗上组成一些奇奇怪怪的图案，像动物，也像人。让他不时要想起中午见到的那两口薄棺材，以及棺材里被冰雹砸死的三口人，还有已全然生命麻木的村妇村夫，以及九旬老者。当然，也想到了郑板桥。

这才几月，蚊子就像轰炸机一样在他耳边嗡嗡乱旋着。他干脆坐起来抽了一支烟。抽完，准备把窗户彻底关上睡。谁知却在竹林以外的地方，看到一个人，支了很长一个望远镜，正对着天空瞭望。他有点稀奇：这么偏远的乡镇，怎么还有爱好这个的？县城他都没见过。他甚至有点不相信自己的眼睛。但仔细看，就是一个在仰望星空的人。他就穿好衣服，悄悄走出了客房。

这一晚星空的确很美。武东风随便抬头看了一眼，就回到了儿时的感觉。在八百里秦川的关中大地上，小时的他，也是会经常静下来，搬个板凳，坐在婆婆或奶奶身边，看着满天星星，听她们讲嫦娥、牛郎和七仙女的。后来也不知从什么时候起，那密密麻麻的夜空，就变得星星点点，甚至屈指可数了。再后来，好像也忙，就懒得张望了，除非是看晴天雨天还是打雷闪电。很多时候，都忙得不是坐在车里，就是坐在各种会场、饭局或办公室里。星空，也就从记忆中抹去了。偶尔看一下，也是雾蒙蒙的居多。而面对如此美丽的乡间夜空，就一下把他拉回到了儿时的美妙记忆。他还差点被脚下一个小坑闪得栽了一跤。

"武书记？"

他还没看清那人的脸面，但那人已经在跟他打招呼了："没事吧，武书记？"

"没事没事。这是你的？"指望远镜。

那人摸了一下后脑勺说："耍哩。"

他就端直走到望远镜前，从镜筒里朝天空瞅起来："看什么呢？""我在看 …… 天秤座附近的一颗小行星。"那人说得有点随意，但他立即感到十分惊讶地回头看了看这个山间"奇葩"人物。月光下，只能看见他修着寸头，个子中等，腿还稍有点并不拢，可明显具有一身硬朗的肌肉和健康的体魄。"你怎么 …… 研究天文？学这个的？""不不，业余爱好。""本地人吗？""本地人。武书记，我是安北斗，还在县上'点亮办'借调过几个月，是南主任要去的，多次开会 …… 听过你讲话。""哦，有印象。南归雁是跟我要过一个人，说替他打下手。还借调着？""已经回来了。""现在干啥？""旅游办副主任。"

他突然想起有这么档事，旅游办副主任还是他让组织部安排的。一个县委书记每天脑子至少要过几十件甚至成百件事，这实在不是一件能让他产生记忆的事情，他就说："好，旅游将来是有前途的。如果不是修铁路，也许我们把全县旅游都搞起来了。可惜，让开山放炮把'点亮工程'炸了个稀烂。不过铁路一通，咱还点灯！"说着他还笑了笑。

安北斗没有接话。他对"点亮工程"这四个字有种天然的反感。当然，看法归看法，工作归工作，他也不会把二者搅到一起。他知道自己的说话分量，也懂得领导意志是多么难以改变和扭转。像他这样的小公务员，多数时候，闭嘴，是维护那点可怜人格尊严不受侮辱的唯一法则。今晚他本来是要上阳山冠的。镇上来了这么大的人物，自会有一拨一拨的人主动去服务，这也正好是自己忙里偷闲的时候。每年端午节前后几个礼拜，他都会把镜头对准深空，努力搜寻着那颗属于他的小行星。他在找规律，这颗行星到底是多长时间出现一次，一年、两年、三年、五年。他已发现好像是五年，但又不愿放过任何一次可能再见到的机会。可牛书记偏偏安排他今晚值班，任务主要是防止人告状。县委书记来了动静很大。本来镇上就有一堆陈芝麻烂谷子的破事，现在修铁路再积攒一堆，告状人就多了。他属"外围"，因此，就把机器架到了道场边上，一边看天，一边看地。其实书记一出门，身后就有保卫安全的"内围"跟着，只是书记发现不了而已。

书记看了看星空，突然跟他聊起来："你管旅游，你觉得旅游的本质是什么？"

这话一下把他给问住了。虽说自己分管旅游，可北斗镇还真没什么游客。当组织安排下这个职务时，他也买了相关书籍，阅读并思考过这个问题。他觉得根本是需要有特色、有价值的看点，让人流连忘返并口碑相传。很快他就把特色与价值引向了星空，说北斗镇在方圆数百公里，甚至更广袤地域都是最好的天文观测点。山头不高，视野开阔，气流平稳、无线电干扰少，且温差小、湿度低、无污染、无扬尘，大气纯净度与视宁度都堪称一流。他说旅游可以在这方面做些文章，何况还有万年山崩地貌做依托。这些想法他过去也给南归雁、蓝一方和牛栏山建议过，他们一听都笑了。那笑意让他很受伤。

武书记似乎也没听进他的星空说，只顺着自己的思路讲道："一个叫约翰·厄里的英国人，写了一本《游客的凝视》，把旅游的本质说成是'生产凝视'。人与人之间是凝视与被凝视的关系。只有生产出足够多的凝视热点，才能形成真正的旅游热点，让大家来凝视与被凝视着。比如'点亮工程'，就是生产凝视之一种。"

安北斗也许认同"生产凝视"是旅游本质的观点，但绝不认同"点亮工程"是所谓生产凝视的好方法。尤其在七星山，在他看来，凝视天空可能远比凝视被点亮的山脉更有价值。但他不能跟书记犟嘴。因为有关天空的知识与观测常识，也是几句话说不清楚的。他只能咧嘴笑笑而已。

武书记突然把话题一转又问他："那个到省城告状的人……在你们这里都是些什么看法？"

他没想到书记会突然问这个问题。自温如风在省城走出剧场，欣喜地告诉他"咱把状告成了"时起，他就有点忐忑不安。组织是让他来把人朝回领的，结果自己还明里暗里帮着他把事情越搞越大，最后竟然把县委书记都弄来亲自调查了。可惜对手信息掌握太快，竟然在那么短时间，就基本改变了"孤岛"现状，而让书记亲临现场时，已无法感受到他当时目击后的内心痛楚与激愤难平。书记到老鳖滩那阵他也在场，但处于外围。尽管如此，他还是听到了书记那句"没有那么夸张"的话。他更看到了孙铁锤让人搀扶来的几个长者集体痛陈"温疯子"的唾沫四溅。这种群情激愤、竞相声讨的场面有些像唱戏。可能是排练不到位，也有老者缺了牙口，而说得有点跑风漏气、七长八短，从而少了整齐划一的"群场"效果。他是组织过大型晚会的，觉得那些专业术语与眼下这一幕特别贴合。从那时起，他就对这次充满了戏剧性的告状结果，不抱任何希望了。今晚他虽然在外围防止告状者突袭，可在仰望星空时，也一直在思考要不要找个机会，跟书记点上一两句，让他不至于得到的是与事实出入太大的结果。没想到，书记竟然找上门来了。他想了想，是这样回答的：

"武书记，如果那个'孤岛'周边没有紧急回填土石方，垮塌随时都会发生。"

书记把他看了一眼："挖得很厉害吗？"

"你明天最好再去看看周边挖断的痕迹，那个哄不了人的。"

这时，远处有人咳嗽了一声，是牛栏山书记。

牛栏山正在朝厕所方向走。镇上厕所是紧贴着后院墙盖起的一溜偏厦房。上厕所的确得从侧门走出来。不过这才不到凌晨一点，牛书记也不至于就要起夜了。书记在镇上的习惯，大家都清楚，没见他起过夜。但这阵儿，牛书记的确是起夜来了，还打着哈欠。武书记有点想掩饰自己的存在，把眼睛又贴向了望远镜。但牛书记上完厕所，还是朝这边走来了，说："北斗，这半夜了还看星星呢？今晚有啥好看的，让我也瞅一眼。"武书记就把头抬起来了。

"武书记！"牛栏山感到很是惊讶的样子，还揉揉眼睛，仔细瞅了一下才说，"武书记还没休息？"

"睡不着。"

"有夜蚊子吗？这才几月，还真有夜蚊子了，我还让熏过，是没整干净吧？我再去打。"

"不用不用。我是见这个同志观测星空，也随便来看一眼。"

"哦，武书记，这可是个天文专家啊！地上不敢说，天上没有他不知道的。说实话，我原来就知道太阳大，后来才听他说，还有能容纳四五十亿颗太阳的大星球存在着。叫个什么来着……哦，啥子盾牌座。这宇宙到底是个什么东西，真是难以想象啊！他叫安北斗，是镇上管旅游的干部。也都是托武书记您的福，关心青年干部成长，借调到县上半年多，解决了正股级。他工作很勤奋，干事很扎实。长年看管着老上访户温如风，这次也是他到省城把人领回来的……"

也不知是表扬还是批评，这段话让武书记又静静地把安北斗看了一阵，然后说："他到省城你就跟去了？"

"没有，我是他去经济工作会场，被信访部门扣留后，去领人的。"

牛栏山赶紧插话说："温如风人比较怪，平常不太好把握呀！"

可武书记偏要顺着自己的思路朝下问："那他到剧场看戏，你在干啥？"

"我……也去了，没票，他只钓了一张，没拦住。"

武书记好像就再没兴趣问下去，也没兴趣看星星了。说休息吧，就回房去了。

安北斗见武书记的身后，镇北漠猫着腰闪了一下。那是"内围"。

62 孤岛

牛栏山有点后悔自己话太多，无论想掩盖一种什么，或想解释清楚一种什么，往往就因太过执念，而把事情越搞越砸。他其实一直都没睡，因为武书记没睡。他一直想有个机会先汇报一下，好给书记留下关于这件事的第一印象。任何事情第一印象都很重要。尤其是领导，常常就被最爱汇报的人牵着鼻子走了。他在这方面吃过不少亏。不干事却爱汇报的都做了副县级，他吭哧吭哧干一整，弄个正科还差点"黄庄"了。要不是有人点窍，让他主动找机会去汇报一次，险些被"对手"把自己的形象毁得一塌糊涂，而平移到县志办当副主任去了。看来汇报太重要了。谁能在汇报上抢占有利地形，赢得第一话语权，谁就可能在这件事上夺取最后胜利。领导主要是靠听汇报做判断。尤其是主要领导，事太多，不可能什么都亲力亲为。因此，听汇报所产生的第一印象，往往就成了基本印象，甚至终结印象。若不下一番功夫，死棋就再难盘活。加之武书记是学文科的，比较感性，有时一激动，啪地一拍板，许多事情就无可挽回了。

在温如风这次告状事件上，牛栏山觉得自己起码有三处说不过去的硬伤：一是安北斗提醒过"孤岛"可能要出事，没有引起足够重视，让事态进一步扩大了；二是温如风出走时，自己是清楚的，却未阻拦，也没安排人跟上，起码是失职的；三是温如风准备冲击省上经济工作会议后，自己采取的措施不得力，在与派出所协商不到一起后，仅让一个股级干部去领人，缺乏对重大事件的预判能力，以致酿成不可挽回的损失。仅此三点，上边如果认起真来，自己哪一点都难脱干系。怪就怪在那点私心上，恨不得上边借机把孙铁锤收拾一顿，捋捋他的倒刺，以达到敲山震虎的目的。要不然，这小子已把自己这个书记，只当可以随时传唤的"小兄弟"，甚至"狗腿子"了。从孙铁锤急急火火跑回来"掩盖现场"看，这次似乎是有点震慑效果。可县委一把手亲自来调查此事，又明显蕴藏着诸多不确定性。因此，书记在镇上的所有行踪，都必须切实把控住。尤其是当武书记跟安北斗聊上后，他就显得特别坐立不安。

安北斗这个人，与镇上其他干部风格都不一样。交给他的事，干得确实认真，但不贴心。自己单枪匹马调来镇上，身边总得有点体己人吧，可他一再示好都毫无效果。安北斗与同事也处得平平常常，没见他跟谁走得特别近，也没见跟谁拉得特别远的。身上有股小知识分子气，弄啥都有自己的老主意，并且不易改变。他最害怕这家伙如实汇报了温如风这次告状的过程。武书记一旦知道自己开头重视不够，就麻烦了。包括刚才夸赞安北斗那几句话，也有点言不由衷。他有时讨厌死了这家伙成天弄个大炮筒子朝夜空照来照去的，简直是不务正

371

业。在乡镇机关，不时陪人喝喝酒、打打牌、钓钓鱼、网几只画眉，也是工作哇！把人陪高兴了，很多事就不费力淘神了。可他绝不给你帮这些忙，除非让陪着看星星。但来镇上下乡的，又有几个是操心星星的，说起来都觉得是个笑柄。尽管如此，他今晚还是从正面肯定了他看星星看月亮的爱好。

安北斗似乎并不买他的账。在武书记回去休息后，仍朝天空乱照着。他问："北斗，武书记刚才没问其他啥事吧？"他相信安北斗知道他说的是啥事。"一共就说了几句话，你就起夜了，不都听着嘛！"安北斗说。他的确听着的，但这是问，也是警告。这家伙有点一根筋，还得再朝明处敲打敲打："你还是警惕性高啊，温如风一有风吹草动，就提醒过组织，结果我们被铁路上几件粘牙事搞昏了头。何首魁又忙他的'打拐'，欠配合，就有点铁路警察各管一段的思想。麻痹了，麻痹了！这事无论如何处理，我都是要给你请功的！"安北斗仍没接他的话茬，他就觉得这家伙还是有危险性的。

这一夜牛栏山真的没合眼。本想杀杀孙铁锤的威风，可千万不敢痒处没挠着，却把好处抓破了。他的一个窗户，正好斜对着武书记下榻的那间客房门；而另一个又能看见安北斗观测星空的那副呆鸟相。他在想，明天无论如何都得把这家伙支走，免得在书记面前"冒泡"。

谁知第二天一早，他刚把安北斗支到一个铁路地皮纠纷点去处理事情，武书记在餐桌上就问："哎，昨晚那个看星星的同志呢？""哦，出差了。咱们和铁路上为一个老乡的猪圈，纠缠半个多月了，再不处理，铁路上就要去县上交涉。"他故意把"县上"两个字说得很重。武书记说："换个人去嘛！这个同志对这件事熟悉，我还想听听他的意见呢。"他一下怔在了那里，然后扭身问伺候在一旁的镇北漠："估计北斗走到哪里了？"镇北漠明白他的意思，就随口说："恐怕早都到那儿了。铁路上人说，他们八点前赶到。"牛栏山又看看武书记，说："要不……让人去换回来？"武书记看了看表，问有多远。"十好几公里呢。"镇北漠抢着替他回答了。其实也就七八里路。镇北漠还补了一句："骑车子来回大概得一两个小时。路挖得乱七八糟，有时车子还得骑人。"武书记就再没要求非让安北斗返回。随后，他们又到北斗村去看了一次现场。

经过昨夜进一步回填整治，现在要说"孤岛"，那简直就是信口雌黄了。

武书记还故意找了找过去挖过的痕迹，因为已看不到九十度下切的壁陡坡度，也看不见"水围城"般的"汪洋浸泡"，就难以与告状信中"刨根""掘坟""活埋"的险峻情势相对应了。

牛栏山只暗中佩服孙铁锤的组织动员能力。竟然在这么短时间，就把温如风在告状信里的"民冤"，进行了颠覆性修正。

当温如风发现有领导来看现场时，不顾多人劝阻，直朝前扑。

武书记不让阻挡，还有意朝前迎了迎，并让他说到底是怎么回事。温如风就把当初是怎么挖的，他家怎么处于危险之中，并且走投无路，出门得搭梯子上下，以及老婆和儿子半夜感到房要倒塌，都不敢在家里住的事全说了一遍。可这阵儿，就像火场熄灭、大水退阵、盗贼逃走、奸夫溜脱后，而去说失火时有多么惨烈、山洪暴发有多么可怕、盗贼如何拿着砍刀逼要银两、奸夫如何光着屁股从窗户箭一般射出去一样，讲故事的成分就明显大于现实感受了。连他自己说着说着，都觉得疲软乏力，只好老牛一般哭起来："这是把人朝绝路上逼呀！叫我们老百姓咋活呀！你看到的都是假的呀……"可眼前这院落是真的，并且占地面积还不小。成百年的老磨坊外，几人高的水轮车安然无恙着；院子篱笆上瓜蔓缠绕，碧绿如墙；院内也是鸡鸭悠闲成群；挂面架子规矩成行；房檐下吊着几十串黄澄澄的老玉米棒子；辣椒、葫芦、北瓜、南瓜，像画一样排列有序，色彩斑斓；谁一眼看去，都是一幅活生生的小康光景啊！他家活不下去谁能活下去？温如风的哭声，竟然还弄得有人噗噗嗤嗤笑了几鼻子。

随后，武书记又走访了一些群众，有几个人说孙铁锤仗势欺人，另外一些竟然一哇声地说温如风就是个疯子，日子比谁都过得好，偏爱告状。还有群众义愤填膺地说，这就是个刁民，活生生破坏铁路建设的钉子户！就在武书记准备离开时，村里几个五保户还主动跑来，诉说铁锤如何好，每逢年关，都亲自把米面油送上门，是北斗村的大善人、大福星！歌颂声让一些人听得肉麻，也有听得鼻涕一把泪一把的要深受感动了。

牛栏山这阵儿感到特别失落，实在不该把安北斗支到一边去。要是跟着，兴许还敢点几句"炮"，让孙铁锤这个货遭点难肠。现在看来，一切都在朝着有利于孙铁锤的方向发展了。作为当事人，孙铁锤今天没有露面，但又感到他无处不在。一场问题调查，竟然搞成了歌功颂德的"唱大戏"。唱了孙铁锤"一心为集体"的戏，又扯出八丈远，唱起了"孙大孝子"的家庭戏。说孙铁锤对自己的娘、奶和奶娘如何如何孝敬，十里八乡无人不夸等。武书记还很是感兴趣地听了一阵。这可不是牛栏山想要的结果。最后，在送武书记走时，他到底还是有点忍不住，说："武书记，村里看到的也不可全信。我们再搞点补充材料，回头尽快呈给你！"

车都发动了，武书记又摇下玻璃说："综合平衡考虑吧，铁路沙石

供应也不能耽误。"

这话什么意思？牛栏山有点发蒙。

63 柯伊伯带

安北斗实在想替温如风说几句公道话，但那一早被牛栏山合理支开了。不能说铁路建设方与农民猪圈扯皮的事不重要。要不是他及时赶到，男主人还真拿刀拼命了。那家农民的猪圈并没有占铁路主干道，但铁路方的施工建材倒塌，几百根钢管滚下坡来，不仅把猪圈砸得面目全非，而且把四头猪砸成了肉酱，还外带一个猪槽。四头猪主要是协调斤两与母猪怀崽问题，铁路上应该说做了较大让步，毕竟是公家对私人。关键是猪槽的赔偿发生了巨大分歧。主人一再说，这猪槽是快三百年的文物，有人出几万元都没卖的。而铁路上认为就是一个普通石槽，顶多赔三五百元了事。已协商半个多月，钢管就是拉不走。而猪槽通过拼贴鉴定，底下也确实有"乾隆八年"的字样，并且两头还有"槽头兴旺""永世昌隆"的篆刻。但经过县文化馆文物专家鉴定，认为不大可能是乾隆年间，甚至是清代的物件，因为按大清规制，没有人敢在猪槽上公然刻上"乾隆"二字，何况"永世昌隆"的"隆"字与"槽头兴旺"搁在一起，是有砍头之罪的。这一论断，让主家男人抢起了早已磨快的砍柴刀，要不是安北斗阻挡及时，县文化馆戴着高度近视眼镜的李老师那过于细长的脖颈，大概就成下刀的最佳位置了。

安北斗右胳膊上被砍了一刀，当下血流如注，吓得那家男人的老爹娘一齐上手，才把已变得十分狂躁的儿子制服住。动了刀，铁路警察就上手了。还没问几个来回，他爹就说了实话：字是他母舅几年前刻的,他母舅原来就是个打猪槽、牛槽、马槽、凿磨扇、碾子、门墩的石匠。后来越过越没活计了。前几年突然凿起拴马桩和石狮子来,说是明代、清代的老货,还埋在土里,用一种啥子药水做过腐蚀,出土后就像风化过一般。这几年的确骗了省城好多单位和文物贩子,他母舅都发得又是当政协委员又是进省城开啥子石头博物馆去了。没想到,他家"乾隆八年"的老猪槽却翻了把。老人也自认倒霉,最后给赔五百元了结了。

安北斗的伤口却一直在化脓。牛栏山就让他回村休息去了。

北斗他娘对儿子也越来越不满意。主要还是媳妇问题。见他回来已嘟哝无数遍了:"看把人活成啥了?家里恨不得翻箱倒柜,给你娶个媳妇,煮熟的鸭子能飞了。这不,连孙女都不认门了。让一村人都拿屁股笑话安家哩!"他娘过去很少骂人,更没骂过他,如今动辄也乱骂起来:"我就不信世上女人都死完了,你安北斗活得还不如羊蛋、狗剩、骆驼、磨凳这些货色了,人家即使没个正经媳妇,还没个鬼混的女人了?你看你,真准备当和尚念经去是吧?一天到晚就守个温存罐,人家把罐子打了与你屁相干。守他干啥?房挖塌让塌去,你能撑住?你能不让人家挖?你看着,填平了还得挖,孙铁锤都放话了,说不挖垮塌他就不姓孙。人家财大气粗的,省里都有人,你有啥?你有谁?你们牛栏山书记也是老鸹吃柿子拣软的啄。过去那个同学南归雁也是,当领导的都看你好捏哩。凭啥让你天天把人跟着?上了十几年学,还背了大学生的名声,成天就守着一个烂推磨的?人家说你亏先人都是抬举你了,那是欺师灭祖的营生,你当是啥?这边还没完,凭啥又让你去处理猪圈猪槽的事?这是砍了你的膀子,要是砍了脑壳,也白砍了,我跟你爹能把人家瞪两眼半。干不成了给他牛栏山说,回来！哪怕找个瓜瓜媳妇，生个儿、养个老，也比把温存罐和造假猪槽的人当先人伺候强！"娘唠叨完，气得把木锅盖扔出去，竟然打趔趄了正朝她张望着想讨点吃喝的大黄狗的腿。

他爹蜗病一日重似一日，在他娘唠叨时，只拉着从肺部到喉管都不畅通的风箱，一句话也没说。等他娘唠叨完，才把他叫到道场边，父子俩坐在柴火垛上，各自看着不同的方向，默默无语着。那种静默，甚至让他想起了"一对沉默寡言人"的《北国之春》，憋得他都想哼哼两声。最后他爹说话了："你娘有些话不对。工作就是工作，警察整天蹲坑逮人，还不是工作了？"就这几句话，他爹都说了几起才说完，看来哮喘是越来越严重了。爹说："媳妇的事，你的确也得在心。世上离婚的一层，离了就不过了？也不一定非再找个大学生…… 甚至吃公家饭的。年龄相当，模样过得去，人忠厚，心肠好，能顾家，心疼你，我看就行。家里日子…… 粗茶淡饭的，也不比谁差多少。我们没有大富大贵相，也别去求那个。经当不起的事，非要经当，搞不好就一头抹脱…… 一头刷脱了。另外，我想说的是，存罐这个人，别染扯太深，一根筋，迟早还会惹大麻烦的。"

"把人家院子挖成那样，都不管？这还是人住的地方吗？"

他爹一怔，停了半天说："我就猜到你这次跟他…… 可能穿了连裆裤。我不反对你…… 替他说几句公道话、暗里帮点忙。但明里…… 还是要去求求牛书记，再别掺和的好。这是个没长没短的事，并且这个'咬头铁锹'也会越咬越硬。你能看到，村子不是过去那个村子了。孙铁锤一发达，好多人都要靠人家挣钱，心里的秤杆子，就都歪了。我们北斗村过去是个老骡马店，有人顺长江、汉江把丝绸、瓷器、盐巴、红糖贩到长安，再从长安翻回秦岭，把药材、皮货、香料、茯茶贩到湖广，都要在这里歇脚住店的。南来北往的多了，就成了买卖村。那时家家都有一杆秤。秤存星家就是钉秤的老门户。村里拿事的年年都要把秤集中起来校一校，就怕谁昧了良心，缺斤短两。谁家的秤要是出了问题，就没得人做了。看似校的秤，其实校的是良心哪！现在你再把良心都拿出来校一校，看还有几个够秤的，这就是世事。北斗哇，你爹娘都不是糊涂人，我们是怕你吃亏，强龙压不过地头蛇呀！孙铁锤如今谁能扛动？温存罐没掂出轻重来，你也掂不出？爹这样子，能活多久？你肩头的担子重得很哪！老娘伺候不？老房庄子还要不？也准备让人家挖成孤坟？自己都三十好几的人了，总得再成个家，留个后吧？我不图你当个啥，就图你安安生生的，把家过得像家，人活得像人。存镰存镰，有了家有了日子有了人脉，那就算是把安家收获的镰刀存下了……"他爹说到这里，一阵咳嗽，差点闭过气去，他急忙捶背搓胸好半天，才缓过劲来。

天色已近傍晚，他拿了两个烤红苕，还有他娘蒸的新豇豆包子，提着望远镜，又到后坡梁上去了。他不想听爹娘唠叨。过来过去就那点事：光棍打到啥时候；他们要抱孙子；嫑让村里人看笑话；再就是别跟温存罐卷到一起，早晚得弄出大事来。他也不是不想重找人，可找谁？对于杨艳梅，似乎还有一点曾经沧海难为水的感觉。世上最窝囊的事，大概就莫过于老婆让比自己能耐大的人拐跑了。很长时间以来，他周边都是稀奇古怪的眼神。有些人甚至能把他浑身上下盯出 CT 医学切片来。就连去西京、北京，似乎也能见到那种不屑与鄙夷。尽管可能不是那个意思，但他立即就会转化成头上捂了顶绿帽子的羞耻感。女人被男人抛弃是什么滋味，他无从体验。但男人被女人抛弃，感觉就像是被谁扒得一丝不挂，还要让你出来在人群中走两步。尽管如此，这次去省城领温如风，他脑子里还是老萦绕着她们母女的身影。某一时刻，他也再次产生过去侦察一下她们行踪的念头：人过得咋样？储有良这个货会遭报应吗？遭了报应女儿又如何是好？他心中为这事似乎已有心理疾患了。但又不能跟任何人去讲、去宣泄、去寻找安慰，甚至包括爹娘。这就是一件打落门牙只能往自个儿肚里吞的烂事。

这天的晚霞，比任何一晚都更光焰四射，山河尽染，如红墨水、如红洋漆、如火山口、如喷涌而出的血浆。太阳这个大火球在落山时，把身后的云彩拿一种纯而又纯的血色，用大泼墨的笔触，一泻千里地泼洒得跟千百万人厮杀着的战场一样惨烈。它却滚到地球的另一边，大致仍是以人类最宝贵、最尊严的金黄色面目，威风凛凛地冉冉升起去了。

从安家老坟山梁上，可以俯瞰到北斗村全貌。这块曾经安宁的土地，突然在铁路全线开工后，日夜沸腾翻卷起来。先是炸了勺把山一个"虎爪"；紧接着，一条时断时续的干河谷，就被几条挖沙船，翻了个底朝天。村里的庄稼地，也都成了"重工业砸石头基地"，全体村民，地不分南北、人不分老幼，一律上工砸石头、淘河沙。听说学校的学生都逃课挣钱来了。一天二十四小时歇人不歇工，换人不停船。遍地砸出来的青冈石子和堆积如山的河沙，甚至让他想到了天体中的柯伊伯带小行星群。

他多次给杨艳梅和安妮讲过太阳系最外侧的柯伊伯带。那时每每讲起天文知识，杨艳梅都会趴在草地上，两手撑着下巴，双腿左右起伏着敲打自己的蜜桃臀，眼睛更是清澈如湖水地做崇拜白马王子状。他也就发挥得很是有些王子气质了，有时甚至都有点拿腔卖调：之所以叫柯伊伯带呀，那是因为一个叫杰拉德·柯伊伯的荷兰天文学家，在数十年前，突然证实了太阳系的尽头，还有一个比咱们这几十里河道沙粒都要多得多的小行星带。刚刚被踢出去的第九大行星冥王星，就运行在这个小行星带中。当然，九大行星踢出去一个很可惜，但不踢不行啊，因为冥王星的质量太小。在柯伊伯带上，跟它一样的行星还能找出十个八个，甚至更多呢……他明显感到，每每开讲，杨艳梅把他都佩服得五体投地，有时完全是主动扑上来，把他压住给"野合"了。后来有了安妮，孩子也要反复打问：太阳系的边缘在哪里？那是一个什么样的边缘？像咱家院墙？像奶奶喂猪的猪圈栏杆吗？他就讲得更是得意非凡了：太阳光照到地球需要八分—十秒，而照到它的边缘柯伊伯带，最少需要四小时。离柯伊伯带最近的海王星，与太阳的距离都有近四十五亿公里，想想那地方该有多偏僻，多寒冷哪！整个柯伊伯带小行星区域，终年都在零下二百摄氏度以下呀！他看安妮嘴里唔唔唔地直打寒噤，喊冷死了，冷死了！他就把孩子紧紧搂在了怀里……

在这秦岭深处，连县域地图上都看不见的勺把山四周，突然跟面包圈一样铺满了无尽的砸石头军阵。去年还种着麦子、玉米、大豆、甘蔗的土地，全都被星罗棋布的石子堆满了。大石头放炮炸，中石头用破石机锤，小石头拿手工砸。不能比鸽子蛋小，也不能比鸡蛋大。收购者看堆头，讲立方，也有过磅秤的。连附近村里揽不下活的，都成群加入了北斗村的队伍。上有八十岁长者，下有八九岁的逃学郎。镇上甚至都要抽出人力来，挨家挨户走访，帮着孩子复学。一天二十四小时，顺河道两边十几公里地都是与石头较量的声音。他调了调望远镜焦距，仔细看了看那无尽的战场。每人都用一块布或其他东西遮挡着脸面。也不乏具有创造力的，端直把竹篮、葫芦瓢改成了"面具"，只把眼睛挖出两个洞来看锤起锤落。有眼镜的，也会架在鼻梁上进行防护，但石子常常会让镜片开花八裂。那里面也有他娘。他娘就是用笊篱护脸的。他爹让戴上他的老石头镜，护眼还养眼，他娘舍不得。他爹不敢去，因为吸不得粉尘，但却是第一批把钱拿到孙铁锤门上的入股者。数千人打坐在一河两岸，白天晒成"鬼捏了的黑馍蛋蛋"，夜晚几十米远挑一个蚊蚋纷扰的十五瓦灯泡，就那样砸得热火朝天、大地颤抖着。而孙铁锤不是住在县城泡妞、打牌，就是在省城五星级酒店的总统套房里，说给家乡"跑项目、找财路、谋福利"呢。不过最近人倒是在家。他从镜头里看见，那辆路虎一直停在村委会门口。围绕着他家场院的路灯也特别亮，远远俯瞰下去，就像是一颗超大的恒星，让全村都成了卫星，甚至是柯伊伯小行星带。面对这个地上"天文图"，他老想给谁讲点什么，可已经没有听众了。连卧在身边的大黄狗，对他天上一下、地上一下的乱照乱看，也是有些不屑一顾的。

他突然又想到了温如风。这家伙回来以后在干什么呢？他把镜头又摇到温家院子，慢慢调好焦距，一点点搜寻着他家的动静。晚霞这阵儿已变成了紫红色。温家院子就像被火烧过一样，有些地方已黑乎乎的看不清晰，有些地方似乎还在烈焰中跳动着。全村就他撑得硬，绝不上孙铁锤的套，入孙铁锤的股，并且扬言：小心连裤衩都让人家扒了。他也觉得温如风的确像全村人说的：茅厕的石头臭硬！还说他是臭虮咬巴掌——找死！但他更觉得，这家伙是一条汉子！

"孤岛"是保住了，人在干什么？上边的处理意见至今没有下来。相信温如风在等待，并且可能等得很是焦躁。尽管镇上最近也没派他盯梢，但他还是有些习惯性地要时不时把镜头对准这个家。一切都安之若素。他甚至好几天都没见这货到院子里照过面了。反倒弄得他有些焦虑不安起来。

他用望远镜看了好半天，才见花如屏急急呼呼跑了一趟厕所。没进去时，裤子已脱下半截来。出来时，裤子又没提起，白乎乎的屁股，让红一阵、紫一阵的晚霞，染成了两朵比牡丹还鲜艳的花瓣。他大睁着眼睛，想再看仔细些，她却连拉带拽地，把大概是出了汗不好往起提的裤子，又几把撸了上去。然后就忙着朝回运风干的面条了。他噗嗤笑了，看把这"小钢炮"忙活的。都恨温如风，也包括恨着这个既有姿色，又风情万种，关键是谁都占不上便宜的女人了！

这让他不能不一下又想到杨艳梅，想到储有良了。他娘给大黄狗起的外号就叫有粮。气得他把睡得十分滋润的几近仰面朝天的黄狗，照着腹肌很是雄强性感的交裆，美美踹了一脚。世间所有的事都是有关联的，很多事情只是你无法找到关联的线索而已。安家的忠犬有粮，大概永远也不知道那个晚霞特别美好的傍晚，春风习习，万山红遍，层林尽染，主人为啥要不分青红皂白地踹它一脚，并且还是在命根子上，招谁惹谁了？

64 地头蛇

孙铁锤并不喜欢谁把他叫地头蛇。过去是喜欢的，甚至叫"村盖子"也有点暗自得意，活得让人惧怕，那就是把人活成了。他爹就活得让一村人都很是害怕，眼睛一瞪，就有人吓得回去想几天几夜，不知哪里出了毛病。随后连自家亲爹娘都舍不得给吃的陈腊肉、甘蔗酒头子、松花变蛋，战战磕磕就送上门来了。他爹死半年多，还有人晚上不敢走夜路。说人仍站在村头咳嗽、拿眼瞪人哩。他自离开村子，在县城和省城待了一段时间，就不喜欢"地头蛇"这个称呼了。那简直就是说你是"土鳖虫""钻地龙"。听见他就骂："放你娘的狗屁！"

现在他喜欢人叫孙总，后来听说董事长大，又喜欢叫孙董了。反正董事长、总经理、村委会的印把子，都是他一人掌着。在省城，他已不喜欢暴露籍贯了，偶尔才说说县上的事。有人提起书记武东风，他会应承一声："哦，你说东风啊！上次回去他还请我喝了一场，让投资呢。县上那些项目，都是老鼠尾巴——榨不出几钱油来，还得垫资，算是给家乡做奉献了。东风倒是豪爽人，也就四五两的量吧，有人硬缠着喝，七八两也行，但喝完就要念叨半天郑啥幌子……板桥。"其实，他跟武东风只喝了一次酒，要不是有人反复介绍孙仕廉，武东风大概还记不住他是谁。在县城，他一般喜欢说省城的事。也无非是跟谁喝了酒、喝了茶，跟谁进戏园子听了戏，又跟谁去蒸了桑拿、洗了脚。他还特别爱强调：省城洗脚都讲究星级，可不像县里，那就是涮涮驴蹄子而已。不过一应吃喝玩乐，基本都是他掏腰包的事却挂口不提。他现在最忌讳的是让陌生人知道，自己是某山区小县、小镇的一个村官。名片上端直印着大秦岭石材开发集团有限责任公司董事长兼总经理，还有一些环球、环宇之类的开发公司。反正肩头扛着好几块大到国际、小到亚洲的牌子，需要哪个，掏出哪张片子就是。孙董和孙总这两个称呼在任何片子上都是可以通吃的。即使在省城五星级酒店里跟中、省煤炭、金属、天然气老板坐在一起，他也还是孙董孙总。他们大不了也是周董吴董郑总王总而已。在这个世界上，他觉得没有比董事长和总经理更好的称谓了。

不过外面的世界再精彩，自己的根基还在方圆不到十公里的北斗

383

村。唯有这里砸石头、淘河沙给他提供的是真金白银。而在外面虚张声势耍牌子的很多花销，也都靠村里这个经济实体去借贷变现、闪转腾挪。一旦实体不存，他屁股下坐的百万豪车，大概也都被账主子连方向盘都卸去滚铁环了。这是一大批朱总牛总马总杨总的基本现状，有钱没钱，势先扎起来。他还有个"重工业"+"轻工业"基地，而有些老总就只有一个皮包。公司、项目、合同、财务、人事、股权、印章，全都在胳肢窝夹着。出去一年多，他就深刻认识到：自己前三十年都白活了。包括他爹，看似四处采花、吃香喝辣，瞪谁一眼，吓得尿一裤子。其实过的什么日子？他爹要是活转来，用十个脑壳去想，怕也想不出他的受活劲。连外国娘儿们他都见识过。他老婆刘兰香跟他娘骂他爹一样，也是在家把他骂了个猪狗不如。从结婚那月起，就骂他那根肉非烂不可。现在他跑得没边没影的，玩得更是难以想象的离奇，但每月只要把钱拿回来几捆，刘兰香也就喜笑颜开，懒得去管那些破事了。

满村人现在都是很服气他孙铁锤的。从说话语气到眼神，无不证明着这一切。连他从外面回来一趟，提前消息一放出，家家户户都要打扫院落，干干净净迎孙董。过去他最见不得安北斗卖弄什么万有引力，连一个烂南瓜掉到地上，都要解释是地球引力的作用。村里没上过几天学的人都说，那明明是瓜烂了，不掉不由瓜的事么。可现在他也喜欢这个词了。并进一步联想到一村的人和物，尤其是无尽的沙石，都是由他这个巨大引力吸附到一起的无穷原子了。他是上过几天高中才逃学的人，这点物理常识还是懂的。尤其在现实面前，他越发感到了那个叫牛顿的老头，由苹果掉到地上，而发现了万有引力的厉害。过去他并没有觉得自己有这么大的引力，自成立公司砸石头起，地位就与日俱增了。他知道过去村里有不少人说他坏话，甚至编有顺口溜：

　　　　贪吃贪喝见酒醉，
　　　　谁家女人也敢睡。
　　　　过河沟子都夹水，
　　　　防火防盗防铁锤。

　　他还查了一阵，看是哪个瞎锤子干的。估计多半是温存罐。但又没捏住证据，也就稀里糊涂过去了。一旦知道谁编谁传的，无论娃娃还是长者，女人还是男人，嘴不扇烂、打肿，他是绝不会轻饶的。现在怎么一律又变成颂歌了：

　　　　北斗村，是福星，
　　　　出了个孙总大善人。
　　　　家家跟着捞票子，
　　　　眼红了周边几个村。

　　　　说孙董，道孙董，
　　　　美名响遍西京城。
　　　　说一不二铁锤硬，
　　　　砸到哪里都是坑。

　　这话虽是颂扬，可有点词不达意。"砸到哪里都是坑"的"坑"字，似乎有"挖坑""坑人"的意思。他就亲自改了一个"见"字，成了"砸到哪里都见坑"，听起来才顺耳些。他需要这种赞颂。这种赞颂让他在北斗村根基更加稳固牢靠，从而也更容易控制运作所有事情了。

尤其是孝子这件事，他特别喜欢大家广为传扬。他对九十多岁的奶奶、六十多岁的亲娘，还有奶娘也确实孝敬。且不说当下自己有物质条件。就是没条件，他也没有慢待过早早就孤寡了的奶奶和娘亲。特别是奶娘。他出生时娘没有奶水，是邻居家婶子把他奶大的。由此，他就把这个远房婶子认了娘。奶娘过六十大寿时，他是当着一村人跪下磕了头的。磕头绝对是真心，这事也给他加了不少分。

总之，现在没有任何人说他的毛病了，提起来，无不跷大拇指。除了温存罐这个瞎瞎锤子外，全村甚至包括外村人，都把他当成一个大好人、大善人，甚至是有本事有能耐的"厚道人"了。他喜欢"厚道"二字，知道那是如今最难得的一个好词。

他已是村里的大人物了。村里在说当地这些年出了哪些"咥活人"时，把他都排在乡镇长前边了。大家都乐意把他捧成"吐口唾沫把地能砸个坑"的狠角色。他扮演得越来越好，因为都在他扮演的角色中，挣到了一份出远门打工都未必能挣到的票子。外村人越羡慕，本村人越是希望把他打扮得更像一个英雄豪杰、财东、神仙。似乎也都有了一份"就咱村牛×"的阔。现在大伙已心甘情愿把一切权力都拱手奉送给他了。甚至连炕洞里、墙板眼里、石头缝里、深埋在后院瓦罐里的养老钱、救命钱，都颤颤巍巍拿出来，求他帮着去"蛋变鸡、鸡生蛋"了。总之，他已拥有了可以任意支配村里一草一木、一沙一石的绝对权力。尤其是两月一结算、三月一分红，半年下来，已有人跪着称他是活菩萨了。

让他最挠心揪肝的还是温存罐。初开张时，他的确难肠过。而谁都知道温家底子厚，狗贼偏是一分不拿，还到处砸洋炮、撂怪话说：小心孙铁锤把你用瓠叶包着烧吃了，你还说人家按摩、正骨、艾灸、火罐拔得好。将来整得片甲不留，还试不着痛、觉不着痒。温存罐也的确煽惑个别人把入股钱磨磨叽叽要了回去，说娘不对了爹不行了的要看病要救命。那时他就想把他的磨坊连根铲了。

他有时也怨着安北斗，这小子但凡跟自己一条心，早把温如风收拾得住住的了。他们三人是同学。安北斗就属那种好好学习、天天向上的"乖娃"，果然考上大学走了。而他属于终日上树逮鸟、下河捉鳖、给草老师米汤锅里下老鼠屎、给女生厕所里放菜花蛇的"捣蛋锤锤"。也不是不想学，实在学不进。他爹孙存盆拿铁吹火筒抽他，抽得背上起梗、腿上灌脓，成月消不下去，但还是学不进。草老师正讲"一行白鹭上青天"，他就身不由己地能从窗户蹦出去，现场给逮回"两个黄鹂"绑在一枝"翠柳"上，展示给同学看。而温存罐就是个"闷葫芦"，心思整日操在帮他娘秋收冬藏、春种夏忙上。他们的矛盾看似是那半棵树，其实绝对在他娘身上。以他爹堂堂貌相和一村之长的身份，睡了他娘，还吃了啥亏不成？可这驴日下的偏不这样想。其实温存罐上学时就是他的"乐子"，有一次见他挑大粪浇地，他和另一个同学立即给路上安了"绊马索"，等他进入"伏击圈"，绳子一拉，两只粪桶立马飞扬起来，一下倒扣在了他身上。这货跳进河里扑通半天起来，自个儿闻着胳膊腿，还是臭得吊罐脑瓜直摆。他至今想起那一幕来还笑得肚子疼。

关于那半棵树，要放在今天，他也是舍不得卖的。可当时缺钱花得要命么。他爹在时，一心想让他接班，说现在讲文凭，念不进书，

387

挖抓住一个村子也是能耐。可别小看了一个村的印把子，一辈子能捏紧，也是造化、福分！他爹最爱赌博，却不让他赌。即使赌，也只能偷着小赌。他爹死后，自己当了家，就大赌起来。说大，在今天看来，也都是毛毛雨。可就那些毛毛雨，竟然让他手头紧巴得把眼睛就盯上了村里的那些大树。眼看树都卖完了，他才不得不盯上那棵与温家一人一半的老槐树。过去都嫌阴了庄稼，且长得疙里疙瘩，歪脖子趔腿的，还空心了半边，太不成材。并且两家又互不来往惯了，就各扫门前雪，把自家那半边枝丫削光砍秃了事。有时树就弄成鬼剃了一般的"阴阳头"，远远让人看见都想笑。可就是这棵让全村人想发笑的"裂巴树"，突然在"大树进城"的风潮中，变成了"摇钱树"。这时他自然也不会去跟温存罐商量买卖了。五六万块钱的货，凭啥跟他分享？加上温存罐逢人打听树，都一口咬死不卖！说活了一百多年都成神了，敢卖？找死呢！为策划这棵树如何能独吞，他可是淘大神了。有时整夜抠脚挠撒（头）睡不着。挖这样一棵大树，毕竟动静太大。所有细节都要考虑得十分周全，就像指挥一场"黑虎掏心"的特殊战斗。最终，因筹划缜密，组织精细，而在一个风高月黑之夜，让树贩子连根拔起，钱货两清了。活儿的确做得干净漂亮，连何首魁这个耸耸鼻子就能闻出点腥臊味的公安老油条，都没发现半点蛛丝马迹。叫驴倒是知道一点，却在不久就摔死了。

全村也没有人敢怀疑树是他偷的。就是怀疑，也不会声张。唯独温存罐一口咬定：偷树贼绝对是他，别人干不出这样断子绝孙的事！由此这家伙还真吃了熊心豹子胆，要跟他干到底了。开始他多少有点后怕，毕竟狮子、老虎也是害怕小豺狗从屁股眼里下爪子乱掏的。何况这货动不动就告到县上、省上、京城去了。后来自己在外面见多识广了，也就知道那只小蚂蚁，用脚踩死也都是那么回事了。再胡搅蛮缠，他都准备找人把他做了。挖成"孤岛""孤坟"，就是警告声明。他只轻轻点拨一下，村里人就一哄而上，挖成那样，责任也不全在他吧。

谁知这次事情竟然有点离奇，一只小蚂蚁的乱跌乱撞，不仅真的惊动了省上大领导，而且还弄得县委一把手都亲自调查来了。从侄儿孙仕廉连吼带骂，以及一天三个电话的焦躁情绪中，他也发现事情不大对头，才指挥人连续回填了沙土，并在村里做了一系列应对准备。

现在看来，一切都仍在掌控之中，武东风的"深入走访"，得到的几乎是异口同声对自己的赞颂和对温疯子的声讨。这几天，孙仕廉也再没来电话发火了，只让他先在村里待着，别出来胡缭乱，他就在村里住下了。虽然已不习惯，可侄儿的话不敢不听，哪怕苦熬着，也得等外面风平浪静了再出山。

这阵儿，自己还真像是条被困在洞里的地头蛇了。

65 轨道

牛栏山陪着武东风在北斗镇调研了一天带一晚上，作为县委书记，能在一个镇上待这么长时间，是少有的事。当然，除了"孤岛"事件，武书记还到田间地头看了冰雹灾害，并慰问了受灾群众。书记是第二天傍晚离开的。走时给他交代了好半天，其实总结起来就三句话：一是做好温如风的安抚工作。他觉得这件事完不了。不是刁不刁、疯不疯的问题，能一而再再而三地告，说明心里窝的那股气，不可能随着土石方回填烟消云散。武书记特别指出，这恐怕是一项长期的工作，需要高度重视。二是要镇上跟孙铁锤谈话，主动去化解矛盾。孙既是村领导，又是集体成立的股份公司董事长兼总经理，就得有气度、有胸怀，不能跟群众一般见识。"孤岛"事件明显有故意成分，村民们为讨好他，乱采乱挖，不计后果，可他自己得掂出分量的轻重。总之，矛盾不能继续激化，孙铁锤得主动出面道歉，力争把历史遗留问题一次化解掉。三是铁路建设是国计民生大计，一切坛坛罐罐都要让路。从眼下看，已经拉动了一方经济，长远自不必说，高速路也将开建，这两条大动脉会彻底改变山区闭塞落后面貌。谁也不能当"钉子户"，更不能当"地头蛇"！乡镇和村组干部，必须下大气力做好教育、引导工作，忍住阵痛，全力以赴，逢山开路，遇水架桥。临上车时，武书记又拍了拍他的肩膀说："栏山，肩上的担子很重啊！我是当过几个乡镇一二把手的，常常是日夜颠倒，耿耿难眠，那说明心在状态、情在状态、人在状态呀！我特别喜欢你们客房外的那片小竹林，没事了听听风吹竹叶声吧！"牛栏山知道武书记指的是什么，他还把郑板桥那首诗背了又背，但始终没用上。听说武书记到任后，第一件事就是在县委办公室后边，亲手栽了几蓬竹子。

武书记走后，牛栏山把笔记本前后翻腾，指示精神来回归整，到底如何处置，仍是拿捏不住分寸。首先，他感到武书记是同情温如风的，对"刁民""疯子"之说都不苟同。在"孤岛"事件上，也有看法，武书记甚至感受到了群众只看眼前利益，畏惧权势，而生出的讨好巴结相。尽管"群众代表"无不称颂"孙董一心为民"，但武书记还是一针见血地指出，让孙铁锤不要再"欲盖弥彰"。可武书记的"钉子户"与"地头蛇"说，又让他很是为难。都把温如风叫"钉子户"，已上纲上线为"破坏铁路建设"了。而把孙铁锤私下叫"地头蛇"。温如风在告状信里，甚至用了"地痞""流氓""赌徒""恶棍""强奸犯""盗窃犯""贪污犯""打砸抢"等恶名。当然，告状难免用词惊悚些。但他在给武书记汇报时，也使用了"地头蛇"这个名词，是想在群众对孙铁锤的一片叫好声中，侧面提个醒。最后武书记就给他留下了"钉子户"与"地头蛇"都不能当的难题。可"钉子户"怎么拔？"地头蛇"如何压？他还都没谱。想来想去，还是得找安北斗。

一想到安北斗，他更是没谱了。

自他调到镇上，对安北斗第一印象还是不错的。主要来自安北斗对前任因"甘蔗酒风波"而降职处理时的态度。说是他借摩托车把蓝一方连夜送走的。后来传说那晚没有月亮，还下着蒙蒙细雨，公路滑得冰一样光溜。安北斗听见身后有人追赶，就急忙加油，两人还一起滑进了沟里。有人问安北斗，到底有没有这回事？他说问那干啥。但好长时间，安北斗半边脸上蹭烂的一块皮都没长起来。前任因"盲目抓酒业"，不仅一把手没当成，而且还降成了无职无权的"挂空挡"股级。之所以要连夜逃走，就是怕群众撵着揍他。听说蓝一方平常对安北斗还并不待见，把他划成了前任南归雁线上的人。而最后失势时，偏是安北斗一人送的行。官场的眉高眼低，牛栏山是经见过的。你在位，用得着时，他恨不得把你背在背上；一旦失势，立马会把你踹到沟里。变脸的理由他能编出一百种。尽管牛栏山是因前任受处分，才有了来北斗镇当一把手的机遇，但对安北斗不落井下石的人品，还是有一份敬重的。可一起工作一段时间后，也发现这家伙不好对付，啥都有自己的认识和看法，不是一个用起来很"趁手"的干部。他把事情一样干了，却偏要事后总结几点教训。从他嘴里，永远别想听到对领导的溢美之词。领导也是人，也需要下属捧场鼓舞嘛！这家伙偏不，唯一能听到的，就是对特别晴朗的夜空的由衷赞叹：天哪，这是谁创造推动的星空，简直完美得令人窒息！这个蠢货，都舍得给莫名其妙的天空愣上表扬词，咋就舍不得给上司说半句好听话呢。

但在孙铁锤和温如风这件事上，他有时还是站在安北斗一边的。因为安北斗也很讨厌孙铁锤的骄横跋扈和颐指气使。他到现在还在遗憾，那天不该把安北斗支派去处理铁路与农民猪圈纠纷，该让他把事实真相和盘托给武东风的。兴许是失掉了一次给孙铁锤"下火"的机会。关键是害怕安北斗不嫌事大，把局面弄得难以收拾，最后还得他坐蜡。安北斗是太不懂眼色活的人，不具有在大场面上察言观色的能力，使用起来就需特别谨慎。谁知让他去处理猪圈纠纷，被农民砍了一刀，半个多月过去，脓痂还在溃烂。据说柴刀提前是动过漆树的。

他把安北斗叫来时，人还像喇嘛一样，把半个袖子扎着，另半个胳膊露在外面。的确伤得不轻，派出所把凶手都抓了。"让你吃大苦了，北斗！"看着伤口，他啧啧感叹着。安北斗没吱声。他给他沏了一杯茶，说："本来应该让你好好休息的。可温如风和孙铁锤的事，到底该咋办？你一直熟悉情况，我想听听你的意见。"安北斗几乎是不假思索地说："我的意见，就是让孙铁锤上门给人家赔礼道歉，并得做些赔偿。""赔偿？咋赔？挖的沟不是都填平了吗？""那沟是能填平的？现在是没发洪水，一旦山洪暴发，整个院子一时三刻就会完蛋。根基彻底掏空了，把'鳖盖'填平能顶啥？再说，这样乱挖，让人家磨坊受了多大损失？几个月连出门的路都没了，有这样欺负人的吗？"

牛栏山其实很喜欢他说孙铁锤问题的严重性，"你说有那么严重？""牛书记，他们之间的恩怨不是一天两天了，固然有温如风的毛病。但主要还是孙铁锤的问题，太欺负人了！这事一直都没有得到很好解决。恶人好像谁都拿他没法，仇就越聚越大。再不好好解决，只怕将来还要出人命呢！""这不正解决吗？"安北斗问："武书记什么意思？"他说："武书记让首先做好温的安抚工作，另外也要让孙主动去化解矛盾。""怎么化解？""我也正思考这问题呀！你有好主意吗？""牛书记，你恐怕这次得借上边的东风，好好跟孙铁锤谈一下，让他别再欺负人了。也别借村上的资源和老百姓的苦力，去花天酒地，过人间天上的日子了！"

没想到安北斗说得这么尖锐，并且还补了一句："温与孙的矛盾，每次都是高高提起，轻轻放下。希望这次雷声大，也能下点真雨！"说完，他起身要走。牛栏山一把拦住说："北斗，北斗，你看……你能不能代表镇上，跟温和孙先谈一谈……""牛书记，不是我不谈，能谈，温如风早摁住了。孙铁锤连书记县长都不在话下，我算干啥的，去谈岂不与虎谋皮，耽误时间？你还是亲自出面谈吧，再谈不成，就交给上边，我不信没有能治住他的人。关键看治不治。真治还是假治。把他治好了，我看温如风也不用谈了。我的同学我知道，毛病是有，但现在还是讲理的。再折腾下去，只怕真把他弄成刁民和疯子了。"

牛栏山看安北斗态度很坚决，就让他走了。想来想去，觉得自己还是应该直面孙铁锤。过去镇上领导找孙总，基本都要到县城大酒店去拜访。今天，他知道孙铁锤在村里猫着，就让文书打电话，叫到镇上来一趟。他还特别强调，就说牛书记要找他谈话，而不是商量什么事。他也生怕孙铁锤不给面子，叫不来，没想到人还来了。

路虎日的一声，停在了镇政府门口。立即围上来一堆人，问司机：车能过"石浪子河（到处都是乱石头的河道）"不？能上"牛滚坡（逼陡的山地）"不？……

孙铁锤一来，牛栏山又显得有些客气与不自在起来。他专门给泡了好茶，说是邻县的"象园茶"，口感好得很，一年也就那么点产量，还是一起上大学的同学送给他的。孙铁锤立马说："喜欢了我给你弄一两千斤来放着，全是清明雨前的。"他急忙说："不要不要，喝啥都是一口香。""放着打发人也是好东西嘛！"他一再表示自己不需要，让千万别弄，千万千万！那种坚决，让他处于一种有利地位，以免一下变主动为被动了。

孙铁锤虽然比过去稍显收敛些，但那副神情仍未得到根本转变。坐在哪里，屁股总是长刺一样左一列拉，右一列拉，一只腿还直忽闪。闪动中明显带着一种得意，也有对坐在对面人的随意与不屑。牛栏山讨厌死了他这种神情，真想大喝一声:别闪了！可到底还是没喝出来。闪就让他闪去。

是叫他孙总好、孙董好、孙主任（村委会主任）好，还是铁锤好，还是端直叫孙铁锤好，他想了半天。一段时间以来，他一直都是称孙董的。今天不太想这样叫，可别的称呼似乎又不大合适。叫铁锤，太亲切；叫孙铁锤，太生分；叫孙主任，他早都想让开会把他撸了。可这烂人竟然有孙仕廉这么个侄儿，从他嘴里说出来，那关系就"坚刚"得像是老虎钳子的"上下牙"。县上一些人想当局长或跑个县团级啥的，据说都得请孙铁锤出面说话呢。但也有消息传出来，说他跟孙仕廉就是一个八竿子打不着的远房亲戚，送礼上门，连饭都混不到嘴。有时他刚出门，表侄媳就把送去的黑乎乎的陈腊肉，从垃圾管道扔下去了，嫌肉里有虫。当然，那都是早年的笑话。说现在绝对已是侄儿的座上宾了。作为他这么个小镇九品官，够不着孙仕廉，也没想着去够。镇上的事，去够人家，也有点高射炮打蚊子 —— 用不上。他的态度是：以不敬神，也不惹神为安。

但你不惹他，他偏要惹你。这不，"孤岛"事件就惹上身了。客气归客气，他到底还是白搭话，既没叫孙总孙董，也没叫铁锤孙铁锤，就那样开谈了："叫你来，你也知道，就是为温如风的事……"

"那个驴日下的，你还把他当回事了？自私得像吊死鬼（虫），吐一窝丝，自个把自个就缠死在树上了。你说那够个人吗？这么多年就知道一人发家，从来不把集体利益当回事。见年出去告几回黑状，把镇上、县上、市上、省上抹得一团漆黑、满世界乱找。安北斗已经都成他家看门狗了，镇上就不该发工资，应该叫温疯子从磨坊里给他支去。这不，国家铁路建设多大的事，他就死当了钉子户。到头来，一个刁民还有理八分的，告上瘾了。告么，有能耐尽管告去。看他猪八戒还能倒打一耙？李鬼还能弄过李逵？司马懿还能弄过诸葛亮？贾似道还能弄过李慧娘（秦腔《游西湖》里正反面角色，不过李慧娘这个正面人物可是女的）……"

没等牛栏山道完整一句话，这家伙就扑扑啦啦说了一河滩。不管有无逻辑关联，他都能狗扯羊肠子把什么全拉到一起，还说得活色生香、五迷六道、振振有词。照他的说法，温如风就是个一无是处的刁民、疯子、大坏蛋。可牛栏山毕竟来了一年多，对地面上的事情还是有所了解的。没等孙铁锤说完，他就把话截断了："老孙！"这个称呼好！孙铁锤尽管现在注重修饰外表了，但那种粗糙、粗鲁、粗俗的痕迹仍无处不在。加上串脸胡特别夸张，见天刮，依然青冈冈的，因此面相明显比实际年龄大许多。叫老孙，从各方面都很是说得过去。"老孙哪！这次不管温如风有理没理，你们把人家房子差点挖塌，总是事实吧？"

"谁把他房挖塌了？谁把他房挖塌了？是哪个鸡巴嘴在哪儿胡

批叨？”

牛栏山有些变脸了："既然没有倒塌的危险，那你连夜回填土石方干啥？并且一连回填了三十多个小时？武书记看了仍觉得有隐患存在，让我们要密切关注，害怕出事。你说，那是怎么回事啊？"

孙铁锤愣了愣说："所有担心都是多余的。那房要再塌了，我跟他姓武！"说完，似乎觉得不妥，又改成"我跟他姓温"了。

"老孙哪，我知道你有本事、有能耐，可也不敢让后院起火啊！村里就是你干大事的后院，最好不要惹火烧身哪！温如风是不是刁民、疯子都不重要，重要的是你不能把他逼刁逼疯了哇！"

"栏山……老兄（后两个字明显是不得已贴上去的），你这话我不同意。谁把他逼刁逼疯了？村里其他人咋没刁没疯呢？就他一人刁了疯了？都是你们镇上惯的来！依得我，让何黑脸一绳子把他捆了，看他到月球上告去！"

牛栏山真想拍桌子，但忍住了。因为他还难以判断上边最后的处理结果。这家伙到底有多大能耐他也不清楚。现在只能劝他去化解矛盾、息事宁人。他缓和了一下语气说："老孙，你有你的道理，但我也劝你一句：最近铁路上搞沿线安全教育，讲了很多生动事例，说一颗螺丝钉脱落，都可能导致一列火车的颠覆。你可不敢小瞧了温如风这些小人物的作用啊！我的意思，你还是去跟他谈一谈，冤家宜解不宜结嘛！看他有些啥要求，能满足的尽量满足，不能满足的，也朝明处说嘛！国家和国家打得死去活来的，都可以坐下来谈判，咱们有多大仇冤，就不能坐下来好好沟通一下？何况你还是村干部。需要了，我可以给你们做中。这是一个长期困扰镇上，也是困扰村上和你个人的老大难问题，借此机会解决了多好，你说呢？"

"栏山，我的书记大人，你这话我不爱听。这是困扰你们镇上的大事，可不是困扰村上和我孙某人的大事。光脚不怕穿鞋的。他是光脚，我也没鞋，不是你们公家人。给他捎个话，让他打个老豆腐，消停等到下辈子我给他回话去！"说完起身就走。

"哎老孙，孙董！"他到底还是不自觉地把孙董喊出来了。是那股气势逼着他喊出来的，"我的意思，还是不要再激化矛盾，镇上出不起事了。"

孙铁锤直到这时才亮了底牌："实话告诉你吧，要不是侄儿让我先低调一点，我早都离开村子，跑大项目去了。他就让我把挖的深沟抓紧填平，再没说其他事。今早还通了电话，能有啥事？我孙某人的为人，也不可能给尿罐子低头去，就这。你要再有事了，咱电话里说，我二十四小时开机着。"

孙铁锤到底走了。牛栏山赶出来，只闻见路虎屁股后边猛力发动的一股青烟，转眼就射出百米开外了。

牛栏山感到阵阵不适，就独自一人上了附近铁路建筑工地。除了无尽的隧道，就是无尽的桥梁。山区铁路修建，要比平原多付出数倍的财力物力人力来。作为北斗镇，全线就只经过了十几公里，石子、浇筑混凝土的河沙，全都由孙铁锤包揽了，并且还延揽到了其他乡镇一些土石方。要不是孙铁锤的关系，这些工程北斗镇人怕是连半公里也包不上的。紧接着，高速路也会开工，沿线已在修临建房了。孙铁锤都放出话来，北斗镇有他就有活路。但孙铁锤的诸多行为，又确实让镇上十分恼火并无能为力。

他狠劲搬动一个石头，疯狂地砸向了深山大沟，那来回磕碰的响声，回荡了许久许久。

他又沿着半山腰上的一处铁路路基走了走，虽然还未平整出样貌来，但石子已在沿线堆得到处都是。

大小不一的石子，是铁路枕木平衡安全的保障，也是提供弹性和减震的基础。火车超重，铁轨生硬，唯有枕木相对柔软，加上撑持枕木的石子又有相互挤压、错动的空间和缓冲，才能保证轨道的承受韧性和耐力。一旦都是铁对铁、钢对钢，硬碰硬，轨道与路基之间的间隙、平顺与轨向就会出大问题。看似是松松散散的小石子，却是铁道维护平稳的大根基。而这些石子，就是全镇人一锤一锤砸出来的。山石越破越小，斤两越称越重。在砸石子的背后，有多少不同的锤子，正砸得山河震颤，日夜不宁哪！

一阵山风吹来，他竟然打了个冷噤，这不都快立夏了嘛！

66 苦夏

让安北斗颇为心烦的是，他娘终于开始行动，给他四处找起媳妇来。开始他还不明白，怎么家里女客多了起来，不是远房表侄女，就是拐了八道弯的舅外甥女，还有出了五服的堂侄女。更有一些打扮得妖里妖气的半老徐娘，在家里晃出晃进，扭扭捏捏。见了他，也是前胸后背地乱盯乱看，无不喜上眉梢地客套有加。安北斗搞农村工作多年，对长辈、妇女、孩子、残疾人都有所关照。因而，面对家里突然增大的女客流量，就多了些笑脸，是为让人家感到舒适自在。可过了几天，他发现不对劲。不仅娘的眼神不对，来客眼神不对，连他爹的眼神也不大对了。来人多，自然增加了吃饭的嘴。把他爹累得气喘吁吁、连躺直咳的，还要抱柴烧火、沏茶端饭。他稍细心观察了一下，发现来客中，那些年龄小的，见他都羞涩得不敢抬头。而年龄大的，他印象中好像是哪个村里的媒婆。终于，他听到了隔壁板房里他娘跟一个文了两根筷子一样硬撅撅眉毛的人在对话：

"这五六家没有一个没看上你儿的，也没有一家对你家谈嫌的。有两个还是黄花闺女，虽说长相不算挑梢，也就是鼻梁塌点而已，稍花点钱垫一下就起来了。现在垫起来的鼻梁也不少，说城里还有垫屁股垫奶的呢。黄花闺女如今看到哪里寻去？如果这两个不行，朱家那个鼻梁总高吧？我都担心把你北斗的鼻子能顶塌豁了，嘻嘻嘻（好像两人还相互戳了几拳），也才结婚一年，男人出门跑生意就板（摔）死了。要嫌晦气，秦家那个咋样？长得银盆大脸、喜眉活眼的，还有一个儿，才一岁半，是男人在外面花心，找了个瘦脸鬼，拐带着跑海南了。北斗一娶回来，白捡一个儿不说，还端直就姓安……一切的一切，都看你北斗的意思了。是的，他是吃国家粮的，正儿八经公家人。可如今，好像也不太兴这个了。就是兴，镇上'一头沉'的干部也不少。听说派出所何黑脸的婆娘都跟我们一样，也在农村围着锅台转呢。不管咋说，你儿是结过婚的人，跟人家跑了的娃娃都七八岁了吧？他的年龄也是三十好几、奔四望五的人了。再单吊下去，只怕是连这几棵好苗苗，都让人迎风掐了。这就是北斗镇带邻近几个乡的人梢子，我也是千挑万选、磨破嘴皮才把人弄到你家来的。行不行，该给句话了。"

他想起来了，这就是一个媒婆，好像叫赛牡丹。

过了半天，他娘才说："好是好，可要让北斗说话呀！我儿毕竟是镇上第一个大学生。他挑媳妇，我跟他爹都只能敲边鼓，硬上，怕是不行。"

赛牡丹说："大学生不大学生的，如今满地乱跑乱飞的都是，谁还在意这个了。何所长不也是啥子警校毕业的吗？找的还是土地婆。关键要看家境，看貌相。你说我给你找来的这几个，哪个还比城里的差了。城里人烫头，她们也烫了；城里人穿屁股快遮不住的裙子，她们也穿着；腿看上去肉嘟嘟的，比城里女人走路还稳实些。城里女人的腿现在都瘦得麻秆一样，风一刮就倒了。嫂子，我看第一天给你领来的那个黄花大闺女就最合窍，胸圆挣，屁股也大，坐胎绝对是块好料！娶媳妇不就是为坐胎生儿嘛！鼻梁低一点，我有办法。你们就别挑三拣四了。要不，我给你儿端直月亮地里要大刀——明砍去？"

"哎别别，这事得慢慢来。北斗的脾气你不知道，从小主意就正得很。"

"主意正，媳妇还让人撬了？"

气得安北斗当晚就回镇上去了。

其实他回镇上也还有别的事，就是那个砍他胳膊的人，媳妇抱着娃都来找好几趟了，扑通跪下，拉都拉不起，直央告道："安主任，家里男人一塌火就完了。你无论如何要高抬贵手放他一马呀！你要我咋都行哪安主任！求求你了，千万大人莫记小人过哇！"她男人现在关在派出所里，那的确是个蛮不讲理，且有点小刁钻的人。但一关起来，妻儿老小一大家的日子，也就真塌火了。要是家里不困难，他也不至于拿猪槽的事，闹得飞蛾扑火一般要亡命飞刀。

他想来想去，还是到派出所跑了一趟。

何首魁正坐在办公室，手蘸着嘴唇，一页一页翻看审讯口供。见他只哼了一声让坐，就继续把剩下几页朝完地翻。

"何所一天忙得很哪！"

"我都不知道现在人是咋了，不仅发财急得喉咙里能伸出爪子来，脾气也躁得鬼掸着一样，动不动就挥斧头抢砍刀的，啥后果都不计。你说我哪有那么多人手去抓？抓回来又朝哪儿关？"

也许是派出所，天天都面对这种事吧。在安北斗看来，倒没有他说的那么吓人，多数人毕竟还是安分守己在过日子。但各种欲望，也的确把山村角角落落都点燃烧旺了。他就随口问了一句："那个砍了我一刀的朱存柜，你们咋弄的？"何所说："这还咋弄，故意伤害罪么，并且伤的是执行公务的国家工作人员，事实清楚，马上就移交检察院了。""能不能先不移交？""啥意思？""何所啊，你看是这样，我最近也翻来覆去地想，这家伙家里确实穷，无奈了，才想借铁路建筑工地的倒塌事故，讹两个钱。价钱商量不到一起，假文物又暴露了。铁路上人说话也太噌，他就顺手拿起柴刀乱砍。我是出面阻挡，应该算误伤。"何所脸一黑："误伤？你的意思不是故意伤害？那啥是故意伤害？他抢刀砍铁路上人，要不是你阻挡，铁路上人岂不招祸了？你这算奋不顾身，见义勇为，不幸中刀。故意伤害罪他朱存柜是逃不脱的。""何所，我的意思是，能不能放朱存柜一马算了。铁路上人我也叫到一起喝了酒，只要朱存柜再不捣蛋，他们也不深究了。刀伤的毕竟是我，我都让饶了，你还不高抬贵手一下？""北斗哇，人情是人情，法理是法理。现在这个社会治安状况，要再把朱存柜这样操砍柴刀行凶的放过了，就有直接扛铡刀上来的。检察院和法院在量刑时，你可以陈述理由，但我这一关，已是铁板钉钉了！""啥都还没个伸缩性了。""这事就伸缩不成！"

他看何首魁脸越说越黑，也许是还有什么烦心事搅在一起了，明显没有任何商量余地，就起身走了。都出门了，他又回头说了一句："何所，朱存柜毕竟是个小人物，你要摸，大小一起摸才算你硬邦？"

"啥意思？哎安北斗你啥意思？"

"没啥意思。"

他头也不回地走了。一边走他一边想，人物小了，的确什么也改变不了。连何黑脸平常看着跟他还不错，到了关键时刻，也是硬得跟盛夏的鼓皮一样，轻敲重敲，都嘭嘭直响。

眼看春季过去，连过渡都没有，就端直进入酷夏了。春季与苦夏的不同，在北斗村就是似乎所有树木草丛，都比春天大了一个型号，就像孩子进入了青春期。整个大山的裸露部分也越来越少。而以往夏季总会变得宽阔的河道，却在不断地干枯缩小着，加上淘沙船乱挖乱采，中间还隆起一道道晒出芒刺的沙梁来。鱼是彻底没有了。过去有人垂钓，有人撒网，有人用鱼篓子拦。他们放学时，也会一人拿一根铁丝，顺河道乱跑，随便就能抽打一长串泉鱼、麻鱼、桃花瓣鱼煎了打牙祭。现在连泥鳅都找不见了。那时满世界乱蹦的青蛙，有时多得简直人都无法下脚。这两年在蝌蚪期就遭遇了河床倾覆，部分逃生者成熟后，也只能跳到树林里鼓噪爱情风月去了。唯有蝉，在酷热难耐的中午和晚上，还无处不在地噪劲得连破石锤的声音也难以掩盖。安北斗在焦躁地等待着上边的信息。温如风已几次打问处理结果，他嘴上说别急，但心里还是比蝉噪都更急迫地奏起了不安的立体交响。

温如风在苦等。

他也在苦等。

终于有一天，牛栏山把他叫去了。

牛书记没有急于说事，而是先泡茶，还给他找扇子。又把他已完全结痂的伤口，拉到亮处看了又看，担心留下疤痕。他还很轻松地说，又不是脸，留下就留下了，没事。"留下也是光荣的呀！"牛栏山把过程走了半天，才扯到正题上。原来是温如风告状的事处理意见下来了。不过没有文件，属电话传达。

牛书记先说："只怕给你的工作又要增加难度哇！"

他没有接话。

牛书记接着说："其实武书记从镇上走时，意见就有了。市上和省上也不可能事无巨细，面面俱到，直接把手插到镇上来调查研究，那得多庞大的机构哇？当时武书记提的意见就三条：一是做好温的安抚工作；二是让孙主动赔礼道歉化解矛盾；三是在铁路建设上既不能有'钉子户'，也不能有'地头蛇'。你说武书记说的哪一条不对？省市批示也是这个意思。越朝上走，批示会更加原则、大致，有时甚至就是画个圈。批得太具体，一旦与事实有出入咋办？反正千批万批，最后落到我们头上，就都成丁是丁、卯是卯、刀是刀、锤是锤的实事了。温如风的安抚工作咋做？叫孙铁锤赔礼道歉谁去落实？如果温是'钉子户'，就得拔掉，咋拔？如果孙是'地头蛇'就得打击，谁打？听说孙铁锤好几天前就走了。一路扬言又抓什么新项目去了？一听说项目，所有人眼前都会一亮，谁敢阻挡？这不到头来还是咱们坐蜡嘛！镇上现在是一个萝卜几头切，一个人手几处使啊！弄来弄去，我反复考虑、班子也几经研究，这事……吭吭（他咳嗽了几声）还得你上手哇！不是不尊重你的意见，都知道你多次表态，再不染手这事了，并且几任领导也都答应过。可镇上就这些人手，你不上，谁能上？上了又顶什么用？尤其是温如风，你不仅摸住了他的脾性，而且也能说上话，并且说话也管用啊！"

"别给我上二尺五。"

"北斗，这可不是二尺五啊！事实明摆到这里，你说谁还行？在

403

目前这种形势下，我的意思还是你上，替镇上多担待一点，我心里是有数的，绝对有数！"说着牛栏山还把腔子拍得嗵嗵直响。

安北斗还能说什么呢？这个处理结果他不是没想到，可总觉得，闹了这么大一场，孙铁锤总得给人家回个话吧？不仅没回，而且是气焰更加嚣张地一走了之。走那天，他是知道的，孙铁锤还满村满镇招摇了一番，说明这家伙提前就知道啥信息了。

让他安抚温如风，其实就是监视，他也早猜了个八九不离十。不过现在，他不仅没有推脱的意思，相反还愿意卷进来了。个中滋味，连他自己也有点说不清道不明。

这是一个苦夏，一开头就显出难熬的迹象，但他得去熬。

67 清风明月

安北斗没有如实回答温如风越来越急的逼问："到底啥情况吗？"

"还没下来。"

"怀个娃都快生了，这么个事咋就下不来呢？一旦连阴雨来了，这四周都挖空的院子，还不让龙王爷把我一家抬走了。"

"连阴雨来了有我在。龙王抬花嫂还有一说，抬你去干啥？吃肉，瘦得光杆杆；做活，龙王不咥面，只咥鱼鳖海怪；打牌，你不会；聊天，世上就数你无趣；好好推你的磨，压你的面吧！"安北斗故意说得很轻松，但心里已毛搅得生怕这货又斜斜着来了。

没主意了，他又跑到草老师庄上去了。其实每隔一段时间，他都会到庄上走一趟的，也解决不了啥问题，就是想跟草老师聊聊。他觉得整个北斗镇，还就草老师能聊出点啥来。连乡镇干部都只翻翻报纸，唯有草老师还在种田之余，光着脚丫子，躺在亭子里看厚厚的书。

今天草老师一手拿着扇子，一手拿着一本他帮着买的《缀百裘》，那里面全是折子戏。旁边还扣着《录鬼簿》，又全是整本戏。他一只脚在另一只脚背上狠劲搓着，痒痒得用起茧子的脚后跟，把另一只脚背都蹭出血印子来了，还在蹭。是无尽的蚊蚋把他包围着，扇子在赶，书也在拍，气得直撅："我是前辈子偷了你们的米面还是偷了油，这辈子要把我朝死地咬！"惹得安北斗哈哈大笑："注定是偷了酒，闻见酒香就来了。""哎呀，今年夏天不知哪来这多蚊末子，你走到哪它围到哪，把人都能抬走。""那就回房里待着，别看书了呗。""你不懂，你师娘成天批批嘟嘟，那可是比蚊末子凶狠十倍呀！你知道苏东坡到朋友那里玩耍，见朋友妻子摔锅打灶的，写过这样两句取笑诗：'忽闻河东狮子吼，拄杖落手心茫然。''河东狮吼'就指的你师娘这号人哪。她最近跟我大闹别扭，看着人家入股砸石头分了红，眼皮子浅，嫌我不该没入。你说咱丰衣足食的日子，赶那热闹干啥？"

安北斗好奇地问："不是说全村除了温如风和五保户外，全都入股了吗？"

草老师摇摇头说："没有我。孙铁锤来找过，让我带个头，我说我就不赶那个热闹了。他看没有商量余地，最后说：那我就说你入了，这样好鼓动人些。我本来想制止的，可想了想，修铁路是大事，就由着他去了。""草老师，我越想越觉得你这人有意思。""啥意思？"安北斗说："都啥年月了，你还过着这样一种日子。""你是说看这些戏本？你不了解北斗镇过去的情况，但凡家里日子好些的，都讲究衣食无忧后读点书、练几笔字，有些还学点吹拉弹唱。往年过春节，能摆出摊子写对联的好几个，都是一笔好字！现在满村就靠我一个人写了。就说这亭子，我确实收拾过，但在我爷手上就有，后来垮了。你看这两根圆木柱子，都快上百年了。那时大户人家，都要在房庄子最高处，做个清风亭啥的，既能在下面遮阴躲雨，也能下棋、吹笛子找个乐和。不像如今，满世界都是弄钱的，寻情钻眼、跑得昏天黑地。弄点钱，又都钻到黑拐角摇骰子赌博。那时村规很严，还有祠堂，赌博的、嫖娼的、抽大烟的、买卖短斤少两、小偷小摸的，让长者知道了，弄到祠堂里吊起来往死里打。我一个叔伯侄儿，就让彻底打残疾了。不能说那祠堂、村规就好，私设公堂家法，可是能整死人的。有些长者看着慈眉善目，但见给点族权，就能剥你的皮、抽你的筋。现在的确是放开了，自由了，可人这心，又都收揽不住了，总得有个法子呀！单靠贴几张'五讲四美'宣传画怕是不行了。以现在娃娃们这教法，我担心将来村里也没人了，即使有，都活得各顾各了。我觉得这亭子还是好哇！自个儿把自个儿管住，看看书，喂喂蚊子，别贪念太多就是好日子！我家的太阳跟孙铁锤家的太阳一模一样，早上金灿灿地爬进窗，下午红彤彤地翻过墙。"说着，他又把腿肚子狠劲拍了一巴掌，瞅着几只蚊子遗骸说，"你看看，贪得无厌有啥好。咥够就对了些，硬往死里咥！"又是一巴掌。

安北斗笑着拿起一把艾草，狠劲吙了吙嗡嗡成团的蚊子群。

草老师说："没用，闻着血腥就来，这是本性。你再一来，就更热闹了。咱们就是它们取之不尽、吸之不竭的源泉。坐坐，那儿有风油精，抹了能管三五分钟，过一会儿照来。啡！"一巴掌把他自己都扇疼了。

他坐下来一边给满身抹风油精一边说："草老师，孙铁锤和温如风都是你的学生，你对这两个人咋看？"

"问这话啥意思？"

"孙铁锤把温家挖成那样，你都没去看看？"

草老师突然没话了。过了一会儿，他又拍了一巴掌蚊子才说出三个"难以"来："难以想象！难以置信！难以阻挡！"

"你阻挡过？"

他摇摇头说："你们官家都阻挡不了，我个乡野村夫、一介草民，岂能让孙铁锤不抡铁锤，温如风不去告状？温那拗脾气，你阻挡成功过吗？孙的熊心豹子胆，看何首魁、牛栏山能制服住？与其觍张老脸去受辱，不如称清斤两先收手。我当了那么多年老师，连几岁娃娃的心深都量不出来，还别说已长到三四十岁的人性了。疯狂程度，难以想象啊！但你记住，《易经》第六十四卦说得好，世事看透了，无非就是刚柔相济、阴阳平衡这几个字。乾坤两道，也无非是满招损、谦受益的因果、克补关系。我不相信天命，但我信天道。天道是会在最后说话的。"

安北斗已没心思跟老师务虚了，端直说："孙铁锤你说不上话，温如风总是可以劝几句的吧？我觉得他还是很尊重你的。你说他何必呢？颠来跑去的，把生意越跑越惨淡，房子也越跑越垮塌，何苦吗？"

草老师突然说了这样一句话，甚至让他有所觉醒："既然牛栏关猫关不住，就让他跑去吧，这就是乾坤两道的相克相生关系。乾坤两卦是非常矛盾的，但又是十分对立统一的。盛极必衰，衰极必盛。亢龙有悔，否极泰来。你是没法子，又不是不管事，不作为。管不住，那就相信至简的天道去吧！"

随后，草老师又给他讲了半天乾坤、咸恒，变卦、覆卦。直到月上桂梢，师娘端酒菜来，草老师悄声道："河东狮吼来也！"师娘安顿他俩喝起来，又到处点上艾草，嘟哝说："你草老师就是一头猪，看人

407

家一村人都在忙钱，他就忙了个闲字。"草老师用左脚挠着右脚丫子还吟起诗来：

众鸟高飞尽，

孤云独去闲。

相看两不厌，

唯有敬亭山。

师娘又嘟嘟："你看看山下，几千人挑灯夜战，你不伸手，也不让我去，眼看村里的石头、沙子让人家拿簸箕一样揽钱揽完了。"草老师说："是饿着你了还是冻着你了？就不让你砸石头。别人不心疼你那双手，我还心疼呢。""你就会耍嘴皮子，把钱拿回来才算数。"师娘说完，也是有些气不打一处来地走了。他知道师娘是刀子嘴豆腐心。一村人也都知道，就师娘最会心疼男人。她逢人最爱说的话便是：俺老汉没用，就懂个斯文，除开读了一肚子书，啥啥都没有！有文化的知道那是卖派，没文化的好歹也晓得"天地君亲师"的牌位一些家里还都立着。

这天晚上，山下砸石头的灯火，顺着一河两岸，排成几排，一直亮到了勺把山根。淘沙船也在河道里翻天覆地。清风明月，有点过于眷顾灯火以外的世界，似银雪般铺满了错落起伏的山岚。两人甚至把酒桌搬到亭子外，吃到七八分醉时，草老师一会儿"不以物喜，不以己悲"；一会儿又是"空潭泻春，古镜照神"的；最后还扯拉着"把酒问天"地诵起苏东坡的《赤壁赋》来：

苏子曰："客亦知夫水与月乎？逝者如斯，而未尝往也；盈虚者如彼，而卒莫消长也。盖将自其变者而观之，则天地曾不能以一瞬；自其不变者而观之，则物与我皆无尽也，而又何羡乎？且夫天地之间，物各有主，苟非吾之所有，虽一毫而莫取。惟江上之清风，与山间之明月，耳得之而为声，目遇之而成色，取之无禁，用之不竭，是造物者之无尽藏也，而吾与子之所共适。"……

草老师终于醉倒在苞谷地里。而安北斗是枕在他的胸脯上，做"客喜而笑"状。桌上蚂蚁成群、蚊虫如毡，的确搞得"肴核既尽，杯盘狼藉"。还没等到"东方之既白"，就突然狂风大作，天地"如怨如慕、如泣如诉"起来。

68 暴风骤雨

雨来得很突然，仅仅是天空裂了几道没有规则的抓痕，滚雷还没来得及像在天庭拉大桌子一样胡乱响起，夜幕被闪电撕破的地方，就如成千上万个黄豆口袋霎时爆裂一般，哗啦啦把天地之间的空隙密密实实封堵起来。

大概是第一声闷雷响起时，师娘热得也只穿了两条筋的背心躺在炕席上发眯瞪，突然想起凉亭上还有两个对酒赏月人。他们多半会喝醉。这清风，这月色，两人脾气又对路，不醉是不会歇下的。因为他们不是一次两次这样醉过。安北斗媳妇跟人跑了以后，多次来跟他老师喝酒。醉了，哭得跟老牛唤儿一样，也都是她劝烂嘴皮，打扫的战场。而今夜，当她拿着雨伞蓑衣朝出跑时，人被倾盆大雨封堵在门口，咋都出不去。但她到底还是凭熟悉地形的直觉，跑上了山梁。

这时，安北斗已稀里糊涂地醒转来，勉强把草老师弄到了亭子里。草老师嘴里还在咕叨《坎卦》的卦象："来之坎坎，险且枕，入于坎窞（深坑），勿用……"

师娘到底还是爬到了亭子上。安北斗急着要走，她说："待会儿，等雨小些再下去。"

"不敢等了。我得去温家一趟，害怕有危险。"他几乎是喊着说的。

"这大的雨，咋下去？"师娘也在喊。

没等师娘喊完，他已披上蓑衣，钻进雨幕了。

今晚他确实喝得有点多，身子完全不听使唤，腿脚也发软，但脑子是被雷暴击灵醒了。顺着过于熟悉的斜山坡，与其说往下跑，不如说是一路在往下出溜、跌板。蓑衣早就不见了。鞋也跑丢一只，他感觉是在一个烂泥湖里没拔出来。但老鳖滩的位置大致是清楚的。几处特别危险的山崖他也有意绕开了。可各种坡坎、凹槽、土包、浅塘就顾不得许多了。有几次，都是从高处闪下甚至是飞下去的。大概得力于酒的麻醉，竟然也感觉不到疼痛，就又撑持起来，跟水一样，波浪翻卷地朝全村最低洼的地方奔去。

离老鳖滩越近，他越觉得可怕。脑子中显现出的是那幅"孤岛"惨象。他知道紧急回填的土石方，都与"孤岛"没有本质联系。那就是松松散散的堆积，障人眼目的应急。河道雨水一大，完全有可能很快就把泥沙冲走，而留下的石头，也会相互错动、塌陷、挤兑成灾。温家连丈人爹、丈母娘共住了五口。一旦出事，就是大事。虽然牛栏山是让他做好温如风的思想工作，没说要帮他防灾抗水。但一想到那个回填起来也是"鳖"状的破碎院落，他就嫌脚下出溜得太慢。也不知一家人这阵儿在干啥，总不至于还都死睡着，没考虑撤离吧？这货太犟，可今晚的恶暴，不是犟牛能扛得过的事。

他终于出溜到了温家门口。

他听到温如风正跟一家人在吵架："我就不走，冲走去屎。你们快走，朝梁上跑。我必须死给他们看！""瓜坎，你以为是啥本事？死了净白死，最多给孤坟野鬼添几双筷子，你是啥了不得的人物，死了还惊天动地了。啊呸！叫你别逞能、莫得罪恶人，你偏得罪。那都是你能得罪起的？把好端端的院子挖成'孤坟'，人家给你赔半个子儿还是赔一句话了？"这是他丈人爹花存根的声音。花存根平常从来都不说话的。一个吊盐水挂面的大匠，好手艺没处使去，也便只能沉默无语，来给女儿女婿帮着压机器面，顺便看家护院了。可今天，他的火气还真不小。但温如风的火更大："你们能当窝囊鬼、尿囊包，我当不了。我就得他一句话，就要他给我赔院子赔房。死了变鬼，也要变成厉鬼，把狗日彻底劈叉了！""你能，快死去！死了都撒脱。"这是花如屏的话。儿子哭得像是遭鹰抓了的鸭子，嘎嘎嘎地都没了童音。丈母娘喊："如屏，你把娃带着逃命去，要死，我跟你爹陪着犟牛瘟一起死！"

安北斗终于缓过一口气力来，狠劲推开了大门。

一家人都像看怪物一样朝他定定地瞅着，没弄清是人还是鬼。

"还愣着干啥？朝梁上 …… 我家 …… 走！"

直到这时，花如屏和温如风才弄清这个泥糊糊的人是安北斗。

温如风见是政府来了人 —— 安北斗在他眼中，就是政府 —— 更是别跳起来："不走，就不走，我今晚就等着龙王抬人！"说完，还睡到长青凳上了。

一家人看着安北斗，也都没了话。连老丈人刚才还那么急着催促动身，这阵儿也蹲下揾了一锅烟，点起来抽得吧嗒吧嗒作响。意思好像也是看你政府咋办。

花如屏突然一屁股坐在地上，哇哇大哭起来："叫人都咋活呀！真是黑了路了哇！"

丈母娘哭得更是瘆人，好像人已在水上漂着等死了。

倒是孩子，见来了人，又认出是安叔叔，似乎还有所改变，没有像方才那样干着嗓子拼命嚎叫，那也算是感到不安全的一种报警方式吧。

安北斗上前朝死狗一样赖着的温如风的屁股上，狠狠踢了一脚："起来，立马跟我走！天大的事，都犯不着把命搭上。这是五条命，不是你一条。""你少来了。有本事把孙铁锤叫来把我搬走！没本事就等着收尸吧！"气得他又狠狠踢了温如风几脚："你丈人爹骂你是瓜坎，我看你是瓜㞎笨种，头顶粪桶的绝对蠢货！死去，你立马出门扑到河里喂鳖喂鱼去！看能让人家孙铁锤花几个安埋钱了事。这就把气出了？把冤申了？你再在青凳上赖一阵儿，河水真把你家抬了，你死事小，妻儿老小都葬送了，够个男人吗你？走！这次院子要是彻底让龙王掀了，我陪你告状去！"

温如风一骨碌爬起来："这可是你说的。"

"我说的。房要是塌了，我陪你进京告！"

花存根也终于开腔了："还是要听安主任的，安主任这话靠得住！安主任毕竟是政府！"

说声搬，大家立马就扛起了最重要的行李。其实花如屏和她娘早就把要紧的东西收拾停当了。温如风开始也忙着在捡拾，后来突然犟着要留下，死给一众的人看。还说死了都要把孙铁锤拉到阴曹地府去，

412

揍他个眼珠子爆裂、腿断胳膊折。要不是安北斗来，这犟牛还真没人能降番呢。

一家人终于在河水哗哗暴涨中，撤到了后坡梁上。

安家这一晚后半夜也没安生。暴雨来得太猛，房皮上又出现了好几处破漏。安北斗他爹他娘一边找盆盆罐罐接漏，一边还操心着儿子去草老师家没回来呢。他爹也想到老鳖滩温家怕是保不住了，但雨实在太大，他又吭吭咳咳扯不上气来，就说："存罐家要是有事，该知道朝咱梁上跑吧？""人家是死人，存罐和花如屏哪一个没你灵醒。"他娘倒是更操心儿子，怕在草老师那儿喝醉了酒，要躺在半路上就麻烦了。过去就这样躺过，直到天亮放牛的看见才背回来。自那个"不要脸的货（指杨艳梅）"给儿子找了倒霉后，北斗已连续在草老师那里醉几回了。她知道儿子心里的苦处，在家闷着一句话不说，可愿意跟草老师喝闷酒哭诉。她是多么盼着赶紧给儿子找个媳妇，当紧过起正常日子来呀！那骚货不仅给儿子扣了绿帽子，连他们都感到头上是压了顶绿哇哇的老腌菜缸，不仅又沉又臭，而且还烧呼呼的见人都觉得脸上发烫。过去他们盼望门当户对，既然儿子上了大学，端了公家碗，跟别人不一样了，肯定就得找个有头有脸的人家。可如今，不仅她不这样想，老安也不这样想了，就希望再找一个人生得体面、把自个儿身子看得金贵、绝不胡搞的女人就成。尤其是能把儿子招呼好、伺候好最关键。要是再有运气，能生上一儿半女的，就算把那个骚货彻底比下去了，啥面子里子也都捡回来了。可儿子偏是一百个不配合、不上套，害得她给说媒的花了上千块跑路钱，最后还落了儿子一地的抱怨。气得她最近跟北斗也懒得招嘴了。这阵儿雨太大，她又为儿子心慌起来，要是喝醉了睡到半坡里，只怕让滚坡水卷走，今辈子连骨殖也见不着了。她正着急慌想出门去找，没想到门被人拍得山响："开门！娘！爹！开门！"是北斗的声音。

她哗地拉开门闩，只见一大窝黑糊糊的人就拥进堂屋来。

他爹急忙挑过马灯来。电刚才已经灭了，估计是哪里线路被水冲坏了。在马灯的映照下，北斗和温家五口，不仅已被雨水淋成了落汤鸡，而且还都冻得哗哗乱战着。每个人身上都款着包袱、驮着箱子、背着背篓、挎着挎筝。就连七八岁的儿子，也给脖子上斜勒了满满一拉锁包已拉不上拉链的换洗衣裳。安北斗是帮温如风抬着一口老式铁皮箱子。铁皮边缘生着厚厚的铁锈红，捆扎箱子的塑料纸已破破烂烂。箱子像是刚从土里扒出来的，重得一个人挪都费力气。所谓百年老磨坊的祖传物件，据说就这一件了。但平常别人也从来没见过。后来安北斗才知道，他们的确是临时从后院挖出来的。里面装着什么东西都不知道，只紧紧地上着老铜锁。安北斗他爹和他娘都能感到，这大概是温家最值钱的东西了。因为花如屏既怕房里的漏水泡了箱子底，又把所有弄进来的东西，都围在箱子四周，像是老鳖生蛋后，要急忙弄些沙子把蛋掩盖起来。

北斗他娘给土炕洞里生了一把火，让一家人先到炕上暖暖。其实就是在雨地泡着冷，进房一会儿，这股寒凉就从每个人身上渐渐消失了，毕竟还在二十四个"秋老虎"里没出来。

只安宁了一会儿，温如风就又闹着要回老鳖滩。都挡他，劝他，他直砸脑袋说："亏了我八辈子先人哪，老磨坊是百年的祖业，开到我手上终于要毁了。孙铁锤，我操你八辈祖宗啊……"

外面的雨，直下到快天亮时才消停。

中途温如风闹得不行，安北斗也曾拿着手电筒，跟他一道出去朝老鳖滩照过几次，可雨幕照不透，看不清。温如风还要朝前扑，一来危险，二来也是怕他激动，安北斗就把他硬拽回来了。

直到天微微发亮，两家人才下到半坡上，朝老鳖滩看了一眼。水的确发得很大，温家也成了水围城，可只有老磨坊的水轮车垮塌了半边，房子依然矗立着。院子的边缘塌陷下去不少，但总体仍是维持了"孤岛"现状。是侥幸、万幸，还是厄运、不幸？安北斗还掂量不来。倒是花如屏在做拜佛状："阿弥陀佛！"她爹、她娘也一脸的庆幸。儿子甚至还蹦跳起来："呃呃呃，房还在房还在……"温如风啪地甩了儿子一巴掌："在你妈的瘪，家成这样了，还都高兴是吧？过去下多大的雨？院子撑过竹筏、腰盆，也没成孤岛、孤坟！那时水一退，一切都浑浑全全的。现在才下了半夜雨，就成这样一副破败相了，你们还高兴得起来呀……完了，温家这老房庄子就算彻底败了，完了哇……"他一屁股坐在地上，比平常要赖的婆娘都更泼辣疯癫。

安北斗能看出，那可不是演戏，也不是能装出来的。那是发自内心的悲凉和绝望。

温如风彻底失态了。

69 白露

安北斗感到了事态的严重性，两家人一起先把温如风弄回梁上后，他急忙打电话，想给牛书记汇报情况，结果手机一直不在服务区。事情又刻不容缓，他就急忙骑车子往镇上赶。公路多处塌方，一些地方车子还得扛着走。

一河两岸新砸的石子和淘起的沙堆，也在渐渐退潮的河道旁，显出已被夷为平地的浑黄泥凼。好多人都在找自己家的那堆石子，还有筛出的梯形沙堆。可什么都没有了。一些妇女就坐在黄泥浆上哭起来。这次水患来得凶猛，去得也快。好在地势稍高一些地方的石子堆，虽然垮塌不少，仍有归拢回收的余地。因此，天一亮，不少人就抢锄挥锨地大干起来。

平常只二十几分钟的路程，他今天连骑带扛走了一个多小时。赶到镇上，说牛书记一早就到另一个村子去了。那儿昨晚发生滑坡体，把一户人家连房庄子都滑到沟底去了。这种事处理起来很麻烦，估计晚上都不一定能回来。他又急忙朝回折，生怕两家人都未必能控制住温如风。

当他再回到村上时，涨水已退完，有些过去断流的地方，依然断流了。只是被几条淘沙船翻了个底朝天的河道，经过洪水冲刷，一些地方陡然横梗起来，一些地方却拉出了更深的沟槽；还有一些地方，就像被刨开的坟场，横七竖八地乱躺着剥净了皮的树干、杂物和累累白骨，那是各种动物的骨殖，的确给人一种十分可怖的感觉。

他来到老鳖滩，看着被山洪袭击过的温家"孤岛"，吓得后脊背阵阵冒冷汗。洪水不仅将所有临时回填物冲刷得泥沙俱散、乱石横斜，而且还把温家院子的整体地基，环切回去一个凹槽，看上去快成一朵头重脚轻的蘑菇云了。许多人都围在附近看稀罕。温家起步早，发家致富快，在很多人眼里，早已不待见了。加上他又跟孙铁锤过不去，一些人就更是要借机踩几脚。一是做给孙董看；二是出出莫可名状的气。见他家成这样，甚至还有幸灾乐祸的：嫽！让磨去！让压去！让"猫叫春（指花如屏）"去！安北斗看着一村人这般无视温家灾难的神情，且还火上浇油地胡乱喷着口水，就更是担心事态会朝无法控制的局面发展了。

其实在安北斗走后不久，温如风就独自上"岛"了。花如屏要陪，被他骂下去了。因为场院边缘实在太危险，还有地方在不停地垮塌。多年不用的老水磨轮子，已将半边陷在烂泥糊里。要不是几根百年往上的油浸老柏木碓臼、卯榫环扣、横横斜斜地拉拽着，不定早都散伙，葬身龙王腹底了。

安北斗爬上来时，温如风已经在上面坐一个多时辰了。他静静地看着摇摇欲坠的院子，在发呆，在抹泪。

他给他递了一支烟，温如风没接。安北斗只好独自点燃一支，抽进一口，长长地吐了一溜烟圈。"咋办？"过了许久，温如风问。"我回镇上找牛书记了。七里村昨晚出现滑坡体，把一家人都滑到沟底去了。牛书记去现场了。""找老牛有什么用，这些年从丢半棵树起，我挨了多少戳，窝了多少黑，找了多少任镇领导，管用吗？你只说我该咋办？"安北斗说："再等一等，现在都受灾了，镇上也得先顾重要的吧？""你的意思我不重要？""重要，咋不重要。但毕竟……人没事，房还在嘛！"温如风突然跳起来指着他的鼻子喊："都是太听你的话，才招了这大的祸！我昨晚就该守在这里，死给他们看！""这不……就是守着……院子也在嘛。""安北斗，你到底是谁的人？是不是孙铁锤派来的奸细？""我就是我，你的同学，镇上的干部，就这。""你昨晚哄我离开时咋说的？""咋说的？""你说陪我进京告状，我才撤离的。""有这话。可也有前提：房要是塌了，一定陪你去告。问题是……没塌，还有救哇！""骗子，你们都是骗子！这房还有救？这房还能住？这还叫房？骗子呀！安大骗子！"说完，温如风起身就朝道场边上跑去。

他飞身上前去拦。温如风已跳下一丈多高的边缘棱坎，端直朝远方走去。他一路朝前撵着，温如风竟然捡起一个比鹅蛋还大的石头威胁道："再撵，看我砸不死你！""你砸！"他还是撵。温如风还真砸了。不过没砸在他身上，而是砸在他脚前的一块白火石上了。

他到底扑上去，一把将人死死箍住了。这时，花如屏也上来帮忙，儿子温顺丰还抱住他爹的腿哭起来。早已守候在附近的花存根和安北斗他爹，也都赶上前把他团团围住。安北斗他爹上气不接下气地说："你得听北斗一句劝呢。处理不好，再闹也不迟嘛！这不……北斗才去汇报，得有个过程嘛。"温如风已是哭腔都上来了："这个过程也太长了，都他妈耗我几年了，一个事接着一个事啊，哪个不是越处理老子越遭殃！到如今……窝都没了，我还等到啥时候呀……"温如风的哭喊声，引得围在远处观看的人群甚至嘻嘻哈哈笑起来。这更是恼得他要捡石头砸一村的人了。

花存根端直站到他面前说："来，砸，先把我砸死算了。一时三刻都等不得了？看你这犟脾气？好好的日子让你过成啥了？从半棵树起，哪一节装个鳖，都是过得去的事。你偏朝死的硬撑，以为你是四品的道台、八府的巡按，牛×得就能四脚拉叉、白眼张天了？你屁都不是，就是个推磨、压面的，跟驴是一样的。既然是驴，就得学驴的活法：捂住两眼，只管推磨子、拉碾子地转圈圈。你还又是要皮又是要脸，还要面子里子的。你就等着把这点好日子折腾得净光净，背着媳妇儿子讨米去吧！看你那屄样子！我都觉得这房垮了活该！"

从这时起，温如风再没说一句话。都以为是被他丈人爹的话制服住了。或者是某句话点到窍上了。谁知这天后半夜，人不见了。

温如风是从安北斗房里逃出去的。那天安北斗患了重感冒，一直

418

强撑着。就这他还硬着头皮给住在省城的孙铁锤通了电话，说了一下温如风房庄子的情况，希望他能回来一趟，拿个解决办法。谁知孙铁锤在电话里一顿臭骂起来，不仅骂温存罐、温尿罐，而且也骂他是瞎了眼，成天替温如风跑腿说话。说温如风除了欠揍，他孙铁锤啥都不欠这驴日下的，然后就把电话猛然挂断了。气得他的手筛糠一样颤抖了好半天。尽管如此，他还是跟温如风唠叨了半夜，说一定要听话，他会全力以赴的。并且让他们就安心住在他家，那边不收拾好就别回去。后来他吃了些感冒药，就迷迷糊糊睡过去了。等几个小时醒来后，一摸，脚头是空的。再出去找时，就没了温如风的踪影。花如屏跑回老屋场一看，二胡不见了，还拿走了几件换洗衣裳。她肯定地说，人是出远门了。

安北斗当下也顾不得还有些发烧，就又朝镇上跑。

牛书记仍没回来，听说指挥着扒了一天一夜，还是没找到那一家人。安北斗就只好骑车子朝滑坡现场赶。那里果然是一块山皮整体滑脱了。裸露出的岩石让人发现，这家山民是住在一层才一两米厚的腐殖质上。原来房前屋后有十几棵大银杏、刺槐、红石榴还有数百年的老紫薇护着。这几年先是有人给他们下迷魂药偷挖了几棵。后来气得自家把剩下的全卖了。谁知这次山洪，就把他家连皮带毛一起卷走了。附近凡有大树护着的院子，都安然无恙着。

牛书记已人困马乏得倒在一棵核桃树下睡过去了。找人的还在稀泥汤水里用竹竿乱搅乱探着。有的正在给堰塞湖放水。一直紧跟着牛书记的镇北漠说："书记太累了，你让他眯会儿。"但安北斗还是把他摇醒了，说："麻烦大了，温如风又跑了。"牛栏山一骨碌爬起来问："跑哪去了？""不知道。""那让你看的人呢？""我都跟他睡在一张床上他还是跑了。”“为啥吗？”“他那房子，前天晚上又差点冲走了。”牛栏山一惊：“冲走了？到底冲走没有？人受啥损失了吗？”“没冲走。人都接到我家去了。”“没冲走他又胡跑死呢嘛！”“书记，你是没看见，那房再差一点就完蛋了。孙铁锤他们临时回填的土石方，只剩下一些东倒西歪的石头了。而整个院子的根基，让洪水冲刷得越发像老鳖盖，上大底小，的确成危房了！”牛栏山说：“只要没死人，那他就不是北斗镇目前的头等大事。爱跑跑去，最好跑到联合国去！我现在没空管他。四条人命哪，扒了三十多个小时，连点烂衣服片片都没找见，你说我顾哪头好？去去去，嫑烦我，我还烦得想跑呢。都啥㞞人嘛！”牛栏山平常不太骂人的，今晚躁得连续出口了好几个脏字。骂完，直接上堰塞湖去了。跟在书记背后的镇北漠，还有些看安北斗笑话的意思：不长眼！

安北斗看镇上干部基本都在这里抢险，也就跟着上了堰塞湖。因为发烧，头重脚轻的，还差点栽倒在湖边的稀泥汤里。这时，牛栏山又朝他跟前走了几步，一走一滑的，也差点栽倒在泥塘中。镇北漠一把扶住了牛书记。

牛栏山向他招了招手，他几个趔趄滑过去，听他吩咐说：“这样吧，你先回去。这里也用不上这么多人。估计也不可能再找到活的了。你还跟踪温如风去。这家伙动不动就给咱咥大活，还不敢轻视了。”

“问题是不知道他去了哪里呀！”

“你准备一下，先去省城找。县上我给武书记汇报一下，问题不大。可再不敢在省以上放大炮了，把镇上能害死。快去吧！”

安北斗按牛栏山的部署，回去稍事准备，就在白露那天去省城找人了。

白露白露，照民间说法，这天一旦下雨，路一白（干爽）就会接着下。果然，他是冒着一路细雨进省城的。

70 寒露

牛栏山在村里整整待了三天三夜，最后总算扒出两具遗体来，奶奶和小孙子再也找不到了，人肯定是没了，挖也是劳民伤财。加上其他地方也有灾情，镇上就把人撤回来了。

他嘴上对温如风的事很是不屑，但这货一告，都是从省市县镇，一家不漏地要点一遍名，像是发红头文件。他牛栏山的名字没少跃然纸上。"走狗帮凶""蛇鼠一窝""贪赃枉法"这些词，更是给他用得滚瓜烂熟。因为有些信件转来转去，转得有皮没毛时，还是转到他手上处理来了。大帽子底下扣不住事实的告状信，他倒不怕。有时读着告孙铁锤的段落，甚至还有一种看《水浒传》《西游记》的喜悦感。不过一些地方读着还不解恨，要是再上几句"硬词"就好了。孙铁锤从来就没把他牛栏山朝眼角睐过。尤其是在县城突然"召见"的戏法，特别令他反感。这种饭局上的召唤，一小时内还必须赶到。明明是想借此显示他的威力，可不去，又怕留下后患。因此，他心里也老盼着孙铁锤出事。但人家就是出不了事，并且还越坐越大，连镇上年终上报GDP，都要"仰仗孙董"恩赐数字了。经济发展压力那么大，温如风偏偏老到外面去乱告，自是影响镇上融资形象了。他心里觉得既窝黑、瞀乱，但也毫无办法。镇上出这么个货，就算是点亮了一盏四处漏油的瞎瞎灯台。

牛栏山悄悄去了一趟北斗村。他得掌握真实情况，以便应对无法预料的各种"当头棒喝"。但北斗村复杂，他去时头顶还故意捂了顶罐罐很深的草帽，不想被人认出来。随员也只带了镇北漠。这小子有眼色，很贴心，镇上大事小情的，都会及时"附耳上来"。无论在哪里干事，各种信息渠道都得保持绝对畅通。他已把镇北漠提拔成股级了。安北斗这个人大大咧咧的，不能当心腹使。并且他还发现这家伙对温如风有偏心。镇北漠也是这看法。据说镇上有相同看法的人还不少。这甚至有点让他担起心来。因此，他必须掌握第一手材料，以免研判失误。

当他慢慢走近温家时，嘴就张大起来，这是一种有点后怕的下意识表情。看来安北斗并没有夸大其词。"孤岛"底部确实被洪水勒出一道深槽，让人一眼看清那是多年沉积下来的沙滩地基。即使再有年代，挤压得再板结，也经不住洪水的反复洄溯和蚕食。上面院落，也确实像安北斗形容的那样，已成孤立无援的"老鳖盖"了。尤其是半边已沦陷下去的水车轮子，似乎还有进一步垮塌的危险。他感到了事态的严重。好在整个院子还没塌陷，几间房依然兀立着。人也在他安排的镇上正股级干部安北斗的保护下，冒着狂风暴雨，提前实施了安全转移。无论怎样，他都没有太大责任。但要彻底摆平这事，他又无能为力。他甚至觉得，这是一件处理起来比"滑坡体"卷走四条人命更粘牙的事。因而，他准备上县一趟，亲自给武书记做汇报，以得到准确指示。

他到县城后，很快就见到了武书记。

排队等候书记召见的部局长和乡镇领导有十好几个，但武书记给秘书安排过，他一到先见他。

他走进书记的房里还有些激动。毕竟是第一次进来，并且武书记似乎还有一种急切见到他的心情。最害怕的召见，就是人家不愿意，你拐弯抹角找到人，去硬蹭着见的那种。

"你说'孤岛'又出事了？ 那个叫温什么来着……"

"温如风。"

"又跑了？ 怎么就看不住呢？"

"我安排一个正股级干部，就是那个你亲自提拔的旅游办副主任小安，把他接到家里，俩人搭脚睡着，半夜还是跳窗户跑了。你说有啥办法？ 那晚一镇的干部都忙着滑坡体的事，给你专报过，滑走了一家四口！ 哪里还顾得上派更多人手去看他呢。"

"你说他家院子损毁很严重？"

"你看看这个武书记！"他从提包里掏出了几张不同侧面的"孤岛"照片。这是他专门为来汇报准备的。

武书记眉头越锁越紧地一张张翻看起来。

牛栏山无意间瞟见了窗外那片小竹林。听说过去那是一片空地，上上一任书记早晚爱打太极拳，就把再上一任爱种点瓜菜的陶书记的小菜园子，改铺成能接地气的土砖了。王中石书记爱清泉石上流，那里就有自来水在石头上飞瀑跳浪。现在又改成小竹园了，看上去倒是枝叶繁茂、满眼翠绿。尤其是微风吹动，竹子竟然在窗户上像画一样投上一些摇来晃去的图案影像，很是舒适幽静。而在窗户对面的正墙上，就挂着一幅郑板桥的"墨竹图题诗"。听说武书记还经常要做些这是仿品的解释。

武书记把照片反复翻看几遍后，朝桌上一拍说："的确太不像话了！ 人都没事吧？"他说："这个你放心书记，我们绝对是提前做好了充分安排，人和物都没有半点损失。""人没损失就好说哇！ 那你的意见呢？"没想到武书记会这样问，他当下有点张口结舌。因为这么大的事，他就是专程来听指示的。当然，他心里不是没有想法，而是不知道书记咋想的，有点不好回答。

这时，武书记突然拨了一个电话，说明号码他是很熟悉的。里面喂了一声，他说："我东风。还是你家亲戚那个事，有点麻烦哪！前天晚上下了一场大暴雨，把他回填的土石方又冲走了，房子也更加危险，可能不好住人了。关键是这个告状的又跑了，现在也不知去向。一是你得帮着在省上照看着点，别再给县上惹出事来；二来你也得让铁锤尽快回来一趟，把后事处理好，我怕再有个三长两短不好交代呀！我这边也会想些办法的，但这人告状已成习惯了，并且手段比较特殊，你还得多操心哪！嗯，嗯……"他们又说了几句其他事，才把电话拄了。

牛栏山有点暗自庆幸，幸亏没有自作主张。上边的事，你还真不知都是怎么来回绕藤并盘根错节的。

武书记放下电话，有些埋怨地说："你看都是些啥亲戚嘛！"他把照片理了理，直接给牛栏山做起指示来，"目前你们能做的工作仍然是安抚好家属。危房不要再住了。让孙铁锤给人家想办法，先转移到安全的地方再说。村里总有几间闲置房吧？没有也得腾出来让人先住下。再就是评估一下，看那个院子还有修复的必要没有，如果没有，考虑重弄一块地方，孙铁锤不是有钱吗？镇上也可以适当补贴，给建点房。那里既然是老河床，沙滩地，铁路上也需要大量沙石，腾挪一下，不是一举两得吗？都是难缠的主儿，难缠就得用难缠的办法办，也不要霸王硬上弓。首先是把人朝回找，不能放任自流，这不只影响了你一个镇，而是把省市县都搞得鸡犬不宁的，拖了几级政府的后腿。总之，先找到人是关键！"

武书记的话牛栏山认真做了记录。这是一件上上下下都头痛的事，

有了指示，他回去就好操作了。

　　安北斗与温如风完全是玩了一场猫捉老鼠的游戏，猫只知道老鼠出洞了，却始终没找到踪迹。他到省城第三天，就接到牛栏山的指示，要想尽一切办法把人找回来，并说，这是武书记的要求。另外，牛书记也给他讲了一下处理意见，大致是让孙铁锤尽快回来，给温家腾点地方，先安顿住下来。至于温家老房庄子保不保、修不修，得跟孙铁锤商量了再说。总之，他温如风得乖乖回来，回来了一切都好商量；不回来，那就只能撂下了。这话明显有点威胁的意思。可温如风鬼影子都没见，他威胁谁去？这家伙，到现在也没个联系方式，一走脱，那就是豹子钻山，泥牛入海了。

　　能想到的地方他都去找过了，可半个多月过去了还是渺无踪影。他也在电话里跟牛书记探讨过，这家伙会不会在京城？牛书记说市县信访局跟京城有联系，让先关注省上这一块，怕他再闹出在戏园子看戏那样的事件来。

　　一走进这个城市，就有很大一个阴影压得安北斗喘不过气来。

　　自杨艳梅和安妮进省城后，他们就彻底失去了联系。梦中倒是多次相见，但都是很清晰的决绝场面。看来人的现实意识是深入到梦境深层去了，破灭了的东西，连梦也是不可能完整呈现给你的。在杨艳梅和女儿身上，让他每每爱思考一个很书面化的词：人性。那是在大学里中文老师最爱讲的词。看小说，读哲学，甚至翻阅天文地理，作者也动辄要用人性深度这个词做些复杂的感慨和表述。说实话，他始终觉得那只是一种表述而已。只有当那么爱着自己的女人逐渐变脸、翻脸，直到用轻薄、蔑视、恶心、痛恨之眼盯着自己，并彻底决裂后，

425

他才深深懂得了这个词的内涵。孩子毕竟小，用什么样的鄙视眼神他都可以原谅。但杨艳梅这样待他，首先令他错愕、震惊，然后就对人、对人生产生了绝望情绪。那段时间，他说话走路，甚至都是神魂颠倒的。在人面前装出来的轻松自然，只能带来独自一人时的浑身滚烫、灵魂几欲爆裂。很多时候，他一想起这事，就不由得要浑身抽动一下，甚至冷汗直往外扑。现在慢慢倒是适应了许多，但对人性这个太过古怪的词，还是百思而难得其解。有多深邃神秘的天空，就有多繁复善变的人性。这是一个永远也探究不尽的空间，能看到的，只能是最外在、最少量的那一部分。当他在省城找温如风连续扑空，并进入惯性寻找麻木状态后，这个城市的所有气息，都在引诱着他，想去找找她们的踪迹。在杨艳梅与储有良的浪荡生活中，还给自己的亲生女儿留下了多大爱的空间？他急切想找到答案。谁知这个答案没找到，却在无意间把温如风找到了。

那天是寒露。按照北斗村的民俗，要给亡人送寒衣。而西京城"送寒衣"还在一个月以后。因此，一个人突然在城市十字路口，烧起一堆纸钱来就特别惹眼。

那晚安北斗躺在床上有些不安，兴许是一种感应，总觉得外面有什么人等着自己，当然更多想到的还是杨艳梅和安妮。谁知他刚出去溜达一会儿，就看见了烧纸钱的温如风。他几乎是做了一个饿虎扑食状，把人彻底摁倒在道沿上了。

71 洞室松动大爆破

孙铁锤是北斗村发大水第二天早晨，就得到了"孤岛"有点摇摇欲坠的消息。那阵儿他还在凯撒洗浴城眯瞪着。这也是他常住的地方，看外国娘儿们跳舞、听流行歌手唱歌，还有脱口秀表演。再就是蒸桑拿、按摩、"挖坑（用扑克牌赌博的一种）"，一玩就是一晚上。外国娘儿们都学了几句中文，充满了地方生冷蹭倔的"邦邦硬"语气，也不知是哪些瞎蛋教的怪话，她们就跟说"你吃了没、喝了没"一样稀松平常，大概从来也没搞懂里面的意思。这样就越发说得有趣，玩得开心。只要你把钱掏到，就没有享受不到的快活。如此日子，自是让他沉湎其中难以自拔。当然，也没想拔。并且还想钻得更深些，看人世间到底还有什么更好的玩法没玩过。活了快四十岁，才咂摸出一点人生味道来，真是不感慨万千都不由人。城里人太会享受了，自己在北斗村那玩法，在人家看来，就是山野孩子上树掏了几窝麻雀蛋，下河逮了几条麻麻鱼而已。偶尔他也能想到村上几千号人日夜砸石头的浩大场面，闪过温家"孤岛""孤坟"来，但也就是一闪而过，他只觉得自己的"觉醒"是太晚了些。

"眼线"打来电话，他也先操心死人了没？现在跟城里老板混搭多了，也知道了一个底线：最好不要死人，死了人就不好摆平。当然，只要有钱，世上也没有摆不平的事，不过麻烦大些而已。"眼线"说，温如风一家连夜让安北斗接走了，人绝对没事，就是房庄子比过去挖出来的界线，又缩进去一丈多远。整个院子越发显得头重脚轻，人是不敢住了。他说："狗贼也住不成了。一切都要为铁路建设让路，他家一屁股坐了一老鳖湾的沙子，迟早都得挪地方。让大家抓紧恢复生产，日夜不停地干，高速路说开工就开工了，活儿多的是。必要时，把外村人再找些来，别让人家觉得咱村是小气包，有钱大家挣嘛！没点胸怀还能干大事、发大财？！抓紧啊，砸石子、淘河沙一刻也不能停。至于温存罐，去他娘的蛋！上次告了一整，看把老子咋？就让他家

'摇摇欲坠'去吧！"不长相的安北斗，竟然也给他打来电话，要他回村看看温存罐的家，还说得给个说辞。真是脑子进水了，他安北斗是谁呀？白眼张天的货，也想跟温存罐一样等着挨锤的是？

没想到第三天，他侄儿孙仕廉又来了电话。侄儿电话一来，无论他是仰着躺着，都会立即一骨碌爬起来，坐端正了才回话。

孙仕廉这次没有上次厉害，但语气仍然很重："你咋搞的，温如风又告状去了，到现在人在哪里都不知道。"

"没事，人和房都好好的，这货就是爱跑爱告，天下第一刁，有啥法。"

"听说一场大雨，把他家房子冲得更像'孤岛''孤坟'了，你还说没事。"

"你听谁说的？就把外围剐蹭了一蚊子腿，一切都好好的！并且我还做了妥善安排，早早就把他一家接走了，吃喝都管待得美美的，他还想咋吗？"

"关键是人又跑了。我这里有照片，那房的确成了危房。你不敢觉得上次保了你，就万事大吉了。领导对这事盯得很紧，是我们在汇报上做了些手脚才捂住的。东风人不错，算是给了我面子。但温如风可不是一盏省油的灯啊，谁知他还会在什么地方挖眼掏洞。我跟东风书记商量了一下，你必须立即给温家找一个安身之地，先搬进去。危房怎么弄，再跟他协商着办。你是遇见白火石了，不擦得火星乱蹦是不可能的。可不敢有侥幸心理呀！我们长期在大机关工作，见得多了，必须学会与恶人化解矛盾，不然你迟早都会栽的。别看是一个小石头，常常因为不起眼，就让大车翻到沟里了。听我劝，赶紧回去安排人家的住处，这个最要紧。再就是想方设法找到人。我这里会盯着的，但老虎也有打盹的时候，把人找回去，安顿好，你才是安全的。要不听话，后边的项目我也就不敢再帮你说了。有时看着是挣了钱，搞不好，就是惹了祸呀！”

这次孙仕廉在电话里说得很长，也很从容。他还听见那边喝茶、玩打火机的声音。他见过孙仕廉的打火机，是一把看上去很漂亮的手枪，跟真的一样，打起来的确好玩。人也不像那次温如风在戏园子告状后那么惊慌失措，就像要天塌地陷一般，立即要跟他一刀两断了。他当时还很是有些不愉快，砍了头碗大个疤的事，至于这样吗？何况是多大个事，不就是把温家挖成“孤岛”了嘛，大不了赔几个钱的烂事。好在后来孙仕廉主动出来灭火了。他心里清楚，一切还都是为他自己的乌纱帽和前程。后来才听说，那段时间正要考察他的副局级呢。他没有觉得温存罐这次跑出来有什么了不得的。还是那句话，爱跑放箭跑去。但侄儿既然反复交代要把人安顿好，就肯定有他的道理。自上次那事摆平后，他又找孙仕廉揽了一项工程，挣下来也都是几百万的干货，他也不得不听他的话了。加上沙石供应催得紧，他也准备回去好好放几炮，得在勺把山上做点大文章了。

孙铁锤回北斗村了。

在外面玩得畅快是畅快，到底还是没有在村里有感觉。外面那就是拿钱说话。而回到村里，是拿脸、拿眼神、拿咳嗽就把话说了。他一回来，身边就围上来一堆人。羊蛋、狗剩一直跟着他在外面混，名字自然都改了，一个叫杨发奋，一个叫苟胜利。外人一般叫杨经理或苟经理，也有叫杨助、苟助的。回到村里，就还是羊蛋、狗剩，或羊存蛋、狗存剩了。而骆驼和磨凳主要是在村里监督砸石头、淘河沙。他们虽然都分别有了经理的名头，但叫的叫，不叫的不叫，到底就还是骆驼、磨凳了。其实他们也是有名字的，一个叫骆存驼，一个叫磨存凳。

骆存驼和磨存凳分别汇报了那场暴雨对石子与河沙的冲毁情况，并估计了总体损失。因为好多沙石还在私人手中没收回来。而收回的，公司都运到铁路上去了，损失也是铁路上的。最后才说到温家的事。孙铁锤在回来的时候，也故意让司机把车绕到老鳖滩远远瞅了一眼。的确危险，雨要再下一两个时辰，兴许还真把"鳖盖"掀走了。奶奶的，孙铁锤就有这运气，老天爷都长眼，既帮着把人欺负了，还留不下太大的把柄。谁把你温存罐咋了？房不是好好的吗？剩下一个老鳖盖，怨谁？就是龙王爷把房建到低洼浅滩上，雷公雨神怒了，照样朝翻地掀，朝走地抬，你以为你是谁呀？

孙铁锤心里再不情愿，可还是按孙仕廉的意见办了。他毕竟要干大事，孙仕廉一再告诫，想干大事就得能忍小人。他让把村上文化站占的一间半房腾了出来。那还是南归雁当书记时，一阵风让各村都要成立文化站，他就把当时已破烂不堪的保管室收拾一下，算是应对了检查。后来也捐赠些书来，都是城里人不要的破烂。听安北斗说，多是一些自费出书请人"批评指正"，而被当垃圾一样"扫地出门"的货，作者签名都还在。关键是几乎没有一本适合乡里人看的。那天他还进去翻了翻，倒是挑出一本《性生活大全》来，拿回家正看得津津有味，就让老婆刘兰香一把抓去，撕了个稀烂骂道：你还嫌不全是吧？把你亲表姐表妹也弄来耍！后来南归雁倒是弄了一些适合乡里人看的农村科技与卫生常识书，可人一调走，他就让把文化站彻底关了。

这阵儿把门打开，他吩咐将书一伙都铲出去烧了沤粪。然后，就让羊蛋去通知花如屏，让尽快搬进去住。说开始花如屏还不去，但后来又答应了。有一天，他刚好经过文化站门口，见花如屏已拉开阵仗，吊起面来，就觉得这女人看上去还蛮心疼的。

他对花如屏一直有一种特别的感觉。首先是名字叫得好，人的模样也般配。在十里八乡，都算得上是绝对的美人坯子。就是个头稍小点，人称"小钢炮"。所谓"小钢炮"，除了个子，大概还有干事利落、说话爽快的意思。这么个好女人，怎么就跟了温存罐这货，村里好多男人都觉得越来越不可思议。他本来是打过这女人主意的，但面对温存罐，火苗每每一点着就熄了。花如屏小时候也是又黑又瘦的，自跟了老温，才吃得汁水饱足、有模有样起来。这女人现在的确有些与城里女人不同的味道：胸大、屁股圆，腰却俏板得像是抽缩过一般紧致，双腿更像是奔跑中十分健壮的马蹄子，有力而充满性感。他见时，她正踮起脚尖朝木杆上挂面，后脊背露出一片肉来。那片肉润泽得就跟缎子被面一样，不摸一把，都觉得手是白长了。他就朝她跟前走去。

花如屏似乎是感觉到有人在盯她后脊背，把面勉强挂好，就急忙用双手将后衣襟拽了拽。转过身，立即与他对视上了。她平常老是一种微笑着的表情，大概与顾客打交道多了有关。但一见他，立即就转换了表情。当然，不似她男人表现得那么激烈，见他就想唾一口。她还是能顾住大面子的，只是准备转身离去而已。

他叫住了她："屏屏，还住得惯吧？"怎么就脱口而出了个屏屏。

她没有理睬，在继续朝房里走。

"先住一段时间，不行了我给你重找点庄基地，好好盖几间房，碎碎个事嘛！老鳖滩毕竟是低洼区，迟早都是喂鱼鳖的地方。"还没等他说完，她爹和她娘就出来了。啥话也不说，就那样守在门两旁。村里好多溜光锤子男人都说，花如屏她爹娘就跟秦琼、敬德一样，是两个好"门神老爷"。

孙铁锤毕竟见不得的是温存罐。何况今天见了花如屏，又生出些特别的好感和想法来，就对她二老爹娘也有了点敬重，还叫了声叔、婶。可叔和婶都没咋搭理他，毕竟是恨着被挖成了"孤坟"的家园。

他还闹得有点没意思了。虽然悻悻然离开了，但这个地方却对他产生了别样的吸引力。他甚至一边走，一边独自感叹得出了声：好东西也不完全在城里，乡下也有哇！他暗自庆幸起温存罐的出走来。跑得越远越好，但愿今辈子都别回来！

由于大水冲走了一河两岸不少沙石，再加上他又揽下了新的工程，因此，这次回来，除了完成侄儿交给的"安抚工作"外，主要还是准备再放一次大炮，彻底解决石料来源问题。

他已在省城请了专家，准备进行"洞室松动控制大爆破"。复杂名头开始令他也很是费解，专家解释说：这是一种现代化爆破手段，既能把山体炸松，还不影响村庄安全，更能让石头资源都有效利用起来。这简直就是"白日梦"了！靠一炮一炮地炸，今天把谁家房皮伤了，明天又把谁家老母猪脖项炸出一个血窟窿来，麻烦多得要命。他就是希望弄件一劳永逸的事，最好让勺把山一夜间都化成鹅卵石，直接用铲车铲好了。"洞室松动控制大爆破"，听起来就跟这想法差不离。

在他回来的第三天，爆破专家就来了，并且在勺把山那只被炸掉的老虎前爪上方，可以说是一整只老虎腿，外带一块胸脯肉上，全面开凿打洞了。据说一次要放五十吨铵梯炸药，全村，不，是全镇，乃至全县，都要见识一次特大爆炸了。

72 《捉放曹》

话说那晚安北斗在西京街面上一把摁倒温如风，由于用力过猛，不仅把温的半颗门牙磕损在道沿上，而且左前掌还在强力撑持突然前倾的身子时，与粗糙的水泥地面产生了剧烈摩擦，蹭卷起血糊拉丝一片肉皮来。当他定睛一看，是安北斗时，气得一口血痰，端直啐在了他脸上。

安北斗也觉得有点过分，急忙道歉说："我踏失脚了，对不起！"

"你明明是想一下把我碰死在道沿上，你解脱了，还弄个啥子奋不顾身、英勇搏斗的名声，我呸！"他又啐了一口，不过这一口没啐在安北斗身上，而是啐在了地上，恨得就想把地砸个坑。他看见这口痰也是带血的。

安北斗又回了一声："对不起！"但始终没有松手。"你放开！"他用胳膊狠劲筛了一下，"你有病吧，死抓着我？有本事咋不把你老婆抓回去，就在这个城里，让别人拐带跑了，羞先人呢，把我抓回去算啥本事！"这句话反倒激得安北斗想再揍他一顿，但忍住了，就那么一把死死地抓着。过路人看着两个男人如此纠缠，觉得有戏，就聚过来看热闹。

温如风先是用手一摸，发现了那颗门牙的缺损："安北斗，你看我牙，给我赔牙！还是门牙！"他用手扯开嘴唇让他看。安北斗一瞧，果然是一颗门牙有了绿豆颗大的破损，还有点破相了。这时人越聚越多，他就说："走，咱们到一边说去。"温如风还来劲了："就这儿说，这儿路宽，人多，让众人都看看，这就是政府，公然实施暴力，企图结果一个平头百姓的性命呢。"

"咋的个事？"果然有个头刮得锃光瓦亮的人路见不平，出面干涉了。西京这种人可不少，弄啥都不嫌事大："明明是打的事么，一个劲说屎呢！"都喜欢看打架。还爱把事朝乱包地挑。不管三七二十一，

433

先按他的是非标准处置了再说。

安北斗急忙说："没事，都是兄弟，我们说说就过去了。"

"谁跟你是兄弟？"温如风还在较劲。

"那就打么，啥事靠说能说展脱了。"路人甲说。

"报警！打110。"路人乙说。

"打啥110，咱就是110么。说，咋的个事？"那光头撸起袖子，有点该出手时就出手的意思了。

温如风心虚，倒不怕光头出手，主要是听到有人张罗要报警，就慌神了，低声对他说："咱找地方说走。"安北斗乘势放松了扭住的胳膊，还表示很亲热地拍了拍他身上的灰尘说："没事，真的没事。"他也有点害怕那光头。光头的愤恨明显是冲着他安北斗脑门的。他急忙拉住温如风，从人群中逃了出去。

都逃出包围圈了，还听光头在喊："跑锤子呢嘛！看俩稼娃些！"

他们几乎是一路小跑着进到了环城公园的暗区，在一个斜土坡上坐了下来。坐下安北斗才发现，这不就是上次他们来过的地方吗？也正是在这里听见秦腔剧院几个唱戏的议论，说有重要领导要去看戏，然后就上演了那一幕。

而温如风对这个地方是再熟悉不过了。其实最近他就一直在这一带活动，希望再能逮到类似的信息，杀个回马枪。因为那天在剧场听人议论说，就是他递给告状信的那个领导特别喜欢秦腔，有时不给任何人打招呼，就领着夫人自己买票看戏来了。他觉得上次告状，没有结果，一定是哪个环节有人捣鬼，他想重来一次。谁知半个多月过去，再没逮住机会。不过他有耐心守株待兔。更重要的是，他神不知鬼不觉地在外面猫着，死不露头，就会有一批人活不安生。让他们着急上火胡扑乱找去吧，都是活该！从半棵树起，就没有一次能处理到他心上。相反，孙铁锤还越来越嚣张了。而他竟成了"刁民""疯子""缠访专业户"。连昔日那么欣赏女婿的老丈人，也越来越把他当成败家的祸根了。花如屏也没有过去那么坚定地支持自己了。往常每临出门，又是烙油馅锅盔，又是偷着塞钱的，现在也让他认卯算了。越是这样，他越觉得出不了这口恶气，就把一个好端端的人活成鬼了。谁不愿意过"白天挣金银，晚上搂花屏（村里流言）"的好日子？可搂不成啊！一个男人的尊严受到挑战，那不仅是面子上的事，更是里子上的事。花如屏就知道他越来越不行了，还安慰他。可越安慰越不行。他就越发地感到羞耻、憋屈、无能。告状，已成为他无可选择的一条尊严之路了。

人常说在家千日好，出门一时难。但出门时间长了，也有无尽的乐趣。他从十三四岁开始，就几乎是每天一早五点起身，晚上十一二点才躺下。即使念书那阵儿，也是家里一个全劳力。娘死后，他就更是忙了田间地畔，再忙水磨、压面的车轱辘生计。妹子是他亲手养大嫁给了秤存星，现在都落脚深圳了，听说还混得不错。他一直想去看看呢，又觉得自己如今这个鬼样子，去了丢妹子的脸。他们能过好，他也就给死去的爹娘有了交代。他现在肩上的责任就是花如屏和儿子温顺丰。多好的日子呀，只要舍得起早贪黑、出力流汗，钱自己就长脚来了。他和花如屏常年给脑壳上包着头巾，半截脸捂着帕子，只露出一双眼睛来奔日头，可奔不成了么！这一出来，晚上睡得早，早上起来还能跑到护城河岸拉一阵二胡，也渐渐习惯了。开始他还有些胆怯，后来发现，比他拉得至少差二里半的有的是，并且还整得摇头晃脑的，他也就放心胆大地又是"快弓"《赛马》又是《二泉映月》了。

有时还能博得一群晨练老太太的喝彩。还有一件让他感到老想偷着乐的事是：戏园子常年搞"天天有秦腔"演出活动，并且每天给农民工有赠券，只要凭身份证排队就能领到。今晚是《捉放曹》，他把票早已抓到手了。只说寒露，撒黑时先给爹娘和祖宗烧点纸钱，送罢"寒衣"就去看戏。谁知他嘴里正禀告着买羽绒服比老棉裤老棉袄穿着暖和时，就被安北斗这具死尸，一下扑倒在地了。这个砍脑壳死的货，平常看着也不咋野蛮，扑下来却跟山墙倒塌了一般劈头盖脑，差点没把他牺牲在道沿上。不过心里骂是骂，也急着想见他一面，打听一下家里的消息。你安北斗既然代表政府"联络、协调、服务"我，住在你家吃在你家，也属正当，且也放心。可放心是放心，毕竟得不到任何音信，还是让他有些捉急乱黄的。没想到，他倒自家找上门了。

"找我死呀？！"

"我还真以为你死了呢。"

"安北斗，你可是政府，咒人民群众死了，是可以告你的。"

"告去，我就咒你了。没把我害死。一辈子就守在你这棵歪脖子树上。"

"你又污蔑人民群众是歪脖子树。"

"你就是一棵歪脖子树，咋了？我就污蔑你了，快告去！"

温如风噗嗤一笑："我告你欸呀，还不够跑路钱。人咋样了？还在你家吗？"

"啥人？"

"我老婆娃，啥人。"

"凭啥老待在我家，欠你的？"

"你是政府专门指派联系我的桥梁纽带，我凭啥不住你家？"

"呀呸！"安北斗也学着啐了他一口，"我是看守，专看管你这个刁民、疯子的。"

"安北斗，想挨揍了不是？"

"你把我揍一下试试。"

"别人污蔑我是刁民、疯子，你也污蔑？"

"那你说你是啥？"

"我是受了村霸、村盖子、地头蛇欺压的老百姓！"

安北斗没话了。他朝远处看了看说："那你这样老在外面跑着算咋回事？"

"我不跑，你能给我把房庄子恢复成原来的样子？你能找到那半棵树？你能把黑打我的人绳之以法？还有孙铁锤的牙花子塞到你嘴里，你能行？这么长时间了，不都是你在里面捣鼓来捣鼓去的，到头来，我上吊都快寻不着绳了，你还在哄我回去？回去能咋？指望你？蔫老汉盖花被子——尿不顶！"

"你在外面瞎跑就能顶事了？"

"起码还有个指望。"

"有啥指望？"

"你甭管。你是奸细，我也不可能给你说。"

"温如风，我看人家欺负你活该。"

"你到底站在哪一边？"

"我不是奸细吗？"

"从上次你明里暗里帮我在戏园子告状这件事看，你也许是个摇摆分子。"

"去去去，你还得了能了。立马收拾跟我回！"

"回不成，没个说法，凭啥回？"

"咋没说法？县上、镇上已经要求孙铁锤把你家人，都安排在村上文化站住下了。这不就有谈判筹码了吗？"

"你说啥，你把我一家人都撵了？"

"不是我撵你，是上级要求必须给你安顿个地方，危房不能住了。"

"那文化站是住人的地方？我还不知道那破房子，过去就是放破铜烂铁、犁耙、耒子的，橡子岭梁都烂得有皮没毛了，能把人吭进去住？亏你们想得出。"

"温存罐！"

"叫温如风，你没资格叫我温存罐，说了不止一百遍！"

"温如风，这虽然是权宜之计，但总还是一个解决的办法吧？老房庄子到底怎么办，可以谈判嘛。何况你捏着村里的文化站，那就是谈判条件，你傻呀你？"

"甭哄我，我让你们哄怕了。我从小在北斗村就听娃娃们说顺口溜：听人哄，钻尿桶。我不钻你们那个烂尿桶了。气不出，我不回！"

"你到底要咋个出气法？"

"扳倒孙铁锤！"

"你凭啥扳倒人家？"

"罄竹难书，哪一项都能扳倒。"

"你那都是道听途说，没扛硬证据，全是白费力气。"

"何黑脸那儿肯定掌握的有。所以我一直都是连何黑脸一起告的，扳倒一个，塌死一窝。"

安北斗摇摇头说："你太天真了，真是个自讨打挨的货！"

"我这辈子，就一件事，把他们扳倒！今辈子扳不倒，下辈子投胎还来扳！”

安北斗就懒得跟他说了。反正一只手死死抓着他的胳膊。相信他的力量还是能把这个精瘦的猴子制服住的。

"你看你这个丧门星，让我晚上把秦腔《捉放曹》没看成。"

"你还有心思看戏，《捉放曹》，捉你个猪脑壳槽去吧！"

"政府又骂人民啊！"

"你算个人民？"

"我不是人民，那谁是人民？"

安北斗把这个无赖还真没办法了，说："好好好，你是人民你是人民，你住哪里？今晚总是走不成了，我也到你那儿住去。"

"那可说好，住可以，从现在起，你政府就算把我接管了。吃住行一条龙都是你的！"

"少唠闲牙，走！"

然后，温如风就把安北斗领到秦腔剧院后边的电力饭店去了。

这是一个很小的老招待所，标准间窄得刚好能摆两张一米宽的床，但很便宜。温如风住在这里，既利于早晨到剧院门口排队抢票，有时还能听到戏园子南楼上的唱戏声。关键是附近还有几个大单位，能让他去捡些垃圾，收些纸箱、啤酒瓶子，赚几个零花钱，吃过喝过，还略有盈余。省委省政府门口他也常去，从信访室递上状子，就立马撤离，那儿人多眼杂，他怕被盯上。他也知道状子那玩意儿转来转去，最后多数还是转回北斗镇了，作用不大。因此，他把主要精力还是放在戏院的"守株待兔"上了。关键那是一举两得的美差。平常有剧团到镇上、村上，他都是舍不得停下生意去看的。现在时间多得见天都打发不完，再加上又有了一定的收入来源。虽沦落为捡破烂的，但这儿又没人认识自己。人这脸面，就是活给熟人看的。至于生人，脸和屁股也没啥区别，无非就是一个要用裤子遮着，一个不遮而已。

安北斗死赖着在他对面那张床上住下了，头还朝着门口，无非是利于看守。再就是做思想工作让他回去。温如风暗自一笑，把他安存镰那点智商，别看上了趟大学，耍猴，不定谁能耍过谁呢。看看窗外，他突然问："政府饿不？那里有家粉汤羊血，好咥得很。还有老八烤肉，据说都是附近最好的，想咥了走！"

安北斗还真有点饿了，就说走。

他们来到街上，朝王记粉汤羊血门口一坐，又在隔壁老八烤肉摊子上要了烤肉、烤羊蛋和啤酒，就连吃带喝起来。味道的确不错。温如风还吹起牛来："这附近好吃的多了，隔壁有家三只羊，里面啥小吃都有，关键是'老鸹撒（头）'、就是咱那里搓的麻食，全市第一名吃。"安北斗说："你狗贼把媳妇娃丢在家里，自个儿在外面享受，算个男人吗？""我要不算男人，就窝在北斗村让孙铁锤欺负死算了。你哩，你算男人吗？我给你说，我可知道你老婆杨艳梅的下落了，你知道不？"这句话一下把安北斗怔住了，甚至有点失态，但他立即恢复了表面的平静，故作无所谓地："与我有啥关系。""杨艳梅与你没啥关系，难道女儿也没了？"安北斗无语了，只是闷头喝着啤酒。温如风自感得意起来，明显觉得自己是由老鼠变成猫的地位了："不想知道吗？"安北斗过了半天，才低声问了一句："你在哪里见的？""戏园子。奇了吧？那天看《迟开的玫瑰》，我咋突然发现一个女人像杨艳梅，再一看，手里牵的正是安妮。在她们旁边，有一个男人，我想那可能就是给你戴绿帽子的人了。"气得安北斗哗地站起来，就想把啤酒浇到他脸上。但温如风表现得很是冷静："甭激动，甭冲动。你不是

440

老教导我，冲动是魔鬼嘛！可千万别把魔鬼放出来。要看，我可以带路。为给你侦办这事，那晚我可是费了老鼻子钱，光打出租跟踪就花了几十块，能咥五碗燃面，外带一碗'老鸹撒'，总算是把住处弄明白了。我是眼睁睁看着杨艳梅一手牵着安妮，一手款着那个臭男人的胳膊，很骚情的样子。对不起噢！想看了我带你看走！""看你娘的腿！""冲动了不是，冲动了不是。这哪像一个国家干部的样子。动不动就骂将起来，还讲不讲素质？""滚滚滚！""那我就滚了噢，这可是你说的。""你敢！""你看你看，你看你们政府难缠不？滚也是你喊的，不让滚也是你喊的，那到底要让我这个小老百姓咋活人吗？"

安北斗彻底让温如风击溃了。但他不想输在这个已经变得越来越赖皮的工作对象手中。他知道这货是在故意刺激他，他也强装出一副镇定而又满不在乎的样子说："人家离婚了跟我有啥关系？我倒是想给你提个醒。""提什么醒？哎哟，我这牙呀，让你彻底弄损了，喝点凉啤酒都渗到骨头缝里疼。焙得多好的筋也扯不动了。哎哟！""牙痛？小心气得蛋疼呢。""啥意思嘛？"安北斗看把他的胃口吊起来了，偏又不往下说了。他催道："你给我赔牙！""这样还好看，小伢崽掉牙后，看着就特别亲、特别乖。""你滚！安存镰，说不说？再不说我可就真走了，没工夫跟你磨闲牙。"安北斗慢慢嚼完一串烤筋，又呷了一口啤酒才说："村里文化站在啥地方你清楚吧？""问些鬼话，看哪个拐角我不熟悉。""你知道村委会主任办公在啥地方？""啥意思？你啥意思？"安北斗故意慢条斯理地："没啥意思，就是给你提个醒，孙铁锤最近回北斗村了，听说整天就在村委会住着，指挥搞啥子大爆破，日夜都住在指挥部里。村委会离文化站可就一墙之隔，并且共用一个道场，一个厕所，一口水井。孙铁锤是啥货色你知道。我建议你先赶紧回，等孙铁锤离开村子了再说。"

温如风腾地站了起来，把拳头在空中直挥舞："他狗日敢，他要是欺负了花如屏，我就直接拿铡面刀把他切了。就像包公铡陈世美，还用狗头铡。大卸八块，全剁了喂狗，喂一村的狗，你信不？他敢！他敢！"说着，失态地在桌上狠狠砸了一拳。因为客人太多，桌子都是临时摆在道沿上的，四条腿只有两条半管事，因而，一拳端直就把桌子砸翻在地了。两碗还没吃完的粉汤羊血，全泼在安北斗的头上、脖子上、肚子上。长长的被辣椒油浸红的粉丝，蛛网一样把安北斗的脸面和身上都缠绕起来。几十位吃客唰地把眼球投射过来，安北斗胡乱在脸上挖抓一把，就欲追赶已离开的温如风。

"哎哎哎，还没结账你就跑！"

"是你组织主动找的我，不是我亲狂找的组织，莫非还要人民群众给组织买单不成，你歇倒！"温如风已大步流星地走远了。

安北斗虽然被杨艳梅和安妮的消息刺得肝痛，但反戈一击，让温如风一下乱了阵脚，他又有点暗自得意。结完账，赶回饭店时，发现温如风已经在收拾行李了。

剧场大概是散戏了，窗外有人在哼唱《捉放曹》的戏词：

一轮明月照窗下，

陈宫心内乱如麻……

两人都各自躺在床上再没说话。安北斗心乱如麻地想着温如风跟踪杨艳梅的细节。而温如风也心乱如麻地在想着文化站与村委会的一墙之隔。

安北斗算了一下，他已出来快一个月了，在找温如风的同时，也试图找过杨艳梅和安妮的住处，但毫无结果。西京毕竟是太大了。

温如风一掐算，他出来整整一个月。出来时身上只拿了一百元，现在裤衩里却缝了八百多。要不是安北斗给他敲响了如此沉重的警钟，他在这个城市绝对是可以驻扎下去的。可这该死的一墙之隔，让他的持久战不能不又一次中途夭折。

第二天一早，他就乖乖地跟安北斗回去了。

73 冬至

那夜发大水后，温如风的不辞而别，气得他丈人爹花存根骂了好几天：瞎子掂毡胡扑哩！你一个鸡巴推磨压面的，跟人家孙铁锤较的啥劲？人家是啥人？镇上干部见了都要打尿战哩，你算个萝卜！人家拔根毛，都能把你活活吊死了，你还寻钢丝绳朝自家脖项上套呢。早知是这号货，我能把女儿给他？呸！狗日已经跑惯了、跑野了，不跑就不得活命了！花如屏的娘让他少骂两句，说这是在别人家，让人看笑话哩。花存根更起劲地嚷嚷：笑话还没让人看够？一镇的人都拿屁股笑哩。他是把哪一口气争下了？把哪一件事告成了？哪怕告成一件也算数啊！可告得如今连房庄子都没了，成丧家狗了！花如屏，你自己看着办吧，我是过不了这种日子的。都是温存罐十趟八趟地跑，我们才过来给你们帮忙守摊子。现在摊子也没了，门户也快被龙王抬走了，我跟你娘得回老屋场，去过自己的日子了。你有本事就把他找回来安宁过，没本事了，就回来守活寡、等着改嫁吧！跟这号撒腿驴还有日子？只有乱子、雷子、炸子！

花如屏哇哇哭起来，嫌她爹不该在这时说这样的话，她到哪里去找温如风，何况还拖着孩子。这阵儿，要家没家、要人没人的，遇事找谁商量去？她娘说屏说得有道理，不管咋，还得再帮着撑一撑。她爹又是气不打一处来地炮制了一顿她娘：都是你这个头发长见识短的臭娘儿们出的馊主意，连自家门都关了，跑到女婿这儿来奔日子，如今就奔成这样了。自家院子草长多深，却瘸腿驴一样窝蜷在人家房檐下，这叫日子？这叫花子！

花如屏又是好说歹说，加上安北斗当时也反复相劝，才暂时住下了。紧接着，安北斗就找温如风去了。临走时花存根还特别交代了一句：你见了温存罐给他说，再不回来安生过，就等着回来给一家人收尸吧！

安北斗走后，安家开始也是以礼相待，但日子稍长一些，礼数少了，花家人就觉得哪儿都不对劲了。有些响动，似乎也是针对他们了。比如北斗他娘切菜重一些，或刮锅的铲声瘆人些，她爹娘就会对视一下，心领神会地直摇头。尤其是北斗他娘喂猪爱骂猪，并且还习惯用猪食瓢乱磕乱嚷：猪脑壳东西，把蹄子都挤到槽里吃死你！喂着喂着还嫌不舒坦，不吃了拉倒，老娘还不伺候了！这天中午，花存根果然是只吃一碗饭，就放下了。他是吃不得太多红苕，胃反酸。当然最重要的还是在人家屋檐下，不舒坦。尽管安北斗是政府，住在这里也理直气壮，但本人又不在。这天晚上，他们还听见北斗他娘给他爹发脾气说：亏了先人，一个大学生就干这样下作的事，你看个"四人帮"、抓个特务也行啊，偏看了这么个没名堂的货。看把家里搅搅的，烦死了！他爹让悄点声，他娘偏喊：这是亏了你安家八辈祖宗，知道不？他爹就咳得扯不上气来，他娘唠叨着又给捶了半天背。捶背的时候，也是有一句没一句地夹枪带棒着。花家人就越听越不好受起来。

也就在这时，镇上突然通知花如屏朝文化站搬，大家先是眼前一亮。

　　可文化站就一间半早已废弃的老保管室，花如屏是知道的。她还嘟哝了一句：那能住人？她爹说：你懂个啥，公家的，哪怕是一个烂牛圈，先占住再说。占住就有价可熬。住在这里算咋回事？你想想，不管把谁弄到你家里，像垢痂一样黏在身上，洗不掉的搓不利，你好过？加紧搬，小心过了这村还没这店了。

　　老保管室由于年久失修，不仅外面脱皮跌瓦的，里面也霉变得半截墙都是盐霜。牛子眼（打墙时留下的墙板穿杠洞）到处都是，并且墙体还有裂缝。他们进去时，几窝老鼠正在地下和梁上仓皇逃窜，对于久违的惊扰，还有些深感不解与愤然。进门的地方的确有两个烂了门扇的书柜，地上还码了几摞书。说挡住脚的都已拉出去烧了。另外还堆放了不少杂物，有些是大炼钢铁时留下的废铁饼、老风箱；还有早年分离麦粒与糠皮的木风扇；再就是犁铧、地耙和学大寨时留下的钢钎、铁锤、龙须草绳等。花存根让把腐烂的木头、竹器、草绳全扔了出去，而把铁器都留着。虽说已派不上用场，可毕竟是破铜烂铁。保管室分内外间，外面大里面小。里面自然是紧称些，花存根硬让女儿和外孙住。老两口就在外面与杂物为伍。老鳖滩的家具没有搬，因为连阴雨季基本过去，再涨水的可能性不大。他们只是把当紧的带在身边，其余的还都在"岛"上锁着。

　　花如屏觉得把日子过成这样，尤其对不住爹娘。他们的床，竟然是一个耙地的老木框，下面是生锈的耙齿，撑在几块废铁饼上。而上面的"床板"，居然是一排过去抬石头用的木杠。她娘错来错去才勉强在放平的杠子上，铺些麦秸，然后打开垫褥，才算有了床形。一切

445

看上去都太凑合，不像长远过日子的样子。可她爹自进了这个歪歪斜斜的大门，不仅脾气好起来，而且还显出几分得意了，说好着呢，娃呀，这就算拿到硬把柄了，他要让出去，就得给个说辞。在人家安家住着算咋回事？然后她爹又吭哧吭哧在室外搭建了个灶房，占地几乎也是一间半房那么大。她娘还埋怨说：几口人吃饭，你是准备让都来咥大食堂啊？她爹一笑说：再憨瓜了，能占多大就占多大，占下回头就有话可说了。紧接着，他又挖了个茅厕，也是一间半房那么大，孙子有时还在里面滚起了铁环。一家人就这样安顿下来。而且她爹还让把压面机和吊面架子也都搬了过来。保管室前边是大道场，过去看电影、看戏，邻近几个村的人来都能坐下。她爹是希望通过压面的团场，把地界占得越大越好。

就在他们安顿了家，并开张压面时，村委会办公室也大拆大卸、大装大修起来。有一天，竟然还搬来一个席梦思，从门口朝进抬时，骆存驼和磨存凳一人起范儿朝上摔着躺了一下，弹起一两尺高。没过几天，孙铁锤就住进去了，说是什么大爆破临时指挥部。而这个办公室与老保管室的确是一墙之隔。很快，孙铁锤就老要找花如屏去谈话了。

花如屏自孙铁锤这次回来见她第一面，就觉得眼神不对劲。可她始终没给他好脸。毕竟自己老汉跟他把脸撕破了，撕破就做撕破的来，反倒有一种安全感。孙铁锤占了哪家的媳妇，包括黄花闺女，还有他爹孙存盆当初都吃了谁的"豆腐"、睡过谁家炕、钻过谁家苞谷地，村里人都一清二楚。过去还常嘀咕。自打砸石头、淘河沙有了红利后，就没人再敢说了。据说还有人朝人家怀里扑呢。都是忌惮着他老婆刘兰香，要不是这女人整天胡撅浪骂，甚至端直上门去揪头发、拿剪子乱戳，闹得你死我活的，兴许还更乱些。可她花如屏不怕，因为温如风已经跟他做了死对头，她甚至还有点暗自庆幸。但这次不一样了，尤其是住在一墙之隔，温如风又不在，她就觉得安全感也不存在了。孙铁锤见了她，不仅变得讪皮搭脸起来，而且笑得就跟亲人一般，让你也无法用仇人的目光去回对。何况老保管室这次的确是孙铁锤让住进来的。并且她爹那么过分地占道场、盖灶房、修茅厕，孙铁锤也没表示任何反对。孙还给她儿子温顺丰大白兔奶糖、酒心巧克力、曲奇饼干啥的……都是他们听都没听说过的东西。她不让儿子吃，可温顺丰已经把糖嚼碎、把巧克力和饼干都吞到肚里，嘴里只留下一口酒气了。然后，孙铁锤就要她过去谈话。她不去，孙铁锤说：吃不了你！我就是跟你谈谈存罐的情况，麻烦大着呢，难道你不想知道？

花如屏被"麻烦大着呢"这几个字吓坏了。人出去这么长时间没动静，她心里早就不安了。加上她爹见天咒骂，她也觉得不吉利。何况这几天中午眼皮一个劲地跳。俗话说：早跳喜，晚跳财，中午跳了有打挨。她就怕温如风在外面又挨黑打、遭不幸。孙铁锤撂出这话来，让她六神无主了好半晌，觉得无论如何都是要去打听一下的。她也听说这家伙见了女人，不管三七二十一就生扑上去了。跟他爹一个毛病，把人家有的女人，正在灶门洞烧火做饭呢，都能压在柴火堆上收拾了。收拾完，还要顺手把锅里煮的好东西捞一疙瘩，撂到嘴里嚼着哼着才离开。她挨磨来，挨磨去，最后找了一条背娃的布带子，把裤腰缠了又缠，还打了个死结，才慢慢磨叽到办公室门口。她没敢进去。是孙铁锤一再让进，她才把一只脚踩进门里，一只别在门外，一旦有情况，拔腿就能跑。孙铁锤一笑说："你以为你还是黄花闺女，啥稀罕物件是吧？老子洋货见多了，啥样的都有，还缺你这一口土腥。想知道了进来，不想知道了走人，我这儿不需要看门的。"嘴上这样说，但他脸上还是洋溢着很热络的表情，"来，进来些，进来些，进来些，吃不了你！"

为了打听到男人下落，她不得不铤而走险，又朝里挪了挪，孙铁锤就站起来朝门口走。

"不准关门！"她喊。

"掩一下，也是为你好么。"

她还真不愿让人看见她进了办公室呢。

可孙铁锤不是要掩一下，就是要闩门。村里好多人都知道，孙家父子干这事，连一句多余话都没有。大概是觉得办这事何须啰唆吧。她急忙要夺路而逃，可他已经把门碰上，要生扑了。她想一下从他腋下钻过去，谁知恰恰被他搂了个正着。他的一只手端直就朝她裤腰上插，可咋都塞不进去。"你还捆得个紧，就是拔了萝卜窟窿在的事么，看你还舍了啥？"裤腰解不开，急得他在外边就挖抓开了。这时，她已使出浑身力气够着要咬人了。孙铁锤上下开弓，又把她的胸脯美美揪了几把："还这紧揪的 …… 哎哟！"她把他的爪子到底还是狠狠咬了一口，他一下就痛得歪了下去，她立马拉开门跑了。

孙铁锤还在后边喊："你个骚货，不想知道男人是死是活吗？"

"你敢把他弄死，我就把你弄死！"

也不知哪来的胆量，她就喷出这样一句话来，把孙铁锤在门口都吓愣神了。然后，她一溜烟跑回文化站去了。

回到房里，她也没跟爹娘说这事，觉得自己能解决的，就不需要给人说，说了反倒麻烦。何况她爹也不是一盏省油的灯，有时只会把事情搞得更糟。

孙铁锤被花如屏狠咬一口后，偏是越发有了占有的欲望。见了鬼了，把这么个女人都降不番？想想搂在怀里那股说不清道不明的气息，以及强烈反抗的"小钢炮"秉性，就让他越发有了不达目的誓不罢休的进取心。他本来是想把事情克里马擦一办，就回省城去。办公室装修得再好，跟五星级酒店还是没法比。但现在他的魂让这个女人勾住了。白天有时见她踮起脚尖朝面架子上吊面，他能在窗户前站好半天，那乳房、那腰肢、那屁股、那细腿、那脚踝，哪里哪里他都想动一下。他对这一切都充满了渴望与信心，因为这个世界上，还没有他办不成的事。何况温疯子常年在外，看她能熬多久。

　　他一边在等着拿下这个女人，一边也真是在指挥搞大爆破。所谓指挥，就是过问过问进度，工程由省城一家勘察设计院在完成。人家来了好多专家和技术员，村里只负责把吃住行安排好就是。到现在他连完整的叫法都说不全，又是打洞、又是控制、又是爆破的，总之，按专家的说法，就像按摩一样，给整个大山松松筋骨，山石就化整为零了。并且爆破时表面会十分平静，如同身子骨扭动一下便彻底瘫痪下来，连一公里外的人家都不用撤离。再然后，把石头拉下来砸成鸽子蛋、鸡蛋、鸭蛋、鹅蛋，就拉去变现了。如果这次爆破成功，几乎轻轻松松就把几十公里路程的铺轨石料备下了。

　　爆破有人忙活，他要忙的主要是尽快拿下花如屏。糟糕的是，花如屏她爹花存根像防贼一样防着他，似乎把女儿也防着。他能感到，花如屏还是很想知道男人下落的。尽管他也不知道。侄儿孙仕廉在电话里还问过几次，让他要把精力放在找人上，他嘴里应承着，心里却觉得大可不必。怕温疯子，倒是怕出鬼来了。那就是只虱子，是只蚂蚁，看还能把地球钻个窟窿不成。花如屏总有熬不住的时候，他就利用她急切想知道男人下落的心理，一天天守株待兔着。

终于，是花如屏自己觍着脸又来打问了。这次他是先让狗剩买了药，准备让她喝了自己朝床上躺去。过程真是太漫长了，不过他终于等到了。她又一次被诓到办公室。可惜的是，这女人精明得绝对超过猴子，任他如何巧舌如簧，甚至亲自品尝，她都没动那个他说只有中央领导一年一人才能喝上一二两的极品乌龙茶。当她怎么都打听不到结果，准备离开时，肉体欲望让他再也无法克制暴力的捕获，他甚至操起一把水果刀，直抵她的咽喉了。谁知花如屏动作比他快十倍地从裤兜里拔出一把剪刀来，嗖的一下亮在他狼一样放着绿光的眼前。他大概平生第一次遇见这样强烈的反抗，就一下把手松开了。"哎哎哎，你想咋？你想咋？""不想咋！"花如屏仍然没有用恼怒的表情，而是微笑着从房里退出去了。

这个臭婆娘！没见过，真的没见过。简直是个怪物！

再然后，温如风就被安北斗找回来了。

安北斗这个蠢货，也不称称自己是几斤几两，回来竟然还找他谈了一次话。他连坐都没让，还是安北斗自己一屁股塌到凳子上的。他仰躺在摇摇椅上，扑簌着家里的一只肥猫，一副待搭不理的样子。安北斗先开口说："哎铁锤，咱们是老同学……"还没等安北斗说完，他就一顿炮制起来："谁跟你是老同学？老同学屁股还能长得歪成这样？"

"我屁股咋长歪了？"

"你屁股还没长歪？整天当温存罐的跟脚驴，还要咋歪？"

"都是一个村里的人，从小长到大，怎么就不能放人家一马呢？"

"你还要我咋放他一马？大队老保管室都给他腾出来住了，莫非

450

还想住到我家里不成？我再给他弄个奶瓶咂上。"

"铁锤，"现在一村一镇人，还就他一个烂安北斗敢直呼他的名字了，说，"半棵树的事，能弄到今天，哪一节让一让都过去了，偏是要这样剑拔弩张的。"

"安存镰你说啥？是我剑拔弩张还是他剑拔弩张？赖我偷树，告我崩他牙花子，七七八八整得就没消停。依得老子的脾气，都想把他日塌了！"

"好我的铁锤哥了，你是村干部呀！你动不动就要把人日塌了，谁还敢在村里待？人好不容易回来了，你就别再刺激他了，刺激了还得告。他告你能安生了？"

"让他赶紧告去，妈的，我还就见不得他回来。还有事没，没了忙你的去，我还要到放炮指挥部去开会呢。"

安北斗也真是个蹬鼻子上脸的货，说到放炮，又插进嘴来："河里多少石头都淘不尽，为啥要炸勺把山呢？把那么好个山体炸得稀巴烂，再想补都补不起来了！"

谁拿安北斗这样的蠢货有啥法，还嫌山不多，石头不黑，堵得人不心慌，炸了山他也要批干。看他把人活成啥了？老婆老婆被人拐走了，干部干部当得只剩下被温存罐拴到裤腰带上一起跳崖了。用北斗村的俗话说：把人活到这份上，还不如尿一泡，把自个儿浸死算了。他中途还几次劝这小子，让跟他跑跑腿，一月咋混，都比在镇上拿的多，还吃香喝辣。这小子有点墨水，公司还真需要这么个人呢。狗剩、羊蛋、骆驼、磨凳虽然用起来趁手，可捏起笔来，连自家名字都写得掉笔拉胯的，手还哗哗乱战。安北斗要真愿意来，他都想给他安个副总什么的。可这小子就是狗肉不上秤么。不来也好，来了还挡脚绊手的抹不顺。他甚至感觉这家伙跟温如风已完全是一路货色了。为炸勺把山，竟然激动得一副要跟他拼命的样子，最后是他硬生生把人赶出去的。但凡白眼张天的人一般都是蠢货！安北斗的白眼张天相，更进一步印证了北斗村这句俗语。

温如风初回来那几天，其实孙铁锤也有点小怵火，怕这疯子因花如屏闹事。他倒不怕事，只是怵火老婆刘兰香又拿菜刀、剪刀去乱挖乱戳，粪不臭挑起来臭。如今自己的面子可不比从前了。但几天过去，也并没有什么动静。是花如屏没给她男人说？还是温疯子在酝酿更大的风暴？他心里也毛搅着，再没到指挥部去露过面。只等爆破一成功，他就准备赶紧离开算了。看温存罐这只小耗子，还能在水桶里翻起多大浪来。

毕竟是五十多吨炸药的大爆破，他请人反复看了日子，还架了罗盘，说冬至那天最合适。并且连几时几分都有定数，他就让严格选在了那个时刻起爆。

爆破十分成功。一切都按专家说的，就像龙身子拱动一下，就被抽了筋骨，软瘫成一坡的乱石仓了。那天镇上也特别重视，连牛栏山和何黑脸都亲自出动了。照专家分析，一公里外都是安全区域。但何黑脸还是坚持三公里以内的人员，都必须全部撤离到对面山坡上去。牛栏山还让镇上全体出动，组织人把一些残疾人和老人朝三公里以外背。

当勺把山一只大腿带一截胯子温柔地起伏一下，又绵软地塌陷下去，像是蹬了一下腿就完全毙命后，孙铁锤把大腿一拍："娘的，老子是干啥成啥！"然后请所有专家到县城大吃大喝了一顿。据说庆功宴把他喝得逢人就叫爷："爷，你……是我孙铁锤的亲爷，亲亲的财神爷！"清醒后，他就进省城过冬去了。

74 大爆炸

那天大爆破，安北斗也在疏散指挥现场。他负责把两个村民小组的人，撤到了他家的后坡梁上，还帮着把一些大型牲口也转移出了三公里警戒线外。然后，他就支起望远镜，观测起这场具有很高科技含量的新型大爆破来。他已知道这次爆破将把勺把山这只形状像下山猛虎的山脉，要炸去近四分之一。当地风水先生四处扬言，说这一炸，围绕勺把山吃水吃饭的人家，就要彻底砸锅倒灶了。但孙铁锤很快把其中威望最高、最具"煽动性"的"金爷"请了去。

金爷，姓金名存鑫，看风水也是"点石成金的主儿"。据说县上都常有人用小车把他接去推八字、架罗盘。孙铁锤是亲自用路虎把他接来的。其实金爷从家里走过来，也就七八分钟路程，但孙董觉得应该给他这个礼遇。那天据说是从县上请来的厨师，炖了冰糖肘子、焖了栗子鸡、爆炒了麂子腿、红烧了果子狸，还上了五粮液。吃饱喝足后，他给金爷封了五千元红包，并当众给他身上披了一条大红缎子被面，以示对乡贤的敬重。饭后金爷就斜绑着这条缎子被面，做唱戏里得中皇榜后的"夸官亮宝"状，带着罗盘和喽啰，满山架岭跑了一趟，回来大为感慨道：糊涂了，老朽是糊涂了！有句话咋说的，不看不知道，一看吓一跳。还有一句时髦词叫个啥子实践出真知啊！没想到，这一到实践中去，才发现，炸掉一条虎腿，竟是纳福避祸、泽及万世的大好事体啊！这毕竟是一只下山虎，它暴怒无常、凶狠无比，若不尽快卸掉这条腿，留着是要伤人的！一炸瘸，它就永远都扑不下山了。从此北斗村将岁月安好、万世太平哪！其余那些风水"混混先生"，孙铁锤也都一一捎话，让学着点金爷，闭了臭嘴。很快，这股谣言就销声匿迹了。

当然，主要还是和大家利益捆绑在一起了，一炮要炸出多少石子来，那就是白花花的银子啊！一时满村甚至还有了一种欢欣鼓舞的激动情绪，像彩云一样在四处缭绕着。

安北斗兴许是太爱着北斗七星山，一听说孙铁锤要把勺把山的一条整腿卸了，就委实觉得可惜。山体跟人一样，长得这样像一只卧虎，炸掉一条腿，甚至还带着"胸脯肉"，那以后会是什么形状呢？他还跟他爹探讨了一阵，他爹说：要管人家那些事，你也管不了。孙铁锤要弄啥，就没有弄不成的。金爷在十里八乡多高的威望，活得跟十六两老秤一样硬扎，如今都说老虎不卸了腿要伤人呢，你才多大个毛头小子，说那些打不了粮食的话干啥？温存罐的教训还少吗？村里最富的人家，看看如今成啥鬼样子了。人最好的活法，就是静静坐在一旁看世事，咱家这坡上，就最适合看全村的世事了：红火了、塌火了；硬邦了，软溜了；上梁了，滚坡了；发财了，招祸了；生儿了，死爹了；牛×了，蛋骗了……你就好好随大溜走着，没一碗干的，还能少了你一碗稀的。安北斗就懒得跟他爹说了。

为这事，他还找过一次牛栏山，问孙铁锤要把勺把山炸掉近四分之一，镇上是啥态度？牛说，谁能阻止得了？只要他不炸死人。再说了，咱这地方啥都缺，就是不缺山、不缺石头。我还恨不得多出几个愚公，把山都移到关中道去，咱也好过几天一马平川的日子呢。

安北斗就再也没处说了。他亲自去找过孙铁锤，明知无用，但还是硬着头皮找了。碰钉子是他意料中的事。被赶在门外是他最后的努力。他知道他是阻挡不住的，也找不到阻挡理由。那时他只觉得把一座好好的山炸破相了难看，还没有生态方面的常识支撑他内心十分不适的观点。也就只好眼看着人家把山体引爆了。

那天他拍了很多照片，的确如爆破专家说的那样，只是轻轻把山体松动了一下而已。飞起的石头也没有砸到一公里以外的任何东西，这在北斗镇乃至全县都传为美谈了。电视台还来做了专题科技成果报道。看来金爷"卸掉一条虎腿将万世太平"的论断，也是成立的。

爆破时，犟牛温如风到底没有从老鳖滩撤离，他的"孤坟"离那只老虎腿有二里半地。按镇上的撤离范围，他是必须离开的。但安北斗直到爆破前二十分钟都没把他劝走。找人把他朝山上拖，结果反倒把拖他的人用铡面刀吓跑了。因为还有其他村民的转移任务，安北斗就让他必要时钻到地窖里，别被炸死了。他说：走你的人，我就等着炸死，让他孙铁锤来收尸呢。结果在引爆后的那一刻，他还把望远镜对准温家院子看了看，只是把一只领着一群母鸡的老公鸡，吓得一个趔趄丢掉妻妾，独自逃命去了。其余再无任何伤害。

温如风从省城回来后，就立即让花如屏离开了与村委会一墙之隔的文化站，回老鳖滩住去了。老丈人花存根不走，偏要守着好不容易弄下的新摊子，他就巴不得让他们留下了。虽说老鳖滩的院子更像孤岛、孤坟、孤庙，但毕竟已告别雨季，一早都有霜露了。冬天大地凝结，院子是不至于垮塌的。

安北斗当时操心大爆破会把"老鳖盖"震垮架了，还专门去请教了爆破专家。专家一笑说，"鳖盖"会毫发无损，一公里外放杯水也是不会洒出来的。因此，在温如风死坚持不撤退时，也就由他去了。而花如屏和孩子，以及他岳父岳母，都让转移到坡梁上去了。

温如风这次被他弄回来，大概是看到毕竟还给他家腾出了村里的老保管室，也是一种交代吧，还算安宁。他把花如屏接回老房子住，是为了远离孙铁锤那条"脚猪"。安北斗能感到，温如风现在跟老丈人之间的矛盾已很深。而焦点就是嫌他癞蛤蟆吃天——自不量力，把好端端的日子过得彻底稀泥扶不上墙了。他还试图让老丈人再劝劝温如风，可花存根说：谁要能把这个犟牛瘟劝下，那就能劝唐僧不取经、猪八戒不回高老庄了。等着瞧吧，两口子迟早都是一离。离了我们也省心。

温如风这次去省城，虽然没见上大领导，但告状信还是散发了不少，最后各个部门依然都转回镇上处理来了。内容除了半棵树遭偷窃；深更半夜挨黑打、卵蛋被人踢得比鹅蛋大；村长把牙花子朝他嘴里塞；无故遭何首魁拳打脚踢——派出所所长鱼肉百姓；麦田被孙铁锤雇人借玩社火踩踏成碾场——凶残如日本鬼子进村；一料庄稼被强行拔掉换成甘蔗苗——蛮干瞎指挥造成农民血本无归、颗粒无收外，自然把房子已挖成孤坟——意欲"新安坑卒"、活埋百姓，又遭洪水侵袭——"孤岛"命悬一线、危如累卵等内容添了上去。通过几年告状历练，他现在言辞看上去的确有一泻千里的浩荡之气；用语也多借电视剧里看来的新鲜名词；定性更是注重从报纸上抓取当下形势，常有惊人之句直抵命门。比如说各级都在欺骗省上领导方面，他就奔涌不息地使用了一堆名词：内外勾结、欺上瞒下、玩忽职守、一叶障目、偷梁换柱、涂炭生灵、置百姓于水火而不顾等等。这样的信件阅读起来的确吓人，但却容易造成失信成分。因此批转过程，都只盖以公章，让下级"酌处"了事。"酌处"到最后，就全都压在牛栏山的桌面上了。

"咋办？"牛栏山问安北斗。

安北斗摇摇头说："我知道咋办？我只知道他安顿好家里事情，随时都会再出发。过去还有地，现在地也被淘沙船翻了个底朝天；推磨压面生意日见惨淡，加上他跟丈人爹、丈母娘也过得头不是头脸不是脸的；老婆花如屏也常跟他吵闹。温如风只怕是要被逼上职业战斗生涯了。"牛栏山说："你还有心思开玩笑。""我开啥玩笑，这不明摆着嘛，他能在家里待下去？面子里子都没了，咋待？""安北斗，反正人我是交给你了，你得给我做深入细致的思想工作，绝不能让一个温如风把全镇的经济社会发展后腿拖下来。我得腾出手抓经济，你懂不？""那你说咋办，牛书记？这么多事，一项也解决不好，一件也落实不了，我有啥办法？""咋没解决，把村上文化站腾出来让他住，他丈人爸光厕所就占了近三十平米，是拉金还是拉银哪！还要咋？"安北斗说："那毕竟是临时的。人家要居家过日子，要安居乐业！"牛栏山说："可你不能乱告各级政府不作为呀！先临时住下，等安置高山垴和一些滑坡体移民搬迁户时，给他解决一套住房就是了嘛，老跑啥呢？""那你给我写上二指宽一绺便条也行，就说安置村一旦建好，给他一套房，我再去安抚安抚。"牛栏山当下就写了，这已是研究过的事，并让盖了公章。

安北斗天撒黑时就上了"孤岛"。

"岛"上鸡已入笼、猫已眯瞪、狗已安寝。远远地，他就听见房里传来了花如屏哭娘叫爹的喊声，他还以为是两口又吵架了，就急忙朝门口跑。狗大概是习惯了这声音，却对外来生人极其敏感，忽地从安寝状态扑了起来，一看是他，也就转为摇头晃脑的亲昵狂热了。房里的尖叫声还在继续。他突然意识到，不是哭闹。噫！呀！天哪，这两个货月亮刚爬上来，就上炕苟且了。他还有点生气，自己着急慌忙地怕人家日子过不成，想方设法去处置安顿。人家倒好，这才晚上八点，儿子在姥姥那里安歇，满村人都在砸石子、淘河沙，他们却在孤

457

零零的"寝宫"里荒淫无道上了。这声音他是听过的，但今晚比过去听见的更凄厉、尖锐、痛彻肺腑，也更胶着、自在、酣畅淋漓。天边的月亮比任何一晚似乎都更加圆润、丰隆、洁白如画；星星也比任何夜空都更密集、晶亮、闪烁似井然有序的天庭明灯。他心底猛然升起一股巨大的悲凉感。那股悲凉是来自对自己的嘲弄、蔑视与倍感自卑、下贱的自愧弗如。他不明白自己是在干一场何事？ 生命价值竟然卑微到如同这条紧紧缠绕着自己的看门狗了。

他突然转身向"岛"下走去。看门狗有些不明就里地一直把他跟到坎沿上。他把牛栏山写的那张便条在手心揉得粉碎。狗贼能有这等福分消受，也就应该忍得孙铁锤的击打和折磨。自己把人都活成癌了，还忙着给别人挠痒、消炎、治痔疮，去他娘的蛋吧！

"哇——呜！ 哇——呜！ 哇——呜！"

安北斗在朝家里走的路上，又听到了猫头鹰那古怪的叫声。他一路走，这家伙似乎还紧跟着。回到家里，它甚至还飞到院门前的核桃树上怪叫了几声。他爹就说："夜猫子怕是要叫我走哩！ 最近没停过，村里人也都说，快叫一两个月了。"气得他娘一顿乱撅："没屁放了，夜猫子叫你干啥？"说完，还拿长竹竿朝核桃树上戳了几下，"叫死呢叫，叫温存罐去！"

猫头鹰虽然被竹竿戳飞起来，但还是一直在村里盘桓着叫。他娘又嘟哝起媳妇的事，仍是破口大骂着温存罐。他实在听不下去，就骑车子回镇上了。奇怪的是，那只猫头鹰竟然把他一直跟着，叫得他心里十分督乱。

这天晚上他又上了阳山冠。只有在远离人群的地方，独自一人看着天，他才觉得自己活得还是自己。也只有面对如此浩瀚的星空，他

才没有那种不时会突然产生的极致的卑微感。他想起一句诗：

> 我是我眺望的一切景色的君王，
> 我在那里的权力无可置疑。

他像"君王"一样躺下来，久久凝视着星空。无论你贵为天子，还是一介草民，在无边无际的天体下，也都是一粒尘埃。而他这粒尘埃还是明白自己是尘埃的尘埃，更多的尘埃，狂妄自大、骄横跋扈一生而不自知，那也许才是最悲哀的生命。是不是有点阿Q了？连人家温如风，都比自己活得自在痛快！人家还有老婆孩子，你呢？他狠狠把自己脑袋砸了一拳，不禁哀叹唏嘘起来。也不知什么时候，竟然稀里糊涂进入了梦境。怎么那只金色猫头鹰还跟他对起话来：

猫头鹰：嗨，伙计，你是睡死过去了吗？

　　他：滚，你个死夜猫子！

猫头鹰：修养太差，人类的修养有时令人恶心。你不觉得要发生
　　　　大事了吗？

　　他：管好自己的事，吃你的烂田鼠，抓你的四脚蛇去。

猫头鹰：你们人类除了满足物质需要，难道就不希望掌握一点天
　　　　知的本领吗？

　　他：滚滚滚，我要休息。

猫头鹰：你是我选择的人间天知，一个还懂得把眼珠子从脚背上
　　　　移开的人，看来我的眼睛也确乎有问题。夏虫不可语冰！

　　他：你寻死是不是？人类最见不得的就是你这号满嘴喷粪的

家伙。

猫头鹰：我知道你们的局限，你们这些狂妄的家伙，是需要我直
接啄破脑瓜，扯出脑髓来，重新排个序，才有可能变得
聪明一些。大难临头了，伙计！

他：死去吧你！

猫头鹰：看谁死吧，蠢货，准备收尸！

他就吓醒了，醒来竟然发现那只金色猫头鹰就站在一棵雷劈过的
树杈上，正对着自己"哇呜哇呜"乱叫。他还捡起石头驱赶了一下，
它凌空飞起来仍叫，的确有点毛骨悚然。印象中这货爱跟着自己不是
一天两天，也不是一年两年了，它一叫，他就想到他爹。可今晚出来
前，他爹的状态特别好，不至于有什么问题呀，他就恨着这货的脑子
进水与无事生非。他甚至找到一块不小的树瘿，狠狠向它砸去。它就
腾空而起，叫声更加凄惨地向黑暗中冲去。

他依然把镜头对向了深空。

必须到这里遨游去，要不然，他已无法面对自己的现实世界了。
他先看了看北斗七星，然后又从银河系摇向仙女座。一边看一边在想，
科学家说宇宙起源于一百三十八亿年前的一次大爆炸，他至今难以理
解这个概念。但科学推断却在越来越接近统一。说那时宇宙是一个致
密炽热的天体，也可以叫做一个奇点，突然以爆破的形式膨胀开来，
向无边无际的地方伸展开去，并迅速冷却下来。而这些四分五裂的爆
炸残片，在经历了四亿年的无序黑暗摸索后，相互撕拽、倾砸、捕获、
攫取，有的变得硕大无比，便在彼此的引力摩擦中，逐渐发热自燃了。
而这种膨胀与自燃、点亮，至今仍没有结束。经科学家推算，这个天

体还在朝着酵面馒头一样蒸发的样态继续飞速膨大着。也就是说，大爆炸在持续……

"嘭——！"

突然，天空激起一道红光，似乎是一种天崩地裂的形态。他在这声巨响中，一屁股被震翻在地，又迅速被大地的反弹力推送起来。他第一意识是：莫非宇宙大爆炸重演了？还是自己在梦想中沉迷太深，而发生了幻觉？但这种意识很快就过去了。他发现那股红光和爆炸声，是从老家北斗村方向冲天而起的。他意识到村里出大事了。按照这个响声和冲击力，他感觉几乎整个勺把山可能都不存在了。

他来不及收起三脚架，甚至把帽子跌在地上都没想到拾起，就提着东西向山下冲去。

75 暗夜

何首魁是从硬板床上弹起来，又跌落下去，才懵懵懂懂惊醒过来。只听有人喊："地震了！地震了——！"他下意识先摸到手枪，急忙朝拘留人的两间黑房子跑去。他在急速判断，那房子能不能撑住如此大的震级？当他跑到房前，见犯人已乱作一团。二十四小时不灭的十五瓦灯泡，仍在隐隐糊糊发着昏黄的光亮，这种光会把任何脸面都照得丑陋无比。他们在摇门呐喊："地震了，快放我们出来！""想下老鼠拍子塌死我们哪！"何首魁看了看房梁，上面似乎还有灰尘残渣在持续飘落。他迅速决定，把嫌犯转移到院子中间铐着。那里不仅有报废的三轮摩托，还有一个老树苑子，看谁还能把成千斤重的树苑子拖跑不成。虽然转移过程有点凌乱，但因为情况不明，何黑脸能以他们的性命为重，这些人还是乖乖听从了指挥。何况老何手里握着枪。

461

这个活阎王，犯人落在他手里，就两个字：挂钟砸到了鳖背上——背时！

何首魁刚安顿好犯人，电话就响了，是牛栏山打来的，说不是地震，是北斗村发生了特大爆炸，现场情况不明，请他立即出警配合。何首魁二话没说，放下电话先看了一下表，凌晨一点二十分。爆炸应该发生在一点十分左右。他立即安排留下一个民警，并给炊事员临时配了警棍，其余人拉响警笛，火速朝村里赶去。

派出所一共就两辆铁壳子囚车，一辆还漏油。另外就是几辆摩托。家住附近一个像叫驴一样喜欢在派出所出进张罗的蒋二蛋，有一辆昌河面包，也被紧急调动起来，配了警灯，叫得哇哇哇地跟着车队飞跑起来。那些凑热闹追着乱跑的车辆，反倒像是警车在给开道一般，有了出行的威风。车一多，立即就有了一种阵仗和紧张的威慑气氛。好多人也都在朝北斗村方向奔跑，尤其是年轻人和娃娃们，见派出所倾巢出动了，想着事情肯定很大，就都跟着跑起来。

在离村子很远的地方，就有一股浓烈得刺鼻的硝酸铵味儿扑面而来。路上越来越无法行进，先是核桃、鸡蛋大的石头铺满一地；再往前，就是碗口、水瓢大的石头占满通道；再走，公路就被洗脸盆甚至箩筛大的石块完全挡住了去路。好在已经离村子很近了，他们就弃车朝前跑去。地上不仅落满了厚厚一层灰沙，而且仍有粉尘在烟雾中飘散。有人哭喊着从村里朝外跑，边跑边喊：

"北斗村完了！"

"没得几个能活的，勺把山都看不见了！"

何首魁仰头看了看勺把山，似乎在，又更像是一朵浮云。这阵儿，月亮星星全都不见了，只剩下无尽的黑暗笼罩着说不清道不明的死亡苍穹。他听到了越来越多的哭喊声。这种哭喊声越多越尖锐，他反倒觉得越充满了希望，说明村子还有救！他截住了几个朝外乱跑的人："咋回事？是勺把山爆炸了吗？""好像是，可都睡了，也搞不清咋回事。都怕再炸。"有人说："肯定是勺把山，能听出来。现在山也看不见，烟雾把村子都捂严了，一直散不开。"

有干警用大功率手电再照再探，也仍只能看见浓如泼墨的烟雾，像是有妖怪作祟一般，天地混沌一片。

何首魁其实在得知不是地震后，就立即想到了大爆破。五十多吨铵梯炸药，在山上打了六十多个洞室，然后把药分装进去，再用密密麻麻的电线连接起来，达到总控制爆破时间，以求整体发力。作为现场群众安全撤离负责人，他也曾问过这样的问题：会不会发生电线短路，造成爆破不能同时进行或进行不彻底的隐患？总设计师还微微笑了一下说：那要我们干什么？洞室松动控制大爆破属高科技爆破手段。设计精度要求非常高，你按划定路线撤离就行。我们宣布爆破结束后，就可以解除警戒了。当时爆破的确非常成功，令他十分惊叹，整个过程完全可以用精妙绝伦四个字形容。甚至让学大寨、修梯田的那些地方土爆破手们，深感自己昔日手艺之"小儿科"：用钢钎子、八磅锤打十几个小时才掏出老鼠大个洞来，然后放一两斤炸药进去，有时把石头没炸开，却把一只手炸掉了。附近村里好多"一把手"都是这样产生的。而这一爆，竟是将半截山的筋骨都松动起来，可扬起的灰尘还不到勺把山顶那么高。这就是科学！面对这种精确的设计、计算与工程实施，甚至让他都觉得自己刑侦与抓捕手段显得过于粗糙野蛮了。有时抓个人都比人家炸半边山闹的动静大。

当他们越来越近地走到山体脚下时，他已判断出，可能恰恰是这次高科技爆破的隐患，造成了今晚惊天动地的惨祸。惨到什么程度，还无法估量。他只能面对抱头鼠窜的人群，用半导体发出刺耳的喊声：

"不要慌，不要乱，大家都听好了，我是派出所的老何！首先弄清自己的位置，然后都朝上一次大爆破的相反方向撤离，听明白没有？可能是那儿出的问题。我们派出所会在村委会设立一个临时指挥部。有需要救助的，就来找我们。全村所有人，现在都必须服从我的统一指挥，我是所长何首魁！"

他知道一镇人都把他叫何黑脸、何乌脸、何首乌、何茄子，还有叫活阎王的。连不明事理的娃娃都这样乱叫。有的妇女吓唬夜哭郎也说：再哭，再哭就让何黑脸把你抱走！整得他像狼外婆。孩子还真能被吓得噤若寒蝉。可今晚在他发出指令后，哭喊声甚至更加凄惨了。他能理解，这兴许是一种觉得有了依靠的回应，但他立即又感到一种不安：这个村子越来越成方圆百里鸡鸣狗盗、敲诈勒索最盛行的地方。因此，在慌乱声越来越无序时，他掏出手枪，连住对空鸣了两枪：

"都必须无条件听从指挥！我是何首魁！我们派出所人都在。这是特殊时刻，任何人都不要妄想浑水摸鱼，谁胡来我们可以现场依法击毙！村里的年轻人，除了招呼好家里老人娃娃外，凡能腾出手的，都朝村委会走，我们需要成立一个临时救助队。服从命令，我是何首魁！必须服从命令，我是派出所所长……"

也许是枪声起了作用，在一阵骚乱后，明显有所稳定。派出所的队伍立即就朝村委会方向移去。由于乱石挡道，有时几乎处于翻山越岭状态。

村委会道场上的飞来横石，不仅有一种铁轨枕木下的鹅卵石挤兑感，更有比老碗口、吊罐、老冬瓜还大些的石块从天而降的无序倾砸。

　　何首魁刚带人进入这里，牛栏山也赶到了，他鼻子窟窿里塞着两个长纸条，上面还有血迹，一副残兵败将相，何首魁很是有些鄙视。

　　"哎何所，刚是不是你放的枪？"牛栏山问。

　　"是的，咋了？"

　　"我听你喊，好像还准备击毙人？可不敢乱开枪啊，都是平头百姓！"

　　"乱世用重典你懂不！"

　　何首魁从来都瞧不起脓包软蛋。关键时刻，你不震慑，就有人敢以身试法、抢劫杀人。在牛栏山眼里都是平头百姓，而在他眼中，北斗镇一出案子，就都是嫌犯，连你牛栏山也无法排除在外。你以为你当了镇上"一把手"，就有了道德保障？就有了不会犯罪的天然屏障？笑话！是人都会犯罪。有时邪念就在一刹那、一闪念之间。而北斗村到现在还有十几起案件没告破，村里每一个人都有犯罪的可能。他既要保障百姓生命，也要保证新的人祸不在如此惨烈的灾难面前雪上加霜。因为过去不是没有教训，有一年北斗镇发大水，就有不法之徒将来村里收购药材的商贩洗劫一空，然后用麻袋套住脑壳，拿棒槌、擀面杖打死后，扔到了河里。最后是他发现尸首完全与遭洪水淹死体征不符，才立案侦破了。

　　何首魁想把指挥部扎在村委会办公室里，可没有人能打开门。其实所有窗户玻璃都震得一块不剩了。牛栏山正在问："谁拿钥匙着？知道谁拿钥匙着？赶快派人去⋯⋯""找"字还没说出来，何首魁已砰地一枪，把门锁打出一个直冒黑烟的窟窿来，铁门自动开了。牛栏山被这一枪吓得双脚几乎要跳起来。何首魁已指挥干警把应急灯挂在空中，开始安排救助事宜了。

当大家领了任务，分头向四面八方散去后，何首魁看着牛栏山那副慌乱样子，很是不屑地问了一句："鼻子咋了？"一直紧跟着书记的镇北漠说："牛书记朝这边赶，车子骑得太急，让一个石头绊得摔出一丈多远，车子都翻到河里了。流了好多鼻血，牙也碰掉一颗。"何首魁这才看见，牛栏山的衣服果然被划烂了许多地方。牛也没有张嘴让看他的牙，不过在向地上吐了一口时，还满嘴带血。可他怎么都有点看不惯牛栏山鼻子上那两个长纸条，觉得这么一副形象，待在指挥部里，有点滑稽。他就毫不客气地说："栏山，能不能把那两个纸条取了。"

牛栏山直到这时才意识到，自己鼻子塞的纸条可能过了难看，而让何黑脸厌恶了，他一下就把纸条拔掉，还带出血水来。镇北漠急忙说："牛书记，没干，还得塞住。"就又从桌上弄了一张餐巾纸，搓出两个小纸条，要朝牛书记鼻子里塞。牛栏山大概是怕何首魁看着仍不顺眼，就把纸条团成疙瘩揉了进去。何首魁发现牛的两个窟窿朝天的鼻翼，又像癞蛤蟆的鼻子一样鼓了起来。

牛栏山说："县上来救援的，半夜把人叫起来，再赶到这里，至少也是两三个小时以后的事了。镇卫生院一共就四五个人，都在来的路上了。"

何首魁果断地说："这里就是临时指挥急救中心。我任组长，你任副组长。把房里所有没用的东西都扔出去，最好能弄些门板来做床。"说着，他先把麻将桌拎起来扔到门外去了。

牛栏山和镇北漠也扔起床头柜之类的东西。但凡重些的，都被镇北漠从牛书记手中抢了过去。何首魁很是看不惯这些溜沟子货，就指挥镇北漠说："你，朝爆炸的方向搜索，让把重伤号都抬到这里来！"

镇北漠还有些犹豫，意思好像他是牛书记的人。何首魁就把手枪摸了一下。吓得镇北漠立即从房里跑了出去，一边跑，一边还学警察的样儿回答："是！"

何首魁在给枪里压子弹，牛栏山又说："何所，还是尽量不要使用那玩意儿。"

他偏把枪膛拉得一片响地说："放心，它长眼睛着哩！"

这时，一个蓬头垢面、已看不清年龄的妇女，一个跟跄跌进门就跪在地上哭喊起来："快救救她爹吧，要死了，马上要咽气了……"

"在哪儿？"何首魁和牛栏山同时问。

"就这儿，老保管室……"说着，她把他们直朝外拉。

原来这个女人就是温如风的丈母娘。而被她拉到厕所去要解救的，是她老汉花存根。老花有个"结肚子（便秘）"的毛病，每晚半夜都要起来到茅厕蹲半天。今晚他又跟往常一样，在半夜去蹲坑时，遇上了大爆炸。尽管他盖的茅厕很大，但上面用的是牛毛毡。有些地方还是薄薄一层塑料纸，都是保管室过去搞育苗用过的保鲜膜。他刚蹲下十几分钟，第二锅烟还没抽完，"地震"就发生了。他先是被大地弹起来摔进了粪坑，然后又重重挨了一石头。那石头比锅盖能小一点，但砸下来怕有千斤之力。要是在胸脯以上，人都完蛋了。但石头是砸在大腿以下，他就痛昏死过去了。老伴被山摇地动的"神搬家""鬼推磨"弄醒后，先是把吓哭的孙子哄了半天。后来才发现老汉没了动静。起身去找，自己大腿也挪不动，大概是被弹得太高，摔下来把腰扭伤了。她扶墙摸壁勉强找到茅厕，发现老汉已快不行了，咋都拖拽不出来，就连哭带嚎着跑出来找人。

当何首魁和牛栏山勉强把花存根抬到办公室时，他浑身的大粪和血水拖了一地。何首魁看看孙铁锤收拾得跟五星级宾馆一样的席梦思床，端直说："就放到这上面，等医生来。"人一放上去，雪白的床单立即就被大粪和血水污渍得色彩斑驳，且奇臭无比了。

温如风的丈母娘趴在席梦思上拼命把花存根朝醒地摇："她爹，他姥爷，可千万别撂下我们不管哪！你要是走了，花如屏和这外孙娃子都咋过呀！"

何首魁从房里走出来，看了看漆黑的夜空，对牛栏山说："你就在这里盯着，我想到爆炸现场看看，会不会发生次生灾害。"

"老何！"

"放心，阎王不要我。"说完，何首魁就消失在暗夜中了。

76 猫头鹰说

尽管我曾遭到他们"点亮工程"的残酷迫害，不得不背井离乡，直到漫山遍野的灯光熄灭，才又重返家园。但我一时一刻也没有放弃责任，那就是对人间灾难的忠诚预警。

这场人祸我早已明察秋毫、洞若观火。假若命运之神要给人类论功行赏，我觉得每个人都少不了要讨一顿打挨，有些还得鞭尸。可惜我每每提醒、报警，不是被石头打，就是遭棍棒、竹竿戳，还有拿驴粪蛋以图堵塞智者言路的。

就连安北斗这个货，我对他寄予多大希望啊，反复对视、沟通、点拨，以为他能有所开悟，结果是耗子钻进石灰窑 —— 白忙活一场。自以为他们有超能的脑量、是万物的灵长，其实从来就不懂得死亡的真相。看着他们把天地动静、四时节律、昼夜来复、生长老死说得头头是道，可提前一秒钟也休想知道死亡的秘籍。他们就是找死和等死的那些货。与他们对话咋就那么难呢？他们宁愿憋死憋活去学另半边星球的同类语言，哪怕没用，也要整来装潢门面。却绝舍不得听听鸟语、虫喧，学着与身边的自然沟通，从而减少不必要的灾祸。我们对人类是友好的，即使蚯蚓，也会用突然钻出地表，满地打滚的方式，告诉他们要下大暴雨了。可他们总是不以为意，没有对我们产生丝毫的敬畏，始终是天下老子第一的自以为是。安北斗还用树瘿打我，蠢货！恶心！尽管如此，我仍忠于职守，在千钧一发之刻一往无前。

我实在不想啰唆，但还是学了人类一些习性，比如重要的事至少说三遍，哪怕遭遇无知者无尽的凌辱驱赶。

人类对我们猫头鹰的认识，还处在十分幼稚的阶段。如果一定要我给一个准确断代，我会把他们定在类人猿时期。完全是凭经验一惊一乍，并且随着地域变化，还千差万别。比如活在西方世界某些地域的猫头鹰，晚上一发声，他们还有一种喜滋滋的感觉，大概是觉得要发财了；要当选什么鬼议员了；老光棍觉得夜半该出门撞撞大运了；弃妇也打开窗户，等着某个浑身有使不完力气的冒失鬼，讪皮赖脸地一头栽进来，打都打不出去。而东方的猫头鹰却被普遍视作瘟神鸟。尽管也因稀少，而在某些地区受到保护，那是怕死绝种了。但总体对我们夜晚发出的叫声，充满了厌恶感。我们不像杜鹃鸟活得那么悲壮、凄楚、矫情、卖萌，为把什么春天唤回来，竟将嗓门喊哑，嘴唇撕裂，整得血糊淋荡、要死要活的。春天你不叫它也会回来的，说明它们十分缺乏自然常识，看似活得很壮烈，其实就是一种愚昧无知。靠星宿、罗盘、打卦、巫蛊、魔幻奇法、装神弄鬼，还有什么身体预兆、梦的解析、龟背裂纹、天地感应等揣度未来，实在都是人类相互捉弄的杰出例证。可悲又可叹、可恼且可怜。靠那些玩意儿所进行的深谋远虑、闪躲规避、活得谨小慎微、战战兢兢，真是一个巨婴般的笑柄。最终都是靠偶合与运气主宰了结果，而绝不是卦象、梦境、龟背裂纹让你鸿运当头或在劫难逃。唯有我们猫头鹰，绝不瞎乱叫唤。但叫，注定有事。我们是真正的先知。唯一的缺点就是爱观察事物的反面，从而落得了不好的名声。原谅我们不吉祥、不如意、不长眼、不报喜、不贺升官发财、不赐福寿绵长、不凑好事成双、不叫龙凤呈祥。

我早坦白交代过，我们整个白天脑子都是一片空白，完全徜徉在自己的幻想中。即使活着，也是因为我思故我在，但行动起来的确就是一个醉鬼状。而一到黑夜，睁眼俯瞰大地，便有了洞穿一切的智慧和能量。我觉得最可笑也最感狂悖的一句话就是：人是万物的尺度。瞧瞧他们能干的！只有黑夜你去近距离看看他们那鼻水淋漓的沉睡模样，就知道万物是他们的墓穴。他们就是些死了还能复活的怪物。二十四小时内，反复死亡复活着。死了，钱财、级别、住所、爹娘、情人、朋友、"夹二饼"都不要了；一复活，权力、票子、名分、宅院、男人、女人、狐朋狗友、"杠上开花"又蜂拥而至。这种魔鬼般的生死法，不免引起我长时期的观察、思考，迷茫而又彷徨，惊愕而又无解。在他们死去时，我也曾想去抚慰，但又怕他们突然醒来，一把将我抓住，扎上脚镣手铐，卖给城里那些无聊者做了"十分呆萌"的宠物。他们是世间最会瞎折腾的尺度。我的家园就被他们一会儿"点亮"，一会儿砍伐，一会儿炸飞，闲劲大得有些像屎壳郎滚羊粪蛋上山。我可怜着他们的日落而息、裸身而卧，死于复活，又活中复死，见天往复冒险，也真难为了他们的乐此不疲。

我是一只喜欢独自思考的鹰。本来还有几只也想来跟我搭伙过，都被我赶到一边去了。这都拜人类所赐，谁的地理大发现那就是谁的地盘，资源休想共有。你有我就没有。我喜欢孤独，喜欢思考一些大问题，对繁衍后代不感兴趣。我们同类，从来不乏仅为繁衍而钟爱一生的白头偕老者。众所周知，隔壁山上是有我的爱情的，她们把我爱得死去活来，但我始终对感情生活保持一定的理性间离。偶尔去休息一下，办完事拔腿就飞，从不丝丝蔓蔓、麻麻缠缠。我有我的事情，我要研究生存还是毁灭等诸多重大问题。当然，主要还是死亡问题。

人类不喜欢我们，也是因为在这个问题上的洞察力我们超过他们千百倍不止。他们老把生死问题怪罪在阎王身上。其实阎王我是知道的，尽管他那里有个十分庞大的生死簿库（现在也在试图数字化），有时也见他在那里勾勾画画，可人类繁衍太盛，都过七十亿了，他早就管不过来了。他的管理水平还停留在公元前两千年左右的古印度时期。虽然也在努力谋求精进，不断发展壮大着抓捕队伍，可那些手下也都没有心思按他的意愿，先把作恶多端者带走。而是死一个拖一个，有些死了好久也懒得拖，直到发霉、发臭、干枯、腐朽，还留在人间某一个角落，任其鸟餐虫噬。我们夜间当然也会去啄几口，味道一般，人体偏酸，偏臊，偏臭，我们总体还是以鲜活生禽为美、即捕即食，除非精神欠佳。

我要告诉大家的是，人类死亡问题，阎王只是扮演着收尸员、保管员、订订死亡户籍簿之类的角色，并无预判能力。把他在这方面神秘化，完全是一种以讹传讹。当然，他确实有对转世的裁夺能耐，但多数时候又很荒谬。比如把一个作家下辈子弄去当了一头再也不能思考的猪；而把一个演员下辈子搞到荒漠上去做了植物骆驼刺，甚至终生都再休想见到任何一个人；这些惩罚明显是带着阎王的残暴荒诞秉性。而预知生死的能力，其实只有我们猫头鹰有。

比如这次勺把山上的惨剧，我在几个月前就嗅到了死尸味儿，并看见了掘墓人。他们在山上不同的坟园掘墓时，所产生的镢头遇见石头的咔嚓声，甚至比砸石子更充满一种敲击心灵的混响。当他们第一次在山上打洞、埋药、拉线时，我就盼着他们出点事。因为我一搬再搬、一迁再迁，他们仍是贪得无厌、屡屡冒犯。我的家园最早是在那只虎爪子上，那里进退有据、可攻可守，田鼠、山鸡与各种高蛋白含量的虫子十分丰富，一到晚上，投怀送抱者络绎不绝。关键是我能靠近一村几千口人家，利于对死亡的实证考察。他们先是把"虎爪子"拧了，我不得不后撤一千多米；再又把一只"虎大胯"彻底炸塌豁，上面的树木草丛几乎在松动中全部埋没，我的所有掩体都毁于一旦。这次我不得不又后撤了三千多米。不仅抓捕田鼠的有利地形彻底丧失，而且就近观测人类活动的据点也被捣毁一空。最可气的是，我遭到了同类的嘲弄。他们本来就嫉妒着，把我叫"孤老鬼"。我的体态明显比他们大几号，展翅飞翔起来可达三尺多宽。而他们挣死挣活，把瘦不拉几的翅膀撑到极限，也就一尺五六。我明显是比他们要雄强尊贵许多倍的。我反复告诫过，本猫头鹰是贵族血统，连人类划分动物保护等级，我都差点与狮子老虎并列，而他们是勉强挤进二级的，因为普通猫头鹰并不稀缺。这些家伙还嘲笑我说，那就是被猎人瞄准的几率更高些而已。他们老想把我与他们拉平撤展，美其名曰：鹰格平等！真是白日做梦，人类讲人种，我们也得讲鹰种。我必须保持血统与对勺把山的绝对控制权。他们偶尔来拜拜门子、表示一下礼敬是可以的，我尤其欢迎年轻异性的造访。但即使她们再搔首弄姿、性感十足，也只能跳跳舞、暂歇一时而已，绝不可拥有永久居住权。这是血统问题、种族问题、领土问题，还有制空权等问题。当我的领地遭到人类大量侵袭和破坏时，它们竟在另一山头狂欢不已，恨不得让人类把勺把山这只"老虎"整体生吞活剥，甚至连我也一起烹了、煮了、蒸了。这就是同类，也是见不得别人米汤锅里起皮的货，跟人类一样没治。

言归正传。我在那次他们认为爆破十分成功的第七个晚上，就根据死尸味儿与掘墓人的影子，准确判断出灾难即将来临。那晚月球刚好运行到太阳与地球之间，月亮把它最黑暗的一面给了地球，人类叫新月之夜，其实是无月 —— 它在农历的每月初一。对于我们，那是十分难得的辨析天下最通透、明澈之夜。很多不可想见之事，都能在那一夜洞幽发微、清晰如画。大概是在半夜一点多，我看见那座山体轰然隆起，犹如猛虎暴怒、蛟龙腾空，迅速造成天崩地坼、世界末日之势。过了许久，乱石还如青蛙离塘、蚂蚱跳浪。尽管我的预见，让我逃到了相对安全的距离，但一块相当于五克拉钻石的石子，还是差点擦破了我的右眼睑。天哪，要是真伤了我比安北斗那破望远镜更清澈深邃的眼珠，大概也只能做行尸走肉，而对一个村庄的调查，就不得不弃之不顾了。我当时的威仪，想所谓"泰山崩于前而色不变"也不过尔尔。但也不得不承认，还是吓得有失尊严地趔趄了好几番，好在并没有从树梢上跌下去。在无从谈及视宁度的黑暗中，持续加厚的雾幕，仍是让我看见了一村的诡影异动。有的没头、有的没腿、有的只剩下齐腰以上的半截身子在蹦跶。总之，一村人都处在无序奔跑跌撞中。我甚至都有些不相信自己的眼睛了。我们的眼睛在这样的夜晚，是从来都没有发生过误差的。尽管如此，我还是近距离飞到村头一棵险些被挖进城的臭椿树上（嫌臭才没卖掉），仔细观察我远距离所观测到的一切。当发现灾难绝对将成为事实时，我就意欲给人类报警。但我的做事风格，让我在重大问题上又不能不采取十分审慎的态度，没有得到充分演算、论证的事物，一般不会像麻雀一样东家长西家短地叽叽喳喳；也不会像乌鸦一样不分青红皂白地哇哩哇啦；更不会像可怜的喜鹊，永远都只报喜不报忧地点头哈腰、摇尾讨赏，以乞人类的宠幸、美誉、点赞。我们发出的任何叫声，都必将激起人类想一枪崩了的绝对反感情绪。因此，这声音你需发得准、发得值、发得狠！我又连续从不同角度观测了几晚，这一幕的确在持续装台、合练、彩排、预演，并且还都在拼命争当主角，我才以十分坚定的口气，吹响了阴郁的哨音。以我半生的经验，但凡预见之事，注定会在一两月内发生。正是因为这种人间目前只有天气预报才有些可怜的准确概率外，我们的预警，几乎达到百分之九十九点九以上的成功率。当然，任何行业都有混吃混喝的南郭先生，它要乱叫你也没法，但请相信本鹰的预报能力。尽管他们炸毁了我的家园，可我依然没有计较任何恩怨得失。因为向人类通报死亡与灾难信息，是我的天职，有关道德律，也是我活着的唯一价值与理由。我便拼命在每晚都靠近村庄的地方喊叫起来。我也不觉得我的声音有多么美妙，可责任使然！

"哇——呜！哇——呜！哇——呜！"

我并没有得到好报，这是可想而知的。我一夜又一夜的叫声，换来的只是一村的诅咒。何况为了引起注意，我故意把嗓门提高，且音质也偏苦涩与哭腔，有时不免哽咽而荒腔走板。听得他们毛发倒竖，干脆要冒天下之大不韪，意欲对我开枪了。这是连判刑坐牢都要置之不顾了。我是他们的一级保护动物（其实是二级，我自己填表、宣发、印名片做了些夸张），村里为保护猫头鹰是贴过宣传画的。谁逮住或弄死我，要服三到五年刑期呢。我当然不会轻易中弹。在他们提着猎枪出门前，我就预感到有一个二屎货要以身试法了。他哪里知道夜晚对于猫头鹰全知全能的灵感开启的不可思议。他是偷猎，也不敢亮灯。恰恰是这一点，让他像一个傻子面对一个精灵一样变得呆头呆脑地十分可笑。但我也有对人类胆量误判的时候，就在这个土鳖猎人走近我时，他突然把手电筒打亮起来。要不是反应灵敏，在光源没有对准我眼睛以前，一失足滑翔侧飞起来，还真可能成为附近几座山上那些劣等同类的笑柄了。尽管如此，他还是打掉了我屁股上的一撮毛。虽然打掉了一撮让异性感到十分性感的毛发，令我很是生气，但职责让我天天还是要不辞辛劳地下山去盘桓预警再三。终于，我一个月前看见，后来又屡屡出现的合成彩排，于今晚正式上演了。尽管如此，我在零点前，还是去村里苦口婆心地喊叫得头晕目眩。指望安北斗，把我没气死，跟他沟通比跟驴沟通起来一样不省心。直到灾难发生前一分钟，我才无奈地一飞冲天，以求自保。

　　人类的天性是最不愿直面将要来临的死亡，宁愿在苦难中活着都觉得比死了强。所谓好死不如赖活着，就是他们的可怜生存哲学。我的毛病偏偏是直鹰癌：你们有人快死了！要死了！马上！即将！立刻！我刚在附近开阳山上一落座，演出的最后一遍铃就响了，剧情是从最剧烈处开始的。尽管我辨别不清颜色，但爆炸的巨大冲击力，还是让我震撼无比，在大树上摇晃再三再四再五再六。很快，我就知道了实际伤亡人数。二十几分钟后，才见他们的警车哇哇哇地朝村里开去。这速度要说已够快了，但我还是同情他们的预知能力，这方面大概还不到我们猫头鹰三岁的智商。

　　哇呜，这些可怜的人类！

77 坟场

安北斗在大爆炸后，是从另一面更接近勺把山的方向俯冲下去的。因此他进村的时间，比何首魁他们只迟了十几分钟。越朝村子附近跑，他越能闻到呛人的硝铵味儿，最后几乎都有点睁不开眼睛，也有点无法呼吸。他就掏出手帕，把鼻子和嘴捂起来跑。

他一边跑，一边在想那只金色猫头鹰，真是有点古怪。这家伙已鬼鬼祟祟地跟踪自己很长时间了。好像"点亮工程"那阵儿，就在那棵雷劈的大树杈上，跟他一对视就是一夜。最近更是讨厌至极，鬼魂附体一般地摆都摆不脱。尤其是刚才那个梦境，它竟然开口说话了，真是越想越吓人。这个该死的瘟神鸟！

这条小道他已不止跑过一百趟，闭起眼睛也知道哪是沟、哪是坡、哪里有石崖、哪里有水凼。尽管越接近越难走，因为毛毛路中也无辜增添出许多乱石来，但他还是在最短的时间跑回了家。当一眼看见他爹正站在道场边上，用手电筒朝勺把山方向乱照时，他心才稍安然些，急忙问咋回事？他娘说："炸了，肯定勺把山炸了。我和你爹都从炕上跌下来了。你看，道场上到处都是石头。屋顶房檐也砸得稀烂。我们离得远，村里招大祸了！你听，快听，鬼哭狼嚎的……你表舅家怕是彻底完了……"安北斗二话没说，就朝坎下飞去。他家是他抄近道回村的必经之路。其实这条道，也是他摸索出来用于快速反应的。医生说，他爹这病随时都有咽气的可能。因此，即使是在阳山冠上仰望星空，只要接到信，他也是可以朝家里飞奔的。望远镜和轨道仪他已埋在草丛里，回来只拿了手电筒和照相机。

在半山梁上，他已听到警车哇哇地朝这边跑。他想何首魁和牛栏山大概也进村了。因此，他的第一目标仍是温如风那座"孤岛"。当他意识到是大爆炸后，立即就想到了那个"岛国"，会不会摇散架、震趴下？自家房檐都塌下磨扇大的豁口，温家又会遭受怎样的灾祸呢？

他从坡梁上下来，也到处都是乱石铺路。跳来蹦去，总算跳到了老鳖滩底。"岛国"明显有新的震动裂痕，多处再次遭到壁立千仞的"切削"。他用手电照了照"岛"上，果然发现半边房子塌下去了。他急忙从一个又一个大石头上跳上"岛"，发现塌下去的，正是温家卧房。他急忙拍窗户打门地喊起来："温如风！存罐！嫂子！花如屏！"过了半天，才从塌陷下去的房里，听到一个女人微弱的回应："我……在……"是花如屏的声音。

安北斗一脚端开了有些歪斜的堂屋，进去找到几件工具，就快速扒起人来。

好在塌下来的横梁，斜挑在床头柜上，砸在被子上的是土坯、瓦渣。他看见温如风和花如屏的头脸，已如尘封久远的泥菩萨。而温如风是紧紧护着花如屏的。因此，他看见温如风的后脑勺被一片瓦砸得还在渗血。而花如屏眉眼模糊，只有泥嘴在嚅动。他急忙用脊背撑起那根横梁，慢慢掀开被子才发现，两人是赤条条卧在那里，一个白得如跳浪的泉鱼，一个毛糊糊的黑似烧炭。温如风平常就喜欢脱得光溜溜地睡，说舒坦。今晚倒是舒坦了，却差点连命都丢了。

温如风上半身全然覆在花如屏身上，两只胳膊做着拼死的支撑状。尽管如此，大概是瓦片或别的撞击物还是将他砸晕了过去。支撑状显出一种雕塑感来，让安北斗看着还很是感动。他摇了摇温如风，没有摇醒，就俯下身子，硬把他抱起来放在了地上。这时，他看见花如屏不好意思地一只手努力去捂下体，一只手在颤抖着捂胸部。大概是压迫太重，四肢已不听使唤，终是哪里也捂不住，翻身也翻不得，他就急忙给她盖上了能找到的衣物。

他觉得温如风砸伤的部位血迹已凝固，说明没有伤到主动脉，但需要做人工呼吸。好在他过去当计划生育专干时，有过这方面的急救常识，做起来也得心应手。不过这家伙的嘴比大粪还臭，像是吃了什么好东西消化不畅，加上甘蔗酒和刺鼻的葱蒜味儿，几次让他恶心得想吐。但他还是坚持着连挤压胸脯带接气的，总算把人唤醒过来。

温如风一醒来，先唤了一声："如屏……"

花如屏也如卧着的泥菩萨一样把他看了看，但已无半点气力再做任何反应。

温如风直到这时，才看了一眼安北斗，又看看几乎衣不遮体的花如屏，就想挣扎着起身。

"先别动。"

安北斗制止了。但他还是在挣扎。当安北斗明白他是想亲自给花如屏穿上衣服时，就说："你现在不能动，必须静卧等待救援。"说着还给他裹了床被子。

"衣……衣裳……"温如风朝床上指了指。

"我帮她穿，行不？"

温如风直摇头，还是想起身。

"你不能动，有危险。头部是什么情况说不清楚，必须先平躺着。"

温如风又试着动了动，也果然是浑身不听使唤，就无奈地安定下来。

他看了看房梁塌陷的情况，又处理了一下隐患，就说："都别动，我找人去。"

“北……北斗，帮……帮她穿上！”

温如风在说这话时，明显传递出一种巨大的信任，当然，也是一种无奈。大概是听他要找人来救援，才觉得不得不如此吧。不过，温如风要求他把手电熄了再穿。他就只好把手电关了。他刚摸索着给花如屏穿上一只袖子，就听温如风喊："手电！"大概是又想让有光亮。他就又把手电打开了。可刚一开，温又喊："别别……"他就又摁灭了。黑暗中，他给她穿上了另一只袖子。摸索着，又怕胡乱碰着什么，自是穿得有点慢。花如屏个头娇小，可这阵儿却显得特别沉重，穿衣服又不得不抱起身子。那股被一村人说得神乎其神的女人味儿，让他突然也有点呼吸困难了。"开手电！"温如风这一声叫得很急促。吓得他正摸索着在她胸前扣纽扣的手，一下甩到炕沿上，刚好碰上一块碎瓦，疼得直钻心。当他打开手电时，见手背都流血了。温如风百般无奈地："把……把手电……给我。"他似乎有点受到侮辱一般，说："不穿了，等待救援吧！"就要朝门外走。温如风叫住了他："……穿！"态度很坚定。但他到底还是把手电筒递给了温。这货将手电筒照向另一方，只隐隐糊糊给炕上反打出一点似有似无的光线来。他快速给她扣上两颗关键纽扣，勉强束缚住里边的蓬勃。然后他扭过身子，摸索着给她穿裤子。他看见，温如风的眼睛跟死鱼一样，紧紧盯着他的手。实在不是故意，他的手怎么也无法绕开那些不该触碰的地方，因为眼睛只能盯在地面已被打翻的夜壶上。这货真会享受，夜壶就伺候在炕头。不过老夜壶的长咀，已被摔成两截，像是乌龟的头颈，被生生剁成两段，软蔫在那里再也没了伸缩能力。他终于把她的裤子穿上了。温如风这个鸡贼，还极不信任地中途灭过两次灯，不过每次都超不过一秒钟。那是在关键时刻制造黑暗，也是在不断发出他要不定时进行抽检的警示。他都想狠命踹这货几脚，救他们的命，也是要防你几手的。他再次朝门外走去，说是找救援。温如风喊叫让给他也穿上。他没好气地："你穿啥，没人愿看你。浑身汗毛长得比穿了毛衣毛裤都厚，也不冷，等着吧！"说完抓过手电筒就走。

花如屏终于喊出声了："娃⋯⋯保管室⋯⋯还有他姥爷⋯⋯姥姥⋯⋯"

两口都再次朝起挣扎着。

"都别动，我立马去。你们躺好就有救。"他急忙朝外边跑去。

遮天蔽月的浓烟，渐渐有些消散。只听满村都在哭嚎、喊叫。派出所的几个半导体喇叭，也在不同的地方刺耳地发着声，还有枪声，这让他很是震惊。远远近近赶来的汽车、拖拉机、摩托车都亮着灯，使充满了死亡气息的暗夜，发出了斑驳而杂乱的救亡光束。

安北斗从"孤岛"塌陷的程度，在推测全村的灾害。尽管对村子了如指掌，但这阵儿，一切还是难以预料。死人是肯定的。他打小就听村里长者说，猫头鹰只要连住叫几晚上，一般都会叫走一个。尽管他从不相信怪力乱神，但这只金色猫头鹰过于反常的表现，还是让他越想越觉得天地间有灵物存在。据说最近一些老人端坐家中，都怕头上掉下瓦片来。就是这只猫头鹰叫来的。他们相互扳指头数来数去，尽量把自己排除在外地朝他爹头上算。还有阴阳先生说一半留一半地神叨：老安立冬前后最好不要朝东南方走、不要上坡、不要搬东西，也不要弯腰扫地。这话早已传到了他耳朵里，他娘也听说过。他爹就几乎被禁足在家，连扫帚都不让摸。没想到，裹尸布是从勺把山上扔下来了，他爹倒是安然无恙着。

他打着越来越昏黄的手电，电量已耗得有时要拍几下，才能发点

480

弱光。不过总算赶到村委会道场上了。一些受伤的人，正在朝这里集中。镇卫生院的几个人也赶到了。他急忙找到牛书记，让派一个医生上孤岛抢救温如风两口子，说伤势比较重。牛栏山就安排一个副院长带人去了。他正要朝文化站跑，牛书记说，温如风他丈人、丈母娘，还有儿子，都在办公室安顿下了。他急忙跑进去一看，花存根一条腿肿得水桶粗，一个护士正在处理。花如屏她娘估计是脑震荡，这会儿昏昏沉沉趴在床边说胡话、喊女儿。温顺丰紧抱姥姥大腿哭着要娘。他急忙安慰说，都好着呢，他刚从老鳖滩过来。花如屏她娘听到这话，才软溜下去，像是撑完了最后一点气力。

牛栏山在接待着一批又一批受伤者，自己浑身上下也糊满了血迹。面对哭嚷者，他在一遍遍安慰："我是镇上书记牛栏山，就叫我老牛好了！镇上干部都在这里，大家不要怕，县上医生也正在朝这边赶。我们会想尽一切办法抢救大家的。都先就地躺下，能包扎的立即包扎！伤轻些的都相互帮帮忙！"

安北斗叫了一个手电筒特别亮的人，让跟他走。牛栏山问去哪里。他说去爆炸点附近看看，那里有几户人家。打手电筒的有点不愿去，害怕再爆炸，这阵儿都传得神乎其神的，说可能还有好多药没炸完呢。有人头上还扣着簸箕、木瓢，顶着锅盖、砧板。安北斗把自己的手电塞给那人，夺过他亮晃晃的手电筒就跑进黑幕中了。

越朝勺把山附近走，地上的石头越大，路也完全没有了。但他听见了老何拿半导体的喊话声："还有人没有？我是派出所老何，有人了吱个声！"这让他大胆起来，急忙朝何首魁发声的方向靠。眼看灯光在那里晃动，想走到跟前却很费神。

安北斗首先看见了他表舅的家，已成了瓦渣滩。他喊了半天表舅、表舅娘，瓦渣下毫无声息。他用手电照了一下四周，发现连猪圈里的一头母猪，都砸得模糊一地。他想表舅和表舅娘肯定完了。他们打小爱上勺把山玩，表舅家离山根最近，因此，常常从山上下来，就在表舅家混饱了肚子才回家。表舅娘的陪嫁箱子里，总是藏着好吃的，平常用铜锁锁着，只有他来了才打开。里面不是能拿出冰糖，就是能拿出饼干来，让他吃得一辈子也忘不了人间还有这等美味。表舅娘说：好好念书，将来有你吃不完的好东西！他觉得自己能考上大学，与表舅娘那口陪嫁箱子有极大关系。表舅娘不生，表舅一直想休了重找，但也就是说说，两人还过着。养了一头母猪，倒是生得欢实，一窝有时能下十七八个崽，日子倒不愁。两人年龄越来越大，农村人又不经老，就显出孤独相来，村里人都瞧不起。也只有他一两个月能来一趟。有时忙了，甚至三四个月才看一次。每看一次，表舅和表舅娘都要对一村人说半天：北斗又来看我们了！叫娃要买东西，一来就买一河滩！我们老了也不咋，有北斗呢！安北斗突然眼泪欻欻地涌流出来。"表舅！表舅娘——！"他在他们平常睡觉的地方努力推动、掀翻开石头，双手都抠出了血，才终于扒出椽梁下两颗已失去形状的头颅。他长长跪在地上，难以言说心中痛切地大哭起来。

很快，何首魁带人也赶过来了，帮着把两具尸体翻了出来。安北斗又看见了那口已碎成木屑的红漆箱子。箱子里有多半盒水晶饼，还有一些回民坊上的蜜枣、绿豆糕。那是他上次去找温如风，回来给他们带的礼物，到现在还没舍得吃完。听说他们吃时，是要坐在大门口，看着有人路过，才一点点捏进嘴里朝化地抿。安北斗突然觉得今生对二老的情分填得太少，人就撒手而去了。他是他们唯一的指望和牵挂。听娘说，其实这房表亲很远很远，是他们自己攀上的。但在他的童年，

482

这房表亲却很近很近。连杀了猪，把猪心和猪尾巴也是要留给他的，知道他最爱吃。他觉得在这个世界上，又少了一对真正牵挂自己，也让自己牵挂的人。

天边渐渐泛起鱼肚白来。

他跟着何首魁上了勺把山爆炸点。山石崩裂、峭壁倾倒、断崖残峰、险不可攀。一只"虎腿"带那截"胯骨"，完全变成了一摊仍在继续垮塌的乱坟场。推土机和装载机，都被挤压与撕碎在岩石的缝隙中。安北斗借晨光拍下了一组惊险异常的照片。当从石头的乱坟场转向村落时，天已渐渐大亮，真是满目狼藉、惨不忍睹。他都不忍心按下快门，拍下自己生活了三十多年的村庄。但他还是咔咔嚓嚓拍个不住，他要记录下这万劫不复的悲惨时刻。并且一边拍，一边泪如雨下，甚至无法再聚焦那变得不可相认的一切。

这时，村头警笛声、救护车声再次集群式鸣叫起来，一下涌来几十辆。是县上救援队到了。

"弄尿的，才来！"何首魁嘟哝了一声。

78 年关

其实县上第一批人是凌晨四点多到的，但出行匆忙，也想不到事故的严重程度，加上半夜通知人困难，就只来了几个处理应急事故的值班人员和一辆救护车。直到进入现场，发现事态超乎想象，才直接叫醒了武书记和县长，让他们紧急动员各机关，火速派车来救援。武东风就亲自带着车队赶过来了。

武东风一到现场，发现情况比想象的要严重许多，先把当夜值班主任痛批一顿，嫌报告不及时。主任解释说：镇上只说发生了特大爆炸事故，严重程度一时说不清楚。武东风甚至气得喊了一声："滚！"那主任龟得跟孙子一样，既不敢滚，也不敢吱声地紧随其后，浑身连冻带吓，颤抖得有点撑不住肚圆腰粗臀厚腿短的身子骨。

公安上第一批赶到的，已被何首魁安排着拉起了警戒线。随后县局和邻镇派出所也来了车辆和警员，分散在各个区域，一是防止抢劫偷盗；二是靠近爆炸点搜救伤员。这一夜实在是太黑暗、太混乱了。直到早晨九点多，才基本搞清伤亡情况：炸死五人，重伤二十七人，轻伤近百人。救护车、警车和一些民用车，将重伤员一律送往县医院。而部分轻伤员全部摆在了镇政府和卫生院里。

这个结果，比何首魁和牛栏山预想的还好一些。以他们当时的估计，可能会更加严重。好在爆炸发生在凌晨一点，又是大冬天，挖石山、砸石子、淘河沙的人，也都冻得受不住，回家睡了。被砸死者，基本属于房屋倒塌的次生受害者。除了安北斗他表舅和表舅娘绝户外，还有两家靠得近的，一家死了一个人，其余都是重伤号。在公安勘查现场时，又分析一个开装载机的司机肯定是不在了，也不可能找到骨殖，因为连十几吨重的机械，都粉身碎骨了。

当时现场有两台装载机，二十四小时歇人不歇工。可其中一台的司机叫吕存贵，突然拉肚子，软塌得想回去躺一会儿再来。结果回家打了一缸子冰糖水，说补补身子，才吹着喝了一口，爆炸声就把他掀翻在地了。一大缸子滚烫的水倒在脸上，用手一抹，竟然抹下一块皮来，但命却保住了。此后，这人就被传得神乎其神，虽没了脸皮，却是命大富贵之人。他甚至从此改行算命，成了"吕神算""吕半仙"。尤其是"存贵"二字，简直是得到了活龙活现的现实版演义。一时间，他竟声名鹊起，成了许多显赫人物的座上宾。当然，也多有失算的时候。尽管如此，高接远送，以致头等舱出省、进京的机会也不老少。并且身边总簇拥着几个中年妇女。他随手画一个符，或用毛笔写一个福、贵、禄、寿（"禄"和繁体"寿"字还常写错），有时也"难得糊涂""道法自然"一番，顿时，围观者就眉飞色舞地掌声响起来。墨迹未干，也都以数千数万元不等的价格，被"钱多，人傻，速来"者一抢而空。总之，在天灾人祸包括战争、瘟疫面前，死了就净白死了；活下来的，往往能获得超过人生预期难以想象之倍数的意外收成，这大概就是命运了。

单说那晚还有一个骑自行车，半夜急急慌慌路过北斗村的奔丧者，也被炸飞出几十丈远，大半截都被埋进了河沙里。总体亡者就是六人了。一些人虽保住了命，却锯了胳膊锯了腿。比如温如风的丈人爹花存根，右腿就被连根截断，从此成了瘸子。

那天武东风现场处理完伤员运送和无家可归者的临时安顿，就回到镇上召开了紧急会议。

事件的主角孙铁锤从省城也赶了回来。

洞室松动大爆破的专家组，都悉数到场。

省市两级公安与有关方面负责人，在查看完现场后，汇聚一处，研判事故原因。

县公安局局长已暗中发布命令，严密监视爆破组所有专家和孙铁锤等相关人员，不许走出政府大院一步。

北斗镇从来还没见过这么严肃的阵仗，光警车就停了几十辆。荷枪实弹的警察和防爆人员头戴钢盔，把院子围得水泄不通。

更有远远近近迅速聚集起来的人群，又在警戒线外，形成了巨大的包围圈。

连安北斗这一级干部，都只能在廊下伺候，不得靠近会议室半步。

会议由武东风主持，首先听取爆破专家组的汇报。

那位踌躇满志的首席设计专家，一夜之间，几乎须发全白。说话也再没有了当初爱用的"这是科学""那是很高级的爆破技术，不是你们打眼放炮"之类的鄙夷辞令。他在反复陈述当初的设计思路、爆破结果。但有三点十分关键：一是任何此类技术爆破，都不排除有个别洞室没有引爆的危险；二是他们反复交代过施工方，务必给山体灌足水，让可能未引爆的炸药失效后再行施工；三是决不能在顶端乱采乱挖，必须从外立面进行渐进式作业，以防意外事故发生。

按照设计专家的说法，责任就完全在施工方了。还没等他说完，孙铁锤就抢过了话筒："陈大才，你放屁！"直到这时，好多人才知道总工叫陈大才。这一声"放屁"，几乎被扩音器放大得震耳欲聋。"要是没炸完，你们能激动得又是拥抱，又是自家鼓掌喝彩的？要是没炸完，我花那么多钱在县上搞庆功宴，你们能喝得疯疯癫癫，自个儿碰杯说这回是创造了他娘的啥子奇迹？你那天'令狐冲（一种酒的喝法：拎壶冲）'了一斤多，是不是事实？还有人给你扎大拇指，说你凭这个项目就能稳拿啥子'偷公（突出贡献）专家'，有这话没有？你说让给山上灌水，我们灌了；你说让从外立面开采，我们也采了；出了事，你们精沟子坐泥浆——一出溜八丈远。世上哪有这等便宜好事，让你们光屁股上金山——含了、背了、抱了、搂了，还连沟渠子也夹上几疙瘩走，走不成！六条鬼魂要你们拿命来！"

大家听着孙铁锤这一番回击也确实狠。

只见那位头发似乎还在继续变白的陈工，连手中的笔都有些握不住，又颤颤巍巍地说了几句话："孙总说的部分是事实。我们，不，是

486

我个人，的确高估了爆破结果。鼓掌、拥抱、祝贺、碰杯……都缺乏科学精神、严谨态度……可能给施工方造成了错觉。但我需要最后补充的是，我们要求的灌水量和间歇时间……你们都没做到。"

"放你的猪屁！"孙铁锤又吼叫起来。

武东风说："让陈工把话讲完。"

陈大才才接着说："你们……怎么能……把十几吨重的装载机开上顶端作业，这是大忌……"

孙铁锤再次抢过话筒，又李逵骂阵般地口水四溅起来："陈大才，你这是放驴屁，放毒蛇屁，红口白牙、疯狗乱咬！我给你钱是让你来杀人放火的？没这个金刚钻，为啥要揽这个瓷器活？像你们这号没尿本事的害人精，就该枪毙，该剥皮抽筋、千刀万剐！你再乱说，小心老子掌你的×嘴！"

武东风拍了桌子，严厉制止了孙铁锤的狂躁乱骂，并且让陈工继续把话讲完。

陈工此时已说不出话来了。爆破组另外两个专家就分别陈述了他们认为的基本事实，并且还出具了相关图纸、文件和会议纪要。

有一个调查专家提到了实施洞室松动大爆破的必要性问题。陈大才说，当时考虑到这是一个很大的坡积体，第一次爆破采挖又造成滑坡壅塞，要获得深层优质石材，就必须揭开厚厚的油砂石层，再逐步揭层爆破。鉴于村庄离得太近，油砂石也大可利用，实施洞室松动爆破就是最划算的考量。孙铁锤又是一顿乱骂，说第一次村里自己放炮，连狗都没砸死一条，你们却整出六条人命来，还有脸胡说八道。这简直是猫头鹰吞耗子肉——满嘴吐粪球！更比喻他们是大粪坑里的臭蛆虫——没一个能哈出一口香气来！

武东风实在听不下去了，把一缸子水都推翻在地，让他闭嘴。大概是有点惺惺相惜吧，看着总工凹陷下去的眼眶和颤抖得咋都打不着的打火机说："陈工，你再说说吧！"直到今天武东风才知道，陈大才还是他的校友。不过在学校似乎从来没谋过面，自己算是他的学弟而已。可从头发上看，说他七十岁也不为过了。

陈工慢慢站起来，眼里旋着泪光说："该说的我都说过了。死伤这么多人，作为设计师、工程总指挥，我有不可推卸的责任。过于高估了自己的能力，自以为设计万无一失、起爆过程完美无缺，从而放弃了对后续施工的监管责任。作为一个科学工作者，缺乏对科学与自然的双重敬畏，我是有罪的！"

偌大的会议室，此时静得一根针落地，都能听到响声。

陈工继续哽咽着说："面对这么多无辜死伤群众，用什么样的法律制裁，我都欣然接受。我现在唯一想说的就是：对不起！ 对不起！ 对不起！"在说第三个"对不起"时，身子已软瘫下去。

随后，在场的有关公安人员，也紧急开了碰头会，决定将陈大才与另外三个重要工程技术人员依法拘留。在讨论到孙铁锤的问题时，有人还有不同看法，说他也是受害者，财产损失极其严重，且家里也被砸得一片狼藉。关键是把他关了，经济上的巨大亏损谁来兜底？

何首魁突然拍案而起："他能逃了？ 他要逃了，我这身皮就不披了。"说完，把大盖帽都撇了。手枪也卸下来扔在了桌上。

又经过了近一小时的讨论、请示，孙铁锤也被依法拘押了。

在拉着这干人犯走出镇政府大门时，孙铁锤很是不屑的样子，高昂着头颅，眼睛鼓得比鹰眼更圆、更凶残，全然一副受尽委屈、惨遭迫害、王者必将归来状。

总工陈大才却突然面朝数千群众跪了下来，并且深深把头叩在地上，久久不起，最后是干警硬拉起来的。这时，所有人都发现，那个曾经一头乌发的爆破专家，刚刚进入五十知天命的年纪，已是满头飞雪——犹如一蓬剪不断理还乱的蚕丝，无序堆放在充满了内疚、愧悔、卑微的脱水而失神的蔫脑袋上。有人手里捏着石头、泥坨、粪蛋甚至铁匠铺的下脚料，意欲砸向这颗该遭天杀的头颅。但终于有人没扔出来。扔出来的，也失去了原初那股恼怒异常的力量。

一下铐走五人，对地方上的确震慑不小。加上该安埋的安埋了；该上县治疗的都送去治疗了；能修缮的房屋，及时安顿修缮；无家可归者，也都安排到镇机关暂时过渡；县上和市上拨了救灾专款；工程设计单位也将"吃进去的全吐了出来"；总之，一场飞来横祸，在年关之前，算是扫了尾声。

武东风这次在镇上住了七天，开了无数个会；跑了无数趟人家；做了无数种工作；当然，也在那片竹林下，听了无数次"萧萧竹"的"疾苦声"。他甚至与牛栏山在竹林旁站着谈了一个多小时的话，冻得牛栏山都有些夹不住尿了，他还在说，还在安排，就怕年关出事。

武东风走后，牛栏山尽管十分疲劳，但他又开了无数个会；跑了无数趟人家；做了无数种工作。除了深感责任重大，十个指头弹钢琴，都觉得指头不够用外，同时也觉得武东风的作风令他感动，因此，他也就有意无意地模仿起武书记的做派来。武书记爱竹子，他也给办公室挂了幅松竹图，不过竹干画得有些像香肠，竹叶画得像豌豆角，而松树完全画成了麻袋片披着龙须草。武东风在极寒冷的夜晚，把他叫到竹林旁谈话，他觉得很有感觉，也就如法炮制，把只穿了一条单线裤已卧在床上的安北斗叫起来，站着说了七八上十件事。冻得安北斗双腿哗哗乱颤、清鼻涕长流。

交代来交代去，其实重点就是要把温如风一家安顿好。

这样的年关，村上没一个小孩儿放炮，也没一家张灯结彩的。似乎都顾及着邻居的感受。没有死人的，也有锯了胳膊截了腿的，谁欢乐起来，都招骂。

不过有一件事在腊月二十九那天黄昏悄悄传开了：

孙董回来啦！

据说车一进村，孙铁锤就把脑袋伸出车外骂将起来：老子是给他们脸，还以为真坐大牢了，这不回来过年了！

需要特别交代的是，除夕夜，那个架罗盘推算出"炸了老虎大胯绝对大吉大利"的金爷，吊死在了自家后院的一棵歪脖树上。上吊的绳，是用孙铁锤亲自披在他身上的两床缎子被面搓成的。脚下飘散着那五千块鲜花花没乱号的票子。

79 尽人事　听天命

安北斗在这盘大棋上，充其量就是一颗拼命攻过河的卒子。所有指挥重心与决策环节，都与他无关。但这颗卒子始终在前行。

那嘭的一声巨响，好多年过去都音犹在耳。有时半夜他都会被那声掀翻天地的响声震惊得嗵地坐起来。那晚在不明真相时，他甚至想到会不会是一颗小行星撞了地球……总之，开头瞬间是怎么都没与洞室松动大爆破联系起来。血淋淋的现场，太像是经历了一场比战争更残酷的洗礼。战争可能还有所准备，而大爆炸简直是以迅雷不及掩耳之势瞬间迫降，生命显得如此脆弱无助、吊诡无常。六个亡者，除一人炸得魂飞魄散、尸骨无存外，其余五人他都参与了扒、挖、拽、抬。死难者的最后惨相，甚至让他对生命都失去了信心。而一部分伤者，他也参与了抢救运送。在肩扛背驮、血水搂抱中，他只感到阵阵反胃，终至呕吐得五脏俱裂。如果这声爆炸发生在当晚十二点前，有可能死伤更多。若在白天，就是一村人的人间地狱。是寒冬、是黑夜、是那些房屋，让一门心思都扑在砸石子、淘河沙的人群，避免了灭门之灾。

他先后三次送伤员上县，其中就有温如风一家五口。花存根属重伤员，自是在第一批运送之列。而温如风和花如屏看上去似无大碍，是可以先放在镇上观察的。但温如风坚持要上县，说他脑壳里一直嗡嗡乱响，像是谁在里面扔炸弹、放铳子。还说花如屏的脑壳也震坏了，看他时眼睛发直。并坚持儿子和丈母娘也得一起去，嫌花存根没人伺候，娃留下也没人管。最关键的一项要求是，他一家必须得安北斗亲自护送，怕到县上安排不妥帖。

安北斗刚把一个血糊淋荡的伤者背到村委会，牛栏山就吩咐他立即送人上县。他一看是温如风，一家五口都已挤在一辆救护车上，他就有点不高兴。这么多人需要抢救，你一家挤上去算咋回事。温如风见了他，就跟演戏一样，狠命掐了花如屏一爪子，像是发了羊角风，甚至有点口吐白沫、双眼㖞斜起来。牛栏山把他推了一把说：快去吧，特事特办！尽管不情愿，但他还是去了。车上毕竟还有腿已肿得比水桶还粗的花存根。并且还有一个脑袋真有问题的重伤号。

这一路温如风都在装，他也懒得理，直到进城安排妥当，他才又返回村上，继续救人。

当时唯一让他感到欣慰的是，孙铁锤被戴着手铐弄走了。尽管一副驴死不塌架子的神情，但毕竟是铐走了。他对这一举措深感满意。

那天召开重要会议时，他一直在廊下伺候，不时听到里面的争吵甚至谩骂声。而骂得最凶的是孙铁锤。几乎把那几个搞爆破的"乌龟王八蛋专家"骂得狗血喷头、全无招架之功。那是县委书记武东风亲自主持，省、市、县、镇、村五级干部参加，涉及三十几个部门的重要会议呀！后来他听见何首魁拍了桌子，说如果不"笼"了孙铁锤，他就把那身"警察皮"剥了。这让安北斗很是有些震惊：不都传说老何是孙铁锤的保护伞吗？唱的哪一出啊？

孙铁锤的确是在人多众广的眼皮底下带走的，虽然自我感觉像是那部有名的电影《戴手铐的旅客》的主角——双手举起，向千人道别时，甚至"送战友，踏征程"的旋律都在长空有点要回响了。但安北斗发现，这家伙其实脚底下已经慌乱，在上警车的一刹那，差点栽了个狗吃屎。而与爆破总指挥在铁窗后并排落座时，所有人都看见，他把陈大才狠狠踹了一脚、啐了一口。而陈工唾面未擦，仍在向窗外打躬作揖，充满了生命的卑微、恸动与不安。

好多老百姓的情绪几乎是一边倒：

"炮又不是孙董放的，凭啥抓人家？"

"孙总是在为我们挣钱背亏！"

"孙总这一弄走，石子还砸不？钱还挣不？"

"打的白条找谁要去？"

……

有人甚至要上"万民折"，联名救孙总呢。

但所有人对"烂砖（专）家"，都是异口同声地喊叫该上刀山、下火海、扔油锅、滚钉板、使炮烙、上解锯，总之千刀万剐了也不解恨。与陈工一同来的几个年轻助手，在灰溜溜离开时，要不是警察保护，恐怕都难以全身而退。其中一人的电脑，被人抢下来摔成了八瓣。一个戴着墨镜顺墙根溜的，被人用一锨锅底灰搅拌的稀牛粪，把整个脸面都糊成了炖罐底。

镇上稍一平复下来，牛栏山就让安北斗尽快上县，因为温如风在县医院住着，这是目前最不稳定的因素。他要安北斗务必盯紧盯牢盯死。三个"盯"字，牛栏山说得斩钉截铁。安北斗说，孙铁锤都关了，他告谁去？牛栏山说武书记让安顿好死难家属，咱们把主要精力还得朝他身上放。就他爱乱告。

安北斗就又上县了。

县医院躺了几十个北斗村人。镇长和其他好几个干部都在这里协调解决有关事宜。而他的任务，主要是看守老温。

温如风一家开始是被安排在十二人一间的大病房里，他嫌吵，说自己和老婆、丈人爹都是重病号，丈母娘和儿子脑壳有没有问题，也得详细检查。因此闹着非住小房不可。他不想跟花存根在一起。这个丈人，他已讨厌得有时都想撸他几耳刮子，死埋怨家里日子砸锅倒灶，都是女婿爱告状惹的祸。他到底站在谁的立场上说话？难道让孙铁锤把人当孙子欺负你就受活了？这下好，一条腿让彻底弄废了。他都想诮几句，看丈人痛得浑身直突突，冷汗冒得如上了蒸锅，才忍了。

经过反复协调，安北斗还去找了上次因温如风挨黑打，住院时混熟的陈院长，才把他们一家安排住在了四人间里。温如风虽感到别扭，但也总比十二人挤着强。一应检查费、药费都不用操心；吃的也有人朝病房端；要不是说什么X光和脑CT检查伤人，他都想一天让推去做一回。经过反复检查会诊，医院给出的结论是：一家五口都是脑震荡，有轻有重。但无论重度还是中度、轻度，休息几周就可以了，甚至不用服药。可温如风死坚持说自己脑壳不仅震乱黄了，而且还挨了砸，头痛、头晕、憋气、胸闷、恶心、呕吐（但吐不出来）……总之，是非用药不可。医院也开了药，安北斗发现，这货都偷着藏进布口袋里扎起来了。他就故意端着水，偏让他吞下去，温如风硬吞了几次，才骂他说："你是孙铁锤一伙的吧？替他省钱？"他说："孙铁锤都关进去了，这是县财政和机关单位捐的款。"温如风才再没要药了。而花存根的那条腿，到底没保住，最后是从根部锯了。花如屏和她娘哭了几天几夜。花存根只是叹气，再没说一句话。存根，存根，腿即是根，根终是没存住啊！

有一天，花存根突然问安北斗："我这账找谁算去？"

安北斗说："灾难事故，人都抓了，政府也会适当做些赔偿的。"

花存根突然暴怒起来："赔他妈的瘗，这辈子谁能赔了我这条腿！"

眼看年关将近，凡能回家的，基本都回去了，温如风一家偏是不走，坚持要在医院过年。安北斗打电话请示牛书记，牛栏山也没办法，让他还是紧盯着，怕趁年关到县委政府闹事。他说，我总不能陪他一家在这儿过大年吧？我还有爹娘呢。牛栏山就给他说好话："北斗啊，今年镇上没一个好过的，都得包户到人哪！我也包了十几户着哩。成百家砸烂的房皮还没修完；靠近勺把山的无房户，也不能总在镇机关常住吧？省上给协调了一些军用帐篷，也都是权宜之计。我知道你不容易，可温如风是特殊情况，在这样的大灾面前，他是不可能没有动作的。武书记反复强调：稳定是压倒一切的！我派人把你先换回来，看看爹娘，把房皮拾掇一下，再给先人上个坟，然后立马上县。一是劝返；二是跟踪；三是必要时采取果断措施，制止一切可能发生的危机事件。你看呢？！"书记把话都说到这份上了，他还能说啥？他也的确需要回去一趟，听说他爹自大爆炸后，硝铵味儿闻得更是扯不上气来。那味儿竟然一成半月不散。他在医院弄了些药想带回去。家里房子也多处受损，但镇上还顾不了"微创户"。加上自己上县时也没带换洗衣服，一出汗，闻着浑身都是一股馊味。因此，镇上派人一到，他就回去了。

腊月二十九那天黄昏，安北斗正在自家房皮上插瓦，就见村里动静很大地拥起一堆人来，是围着一辆小车的。很快满村人都知道，孙铁锤回来了。许多人几乎激动得有点奔走相告：

"孙总回来了！"

"挣钱又有指望了！"

安北斗只感到脊骨阵阵发凉。孙铁锤怎么能回来？是临时放回来过年，还是彻底没事了？他连烂瓦都没换完，就急呼呼跑到派出所，想从何所长那里探听点消息。因为这直接牵扯到自己如何跟温如风做工作的问题。温如风在知道孙铁锤被铐走后，很是激动地说过一句话："不是不报，时候未到啊！狗日这次该吃花生米（子弹）了吧？！"没想到这么快人就回来了，而且还很是高调，进门就让放炮，说是要炸炸晦气。

安北斗进派出所院子时，只见羊蛋从里面出来，好像还喝过酒，脸红红的。他最见不得何首魁跟这伙地痞流氓鬼混。羊蛋还给他打招呼，他连哼都没哼一声。只听何首魁在训人："还审辣子呢审，放了，把几个货全放了。让回去过年去！""他们趁大爆炸混乱，把别人家的沙石偷了好几拖拉机卖了，你不说趁火打劫者要严办吗？"这是副所长的声音。"老虎都跑了，逮住几个耗子要来要去的，算个啥本事。让人家拿沟子笑派出所呢。放了！"何首魁是命令的口吻。"何所？！""出事我何首魁负责，放人！"副所长就出来了。

安北斗进去想问个究竟，何首魁对他也没好气："我就是芝麻绿豆都算不上的烂派出所所长，我能知道人家为啥把孙铁锤放了？有本事问县上市上省上去！我回家过年哪！妈的，还没在家过过一个团圆年呢！"说完，他几把将一沓审讯笔录撕得粉碎，扔到痰盂里去了。

何所比他年龄大，平常又不苟言笑，跟他也没有什么特殊关系，就不好再深问，算是讨了个没趣。

回到镇上，他又问牛书记。牛栏山也不知咋回事，但知道孙铁锤的确是出来了。他就给牛栏山撂挑子说："不是我不去做温如风的工作，这一搞，只怕是谁也把他无可奈何了！"

牛栏山深深叹了一口气说："北斗啊！尽人事，听天命吧！我们也只能做到这些了。你还是去吧，并且得赶紧！真捂不住了，谁也没办法。"

牛书记既然把话都说到这份上了，他也就提前跟爹娘吃了团年饭，准备连夜上县。走时娘又骂他："不知哪一辈子欠下温存罐的，还得陪人家团年去！比咱家先人还先人！"他爹啥话都没说，驹得也说不出来，只是硬要他娘把炖罐里炖的腊肠和猪蹄子给儿子包上。他娘不给，说去了都便宜温存罐了，他爹还是硬让拿上了。

安北斗在离开村子时，见许多人都提着礼当在朝孙铁锤家跑，有些还是家里有人受了重伤的。

天上已纷纷扬扬飘落一天雪花了。他给几关祖坟都点燃了灯。还绕到表舅和表舅娘的新坟上，也磕了头、烧了纸。大地此时真是白茫茫一片真干净哪！炸得天崩地裂的勺把山，也在毛茸茸的白色盖毯中，掩藏住了百般丑陋，万般伤残，甚至有了比昔日雪景更加美丽的错落有致感。一望无际的群山，总是会在不同的季节，馈赠给大地不同的风景。但这个年关的房檐、树枝和残垣断壁上，的确挂满了比平常更多的泪一样的冰凌。

这时，他听见那只猫头鹰又叫了几声，叫得天上的星月都充满了悲凉感。

80 引力波

无论年三十，还是正月初一、初二、初三这些重要日子，安北斗都紧盯着温如风一家，什么事也没发生。因大爆炸受伤的还有几十位没出院，或者拒不出院。无论县上、镇上都有要求，让这些群众必须过好年。三十夜特别加了板栗炖鸡、豆酱扣肉这些硬菜。初一早上供了肉馅饺子，一些饺子里还包了硬币，并且让家家都必须吃出一个来，以示吉利。总之，是努力希望在年节保持稳定。

安北斗始终对这个县城没有好感。老婆孩子都是从这儿离开的。前丈母娘和丈人爸还都住在这里。说不定杨艳梅年关还回来与他们团圆了呢。有那么一阵，他甚至想去她家附近看看，看能不能顺便瞅上一眼女儿。虽然过去这么长时间了，他心里那股伤痛，仍随时都有被撕出血来的结痂。

县城人没有不知道北斗镇爆炸事件的。他们也都付出了极大的关注和热情，机关很多人捐了款，哪怕十块、二十块，也是一份心意。但这并不影响他们年关的狂欢。任何与己无关的灾难，都只能调动起旁观者霎时的同情，而丝毫影响不了他们总体性追求快乐的生命趋向，甚或还有一种乱石终没砸到自己脑瓜上的暗自庆幸。从年三十夜到初一早晨，整个县城的鞭炮声燃放得一刻也没停歇，其中不乏在"瓮底"爆裂得十分震惊的"雷子炮"与"火箭弹"。炸得温如风用棉球把两只耳朵塞满，甚至用被子把头蒙住，仍抱怨里面响得像是谁拿大头靴子把脑壳整整踹了一夜。花存根也把脑袋塞在枕头下，让老婆促着翻了无数次身，尽量让两只耳朵都不留出缝隙来，但仍是嘟哝：县城人是沟子夹了红火钳——不折腾会死啊！儿子温顺丰倒是兴奋得老要跑出去看，花如屏不停地朝回撵。

安北斗与其他镇上陪护人员，都是用钢丝床，临时住在过道里。但见有"风吹草动"，就随时准备启动"应急程序"。可他们从年三十直操心到正月初八，都毫无动静。因为初八这天机关上班，照说温如风该有所动作了。但直到元宵节，他还是那样躺着，门都懒得出，直说脑壳里嗡嗡乱响，这阵儿又像钢磨和压面机声在里面乱哐啷。

安北斗有些着急。这货一直躺在这儿咋办？他去找陈院长帮忙。其实陈院长也下过多次逐客令了，病房虽然年关不是很紧张，可小伤大养，甚至无伤特养，还是令医院十分讨厌的，把所有人拴着都没放成年假。因为武书记有指示：不要把这批伤者当普通病人看待，这里边牵扯着稳定大局的问题。陈院长个子矮，却是个热情高、爱跟病人开玩笑的人，加上跟温如风混得太熟，就说："老温，还不准备回去？住这儿有啥好处？你又不是领导，头痛脑热地住一次院，还能收些驴鞭、烟酒、红包啥的。人家有人一年故意来住一两次院，收的能管好几年。你住这儿，把家里活路耽误完，搞不好还染一身病。甲肝、乙肝、丙肝，肺结核、梅毒、流感，还有艾滋病，染上就跟媳妇睡不成了，知道不？这漂亮的媳妇，让别人引走了，你只能白瞅两眼半。"温如风刺啦一笑。"你还笑呢，不赶紧把媳妇往回领，我们医院都有几个单身汉想给你撬了，晓得不？"说得花如屏把脸都羞成了红石榴色，埋怨说："领导说怪话，没得玩笑开了，笑话我。"陈院长说："真的，我们好几个医生都说赶紧让老温走，把媳妇留下就行了。不走，让中医来给他屁股上扎火针，睡得久了，屁股上容易长疖子。一扎，脑壳里边就不嗡嗡响了。"温如风不待见谁，都不能不待见陈院长。因为几年前他挨黑打，陈院长是暗中向着他，帮了忙的，人得知好歹。可任谁怎么说，他就是不起身。急得安北斗给两嘴角的水泡一遍遍涂药膏，都堆成了紫桑葚，温如风还是像懒蛇被谁打死一般，直溜溜躺在那儿不动弹。

安北斗就急得把花如屏叫到楼道做工作。

自打光溜溜抢救出花如屏后，她见他就老是不敢抬眼。他见了她，也似乎有一种不自然的感觉。他对花如屏的确是充满了好感。且不说美貌、健康、生命汁水饱足、浑身皮肤肌肉紧致而富于弹性（这都是那晚触摸时最深切的感知），单就她对温如风的忠诚和对这个家庭的勤劳奉献，就足以使一村的男人活活羡慕死。他更是难以例外。

"嫂子，你们就准备这样常住下去吗？"

花如屏眼睛看着地下，用一只脚不停地来回踢着地面说："我也没办法，你知道，那就是个牛犟瘟。"

"孙铁锤腊月二十九就放出来了。他住到这里，算咋回事？"

这话明显带有挑逗性。他在孙铁锤回来后，开始还生怕温如风知道了年都过不去，一直想捂着。可医院住着北斗村那么多人，私下也在串通，年三十晚上就都知道了。他见温如风知道这事后，连板栗炖鸡和扣碗肉都没吃下，就给耳朵塞满棉球睡下了。他老以为会爆发，可直到正月十六过去，这货依然安如磐石。这阵儿倒是他在着急上火了。

"嫂子，你爹把一条腿都没了，他心里咋想的？"

"没胳膊没腿的好几个，我爹也在等人家看咋办呢。"

"可他最厉害呀，齐大腿根截了。"

"还有把命都丢了的，总会有人承头。"

这时，温如风拉开房门，探头探脑地朝这边乱瞅了。花如屏但凡出去一会儿，他都是要出来观察动静的。安北斗怕他起嫌疑，急忙装作与花如屏偶遇的样子，大声说："嫂子你咋也出来了？需要啥，我办去么！"花如屏倒是配合得好："不，不要啥，我上茅厕呢。"

安北斗现在完全知道温如风的心思了：这么大的事，总不能让我温如风一人扛着吧！过去为半棵树、为挨黑打、为种甘蔗、为孤岛孤坟……都是自家的事，不扛不行。现在可是一村人的事，你等我，我靠你，那就都等着靠着吧！

花存根也是这意思，还说得跟唱戏似的：

枪打出头鸟，

万事溜着叫。

椽头先烂掉，

承头必挨刀。

丈母娘和花如屏也都不愿意让花存根和温如风朝人前刺。

这时，被抓进去的总工陈大才，被判了七年刑。这与北斗村人的邪乎传说，距离尚远。都说丢了六条命，注定有人是要"敲头的"。敲谁的头？敲几颗？说法不一。孙铁锤自是在被"敲"之列，毛乎乎的，又太熟悉，眼睛圆鼓睖睁得像那只金色猫头鹰，敲了注定吓人。

可孙铁锤回来了，胡子刮得干干净净，还一脸无辜的表情。也对，人家孙总高接远送地把"砖家"请来炸石头又不是炸村子炸人的，自然该敲"砖家"的头了。那个叫陈大才的头，一夜之间须发全白，想这颗头怕是要"砰"的一下敲成葫芦瓢了，可才判七年，终是太不给劲。

那天在县城公开审理时，安北斗作为北斗镇代表，与孙铁锤等人是去现场旁听了的。当事人陈大才当庭表示服从判决，并一再恳请法庭和旁听公众，接受自己的悔罪与道歉。他说，如果这七年能给那么多苦难家庭带来些许告慰，他的灵魂方能得到一丝安妥。还说他也是从农村苦苦奋斗出来的孩子，知道父母不易，懂得农民日子太难。炸石头，铺铁轨，都是为了改变穷困面貌，没想到被他的重大技术疏漏，不，是严重犯罪，造成了如此难以挽回的恶果。在这难熬的几十个日日夜夜，他时时都想一死了之。他妻子和单位从省城请来的最大律师（说把死刑犯都从死亡线上拖回来好几个），一再用法律依据旁征博引、慷慨陈词，说他的技术失误、过失犯罪，以及悔罪表现，应该判到三年以下，甚至可以缓刑。但陈工一再表示罪不可恕、灵魂难安，服从判决，绝不上诉。并感谢法庭宽大、北斗村百姓开恩！尤其祈求那些死灵魂，假如有来日，他定当坟前叩首、永世谢罪！安北斗甚至当庭落下泪来。但孙铁锤始终在大喊大闹："死了六个还不能换他一颗狗头？！"最后是被法警硬架出去了。

几个先后被抓的工程技术人员，也分别判了三年、两年和监外执行。据说上上下下批项目、参与工程和搞技术论证的还处理了一批人。连牛栏山也给了党内严重警告处分。何首魁因对重大爆破监管不力，不仅受了政纪处分，而且工资还降一级。就孙铁锤天不管地不收的，把村支书倒是抹了，他还说早都不想干了。并直骂法院，都是吃包子的，不杀一个能平了民愤？

人该处理的似乎都处理了，剩下就是赔偿了。都在那儿等着这个最后的结果。

安北斗又回了一趟北斗镇。他看牛栏山受了处分也气不顺。都知道老牛是有想法的人，明年县上换届，很多人都把他在副县长人选里边排着，因为已经当过一乡一镇的一把手了。即使当不了副县长，人大副主任、政协副主席，或调到财政、人事、城建、交通这些要害部门，还是很有希望的。这样，他与老婆孩子团聚的愿望也就圆满实现了。这下好，按规定受了如此处分，一年内不得提拔重用。挪窝也只会朝"偏张子"上挪。而换届恰在这个时期内举行，就意味着他的仕途至少要"黄庄（打牌不开和）"四年。四年过去，黄花菜就凉完了。气得他直敲桌子说："我都背了黑锅，你在医院伺候个温如风还嫌咋了？"

安北斗说："牛书记，我没说我不愿意伺候温如风。我是觉得 …… 孙铁锤 …… 怎么就这么轻松地溜脱了呢？"

"人家有人嘛！炮不是人家放的；项目不是人家批的；最后在山顶上开装载机的人，据说也是想多挣钱，自己跑上去的，炸得骨头渣子都没了，死无对证，你找鬼去？加上人家还是铁路建设的'支前模范''援建标兵'；抹了他的村支书，还骂我牛栏山是牛烂干、牛栏圈、牛烂肝呢，我能把人家咋？"

这天晚上牛栏山喝了不少酒，醉后，都十一点半了，突然通知全体开会学习。把给他的处分在会上反复念了七八遍，连文号带标点、年月日、公章都一字不落。还让都要写出学习心得，连夜给他交上来。最后是安北斗硬把他背回房里去的。为这事，镇北漠还对他有了意见，嫌不该趁他上厕所时把书记背走了，平常这都是他"分内"的事，像是抢了他的什么头彩。其实牛栏山吐了安北斗一脊背带后颈窝。他感觉人是安顿好了，准备离开呢，牛栏山偏又挣扎起来，一把将挂在墙上的"萧萧竹"撕下来揉了："谁听我的疾苦声？啊，谁听？"

第二天，安北斗又去了一趟草老师家。这已是他的习惯，每遇大事，总想去听听意见。当然，也是想跟草老师喝场酒。他觉得村里出了这么大的事，草老师总归是有个态度的。谁知草老师只咕叨了一句苏东坡的诗："惟有此亭无一物，坐观万景得天全。"然后就只顾抿酒不说话了。倒是师娘一反常态地夸奖起来："你草老师还是看得远，当初盖新房，我说朝村中间盖，他偏要守着鬼都不来的老庄子，这回免了一难，连颗石头渣子都没飞上来。再是都砸石子、淘河沙、忙入股，他死都不肯，说够吃够喝就行了，扎到人堆里胡忙活些啥？人家分红，我眼皮子浅，犯了红眼病，又嘟哝他，让麻利找孙铁锤，应个卯就静等分钱了。谁知你草老师还是那副蔫不出溜的样子，直摇头说：要眼红别人发财，你是缺了吃的还是缺了穿的？我还老怨他把书都念到狗肚子去了呢。没想到这一炸，把那么多人的命都要了，别说钱财，你说这一村人都咋过啊？"

"弄菜弄菜去！给弄个小炒，洋芋丝不敢炒瓢了噢，没嚼头。花生米也滚嫩些，别吃油太多，炸得没了花生味儿。"

师娘说："还用你叮咛，越老越啰唆。"就炒菜去了。

他问道："草老师，你对咱村这一连串事都咋看？"

"什么事？"

他觉得草老师是明知故问，就说："还什么事，把好好的山，炸成这么个德行，看上去就像是叫花子穿了一件烂棉袄；把好好一湾河滩地，也拾翻成那样，就像挖了十八层地狱；这下好，把人还炸死炸伤这么多，孙铁锤却安然无恙，气焰还更加嚣张，你觉得正常吗？"

"咋不正常？沧海桑田这词怎么讲？世事就是这样反反复复、颠来倒去地变化着，我们才经历了几次？山成了'烂棉袄'，还会长满青藤绿树、苔藓野草；河滩翻成十八层地狱，也会再成肥沃沙田，种满花生、土豆，牵满豆角、瓜蔓；至于炸死人，那也是生生死死、自然交替，不过是方式各异，有些好接受，有些令人惊恐万状，难以面对而已；这不也都在面对，都在变得正常起来了吗？石头又开始砸了，河沙又开始淘了，公鸡仍在打鸣，母鸡仍在生蛋，炊烟仍在袅袅，叫驴仍在嗯昂，一切都在恢复正常，你担心啥？"

安北斗有些生气，草老师怎么也变得如此麻木不仁了？他甚至突然想到了孔乙己、阿Q、祥林嫂、魏连殳……都是他教的，都是他痛惜的人哪！一村人都把他当公道人、正义人、明白人看待，怎么连他也半点是非观念都没有了？读老子、读庄子、读易经，读《录鬼簿》《缀百裘》，也不至于把自己读成这样啊？

"草老师，你今天没喝高吧？"

"啥意思？我清醒得很。从来都没有比今天更清醒过。都笑贫不笑娼、笑贫不笑贪、笑贫不笑坑蒙拐骗了，我草泽明能奈谁何？一个人如果变得好吃懒做、游手好闲，离犯罪就不远了；一个人小钱看不上，日夜老想咥大活，甚至不惜要谋财害命了，这种病谁有啥方子可治？欲望的洪流跟发大水、走山蛟、垮石岩、大爆炸是一样的，阻挡不了的。就像你爱看天空，你能不让太阳燃烧、地球转动、月亮盈亏、水星干枯、土星结冰？阻挡不了的事，硬去阻挡，那就叫逆势而动、水火难容。记住，万事盛极必衰、物极必反，你要相信天道即人道，诡道也是大道……"

安北斗实在听不下去了，就差点没把"你别再说鬼话了"这几个字喊出来，他毕竟是自己的老师。没想到，山村最灵醒的人，如今已成这样的食古不化者。最可悲的还是他的麻木不仁。

安北斗只觉得阵阵悲哀。

这时师娘端上了炒土豆丝和炸得檀香木一般色味俱佳的花生米，但他已无心留恋，准备起身走了。师娘问他咋了，他说有事。

草泽明也没阻拦："我知道你们上了大学，都讲究科学，非常反对因果报应这些词。其实我也不信。但从世道和人道的总体性上看，这个可能是存在的。不存在，我们也应该忽悠它存在着，要不然，就没世道、没人道了。据说西方很多人也不相信上帝，甚至说上帝死了，可他们还是把上帝留在心上，这跟我们要把阴阳鬼神和因果报应留在世上一样，天道可能恰恰是这些莫须有的东西构成的。这不科学，但管用！"

安北斗越来越听不下去了。师娘就打圆场说："别听他神神道道的，好多事也常算错。大前年说养一窝猪娃肯定卖钱，结果猪娃跌到两块半一斤；去年我看肉价贵，说赶紧再养一窝，不定能卖上大价，结果他直摇头，说逢高必低、逢贵必贱、物极必反，却在哪里捣鼓来一窝兔子。结果今年猪娃涨到三十块钱一斤，兔子跌到送都送不出去，还到处打洞害人。这就是他的盛极必衰、因果报应。"

"闭嘴！"草老师好像很是生气了。

安北斗也已远离了孤零零的草家庄。

整个北斗村的状况，让他想到天文学上很热门的一个学说，叫引力波。当然那太专业，他毕竟是一个业余天文爱好者。他只能简单理解到，一个大质量天体产生的引力，会影响到一定范围内的小天体。人从婴儿起就在与地球的引力进行搏斗，孩子拼命想站起来，引力拼命把他拉趴下。直到老了，又会回到婴儿状态，彻底被引力拉翻在地，一命呜呼。因为地球引力永远大过人的抗力。再紧致的脸面都会拉得蔫皮吊耷的像一个老苦瓜。因而物体越大、越致密、速度越高，越容易产生强大的引力波。那谁是北斗村的引力波呢？过去他觉得是草泽明。因为村里读过书和没读过书的人都称他老师，还把他看得跟诸葛亮一样是智慧的化身。连孙铁锤要成立公司，开始没人应卯时，也是去找过他要给干股的，为的就是这个"引力"。当我们在大地上奔跑时，物质扰动了时空，就会产生引力波信号，不过微弱得可以忽略不计而已。但这个道理让他放到了对自己村庄命运的思考上，就觉得草泽明一旦"奔跑"起来，大概是能产生较大引力波信号的。这注定违反引力波的科学解释原则，但却适用于当下北斗村的复杂关系。谁知草泽明只是个装装样子的"卧龙先生"，也已像完全丧失活力的老人一样，与地球引力失去了基本抗力。安北斗还从来没有这样失望过。难道北斗村死伤了那么多人，一切又都要恢复到"公鸡仍在打鸣，母鸡仍在生蛋，叫驴仍在嗯昂"的过往中吗？什么盛极必衰？什么因果报应？他才不相信那些鬼话呢。他只觉得孙铁锤逃脱了大爆炸事件的惩罚，就是给了全村人一记响亮的耳光与重锤。

正是因为大家看到了孙铁锤不可撼动的根基和厉害，才在他腊月二十九回来那天，纷纷提着礼当去登门拜望。许多长者已年过花甲甚至古稀、耄耋，仍要在他面前摧眉折腰。北斗村上演了如此惨烈的悲剧，所有人几乎都只把仇恨记在那几个"放大炮"的"挨砖家"头上，叹世事不公，阎王没要了他们的命，人间枉留着几粒该崩了听响声的

"花生米"。

当孙铁锤再次撑起砸石子和淘河沙大旗，并一一清理了前边的账目，各方赔偿、拨款、捐赠，也都基本把事抹平后，他就把"死者已死，生者好生"的口号喊得震天响。关键是高速路正式开工了。他就放出一股大风来，公司要在秦岭南坡搞一个西京有钱人的"后宫"。两路一通，六十分钟。"后宫"还要外带千亩"狩猎场""滑雪场""游乐场"。说村里凡听话的，发财就是分分钟的事。不仅分红，而且家家都要穿城里人才穿的工作服：大翻领、扎领带、一步裙、蹬皮鞋，还得打卡上下班呢，阔成马了！并扬言地皮都拿下了。侥幸没被炸死的装载机手吕存贵，摇身一变成了"吕洞宾"，也被孙铁锤鼓动起来掐指一算，说大爆炸是要彻底把北斗村炸红火，炸发旺，炸成人间天堂了！

舆论的力量是巨大的，它能蛊惑得没脑子者脑存量愈发减少，并形成一根筋的相信思维。很快，在县医院安营扎寨的那些人，生怕发财的队伍里没了自己蹬皮鞋的脚，而都降低赔偿要求，迅速拔营回寨了。只有温如风一家，又成了别是一番风景的"新孤岛"。

面对已瘦弱得风吹两面倒的温如风的背影，安北斗突然觉得，这家伙兴许才是自己要找的那个引力波呢。

81 引蛇出洞

县医院陈院长又来催了："老温，你到底出不出院，不出，我可就真要给你扎火针了！把屁股撅起来！"温如风笑得一下把屁股塞进了床缝里，那屁股也就瘦得二指宽的缝都能掉进去了。他说："哎，陈院长，你是明白人，你说我该不该出院？一家五口脑壳都震荡了。脑壳是啥地方？鸡蛋一震都散黄了，我就不信脑壳还能不震成一锅糨子？脑壳是干啥的，它不是葫芦瓢啊，随便挂到墙上就行了。脑壳得算账、得过日子呀！紧算慢算都让人家把我们算计成这样，还敢满脑子震得稀里晃汤的。一家人脑壳都有了问题，放到你陈院长，你咋过？还有日子没？你还当得成院长？没脑子，给谁当头去？再说，我老丈人是把一条腿锯了，这是一条人腿，不是桌子腿、狗腿、驴腿呀！"花存根狠狠剜了他一眼。他接着说："捣鼓来捣鼓去，只给赔一条假腿，还说他活该，嫌不该在道场上盖了比保管室还大的茅厕，是非法占有集体财产，赔一条假腿，就再不追究责任了。你说我们能出院？放到你陈院长，谁炸了你一条腿，给你赔一条假的，其余啥都没有，你干不？啊？我丈人爹就是条猪，也该哼哼一声吧！"花存根还真气得哼哼开了，当然更多的还是嫌女婿比喻不当。

陈院长还想跟老温掰扯几句，就被安北斗叫出去了。"陈院长，是不是有人要撵温如风出院？"安北斗问。"撵不撵他都得出。医疗资源是有限的，他一家老占着四张床位还行？这又不是旅馆。""那你就加紧把他朝出撵，得有点措施吧？"

陈院长觉得很是奇怪地把他盯了一眼："你不是一直帮他说话吗，咋又让我撵。说实话，这个人难缠是事实，但你们也太不像话，只赔一条假腿，让人家咋生活？多少得给些补偿吧？撵没问题，床位紧张得很，我是看人可怜！""你撵吧，不撵出去，他啥也得不到。"安北斗说完这话，突然想到了一个很有意思的词：引蛇出洞。

陈院长似乎有点明白他的意思了，就用指头叩着说："你小子鬼还不小。我今天下午就把他撵了！"陈院长都转身走了，他又叫住说："保密哦院长，我们北斗镇水深。""我一会儿就给武书记打电话，让你吃不了兜着走！"他咧嘴一笑说："我可啥都没说，是你要撵的，我没拦住。"陈院长也一笑："北斗镇没一个好货！"

还没到下午，医院就把温如风一家赶门在外了。温如风死扒着门框不走，陈院长硬让保卫科把人朝出抬。温如风四脚拉叉地乱蹬乱端着："你们是医院还是强盗？都是些助纣为虐的货！我还说你陈院长是好人，好个棒槌，你就是个杀猪匠院长！"任他再骂再喊，还是被抬出去了。

陈院长悄悄把安北斗叫到一边说："你可要把人安顿好，剩下的住院费我也不要了。老温的丈人爹偷偷把人家温度计、枕头套、小便器都装走了。老温还把人家护士长小肚子踹了一脚，我做工作，都算了。剩下是你的事了，毕竟可怜，不敢弄到大街上没人管了。"

安北斗边点头边急忙提着温家的东西出门了。

温如风还要朝院子里扑，被保安死死拦住了。他见安北斗提着他不愿拿走的那些包包蛋蛋，就一下把目标对准了安："谁让你拿的？你给我们管吃管喝是吧？有本事管一辈子！来，把瘸子先背上，回你家过去！"说着，一下赖在了地上。花存根也跛子拜年 —— 就地一歪；丈母娘跟着盘腿坐了下去；只有花如屏看满大街的人都围上来看热闹，还有些不好意思地把绿围巾拉着罩了罩脸；儿子温顺丰见人多，还专门去玩姥爷那条只剩下空裤管的腿，越发让围观者感到凄凉。

温如风仍在骂陈矮子、陈矬子，硬说这家伙注定是得了孙铁锤的啥好处，才黑了心肠，把他们撵了。安北斗急忙说："不敢乱说，陈院长对你还是不错的。""不错个辣子！""人家这是医院，好多重病号都住在楼道里，你总占着床位还行？""你也替他们说话！""不是我替谁说话，弄啥都得讲理不是？赖人家医院算啥本事？你温存罐

509

打小都是讲理的人……""又温存罐！""温如风，温如风同志，我们是要解决问题，常年赖在那儿就能解决了？咱能不能换个地方说，你看这么多人，围一摊摊难看不？"温如风说："那我们到县委门口说去！"他急忙说："你听我的，我请你们吃饺子，咱到饭桌上说行不？"花存根一听说吃饺子，就用拐棍朝起撑："听北斗的。有理说不折。"然后，他们就到附近"陈家饺子馆"坐下了。一坐下，温如风就嘟嘟："该不是陈矮子他家开的吧，又姓陈？"安北斗说："姓陈的把你啥给惹下了。""放大炮的姓陈，矬子院长姓陈，饺子铺也姓陈，我现在见这个姓就来气。""这是县城最好的饺子馆，不吃了朝王麻子家走！""吃吃吃！嫑听他的。"花存根已经挨住墙角把半个屁股端上去了。

安北斗给花存根老两口和温如风父子一人要了八两，温顺丰人小饭量大。他和花如屏一人要了半斤。花存根还想抿两口，他就又要了卤猪蹄、鸡爪子、拍黄瓜、花生米四个凉盘，打了一斤散酒，香喷喷地品起来。

安北斗这阵儿压力特别大，把一家人弄出来也是出于无奈。孙铁锤的能耐太大了，不仅逃脱了牢狱之灾，而且很快把一村人也基本摆平了。背后注定是有高人点拨。依孙铁锤的脾性，谁不听话，叫手下喽啰"捶一顿皮"或弄到河里"打个闷子（把头塞进水里呛一阵）"了事，啥时还懂得做思想安抚工作了。可这次却一反常态地"礼贤下士""仁义厚道"，竟然挨家挨户送米送面送温暖了。一村人除了草泽明"自甘逍遥"外，再就是温如风一家被活活撂在了"干滩"上。为这事，他也去找过孙铁锤，让借机跟温家缓和一下算了，孙铁锤竟然大躁：谁的卯老子都认，就是不认他温家的。别说花存根断了一条腿，齐腰砸断也活该！ 光厕所能侵占村委会道场三十多平米，你是尿银屙金子，要那么大的团场？ 告我孙铁锤的状子，省上能收几麻袋，纸钱都要费多少？ 告了我不上算，还把我侄儿也捎带上。把省市县领导都抹得一团漆黑。你以为光我恨他，哪个领导喜欢这号货，都是没法了，他还得了能了。别人怕，老子不怕！ 老子就是个农民，看还能把我开除球籍了？ 上月球我巴不得，跟嫦娥过活谁不想。我越想越觉得老爹当年让马蜂蜇死，绝对是温存罐捣的鬼，我跟他有杀父之仇，谁也甭想从中说和。我要让一村人都看看，跟老子作对是啥下场！ 安北斗看一切都没了指望，才说："孙董，人你总得安顿一下吧，常年住在医院不是个事呀！"孙铁锤说："让住去！ 即使回村也是住文化站、住帐篷，其余好事，一概甭想！ 想也是日上三竿做梦娶媳妇 —— 白想！"

安北斗为这事还找了新任村支书。支书开始也试着跟孙铁锤碰了几碰，发现碰不过，很快也就做了有其名无其实的老好人。他找牛栏山，牛又能奈孙何？ 只能让给温"做深入细致的思想工作"。这话连牛栏山自己说完都直摇头叹气。为这事，他还到县委上演过一折"闯宫"戏，没见到武书记，却跟他秘书说了几句话。希望高度重视温如风的事，并要求给一定的安抚补助，尤其对"孤岛"有个了结。秘书咳咳嗓子说："温如风你们也不能惯着，都由他的性子来，满天下乱跑乱告，就能解决问题了？ 是村民就得服从村上领导，靠刁钻古怪、装疯卖傻，到哪儿告也不行！"安北斗实在觉得没指望了，才把他一家从医院弄出来的。他认为温如风除非完全跪倒在孙铁锤脚下逆来顺受，否则，告状可能是他今生的唯一出路了。

从感情上，安北斗的天平，越来越朝实在窝囊透顶的温家持续倾斜着。但他毕竟是政府的人，而且是派来安抚温的，自然不能鼓动温如风去告状。可北斗村的现状以及温家的实际境况，都让他不能不搅动一种天文学上叫暗物质的东西，让其产生引力波，从而曲线推动事物朝他希望的方向发展。

"存罐，哦，如风，还是认卯了吧！再这样折腾下去也无益。你想想自己当初那日子，弄到这步田地，不都是硬折不弯惹的祸。再硬下去又能咋？老鳖滩能变成过去那片绿洲？花伯的腿……能再长出一条有血有肉的来？回去算了，杀人不过头点地，给孙董回个话，不定一锅水就开了呢。"安北斗每说一句话，都反复考虑过，觉得里面是没有能让人抓住什么把柄的。

一家人都不说话，只听见把油炸花生米嚼得脆生生地响。

花如屏她娘终于搭了一句腔："黑了路了，那不只有回去算了。看这几年折腾的！"气得花存根差点把正抿着的酒泡子都摔了："你悄着，这天塌地陷的事，哪轮到你婆娘家放屁！"吓得温顺丰把一个正啃的猪蹄子跌到了地上，他钻到桌下捡起来又准备啃，花如屏帮着吹了吹灰。

安北斗心内暗自有点惊喜，看来花存根的态度，是在一百八十度大转弯了。过去是如何恨着温如风的胡跑乱窜哪！一提起来，牙帮骨都挫得嘎吱响，现在竟然是不同意息事宁人了。至于他是什么想法，也没朝出端，只用三角眼乜斜着脑瓜睡得越来越干瘪细长的女婿。

温如风这阵儿反倒显得有些镇定，把个猪蹄棒骨里的骨髓吸得呼呼噜噜直响，听得人很是烦心。并且还做出一副拿捏态来，轻蔑地盯了一眼花存根那只空裤管。

"花嫂，你的意见呢？劝他们回吧！有啥过不去的，无非就是胳膊打折揣回袖筒的事，回去在文化站门口照样推磨、压面。日子嘛，就凭你们的勤劳，过不到人前去，也不至于当五保户吧！"

安北斗话没说完，温如风嗵地将猪棒骨朝桌上一撂："安存镰，啥意思？煽惑我们起来造反，你好看笑话是不？"

安北斗也突然把脸一变："温如风，我的小名也不是你叫的。把话说清楚，谁煽惑你造反了，啊？我一直劝你们回去，村里给你把文化站也临时维修了，让你一家先凑合着住。要是不住了，军用帐篷也能遮风挡雨，这是劝你造反？看你那屌样子，连好歹都分不清。你爱咋咋，我还不管了。告诉你，安北斗不欠你的，你少一天把我当出气筒！我现在正式命令你：立即朝回走！再不回，我就让何首魁派人拿铐子把你朝回铐。"说完，扬长而去。

只听花存根在后边喊："北斗北斗，哎快把北斗拦住！快！"

温如风也在后边暴跳如雷："你说请我们吃饭，要了一河滩，你倒跑了。老板，我们可不认噢，这是那个骗子点的，你们还不快去撵人，我们可没钱开账！"

安北斗只几步就拐进一个巷子，真是懒得理他们了。可一想又觉得不对，这一家再卧在县委政府门口怎么办？细一想，武东风秘书的态度，又何尝不是武东风的态度呢？武东风的态度，就是县上的态度。他一家就是卧，也啥作用都不起，并且很快就会被"遣返原籍"的。这样一掂量，他反倒轻松了许多，就直接去车站，跳上班车先回北斗镇了。他觉得自己是需要做点长期出远门的准备了。

果不其然，第二天牛栏山就来找到他说："你还说肯定回来。温如风的丈人爹、丈母娘和老婆娃娃倒是回来了。可他跑了。"

安北斗还故作惊讶地："咋回事？"

"啥咋回事？从医院被撵出来，说跟你还一起吃了顿饭，嫌你不该哄他们，要了一河滩东西，饺子一人点七八两，还有卤猪蹄、鸡爪子、拐枣酒啥的，结账时你跑劈了。人家说你这是欺骗人民群众。然后一家五口，就到县委门口卧下了。再然后就遣返了。谁知半路上，温说尿憋得不行，顺着土地岭梁跑得无影无踪。"牛栏山说到这里，点燃一支烟，深深吸了一口说，"北斗啊，我觉得你平常做事都是很靠谱的人么，咋能干出这等没脑子的事来？你倒把他从医院接出来干啥？这是把火药桶抱到自家怀里了，懂不懂？再没啥吃了，要吃他的饺子、啃他的猪蹄子，还要喝他的拐枣酒，那都是敢惹的主？你是缺牛蹄子嘛还是缺驴蹄子，想吃了回来我给你弄嘛，吃温如风的，那不是老鼠寻着舔猫鼻子吗？你把这样一个火药桶从医院整出来，还不麻利朝回抱，结果弄到县委门口蹲着，你还跑回来给我汇报说，老温这下可能认卯了！这叫认卯？这叫变本加厉！我本来就背了处分，组织部部长昨晚半夜打电话问我还想干不？说不吃凉粉了腾板凳，后边还等着一个加强排呢。你说你……这不是给我伤口上撒盐嘛！"

安北斗脸上表示出十分的不安，心里却在暗自窃喜：一切都在他预料之中了。他说："对不起，牛书记，我脑子的确不够用。我想着他已碰了这么多次南墙，该灵醒了。加上眼看着孙铁锤势力越坐越大，死伤那么多人，竟然能从监狱里放出来，这不活见鬼吗？并且还越来越嚣张，连你牛书记都没办法，他个温如风还不彻底告饶了？没想到，这货还是个煮不熟、锤不扁、砸不烂的铜豌豆。那我也要问了：县上安排遣返的人都是干啥吃的？能让他趁尿尿的工夫逃脱了，他们都没责任？先给他们弄个处分再说吧！"牛栏山说："好我的北斗了，再别说那些没用的话，你只说咋办吧？""啥咋办？""你同学温如风啊！""哎牛书记，我可不喜欢听这话。出了事，咋可是我同学了。

我同学还有南归雁，人家都是市委副秘书长了，你咋不提呢？"咋，你也学会拿大官压我了？""不是这个意思。我是说以后少把我跟温如风染扯到一起。""你看你，情况就你熟悉，你不上手谁上？""这回我绝对不上。""那好，你把他还给我弄回县医院躺着？我没让他出来。住到医院最安宁！""好我的牛书记，他是医院撵的，不是我背出来、抱出来的。""看看镇上现在有多少麻缠事，你还把他弄出来添乱。赶快找去，就这一次，行不？""牛书记，你说你说话还算数不？为温如风，你给我说过多少回就这一次了？""北斗，算我求你了行不？我挨了处分，一些人看我前途不大，都不像过去那样说一不二了。可乡镇一把手肩上的担子你是懂的，就算我在难中，帮帮忙吧！"

话都说到这份上了，安北斗也就再没犟嘴。牛栏山也确实不易，背着处分，还在处理大爆炸善后问题。那些问题里有无尽的分叉，需要针针线去密密缝。有时他这个一把手还得弄一张钢丝床睡在铁路旁的帐篷里，处理村民与铁路建设之间的坛坛罐罐与各种纠纷。其实安北斗无论心理还是行李，都已准备停当，只等书记发话了。他问："那温如风他老丈人和老婆娃都咋安顿的？"

牛栏山说："孙铁锤只让一家都住在文化站。但他老丈人坚持还要给花如屏要一间临时帐篷，说住在一起不方便，我也答应了。这点要求再不答应也不合适，毕竟把人家老屋场炸塌了。你见了温如风告诉他：我们正建的安置房，无论如何都会给他弄一套的，让他早点回来吧！常年四季在外面跑，毕竟不是路数。这一家人还是很勤劳的，把日子过成这样……唉，说不成，说不成了！"

安北斗见牛栏山也心怀歉疚，就半推半就地说："那我就再跑一趟。可是下不为例噢！""下不为例，下不为例！"牛栏山还拱手给他作起揖来。

安北斗给他爹一次买了三四个月的药，给家里把该安顿的事也都安顿好了，就准备出门。他娘一听说又是为温存罐的事就来气。他爹直阻挡说："公家不就是这些事。他不去找人，留下来也得盖房子、弄帐篷、协调修路，还是为了安顿人。还不如出去跑跑。人就是活个见识，见识多了到底好么！存罐家也的确可怜，好端端的日子，说败就败成这样，放在谁，也搁不下！"他娘摔桌子打板凳地炮制起来："人家都搁不下，你搁得下。跑跑，朝死地跑，媳妇呢？我孙子呢？眼看快四十的人了，让个温存罐彻底把日子搅塌火了，是先人祖坟头让狼刨了！"撅着骂着还哭起来。

他爹就给他挥手，让快走。他就走了。

临离开村子时，他去看了一下花如屏。主要是想打听一下情况，好分析老温会去哪里。

花如屏果然住在一个绿色军帐中。这一溜军帐倒是让孩子们玩得十分开心。但居家过日子，就不免显得捉襟见肘。

尽管如此，花如屏一回来就让压面生意开张了。面架子也从老屋场拉了一些过来。他一眼就能看出哪个是花家的帐篷。见她时，脸上还抹了几坨面粉。她急忙用围裙擦着，但越擦面粉散开的面积越大，有些像花脸猫。他忍不住想笑，这个女人怎么着都是好看的。

自那次解救她后，花如屏再见他，就自然有了一种害羞感。她让他进帐篷里坐，他说不了。她就说："存罐临跑时，悄悄让我告诉你：老地方见。还让把他的二胡捎上。"

安北斗有点哭笑不得。他还真成了他一伙的，连"接头地点"都

有了。

她把二胡也早收拾好了，并且还准备了些日用品和油渣馍，一并交给了他。

安北斗苦笑一声，就上路了。

82 行星与卫星

温如风那天在饺子馆与安北斗闹翻后，其实就已明白了安北斗的意思。安存镰，"八格牙路"，狡猾狡猾的！只是这次他非让丈人爹先说话不可。花存根为他"常年在外收脚板印（意指临死前出门收魂）"，可是恨之入骨的。这次他的半条"根"没了，仅只配一副铝合金拐子，另外安了条几千元的假腿，就算打发了。还说没要他在集体道场上挖茅厕的赔偿费，已是高抬贵手。他知道花存根已气得好些夜都没困着觉了。一条腿的赔偿开价是五万，其实两万就认了。前几年村里出门挖煤塌死的，也才五六万元安置费。可孙铁锤偏说，除非他花存根已到阎王那儿报到了，可以考虑加点烧纸钱。花存根就气得吐血了。

温如风一直是不太喜欢丈人爹的，背后叫他老花。老花觉得自家女儿长得有姿色，就说鲜花插到牛粪上了。早先温家日子好时，老花也很是待见这个女婿的，逢人就夸：存罐是过日子的一把好手，日夜都在朝回挖抓呢！自他"贼打官司场场输"起，老花的眼睛，就由弥勒佛状，逐渐变成了兔子和夜晚都发光的猫头鹰形。这次出事，尤其是孙铁锤被抓走，他温如风是既庆幸也失落，可能从此冤无头、债无主，一切都桶掉底、盆散箍，该自认倒霉了。但毕竟是把恶人收了监。可不久，又说放出来了。他也是既失落又庆幸：自己的大树、房子、日子、面子，总算又有讨要的主了。虽然很难，可总觉得暗夜里是又显出一道亮光来。好在这次受害的人多，并且他家毕竟没人送命，觉得就不必再承这个头了，等着有人闹起来，自己添把柴火就是。谁知都是嘴硬沟子松的主，竟然把脖子洗得白白的，生怕伸得不够长地放到砧板上，等着人家去剁了。眼看三下五除二都从医院回去了，他就失落得跟老花一样睡不着。不过他是不愿让人看出来而已。其实他早都想出发了，可一直忍着。直到发现安北斗也盼他走。加上老花在安北斗从饺子馆离开后，直对花如屏她娘发脾气，其实是在给他亮耳朵：都这样臭屁无用，就让人家把我这条好腿也锯了算了，弄成半个肉桩蹦跶着你们脸上也光彩！锯，现在就回去让那个矮子院长锯了，你们一人扛一条回去，戳到他孙铁锤家两个门墩石上，让一村人拿沟子笑去！他觉得这下条件是成熟了，就把手一挥：走，既然有种，咱朝高门楼子上走！他们就一溜五个，间距一米左右，高低错落着跪到县委门口，把进出车辆都挡住了。老花还将那半个空裤管捋起来，露出那截很是瘆人的肉锤，加以强化展示。

　　一小时后，一家人就先是被"劝返"，然后是"遣返"。再然后，他就在"遣返"路上，给花如屏咬耳朵交代：让存镰老地方见！他是借"政府还能让人把尿泡憋炸了"的"危言咆哮"，而钻进树林成功实施潜逃的。

　　第二天下午四点多，他就住进了西京那个老地方，老房间，静等着安北斗来"接头议事"。谁知都过去三天了，这货还没闪面。难道自己把这家伙的心思猜错了不成？弄得他还有些坐立不安起来。直到第四天下午五点，安北斗终于一脚把门踹开，直问他："你让我来干啥？你让我来干啥？你让我来干啥？"

他还故作镇定地："我没让你来呀？"

"那你让我到老地方见是啥意思？见你的头么还是见你的腿？"

"老地方多了，咱打小就约伙。在学校中午午睡，偷着到旁边池塘捞蝌蚪，是老地方；半夜去偷师娘晾着上霜的柿饼、拐枣、红苕干，也是老地方；偷着看孙铁锤他爹孙存盆去睡赵寡妇，还是老地方……"

安北斗把东西朝床上一摞，"你就是个刁民！"倒背着给了他一脚。

他急忙把交裆一捂，没踢着，说："政府还摆置人哩！"

"我就摆置你了，咋？"回过身，安北斗到底又迎面给了他一脚。那情形，倒更像是他们小时在放学的路上，打闹着耍耍呢。

这回还真踢上了，他捂着交裆蹲下去："哎哟喂，过了噢，踢坏了，你嫂子跟你不得毕！"

一切都准备得停停当当了。房是双人间，他甚至把安北斗睡觉的脚头都垫起来了。他知道安北斗的习惯，睡觉不仅不用枕头，而且脚头还要垫得老高，像是支着一个炮楼子。说是腿部循环不好。

安北斗就先发制人地："啥意思？你咋知道我要来？""装，你给我装！先把饺子馆点的那一桌饭钱给我付了，让我上这大的当，白花了八十三块六。""你一家五口咥，我点了半斤饺子才吃了三个，就让你气跑了，凭啥我掏？""问题是你说了请我们，结果点一桌子好酒好菜你跑劈了，老花又不长眼，还多要了个凉拌猪拱嘴，最后全让我做了冤大头。你必须把那桌饭钱给我补了。"安北斗噗嗤笑了，他把这货也没法。他突然想起了他们小时糟蹋温如风的顺口溜，就念起来："温存罐，烂吊罐；打了底，烂了襻；只剩个系系（提罐子的绳子）要断欠……"并且越念越响，越念越起劲。温如风还真生气了："够了，都是让你们小时候咒的来，要不然，我也不会一辈子这背运的。说吧，让那个陈院长、陈婊子把我逼出来，是何居心？""谁把你逼出来了？""甭给我玩这一套。啥方案，直接交代任务吧！"

这下还真把安北斗给喷住了。他张口结舌半天才说："啥意思？你跑出来流窜，害得我出来跟踪劝返，还倒打我一耙？你是何居心？""都是老江湖，别跟我玩那些里格弄。我是知好歹的人。这些话就我俩之间说说，一旦遇事，我跟你刀割水洗，势不两立，该行了吧！"

安北斗还是故意表示出一种不明就里来，不过态度倒是变化了许多。他把一个长布口袋扔在了他床上："给，你老婆让带的。咋，还准备在外面长期流窜哪？"

温如风翻开口袋，先掏出二胡，还埋怨说："咋没带松香？码子也掉了，这个婆娘，都操的啥心。"安北斗说："你对了，吃肉还嫌猪毛黑。你老婆对你够不错了。"他盯了安北斗一眼，就不说话了。他突然想起自己老婆是被安北斗看了个一干二净，还摸黑给她穿过裤子的，心里便总有那么点不舒服在来回着。过了许久，他又问："到底咋弄？""回去么，咋弄。""你少来了安北斗。既然不相信我，走你的人，我准备进京啊！""进京干啥？""你说我还能干啥。"安北斗说："你又不是没进过。所有事情还得转到地方上处理，都靠京城，能办得过来？"温如风说："先整点动静再说。""整点啥动静？杀人放火啊？""这可是你政府说的，人民没有这种想法。我就是要制造点响动，让底下给我把财产赔了，再把孙铁锤这个祸害彻底扳倒。""说到底你还是想解决问题么。解决问题就要有解决问题的办法。邪来顶啥用？只能让人家认为你是个疯子。""存镰！""不准叫我小名。""安北斗，安干事，哦，安股长，安主任，看来你跟人民还是一条心么，那你说咋解决好。"我咋知道。最好的办法就是回。我是来劝返的。"

温如风知道安北斗心存余悸。明明希望他出来弄点啥，又不敢明目张胆地谋划指使。他能理解这种心情。北斗自小就见不得孙家欺负人。在大爆炸这件事上，他看见安北斗面对缺胳膊少腿的村里人，也没少抹眼泪。但他毕竟是公家人。为端上这碗饭，他爹娘起早贪黑地供养，他更是寒窗苦读，终于成为全镇第一个大学生。他爹背过儿子，请几个很是厉害的算命先生算过，说北斗迟早都是要做镇上"脑髓（头头）"的。还有人算得更邪乎，说他搞不好还有"县太爷"命呢，只不过祖坟头的山向不对，家里大门也得朝东开。他爹趁他不在，花钱请阴阳先生把安家祖坟头的确挪了一尺五寸，大门也由南扭向东了。可至今安北斗的命运仍在他温如风的裤腰带上拴着。他知道他娘老骂：只要"瘟（温）神"在，北斗一辈子别说做县太爷，只怕胡子拖到鸡屎上（终老状），也就这点出息了！那次发大水，安北斗把他一家接去住，他从墙缝里就听他娘在咒怨：我都想把"瘟神"的脑壳剁了，还把他接到家里来安顿着，龙王就该克里马擦把他连夜抬到汉口去！

他知道自己确实把安北斗害得不浅，心里也常怀歉疚。他理解安北斗的顾忌，心里肯定是有点子了，但又不好明说，他也就不能硬逼。谁都得有个饭碗，北斗端上这碗饭也不容易。哪当，让他给打了，心里也难安。不过他还是继续玩笑了一句："那咋办，听安政府的话，咱连夜回？"安北斗也拿得很稳地："回！"他更稳："回！"说着还准备拿行李了。"你给我装！你给我装！"安北斗又想揍他。他噗嗤笑得两吊鼻涕都出来了："好了好了，走，咱上城墙走。来了几回都说上城

521

墙，又舍不得嘎。这回走破脑壳运气，我给咱捡了两张票，就等你来逛呢。"安北斗一看，果然两张票都是没撕副券的。他说："背上家伙，今晚是满月，看城里月亮跟咱山里有啥不同的。"说着，还翻起安北斗的帆布包来。"恐怕轨道仪也得背上吧。"整得安北斗还有点不好意思起来，他的确是啥都背着，明显是做了长期准备的。"你看看，这是让我回去的意思？光裤衩就拿了两条，这都是大学上出的毛病。打小啥时不是光屁股睡。大学上坏了，还讲究穿裤衩，光溜溜的睡着多舒坦。"安北斗踹了他一脚："滚！"二人就背上各种仪器，上城墙去了。

这一晚月亮的确很圆。但因为城市光污染，还有浓浓的雾霾，就让月亮呈现出烙饼被烤煳的焦黄色，且时有时无。不似北斗村的月亮，那真叫皎洁。温如风上了几年学，唯一觉得对大自然形容最美好最准确的词，就是"月色皎洁"这四个字。可在西京的天空，月亮更像撂在村委会保管室没人要的一块大炼钢铁时的锈铁饼。

安北斗观测了一阵，大概是觉得没意思，就把机器收了。只见他坐在城垛上，俯瞰着这座城市，心里充满了愁绪。温如风也是想讨好，就问他："想不想去看看杨艳梅家的住处？""不看。"安北斗说得很硬。他想想也是，好马都不吃回头草哩，看也无益，徒增烦恼而已。但安北斗毕竟是为自己来的，他总想主动找些话题，就说："你整天看星星、望月亮哩，那你说，月亮为啥老要跟着地球跑，不跟着太阳跑呢？"安北斗说："草老师在一年级就讲过，月亮是地球的卫星，你都学到狗肚子去了！""那它为啥是地球的卫星，而地球不是它的卫星呢？""它的质量小，被地球捕获了。按照牛顿万有引力说，永远都是大质量的牵引着小质量的跑，月球体积比地球小了近五十倍，还能牵着地球走？"温如风说："不对吧，草老师好像说，月亮原来是地球的一部分，后来被另一个星球撞掉了一坨，飞到三十八万公里以外才成月球的。""那只是一种说法，不是撞掉了一坨，而是撞碎的部分再次由引力形成了球体。月球表面至少凝固了四十亿年，跟地球四十六亿年的历史也接近。"一扯到星空，安北斗的话就多起来，情绪也明显高涨许多。他就接着问："太阳系的八大行星都有卫星吗？"安北斗说："有的有，有的没有。""谁有谁没有？"其实他毫不关心，只是想说着让安北斗高兴而已。"离太阳最近的水星和金星就没有，其余都有。""为啥？""可能是太阳质量太大，引力太强，卫星无法长期绕水星、金星的轨道运行而坠毁了吧。离太阳越远，卫星也越多。比如地球是一颗，而火星有两颗。到木星、土星就更多了。至于天王星和海王星，还无法估量呢。"他说："那你说太阳系到底有多大？""反正人类现在的飞行器，要飞出太阳系，需要一万七千多年，你说有多大？""天哪，你真是笨狗咬星星——操心得远！不像我，这阵儿突然特别想那半棵树了，兴许就在这城里哪个地方栽着，只要见到，我是能认得的。"

安北斗正说星空在兴头上，他偏抖出半棵树来，安北斗就很是无奈地瞪了他一眼。他赶紧又朝回扯："那我问你，我跟你是啥关系？就拿星空比，咱谁是行星，谁是卫星？我知道你是政府，质量大、体积也大。可我俩到底谁是行星，谁是卫星，我咋还没整明白呢？"

安北斗也被问住了。他甚至突然想到了堂吉诃德和桑丘，他倒更像那个桑丘。

温如风又说："说我是行星你是卫星吧，你肯定不高兴。说你是行星吧，我啥时候倒跟你转了？每次都是你缠着我转来转去的，甩都甩不利。所以啊，我看什么牛顿、爱因斯坦都靠不住啊！"

"滚滚滚，回去睡觉去，不跟你牛弹琴了！看你这货！"

温如风噗噗嗤嗤快笑得跌到城垛下了。

83 月下嫦娥

花如屏自土地岭梁上目送着温如风钻进一蓬刺架，再也找不到人后，他们四人就被送回来了。村上文化站，也确实简单维修了一下，她爹娘仍住了进去。她之所以不愿住，还是因为那一墙之隔。村委会办公室不仅修得更好，而且孙铁锤常在那里打牌、开会，进进出出。

花如屏给镇上来的安置干部提出的唯一要求就是，她要住到帐篷里去。

帐篷顺着公路排了一长溜，的确整齐好看。帆布也厚，扎得很严实，但毕竟不是长远日子。儿子温顺丰倒是喜欢，一住进去，快活得像是演戏一样，拿着"长枪短炮"，还用龙须草扎了"髯口"，跟一帮孩子钻进钻出地野得不着家。其实在县医院那阵儿，温如风跟她早都为儿子上学的事，急得双脚跳了。眼看寒假已毕，县城的孩子都开课了，他们还在病床上躺着。儿子上学还是一块好料呢，在班上考试样样拿前几名。他们早都想让儿子回村了，但她爹赖着不走，就拖下了。那天医院撵人，温如风看着死犟，其实是半推半就。她也能看出，安北斗的心是向着他们的。尤其是温如风让她悄悄捎话：老地方见！她就听出了弦外之音。

她对安北斗也有一种说不清道不明的感觉。一个女人的身体，让一个男人触摸过后，总是感到怪不唧唧的，何况触的不是地方。那晚温如风怕让安北斗看见什么，把手电一亮一灭的，还反倒让安北斗陷

524

入了忙乱。她感到那双手在颤抖，黑暗与慌张中，偏是把不该碰的地方都反复碰到了，指甲戳得她生疼。而且在穿衣服时，为了抱起她，他的嘴唇在她胸部、颈部、脸部，还产生了多次亲密接触。她能感觉到，那不是故意的。但这个男人对于她，就有了特殊意义。安北斗平常一直很尊重她，不叫嫂子不说话。她觉得他为温家也付出得太多太多，让她心里很是过意不去。那天，她想让他进帐篷喝口水，他都没进来，只站在门口问了几句话，就拿着二胡和她准备的东西走了。

有安北斗陪着，温如风在外咋跑她都是放心的。

花如屏也深深感到自己男人的不容易。过去被人欺负，为了活出人样，起早贪黑地发家致富。谁知日子过好了，仍是遭人欺侮。因此他就比任何人都更要强。放在一般人，让村干部欺负了谁还敢吭一声。他偏为半棵树的事，闹得不依不饶。其实那时家里的日子，哪里在意那半棵树了？他就是要争个黑白分明、高矮胖瘦。结果越争越矮，越抹越黑，他也就被逼上"刁民告状"的不归之路了。她不知多少次半夜给他下跪磕头，以温柔、体贴、狐媚、放纵、骄奢淫逸、浪荡呐喊诸种手段加以感化、抚慰、挽留。她爹娘开始也是好话说尽、百般阻拦。可待几天，一些人不阴不阳、说三道四、煽风点火、孔明激将，又把他戳火得像唐三藏带着徒儿西天取经一样，斗志昂扬地出发了。这次连她爹都要他"不蒸馒头争口气"，他自是更加有理八分地"夺路而逃"了。

男人不在家的日子，女人该有多不易呀！尤其是北斗村，遇见孙铁锤这个混账，而且还带出一帮地痞流氓来，她又有几分姿色，能撑到今天，也真是快要崩溃了。虽然她见人还笑着，那是因为要做生意、要赚钱，不然她给谁笑是犯抽风了。一些男人在她身上打主意、想办

525

法，甚至老虎下山、老鹰捉鸡般地生扑硬抓，都被她巧妙应对，有的还下颌错位、胳膊脱臼、膝盖半月板受损地带伤而逃，且再不敢有所企图。但传说的笑话也越来越多，"叫床的功夫"越说越神，她已成全北斗镇的一个笑柄了。所有这些糟心事，她都没跟男人说过，要是说了，还不知他要气到何等疯癫程度呢。但凡她能处理的事，温如风问起来，她都只说好着呢，以免他冒风上头、抢斧操刀地要去拼命。也不知过去世道人心都是咋的，现在村里竟成这等模样，要做个好女人，真是比登天还难了。

说实话，别的任何男人她都不怕，对付起来也没那么难肠。她有事没事就把脚尖对着压面机的铁腿上踢，竟然踢出一脚功夫来，轻轻试过一次，就踢死了自家一条五六十斤重的抢槽猪。一般她还不敢乱用，实在碰上死皮赖脸的，照交裆一脚，基本上一次就教乖了。再见她，双手立即下意识捂住重点部位，远远绕道就溜了。只是孙铁锤她还不敢下脚。因为这家伙太狠毒，她怕一旦踢出事来，男人、儿子，还有爹娘，都会吃大亏。因此，面对他的骚扰甚至生抓硬扑，她还都是斗智斗勇、勉强应付着。这事她也没敢对温如风吐露半点风声，就怕他上杆子上火地当了冒失鬼。截至目前，她觉得她还都能对付得了。

孙铁锤一边心里急得猫抓一样要占有她，一边也在讨好许愿：什么只要跟他好，过去的过节就一风吹了；房子村里给修最好的；半棵树虽不是他卖的，赔一棵、两棵、八棵、十棵都不在话下。归根结底，就是急着要把她摁到床上。她自是不会上当了。即使相信一切都是真的，也不能给男人戴绿帽子。因为这是她男人的仇人，也就是自己的仇人了。很多事，都不是一风能吹得了的。但她也不想再跟孙铁锤之间增添新仇，关键还是怕他下黑手，把温如风在外面谋害了。村里有过传言，说谁跟孙铁锤不对付，好像是牌桌上惹的祸，已在外边"做掉了"。这个人也果然好几年再没在村里闪过面。

这次回来她坚持要住帐篷，也是考虑着户数多，隔壁有个响动都能听见。可时间不长，好多人家都搬回去了，帐篷里的人就越来越少。并且最近孙铁锤对帐篷安全检查突然密集起来，自然是时常要朝她这儿钻了。他一进来，她就朝出跑。他问话，她也是在帐外应答。

一天晚上，孙铁锤又来检查。她儿子在文化站姥姥那边没回来。孙铁锤一钻进来，她立即就溜了出去。弄得孙铁锤在里面直喊："我是要吃你呀，进来！"

她在外面也算客气："你说话我听着就是。"

"我给你撂两万块钱，自己买几件衣服穿，看跟着温疯子，把日子过成啥了！"

"你赶快拿走，我不要。我压面，不缺钱。"

"好端端个女人，成天压个烂面，把张脸糊得跟小鬼似的，何苦呢。如今有点姿色的女人，谁还靠下苦挣钱。拿上，吃不了你！"说着，孙铁锤就出来了。

她又立即跑回去，拿出钱，一把塞给了他。

孙铁锤见有人过来，也就顺手把钱揣下，还大声慰问道："有困难找组织噢，我虽然不是村支书了，可还是村长嘛！股份公司也是为村里成立的，那就是一村人的钱袋子！"见人走远了，他又说，"屏，我不缺女人，洋的土的见多了，但还怪了，就缺你。我他妈也是快发马脚疯了，还就愿意为你弄点啥。说吧，到底要啥？总不能老住在帐篷里吧？都是我一句话的事！你又能折个啥吗？看看今晚这月亮，嫦娥下凡不过也就这光景吧？进去，走，就分分钟的事嘛！"他又自己

527

钻进了帐篷，还直招手，"进来，进来！进来些！受活事嘛！屏，嫦娥，你就是我心中的嫦娥，今晚就下个凡，让我瞧瞧呗！来些！来些！来——些！"

她气得不知说啥好，就那样在门口来回走动着。

"屏屏！花花！要晃了要晃了些，把人晃得急的。再磨叽就来人了。进来些！你只要进来，我保证在秦岭给你修座广寒宫，再养一窝兔子，让你像嫦娥一样过得舒舒服服的，进来些！都受活的事嘛！快！快些！哥都撑不住了！"

她真想给他点颜色看看，那只有功底的脚尖都在发痒，但想想，还是忍了。她只斩钉截铁地说："你出来！再不出来，我可就敲锣了！"

她是给帐篷里挂着一面锣的。

那是她爹从老保管室一堆破铜烂铁里翻出来的，让她拿来挂在帐篷里防狼哩。据说村里最近有狼老来背猪。她家倒没猪了，狼却是要防的。

孙铁锤偏不出来，还表现出一股赖皮劲，最后跑出来硬挖抓她进去，并且一边挖抓，一边窸窸窣窣还解起裤带来。她就敲响了锣，并且大喊：

"狼来了！狼来了——！"

那面锣破得没了调，也不咋响亮。可她的喊声却十分尖锐、泼辣。吓得孙铁锤就连忙往外跑。因裤子褪下半截，急忙撸不上，搅绊着腿，脑壳一下就碰在了扎帐篷的钢管上。那阵儿也顾不得头昏眼花，一个狗吃屎跌进后沟，爬起来一溜烟消失在夜幕下了。

花如屏先还想笑，但终于没笑出来，是哭出来了。

84《西京故事》

安北斗觉得温如风是越来越油滑了。当知道自己是同情并向着他时，就干脆把所有指望都寄托过来，连主意都等着他拿了。他也真想不出什么好主意。即使有，也是不能直接提供的，那岂不成"内鬼"了？温如风本来是准备去北京"闹点动静"，经他一劝，还真改变主意，在静等他发话了："咱现在是全心全意依靠组织！你安北斗就是我的组织，我的领导，知道不？我也唱不了歌跳不了舞，就给您来上一曲《赛马》，也算是给领导献个媚。"说着，他跷起二郎腿还真拉起来。那声音，跟"杀鸡"实在没有两样，听得安北斗鸡皮疙瘩起一身："对了对了，我都想把你这烂二胡从窗户撇出去。"他还怪说没松香了。结果把松香买回来又拉，更像是驴吃饱了豌豆发出的那种很是满足的嗯昂声。"温如风，你干脆把我杀了算了。"他就捂着耳朵出门，到书店找有关天文学方面的书籍去了。

这天晚上，温如风弄了两张优惠农民工的票，又带他去看了一场戏。戏名叫《西京故事》：一对姐弟使出洪荒之力，好不容易考上名牌大学，进城才发现，人生落差竟是如此之大。面对时尚与欲望的都市机器齿轮的疯狂运转，弟弟的精神世界几欲崩溃。而姐姐却靠暗中捡拾垃圾支撑学业。为供养他们继续深造，父母也进城来打工赚钱，更是备尝挫败与艰辛。但一家人终究还是挑着自己的担子，趔趔趄趄往前走去。这样的家庭北斗镇还真不少呢，常常是"倾巢出动"，时有无功而返者。但多数还硬是把娃的学业供成，彻底改变命运了。他俩明明知道这是在演戏，偏看得满眼热泪。温如风还哭得呜呜的。直到演出结束，舞台上突然上去一家人，说演的就是他家的事。剧团也有人介绍说，戏的确是有生活原型的。安北斗就突发奇想：温如风的故事似乎也是可以编戏的。

退场时，他把温如风拉到那家人跟前，问这事是怎么编成戏的。那个父亲叫罗天福，说："秦腔团有个姓陈的编剧，有一天突然到我们城中村打问，一天能挣多少钱。我说二百来块吧，他就硬塞给我三百，让给他讲故事。我问要听啥，他说随便讲，衣食住行，包括磕牙拌嘴、吵架闹仗，还有心里一天都咋想的，放开了说，越真实越好。这样他连住来找我说了几回，又找我老伴、孩子都聊过。还要过我们每天、每月、每年包括淡季和旺季的流水账。后来，听说他还找了不少炸油条、摊煎饼、烤红苕、蒸面皮、钉鞋、崩爆米花的都谝过。再后来就写成戏了，让我们来看。我一看，这就是咱家的事么！还有几家，也说是他们的事。但陈编剧说，受我家的启发多一些。"能看出，他脸上洋溢着很是骄傲的表情。

晚上，他们躺在床上，温如风还在说："这戏苦情，攒劲，好看。演得跟真的一样，难怪人要看戏。看了戏，哭一场，活得松泛许多。"他就由罗天福朝那个陈编剧身上引。温如风偏是钻在戏里出不来："你看罗天福，都给儿子跪下了。如今老子跪儿子的也不少，赌博、吸毒、不成器，不给他跪，有啥法？好在这个儿子只是活得没指望，才破罐子破摔的。戏情最后总算扳过来了，要扳不过来，罗天福非气得上吊不可……"他看这货沉浸在戏里拔不出来，就懒得叨叨了。谁知睡到后半夜，温如风突然叫醒他说："哎，哎，安政府，咱明天也去找那个编戏的谝走。兴许我的事编成戏，一演出去，还有出头之日呢。"他有点暗自窃喜，偏说："就你那德行，还能上戏出名？""不是想出名，我是想借唱戏弄死孙铁锤！""戏还能弄死人？""行，咋不行，听说陈世美就是被编戏的弄臭的。再说了，陈编剧不是爱听故事嘛，听一天给三百，我能连续给他讲一百天，把狗日孙铁锤欺负人的事都说不完。你就等着分红吧！""做梦娶媳妇。快睡你的！"

第二天，他们果然就去找那个陈编剧了。正在剧团院子东张西望着，也是凑巧，竟然遇见了那年去北斗镇搭台的刁顺子。因为安北斗当年是晚会总协调，而顺子是搭台负责人，有些交道，便一眼认出来了。但刁顺子大概是经历的事太多，已记不起他是谁了。他就自我介绍说："刁总，我就是你们去北斗镇搞晚会的那个安协调，记得不？"顺子还是懵里懵懂的，就问："咋，可搞晚会呀？"他急忙说："不是，我们是想……找咋晚那个戏的编戏老师。"刁顺子身边一个圆饼子脸插嘴说："你们算找对人了，他跟陈老师关系坚刚得很！"顺子立即显出一副严肃相来："人家陈老师忙得跟啥一样，关系坚刚也不能胡打扰么。你们找人家干啥？""有点事。""你不说啥事，我咋安排你见？"他就说："联系一点业务！""唱戏？"安北斗含含糊糊地点了点头。顺子说："要装台跟我说就行了。""哦，还有其他事。"顺子就放下手中的电缆线，领他们上了办公楼。他轻轻敲了敲三楼一个半掩的门，突然，有人在他身后搭腔了："顺子，干啥？""你看巧不，找你呢，领导！山里远路来的。"被刁顺子称作领导的人，给他俩点点头后问顺子："《哑女告状》的台装得咋样了？""《西京故事》刚拆完。你放心，晚上绝对误不了事！就是盒饭你恐怕得跟寇主任敲打一下，还是凉哇哇的，也偏素，有时倒是翘着一两根骨头棒棒，可那肉，连牙缝都塞不住。你看你批评多少回了，寇主任就是阴一套的阳一套，不落实么。坑下苦人他倒能得很。可不是我又告状啊！"说完，顺子走了。

进到陈编剧房里，他们先把戏夸了半天。温如风明显有夸大其词的成分，昨晚他确实哭了好多次，偏说整整哭一晚上，眼皮都没干过，连衣服前襟都打湿了，回去拧出一把水来。陈编剧虽然也不全信，但这种夸奖，显然很受用，就又是泡茶又是给他们签名送书的，整得挺激动。安北斗发现这人跟村里、乡里、镇上的领导和小文人也没啥两样，爱听人说好话，尤其喜欢夸他作品好、咋感人、咋轰动、咋震撼哩。要是遇见别有用心的拍马溜须者，他担心这人八九不离十也会被"包了饺子"，下锅后才知水烫。他看陈编剧被赞美得有些晕乎，就借机说老温的故事也能写戏。陈编剧让讲一讲。老温大概有点紧张，把故事讲得跟便秘没啥两样，而且还秩序混乱，七谷八杂。尤其是严重失去理性，不停地胡撅浪骂，整得他都听不下去了。虽然中途他也进行了一些必要的弥补，但终是让陈编剧大失所望，说："你们这是一串官司，需要找律师去，没法编戏。戏剧故事需要经典性，几句话就能说清楚，还需要强烈的冲突。由于时空限制，必须相对集中……"还没等陈编剧说完，温如风又说："冲突激烈得很，我恨不得把驴日孙铁锤的皮剥了、筋抽了，再把他骨头挫成灰！"陈编剧笑了："我理解。但的确没法编。戏剧不是情绪冲动的产物，感情越浓烈、爱恨越胶着，越需要理性精神，需要充分打开思考空间。你这个故事也许可以写成报告文学，但起码我听了还没产生创作冲动。也许别人行吧。"这明显是在下逐客令了。

温如风急忙从口袋里掏出一摞告状信来："陈老师，我的故事绝对比《西京故事》精彩。不信你写了试试，保证满戏园子人都能哭成一笼蜂。"

陈编剧笑笑说："写戏不是为了让人哭成一笼蜂的。欢笑和哭泣只是戏剧的一种观赏效果而已。快乐与感动固然好，但更重要的使命还是引发思考。"

"陈老师，我的故事绝对让人思考得睡不着。你就把我的冤屈看看嘛！求你看一看！"说着，温如风已把那摞告状信平摊在桌上了，"你只看一封就行，就看一封！"

陈编剧也是无奈，就浏览起来。一封信也足有十几页。他边看边问："这些都是事实？""绝对事实。谁说假话出门就让车撞死！"安北斗也急忙敲边鼓说："的确是真有其事。"陈编剧抬眼看了看他，问："你们是啥关系？"还没等他张口，温如风就抢白道："他是政府，派来帮我打官司的。""你胡说！"安北斗有些生气。温如风说："我咋胡说了，你敢说你不是政府？陈老师，连政府都看不过眼了，你想想冤情有多大呀！"安北斗急忙解释说："陈老师，是这么回事，他老告状，我是来找他回去的……"温如风端直把话截了："他胡说，我这次是他专门安排出来的。连政府都替我抱打不平了！""你……"陈编剧笑笑说，"好了好了，你们这关系倒有点戏剧性。我也不想知道那么多。至于是不是事实我不知道，单从告状信上看，我觉得仍然是那个问题，缺乏理性。你看这些用词：周扒皮他爹、活阎王他爷、枪毙二十回都不亏，还有什么不是人生父母养的狗杂种，等等。写作任何文体，真实都是生命线。一旦冲破这个底线，便显得滑稽可笑了。唯有真实、质朴，才是一切文体最可宝贵的生命力。要告，先得解决这个问题，否则，任何人都只能当成一堆笑料看。"温如风急忙说："那陈老师你能不能帮着改一下，就改成《西京故事》那样的。""我的确没时间。何况你的情况我也不熟悉。""那我回去改，改完请你再看行不？求求你了陈老师，我的确是被逼得没路了。"说着温如风就要给陈编剧下跪。陈编剧一把将他搀起来说："好吧好吧，你改好我再帮你看一看。"

然后，他们就出来了。

刚一出门，安北斗就踹了老温一脚："你胡说啥？"

"政府欺负人喽！"温如风拔腿就跑。

"我都想弄缝麻袋的针把你个烂嘴缝起来！"

85 望月楼

武东风是孙仕廉紧急请到省城来商量事的。

先说说孙仕廉这个人物。过去他的名字土得掉渣，就叫孙存土。也的确算是孙铁锤的一个远房侄儿，但属于邻村人，后来发达了，大家才抢着说是自己村里人。其实先前跟孙铁锤家也是没有什么来往的。孙存土家的日子中等偏下，父母面朝黄土背朝天，靠在田里种瓜点豆，圈里养鸡养猪，塘里养鸭养鹅，供养他考上县重点中学，最后竟然以全地区高考状元的名义，进了名校。毕业后，他很轻松地又考进了省政府大院。这一切，都凭的是真本事、靠的是硬实力。要说后台，那是工作一年后，他的婚姻生活让他又无形中镀了一层金。

改名孙仕廉，是在考大学以前的事。无论自己、老师还是社会，都需要他有个响亮的名字，唤孙存土成什么体统？他老师更希望他"学而优则仕"。因而，叫孙仕廉，是他高中老师颇为得意的杰作。他凭着学历和孙仕廉这个名字，先是赢得了岳父的好感。虽然岳父这时即将从一个重要厅局一把手位置退下来，但"余热"还很能发挥一阵。有发挥得好的，甚至终生滚烫着。他岳父就属那种"终生滚烫型"。孙仕廉长相并不出众，甚至还有点某个"前抓金、后抓银"的喜剧演员的脑袋的不规则野蛮生长性。尤其是修个寸头，更显构造的波澜起伏与夸张浪漫。但一个有才华、有前途的青年，在一个政坛老辣者的眼中，往往相貌占比相对靠后，而蓄势待发的各种硬件就排在第一位了。他是被老岳父一眼相中的。女儿还有点以貌取人，嫌长得过于"鬼斧神工"，拿不出手。但老父亲一再坚持，让她十年八年后看结果。说人都是要老的，再英俊潇洒的外貌都将一去不复返，唯荣华富贵相依终生。就这样，孙仕廉便在仕途上很快茁壮成长起来。要说一切也都没有什么太越格的地方，他能写、肯加班、少怨言、善静穆，同事除了感到他"心深"外，基本还挑不出什么大毛病来。因此，他从科长到副处长，再到处长，再到副主任，都是条件成熟就进步，看似一切很正常，其实他那个始终"滚烫型发挥余热"的老岳父，却是在每一个环节，都提前谋篇布局、靠前指挥，因而，一切都进行得环环相扣、严丝合缝。一些看不出门道的，只能说人家底子好、运势壮，也能干。能看出门道的，就都怪自己没有个深谙官场之道的丈人爸了。人家步步进步都在要害位置，自己看似也在进步，却总在"白板加红中"的"偏张子"上来回闪转腾挪。官大了，相貌也就堂堂起来。相貌是眼睛瞧出来的。人的眼睛又是个变化多端的古怪器官，所谓"狗眼看人低三分""仰望泰山高北斗"，都是眼睛这个靠不住的东西干的事。何况孙仕廉现在早都是三七分的发型，那也是夫人反复研究探讨给试验出的最佳造型。长发飘飘、前遮后挡的，再配一副金丝边眼镜，倒显出一副学者型官员的尊容来。加上最近不停有风声，说他炙手可热，还有很大的上升空间，就越发显得春风满面、从容自若起来。其实他本人是在朝更低调的方向走，可官场是个你不加有色眼镜都不由人的场所。比如你快"到站"了，即使故意把腰杆挺得很硬，头昂得很高，仍有人在背后说：看那副驴死不倒架子的相！一旦你前程远大，升迁在望，即就是勾头缩胸，故作低调，别人也觉得你是印堂发亮、紫气东来了。

孙仕廉其实从开始就不愿意跟那个远房亲戚孙铁锤打交道。说心里话，他是从骨子里瞧不起老家来人的。他也不愿意回去。早先总说加班，过年都猫在办公室里看书。后来即使回村，也是晚上神不知鬼不觉地开车进去，给爹娘照个面，卸一些东西，给一些钱，然后一再叮咛：不要说我回来了，不要说我给家里拿了啥，不要应承任何事情，就匆匆走了。爹娘都是明白人，谁不盼祖坟冒青烟，也就很是听话，绝不给儿子添麻烦。儿子官越做越大，村上、镇上甚至县上都老有人来看望，孙仕廉仍是交代：不要接受人贵重物品。并且明确画线：千元以上，即使得罪人都得推掉。可孙铁锤的东西，他硬是没推利。从腊肉、麂子腿，西凤、茅台，再到老河鳖与熊的右前掌，直到整捆的人民币和金条，不知怎么就越卷越深，越拿越自然，直到今天已被这个远房表叔给彻底拿捏住了。问题是这家伙素质太差，老惹事，并且一惹就是大事，让他一再陷入被动。好在孙铁锤就是个农民，说上天说下地，都有回旋余地。他之所以敢收敢拿，也就是看上了这一点。这家伙开始还想做什么副镇长，也想"祖坟上冒点烟"，是他劝他做实业的。因为他没有看出这个开口就"驴日下的"糙汉，在仕途上能有多大发胀。与其弄个小不点官，还不如趁现在发财容易，好好发财去。很多来财路就是领导打声招呼的事。这些年，他也看到一些领导都有企业家朋友跟前跟后、花钱埋单，活得很是潇洒。如果单靠自己的工资，只能活得灰头土脸、捉襟见肘。包括老岳父，到现在每天泡在饭局上，也都还是过去的老关系在"拉场子垫背"。因此，他觉得没有花钱的后盾是不行的。城里太奸诈的那些老板靠不住。想来想去，还只有自己这个远房表叔驾驭起来方便些。无论怎样，他已经营起一些人脉资源，加上岳父的圈子也能发挥不少作用，因此，过去发生的事，无论大小，也都应对过去了。可眼下突然有人旧事重提，一封非常"给力"的告状信，再次落到多个领导手中，且已引发震动。他就急急呼呼把武东风叫到西京望月楼商量对策来了。

他能感觉到武东风是不太愿意卷这种事的。可自从大爆炸事件把他卷进来后，就由不得他耍清高，要"衙斋卧听萧萧竹"甚至想远离、撇清了。

他能感到武东风是想做清廉之士，并且装了一肚子关于竹子的诗句，什么：

> 可使食无肉，
>
> 不可居无竹。
>
> 无肉令人瘦，
>
> 无竹令人俗。
>
> 人瘦尚可肥，
>
> 俗士不可医……

他有时听着都觉得有点想笑了。大爆炸事故，的确把他吓得几天几夜都没睡着觉。在大机关干久了，发现什么事都好说，唯有重大恶性事故难以交代。任谁有多大胆量，一般都不敢乱插手。可孙铁锤的事他不插手又不行。

那晚最早是孙铁锤给他打来的电话，他拿着手机抖了半天没说话。孙铁锤急得直问咋办？他只想回敬他一句：你这驴日下的！还能说什么呢？他穿起衣服去了客厅。老婆还问咋回事，他说没事，睡你的。紧接着孙铁锤又来了电话，直问他：我是回去还是先躲起来？他有些生气了，说你先安宁待一会儿行不！随后他就拨武东风的电话。开始占线着，这夜半三更的，说明确实发生了大事。很快电话拨通了，武东风告诉他，大爆炸可能很严重，他要立即去现场，然后就把电话挂了。

他在客厅来回走动了足有一个多小时，不知如何是好。打开一瓶矿泉水朝杯子倒，竟然把一半都倒在了地毯上。喝时又打湿了前胸。这次北斗村的洞室松动大爆破，是作为科技创新成功范例，上了省市新闻的。而爆破前有关设计单位的联系，包括购买炸药雷管等内控物资，他都是打了招呼的。尤其武东风，当时不太同意放这大的炮，怕安全控制不了，炸毁一摊民房怎么办？可那时孙铁锤已把一个金佛爷请来放在他家客厅，并说是去缅甸开的光。他老婆有些爱不释手，不仅六点六公斤黄金货真价实，而且佛像造型十分精美、充满吉祥感。关键是还去那么有名的佛教圣地开了光，上面镌有"百福具臻、福寿康宁"八个大字。这么好的圣物推辞走，连他心里也是不落忍的。他就再次拿起电话，跟武东风聊起了他的前程，并凭空捏造了可能有机会"挪一挪"的话题。"挪一挪"的信息量可太大了。朝大县大市是"挪"；由县上朝市上、省城升迁一格也是"挪"。而他所说的"挪一挪"，明显是有升迁意指的。只要在官场，很少有人对这种信息不神经迅速紧绷、判断立即玄幻起来。而很多处在决定别人前途命运的大领导身边人，就总是能神秘分分地释放出这种"薄施脂粉、淡扫蛾眉"的信号来，从而抬高自己身价，以获取必要的尊重与实际利益。其实在大机关，尤其在人事问题上，他就是那个必须噤若寒蝉的"冬蝉"。

闭嘴，才是安身立命的铁律。但面对金佛，他又不能不给武东风眼前挂个油饼，要来回撩一撩、晃一晃，让他想象去。这一撩晃，就让特别想从大山深处返回的武东风，答应了他的要求。武东风的确是一个干才，直觉得在大山里使不上力，回来的愿望就迫切些。当爆破失败后，武东风自然就跟自己一样，得被事情牵着鼻子走了。

孙仕廉很快从亲赴一线的武东风那里得到证实：爆炸十分严重，伤亡人数无法估量，但肯定是死人了，并且数字不小。只要死了人，事情就捂不住。他的第一判断是：孙铁锤如果跑，只会把事情搞得更糟。他在电话里告诉他：立即回去，积极配合武东风书记的一切抢救工作，要不惜血本，赢得村民的同情和谅解。记住：是不惜血本！随后他又补了一句：你也是受害者嘛！一切审批程序都是完备合法的，这里面没有任何毛病，记住了吗？你是在为山区铁路建设做贡献！问题都出在设计与爆破环节，工程技术人员必须负全责！明白吗？电话那一头，已做好跑路准备的孙铁锤，好像又满血复活地回答道：明白的太太！

再然后，就是孙铁锤被拘押那档事了。当然，不拘押是最好的。把一切矛头都指向专家组，也就没有人关注其他审批过程了。但据他在公安部门的朋友讲，不拘押不行，地方派出所所长都拍桌子了。并且描述了那个所长的资历与性格，搞不好会惹出大乱子来。他一想，这个时候把孙铁锤拘押一下也好，一来缓和各方情绪，二来追究起来也游刃有余，他就同意按法律要求办了。但很快他就捎话进去，让孙铁锤少安毋躁，说这是缓兵之计。要不然，他还真怕这家伙在里边暴跳如雷、满嘴喷粪呢。好在这件事的处理权基本放在了县一级，武东风能控制局面。加上总设计师主动包揽责任，"大帽子"

底下只要有脑袋支着，一切也就都好了结了。他也是太不放心这个既没文化又夜郎自大，还动辄胡搋乱骂的亲戚在里面惹事，就很快把人弄了出来。武东风也表示同意，说村子不仅伤亡惨重，房产毁坏也多达百余户，政府救助毕竟有限，放孙铁锤出来是为了让他"多放点血"，多承担点实际责任。然后，从县上到镇上，再到村上，又处理了一批人。孙铁锤的村支书也撸了，这样任何时候再翻起案来，也都好解释。谁知事情才消停没几天，告状信又再次发酵。他武东风现在也是难脱干系的。

望月楼这天晚上的确能望见明晃晃的月亮，在西京现在都是很难得的景象。

偌大一个桌子，只有他和武东风俩人坐在一个角落。他们开了一瓶酒，要了四个菜。但明显不是喝酒的气氛。一旁伺候的服务员也被孙仕廉打发出去了，让不打招呼不要进来。

他把所有掌握的信息都给武东风讲了。告状人仍是温如风。但告状信的档次比过去提高了十倍不止，不仅有理有据，而且论证充分，直击要害。过去温如风的告状信他们都看过多次，每每为"狗仗人势""恶狼当道""脚猪横行""熊瞎子撞进苞谷地 —— 糟践得不剩一个好棒子"等语言，看着直想喷饭。而这封信让他们笑不出来了。不仅一一涉及他们，而且不是形容词堆砌、俚俗谚语排山倒海；更不是瞎咬乱攀、胡搅蛮缠；所列事实，完全处于层层递进关系，且条分缕析、感情充沛、高潮迭起、一气呵成，直到十问苍天：

正义何在？

公理何存？

枉法胜过儿戏乎？

欺瞒最是人民乎？

简直像戏词。

总之，这封信是发酵、发怒、发狠、发飙了。武东风有点捏不住筷子。孙仕廉虽然是染房门前的捶布石 —— 见过大棒槌（温如风告状语）的人，这阵儿，也有点走神慌乱、觉得任何应对方式都可能是风吹裹尸布 —— 哪头都捂不住（还是温如风告状语）。但他毕竟是见过大场面的人，遇事权衡利弊再三，觉得如要保全自己，就须铤而走险。否则，他们这一根毛上的两个虱虮子 —— 烧着了谁也逃不脱（仍是温如风语）。

武东风直唉声叹气着。

望月楼的月亮也在短暂的明亮后，被奔腾的乌云迅速遮蔽了。

86 主角与配角

那天安北斗从秦腔剧团出来，一路都在收拾温如风："你说你够不够人？"

"我咋不够人了？"

"跟你说得好好的，别说我是干啥的，你偏要说，啥意思？"

"这不增加可信度嘛！要不然人家咋相信我有天大的冤情？连工作人员都帮告状的了，你说冤情有多大？"

"我的饭碗要彻底砸在你手上了。"

"放心，饭碗砸了我把你养活一辈子。"

"自家碗底都掉了，还养活我。滚！"

两人回到饭店，就开始收拾告状信。

温如风有点央求地："哎，兄弟，安政府，还是你直接上手改吧，我这已是花大姐（瓢虫）垫桌腿——把力努圆了。想再提高，只怕也是捉一夜虱子上榨坊——打不出半钱油来。"

"对了对了，你先把这些鬼话剔干尽，再说修改的事。"他躺到床上，看起卡尔·萨根的《宇宙》来。

温如风趴在一张窄溜溜的桌上，憋了半天，把几十张纸改来拼去，嘴里还不停地嘟哝："把这些话都不要了，咋就说不出我想说的意思了呢？哎，安政府，你看这一句能不能保留：屎壳郎抱着狐狸腰——臭气熏天还带臊。"

他噗嗤笑了，说："你哪来这么多怪话？"

"你们当干部的就爱转文、尽整些四六不着调的句子，我觉得这些话结实、解馋、管用。"

"管用你就用么。"

"你看你，人民培养你上了大学，你就这样对待人民。"

"我上大学与你腿的事。"

"这话可不对噢。当时一村就出了你一个大学生。家家都给你家送红皮鸡蛋、老母鸡祝贺哩！是我挑着行李，把你一路送到十几里外的车站，记得不？你不在家这几年，我帮你家薅草、打场、抢收、苦房，不信问你爹去。现在人民要用一下你的本领了，还硬得跟铁棍一样，哼，给我改！"温如风下命令了。

他还被这货顶得没话说了，那些的确也是实情。他就拿起告状信浏览了一遍，忍不住老想笑。

"笑死呢，改！我给咱买包子去！秋林公司蒸包子美得很，个大，皮薄，肉硬扎！"都快出门了，他又回头叮咛一句，"好好改噢，要不然我可没义务给你买包子咥。既然你是政府派来经管我的，吃喝拉撒，一应都是你的，今天例外！"

他就在画得乱七八糟的稿纸上修改起来。很多地方语句不通不说，诸多问题也看不到实质上，更点不到要害处。他就几乎是带着翻版色彩地重新过了一遍，并加入了他的许多观点。不知不觉中，整整熬了一夜。

这一晚，温如风不仅给他喂包子喂水，而且还咬咬牙，去老八烤肉那里弄回一些烤筋、烤腰花和油汪汪、脆生生的烤饼来，掰着一口口喂。安北斗脊背痒了帮着挠脊背；颈椎硬了又殷勤着按颈椎；腰部发困了，还细细给他捶蛮腰；总之，是像丫鬟伺候小姐一样，把人美美伺候了一宿。安北斗还嫌他皮糙肉硬，挠痒按摩都像铁齿耙地；捏肩捶腰，如同熊瞎子捣蜂巢——胡捅乱扇一气（都是借用温的告状语）。这阵儿他可乖了，安北斗说啥就是啥，他都恨不得弄顶轿子，把"安政府"抬出去兜风去。

终于，稿子改完了。他一看，激动得狠狠在仰躺着的"安政府"肚子上美美砸一拳："看来人民没白养这个大学生么！"

他痛得顺势又踹了他一脚："滚！找个地方去打印一下，我稍眯瞪一会儿。"他的确是太困乏了。

"立马打，我立马打！"温如风连忙出了门。

他大概睡了一两个小时，温如风就打印回来了。他大致看了一下，校对还算准确，问底稿呢。温如风说毁了。他一下坐了起来："谁让你毁的？在哪里毁的？带我去看走！"说着就要下床。温如风笑着从口袋里拿出原稿说："咋，怕把你染上？""这本来就是你个人的事，稿

543

子也是你写的。""放心，他谁要砸你的饭碗，我先拿八磅锤把他的砸了。"他擦燃一根火柴，烧起底稿来。温如风还挖抓了两把，直觉得可惜："你看看，你看看，事要成了，感谢你都没个说辞。""少来了。走，见陈编剧去！就说是你自己改的。"温如风："知道知道，我都恨不得说《窦娥冤》是我写的呢。人有本事还不好。"

他们很顺利地又见到了陈编剧。陈把稿子从头到尾认真看了一遍，然后问："都是事实？""绝对的。有些事还是扫帚画大字 —— 没细写呢。"温如风这句歇后语刚说完，陈编剧把桌子嗵地一拍站起来说："你甭管了，我再润色一下，这要是戏，编出来都没人信！"

安北斗从陈编剧身上，似乎突然印证到了自己的某种价值。

见陈编剧这样愤怒，温如风已激动得哽咽起来，直到泣不成声。他就要给陈编剧下跪："陈老师，这状子，能递上去吗？过去递过好多，都石沉大海了！"陈编剧说："我想办法吧！你们回去等消息！"

两人从剧团院子出来，温如风一跳八丈高："有门了，这下有门了！"安北斗说："看看你这货，能去演戏。刚还哭得猫尿长流的，这下就神狂得要上房揭瓦了。咋办，咱回村里等吧？"温如风嗨的一声："八字没见一撇，回去干啥？就在这儿打个老豆腐 —— 慢慢等着！不过还有事哩。"他问啥事，温如风说："政府帮人民办事，人民也得有所表示么。""你能表示啥？"温如风拿糖地："先倒一杯茶润润嗓子眼再说。""自己倒去。""又来了噢，要你这公仆干啥？"安北斗给他把水倒了，但戳了他一捶："小心卡住嗓子眼儿。""为人民服务就这态度？"安北斗说："不想喝放下！"温如风咕咕嘟嘟喝完水，才慢腾腾地问："真个不想见杨艳梅了？即使不见她，那女儿总得看一眼吧？这次咱就抓落实，咋个象？""看把你能的。"温如风说："我说能见就能见，你信不？你不是说我能演戏吗？现在我是主角，你提根荷棍，跟着我呵呵就行了！""你是个棒槌，还是个主角。""那你说我俩谁是主角谁配角？你自己说。没有我告状，何来你这个看守？你啥时见《野猪林》里的董超、薛霸还成主角，林冲成配角了？"安北斗真是有点哭笑不得："还把你美的，自比林冲，咋不比包公呢。""戏摆到这儿了，自己说你是主角还是配角？我走到哪儿，你吆喝到哪儿就行了。跟着我，看你原配和女儿走！"说完，温如风还洋洋得意地先出门了。

他愣了一下，有点不知如何是好。温如风扭头说："别人无情，你不能无义么，何况是看亲闺女。"他就只好怏怏地跟着走了。这阵仗，还真是很像这货的配角和卫星了。关键是温如风还倒背着双手，哼起《夜奔》来，他就越发像个"跟脚驴"。

安北斗其实始终都无法割舍那份思念，不仅是对女儿，也有对杨艳梅的。越是有对杨艳梅的，就又越无法面对。但温如风到底还是把他领到了那个地方。

这是一个看上去十分隐秘的小区。门禁森严，保安的穿着打扮都颇似警察，并且比北斗镇那几个真警察还威武严整许多。也都束着武装带，扣着大盖帽，提着一节黑棍，就是腰上缺把手枪。除本院居住者，外人似乎很难"非法侵入"。而温如风上一次跟踪杨艳梅与安妮，也是到此止步的。

他们顺着小区周边走了一遭，发现院墙虽然不高，还有许多镂空图案，但因栽种的竹林、灌木、花草郁郁葱葱，而让院落内部构造时隐时现。尽管如此，还是能看见里面房屋是高矮错落、相对独立的。中间还有大树、湖水、假山、荼蘼架彼此荫翳缠绕、曲径通幽。

温如风踮起脚尖，从一个缝隙里朝进瞄着说："这是老院子，你看树都是两人合抱粗的家伙！"安北斗说："那不一定，这几年'大树进城'，不都进到这些地方来了么。"一说到大树，温如风立即敏感得偏起脑壳，用双手给一只眼睛做起一个聚光筒，朝里细看起来，神情像是侦察地形的小毛贼。安北斗照他撅向天的瘦屁股啪地扇了一掌："看啥？小心人家把你当贼抓了。""哎哎，你是死人手啊，这重的？我是替你看人来了，还欺负我。"两人说着又来到大门口。

快到下午放学时，他们找到一个掩体蹲了下来，准备先把人看一眼再说。这时，慢慢已有孩子被家长在朝回接了。温如风说："城里娃上学放学为啥都要接送？容易惯着娃。你想咱们那时上学，鬼管哩。一早蹦跶出去，天不黑都不回家。上树逮鸟、下河摸鱼，像野兔子一样，跑得满坡满林都是，多好耍的！"安北斗说："城里车多，不安全。加上现在贩卖人口的、倒卖器官的，听说都在孩子身上打主意呢。""人真是学瞎了！让城里娃活得跟坐牢一样，哪像我们小时那么快活，真是比鸟都自由自在呀！"

就在他们说话间，突然一辆小车停到了门口，他一眼看见了坐在副驾驶位置上的安妮，开车的正是杨艳梅。温如风急得一下站起来想喊，被他拽了一把后腰，又蹲下了。只见栏杆抬起，车忽的一声就进了院子深处。

安妮的半身侧影安北斗是看清楚了。有那么一瞬间，她还朝这边扭了一下，让他甚至看见了整个脸面。孩子明显长大了一号，也比过去漂亮、洋气许多。皮肤在斜阳下充盈着透明的红润；头发蓬勃着似是带些嫩黄的光泽；对，还有一个蝴蝶结发卡，确实像一只色彩斑斓的美丽蝴蝶，是要带着孩子天使般飞翔起来了。杨艳梅他的确是只看见了半个脸。比过去略瘦一些，但气质完全融入了这个让他觉得自己格格不入的城市。手扶方向盘的自信，更是让他这个老骑破自行车的人，感到完全是两个世界的人了。

他怔在了那里。

"进不进？要进，附近院墙能翻。"温如风说。

"你想当贼呀！"

"不进去看看？女人成人家的了，娃是自家的么。走，咱翻墙！"

他突然扭头离开了。

温如风跟在后边嚷嚷："咋了吗？想开些，想开些。你没听电视里说，英国啥王子跟老婆都离了。常事，常事么。"

这天晚上，温如风又煽惑他去看了一场戏，是秦腔名角忆秦娥演的《哑女告状》。老温泪点低，动不动就哭得撩起衣服乱擦。而他却始终沉浸在那一幕暂短的会面中。他在想安妮。也在想杨艳梅。杨艳梅的变化真是太大了。从他大学毕业第一次相见起，由那么一个羞涩得欲开还掩的桃花瓣样的女子，变成今天这样一副都市时尚模样，似乎是转眼间的事。如果说进县城是一次华丽转身，那么今天在省城相见，那简直已是不敢相认的面对影视世界的高端画面了。不能不说那副尊容从容而淡定，冷面而华贵。他突然觉得这已不是太阳系的两颗星球在各自轨道上运转了，她简直已是河外星系的遥远行星。他们之间的距离，可能是需要用光年来计算了。他甚至一下想到了比邻星这个概念。它是离太阳系最近的恒星邻居，以人类飞行器现在的速度，需要走七万八千年才能接近。他感觉自己与杨艳梅就是这样的距离了……

忆秦娥的《哑女告状》，引起了剧场内上百次掌声。据说演员本人的儿子就是哑巴，因此每每演出，忆秦娥都饱含热泪，谢幕时常常泣不成声。

人常说演戏的是疯子，看戏的是傻子。温如风这一晚还真给看傻掉了。观众都走完了，他还哭得扶不起体统。他勉强从杨艳梅与女儿的感情中挣扎出来，却被这个傻子整得不知所以。温如风非要去后台看忆秦娥不可，说今晚不看可能活不过去。这货两个眼泡本来就大，这下哭得更是像扣了两个烂乒乓球。安北斗跟人家联系了一下，勉强同意去看一眼，可这时忆秦娥已在卸妆了。他们看见的是一个被油彩擦得跟包公一样的鬼脸。剧场一个姓雷的经理说，忆秦娥戏太重，太累，只能远远看一眼，就把他们吃出来了。尽管如此，温如风还是连连说："值了，我温如风这一辈子算值了！就是把状告哑、腿告瘸，都值了！人家受的啥冤枉，差点丢了性命哪！存镰，北斗，你没觉得这戏里的主角掌上珠就是我吗？我就是忆秦娥演的那个角儿呀！""你是女的？看把你能的，想唱主角是不是想疯了。""我没疯，真的没疯。你看背着忆秦娥上京告状的那个傻子呆大像不像你？像神了！多好的配角啊！"气得安北斗直嚷嚷："滚滚滚！"温如风还强调说："真的像你呀，太像了。我这次不就是你背出来告状的吗？""我还搂你抱你哩，还背你告，看把你轻狂的。""的确没背，但我就是那个含冤的掌上珠，你就是那个好哥哥傻呆大呀！"安北斗躁了："你悄着，看丢人不，都在看你这个傻×哩。"

两人刚回到房里，温如风似乎就从戏里拔出来了："哎，你说那个陈编剧把状子递上去没有？"他说："你不是看了一场忆秦娥的《哑女告状》，死都值了吗？还告啥呢？明天回！""说鬼话，咱做啥来了。看戏归看戏，告状归告状。掌上珠最后不就告赢了！""你就是那些见死了人，立马好像醍醐灌顶，说争啥呢，再争最后都是一个土馒头；可刚帮着把人一埋，回来就为别人家的羊吃了地畔子上几棵苗，马上能把人家脑壳打出血窟窿的货！""你能，你不争？下午见了杨艳梅，咋一晚上连戏都看不进去，像是霜打了的蔫茄子！"气得安北斗把喝剩下的半杯水，一下浇到了他脸上。温如风躁呼呼地喊："哎，政府就这素质？这修养？"安北斗端直把灯一关，睡了。

他们又盘桓好几天，事情才有了眉目。这次镇上连牛栏山都来了。县公安局还来了一个副局长带着两个警察，几乎不由分说，就把他们弄到了警车上。警笛还呜呜直响。要放在平常，温如风早都别跳起来了，但这次他只看安北斗是啥反应。安北斗不别跳，他也就显得十分冷静。他是有靠山的人！只是发现饭店服务员都跑出来指指戳戳的，有些遗憾：这里大概以后是不好再来了，蹭戏多方便啊！

87 望星空

那天在警车上没有人说一句话。牛栏山也没跟安北斗招嘴。虽然鸣着警笛，但也并没有限制任何人的人身自由，因此都显得相安无事。尤其是温如风，见对待自己跟对待"安政府"并没有两样，就十分淡定着。警车一直把他们拉到市上驻省城的办事处，将他俩安排进一个房间后，警察就狠劲拉上门出去了。

房在一楼，非常沉闷，还有一股霉味儿。安北斗想打开窗户透透风，才发现窗户是钉死的。温如风问："啥意思？这啥意思？"安北斗也感到不可理解，不免显出一点慌乱来。可温如风毕竟是油坊里的老豆饼——见过大榨锤的人，何况还有安政府跟着，就颇为自在地躺下了，看他安政府咋办。

过一会儿门开了，一个警察指了指安北斗说："你出来一下。""那我呢？"温如风也要朝出跑。另一个警察很严厉地在阻拦。安北斗就立即把温如风朝身后挡了挡说："你先待一会儿，我问问情况就回来。记住，千万别乱动，安生点！"温如风是信任安北斗的，就留在房里了。

安北斗被一个警察领到了二楼一间小会议室里，里面坐着几个人，其中有牛栏山，有县公安局的廖副局长，还有市、县信访部门的人。有的安北斗见过，有的没见过。老跟着牛栏山的镇北漠，也坐在后一排做记录。

牛栏山招呼安北斗坐下了。

廖副局长问他："到底咋回事？"

安北斗不知从何说起，因为他还丝毫不知真相，他得听听到底发生了什么？在信息不对称时，不能贸然开口。他反问了一句："啥事吗，局长？"

廖发火了："你们捅了这么大的娄子还不知道啥事？"

他脑子里立即断定，是告状的事，可能与那封信有关。要说，这是温如风最讲究事实的一封信了。当然，也是最击中要害的。信毕竟是他修改了一通宵，那个陈编剧会怎么加工润色他就不知道了。总之，件件属实，基本没有夸大其词。难道是陈编剧弄成戏了？不会呀，他不是反复强调，写作最重要的是文风平实、质朴、真切吗？他觉得还无法回答廖副局长的质询，就说："我真不知道是什么事。""你和温如风最近一直在一起吗？"他如实回答："在一起。""你们镇上派你来干啥的？""做劝返工作。""你做了吗？"他只含含糊糊地点了点头。"怎么又把他做到戏园子去了？""他……爱看戏。""他的精神状况还能看戏？"安北斗一愣，强调说："他怎么不能看戏了？""疯疯癫癫的，看戏哭得死去活来，还硬要到后台去看女演员，有没有这事？"他想了想，也如实回答有这事。"这不明显精神出了问题嘛！"

直到这时，安北斗才被彻底点醒。他觉得自己不能再作壁上观了，就说："我首先得把那晚看戏的事说明一下。票是温如风一早拿身份证，在剧院门口排队领的农民工优惠券。主演是大名鼎鼎的忆秦娥。这出戏本来就很感人，观众基本都在哭。温如风是觉得戏里的哑女受的冤屈有些像自己，哭得有一次差点溜到椅子底下，是我搀起来的。至于最后要到后台看忆秦娥，这是好多观众对名演员的好奇心，温如风想去看看也没毛病。并且我们是征得剧场经理同意的。那个经理个子很大，我们可以当面对质，看是不是温如风胡搅蛮缠、发疯发癫才去后台看的忆秦娥 ……"有人打断了他的话："等一等，我问你几个问题：一是农民工优惠券一人只能领一张，他为什么领了两张？"他有点结巴地说："听说 …… 听说他是抢别人的，但那人前边也抢过他一张。""第二，你哭了没有？"他如实回答："我也的确没哭。""为什么？""我 …… 心里有事，没太入戏。""第三，演出结束后，温如风是不是哭得在椅子上十几分钟扶不起来，剧场工作人员几次来劝离过？"他说："有这事。不知咋的，他就那么投入。""第四，大家都劝说这是演戏后，他怎么说的？""他说这不是演戏，是在演他。""你说没说过，掌上珠是哑女，你是男的，咋能演的是你？""说过。""他怎么说？""他说 …… 我没觉得她是女的，她就是我，我就是掌上珠。""好，现在回答第五个问题：他闹着要去看女演员，剧院经理说演员卸妆了，脸抹得五麻六道的不好看，他咋说的？""他说 …… 他说就是抹成鬼了，我也得看一眼。""好了，我的问题问完了。"

这时，廖副局长说："那好吧，就把他先送去治疗一段时间再说。"

"什么？"安北斗站起来质问道，"凭什么？"

大家对他的反应都有点诧异。

廖副局长说："那你说咋办？老这样闹腾着，到哪里是个头？"

"解决问题呀！"安北斗坚定地说。

"他要解决什么问题？大爆炸是事实，该受法律惩罚的已经受了；他的房子问题，镇上也表态从移民搬迁处给一套，牛书记不是批过条子吗？至于半棵树，还有那一系列事情不都在调查解决中吗？何首魁踢他几脚还背了处分，他为啥要反复上蹿下跳、混闹不休呢？难道不是精神出了问题？我同意给他治疗一下，要不然光他的事，一年上上下下就得几十个人耗着，财政有钱花不完是吧？"廖副局长越说调门越高。

眼看会议就要散了，安北斗再次撂出惊人之语："好吧，那你们就把我也一起送去治疗吧！"这句话更是让所有人都有些目瞪口呆。

牛栏山急忙说："北斗，给他治病么，又不是啥坏事。"

他一拍桌子再次站起来说："问题是他没病，他是受害者！他有他的毛病，但他也有他的合理诉求。如果他的精神有问题，那我的精神也有问题，看朝哪个医院送，我跟他一道走！"

这无异于撂下了一枚炸弹，房里空气骤然紧张起来。

还是牛栏山先发话了："别激动，北斗！这样吧，我跟安北斗同志先谈谈再说。"然后，他就把他叫出去了。

走进牛栏山的房里，安北斗态度依然十分坚决地说："你们要敢把温如风当精神病看起来，我就到中央告去，连你牛栏山一起告，你信不？"

牛栏山的确很是诧异："北斗，你是我派去劝返的，你代表镇政府啊，怎么现在……穿到温如风一个裤腿去了？"

"我不是穿到温如风一个裤腿去了，恰恰相反，我现在才更觉得我是一个政府公务人员！"

安北斗无论从书本、影视还是传说中，都听到过把受害者送进精神病院，直至折磨成真正精神病的故事。外国影视里这种故事更是多如牛毛。没想到自己竟然要面对了。他觉得即使鱼死网破，也不能在这张网上再增加任何一道网线。更何况温如风这次出来告状，说自己是"策划者"也不为过。他十分坚定地对牛栏山说："你们要怕麻烦，就把人彻底交给我吧，我保证让他蹲在北斗村再不出来。不过你们得落实好他的住房问题，起码能让他安居乐业！"

"那我还得跟他们再商量商量。"牛栏山有些为难地说。

"你告诉他们，如果要把温如风送进去，我就告状去了。如果能把温如风放回去，我也立个军令状：再胡闹，我负全责！"

牛栏山似乎有些不认识他地把他看了许久，然后说："我给武书记打电话试试。"

又过了大概一个多小时，牛栏山回来有点激动地说："好了，暂时按你说的办，放温回去。不过你可要负全责呀，我是替你立了军令状的！"

安北斗长长地吁了一口气。

牛栏山把他的肩膀又狠劲拍了拍："北斗啊北斗！"安北斗能感到那里面包含的所有意思。

送温如风回到北斗村后，安北斗跟他在帐篷里谈了好半天话。跟这家伙说话，让人老想到大学时学习的墨菲定律：千万别跟笨蛋较劲，因为别人会搞不清楚谁是笨蛋。还有一句话是：失败的人有两种，一种是不听任何人的话，一种是任何人的话都不听。他感觉温如风就堕入了这种定律。

花如屏最后也跪下来，求他一定要听劝：留得青山在，不怕没柴烧！

最终，温如风也怕了，情绪才逐渐稳定下来，答应暂时不出去，一切听他安排。但也留有一句话：靠欺哄是不长久的！还有一句：疯子也是人当的！

安北斗估计温如风会安宁一阵子。

当他疲惫不堪地回到镇政府时，就听到一股风声，说他与温如风是一伙的。他也能猜到，可能是镇北漠传出来的。他也懒得理睬，打心里说，说一伙的也没亏他。大家晚上下班没事了，仍是打牌、喝酒，他依然背着仪器上了阳山冠。

已经有好长时间没有面对星空了。这次去省城虽然买了一些天文学方面的书籍，也有大把时间仔细阅读，但终是没有机会仰望星空。城市越大，雾霾越重。即使没有雾霾，灯光污染也让天空呈现出麻灰色。就连最容易看到的月球，也大多都在穿云破雾，像是忙碌着去奔一场丧事。因为苍穹的底幕，实在阴郁得只能隐隐约约看到嫦娥脸上的极度哀伤。而置身阳山冠顶，那块丑陋的幕布，早已被掀到了九霄云外。蓝蓝的夜空，深邃得无法想象它的巨大空间与景深。银河系是以粘连成磷光片的形状，既相互拥挤又彼此错落有致地无限伸展开浩瀚体魄的。那种少见的视宁度，让月亮像一块刻意用灯光打亮的玉璧，悬挂在如此合适的位置上，以致让层峦叠嶂的群山，都有了银光色的芒刺。这真是只有童话世界才有的瑰丽景象。他不由得要仰天长啸一声：

"噢——！"

这一声吆喝得很长很长，群山也回应得重重叠叠、起起落落的悠久深远。

只有到了这个世界，他才能忘掉一切，甚至忘乎所以地活在难以描状的生命舒张与壮丽之中。什么叫画卷，只有在这里他才能真正理解画卷的含义。人生能静静欣赏凝望这样的星空，简直是一种生命奢侈。我们到底是在凝望星空，还是星空在凝望我们。我们配被这美轮美奂的星空所凝望吗？温室效应、气候变化、空气污染、光污染、雾霾、混沌、灰暗……人类是自己把自己隔离在美妙星空之外了。可在这里，星空依然与我们浑然一体、紧密相连。他突然感到一种生命的神圣与庄严：

有两样东西，人们越是经常持久地对之凝神思索，它们就越是使内心充满常新而日增的惊奇和敬畏：我头顶浩瀚灿烂的星空，还有我们心中崇高的道德律。

这是太难得的一个夜晚。拥有这样的夜晚还需要什么呢？

可面对这样的夜晚，杨艳梅与安妮的身影又无处不在。就在这个山头，就在同样的地方，她们母女曾经对星空是那么惊奇而迷恋，以致把对天文知识略知一二的他，膜拜得如同人间圣哲一般，唯恐紧紧偎依着都会不翼而飞。睹物思情，他似乎还能感受到杨艳梅曾经像糖一样黏糊在他身上的体温；一刹那间，甚至幻觉中出现了女儿又像猴子一样缠绕着他脊背与脖颈的天伦美景；在那些美妙记忆中，他甚至曾经有过即使暴卒、归于尘埃，也死而无憾的人生快慰。可如今，她们住在豪华都市的富人小区，还记得阳山冠、勺把山吗？与自然星空注定是渐行渐远了。他在痛惜着她们的丢失，也在惊诧着天伦之乐的崩毁，更在痉挛着自己的孤独与哀伤。

他娘天天嘟哝的"媳妇"二字，实在让他听着心烦。这次回来还是那话：你干脆把温存罐娶回去过一辈子算了！我看你俩是蠢驴一对，天造地配！可他何时又从对杨艳梅和女儿的感情中拔出来过呀！他只能把全部心思瞄向深空。他要按书上读到的知识参悟宇宙，也想发挥自己的潜能，找到浩瀚星空中永远也穷尽不了的属于自己的发现。那个梦想始终在牵引着他：发现一颗小星星，献给安妮！

"北斗，又看星星哩！"

深更半夜的，这声音把他吓一跳。原来是牛栏山。

"牛书记咋来了？"

"许你看星星，就不许我看了。"

自上上一任书记和妇联主任出事后，所有领导都是忌讳着上阳山冠的。并且还传出笑话，说组织部门再给北斗镇派来的妇联主任，一个比一个丑，都不敢正眼看了。就是为了严防死守，怕领导再犯错误呢。

安北斗故意开了一句玩笑说："牛书记还敢上阳山冠。"

牛栏山也开玩笑说："我跟你嫂子虽然是牛郎织女，可中间绝对插不进任何嫦娥、西施来。我啥都顾不上，你嫂子身体不好，还扛着两个家的日子啊。"

安北斗知道牛书记夫妻双方的四个老人都是他老婆在县城照顾着，并且妻子还是个病秧子。女儿高考两年都相差几分，又在备考第三次。家口重，压力大。他又被死死捆在镇上脱不了身。因此，当他为大爆炸背处分后，安北斗也充满了理解与同情。他把酒瓶子递过去说："牛书记，抿一口，暖和暖和身子。山上凉。"

牛栏山就深深地抿了一口，然后说："你这爱好可是特别呀！既不打麻将、挖坑，也不喝酒、洗脚的，还真少见！"他说："也是山里有这条件，放在城市，想看都看不成了。""你整天朝天上看，都看些啥？好像还看得有滋有味的，能看出个啥吗？"他笑笑说："找一颗小行星。""找小行星？空中多吗？""这么给你说吧，仅太阳系的小行星，我们发现的还只是冰山一角。""那多大才叫小行星呢？"

"这个也没啥定论，原则上直径几公里到几百公里的都算吧。每天都有上百万吨空间碎片朝地球扑来，其中篮球大小的几乎天天都有；轿车大小的每隔几周也会光顾一两次。""我的天哪！""幸运的是它们都无法穿透大气层，在大气中就燃烧成火花了。即使坠落到地面，也成小颗粒陨石了。所以说对大气层的保护非常重要，是大气的减速作用，把这些碎片降低到危险很小的程度了。""噢！让我看看月亮是个啥德行。"他给他调了调焦距。牛栏山高兴地："看见了，看见了，坑坑洼洼的，没有那么光鲜啊！真有嫦娥咋住吗？能看见土星不？老师讲有个冰环套着。"他又给他调到了土星位置。"看见了，真个有个环环！你小子算是活在天外世界，烦心事少了不少吧？""谁都可以自我调节，世界大得很。像太阳系这样的星系，人类目前发现的都数以千亿计。咱们这点烦心事，在宇宙中算个啥。""可话是这样说，哪件事遇上，你能不烦心哪？"牛栏山突然把话题一转说，"就说温如风吧，看把人能折腾死不？跟他说好，再不出去了吗？"原来他是来说这件事的，安北斗说："那要看问题咋解决。解决不了谁也阻挡不住。"牛栏山说："你不是给我保证过吗？我也是给武书记打了保票的。就是因为相信你这个干部，我才敢在电话里跟他磨了四十多分钟的牙。看来事情还不完全是他能做主的。你可得给我把人看好了！要不然，可能还真有人要送他去看病了。"安北斗听到这话心头一抽："牛书记，温如风的身体比你我都好，这是谁出的馊主意？"

牛栏山停顿了半晌说："北斗哇，老哥跟你的心思并不矛盾哪！其实我也没有那么多顾忌了。我还指望啥？只要能平挪上县，安排个'偏张子'都行，就是养老去了。大爆炸背的那个处分我也觉得心安理得了。可温如风这事，迟早都是个事啊！我们的目标是一致的，都想把温的事情解决好。我牛栏山也是农民的儿子，我也是一垄田、一担粪苦出来的。我不同情温如风吗？因为我们面对的是孙铁锤这么个村盖子，你咋落停都不够他翻腾的。你的态度让我很害怕呀！给你交个底吧，这里面的水深得很哪！"安北斗说："水再深，我们能眼睁睁看着把温如风送到精神病院里去吗？我不爱讲那些大话，但我心里有尺度、做事有神明。神明不是哪个神仙、哪座庙，而是星空、蓝天、道德律，不敬畏不由人！"牛栏山说："好，好，我同意你的观点。你就是得把人给我看住了。看住他也是为他好哇！镇上啥事也不给你安排，考绩提拔一概都不受影响。可这家伙一旦再跑了，只怕你不好过，我不好过，他自己也难过啊！这边我一定给他把房安顿好。我懂得小老百姓的不易，能做的事我尽量去做。那边就全拜托你了！"月光下，牛栏山甚至给他拱手作了作揖。

这时镇北漠气喘吁吁地跑了上来："哎呀牛书记，院里房檐上钻出一条胳膊粗的乌梢蛇，给抓住了，厨房已焖好，到处找你哩。有人说看见你上后山了，我就一路找上来。快回走，跟老母鸡一起炖的，香得很！""北斗也回去跟大家聚一聚吧，好不容易休一个周末。""我不吃那些东西。"镇北漠说："人家吃星星呢，快走！"说着，十分殷勤地把牛书记搀下山了。

他把望远镜依然对准了深空。

88 大拜寿

孙铁锤四十岁了。四十岁照说是不过寿的，但他爹不在了，有人就觉得他是可以过的。当然，他自己也想过。主要是冲冲晦气。他觉得这几年晦气太多，几次都碰上大坎，眼看是过不去了，却又都扳了回来。扳得很不容易，只有他自己心里清楚。虽然温如风不算个什么东西，可被窝里蹿进个老鼠、腿肚子上钻个蚂蟥、鼻尖上冷不丁让蚊子咥一口，总是难得安生。何况这幺蛾子几次还差点真的掀起让他躲不过的大浪来。最近终是安宁下来，上上下下都达成了一致意见：温如风精神出了问题。因此他的告状，就像是螺丝拧过了头，彻底上滑丝了，再拧也是枉然。这一招的确狠，而他侄儿孙仕廉是起了关键作用的。他知道，那也不全是为他这个表叔。据说温如风这一封信写得了得，领导都摔杯子了，问批示为什么得不到落实？但任何事，在见过大场面、经过大风浪的层层"运作"中，都是有甚或"加大处理力度""杀一儆百"，抑或"化险为夷"，直至"春风化雨"般的作妖本领的。"上有政策、下有对策"即是对这种本领的深入浅出的画像。何况一个小小的温如风，纵然翻起大浪，也无甚后劲。而这次风浪的最终"定海神针"：就是我们遭遇了疯子！并且准备掏钱去给他治病。一场危机，眼看就这样"一劳永逸"地终结式了断了。

侄儿孙仕廉，有时把他这个表叔骂得真是猪狗不如。那个时候他就能感觉到事情的严重性，以及坎儿的迈不过。当侄儿媳妇打来电话说没事了，都过去了时，他就知道该准备金条去看望他们了。

都觉得孙董该好好过过寿了。就凭给村里这几年弄下的福祉，让大家挣的钱、发的财，也该让人都来好好孝敬孝敬了。大爆炸后，除政府补贴救助外，他也的确放了血。这都是侄儿教导的。据说领导震怒，还问为什么释放了开山放炮人，放的理由就是要他出来埋单。其实他的钱，也都是拿村上土地做抵押，然后再到银行贷的款。反正羊毛都出在羊身上。这几年在外面跟一些老板混得久了才灵醒，靠一五一十经营，最后连裤子都没得穿的。必须懂得资本运作，学会花银行的钱，才是真老板、大企业家。而靠砸石头、淘河沙，也就只能弄几个耍小姐、喝酒、打牌钱，有时还得拖欠。很多资本运营就是炒概念。比如"秦岭后宫"项目，通过侄儿把土地权审批下来，资金就源源不断了。而大爆炸的赔偿，大头都让国家扛了。零星修缮点房屋、给谁安条假肢假腿，都是可大可小的事。想安一百万元的腿也有，据说那是机器人的腿；安几百块、几千块钱一条的也有。一般他都同意安几千块的，再私下补一点了事。当然，温如风的岳父花存根例外。花瘸子想安了几千元的腿，还得赔上两三万。要是他女儿花如屏乖乖就范，给个三五万也不是事；可就不，一万元都是让人去撇到他脸上的，要了要，不要拉倒。至于那几个死亡户，一家赔了几万元，外带安葬一应费用，也就妥妥的了。安北斗的表舅和表舅娘，都是出了五服的，要那样算亲属，孙家也是表亲了。安家没要钱，也就一笔勾销了。所有花费，还都不是他公司一家掏。镇上、县上、市上还有放炮肇事单位，三下五除二一平摊，他也就放了十几万块钱的血，还很快从石料厂抠回来了。但这场"大善事"的名声却是他一人落下了。他的支书被撸了，据说牛栏山想通过村委会改选，把村主任也抹下来。

谁知他提前给一些人"点了眼药",并给说话有分量的长辈一一行了礼,还给一些不安分的敲了警钟、亮了耳朵,最后他几乎是全票当选的。当然,温如风一家没来,草泽明也没来。除这些"捣乱分子"外,全村基本都还牢牢掌控在自己手中。镇上任命的支书,开始还想裂巴儿下,最后也不得不放下话:一切还是孙董说了算!这北斗村,也就星星还是那个星星,月亮还是那个月亮了。不过山和梁,的确是被他美美炸了一大豁。

依他过去的理想,巴结远房侄儿孙仕廉,是想到镇上谋个事。他爹活着也是这愿望,说村官毕竟不是个正经官,要当,就弄个镇长当当,坟上立碑子也有话说。如今他早已没了这个念想。用孙仕廉的话说,除非你当到县官,乡镇那就是跑腿的。牛栏山越来越不在他眼窝映了,那倒是个屁官,大爆炸那阵儿,县上随便哪个部门来个干事,都把他训得跟儿一样。如今看来,还是侄儿眼界宽,看的世事大,弄钱才是硬道理。包括这次过寿,他老婆昨晚跟他合计了一下,轻轻松松撸回来小一百万不成问题。他已经给县上都放信了,估计大大小小的人物也会来一些。他要求放信人含糊其词一点,说可能他侄儿也会专程从省上回来一趟。

而这一切的运筹帷幄、掐时算计,都是出自那天大爆炸侥幸逃脱的吕存贵。

他开始也不相信吕存贵有什么了不得的本事,无非就是走破脑壳运气,开装载机时拉肚子,回家躲过了一场灾难而已。但事后,人们点点滴滴把他一生所走的运气叠加起来,传得神乎其神时,就发现那可不是侥幸,而是真正高人的未卜先知了。比如说,吕存贵在三岁时,几个娃娃上到核桃树上去耍,他突然想尿,刚溜下来没尿到一半,树丫就断了，当场摔死一个，还有一个把手摔成残疾，老是一副握手枪的状态，到现在外号还叫"手枪"。再是到七岁时，几个娃娃上勺把山砍柴，他们一同到一个大石头上去"做饭"，其实就是抓了几个螺蛳，捉了一只癞蛤蟆，准备烧烤。他说去弄些柴火来，结果刚一跳下去，那几十年都稳如泰山的"磨盘石"，突然就顺沟溜下去了。当场砸死一个，另两个虽跳下来，一个却折了脚踝骨，一个眼睛被树枝戳成了萝卜花，至今看人都是意图向左，映象偏是右方。再就是十一岁时，他和一个同学钻进村里保管室，偷了雷管炸药出来下河炸鱼，刚用墨水瓶装好药，给上边绑石头说是好沉底呢，他又突然想尿，让等他尿完回来再扔。谁知那个比他大两岁的同学，嘴里叼着半截烟，哧的一声，无意间点燃了导火线，扔都没扔出去，就炸成了远近闻名的"一把手"。除了这三起造成严重伤亡而他有幸逃脱的神奇事件外，还有无尽的别人吃亏、他沾光的无厘头故事，都充分显示了他的"先知先觉"与"特异功能"。尤其是这次大爆炸，更是完全奠定了他姜子牙、诸葛亮般的江湖地位。如今早不开什么破石锤、装载机了。动辄就被小车接到县上、市上、省上看风水、算命去了。现在整得孙铁锤也是由半信半疑到彻底拜倒在他的"唐装汉服"下了。吕存贵的确是一时穿着福禄寿满身的紫色唐装，一时又披挂了黑红搭配的古老汉服，脚上是蹬着一双能照见人影的三接头皮鞋的。就是那张脸，因了那晚大爆炸将一缸子滚烫的开水倒扣下来，随手抹掉了皮，只好时常深扣一顶礼帽，再戴副黑洞洞的墨镜，围一条据说是英国产的巴宝莉围巾（把脸遮一半），就出门挣大钱去了。身后影子一样跟着助理磨存凳。他觉得磨存凳灵光，身高也比自己矮一头，利于衬托形象。细一想，孙铁锤自己先笑了，吕存贵为开上他的装载机，都是主动回避，把老婆空出来让他睡了才拿到钥匙的，如今还真摇身一变成神仙了。看那神气，妈的，草驴都咧起歪嘴腾云驾雾了！因为这家伙的名声已传到了侄儿孙仕廉的耳朵里，不仅孙仕廉请去算了几回，说特灵，而且还介绍给外省和京城大员都算过了。"腾云驾雾"一概都是公务舱，走的贵宾通道。奶奶的，比老子都混得牛×！他有时想着还气不顺呢，不都是老子一炮炸出来的！

这次他的四十大寿全是吕存贵坐镇指挥，一应日子、时辰、下帖、祭拜，包括吹打响器班子、戏班子，以及戏台高低左右、席棚风水朝向，全都是有大讲究的。响器班子把过去那些老吹喇叭的，一律开了，嫌土气，这次是专门从省城接来的"军乐队"。所谓军乐队，也就是穿着自己制作的假军服，吹吹打打的都是洋玩意儿。吕存贵受过这样的礼遇，所以坚持非请不可。"军队"一进村，就先列阵整了个《冬天里的一把火》，果然是让山村大开眼界。而戏班子也是省、市、县都有。一天"三开台"，并且是对台戏。另有一个什么霹雳舞团，穿得"太不像话"，叫个啥"三点式"，光溜溜的大腿，还专门跑到台前，一排排朝人头顶上踢呢。村里长者有些抗议，最后是给身上绑了大红被面子，才把舞跳完的。

十里搭长棚

八方迎贵宾

横批：福寿无量

这是宴请八方宾客的彩门对联。虽然长棚不足十里，但也足够宽大徜徉。见天开二百多桌流水席。也有不随礼，从远方赶来看戏蹭饭的，一般都会被负责接待的"支客"请出席外。若是老者、娃娃，也会赏个把馒头以示"积善人家"门风的。本村人却是争先恐后家家都要随礼的。提前也都相互探了底细，然后偏是把高过别人的部分，悄悄塞给了孙董的老婆刘兰香。而外面公开礼簿子上，基本都是一千元。刘兰香这天特别穿了一身口袋多且大的衣裳，悄然塞进去得多了，鼓胀了，就找机会回房掏出来，数清点明，再瘪着口袋出来四处招呼人。

刘兰香提前是给孙铁锤打了预防针的，其中村里就有三十多个婆娘，女人是不许进寿棚的，即便来随礼，她也是要把钱撒到这些婊子脸上的。真有笑眯眯来给她口袋塞了货的，她又殷勤得跟十数八年没见过的亲姊妹一样，让"支客"连忙朝席面上促。

县上、市上、省上的确也来了一些人。但有好多却把心思没放在他孙铁锤身上，尤其是见孙仕廉没回来，都有些失望，甚至感到有失身份。对长棚宴席也没多少兴趣，毕竟卫生条件太差。该死的蚊子苍蝇，就跟山洪暴发一般，不知从哪里一下嗡涌来，有的是一疙瘩一坨的，有的简直就是天罗地网。村里安排七八个人拿杀虫剂从早打到晚，还是只见多不见少，把个十里长棚搞得乌烟瘴气。说唱戏那边的演员，还有被灭害灵喷得彻底失声打了嗓子的。"军乐团"也有喊叫嘴唇被叮得吹不得锅口大的"洋喇叭"了。

看来这次收获最大的不是孙铁锤，倒是吕存贵了。大凡从上边来的人，听说吕大师在，就都朝那儿钻。给他孙铁锤行两千元，基本就是大礼了。而有愿意给吕大师掏一万的。只求打一卦，顶多再用他孙家备好的笔墨纸砚，写个福禄财寿、画个护身符啥的，好像升官发财的大局就定了。这些年孙铁锤在外面场合上，也常见这大师那大师的。但见有个行业，就必然有一群号称大师者。并且身后苍蝇一样嗡嗡着一堆人，皆做匍匐在地、认祖归宗状。开始他看着也确实觉得神秘、敬畏。后来连开拖拉机、翻斗车出身的吕存贵，竟然都成大师中的大师了，他也就不再把那些大师看得神秘兮兮了。大师都是自己和想跟着发财阔绰的人，生编硬造出来的。这大概就叫见世面了吧！孙铁锤看见，磨存凳把几大鼓囊囊拉锁包的钱财，都给吕存贵提回家去了。有一次他还故意叫住磨存凳，打开拉锁包看了一下，也只是看看，还不敢不让人家朝走拿。神鬼这东西，你说有，还可能真有。他爹死那阵儿，村里就有人说，看见过一个脑壳比水桶还粗的肿脸鬼在四处游荡呢。他也害怕这个已被传得中国不出、外国不产的吕大师，要真能行风作妖，把他暗算了咋办？人间可能就是这一窝降一窝的世事吧！

不管人多人少，孙铁锤还是能看清村里谁来谁没来的。温存罐一家没来，这是意料中的事。安北斗他爹没来坐席，是痀病从不出门，但他娘随礼了。只是安北斗不来没道理。都说这小子跟温存罐穿了连裆裤，他现在也相信得八九不离十。照说他过寿，镇上干部还没有不长眼的，连牛栏山也捎话说出差去了，特别表示祝贺。至于是不是出差，反正总有一句话。过事就是过人。谁来谁不来，心镜一目了然。他安北斗还是本村人，凭啥不来？但还就是没来。看来这小子也是不想好好混了。再就是草泽明没来，竟然也没随礼，还真把他自己看成世外高人了。这次他是派人去下了帖子的，草泽明却没给面子，真是给脸不要脸的老皮货了。

温存罐把自己彻底告成了"疯子"，这让他有点哭笑不得。唯一遗憾的是没把人关到疯人院去，而让他老婆花如屏，还那样难以如愿以偿地"放生"着。这女人，迟早都是要她好好给老子叫唤几声的。这是他四十寿辰的一块心病。

565

89 猫头鹰说

在我看来，其实最近没有什么大事要发生。死人是会有的，但属正常亡故，我到他家门口叫了几声，他们大概已经在为久病不治者准备老衣了。这点事记入我的起居录即可。单说村里最近的噪音的确很反常，因白天我无法看清动向，只有夜晚，才能俯瞰，发现他们搭起的十里长棚和一种叫戏台的玩意儿，竟然闹火得整夜不散。酒鬼遍地都是。麦田、苞谷地里，乱搂乱抱者，也未必都是自家的婆娘和对象。不像我们猫头鹰类，除个别品种外，一般都是要厮守白头的。当然我属例外，谁让我的品种如此高贵呢？

我十分佩服人类的自愈能力，受再大灾难，都会很快忘却。他们总是能给自己找到很多快乐的理由，要冠以自主自由的美名，大行及时行乐之实。在许多方面，看来我们是望尘莫及的。我们总体比较保守，大概是因为把黑夜看得太清楚吧，而对夜幕下的诸种勾当，以及离开黑暗后立即装出的假正经，多有不屑。我们喜欢安静、独处。保持冷静，是生命的第一求存法则。据我父辈讲，过去村子也不像现在这样闹腾，不过听起来有点吓人："碾子是碾子，缸是缸，爹是爹来娘是娘（现在的爹可不一定都是亲爹）……点的总是那么点点亮，只有看家狗叫得咋就那么狂。"这是对那个时代日子最牛×的概括。太过死寂了！现在的狗，就是把喉咙叫扯，也没人听见。其发声部位是否科学，当然也值得研究。顺便说一句，我十分讨厌狗，它们也企图在人类的眼睛之外，发现一点什么特别的东西，装作自己也是大地的灵物了。那智商，也不过就是胡乱汪汪而已，千万别以为它们一叫就有什么惊天动地的事要发生了。在这方面，只能相信我们的直觉与判断。

比如那次大爆炸，只有我们七星山上的猫头鹰，提前做了近一个月的预警。当然最灵敏的还数我了。我比其他同类更早产生了焦虑与不安。注意"焦虑"二字，可不是"叫驴"，电脑容易打混。一个很庄严，一个颇滑稽。人类现在把焦虑症叫一种世纪病或世纪情绪，很多人把"焦虑"二字衍生成整本的书籍拿去出版、评奖、弄职称。依我看，就一句话的事：都是欲望惹的祸。像我们一样，能安定地站在一个树枝上，冷静思索一些大问题，而不企图去占有更多资源，不因此产生更多阴谋、挞伐、攻讦、暗算、泼脏水、打黑枪……焦虑自然就无处生根。

其实我最近就活得很焦虑。

问题仍出在大爆炸上。人类认为他们可以操控一切，高贵于其他任何动物，这是无知与自恋的表现。他们也活该受挫！自那声大概只有星球碰撞才可能产生的巨大爆炸后，我的勺把山遭到了空前毁坏。那声音，注定超过了一百分贝以上，应该说山上所有靠听觉生活的动物，耳膜基本都被震得永久性听力损伤了。人类五十分贝时心血管病就会激增；七十分贝时心肌梗死发病率就达百分之三十以上；漫山遍野的动物就没有心血管和心脏了吗？当时一命呜呼者尸横遍野，只是人类只注意了他们的疼痛悲伤而已。再加上经久不散的硫黄硝铵味儿，先是把蛇类爬行动物熏得唯恐逃避三五十里地不及。都知道蛇是害怕这种气味的，人类编的神话戏《白蛇传》，就差点让类似气味把一条好端端的白蛇给报销了。对于我们猫头鹰类最大的伤害，就是食品危机。我们的主要美食是鼠类、小鸟、青蛙、昆虫等，但可口的幼蛇（大了少招惹，还想把我们绳捆索绑了独吞呢）、蜥蜴，包括刺猬，我们也是要像人类吃南非干鲍一样，偶尔品尝一下，以调剂饮食结构并去毒败火的。自大爆炸后，不仅蛇类跑得一干二净，青蛙胡蹦乱跳，连老鼠也慌不择路，成群结队地逃离勺把山，投向别的山头洞穴，而让我不得不产生世纪焦虑症了。我真想像驴一样乱叫唤一阵，但这不是叫驴的事，就是焦虑。

正是这种资源的突然缺失，而让我这个一直过得颇感安逸和知足常乐的独鹰，不得不把眼光盯向别的山头了。我讲过，我们是一种懂得孤独，并会充分享受孤独的动物。不像人类，一孤独就喊叫，尤其是靠写小说挣稿费的，对孤独确乎有夸大其词之嫌。在他们的遣词造句和所谓人物内心开掘中，最好放大孤独的内涵与外延：你看他多孤独呀！我比他还孤独啊！人类一生都在跟孤独搏斗哇！人的最大不幸和悲哀就是孤独啊！人类孤独与生俱来呀！等等等等。总之是百年孤独、千年孤独、万古孤独，且一写就是一砖头厚。有些明明不是写孤独的，也被研究成孤独了。孤独有什么不好呢？搞不懂！我反复陈述过，我所盘桓的勺把山，也有别的鹰类常来嘘寒问暖、暗送秋波，但寒暄、聊天、小住尚可，绝不许它们以友谊、联盟、入股、搭伙，甚至以小确幸、小心肝的方式黏住腿脚。一切都有所节制，才是沧桑正道。何况久别胜新婚的大智慧，人类总结得并不比我们晚。

大家已经知道我的焦虑了，就是吃的没了，这才是大孤独、大焦虑呀！过去有很长一段时间，也曾为吃焦虑过，那是食物太丰富，不知吃什么好。有时为一顿聚餐，大家讨论得不亦乐乎，甚至拳脚相向。我那取之不尽、用之不竭的舌尖上的秦岭哪！高蛋白的东西咥得太多，肚子老是咕噜咕噜乱响，像垮石山一样，那也曾让我倍感焦虑！自七星山"点亮工程"开始，我们就遇到了一波又一波的食品危机。尤其是铁路开工，到处放炮，加上该死的失控大爆炸，就彻底把我的饭碗砸了。弄得我这个平日颇讲生存尊严的金色独鹰，最近也不得不屡屡屈尊枉驾，要飞到别的山头，跟它们平等探讨有关"抵押""高息借贷""联合开发""股份责任制"，以及"资本运营"与"区块链"这些新名词。最近好像什么高速路也开始打洞了，人类怎么不进化出翅膀来学着飞呢？那无处不在的爆炸声，把我的同类也搞得"家里没有余粮了"，对于友谊、亲情、慈善、互助与"抱团取暖"这些字眼，都讳莫如深。有的甚至还背地里"砸洋炮"，说我的风凉话：播种稗子还想收割稻谷！我也只好忍气吞声了。高贵有高贵的难肠啊！

依我多年对北斗村的观察，发现任何物种都必须强悍、霸凌、无耻、掠夺。把我家园炸成瓦渣滩的那个人，不就十里搭长棚，正在大宴宾客吗？人类先哲亚里士多德把罪恶分成三种：无节制、暴力、欺诈。我看这个人身上全有。西方宗教的七宗罪他也一桩不少：傲慢、嫉妒、暴怒、懒惰、贪婪、暴食、色欲。东方佛教的十恶道：一杀生、二偷盗、三邪淫、四妄语、五两舌、六恶口、七绮语、八贪欲、九嗔恚、十邪见。他又少了哪一恶？孙铁锤最大的问题是无知无畏、胆大包天，以为世事靠钱靠权靠野蛮就可以包揽。岂不知诸事难料、变化万千，老想博取点赞，往往收获的就是一顿实锤乱砖；早上还在过寿，晚上嘎嘣完蛋；昨天还台上表演、吆五喝六，明天就被一绳捆去做了囚犯；一切都很薄脆，尤其是荣华富贵。荣誉、美好、靓丽、光鲜，比闪电短暂，比露珠易干。

还是说生存焦虑吧！

依我可以抓破山崖的爪子和凶狠如投枪匕首的眼睛，还跟左邻右舍探讨什么联盟、股份问题？我本想把自己的尊贵身份折成干股，它们还叽叽歪歪、讨论不休，那就直接攫取得了！人类自以为比动物进化快，但其以智慧与技术手段掩藏下的巧取豪夺与霸道贪婪，其实已远远超越他们的原始自然兽性。不过我们来得直接，没吃了就抓，有欲望就扑，他们喜欢弯弯绕，其本质是用技巧与机心更加缩短了抓扑的物理距离，给外在留下一道美丽的弧光而已。我盘旋再三再四，发现玉衡山上有一块地界，松鼠、瓢虫、蜥蜴、飞蛾还处于蒙昧状态，兴许是大爆炸造成脑震荡而失去逃逸能力了。总之，对于解决碳水化合物，以及脂肪、蛋白质、维生素、微量元素和矿物质与水等营养物质，完全能得到满足。加之此山离勺把山近，可进可退，可攻可守。关键是那一带驻守的几只猫头鹰有两个是残疾，还有两个弱爆无能，我就端直划出两平方公里的"飞地"来，转眼拿下了。当然，我的智商不至于像普通鹰那样，凭着利爪就横冲直撞地如入无鹰之境，得学点人类的段位。还是以保护名义进入领地为上。首先给几个弱者投下几条死鼠（的确有点高度腐烂，我已咽不下了），让它们在感恩戴德之后，欢天喜地地"箪食壶浆，以迎王师"。其实"飞地"不是我的发明，我充其量只是模仿能力强些而已。

有很多重大问题，我其实是想与人类沟通的，可真比骆驼穿过针眼都难哪！我最喜欢阳山冠上那棵遭雷劈的大树，因为里面有太多的信息供我琢磨思考。而常年置身于这棵大树下的安北斗，自然就成了我想沟通的对象。我发现这小子有忍受大孤独的耐心。是真的很孤独。只是千万别写成小说，一写准假。孤独是无法表述的。他竟然能一整夜一整夜地望着星空发呆。为什么他的眼里常含泪水，我不知道，也就不懂得该怎么去安慰。我想说，与其仰望星空，还不如仰望我。可他又并不愿与我为伍，还老拿东西吓唬驱赶。现在倒是有些习惯于跟我默默对视，也相安无事了。有时甚至整夜能近距离地彼此厮守。但我一开口，他仍是显得焦躁不安。某些时候，他也似乎在试图跟我说话，可人语比鸟语难听多了，里面不是充满了戾气、火气，就是矫情、虚饰，甚至饱含着永难判断的不确定性。说东偏是指西，贬猴偏褒鸡。学习起来，比我精通那一百多种鸟语和两三百种昆虫语困难许多。因此，我们终是都高冷肃穆着，只能各自闷闷不乐、郁郁寡欢。但情似乎在拉近，心也在试图叩击。

只顾谝闲传，差点误了大事。我突然以比安北斗那台破望远镜更聚焦的视力，发现了一群正在迁徙的青春鼠队，皮肤油光水滑，定然鲜嫩无比。想必老老少少和其余残腿断臂者，都被它们的行进速度撂远了。说时迟那时快，我由一千五百米高空，噌地俯冲而下，从来都沉默寡言并少虚张声势的我，竟然大喊一声："冲哇——！"时速绝对在九十迈以上。你们肯定以为我有所收获，错！我那无比锋利的长喙，竟然扎在一条与鼠队粗细隐约相似的石头缝里。这就是大爆炸给我带来的后遗症，说明我的脑部受损情况至今仍没有得到有效恢复。

试问苍天：生存咋就这么难呢？

90 冥王星

温如风至今都没拎清，此次告状，结果怎么整得那么囫囵不明的。他也能看出，安北斗一直在给他争取什么，并且争得有些失态。因此，他还是听安北斗招呼的。安北斗的为人是可靠的。他相信北斗不会害他。一定是遇见大坎儿了，要不然，是不会如此三番地要他先把胳膊腿蜷了。是安北斗那清澈见底的眼神，让他配合着，忍气吞声回到村上，并含垢忍辱地暂时安宁了下来。

他也一直在分析过程，是不是那个陈编剧使的坏，而把他们一下掀到沟里去了。他对姓陈的没有什么好感。满村人都说他是被公安"押送"回来的。那天要不是安北斗在进村前让把警笛关了，还真像是演了一场《起解》呢。何黑脸经常就干这事，拉走一个，或送回来一个，这人在村里就脸面尽失、头夹到裤裆里都再藏不住一个耻字。好在他已见惯了这种场面，也知道自己在村里的面子里子，反正是让人在宰掉的猪背上随便砍去，砍哪儿，也都是这"一吊子"了。

当天"押运"回村时，安北斗在帐篷里跟他谈了半晌话。他能看出，安北斗比他的情绪还低落。因为这次出行，是他勾引的。当然，他不能向任何人透这个底，透了就是猪狗不如之人。哪怕上老虎凳、灌辣椒水他也不能透。安北斗给他谈话的中心意思，总结起来就十二个字：避过锋芒，学会蛰伏，伺机再动！

他问到底咋了？安北斗说：有人彻底把你认定成疯子了！他立即别跳起来，就要找人论理，甚至端直操起了铡面刀。安说：你是不是疯子？你说你是不是疯了？他说老子没疯！安北斗说：没疯拿刀干啥？他说老子就不是疯子，老子是窦娥，是《哑女告状》里的掌上珠！安北斗说：你听听，哪一句不是疯话？看哪一句不能把你认定成疯子？他说凭啥？安北斗说：就凭你把生活和戏都能搞混了，就凭你窦娥、掌上珠是男是女都分不清。他说我咋分不清了，我咋不知道窦娥和掌上珠是女的了？我说的是冤情！安北斗说：你是半棵树的事，是挨黑打的事，是房子的事，人家窦娥和掌上珠是什么事？他说安北斗，你是不是故意跟我别着来？安北斗说：不是我要跟你别着来，而是很多事情就是这样判断出来的。一旦进入这种判断模式，你的每一句话都可能成为疯话。而一个像你这样的疯子，唯一的办法，就是关进疯人院。他一再强辩说自己不是疯子！安北斗问：你看过电影《追捕》吗？日本的，咱村放过。他点点头。安北斗问：还记得那个横路敬二不？就是诬告高仓健演的那个杜丘的家伙，好端端的被送进精神病院，最后成真疯子了。他似乎是回忆起了电影中的那一幕，半天再没说话。安北斗继续说：你只要相信我，好好配合，我就自然会找到合适机会，帮你朝前走。要是不听话，明早就朝精神病院拉。过几个月我就陪着嫂子和你儿子，到省城看望"横路敬二"去。这次他还真是有点后怕了，就问是不是那个陈编剧捣的鬼？安说：一切都不清楚，你得给我时间，得好好配合。他才认卯了。

安北斗走后，花如屏倒在他怀里大哭一场。他明显感到这个女人有一肚子委屈，更盼着他永远回到身边，再别离开。至于有些什么委屈，只要能扛住，她都不会告诉人的。再问，就是那话：没啥，有你在就是好日子！

一长排帐篷里的人，逐渐都搬回了已修缮好的家，只有少数几户还在里面熬着。村里早已进入正常砸石子、淘河沙的日夜奋战状态，唯有花如屏又拾起花家的老本行，在吊挂面。磨面和压面生意都已寿终正寝，加上这个家也搬来挪去的，机器都锈成几堆废铁了。唯有传统手工挂面，又渐渐有了些惨淡的生意。

他丈人爹之所以在女婿面前越来越气强，也与钢磨、压面生意日渐萎缩，而吊挂面手艺又重新撑起一家的日子有关。吊挂面的确是苦差事，不起早贪黑都不由人。从和面、醒面到盘条、绕条；再到二次醒面、发酵、拉条；继而到三次醒面、上杆拉条成丝，直到晾干、下杆、切割、包装，一共十七八道工序。吊面不仅讲手艺，苦累也是堪比打铁的重活计。光和面、揉面这一项，绝不比抢大锤来得轻省。何况春夏秋冬四季，面的水分掺和度，以及盐分掌握都各不相同。春秋两季，盐分适中，一天吊一百斤面，加五斤盐水；而夏季同样一百斤，就得加五斤六两左右，因为盐分挥发快；到了冬季，加三斤半足矣。还有碱面、鸡蛋，把握都要恰到好处。之所以一千家挂面，有一千家的味道，都在这盐分、碱面、水分和鸡蛋的掌作中了。关键的关键，还在和面上。北斗镇流传着一句古话：打到的媳妇揉到的面。动辄打老婆，现在倒是日渐少了。而面，却真是需要下苦力朝出掺、朝出和的。一天揉成百斤盐水鸡蛋面，温如风开始都是吃不消的，但花如屏行。基本上分二十个面团，先在盆里和，再放到案板上掺，最后是放到铁锅里揉，再然后仍回到面盆里抟。吊挂面不比机器压，对面团的软硬度要求特别高，硬了拉不开，软了不成形。而筋道是挂面的铁律。这个筋道就是手工和面的力道与工序。简单了说，直揉到不沾手、不粘锅，盆是盆、坨是坨为止。但最优质的挂面，就在别人都觉得揉到位的时候，再反复揉搓几十个来回，下到锅里才见真功夫。尤其是他家被孙铁锤欺负着，狗眼看人低的多。如果挂面质量上不去，那是绝对要关门歇菜的。可在这样恶劣的环境中，他家见天逐渐还能卖出几十斤挂面来，那就全是花如屏的"揉面铁爪功"了。不心疼这个女人不由他。之所以要反复出去告，也是要做给这个女人看的：他不是孬种，是一条能撑得起腰杆的汉子！可越告日子越倒灶，越告显得自己越无能，如今竟告到这步田地了，他就感到特别对不起这个女人。花如屏哭，他也哭。最后他把花如屏恩恩爱爱地抱到床上，也顾不得是什么时候，那间帐篷里就分不清是在哭还是喊还是在撕抓，把老婆当揉面一样揉得直喊叫：你你你跑跑跑死死死呢呢呢跑跑……

这天晚上，老丈人就夹着拐，瘸着一条腿来了。丈母娘拿着马扎，路上得让他坐下歇两气才能继续走。花存根一进门就问告得咋样了。他想他是应该知道结果的。警车"押送"回来，先在镇上盘桓半天，消息的腿，总是比实际情况速度会快几倍甚至几十倍地跑着传递开来。当他回村时，就发酵成：存罐，不是说你……病了吗？这是关心的。还有很是惊异者：不是说……你让何黑脸给笼了吗，瞎传的呀，又放了？更可怕的是孩子们，见他竟然放箭似的抱头鼠窜，直到逃离出几十丈远，才回头指指戳戳地喊叫：疯子，温疯子回来了！他捡起石头想打，但到底没扔出去，打了，岂不把疯子就坐实了？花瘸子知道的是哪一路消息，他不清楚，但肯定知道告败了，要不然问话的时候不可能带着那么大的火气。

他对这个丈人爹也越来越失去了必要的礼敬，连坐都没让一声，就说失塌了！花存根问咋失塌了？他说：失塌了就是失塌了么。花存根说：出这大的事，我们占这大的理，咋能失塌了？还把你自己整成了疯子，人也差点坐了法院（村里人把被公检法传讯、拘留、判刑、蹲大牢统称为坐法院，哪怕是被警车拉过一次也是），你倒弄了一场何事吗？他把花存根也怼了个干的：有本事你去么！气得花存根把铝合金拐子在地上戳得噼里啪啦一阵乱响说：我要是全和着，还等你去告，我端直就告御状、告给包公、告给狄仁杰了。哪像你一样臭屁无用，一出去几个月，劳而无功，还落个疯子的名声，让法院朝回拉，你是做贼去了是吧？亏了你温家的先人！

丈母娘直让少说几句，花如屏也挡她爹，就是挡不住。这老东西，仗着自己有全镇最好的吊挂面手艺，现在家里又指靠着吊挂面过活，就越发把女婿当乌龟王八羔子瞧了。那阵儿推钢磨和机器压面红火，挂面无人问津时，他来家里，连大气都不敢出。只是叹息着人的嘴，吃乱杂、吃倒灶了，连好歹味道都尝不出。机器压的面，在他看来那就是糟蹋粮食，把上好的细面，压成一尺宽的硬板，再拉成韭菜叶宽的窄板，吃起来就像咥刨花片渣。而手工挂面，那是拿体温反复揉搓出来的有生命的吃食，在他看来，那就是麦苗到麦穗生长的延续。十几道工序下来，红苕糖一样拔着丝的空心挂面，咥到嘴里，他是舍不得一下就吸溜下去的。那阵儿，他会吊一些自己品。而现在，机器压面的时代终于走到头了，空心挂面陡然火起来。他内在的自信，包括讨生活的自立自强心性，就一股脑儿迸发出来。要不是失去一条腿，他会更加成为这个家庭当之无愧的狠角色。可惜现在，活得人不人鬼不鬼地蹦蹦跶跶，也就只能徒增脾气、戾气与火气了。而这些气，对外孙子发，舍不得；对女儿发，又用不上；最后就只能全发在老伴和这个越来越尿囊包的女婿身上了。

温如风哪是能受得他那臭脾气的人，开始还顶搏几句，后来就进入横眉冷对与无声抗议的冷战期了。实在忍不住，也会遇啥摔啥、踢啥，借物敲敲打打，吓得花存根一蹦一蹦地在满房里找安全落脚点。有一次，委实气急眼了，温如风就针尖对麦芒地开仗了："有能耐你也告去，光戳惑我算啥本事！你去注定人家能抬着轿子把你接进紫禁城。前边还给你弄一拨响器吹吹打打，喊叫闲人闪开，花瘸子过来了——！"

这下斗争就升级了，不仅丈母娘不答应，花如屏也不答应，甚至连儿子都不答应了。温顺丰说："爹，你没教养！别人骂姥爷瘸子，你也骂！"他说："他不是个瘸子，还是个镊子！"气得花存根就把拐子摔过来了。本来是想砸他的狗脑袋，没砸中，却把眼角擦伤一块皮。不仅火冒金星、眼前如泰山崩塌，手一摸，还黏糊拉丝的有血迹。斗争一下就变得有点你死我活了。他拾起拐子，就朝花瘸子跟前扑，丈母娘、花如屏、温顺丰三人都没拦住，那拐子还是照着花存根扭过身朝门口直蹦跶的屁股上，狠狠敲了两拐子半。第三拐子硬是让花如屏阻挡着只勉强挨上，而没产生实际作用力。这下花存根彻底就歪在门口，直喊不想活了，说与其这样窝窝囊囊活在世上，还不如让狗日女婿打死撇脱。

温如风这时一只眼皮已经肿得只剩了一条缝，看着越来越穷凶极恶的丈人爹，都想拿刀把他另一只腿也剁了去。他每次来，也就是仗着人多才敢进来。浑闹一阵，啥事不顶，丈母娘把他搀回去，过几天，气不顺，就又来了。每次送走她爹，花如屏都要安抚温如风说：爹也是活得有脸没处放了，你要理解他呢。他说：理解他，谁理解我？我是他的出气筒子是吧？他的腿是我炸瘸的是吧？有本事跟孙铁锤要赔偿费去呀！她说：爹去过，人家门口的几条藏獒，扑出来能把人撕成八块。他说：他怕人家藏獒，就不怕我，我好欺负是吧？她说：人活得没路了，那不就是在自己人头上撒气么，还能咋。他就喊叫：行了行了，你就跟你爹一个鼻孔出气，我走，好了吧！花如屏又一把将他拦腰抱住，哭着求他：存罐，我们就都忍着点吧，镇上移民搬迁房子快盖好了，牛书记和北斗不是说好了给我们一套吗？那口老箱子里，也还有点积攒，到哪里……还不能垒个窝。只要离开北斗村，一切不就零干了！他说：凭啥？凭啥离开？

温如风肿着眼泡，又去找了一次安北斗。

眼泡这地方怪，一打就肿，一肿就特别显眼。看上去也很是悲情。他还故意把半边眼睛朝上翻着看安北斗。一翻上去，紫乌的眼睑下面，眼仁又特别白，眼珠还泛黄，对比得阴森森地吓人。"咋办，安政府？我也只有出门告状一条路了！"

安北斗说："现在千万千万不敢出门，一走就成疯子了！一疯就进疯人院了！一进疯人院就成'横路敬二'了！"

"成横路敬三了我也得走！"

吓得安北斗只好日夜跟着他，就怕出乱子。

有一天撒黑，花存根喝了些酒，见一村人都在忙着砸石头挣钱，就他家跟热闹世事没关系，心里憋闷得慌，偏是牛存犁见了又煽惑说："花哥，别嫌我说话难听，你这日子都是你那个日巴炊女婿犟出的祸。人常说：生在矮檐下，怎敢不低头。他把那个头轴得那么硬干啥？人家孙董县里省里都有人，你算老几，跟人家掰过节，不是找死吗？这下好，把花哥你的一条腿也掰没了，人家说给你安条驴腿也得认，谁让你出了那么个祸害女婿！前几年让一村人眼欠，现在又活得让一村人讨厌，倒是何苦呢？"花存根都想扇牛存犁一耳光，可惜自己已没了能扑上去扇人的本事。在北斗镇方圆几十里，没有人不知道驰名挂面匠花存根的。而你个烂犁地的，挣死，也不过在二里半地界里打圈圈，说得好听一点叫犁匠，说得不好听了，就是戳牛屁股的。你也敢教训老子！加上一些娃娃又围在道场上踢着毽子喊：

花瘸子，花跛子，

跛子的沟子错错子。

错着来，错着去，

错回家里日偏西……

花存根就又一次借着酒胆，朝女婿家帐篷踉跄去。

温如风看老花一身酒气，又东倒西歪着，干脆自己先让了。他实在觉得犯不着跟个瘸子杠劲。出了门，他也不知该往哪儿走。到处都是砸石头、淘河沙的锤子和机器声。唯一能去的地方，就是已塌陷得不成样子的老磨坊了。他勉强爬上了那个越来越立脚不住的"孤岛"。

他几次上来想收拾收拾，可确实已经没有收拾的必要性了。周边通道全无不说，再遇雨季，很可能会毁于一旦，花钱都是白捣。他也不知自己把好端端的日子咋就过成这光景了。完全是一种无家可归感。要不是念及花如屏和儿子，他真想彻底一走了之，哪怕是外出捡垃圾，也再不想回到这个鬼地方了。他现在唯一纠结的就是老婆孩子。当然，也纠结着这个老磨坊。还纠结着死活都争不来的那口气。他坐在歪斜得不成样子的磨坊巨轮下，浑身直发抖，不是冷，而是恨，绵长得无法诉说的来路，也无法看清去路的恨。

突然，"岛"上又上来一个人，是安北斗。这家伙就像影子一样，总是在自己最孤单的时候就出现了。莫非他还盯着自己？安北斗把老水磨轮子摸了摸说："快有一百年了吧？""比你爷的年龄都大。""一个人坐在这儿干啥？""准备杀孙铁锤呀！"他冷不丁冒出这句话来，把安北斗吓一跳。"你真疯了？""真疯了。妈的，杀了他绝对值！杀了你只帮我说一句话：温如风是真疯了！不说也无所谓，反正杀了咋想都划算。""你他妈没疯才怪呢。走，跟我走！""干啥？""请你喝酒。""请我喝酒？狐狸给鸡拜年——安的啥心肠？""毒死你个货，我也好解脱。"

他就跟安北斗走了。

这天晚上，安北斗把几十斤重的仪器放在了他的脊背上。他老想着安北斗这货都不嫌累，成天背着长枪短炮看星星，没了媳妇娃也不操心。想让他不看天，除非是鸡不生蛋、驴不推磨了。安北斗自己扛着两床被子，还提着一网兜酒菜，两人吭吭哧哧上了勺把山顶。

一到岭梁上，先是听到扑棱棱一阵乱飞声，安北斗拿四节电池的长手电筒一照，是猫头鹰，并且是金色的。都知道这只鹰，说碰见不吉利，他捡起石头就想打，被安北斗挡了。他说："撞见这货不吉利。"安北斗说："我经常碰见，也没啥不吉利的。""这货不是个好鸟。""你是个好鸟？""你是好鸟。"

安北斗就让他铺塑料布，收拾吃喝，自己架起大炮筒子来，朝天空乱绕晃，嘴里还叨咕："不错，今晚视宁度不错！"他说："嗯，这两个猪蹄子也不错。炖利骨了，粑粑的。甘蔗酒吧？是不是拿酒尾子来糊弄我呢？"他先抿了一口，只听"噬儿"的一声，又哝了两下，满意地说："还行，能喝！"安北斗说："不能喝了自己喝尿去，还把你能的。""我可是你请来的噢。看啥呢，先喝一起子再说。出一身汗，冷哇哇的，小心感冒了。"安北斗就陪他喝起来。他把猪蹄子啃到兴头上问："哎，我咋看你才是疯了呢，一天朝这空里永远看不够，有金子么还是有银子？""算你说对了，这天空不仅有纯金纯银星球，还有纯钻石星球呢。大得你无法想象。比地球还大几十倍、几百倍的都有。""你能看见？""看不见，但天文学家可以计算，好的仪器也可以观测。"他说："别尽给我说那些没用的，有本事给我拉一个回来看看。"安北斗噗哧笑了。他问笑啥？安北斗说："你让我想起我的前丈母娘。老要我把金质、银质、铜质和钻石星星拉一个回来，拴在自家后院才算本事。""我完全赞成你前丈母娘的观点，尽整那些不打粮食的玩意儿干啥？深更半夜的，给身上裹尸一样卷床被子，在风呼呼的山顶一守一夜，你没精神病才怪呢。""天体有意思得很！你跟我好好看几晚上就爱上了。知道了宇宙之大，你那点事倒是个屁事。""那有本事你到天上去过呀，把嫦娥娶回来，不比她杨艳梅长得好。"安北斗就没话了。他又有些歉疚地说："对不起噢，是话赶到这儿了。你看我这张烂嘴，连猪蹄子都塞不住。"安北斗还是没话。他就故意迎合地："哎北斗，老辈子都说：天上一颗星，地下一个人。那你说，天上哪一颗星星是我？"安北斗随口撂了一句："冥王星。""冥王星？草老师不是说那是一颗特别寒冷的星星吗？记得好像是太阳系第九大行星。我倒算个啥，那颗星星大得牛×哄哄的，还能认我。""开除了。""啥开除了？""冥王星被开除了。""为啥开除了？开除到哪儿去了？"安北斗说："质量太小，不够格，被从九大行星里开除出去了。现在叫矮行星。""嫌我质量太小，不够格？""你还真成冥王星了。""你这一说，倒是像我。矮行星？我有多小？""月球的六分之一吧。""那我也够大了呀！我要是能搬上去，还要那半棵树和老磨坊干啥，你说说。""你先准备一个铁匠炉子吧。""干啥？""生火呀，上面常年四季见不到阳光，最高温度都在零下二百多摄氏度以下，你把一家迁上去，就日夜拉风箱生火打铁吧，挂面肯定是吊不成了！""那你还是把孙铁锤一家迁上去吧，他家贪，喜欢地界大。最好把平常跟在他沟子后头溜抹的狗腿子，都一伙迁上去，好帮着拉风箱。"安北斗又笑了，说："咋啥都能想到孙铁锤那儿去？""我就想把狗日的宰了。""我之所以把你叫出来看星星，就是想告诉你，不值得。天地太大太大了！""因为天地大，就把我这事忍了？那你前丈母娘的话就是对的，天上哪怕有再多金星、银星、钻石星、玉石星，都没有我那半棵树、一院房子具体实在。我得养家糊口，我得吃喝拉撒呀！""我是想告诉你，在这浩瀚的星空中，截至目前，只知道小小的地球上有生命。我们来到这个世上走一趟多不容易，你凭啥为一个孙铁锤，就要把自己毁灭了呢。杀死他，你也活不了。关键是对你媳妇、儿子要产生多大影响啊！有个杀人犯的丈夫和父亲，让他们一辈子咋过活？""那你说咋办？啥话都让你一个人说了。我就当一颗冥王星，一辈子见不到太阳，冻死算了？""还是那四个字：等待时机！"

温如风就再不说话了，过了许久，只听他独自嘟哝道："矮行星？那还是行星，还能跑么？"

"你说啥？"

"没说啥。"

然后，温如风就又跑了。

91 矮行星

温如风是在跟安北斗到勺把山上喝酒后第四天跑的。听花如屏说，那晚从山上回来，温如风就冻得重感冒了，嘴里一个劲嘟哝他是矮行星，跑得慢，但能跑。第三天勉强好一些，又跟丈人干一架，第四天一早就不见了。

安北斗其实跟花如屏是有约定的，让她帮着把温如风的异常情况及时告诉他，好采取措施。那天他突然到老磨坊找温如风，也是花如屏告诉他的，说害怕温如风想不开，会去杀人的。

安北斗及时把温如风出走的情况悄悄耳语给了牛栏山。牛栏山正在开高速路开工协调会，气得直敲桌子沿："天要下雨娘要嫁，我有啥办法？就让当疯子抓了吧，都安宁！"安北斗最怕的就是这一招。一旦再被抓住，必定当疯子收拾了。

生气归生气，牛栏山到底还是从会场出来了。

他说:"牛书记,我想今晚连夜走。"

"这可是你主动要去的啊!"

"我主动的。只是要保密。我让他媳妇一家也都别朝外说。你就说我请假了,理由咋编都行。"

牛栏山把他看了半天没说话。最后拍拍他的肩膀感慨万千地说:"我们的干部,要都像你这样对待老百姓,恐怕也就没那么多糗事了!"说着,牛栏山还从身上掏出三百块钱来,硬塞给他:"我知道出差花销大,报销又有规定,也就是我个人一点小意思吧,多的也拿不出来。"他坚决不收,牛栏山硬塞到了他口袋里,低声说:"北斗啊,最近铁路沿线协调任务持续加重,高速路又马上开工,为加强力量,有可能把原来的副组长都按副科级对待了。我也给上边说了,别一副科,又空降人来。不出意外,你倒是顺茬,条件都够。即使竞争再激烈,我牛栏山都力挺你!"说完,还当胸砸了他一拳。

安北斗只说了声谢谢,就直奔省城去了。

在省城的"老地方",他没有找到温如风。记得老温好像说过,警车把他们从那里一拉走,算是把一个好"窝点"端了。温如风主要操心的是那儿看戏方便,能领到"天天有秦腔"的优惠券。

安北斗转来转去找不到人,就又顺便去了一趟秦腔团,找到了那个陈编剧,问到底是咋回事。

陈编剧还埋怨他们不该一去不复返,连信息都不反馈一个,他问:"效果怎么样?""什么效果?"安北斗一脸蒙相。"你们不是告状吗?结果呢?""最后告状信……不是您递上去的吗?"陈编剧说:"是我递上去的呀!还费了个周末,大拆大卸大改了三遍。你们写得有事实,却没有力量感,有些逻辑关系也难自洽。我这底稿还在呢。"说着,他还翻出底稿来让他看。

安北斗细一看，当下吓出一头冷汗来。告状信不仅对温如风受害的个人系列事件性质条分缕析，归纳提升，而且把重心放在了大爆炸上，直指"黑保护伞"是"雪中藏尸""欲盖弥彰"，纵容"恶贯满盈者"逍遥法外且"荣归故里"。认为这是一桩"当代奇案"，背后掩藏的"利益链条昭然若揭"。总之一句话，必须把包庇"欺男霸女、横行一方"的"无道村霸"与"层层保护伞请出前台"，还受害百姓一个"尚能守住时代底线的公道"……这封告状信，自然不能与过去温如风那些动辄数十页，写得拉里杂杂、乱麻一团、俚俗满篇、骂声一片，既像通俗小说又像三流报告文学，还像打油诗一样的状纸同日而语了。相信"黑保护伞们"见了，也会芒刺在背、心惊胆寒。问题是编戏的大概并不知道这个运作系统，总有环节会跑风漏气，让"相关人员"掌握内情，然后精心擘画、八方运作，最后反馈上去的，很有可能就是完全能够保护住他们"利益链条"的处理结果。直到此时安北斗才大致捋清，老温是如何被操弄成"精神病患者"的了。

陈编剧说："我一辈子连自己被暗算都没告过状，总觉得告状是下流坏子干的事。可遇见温如风，我还是忍不住操弄了平生第一份状子，感觉不错！原来我觉得这个故事写不成戏，后来发现戏份还挺足！"

安北斗都想说："你还是饶了温如风吧！"但人家毕竟是帮了忙，他还害怕陈编剧问他要更多的"猛料"，干出更愚蠢的勾当来，就赶紧离开了。这个陈编剧让他想起几句老话来：百无一用是书生；秀才用兵，三年不成等。他还是好好写他的戏吧！差点因他的"感觉不错"，把老温失塌得一干二净。温如风的信可以当三流"唱本"看，那"文风"还保护了他。而陈编剧偏要写出"真状子"的效果来，且大有

584

老戏里替民喊冤的情势，反倒差点造成新的奇冤。看来弄啥的就该好好弄啥去。告状就是告状，绝不是唱戏，一旦进入唱戏思维，大多也会以戏剧效果收场的。无论如何都不能让他掺和这事了，再整成戏，也就注定把老温整成"横路敬二"了。

安北斗又在几个要害地段转了几天，没有发现温如风的踪影。他突然想起那晚在勺把山上，温如风好像撂过一句话：他孙铁锤的亲戚还能管得了天下不成！这货是不是又进京了？他给牛栏山打了电话，想去京城找。他怕温如风遭暗算。牛栏山这次倒是当机立断，没有为经费的事肉磨半天。镇上的经费的确被几件大事整得捉襟见肘，牛栏山都搞得已成四处化缘的"牛方丈"了。一些单位听说"牛方丈又拿着钵子来了"，管事的都吓得从后门溜了。

他是买硬座票进京的。按规定，国家普通工作人员出差是可以坐硬卧的，而硬座比硬卧少一半价钱不止。因此他出差，迟早都习惯拿一块厚厚的被单，有时包仪器，有时在户外好铺地打坐，有时也能遮挡寒气。一上列车，他就抢先占领了座位底下一块空地，算是美美撸了一夜觉，那种满足感，也不比卧铺差。

一大早，火车进了北京西站，他就端直去南城西街了。

整个京城，他也就最熟悉天安门和南城西街这两个地方。都是拜老温所赐，让他反反复复在这里辗转着。他采取挨个排查的办法，在上访人里一溜溜去找。虽然已立夏，但一早很多人仍是穿着羽绒服和棉袄。他太熟悉温如风的打扮了，这货长期告状有了经验，注定是穿着那身油腻腻、绿哇哇的羽绒服，并把脑壳深深扣在帽子里的。老温似乎别的地方都不怕冷，总怕冻了那颗细长细长的冬瓜脑袋，还有耳朵。一入深秋，他就早早戴上耳笼子了。安北斗又生怕让他看见，溜之大吉，就像老电影里的特工一样，也用被单裹着身子，包了半个头，酷似一个悲情的上访者。

来来回回篦梳四五遍，的确不见人影，他就又去了天安门。仍是背着那个大炮筒子，说是像记者，那副狼狈相与时尚职业又相去甚远。虽然大炮筒子没敢举起来，也常遭盘问。直到很晚了，他才拖着疲惫的身子走进一个叫东庄的村子。记得第一次来京城问东庄在哪里时，连一些老北京都不知所云。这是一个由上访户自然形成的村落。也有人在里边开起了旅馆、餐饮业，甚至能买到各种最低廉的日用品。经济稍宽余一些的，会住在只能打过转身的小客房里。而打"持久战"者，大多在桥洞下或各种避风处，用五花八门的材料，甚至包括塑料薄膜，把自己包得跟粽子一样，不知哪是头哪是尾、哪是出气口的严丝合缝。温如风虽是节俭之人，露宿街头的事，在酷夏也干过，但还是要面子要脸的。他宁愿靠捡垃圾挣钱吃住，也不想像狗一样卧在大路边失去尊严。因此，安北斗只是随便把桥洞下打地铺的看了看，就直奔上次他们住过的那家旅馆而去。

这家旅馆除了更加破旧，其余仍然没有任何改变。安北斗以三十五块钱的价格登记了一个大通铺，想安顿下来再说。住下后，他见每人床头都挂着一个袋子，细观察才发现，袋子里都挂着上访材料。他虽然没有这些东西，但也不得不弄两本书挂着，怕引起怀疑。

在他出门方便时，突然听到一个房里有人大声说话，是陕北口音，又夹杂着醋溜普通话。从窗影上看，还有几个旁听者。他就凑了过去。他一眼发现，这是他们上次见过的那个告状者。他想起来了，叫欧宝财，好像是为小煤窑的事上访多年了。他就主动给他打了招呼。欧宝财住的是单间，虽然不大，里面站的站，坐的坐，也挤巴着六七个人。

他勉强搋进去，只能厕身于门口了。欧宝财戴着老花镜，是从镜框上方把他看了看，问："干甚嘛的？"这一下还把他给问住了。他知道，这里人警惕性都很高。只有上访的才互通信息、抱团取暖。他支吾一句："上……访。"昏黄的灯光下，唰的一下集中过来好几双眼睛，把他上下打量一番，对上访身份似乎没有什么疑虑了，才又把目光很是崇拜地投向了欧宝财。欧宝财慢条斯理地问他："咨询政策还是书写材料？""咨……咨询政策。""那就一块儿听吧，都是明码标价：要上访须知，乘车路线的，一本五个元；咨询，一件事十个元，五件以上，每件少收一个元；要有关部门地址、邮编带信封的，三十个元；代写诉讼状的，以案情大小论价，二到五百元不等。你是要做甚？"安北斗说："我咨询……就咨询。""那你稍待会儿。我给他们讲完，你也听听，上访是一门学问，黑里糊涂的，瞎子肩毡满城胡扑，只剩下倒霉撞墙了。记着：人民来信来访，是合理合法的。国家有《信访条例》，注意，内容是这样表述的：'《信访条例》是为了保持各级人民政府同人民群众的密切联系，逗号，保护信访人的合法权益，逗号，维护信访秩序而制定的法规，句号。从2005年5月1日起施行，句号。'本条例明确规定：'各级人民政府应当将信访工作绩效纳入公务员考核体系，句号。'听明白了没有？你来上访，就必须先学习有关法规，要不然，三天两后响就让你地方上来的人弄回去了，你只能干瞪两眼。有的还违纪违法，让公安机关给戴了镯子。可不是金镯子、银镯子，而是铁镯子，中间环环连着呢。"大家哄地笑了。"笑呢。我这都是经验之谈。看看我，一边上访，一边还帮助无知上访者释疑解惑，但始终心怀坦荡、平安无事。为甚嘛？你说为甚？手头掌握着政策法规利器，懂不懂？"说着，欧宝财的一只腿还得意地直忽闪。

一些人又问了"欧师"一些问题，交了咨询费，就分头走了。安北斗发现欧宝财的墙上，挂着十几个袋子，上面分别写着"法律""政策""地方法规（分西北、东北、华中、华南、华东、西南等片区）""上诉材料"等字样。欧宝财在解释政策法规时，并没有拿任何文件，却能把原文，甚至标点符号倒背如流。只有不相信者表示怀疑时，他才转过身，从墙上抽出文本，让你看他说的是不是一个标点都不差。安北斗甚至有些肃然起敬了。等人走完后，欧宝财问："咨询甚嘛政策？"他挨挨磨磨地说："我……我想问一下，如果上访……被认定……患有精神病怎么办？"欧宝财又用老花镜的上边沿看了看他，问："是你个人问题吗？""是……是代问。""替人上访？这问题比较复杂，咨询费得三十个元。给你十分钟时间。"安北斗显得有点为难。欧宝财又盯了他一眼说："不说了，听你口音也算乡党，二十个元，咨询了咨询，不咨询了快忙你的去，我还有几个稿子要赶哪！"他急忙说："行行，二十元。""简单叙述一下过程。""就是……在省里告状，可能触碰到了要害人的利益，人家要以精神病的名义，把他弄进去。我怕……真整成了精神病……"欧宝财似乎很是感兴趣地追问道："为甚嘛事？""事多了。""你知道行情，一件事十个元，我忙得鬼吹火一样，看看这堆材料，你看看，日夜都处理不完。拣重点说。"他一口说出了三个字："大爆炸……"欧宝财一愣："大爆炸？是不是先后死了六个人？前天就有一个二蛋货来问这事，我给他说得清清楚楚，结果他趁我上厕所时，不想交三十个元，溜了。好吧，昨天就抓了，行李都让人拿走了。""啊！是不是一个瘦瘦的，脑袋长长的……""长得跟蔫茄子似的，长吊罐脸。看着老老实实的，为三十个元就跟我耍花招。瓜皮货，我就给他留着一招，没学到，端直就毕失了。"说着，他的腿又忽闪起来。

安北斗倒是想知道这一招，就直接把钱掏出来，放在了他面前，说："还请欧师不吝赐教！"欧宝财斩钉截铁地说："非常简单，按上访规矩办。因为他这些我都经历过，甚嘛亏都吃过。我现在一切按政策法规依法上访，不让去的地方坚决不去，不让采取的措施坚决不采取，谁拿我也没办法，坏人就得朝死地告他！我的知名度很高很高（他的腿也闪得愈发厉害），此生已不再准备挖煤，在帮助别人的同时，顺便赚几个小钱儿，以告养告。"

安北斗已没心思听他再掰扯，得尽快找到温如风的下落。

由欧宝财的经验得知，老温八成是又到不该去的地方乱跪乱磕头了。从来拿行李的人分析，估计地方信访部门或驻京办的可能性大。在收取那二十元时，欧宝财说："按走流程，估计明后天就会转到省一级或直接送回原籍了。"

安北斗就连夜坐火车回省城，并端直去"精神卫生中心"门口等人了。遣送回原籍倒不怕，他最怕把人弄到了这里。一打问，说住院病人里没有温如风这个名字。他在门口等了三天，也不见人影，就有些急慌。他给牛书记又打了电话，说人肯定是遣返了，如果没回北斗镇，就可能在省城或市县两级。他让牛书记给有关方面打电话问问。牛一会儿就把电话打过来说，县上市上都没有消息。他又跑到省信访局，也没打听出来。他就让牛书记能不能给武书记打个电话。牛栏山问说什么？他说一定要让武书记知道，温如风不是精神病，如果把温如风送进精神病院，事就闹大了。牛栏山在电话里半天没搭腔。

"牛书记，牛书记！"

"听着呢。"

"我觉得你必须给武书记打这个电话。温如风已经不是一般的上访户了，武书记应该知道事情的严重性。"

过了许久，牛栏山才说："北斗哇，你已尽力了。回来吧！"

安北斗在电话里也半天没说话。但他终于还是说了出来："那你把武书记的电话号码给我！"

"你要干啥？"

"我给他打。放心，惹不到你身上。事情已经到这一步了，我一辈子也就只准备做这一件事了。要是真有个三长两短，念及给你做一场下属，帮着把我的事告诉爹娘，让他们知道我没做啥坏事，我在兢兢业业为公家效力，虽然官卑职小，但无悔无愧！不让二老……背着良心债离开人世就行。"

"北斗，你咋说得这么严重？"

"不严重你为啥不敢给武东风打电话？"

"我……我们一个小小的科级干部，有分管层级，我本人身上还背着处分，咋能越级给书记打电话？除非是人命关天的重大灾害、险情……"

"这就是人命关天，这就是重大灾害险情！那这样……你把武书记的电话号码给我。"

"你要干啥？"

"你甭管，没你的事。"

"北斗……"

"把电话给我就行了！"

过了许久，牛栏山把号码报过来了。他听牛栏山叮咛了一句："北斗，要学会保护自己呀！"

他把电话挂了。紧接着，他找了一个电话亭，拨了那个号码，但一直没人接。直到中午一点时分，他又拨了一次，通了：

"谁呀？"

他心里咯噔一下紧张起来，这毕竟是县委书记的电话，连镇上一把手都是不敢随便拨叫的。那声音他也熟悉。虽然远隔数百里，但依然感到他是十分威严地站在自己身旁了。他想好的那么多词，也突然一下在整个脑海里崩盘短路了。他有点支吾起来："武……武书记吧？"

"你谁呀？"

他顿了顿说："你别问我是谁，我就是一个普通人民群众。是想向您反映，北斗镇上访户温如风，绝不是精神病患者，他的确有冤情。有些人想把他弄进精神病院，一了百了。那只会产生相反的效果，搞不好会发酵成一场大事件，反倒会烧了很多人的手……"

"你到底谁呀？"

"不要问我是谁。能给你打这个电话，就说明还有人对你抱着很大希望。六条人命不会轻易收场的。如果能把温如风放了，就说他是个精神病，别理他完了，可能反倒大事化小，小事化了了。一旦真当精神病关起来，被治成了精神病，那后果就不堪设想了。天网恢恢，疏而不漏，相信总会有算账的时候。盯着这件事的人很多，书记，公道自在人心，请尽快把人放出来是上上策！"

"你谁呀？怎么跟你联系？"电话里武东风有些急了。

"把人好好送回去就行了。可以把他当疯子看待。一旦当了疯子，那告状信不就一文不值了吗？因为疯子乱写乱画乱跑都是正常现象。但不敢把人治成疯子了，这个黑手可下不得呀！谁下，都是要付出代价的！"他觉得他已经把话说得够透彻、够有分量了，然后就把电话挂了。

挂完电话，他心里扑扑腾腾跳得像是煮开锅的米汤，看看四周，迅速离开了。然后，他又回到"精神卫生中心"附近观察动静。晚上，他就住在附近一个小旅馆里等消息。他想看书，但一页也看不进。他突然有些担心，会不会把事情搞得更糟，反倒断送了温如风的小命。这时他突然想到一个人：南归雁。

南归雁自调离永平县后，他们的联系就越来越少。开始南归雁是做市上旅游开发办副主任，后来又兼了政府副秘书长。去年已派到一个旅游大县做常务副县长去了。一个常务副县长跟一个县委书记通电话，总会比一个平头百姓有力许多。除了这个同学，他也再找不到更大的官、更合适的人了。何况南归雁是知道温如风事件的。至于会不会站出来为温说话，他心里还没底。但事情刻不容缓，电话里又怕说不清楚，他就包了一辆最便宜的昌河面的，直奔南归雁而去。当赶到那个县城时，又说南县长在乡下调研，他怕温如风的事已耽搁不起，就又直奔乡下而去。

安北斗特别害怕人一阔脸就变的主儿。没想到，南归雁见了他还很亲切，他倒是有所安慰。因地方上的书记、镇长正在忙着给南县长做汇报，他也没好立即打断。这里是一个唐代诗人的隐居遗址，"草堂"早没了，却有数百棵老树存留下来。据说也有人动过心思，却连遭雷劈，便再没人敢动了。不过安北斗一听到旅游大开发几个字脑袋就有点大，他还故意问了一句："是要把山林点亮吗？"南归雁似乎是很不高兴地把话题岔开了。随后，就听南对镇上干部要求道："这次开发利用，首先是提升文化价值，再就是搞水土保持，挖鱼鳞坑，蓄水保墒，然后按唐代诗人的《隐居赋》记载地貌，全面栽树护坡，恢复千亩森林的植被覆盖，暂时不要以吸引游客为目的……"安北斗心里搁着事，终于忍不住插空把他拉过一旁，一语道破了此行目的。南归雁还嘟嘟了一句："这人的事还没解决？"他越听眉头皱得越紧，然后就掏出手机，远离到一棵老松树下，跟人通起话来。安北斗一直悉心观察着他不时变换的表情。开始明显是寒暄，然后似乎进入了正题，再然后，就说得严肃起来。看得出来，南归雁甚至说得有点激动，不时还用旅游鞋狠狠踢了踢大树裸露的根茎。中途，他又挂断了电话，似乎是在等那边的消息。大约过了十几分钟，那边电话又来了。好像是达成了某种共识。远远地，他听见南归雁在感谢对方。再然后，就过来对他说："说好了。"他急忙问人在哪里。南说："你就在这里休息一两天，人会送回去的。"他哪里待得住，直说要回到精神病院门口去等人。南归雁说："东风书记答应了，让直接把人送回镇上。你回去也劝劝温如风，让他别再出去乱跑了。这人是不是越来越难缠了？"他有点不服气地说："把谁的房根基挖了都难缠！""你说孙铁锤现在已变得无恶不作了吗？"南归雁又问。他想了想说："金钱可以把一些人变成天使，也会把一些人变成魔鬼。孙铁锤大概就是那个魔鬼了。"

这天晚上，南归雁在一个民宿点招待他，大讲特讲了一番这个县历史、红色、民俗、自然方面十分丰富的旅游资源，并劝他调到这个县上来，帮他一起搞旅游产业。他心里还惦记着温如风呢，牛栏山就来了信息，说温已回到镇上，让他速返！第二天一早，他就回去了。

到镇上时已是黄昏时分。牛栏山正在客房好吃好喝地管待着温如风，单等他回来处理呢。一见老温，气得他狠狠搋了几拳。温如风直喊："哎哎哎，人家牛书记都把我待为上宾，上的是腊肉炒干饭。你个烂管旅游的，凭啥动不动就打人民群众？"他说："温如风，这下你死了我都不管了，你信不信？"老温还犟嘴："我又不是三岁娃娃，一天还要让你把我看上。""这可是你说的。""我说的，咋？"气得他扭身就走。老温连忙喊叫："哎转来转来，你看我给你带了啥书。"说着，从他那皮翻翻的人造革包里，扯出几本杂志来，全是《天文爱好者》。"我这回把矮行星总算搞明白了。也把你说的冥王星为啥被开除出九大行星弄清楚了。你说我是矮行星，的确像。那地方离太阳远，冷日塌了！还有月亮上的事，你不是爱看这些么……"安北斗看着被他揉得乱花花的一堆"韭菜卷子"，一想就是从垃圾桶里翻出来的，说："留着自己奔月去吧！"他一甩门走了。

　　这天晚上，牛栏山一再让他给温如风做工作，让千万别再跑了。他知道，做也白做。到这阵儿，温如风家没个家，地没块地，脸没个脸，丈人爹又见天骂得要死要活的，咋都在家里待不住了。但他还是硬着头皮跟温如风谝了半晚上，他想知道这次他都经历了什么。

　　温如风竟然有些像欧宝财的神气，腿也直忽闪，还给他谝得五马长枪的："……我端直就进京了。在底上能弄个啥动静？你说欧宝财，现在混得油的，告状都忘了，专挣告状人的黑钱了。我把他弹得嘣的一下，一个子儿都没掏。我就是要闹点动静，听点响声，看能把我咋？""你是在哪儿让人弄住的？""我也搞不清。""又是扑通一跪？""没有。刚出村，一个人手上拿着我的照片，说就是他，我就被架上车拉走了。""然后呢？""回省城了么。""再然后呢？""让你猜着了，的确弄到疯人院去了，差点成了'横路敬二'。"说着他还笑得挺得意。"还笑呢。""你以为我是傻子。啥我都想到了。《追捕》里的主角叫个啥？""杜丘。""杜丘是警察，知道不？他是自己进的疯

594

人院。"安北斗还越听越糊涂了，说："就你……还想当杜丘？""我就准备学杜丘，给的药不吃，都吐出来，把证据再搜集得多多的，彻底把狗日孙铁锤和他的亲戚一伙扳倒！"安北斗觉得这货既幼稚又可笑，便懒得再说什么了，只告诉他："疯了好！你其实疯了好！""你也盼我疯是吧？""你已经是个疯子了！"

从此后，温如风再到任何地方告状，就都以疯子论处了。螺丝终于彻底上滑丝了。

92 立像

现在，咱们得静静地把北斗村描述一番了。

这里没有村志，只有口述史。并且很难统一，比如有人说村里在乾隆年间出过一个举人老爷，就有人说是说鬼话。出举人的那家虽现在已无人丁接续，但祖坟山也并未完全塌陷。要真出过，是不可能不立碑子的。可一个远房亲戚说出过，并要求在新编县志上记一笔。因为这里自古以来就没出过举人以上的老爷，连秀才也是寥若晨星。县志办便很重视地予以采信，毕竟对全县是一件"从前阔过"的大事体。

历史大概没有太多值得打扮的"小姑娘"，那就只能大致说一下村庄延续。仍是据老辈子讲，北斗村过去也就十几户人家。草泽明很是认可这个说法，因为在清代末期，全县一共也就六七百户、三四千口人丁。县令满怀欣喜上任后，大失所望，意欲挂冠而去。是有一年汉口发大水，一些难民逆流而上，最后顺着长江支流汉江，钻进了这块远离天灾人祸的地方，北斗村才得到初步发展，有了"阡陌交通、鸡犬相闻"的景象。后来仍是战争与饥荒，让更多人从外面来到这"桃花源"里，避难不出，繁衍生息，直到现在，人口已接近当年一个县的水平了。

北斗村的确是四面环山，一多半山体由勺把山构成，另一半则由连绵不绝的大巴山支脉环抱。整个村落如果从空中俯瞰，很像是一个八卦图的阴阳鱼，而分开阴阳的就是这条灌满了淤泥与沙石的河床。据说过去大水能走船，而现在每年都会出现枯水季节，沙河滩就成了孩子们的乐园。甚至有些家庭已在滩上种了落花生。而早年大水冲击淤泥所形成的些小平原，就构成了数千人丁的粮仓。当然，仅有这些土地是远远不够的，因而他们在山体上，又开辟了许多"挂牌地（坡陡如挂在山上一般）"，从而保证了"民以食为天"的自给自足。附近村里的姑娘，都是愿意嫁给勺把山人的，因为这里就是在最困难时期也没太饿肚子。

现在说一下村庄的基本布局。北斗村跟世界上任何一个历史文明遗迹与现代文明高度发展的模式一样，住户多数是依水而筑。水是生灵的万物起源与生存底线依赖。更何况这些人多数来自"下河"，对水有天生的爱怜。据说有些家庭过去就是"吊楼子"，水从楼下通穿而过。主妇做饭时，水桶咂地撂下去，长绳索几把就将水提上来，端直倒进锅里蒸红苕、搅糊汤、炖猪蹄髈了。现在河水几近干枯，"吊楼子"已无存在必要，主人家就都下到一楼寻求生活便捷了。这是村庄大的走势。任何村子都有中心，北斗村说法不一，但现在都知道孙铁锤家即"白菜心"了。围绕着白菜心，又建起了与孙家大多有些牵连的"裙边式"街道。然后各类小卖部、诊所、收购站、修理站（自行车、拖拉机维修）等行业应运而生。村委会建在上街头，是六七十年代的产物。从这个中心摊开去，村庄便变得有些零星与松散了。比如温如风家过去在地势最低的老鳖滩建水磨坊，那完全是生意需借水势的选择。而安北斗家选在一个低矮的山坡上，既是爷爷辈种"挂牌地"方便，也是他爹见不得湿气的安居乐业。至于草老师要把房子建在云雾缭绕的山腰"躺椅"中，一些人说是故意要做"卧龙先生"，而他自己的解释是祖辈如此，清净自在惯了。总之，无论一河两岸还是半坡、山腰人家，这些年都由草房变瓦屋，而有些已由瓦屋变成"水泥洋房"，并贴上了五颜六色的瓷砖。只有草老师仍保留着茅草屋。据说村里曾劝过他，让不要拖了新农村的后腿，他偏是不改依旧。好在他在半山腰里掖着，上边来检查也没人会到那里去。

现在得集中说说孙铁锤家的宅院了。最早有三间瓦房，是他爷手上分地主老财的。他爷是贫雇农。那时整个村子多数盖的茅草房。丝茅草满坡都是，割回来规整捆扎好，一层层压到椽子上即是房皮了。只要盖得陡峭，利水好，还有冬暖夏凉的效果。当然缺陷也是明显的，经不住狂风暴雨，也最怕火星、烈夏甚至打雷闪电，很多时候烧得精光，还不知起火原因。后来就兴石板房了。石板房倒是能规避这些灾祸，却也容易在过于寒冷和曝晒中炸裂，漏雨、渗水便在所难免。尤其是即使再好的匠人，也难把石板开采得四方周正，不免有随方就圆、乱石铺街感，自是没有瓦房四棱见线，美观好看。但瓦的烧制成本明显大过石板开采许多，且得从外地购买，一般人家在很长一段时间，就只能望瓦兴叹了。可这个"大瓦房"梦，在二十世纪八九十年代，竟然实现得比想象的快了许多倍。三五年间，茅草房和石板房就蜕变得只剩下三五户人家了。而这时，孙铁锤他爹孙存盆已在三间大瓦房旁，又促起了一座三层小洋楼。妈妈呀（当地人的惊叹词），一砖到顶不说，还用水泥内外塘了三层，只有进过县城的人，才知道这叫水泥小洋楼。窗户都是一灿明晃晃的玻璃，里面请客、打牌，连夹起的肥肉片子和麻将抠起的二条，都能看得一清二楚。这又成了好多人家的新梦想。又是几年天气，这种水泥小洋楼也有人模仿着竖了起来。而孙家就开始扩建院落，修筑围墙、挖塘养鱼，还竖起了假山。假山倒是没人羡慕，石头朝山里背，是形容蠢货的意思。不过孙家的假山，是从勺把山一个古洞里锯下来的钟乳石，有四五米高，顶端果然是一双丰乳。那洞里剩下的冰凌、竹笋一般的石头，也都被他爹敲下来送人换了烟酒。孙铁锤主事的时候，开始一直没太重视"家园建设"，一副"野逛子"劲，跑得不落屋。老婆刘兰香成天指桑骂槐，要把几条公狗的生殖器一回剁了喂猪。骂归骂，跑归跑，最后跑出了名堂，老婆也就闭了嘴，还生怕这货把她休了。孙铁锤开始说要到县城买房，山里有啥住头。后来又说要在省城买。不过知道内情的狗剩漏过一嘴，说人家在省城把别墅都买下了，里边养人着呢。也是在大爆炸以后，冉冉升起的"大师"吕存贵，突然提醒孙董说，老房庄子是少见的吉宅，这些年的发达都与它有关。因为宅子正在北斗村两条八卦阴阳鱼的交会处。八方洪财，不请自来！无论走到哪里，都是要常回家看看、住住的，谓之"鳖瞅蛋"。说瞅着瞅着，蛋就成鳖，鳖又下蛋了。孙铁锤虽然对没脸没皮的吕存贵有些看不上，但仍是经不住外界对这货的敬重忽悠，如今也颤颤巍巍地信奉起大师的"仙气"和"特异功能"来。不管怎样，在山里盖院房子也就是一句话的事。他就让把原来的小洋楼推倒，一下整出七层来，还建了个宝塔顶盖。并且用了不下十种颜色的瓷砖，"福禄寿禧财"镶嵌得满楼都是。加上他老婆又好显摆，天晴天阴，都爱给层层楼道搭些大红、大紫、金黄、鹅黄、嫩粉、翠绿的各式大衣、风衣、帽子、围巾、披肩，简直就让孙家成了一村人梦幻世界里王母娘娘的瑶池了。

言归正传，咱们还是继续讲故事。需要特别交代的是，那次温如风一走，其实孙铁锤就得到了消息，并且立即打电话报告给了孙仕廉。孙仕廉迅速给京城一个地方办事处去了电话，很快就把温如风扣住并转运到了地方精神病院。可很有意思的是，武东风竟然硬要把人放了，理由是：既然上下都认可是疯子，告已无用，关起来还有什么必要，不是自找麻烦吗？孙仕廉倒是征求了他这个表叔的意见。因为他们毕竟都高高在上，不知道温如风到底能翻起多大浪来。以他的意思，从来就没必要把那货当一回事，烂人能走到今天，都是上下惯的瞎瞎毛病。几次他都想让人把驴日下的再弄到黑拐角，彻底打瘸一条腿了事。一次打不服两次，两次打不服三次，终究是要教乖的。可他侄儿已好几次都是一顿劈头盖脸的臭骂，说那是蠢驴做法，都什么年代了！他无法给已远离乡村好多年的侄儿，说清村里治理那些"刺儿头"的方子。只要你手腕硬、手段残，就没有砸不烂的"生毛铁"。他爹孙存盆就是以下手重、下手狠出名，村里没有不服帖的。他爹能给他起名孙铁锤，也是这个意思。并且在小时候，还把他带到铁匠铺子去看打铁，告诉他：没有哪一块毛铁在铁锤下是不变形的。只要你锤到，想它成啥样儿就能成啥样儿。世事就是这么个世事，强者为王，弱者服侍。核桃、毛栗都是要砸着吃的。何况有些人生来就是一副贼骨头，不拾掇，胳膊不像胳膊腿不像腿的，咋看都不顺溜。依他这么多年的经验，捋抹这些"贼坯子"，也根本不在话下。何况他现在是啥实力，"腿一闪地都抖哩！（吕大师语）"因此，他在电话里拍着腔子对侄儿孙仕廉说：你就把心放在肚肚里吧，我绝对保证，老温就是一头死驴，无非架子没倒而已。想倒，分分钟的事。孙仕廉仍是一再交代：千万不敢胡来，让他疯疯癫癫着才无碍。他始终觉得侄儿这些书生太是可

599

笑，又想当大官，又想赚大钱，还要装良善，还要讲仕廉，真是活得太他妈累。还是"光脚板"的好，看不顺眼，一脚踹倒，去尿！

孙铁锤有时躺在床上，禁不住老想笑，有很多事不敢想，越想越好笑。不光是财运、赌运、桃花运在过程中的那些不可思议。侄儿孙仕廉，包括武东风、牛栏山、南归雁、何黑脸、蓝一方，哪一个想起来，都有让他欲喷饭的笑料。安北斗就更可笑了，上了一整大学，人给活傻了，白眼张天地乱望着。尤其是跟温存罐还卷上了，莫非也看上花如屏不成？除此以外，他再也想不到这蠢货还有什么理由要跟温存罐穿连裆裤。尤其让他笑掉大牙的是吕存贵的发迹。最早还是他唱出去的，说大爆炸竟然有一个人因拉肚子捡了一条命。随后不知咋的，就把这货捧上神坛，连自己也不敢不信了。比如最近，吕存贵一掐算，让他要在勺把山顶，立一座九十九米高的神像，他就很是相信其中"镇妖""护财""佑寿"的道理来。因为吕存贵提出了一个重大命题：你孙董富贵天命，红火一世，终归有个百年之后吧。当然，孙董至少也要活一百二十春！可最后还是要位列仙班哪！那人间呢？你不得给村子留点作业？诸葛亮留了《出师表》；李十三留了"十大本"（一个在秦腔流播地区十分有名望的剧作家，写了十本戏，本本有名），人家村名都叫李十三了。当然，他们都太文绉，咱不学那个。可你要是能立座佛像起来，那也同样是千秋万代的声名哪！尤其是对你孙家福禄寿的保佑！孙董你拿一点，号召大家捐一点，最后不都是你的功德？他一听，还真是个金点子！人活一世，草木一秋，红火了当下，还能名垂千古，那才是真正光宗耀祖的大基业呢。这事他就全权交给吕存贵办去了。

他其实最纠结的还是花如屏。无论尝过什么样的生猛海鲜，这道

菜没尝，今生即使活得灿烂如莲花，也总是个缺憾。因此，他最近主要还是在琢磨这档事。

花如屏一直住在烂帐篷里。那溜帐篷扎在一个稍高的田埂上，一来防水防潮，二来在田里下杆子也方便。如今烂的烂，拆的拆，已所剩无几。人走多了就有路，而走少了，路也就似有似无了。一到下雨天，行在田埂上，几乎一走就是一个趔趄，搞不好还滑到田埂下了。最近一家敞放的猪，就曾从田埂上滑下去，端直摔得坐在地上站不起来，由此人称"坐猪婆"了。就这娃娃们放了学，还是爱到田埂上"滑冰"，也有滑下去折了胳膊折了腿的。但大人再管再骂，照样有去滑的，因为村里实在没有比这更富刺激和冒险的项目可玩。好在山里孩子，都是这样胡乱摸爬滚打着就大了。不过孙铁锤在温疯子被花瘸子骂走后，那段时间倒是十分关心起娃娃们的安全来。不仅亲自到田埂上滑了几滑，而且还要求村里给田埂上扬了沙子，让道路变得生涩巴滑起来。他倒不是害怕娃娃们摔着，而是想给花如屏示点好。自那次"月夜入帐"未曾得手后，他从来就没断过念想。越是得不到的东西越想得到，这是人的通病。对于有些人，可能就知难而退了。而对他，那简直就是猫抓心的挠搅，且越抓越乱黄。如今是不兴娶二房三房四房了，要兴，他兴许都愿意把她娶回来。娶不成，抢也要把她抢回来过一夜再说。这就是他迷恋这个女人的心劲。有句话讲：时间是医治一切的良药。他坚信时间是会让他得到这个女人的。尤其是温疯子逛野了，以他的势，不信这个活寡妇不给他缴械投降。但这个女人好像始终没有投降的意思。搞得他也就不得不奋不顾身，要一而再再而三地勇往直前了。这档事与这势、这身份、这地位，都是不大相称的，可情欲这个怪兽，就是这样地折磨死个人。

在又一个风高月黑的夜晚，他给老婆刘兰香造谎，说省里突然有大领导要召见议事，然后就坐车离开了村子。孙董离开村子是件大事，车一发动，迅速就传遍了四方。但出村后不久，他又蹑摸回来了，并且趔趔趄趄上了通往帐篷的田埂。娘的腿，又下雨了，滑得跟溜冰场一样，他还真给出溜到田埂下了，也摔成了"坐猪婆"。但过了一会儿，这捏捏，那揉揉，自己又站起来了。他就拎着包，一拜（跛）一拜地走进了花如屏的帐篷。

很奇怪的是，都晚上十一点多了，她的篷门还大开着。这女人，竟然还在给包面的纸条上，盖着"花家长寿挂面"的自制印章。他走进去二话没说，哗地拉开公文包，将几把捆扎好的票子朝桌上一板："看这够不够你两三年的吊面钱？要是不够，明晚再给你拿些！"

花如屏立即站了起来："你……不是走了吗？"

"看来你还是关心我呀！"

"你把钱拿走！"

"看看看，都啥年月了，世上还有你这号瓜女人，对了对了，赶快把钱收下。以后有你花的，还吊啥面，好好给我喊叫几嗓子就对了。"说着，他噗地吹灭蜡烛，端直就把她朝倒压。

谁知这个女人完全是个生生（煮不熟的东西），顺手操起一米多长的铡面刀，威胁道："拿着钱走，你要不走我可就砍了。"

截至目前，孙铁锤还没见过面对超过自己预期很多倍的钱财，不在扭捏一阵后顺势而为的。他想花如屏过去那么硬邦，如今一下要转过弯，也是需要有点过渡的。不如自己帮着快速过渡过去算了。何况他确实等不及了，就迎刃而上了。没想到这女人还真砍呢。好在不是脑袋，而是肩膀。这就不能不考虑生死存亡问题了。可他仍是不信：

"真砍哪？！"并且还想通过蛮力将她制服。谁知这个"小钢炮"——要是放在战争年代，绝对是游击队长的料——端直把第二刀砍了下来。这一刀非常接近头颅，但毕竟还没在头上。欲望这个恶魔，至此都仍难以让他收手。他绝对相信撑死胆大的、饿死胆小的信条，毅然再次挺进一步，那近二十斤重的铡面刀，就落在了他头上。顿时眼冒金星，血流如注。"日你妈，还真个下手哇！看我今晚不弄死你！"这时，花如屏已跳到帐外，不是叫床，而是号丧："快来人哪！有贼呀——！快来抓贼呀——！"并且是在田埂上边跑边喊。他是觉得彻底抓不住了才放弃的。自己毕竟是有身份的人，加上也不能让刘兰香那个母夜叉知道，他才捂住脑门，昏头残脑地夺路而去。逃时，没忘了拿走皮包和钱。一来不能便宜了这个女人；二来也不能留下把柄，自己毕竟是要干大事、要给后世留念想的人。

事情很怪，很长时间过去了，村里关于这晚的事也再无任何动静。如果有任何说法，刘兰香都是不可能不拿剪子剪钱、剪物，扑河、上吊的。说明那晚雨声遮了一切，天也太晚，没人听见田野上的叫声。他连夜去了县医院。好在铡面刀就砍破了一块皮，伤着一点骨头，不致命。这又让他有些浮想联翩。但最终还是判定，这是个坏女人，必须整治！他在外面直待到脑袋上的伤疤只留下一道似有似无的痕迹时，才不得不回了一趟北斗村。

一是奶娘要过寿。他对奶娘好，那是真心实意的。是奶娘把他小时养成了白胖白胖的牛壮子。村里没奶吃的人，都长得瘦皮邋猴的，靠苞谷糊糊养大，体子总是缺点劲道。而他把奶吃到一岁多，端直就能把奶娘家的磨凳掀翻。奶娘对他也委实好，月子里把儿丢了，就把他当亲儿养。他也就把奶娘当亲娘待了。没想到时间一长，这事竟然成了他有情有义的美好传说。他也就对奶娘越发地好了。当然有时也不免要做给人看的。每年这个日子，哪怕走得再远，他都要赶回来，拉十几桌，放一响炮。并当着全村人的面，给奶娘磕九个响头。那九声，是真的嘭嘭在作响。抬起头来，额头会发乌的。

再就是为立石佛。石佛立起来了，他得回村主持剪彩、做法事。当然，这也是这次不得不回来的最重要事体。

就在石佛立起来那一天，北斗村发生了一件怪事，说草泽明突然告状去了。这在村里，也算得是惊天动地的大事了。草泽明生性孤傲，与村里百事不染，高卧大巴山上，终日半醒半醉。醒来读书种田，醉了做梦打鼾。他有四句既相互关联又似无粘连的名言：

> 耕读传家久。
>
> 天地做判官。
>
> 屈死不告状。
>
> 此生不出山。

草泽明又告的哪门子状呢？并且绝对是出山去了。当然，他的那个出山，有人理解是当官做事的"出山"。孙铁锤直觉得好笑：都啥年月了，还做诸葛亮的梦。弄个村会计，都得给我把猪啊羊啊的先吃来，看我尿你不。很多人都觉得草泽明可能是为他的民办教师待遇问题"出山"去了。

这事自然得汇报给镇上，看他们咋弄去。

孙铁锤还是把给石佛开光的事做到了人山人海的大阵仗，甚至还把奶娘的恩德也挂了一嘴。那天他几乎给整个勺把山都搭上了"老爷红"。戏也是唱了三天三夜。而做法事的和尚更是多达三百余人，山上山下、村头、路旁都是道场。总指挥吕存贵竟然真的披上了"大鹤氅（诸葛亮的戏服）"，还煞有介事地摇上了"鹅毛扇"。孙铁锤耍惯了排场，又是十里搭长棚地大操大办，醉得几个村的狗走路都摇摇晃晃，迷糊得找不见了回家的路。

93 量子纠缠

自温如风"闹访"的螺钉"上滑丝"后，再往出跑，镇上也就没说让安北斗跟踪的话了。他仍回来当他两办副主任，一是旅游办，一是铁建办。现在铁建办与高速路办又合二为一了。到处开山放炮，连原来的公路都被运石头和钢材的大车，拉出一两尺深的沟槽来。自行车都得扛着走，旅游自是一毛钱的事都没有了。用镇北漠的话说："北斗，你干脆弄些人来梦游算了！"这家伙会来事，整天跟着领导屁股转，好像连自己也混大了，有时竟是以居高临下的姿态跟他说话了，从当初称安老师，到安主任，再到安哥、安兄、安师、北斗、安北斗，偶尔还叫起小安了。这也是很重要的机关文化，混得背的年龄再大、资历再深，也只能是小字辈。他倒也不在乎，指到哪儿还打到哪儿，无事仍是看书望星空。

这天晚上，他总感觉哪里不对劲。外面下着毛毛细雨，而他在看一本有关量子纠缠的书。书的题记是：万物皆有联系。问题是如此吸引他的一本书，却老被温如风和花如屏的映象所打断。而书上把这解释为"心灵量子纠缠现象"。无论在中学还是大学，他一直对物理都充满兴趣。在量子这个微观世界里，几乎不断颠覆着我们所固有的认知。比如人与人之间的心灵感应，很可能是量子世界所产生的作用力。量子世界甚至是超光速的。它的彼此纠缠，会迅速让我们感应到哪怕是千万里之外的相同焦虑与思念。这些近似"鬼话"的古老感应说，让多个现代物理学家已获得诺贝尔奖。科学解释为"频率共振"。一个人如果在巨大的空间中找到了那个相同频率，就会产生共振。他也无数次发现，脑子刚一想到谁，那人立即就出现在门口或打电话来了。当然，也有不准的时候，比如几次感应到他爹不行了，但赶回家，却发现人家正端着那个祖传耀州大老碗，把裤带宽的油泼面吸得嗞儿嗞儿直响，少说也在八两往上。可这一晚，温如风和花如屏已无数次洞穿他的脑海，与书中理论彼此纠缠着。难道自己与他们也同频共振了？

正想着，温如风果然来了电话。过一会儿，花如屏也打来了。需要特别说明的是：温如风新近"出访"前，一次买了两部手机，他带走一部，留给花如屏一部，而号码只外泄了他一人。温如风问他在不在村里，他说在镇上。这货也没说啥，就把电话挂了。谁知不久，花如屏又打来了，啥也不说，只哭。他一下坐起来问了好半天，她又说没事，把电话挂了。紧接着，温如风又打进来说：你恐怕得回去看看你嫂子，不知咋回事，我这心里毛搅得很，给她打电话，嘴说没事，可好像是出了啥事，你麻利回去帮哥看一下！他就夹着车子，放箭似的朝村里飙。路上温如风又来了一次电话，问到没到，还催他麻利些。催死呢，麻利得差点没让他栽到沟里去，这货好像是谁欠了他的啥。

他赶回村时，已经都快凌晨一点了。走近花如屏的帐篷，只听人在里面吸吸索索地哭。他轻轻敲了敲棚门杆，里面顿时没了动静。

"嫂子，嫂子！"

他感觉里面的人有些急切，一下就把门打开了。

棚里黑黢黢的，没有灯。外面雨虽然不下了，可天上连一星半点也看不见，同样黑得看不清相互的脸面。但他能闻到花如屏急促的气息。她甚至一下扑进了他怀里。吓得他直退："嫂嫂嫂子，是我，北斗！"

她再不说话了，只把身子伏在帐篷上哭。

他觉得她此时是需要一个拥抱对象，可自己又不能接受这个拥抱。他知道，这一溜帐篷里还零星住着人。即使不是本村的，也有流浪汉。他急需要知道到底发生了什么事，让一个如此坚强的女人，突然被摧毁成这样。

这时，温如风的电话又来了，问有事没有？他能说什么呢？有事给他说了又能怎样？天远地隔的。他说没事。"那你让你嫂子接电话。"他就让花如屏接："嫂子，接电话。"她没有接，端直进帐篷去了。他悄悄对着电话说："等一下，问问再说。我才到。"他把电话摁了。他想，自己要是花如屏，大概也不想接这个男人的电话。"嫂子，能不能把灯亮点着？"他在门外说。"你走吧！我没事。"他说："我也不知道能帮你做点啥，有事，你就跟我说……""我这会儿，就需要一个男人！"他没想到花如屏会说出这种话来，完全不像她了。每次见他，她都有一种羞涩感，从来只低头做事，不会去正视任何一个男人的。"嫂子，你你你到底有啥事，给我说，总能帮上忙的。"花如屏很是生硬地说："我已经说了，我就需要一个男人，你要是个男人就进来！"吓得他直退缩："不不不，嫂子，不说气气气话。存罐哥是操心……""操他爹、操他娘的心去吧！我受够了，真的受够了……"她又哭起来。过了一会儿他又问："嫂子，你到底咋了吗？"她完全像疯了一样嚎叫起来："孙铁锤要操我，咋了？我用铡面刀砍了他……"

这话把他吓一跳："人呢？""跑了。""你可要留下证据呀！"她嚎叫："六个人都死了，我爹一条腿也锯了，还要什么证据？我就想砍死他！""那我报警去！"花如屏又在里面喊："你回来！谁让你报警了？抓进去都放了，给谁报警？我还害怕有人要了我儿子的命呢！""那……那咋办？"她说："我突然想通了……嫂子今晚太需要一个男人了。嫂子一直在想，我们一家把你害苦了，总应该给你一点补复。你要不嫌弃，嫂子就想给你。再谁也不会给的……你要不怕，嫂子就豁出去了……"吓得他直趔趄："不不不，嫂嫂子……"没等他说完，她已经出来拉他了。他双脚顺地拖着，既想顺势而为，又觉得太是有些不可思议。她都拉到床边，将他压在身上，摸索起他的皮带扣来，但他到底还是一个鲤鱼打挺翻起来，仓皇逃到了帐外。

"嫂嫂嫂子，对对对不起，我我是觉得……不不合适……"

她再次陷入绝望的抽泣之中，似乎已哭倒在地上了。

弄得他进也不是、退也不是，脑子甚至突然又转移到了莫名其妙的量子纠缠上。今晚这个女人的影像一直在他头脑闪现，甚至几次都是那晚抢救时的裸体状态。为这事温如风还几次让他发誓，不准想花如屏光屁股的事，想了就得脑癌。过去搞计划生育时，他也无意间见过几次女性裸体。他对她们有一种本能的尊重，也许那个尊重来自亲姐姐的小产之死。由于乡下医疗条件差，自己出嫁才一年零六个月的姐姐，就因小产而亡。他姐对他特别好。要不是姐姐，他也上不了大学。他的大学是牺牲了他姐的学业，靠提前给相对殷实的人家成亲，才挣来了一应费用。可姐姐最终没看到他大学毕业就惨死了。死时才二十岁。这是他家里的一个痛，谁也不愿再提起。因此在那几年当计划生育专干时，面对每一个产妇，他都会想起自己的亲姐。而其他地方，据说有粗暴得像对待牲口一般的野蛮操作法。他对花如屏不是没有感觉，甚至梦中都有过与她的"量子纠缠"。可他不能充当她此时特别需要的那个男人。她之所以突然变成这样，正是因为孙铁锤来过。如果自己顺势而为，与孙铁锤又有什么两样呢？尽管他是如此地被情欲所困，但又不能跨出这一步。一旦跨出，就意味着此前对温如风所做的一切都一文不值了。之所以觉得这份工作还有意义，这个小公务员还有点价值和尊严，就是能帮助弱者做点事。如果自己也成为恃强凌弱者，那这一生真的就输得干干净净了。

她现在最需要的是保护，是寻求一个家的完整与安全感，而不是任意一个男人的情欲填充。如果是这样，她也就不可能拿铡面刀去砍孙铁锤了。要真放荡起来，这个女人什么也不缺。他是欣赏这个女人身上很多东西的。他也很需要女人，此时浑身就在颤抖。但他几乎是以从未有过的勇气和毅力，在对抗过去也从来没有面对过的如此惊心动魄的潮汐撕拽与山体崩裂。没有比对抗自己更严峻的对抗了。这简直是一场灵与肉的殊死搏斗。可有几个字一直在他灵魂深处闪现：决不能乘人之危，尤其是乘弱者之危！当然，也对不起温如风。在温如风也许是某种量子纠缠的第六感应中，预感到自己老婆可能遭遇了灾祸，第一个想到的竟是他！深夜、寂静、男人、女人、孤男寡女、荒郊旷野……但他依然催他麻利些、再麻利些地来看望她。这份信任，让一个人不能跨出属于人的那一步。他站在门口，深深给嫂子鞠了一躬，他相信里面是能看见这一躬的。尽管外面也星月全无，但天空总是有穿过厚厚云层、给大地以辨识方位与路径的些许亮光，让一个人的身影变得清晰起来。

"嫂子，别怕，到我家去住吧！我就是存罐他亲兄弟！"

"你走吧，经当不起！"她的情绪有些绝望。

"别这样，嫂子……"

她嘭地把帐篷门关上了。

他呆呆地在门外站了好半天，然后说："嫂子，那你先休息。我明早来接你。"

里面再无声音，他就独自来到田埂上，坐在一块石头上发愣。

手机在口袋里振动了半天，他也懒得接。实在振得不行，他才接了。温如风说你打过来，电话又挂了。他就把电话打过去了。"什么情况？"温如风焦急地问。他无法告诉他真实情况，如果把花如屏说的那个"操"字讲给他，还不知要惹出多大乱子来。螺钉"上滑丝"状态，的确保证了温如风的安全。眼下绝不能火上浇油，让他踏上不归之路。他也在寻找突破口，如何解决他的问题，包括孙铁锤的问题，还有置身其中的北斗村问题。可他越来越发现，自己的确还缺乏这个能力。眼看着那么清晰明了的事情，就是一次次朝着自己都不敢相信的轨道滑去，他就越来越感到自己的渺小了。地球在这个宇宙中，也就是一粒微尘。一镇一村又算什么呢？何况自己？他真的恨自己太渺小太渺小，可能就是人类目前能辨识的最小分子原子而已。而原子还能分解出电子、质子、中子。中子又是由更加微小的夸克组成。自己怎么越来越像那个夸克。谁也看不见摸不着，只是自己感觉存在着而已。他今晚特别沮丧，也不知该怎么回答温如风的"什么情况"，但总得回答，这家伙大概已快急疯了。

他有点轻描淡写地说："没有啥，可能就是不高兴吧。我觉得你还是回来算了。弄得家不像家、人不像人的。"温如风说："我回来家就像家、人就像人了？再说，我能回来吗？""咋不能回来？""你是让人拿屁股笑我是吧？""你这样就没人拿屁股笑你了？""安北斗，你是公家人，活得有鼻子有眼的，起码孙铁锤还不敢欺负吧？你就是那地球，我连月球都算不上，至多就是你说的那颗被踢出去的冥王星，寒冷到零下二百多摄氏度……我这日子你一清二楚，过去靠自家的肩膀、磨坊，挣得一村人都眼红。如今呢？家没个家，地没块地……受欺负、挨黑打、遭暗算，你说我能就此罢了？回去又能怎样？花瘌子先把我羞辱得没处立去。我好像就是他家的克星……丈母娘过去还能管他几句，现在也向着他，骂我是丧门星了……花如屏管不住，也不管……我能理解，摊上这么个家、这么个男人，她也亏着……咋骂、咋掐、咋揪……我都能忍受，我的确是欠她的太多太多了……都这样，儿子也就把我……当了有而无，还问我……到底是不是疯子……说同学都叫我温疯子……七七八八的事弄得我……人不人鬼不鬼的，你说我咋回？朝哪儿回……"温如风在电话里足足说了一个多小时，手机发烫，耳朵都不敢贴住听了，还在说，还在哽咽。

他能劝说些什么呢？就是硬让人回来，还是要走的。他就只能让他好自珍重了。他刚挂掉电话一会儿，手机又蹦起来，一看，还是温如风的。真不想理他了。可那玩意儿蹦个不住，他又不得不接。刚一接，他仍是撩过一句话来："你打过来。"又挂了。这下他才明白，这货又想通话，又不想掏钱，他那部手机是小灵通，单边收费的。他偏不给他回。手机仍是一振一停的。他偏在又一次第一振时就接了。那边还埋怨："让你打过来。""你啥意思？""我省钱，啥意思？靠捡破烂只能顾住嘴。"他又挂了。气得他就想把机子摔了。可想了想，还是打过去了："有话就说，有屁就放。""哎哎，政府就这态度？不就

611

是几十块钱电话费的事嘛。""你倒说得轻巧。谁给我掏？"温如风说："你这应该是公费。""谁定的我给你打电话是公费？""我认为这才真正是公费。""你算老几！""哎，你咋也这样说话呢？没人报，把条子放下，申了冤我给你报！"他不想跟他斗嘴，就直戳戳地："快放！""你现在在哪里？""在你家帐篷外的田埂上，在哪里。""花如屏……没事吧？""花如屏除了想杀你，基本没啥事。"电话里边就半天没声了。

他又觉得这话好像说得不对，怕温如风生了邪念。正想朝回扳一下，温又开口了："我的确最对不起的……就是花如屏！自娶回来，她就跟我实打实地过日子，还给我生了儿……我运势好的时候，没人敢胡骚情……自运势败后，那么多人踅摸，可她一直给我顾着脸。孙铁锤那条脚猪，肯定也没少打坏主意……妈的，我要是有个三长两短……北斗啊，花如屏就……就交给你了……""胡说啥呢。"温如风很认真地说："我没胡说。我咋老感觉一切都不对劲……你别嫌弃花如屏哦，她不是干部，不是大学生、中专生，我知道杨艳梅是中专生。可花如屏……的的确确是个好女人哪！你都想不来她的那些好哇！我一旦回不来，你莫嫌弃，那绝对……是一碗好饭，一盘好菜，不比你们娶个吃公粮的差！""温如风，你真疯了是不是？再胡说我就挂了。""北斗兄弟呀，我真不是胡说，一辈子娶了这样一个好女人，就得对她有个交代，还有儿子……""你别胡思乱想了，你的事我在心着。只要有机会，一定会帮你，要相信天理公道，懂不懂？"他最怕这货朝偏的想。温如风在电话里唉声叹气地说："大话要能当饭吃就好了！不说这些了。花如屏长期住在烂帐篷里，不是个法子呀！能不能……像上次发大水一样，在你家……先借住一段时间。房课钱 …… 我要在了，一定补上。再说，她也是闲不住的人，会吊挂面。我一旦有个三长两短 …… 你一定要帮我 …… 把她轴到手上啊，儿子 …… 也让跟你姓安 ……""温疯子，打住，就此打住！嫂子我可以安顿。但你得先保护好自己，来日方长，我相信 …… 没电了 ……"

手机的确是没电了。他也冻得直磕磕。

他突然感觉背后站着一个人。回头一看是花如屏。她摺给他了一床被子就走。

"嫂子 ……"

她没有回头，端直从田埂上向帐篷走去。

这阵儿，天空乌云渐渐散去，繁星点点升起，月亮也从云层深处钻了出来，照着田埂上花如屏因地上滑溜而造成的扭动背影，显得分外妖娆。他也觉得，这的确是个好女人！他就披着被子，在田埂的更远处，把帐篷守护了一夜。直到启明星升起，才把被子叠好，悄悄放回到她家帐篷前。

然后他就回家跟爹娘商量，想把花如屏接到家里来住。他娘坚决不同意，且不说温家跟孙家是死对头，就说温存罐把人活成这样，你把人家女人接到家里，是想当"背黑锅的檐老鼠（蝙蝠）"？他爹半天没说话，只喘着粗气。他的态度有些坚决。他娘也是寸步不让。居家千口，主事一人。最后他爹发话了："让来住吧，不过对外得说清，是课。至于课钱多少，就是个意思。别人家不敢接，我们接来，也是个态度。你毕竟是公家人，人在难处，就不能不伸这个手！"

"不行。让她来我就搬出去！"他娘发飙了，把一个木瓢端直在地上摔炸了。

他爹也顺手把一碗滚烫的中药，啪地摔在地上，吓得黄狗趔脚拉胯地蹦出堂屋去了。"你走，你搬出去！活了一辈子人，还活倒蹴了。谁没个三灾四难的，能伸的手都舍不得伸一把，咱还够个人吗？存镰还够个吃公粮的干部？还是领导干部呢！偏厦子房闲着也是闲着，为啥不帮人一把……"安北斗还没见他爹发过这么大的脾气。大概是调门搭得有点高，一下咳嗽得又喘不上气来。他娘又忙着过来接气。他爹一把推开说："就这样定了！"他娘嘟哝："你是还嫌自家不黑，存镰不黑，要钻到烟筒里自个儿朝黑的抹是吧。""我咋黑了？存镰咋黑了？"他爹更躁了，直追问。他娘说："还不黑？他把半辈子都搭给温存罐，染白了是吧？这下再把他女人也搭上，看人家咋把他朝黑里抹。"安北斗说："把花如屏接来，我暂时就不回家住了。"他娘更是义愤起来："她是你什么人，弄回来你还连爹娘都不要了？！""不是不要，我是……"他爹截住话说："对着哩，把人接过来，你暂时不要回来。不给人留口舌。"

他娘又摔摔打打了半天，到底还是被他爹的扛硬态度降服了。在安北斗心中，他爹虽然病恹恹的，有时甚至眼看气都快断了，但他就是以他的正直、善良、公道，做任何事都能顾及左邻右舍、方方面面，而在村里始终保持着都心服口服的威信。

他去接花如屏，但她不来。最后是他爹亲自出面，才把人接来的。

自把花如屏接进家门起，他也确实再没回来过。为了联系方便，他给家里也买了手机。他娘开始还在里面骂过他们父子，是吃多了不得消化，染这号烂事。后来他爹在电话里悄悄告诉他："没事了，你娘跟着花如屏学吊挂面呢，现在一口一个师傅的，还亲狂得给人家拦臊子（做肉臊子）、包扁食呢。你忙你的。"

一天，牛栏山突然气呼呼地把他叫去说："怎么搞的，你们北斗村尽出怪人。草泽明也告状去了。"

"啊？！"安北斗的确感到很吃惊。

"我还问过，你不是说这人绝对与世无争，还是什么世外高人吗？他告的哪门子状？也是为那几条人命吗？"

安北斗摇摇头说："不会的，那阵儿我倒是盼他出面。"

牛栏山用指头叩了叩他说："你盼他出面？安北斗，我都猜着你在这事里边没起啥好作用，我还一直替你辩解呢。"

"你牛书记就服气上边这样处理事情？"

牛栏山哭笑不得："不说了。这个草泽明，是你老师，还得你出面领人去。"

"在哪？"

"京城！"

94 启明星

草泽明出发那天，也并没有隐瞒行踪。有人问到哪儿去，他说去京城。问去干啥，说告状。大家都以为开玩笑，因为草老师平常爱开玩笑，读书人叫幽默。可在草老师走后不久，消息就传到了孙铁锤耳朵里，打了几个回旋，他还是告诉了侄儿孙仕廉。尽管也没觉得这有啥，可孙仕廉让一有风吹草动，就得赶紧通气。这算不算风吹草动？他还让吕存贵打了一卦，吕存贵一口断定：是风吹草动。风是温如风，草是草泽明。他连忙让再算算，看草泽明有可能去告啥。吕存贵白眼一翻，手指头把一串骷髅头珠子捻弄了半天，振振有词地说：他民办教师待遇问题。孙铁锤"屎的"一声，就又忙着开光跪拜去了。

草泽明这次可不是为自己民办教师待遇问题出行的。为的正是这尊连底座九十九米高的石像。在他看来，村里是出了石破天惊的大事，并且大得顶了天花板。大爆炸死了几条人命，有那么多人上县维权，他因身在事外，人物未损，而不好掺和。事情最后高高提起，轻轻放下，也让他很是大惑不解。但当事人都一一放下了，他也就只能等待天道的惩罚了。至于温如风由半棵树起，所进行的一系列滚石上山般的告状行动，他也深表同情、理解，但仍觉得这都是一个人、一条生命的阶段性困境，与一个村庄数百年的流变，还是显得暂短而皮毛了些。

他之所以在孙铁锤立起石像后要进京告状，就是因为他觉得这更是关乎北斗村千秋万代的大事。

石像立起来后，大家才发现，所谓佛的整个脸形，酷似孙铁锤父子。有人说还像他爷。因为这爷孙仨高度相似，都是五短身材，且上身长、下身短、脑袋大、脖子粗，眼睛圆鼓睖睁、眉毛像两把扫帚，还一脸的串连胡。不过在变成石像时，做了许多细部修整，尤其是变得慈眉善目，甚至两眼微闭得如观音菩萨了。石像一运回来，村里就有人质疑：佛怎么会有胡子？一手办理这事的吕存贵这次也长了见识，据说在缅甸制作时才搞懂，唐宋以前，佛是有胡子的。菩萨本来就是男的。大家才奔走相告，说菩萨原来不是女的，这次勾把山上立的是菩萨真身，并且特别像孙董和他爹、他爷。大家就都向孙董表示祝贺。孙董说纯属巧合，缅甸人怎么知道咱爷孙的相貌？吕存贵就解释道，不看不知道，世界真奇妙，这叫佛缘！

其实这事的内幕，是吕存贵端直拿了孙铁锤几张照片，让人家“照猫画虎”的。初雕出来，拍照回来让孙铁锤一看，他都有点大喜过望。

不过还是要求再朝佛的方向靠一靠，关键是要在慈眉善目上下功夫。

总之，吕存贵这事办得十分漂亮，请回如此一尊真神，花了三百多万，孙董又撂出一捆钱来，让朝洋货、光堂、大气地办！因为是礼佛安神，自愿供奉布施者，仅外面来的企业家和官家，据说前前后后就出了二百多万。有好多份子钱都是用大红纸张了榜的。当然也有"低调行善"者，都把钱直接塞进了孙董和刘兰香的口袋里。据说村里也是相互攀比，穷得娃娃上学都供不起的，却在敬佛上贴配了"老箱底"，你一千、我两千、他三千地往上冒。除了佛面，还得看僧（孙）面。这样七七八八算下来，孙董只赚不赔。

草泽明开始不相信孙铁锤有这么大胆子，敢把佛像直接雕成自己的模样。石像的底座是借了山头的势，有些像"天下第一绝壁古刹"镇安县塔云山顶的佛像造法，借石凿形，山佛连体而成。但孙铁锤仅仅是把山尖削平，搞出一个六十米高的莲花台，然后在上面立起三十多米高的石像来。还扬言要搞成什么天下一绝。但石像的脑袋一直用大红布包着，说是等揭幕呢。草泽明也就一直在等着看结果。

揭幕那天，真称得上是人山人海了。山上一台戏，山下两台。山上唱的是《封神演义》《蟠桃大会》。山下唱的是《目连救母》《八仙过海》。有人说足有五六万人，还有说上十万的。当初"点亮工程"因是晚上，说十几万人，只是估摸。而大白天，站在草家庄的梁上，就看得比较清楚了。何况他还有一个老望远镜，能把局部拉到眼前来细察。他觉得四五万人是绝对有的。把一条上山的细狗毛道，都踩成能过小车的公路了。石像附近，也早打出一个能供七八千人围观的场子，不仅要诵经、开光、揭幕、唱戏，而且还得有见证、捧场者。不过那里都是只限有身份的人才能去，再就是一些胡钻乱跑的娃娃，顺着陡坡悬崖攀了上去。要是放开，上个一两万人，就注定会有被挤滚坡的。

　　山下两个戏台分开搭着。据说孙铁锤就是要制造唱对台戏的效果。一边唱《龙凤呈祥》，一边偏是"跳光屁股舞"。其实那是夸张之词，人家穿着呢，叫"三点式"。老汉们先前直说看不成，要拿红被面子遮一遮丑，现在也习惯地挤过去，嗫着旱烟锅，仰起平常喊叫一动就头昏的脖项，看一场又一场。连省上请来的名角大戏《龙凤呈祥》都冷了台口。

　　一河两岸的摊摊点点，也都红火起来。在草泽明看来，真能形成个庙会、集市，也不是啥坏事。山里人总得有点场合，出来走走。庙会其实就是他们的大剧院、交易所、交际场，甚至带着盛典性质，出席者是要穿上好衣裳的。真信点佛，有点慈悲心肠，也有益于山野教化。可惜现在求菩萨，都是奔着钱财功利而去，一些假庙堂的"菩萨"，也难免直把眼睛盯着"功德箱"敬奉的厚薄，而忘了慈悲为怀的职责。谁敢公开自己向菩萨祈求的事情？那才是人的精神真相。人的欲望都变得那么直接、赤裸，几乎越过所有顾及他人的原则，哪怕拆了别人的房梁，也得先把自家猪圈盖好再说。他对当下的诸多礼佛是不抱任何希望的。尤其让他感到不安的是，太讲排场了！特别是北斗村，太闹腾、太铺张，糟蹋的东西也太多。他喜欢墨子的许多主张，尤其是乡村，《尚贤》《尚同》《非攻》《非乐》《节用》《节葬》都是必要的。这几年家家户户的确日子好了许多，但也要看到，为了面子里子的，一些家庭不得不赊账娶媳妇、葬老人；而另一些家庭甚至要借钱去贺寿、贺喜、奔丧。他们觉得这是礼！可孔子讲得清楚："人而不仁，如礼何？"关键在仁，而当下的北斗村，是关键在礼物！这些用物质堆砌起来的礼数，甚至已经让平头百姓不堪重负了。尤其是孙铁锤家的礼，多得几乎一年好几起，有时是想尽办法巧立名目，以敛众财。比如他老婆刘兰香，三十七岁，上不巴天，下不抓地的，倒过的什么生日，也要大张旗鼓地摆上几十桌。头痛脑热的，去卫生院吊几天葡萄糖盐水，也要放话，让人提着鸡蛋篮篮趋之若鹜。墨子讲"饥者得食，寒者得衣，劳者得息"。强不凌弱，贵不傲贱，富不贪贫，而在北斗村，都让他们颠倒过来了。草泽明始终不掺和，跟老婆也是多次嚷嚷，绝对做到不送、不收。竟然还落了个"草老师知书不达礼"的名分。他痛惜着一些人的可怜，也叹息着他们太好吹"红火炭"还爱落井下石的悲哀。他也知道这是一个过程，人只有在经济上完全独立自主后，才谈得上如何硬邦做人。他的乡村，在这方面可能还有很长一段路要走。眼下一村人仍得仰仗孙铁锤给揽生意，还要安排儿女"穿西服、扎领结、蹬皮鞋地到秦岭后宫去上班"。不吹"红火炭"是不得行的事。现在任何人替这一众人操心也是白搭，除非你能拿出现花花的票子。这大概就像修铁路，还有什么高速路，必然要先把山川搞得乱七八糟、炸得遍体鳞伤一样，兴许通了车，也就慢慢好起来了。因此，他始终相信时间的力量。时候不到，硬作为，只会碰得头破血流。就像老子讲的："事善能，动善时。"他一直在等、在看、在观大势。但这次是终于等不得了，才行动的。

他行动的根本目的，就是绝不能把酷似孙铁锤爷孙三人的石像，立在勺把山顶上。他始终相信天道是损有余而补不足的。过于违背天理大道的孙铁锤家，绝不会千年瓦屋不漏水。尤其是孙铁锤的为人，已到了有恃无恐的地步。尽管他并不相信因果报应，但"一切果都是因"这个朴素真理，他还是相信的。害人一百次，哪怕逃过九十九，总会有失手露馅、阴沟翻船的时候。这就是天眼、天道、天谴。何况孙铁锤是明目张胆地欺侮霸凌一方。但这一切在他看来，仍是形而下的短暂事物运动，而他关心的是北斗村形而上的恒常大道与经久赓续。

过去他常爱给村里人写的对联是："世上几百岁旧家无非积德行善，天下第一等好事还是耕种读书。"还有："式谷有良田曰忠曰孝，守成无难事宜俭宜勤。"而现在全变成了印刷体："出门大吉财神到，入门大利元宝来。"还有什么："鸿运当头生意旺，得心应手财源广。"这是让他感到十分羞耻的变化，但还不是让他心惊胆寒的变化。因为他相信管子的名言："仓廪实而知礼节，衣食足而知荣辱。"可一旦把孙氏家族当了这个村庄的精神图腾，那就彻底完蛋了。

一路出行，他脑子都在反复闪回着石像撩开面幕的那一瞬间。

那天天还没亮，他就寻找到了更接近"石佛"的位置进行观察。当启明星刚好升到"佛"头上方，三声土枪"嘭！嘭！嘭！"对天鸣响，紧接着，一百零八声铳子和成千上万挂鞭炮，就把山村又推回到了那个大爆炸夜晚的无序氛围中。山上山下百名唢呐手奏起《水龙吟》《刮地风》《大开门》《朝天子》秦腔牌子曲，外带着《好汉歌》和《妹妹你大胆地往前走》。三个戏台也敲起"闹台"，民乐虽然笙、箫、笛、埙、丝弦声声，终是抵不住电声乐队和架子鼓一声独大地响彻山谷。就在各种声响迎来的高潮中，百米红布被哗地由顶端揭下，草泽明仔细端详了端详，然后又用望远镜拉近镜头看了整个石像头面，果然是照着孙氏爷孙的模子刻出来的。他当下惊坐在地上半天起不来。这是一件远比大爆炸令他更为震惊的事体。一旦长期把这座雕像立起来，他以为村将不村，人将不人，正会歪斜、斜会成正、善必从恶、祸害无尽。尤其是未来村史一旦不清楚今天的真实状况，再把这座石像的主人不断加以狂想式美化，那可就真成北斗村的千古悲哀了。他觉得该行动了！是时候该给村子正正形了！既是一村之师，舍我其谁？他知道凭他的能耐、面子，去给孙铁锤劝说，无异于虎口拔牙。而为炸"虎爪""虎腿"，还有温如风"孤岛"的事，他不是没出面干涉过。三次上门，三次惨遭孙铁锤不让进门的羞辱，还严正警告他：把×嘴夹紧！有一次他都羞惭得差点吊死在"虎腿"上。这一切都无法跟任何人说起，因为自己毕竟是这个村的老师。

他听过安北斗无数次讲温如风在县上、省上和京城告状的事。临走时，本来想给北斗说一声，甚至希望让他一道去。可想了想，还是觉得不妥。学生毕竟是吃公家饭的，不能为这事把饭碗砸了。上次为几条人命，安北斗来找他，是希望他站出来说话的，他却没吭声。倒不是事不关己，而是感觉如此惨烈的教训，并没有炸醒一村人的噩梦，竟然在上边来调查时，一哇声地替孙铁锤评功摆好，真是太过麻木不仁了！怪物都是谁放出来的？村里几千口人能脱干系吗？当灵魂飘忽不定、甘愿为钱财受辱时，他感觉面前摇晃的就是一些行尸走肉，虽然也能看到他们的血管、肌肉、骨骼、筋腱颇为发达，可这种肌体会随时全然搬家，甚至散落一地的。苍生之苦也有苍生自身的悲哀！好在还有一个温如风在外面跑着。更有安北斗这样的干部，在心怀不平，奋起抗争。只是安北斗打那以后，就再没踏过他家门槛。甚至过年都是让人捎点水礼来，显得十分敷衍。而他们师生之间，过去一月都是要喝一两场酒，赏一两次月的。现在彻底断了来往。因此这次出门，他就单来独往了。连老婆问，他都说出去看看，不能老死在草家庄。

他先去了省里，递了上访材料。然后又去北京，端直找到信访部门。我是人民，自然有来访的权利。当然，我也是公民，必须守法。因此，草泽明告状，绝不会去给人下跪。一跪就不是草泽明了。他提前写好"状子"，很是郑重地递进去，并随身带着笔墨纸张，必要时予以复制誊抄。诉状是用自小临习的钟繇小楷法度书写，十分庄严肃穆。几十年来，从"小楷鼻祖"钟繇的《宣示表》《力命表》，到钟绍京的"天下第一小楷"《灵飞经》，他都习过；王羲之的《黄庭经》《乐毅论》、王献之的《洛神赋十三行》自不必说，还有唐代无名僧人的《兜沙经》；包括元代赵孟頫的《汲黯传》，都是他反复临摹的名帖。他做老师时，有一个野心，想让一村的娃娃将来都能写一手好毛笔字，成为北斗镇一绝甚至全县、全省一绝。可惜镇上教育专干反复点名批评，嫌他尽干些不打粮食的事，白白耽误了娃们的考试成绩，拉了全镇的后腿，并且敲桌子、摔杯子，还罚过他微薄得没脸给人说的俸禄。他是因不屑于同这些"白丁""二杆子"为伍，才愤然辞职的。一段时间，他也曾是一镇的宝贝，婚丧嫁娶与春节，全都要来找他写对联。当然，现在全印刷了，都觉得比写的省事又好看，加上孙铁锤过年还家家户户"送春联"，他也就只能孤芳自赏了。因此，这次给这么重要的部门递"状子"，他先是特别满意着自己的"卷面"，可谓笔意高古、法度森严、结字疏朗、点画安排十分切当。何况内容也扎实丰富，不需铺陈渲染，就让真相跃然纸上了。尽管他在修辞上也用了四六字相间的骈体文格，但总体还是实事实写，无非在一些遣词造句上做点文章而已。总之，是他一生中少有的得意之作。

递完状子，他在京城闲逛了几日，看了天安门、故宫、天坛、颐和园和圆明园遗址，还上了八达岭长城。他感到十分惬意，觉得这辈子就算是见了大世面，活得有点名堂了。记得他奶奶九十多岁时，一有头痛脑热，就把远近的儿孙都必须召唤回来，让赶快四处接高明的郎中来给她看病。她跟任何村妇老妪都不同，她们动不动就说死了撇脱。而他奶偏是要活得越久越好，原因只有一个：我还要再经经世事呢！草泽明觉得他奶奶是村里活得最明白的人。尽管没有文化，但她道出了人生一个十分重要的意义，那就是经见比别人更多的世事。时间长度能让人更加洞若观火。他奶奶活得十分通达，九十八岁走那天，只稀里糊涂说了一句话："这里原来是海 …… 田 ……"都只当她在说胡话，可他理解，那是想表达沧海桑田的意思。因为奶奶活在那阵，无论村里发生什么事，她都会很从容淡定地说：看吧，慢慢看，世事会教你的！草泽明想，他奶奶要是能跟他一样，出来见一回这大的世事，兴许活得会更加通透豁亮。

他对这次出行十分满意。都这么大年龄了，出远门的机会大概也不多了。除了办正事，他也想好好走走看看。顺着铁路一日千里地跑，感觉国家真大，山河真好。年轻时，他是跟着一帮同学到北京"串联"过一次的。除了人山人海挤火车、当"沙丁鱼"，扣子扯绷，鞋跟踩掉，印象最深的，就是铁路两旁无尽的棚户区和四处升腾的黑烟囱。几十年过去，当他舒坦地横卧在火车的中铺上朝外瞭望时，大可用"沧海桑田"来形容。他脑海里，竟然一连串闪现出"山河壮丽""江山如此多娇"等词汇。北斗村在这幅千里江山图上，虽然充其量只是一个微不足道的角落，但出了个孙铁锤，还真是让一村人倒了八辈子血霉，有点山河破碎的感觉了。

一礼拜后，他又一次排队去打听消息。接待人很客气，说他的上诉材料已转交有关部门，让他回原籍等候，处理结果会以信函形式通知本人的。他还想详细打问一些事情，可另一个上访者已经不耐烦地把屁股提前插进他的座位上了，还将他的瘦臀兑了一下说："人家组织上已经说得很明白了，都忙着呢。"他就不得不起身离开。他想打问的事很多，一时连自己也不知道哪是重点了。似乎都事关重大。可那个用肥臀兑开他的莽汉，直接说的是杀人案误判问题。他那颗石头脑袋像谁不像谁的事，似乎就显得有点小题大做了。特别遗憾的是，竟然没有听到对那笔周正小楷的任何反应，这委实让他有点失落。

他刚一走出接待室，就碰见了正东张西望的安北斗。

安北斗如获至宝一般，一把抓住他说："草老师，我可找到你了！"

95 流星

草老师没有手机，也不住在"上访村"。安北斗还去找了欧宝财，问见没有见一个叫草泽明的人。欧宝财用手朝墙上一指，上书：普通咨询费十元；法律条款与有关政策咨询四十元（大西北老乡适当减免）；代写诉状五百到八百元（视诉讼含金量而定）。价钱几乎翻了一倍呀！他想他这应该是普通咨询，就掏了十元放下。欧宝财只回答了两个字："没有。"他觉得掏得有点冤，就嘟哝："这就值十元？""凡来过的都登记造册了。我记性一满的好，没有姓草的。够十元没？"安北斗气鼓鼓地瞪了他一眼，忍不住又问一句："见温如风没有？"欧宝财又朝墙上一指。他实在不想再掏，可既然来了，还是想打听一下。因为温如风每次跟他通话，都不说地点，有时还撇着京腔，只是一个字音都发不准。让他别醋溜了，他又会说起河南话来。这货的确混油了。欧宝财收了钱说："来过。基本上就是一个大瓜×，胡跑乱窜，也不知他要弄啥。目的性不强不说，还不懂规矩，老跟人抢地盘翻垃圾桶。是不是这儿有毛病？"指了指脑瓜。安北斗就多问了一句："最近见过没？""挨了一回打，几个捡垃圾的联合揍了一顿，再没人影了。""有多久没见了？""你看你这人，都这样打破砂锅问到底，我该喝西北风去了。三四个月吧。下一个！"安北斗不得不朝出走，欧宝财又叫住他，给倒找了两元，说按规定，第二次咨询少收百分之二十。都出门了，他还有点羡慕：这货一年收入大概不得少。

安北斗的第一任务还是要尽快找到草泽明。

他是无论如何都不相信草老师会出来告状的。过去他很尊重他，后来发现他已完全失去了一个"乡村良心"的责任。"乡村良心"是他喝酒时夸赞草老师的话，草泽明对这句话很是受用，并且用端正的楷书写着挂在中堂了。可面对孙铁锤如此横行乡里，他竟然喝得一醉不醒，装聋作哑，谈何良心？在他心中，草泽明也就是个用耕读传家装潢门面的破落"乡贤"而已。"乡贤"用给他，都有点糟蹋了好词。

草泽明到底为啥出门告状？多数人猜测是为民办教师待遇问题。但从他跟草老师多年的交往看，可能性不大。他去问师娘，师娘也不知道，只说立石像做道场那天，你草老师跟疯了一样，拿着望远镜跑到梁上照来照去的，回来就唉声叹气地说：这下北斗村才是毕毕的毕了！然后，他就说要出去走走，拦都拦不住。

他一路上都在反复琢磨着师娘的话。难道是为那个石像出的门？不至于呀？石像的事能比六条人命大？那天他也在立像现场。当揭幕后，他也震惊得有些倒吸一口冷气：孙铁锤竟敢把自己的狰狞面目以佛的威仪立在高山之巅，以供万世礼敬了？他记得牛栏山还嘟哝说：这家伙胆子太正！好在我们是以旅游开发项目来支持的。那天中午回到家里，他爹也说：铁锤太过了，自己也是做得佛的？即使功德无量，修庙立碑也是后世的事么，当世就敢装佛？我看气数也是要尽了。

住在偏厦房的花如屏仍是吊了一道场的挂面。见了他，还是羞得直躲。他主动迎上去跟她说了几句话。花如屏也说：你看孙铁锤是不是疯了，都装佛了。他爹和他有一个好货没有？应该立个秦桧像才对，草老师说秦桧是跪着的，都跪好几百年了。他就随口问了问温如风，她说：你别问他，我就全当没这个人了。

自从花如屏搬来他家后，他的确再没回来过。就是为了避嫌，好让这个可怜女人安宁下来。看着一院子挂面，他打心里佩服着她的顽强与勤劳。这天回来看看，也是知道家里来看热闹的亲戚多，顺便买了些菜，送到他就走了。

第二天，他就被牛栏山派往京城了。

当他一把抓住草老师手的时候，草老师茫然之中也有些许惊喜，就把他端直领到住处，扭开一鳖子壶甘蔗酒，咕咕嘟嘟灌下几口后，慷慨陈词道："北斗村岂能立此等恶人之像！"他有点夹枪带棒地："你不是一直不发声嘛！""懂得沧海桑田不？天下大势不是你想阻止就能阻止得了的。就像脓包，引流出来，比包着裹着强。有些事情，不让它烂穿头，不让很多人看清脓根子，都是劳而无功的。你不是亲自带着温如风出去跑吗？又能怎样？结果还把温如风跑成了正常人都活不成的疯子。"安北斗说："怎么是我带着他去跑的？他跑，我作为国家工作人员，是去劝他的。"草泽明说："老师还没糊涂到看不清这点小九九的地步。我都差点被你忽悠上路了。没去，是因为我想看看，这一村人到底糊涂到什么程度了。果不其然，金钱把一切都收买了。死了人的，还有缺胳膊少腿的，都被彻底搞定了，直喊'孙善人'不说，还上'万民折'要求公安机关放人哩。"安北斗说："那都是他们组织的。不到千人，什么'万民折'。""北斗，村里一共就三四千口人，近一千人摁手印，数字不小哇！尽管有人挨家挨户去找着摁，可毕竟是血红血红的手印啊！""正因为这样才需要你草老师出来说话嘛！""让我说什么话？""公道话、良心话！""可管什么用？"他又独自灌了两口。安北斗鼻子一哼说："我说一个字，你别多心，怕！""错！""一点都没错。""安北斗，你把老师当成啥人了？我怕过谁吗？孙铁锤从找我帮他选村委会主任到入股砸石子、淘河沙，我从来就没理过他的茬，他是恨我的。""但村里很多人都是你草老师的学生，你是有威信出来说话的。""在金钱面前，在权势面前，老师、威信就是个屁！我不是没试过，结果都是自取其辱啊！""那你就彻底不管不顾了？只喝酒去'难得糊涂'？还装什么三顾而不出茅庐的诸葛亮。哼！""安北斗，你也活大了不是，就这样挖苦老师？一年多连我的门槛都不跨，你就顾过老师的威信、面子？"他低声叽咕道："跟一个醉生梦死的酒疯子……有什么好说的……"还没等他说完，草泽明啪地将鳖子壶朝地上一扔，几弹几蹦后，壶已瘪得不成样子了。里面所剩不多的酒，也洒得满地都是。"谁醉生梦死了？谁是酒疯子？像不像一个学生跟老师在说话？我还有没有一点师道尊严？你对我都这样，别人还能对我怎样？我这次为什么来？为谁而来？你考虑过吗？"他故意斗气地："不就是为民办教师待遇那点事呗！""小人！恕我难以与夏虫语冰。你走吧！""咋了，我说得不对？""走！"草泽明愤怒了，拉开门直让他出去。"我是组织派来负责的。必须接你回去，才算完成任务。""我不需要你拦。我懂政策。一个公民通过正当手段向任何一级组织反映问题，都是我的权利，受

627

法律保护。""原则上你只能向上一级组织反映，你可以回到镇上，直接向我反映就行。我是北斗镇旅游办副主任，还兼着铁建办和高速路办副主任，并且也是维稳办副主任。必要时你也可以直接向维稳办第一责任人牛栏山反映。""走走走，就你，还有那个什么牛烂山？帮着立什么狗屁'佛像'的货，我给你们反映？岂不是秋蝉落在粘杆上——自投罗网，毫无意义！走吧，我的事我做主，不违法不违纪，用不着谁来拦截。"安北斗终于听清了一些眉目，就变得软和起来："我都有些糊涂了，你出来到底是干啥来了，草老师？""别叫我老师，经当不起！四个办的副主任，好威风啊！打副官轿刚好四四方方，一豁子都不缺。快忙你的去！""别生气嘛！你真的为啥出来？是啥事能把你的大驾给惊动了，我想不通。"

草泽明终于一拍桌子喊起来："蠢材！还有比在勺把山顶上，立一座孙铁锤爷父仨石像更大的事吗？我们祖祖辈辈都给谁造像？追日的夸父、射日的后羿、填海的精卫、补天的女娲、钻木取火的燧人氏、开创巢居文明的有巢氏、教民稼穑的后稷、治水的大禹、造字的仓颉、黄帝、炎帝、孔子、老子，还有给世世代代有彪炳千秋作用的李冰、诸葛亮、关公、唐三藏、岳飞立像；包括施舍的菩萨，求药的孙思邈。这些神和人的共同特点，都是一心为了苍生，勇敢、智慧和仁慈的力量伴随我们度过了'不舍昼夜'的时光，这是我们对先祖的自豪与追念哪！他孙铁锤算什么玩意儿，祸害了多少人？他有什么不朽的功业还是道德文章，值得立像存表？享受祭祀？这是比把一村人的肉体都炸得残缺不全更恶心百倍的事。他有何德何能、何功何仁值得造了像去楷模后世？现在还有我们这些人知道底细。时间一长，把恶人就完全漂白了，他们甚至还真成方圆几十里甚至几百里的活菩萨、大善人了，这才是北斗村最大的悲哀啊！我以为那是比大爆炸更大的事体！浑浑噩噩、稀里糊涂、黑白颠倒、善恶不分的人生，依我看是不大值得追求高寿的。生生死死、长长短短、蝼蚁大象、绵羊豺狼，活明白了就是人生，活不明白就是枉生。你不是老朝天空看吗？天空是啥？我想那就是明天。明天是啥？应该是明明白白、清清朗朗的天哪！我们总得为村子的明天着想吧？这个混账石佛要是立到明天，那就是我们今天在造恶、造罪、造孽！这狗鸡巴屌卵蛋（草老师从来不出脏口的）石像一日不推倒，我草泽明一日不回北斗村！"

安北斗甚至听得眼中闪出了泪花。他端端正正地给老师鞠了一躬。然后出去重买了一个军用壶，打满了散酒拿回来，在赔礼道歉中，两人喝了个一醉方休。

第二天，他们就回省城等消息去了。

他们还是在那个"老地方"住下了。这里住宿便宜，外面小食摊子又多，生活很方便。当然，他还是想顺便再找找温如风。

晚上，草老师要看古城墙，他们就从文庙街上去了。草老师一一抚摸着城砖，感慨万千地说："不容易，把这样一个老城墙留下来，还修缮得这么全乎，不容易啊！我们北斗村，说是历史长，可连温家老磨坊都垮了。这才一百来年，都保不住哇！你知道能保住的是啥？可能就是那座狗屁石像，你说悲哀不悲哀！"说着，草老师咳嗽起来。安北斗给他捶了捶背，仍是咳个不住。但他仍在说："大城市啥都好，建设得好出了我的想象许多倍。可就是为啥一天到晚都这么雾沉沉的呢？自出来到现在，白天没见过日头，晚上没见过星星，这天是咋了？""这叫雾霾，草老师。""咋形成的？""说是工业污染呗。城市耗能和排放量太大，加上到处都是建筑工地，空气流动不畅，就造成雾霾天气了。"天天这样，他们受得了吗？那该要什么样的肺呀！"说着，草老师咳嗽得更厉害了。一阵寒风刮来，他给草老师用围巾捂住嘴都咳嗽得不行。他们就从城墙上下来了。

真是无巧不成书。就在他们走下城墙，朝回溜达时，竟然在秦腔剧院大门外遇见了温如风。他正跟人吵架呢。

原来温如风跟十几个农民工从夏天就一直住在秦腔剧团的屋檐下了。这里的确是一个背风处，高出街道一米多，汽车也上不来，自然就被几个流浪汉和农民工占领了。他们夜里十一点左右铺好床，早晨六七点卷起来。用温如风的话说，既不耽搁谁的事，也不有碍观瞻。这天晚上，他刚看完秦腔《刺目劝学》，是忆秦娥主演的。戏毕刚躺下，梦中戏情就又重演了。不过忆秦娥扮的李亚仙成了花如屏，而那个贪图美色的郑元和竟成了自己。他正搂着花如屏说她眼睛有多好看，不仅双眼皮，而且瞳仁也黑，远看如油漆点睛，近看似水波荡漾。花如屏听得盈盈一笑，他也像电影里一样，要跟她玩几个慢镜头了，谁知一块巨石从天而降，正砸在他身上。吓得他忽地坐起来一看，原来是一对戴着眼镜的夫妻，正给他们十几个人分发被子呢。他很是恼火地问人家啥意思？男的说：我看秋凉了！他就恼怒异常地质问道：谁请你加的？那男士还被问得有些瞠目结舌。他不依不饶地喊叫：秋凉了我不知道，要你来管！这时那女的不高兴了，说你咋是这人呢？关心你还有错了？他还喊：谁让你关心了？我过我的，你过你的，我让你关心了吗？别搅扰了我的美梦，拿走！说着，他几脚就把那床被子蹬开了。

安北斗和草泽明正是这个时候溜达到这儿的，一看是他，就急忙上前去劝。那男的气得有点说不出话来。女的又把经过讲了一遍。草泽明就嚷他："如风，你咋不识好歹呢？"他还强辩了一句："他们城里人就以为他们有啥了不起的，还同情我们呢。我自己挣自己吃，不需要谁同情！"安北斗就急忙把那对夫妻劝开了。然后用脚尖踢了踢他："咋回事？睡大街了？起来！跟我走！"温如风说："我不回。你甭管！""谁想管你了。草老师来了你都不起身？""也来劝返？""还把你活得大的。"草泽明说："起来！到饭店说走。丢人不！"温如风还畏畏呲呲地不想起身，就被安北斗拖住垫铺的塑料单，拉出了通铺阵列，他直说："我走我走！"才卷起被子，跟着走了。安北斗说："看你像不像个要饭的？""我可没要饭。啥都是个习惯，在外面睡久了，徜徉得很，房里憋闷死了。""看看你这货，都混成啥样了！"

眼看走到"老地方"门口了，温如风还不想进去，说在这里丢过人，不想让那些婆娘看笑话。安北斗一掌把他搡了进去："看你现在这长毛鬼的样子，人家哪个婆娘是吃了没盐的饭了，还操你这淡心。"他还做作地，拿手把脸挡了挡。

这天晚上，三人整整喝了一夜酒。

温如风现在活得特别油，说这是北斗村的三颗流星大汇聚。他自然是最操心草老师出来的原因了。当听说也是告状时，乐得差点把一颗有点活摇活动的牙（为扩大捡垃圾地盘，遭"惩戒谈话"时对方失去耐心，上了二踢脚）彻底跌落下来。他甚至觉得自己跟老师也是一等角色了。喝得有点高，还拍了拍草老师的肩膀说："老伙计，要论告状，我可就是你的老师了！住在戏园子附近，先是选对了地方。每天吃喝都是淡闲事，'西京天天有秦腔'，可是让人大饱眼福哇！名角名戏都让我看遍了。你就听我的得啦！一旦走上告状路，开弓就无回头箭！何况你草老师比我更要面子要脸的。跟着我混好了，不花家里一分钱，还肚子精神两头圆！"

草老师为此很是不快，反复强调："我们是两码事。"

温如风说："石像倒是个卵蛋事！"

草老师终于忍无可忍，把一杯酒都浇了出去："糊涂虫！你也是读过七八年书的人，如果立像都是卵蛋事，你那半棵树，还有七七八八的烂事就都是蚂蚁搬蛋的事。活成什么德行了，还准备给我当老师，呸！"

安北斗急忙从中劝解道："好了好了草老师，别跟这货计较。你闭嘴！还给草老师当起老师来了，连你的名字都是草老师起的，你还得了能了。喝不了别喝。"他刚把酒盅拿开，温如风抢过去"嗞儿"的一声见了底。连三个酒盅还都是他在垃圾桶里捡来的呢，上边还有"茅台"字样。

安北斗故意把话岔开，说了说花如屏的事。温如风听得有些难过，又独自给自己筛着闷喝了几盅。最后，他端出了一道滋味特别的"菜"说："北斗兄弟，感念你一家对我花如屏和儿子温顺丰的好，我也给你办了件实事。"

"啥事？"安北斗有些不屑。

"也是你原配和女儿的事。我跟她们接上头了。"

96 手可摘星辰

安北斗对温如风没经过他同意，自作主张，与杨艳梅私下取得联系的事，很是不高兴。听完他得意八分的叙述，就搋他："谁让你找的？"

"你看，你整天给我帮这大的忙，招呼花如屏和顺丰，我总不能不帮你做点事吧？杨艳梅答应，你再来了，她愿意见你。"

"不见！"

"还得朝娃身上看么。我就不信，你不想见杨艳梅，还不想见女儿了？她答应让你见安妮。毕竟是亲亲的闺女、亲亲的父亲么。"

安北斗只喝闷酒。

草老师说："北斗，这个你得见。如风算是办了一件人事。离婚归离婚，孩子你不见不对。"

安北斗半天没说话，他何尝不想见呀！只是觉得一个大男人，在被人撬走了老婆的孩子面前，何以立足？他一直在等待天空五年一回归的那颗小行星，一旦确定，就准备申请以女儿的名字命名。尽管他知道这很难，小行星一旦发现，是要以名人来命名的，据说他们会使这个星空更加耀眼灿烂。其实人类现在有七十亿人口，而星空有比人类超过几千倍、几万倍，甚至几亿倍的星体存在，他觉得那些名人，是大可不必在人间占了一份光芒，还要到天空再占一份的。当然，这是他个人想法了。不过也有例外，小质量的行星是可以以普通人的名字命名的。而彗星，就完全是谁发现就以谁的名字命名了。总之，他始终没有放弃过观测与发现。他是希望有一天，自己能发现一颗有命名权的星体，将它命名为安妮，然后再去见她。可草老师觉得太不靠谱，能见必须见，亲亲的闺女哪有一成几年不见的道理。关键还有一个最令他震惊的消息：杨艳梅可能与储有良分居了。这是推动他有点自信心前去见她们的理由。草老师甚至下命令了："必须去！"他就去了。

温如风已把一切都摸得熟门熟路。这也是他们过去来过的地方，但在院外看见人就走了。现在要进到里面，也只需报上门牌号和户主姓名，保安一通电话就放行。

　　整个院落布局，是以一个人造湖泊为中心的。湖上亭子、假山随处可见。而通往各个别墅的曲径回廊，多是电影电视剧里才能见到的画面，不免有点虚假。可遮蔽掩映着这些别墅的各种名贵树木，却让院落充满了生命的繁茂、经久与神秘感。一眼望去，许多树大概都在百年往上。老紫薇甚至是数百年树龄，不仅根底粗壮，而且盘头折翅，被人工扭曲得奇形怪状，酷似一个个怪胎长成的奇险诡谲模样。人类总是希望自己骨干标直、身材苗条、五官周正、充满英武妖娆之气。却把自己观赏的动植物折腾得歪脖子趔腿、大屁股带罗锅的扭曲变形，完全是以残疾、病态心理在改变着它们的成长命运，以求赏心悦目的奇特审美。已是深秋，许多树木正在飘洒着红黄相间的落叶。唯有银杏，还保持着拼命把枝梢伸向阳光的挺拔。他们先是走在一条银杏大道上，金黄色的鳞片，铺出厚厚一层地毯，走起来甚至有点滑腻。而杨艳梅的别墅在银杏大道尽头又拐了一个弯。周边全是盆景组成的小园林，有罗汉松、五针松、金钱松、龙爪松、刺柏、翠柏、球柏、璎珞柏、鸡爪槭、老鸦柿、龙血树、白蜡树、石榴树、橡皮树、榕树、云杉、凤尾兰、大红枫、六月雪等，可谓千姿百态、五花八门。这些安北斗大多都认识，因为他对动植物与星空一样充满了好奇与兴趣。总之它们都被铁丝和绳索扳扯捆绑得完全是一种新奇古怪的模样了。做了盆景，大概也就逃不脱这种被改造变形的命运了。当安北斗跟着已然成为"老油条"的温如风，磨磨叽叽走到杨艳梅家别墅门口时，甚至又有点后悔起这极不舒服的举动了。

　　但一切都来不及了，杨艳梅已经打开大铁门中的小门，出来迎接了。他看见铁门顶端，是带着像红缨枪一样的几十把梭镖，锐利向天的，防守严密可见一斑。杨艳梅竟然比过去瘦了一圈，但不是传统意义上的消瘦，或是某种疾病引起的萎蔫干瘪、"黄皮寡瘦"，而明显是由健身带来的时尚"流行瘦"。一眼看上去，像煞某个叫圆圆或冰冰的影视明星。但他更喜欢过去那个略显丰盈的杨艳梅。用他娘的话说：女人就要像三月的嫩黄瓜那么汁水饱足了才好看，瘦不拉几的，脸蛋没个脸蛋，屁股没个屁股，衣服像披挂在身上一样，看着都恓惶。那时他娘特别反对她一天只吃一顿饭的减肥法，说过很多次她都不听。但喝白开水也很丰盈，这就是杨艳梅的天赋资质。而今天的她，明显是健身带来的"骨感美"了，修长的大腿配上贴身的毛衣，显得尤其挺拔而高挑。屁股也是流行的什么"蜜桃臀"，并没有因小腹的紧致切削而相应收缩偏平。一对耳环明显有点夸张，事后温如风说：杨艳梅那对耳环能当镯子使。总之，完全是大都市女人的气象了。在县城，他就觉得有了不小的距离感。到了这里，简直就像是误入某个影视拍摄基地，人和物都与现实相去甚远了。

而这正是现实。

为了见她们母女，温如风提前还给他捯饬了半天。这货现在俨然以城里人自居了。这也嫌他"土鳖虫"，那也嫌他"稼娃气"，竟然领他去街边美发美容厅做了一次大修理，剪了板寸头，去了"翻翻皮（脸上的糙皮）"，看上去明显光滑整洁许多。并且还带他去康复路，买了一件米色夹克衫、一条白色萝卜裤，外带一双白底红帮绿条纹的假耐克旅游鞋，一共花了两百多元。安北斗直觉得大可不必，温如风却偏是要强制执行，直到他觉得算个城里人了，才领他奔别墅而去。见了杨艳梅，他才知道自己有多土鳖、多稼娃。尤其是那双花不棱登的旅游鞋，让她盯了几盯，他都恨不得把双脚插到地缝里去。

在进大门的时候，温如风还挤眉弄眼地给他暗示：自己就不进去了，让他"好办事"。然后大声说："我在院里转转，看看风景。你们谝去！"这货其实今天也捯饬了一下，穿着牛仔裤，上身还是带着风雪帽的紫色绒衣，据说都是从垃圾桶里翻出来的，还特别合身。牛仔裤现在越烂越好，他也就在膝盖下方戳了两个洞，有时还能看见黑黢黢的瘦腿梁子在里面晃荡。

杨艳梅把他领了进去。

这是一个三层小洋楼的欧式别墅，院子不大，但精致而美观。仍是盆景的天下，不过这里的盆景比外面的更加精巧别致而已。有迎客松、铁树、昙花、石榴，还有蝴蝶兰。几盆文竹努力在显示着春夏季的生命力，可仍是被深秋的自然节令拉拽得翠绿细丝散落一地。唯有墙拐角的几棵龟背竹，倒是还没有感受到季节的变化，仍在用阔绰的叶面，撑持着甚是庞大的形体。

"安妮，安妮！"杨艳梅对楼上喊了一声。

这时，她已把他迎进了客厅。一个足有三米高的水晶灯，是从二楼顶端吊下来的。整个客厅有两层楼的高度，窗户也几近通天接地。已是接近黄昏时分，夕阳仍把整个房间照得金黄一片。

当安妮出现在楼梯口时，他甚至都不敢正眼看她一下。才几年没见，孩子已长成半大姑娘了。身材完全不像是她那个年龄该有的样子，跟她妈一样，挺拔而高挑。过去那个胖乎乎、肉嘟嘟的小公主，已然长成他完全不敢相认的白天鹅了。孩子充盈着液体美、协调美、动感美，以及智力美的一切青春极致要素。他甚至都不敢相信这是自己的女儿了。

"叫爸爸！"他没想到杨艳梅会这样让孩子去称呼他。有很长时间，他们一家人都是反对他跟女儿见面的。这一声"叫爸爸"，虽然孩子没叫出来，可他已是泪流满面，怎么也控制不住地泣不成声了。

安妮似乎有点不认识他了，或者努力在恢复记忆。

杨艳梅又轻声暗示了一下："叫爸爸！"

安妮才在嘴里咕哝了一句："爸爸！"尽管声音很小，但他已经满足得想跳跃起来了。多少次带孩子在阳山冠上看星空，每当她记住了他所教给她的星座与天体位置分布时，他都会把孩子举过头顶，跳跃着吟诵李白的诗：

危楼高百尺，
手可摘星辰。
不敢高声语，
恐惊天上人。

今天，他再也举不起这个孩子了，即使能举起，也已失去了托举的资格。

这时，杨艳梅的手机响了。她一看，脸色有点阴沉，然后说："安妮，先陪你爸爸到楼上看看。对不起，我接个电话。"

安妮也许这个时候已经恢复了某些记忆，显得亲热了许多，虽然轻易叫不出"爸爸"二字，但还是以小主人的身份带他上二楼了。

二楼几乎完全是她的天下，有数不清的玩具，堆放得遍地都是。她有专门的琴房，那里放着一架德国钢琴，孩子还给他弹了一段《小星星变奏曲》，说是莫扎特的。虽然弹得磕磕绊绊，他依然感到了孩子的出众天赋。他给孩子带了一双旅游鞋，花了三百多块，自己感觉式样价钱都很满意，玫瑰红的，孩子打小就喜欢红色。可没想到，安妮端直把他带到她们的衣帽储藏室，他不由自主地"呀"了一声，那是真正让他感到贫穷限制了想象力的地方。硕大的衣帽间，挂了六排衣服，足有数百件，比一个商铺更显得丰富拥挤。而安妮还说这是常穿的，穿得少的还在大衣柜里呢。她又拉开一面墙的大衣柜门让他看，他才感到了自己的猥琐与寒酸。自己上身米色夹克，搞价下来一百元，白萝卜裤八十元，假耐克鞋才三十五元。而那占了几面墙的鞋柜，各种款式、质料、色泽可谓琳琅满目。安妮随便拿起一双水晶鞋，就说价值六千元。孩子能随口说出各种名牌，他在这方面还真是孤陋寡闻，只听说过一件风衣、一条围巾甚至一双鞋，有价值上万元的，而眼下他就置身其间了。他拎着那双自我感觉还算对得起女儿的旅游鞋，已无法再让她试穿。他甚至看见安妮瞄了一眼他脚上的假耐克，有点想笑，又忍住了。可她毕竟是孩子，最后还是讲了实话："那鞋是假的。"他当下只想钻进地缝，可羊毛地毯的厚实质地，大概连一根针也是不容易扎透的。他只能把那只显得更花的鞋面，朝另一只鞋后跟处躲了躲。

这时，只听楼下杨艳梅打电话的声音越来越大，像是吵架："滚你妈的蛋，你要敢跟那婊子结婚，就等着死吧，你还想提拔，我让你从开水锅朝铁匠炉子里提！"

安妮大概是有点想掩饰妈妈的骂声，又把他带到顶楼上了。

此时天色已晚，可惜雾霾让星空看不见一颗星星。当与女儿在一起时，他总是能想起昔日那"手可摘星辰"的大自然妙趣与意境。

"还爱天文知识吗？"他问。

她摇摇头说："顾不上了，周六周日要学钢琴、舞蹈。平常每晚作

业都要做到十二点。再说这里也没有星星。"

他就无语了。

杨艳梅狠狠把储有良臭骂一顿后，气得一屁股坐在沙发上，半天站不起来。前夫安北斗就在楼上，而后夫储有良已与她分居一年多了。那是一次怎样的别离，又是一次怎样缠绵悱恻、如胶似漆的堕入啊！可一切似乎都过去了。安北斗毫无疑问，是她曾经真爱过的一个男人。储有良又何尝不是？当时甚至不惜毁掉一切声誉，飞蛾扑火而去。连她老爸都有些反对，他毕竟还有一张副局长的脸面，得在县城活人。只有她妈，力主甩掉"臭屎无用"的安北斗。储有良开始的确也是深爱着她的。但爱情即使坚硬如钢铁，也是经受不住时间磨砺的。何况储有良跟她已是二婚。这是一个有极大野心的人，开始能主动要求从省城下放锻炼，就是意图尽快谋到重要职位。谁知在县上与她的绯闻，暂时终止了从政界晋升的通道。回到学校，想在学术上重起炉灶，终是下不了势，坐不了冷板凳，就又重新运作，跳来跳去，一会儿事业一会儿企业的，如今总算谋到一个相当于副局级的位置，却又过于偏离"轴心"，而深感沮丧。他几乎天天泡在酒场、牌场、娱乐场、高尔夫球场，以及各种会所，给人攒局，攀附权贵，以期回归政界。这样，人就一成几礼拜都见不上面。直到去年她才听说，他在外面有人了。这还不是第一次传言。并且这次传说的比她还小十几岁。很快她就得到了证实。储有良也不避讳，这是让她痛心疾首的关键。要她与一个年仅二十岁的骚货一争高下，自是完全失去了那种你死我活的竞争力。

一段时间，她甚至都想把自己的故事写成小说。西京是一个盛产文学的城市。有人指导她读了一批书目，小说倒是没写出几个字，却把自己对应进了《追忆似水年华》的阿尔贝蒂娜，还有达洛卫夫人。前些年，为了储有良的经营筹谋，她几乎终日陪泡在无尽的宴会、牌场、网球、高尔夫上。可以说她跟小说中的阿尔贝蒂娜和达洛卫夫人一样，看见了爬上山头的风光，却又在炽热的烈火中受尽煎熬。现在她争取，她斗争，但也得屈辱克制、不断妥协。她多少次梦见与安北斗在阳山冠上望星空的日子，可肉体上又绝对回不到那个世界去了，尽管精神上在不断回溯反观。她甚至还给阳台上买了一架天文望远镜，但没有了安北斗的指导，甚至连调试都调试不出来，只能是摆设了。在储有良彻底不回家以前的那段日子，即使偶尔回来，也是不断地打手机、玩电脑。他似乎有无尽的电话要打，不是让人组织给他投什么票，就是让人引见他去见什么人。每每在那种时候，她就会想到单纯得跟晶体一样只顾仰望星空的安北斗。她的生活已成挣扎与妥协相交织的无尽奏鸣曲了。她到现在还珍藏着一张照片，当初与储有良结婚时，都是准备毁掉的。那时但凡一切与安北斗有关的物件，当然，除了孩子，她都想化为灰烬，以表示决绝与对储有良的忠贞不贰。但神使鬼差着，让她把那张照片还是悄然留了下来。这甚至成为她常常在独自泪流满面时，唯一愿意面对的风景了。

那是一张她看日出的照片，可以说拍得十分经典：初婚之夜的第一天早晨，云天尚冒着寒气，但异常晴朗，空气透明度似乎能让人望到深空的极限。太阳刚冒出地平线，月亮仍高高悬挂在中空。安北斗转换着各种姿势，甚至不惜半边身子凌空，从不同角度连续拍了超百张画面，再经过后期到县城扫描拼接，竟然将日出时出现的一种大气现象维纳斯带，还有地影、山影与月亮同时摄入到了这张极其罕见的画面中。他甚至拿这张照片去参赛，还获得了市上的摄影一等奖。而画面的主角正是她杨艳梅。

她从抽屉里翻出了这张照片，想让安北斗看看，但又怕引起什么误会。一切都是回不去的。尽管心灵备受折磨，但她也是再不愿意回到那个小镇上去了。即使储有良真的跟那个新欢结婚，她也有她的生活。她已完全属于这个时尚之都。纵然内心焦灼不堪，表面上还是能维系下去的。她没有退路，也没想找退路。她把那张可能引起某种暧昧猜测的照片又悄然放下了。

她镇静了镇静，慢慢向楼上走去。从不同镜子面前走过，已完全看不出刚才打电话时的扭曲面容了。像是换了一个人似的，她要招呼他去附近一家餐馆吃饭，说地方都订好了。她还特别补充一句："有良出差去了，要是在，他也会请你的。"

安北斗明显能感到她在掩饰什么。他也知道一点储有良的事。这个人最大的能耐就是永远都能把握时机，随时巴结并切换着能够掌握自己命运的要害人，从而闪转腾挪，迂回登高。他甚至能为扼住自己政治咽喉者的父母丧事去披麻戴孝、长跪不起，说悲伤程度远远胜过孝子贤孙。他也听说杨艳梅再没当护士了，看储有良越来越靠不住，就自己做起了医疗器械生意，且已风生水起。温如风说杨艳梅现在出门都开的是卡宴。这个温如风可不是昔日乡间的那个磨坊主了，如今在省城混得什么都一知半解了，连储有良相当于副局级他都知道。听说还正在谋求更高职位呢。

安北斗越来越觉得自己今天不该来。给女儿特意买的那双旅游鞋，也不知如何处理是好。倒是杨艳梅表现得十分得体地说："这是给安妮买的吧？还不穿上给你爸看看。"

安妮甚至有点懵懂，杨艳梅端直接过来，给她穿上了，并且说："挺漂亮的，没想到你爸还会买东西了！"

安北斗知道她是在掩饰他的尴尬。这让他越发感到了自己在这个家庭的寒酸与格格不入。就像一个盛大的场面，自己衣服被扒光了站在正中央，让每一双眼睛都可以尽情地窥视、戏谑与调侃一般。安妮穿着鞋还在房里走了几步。孩子小时特别喜欢穿小红鞋，每每穿上都是要满院子去炫耀的。但今天，是质地与品牌的不入流，而让她的笑意中，充满了荒诞的喜剧感。三百六十块钱的鞋，在那三面墙的名牌鞋柜中，大概早已找不到了。穿上倒退回去好几年的"劣等货"，觉得滑稽可笑也是自然。毕竟是孩子，她还没学会过度掩饰。只是让他感到了一阵阵刺穿脊骨的寒凉。这鞋已是他咬紧牙关买下的。自己从没穿过超过一百块钱的鞋，哪怕是进京必蹬的皮鞋。以温如风当时的建议，买三十块钱的假名牌就足以糊弄过去，娃娃么，要那么大的讲究干啥？但他坚持要买真的。然而，真，在许多场面，也已顾不住羞丑了，它已成为低贱、寒酸、落伍、呆板、蠢货、傻×的代名词。

杨艳梅很快将话题转向了一边，问了几句他爹的胸病，还有他娘的劳伤。他都说好着呢。他已不愿因此引起她过多寒暄式的关心。杨艳梅让孩子去换衣服，然后问到了他的情况：

"你怎么样？"

"好着呢。"

"听说还是……干那些杂事？"

"镇上么，不就是那些杂七杂八的事。"

"晚上还看星星？"

"噢，不忙了就去看。"

见面时，杨艳梅就已经看到了他两鬓上的白发，偶尔低下头，她甚至看见寸头的顶部也夹杂了许多。他还不到四十岁呀！过去在阳山冠上捧着这颗头颅时，可是一根白发都没挑出来过。现在怎么突然变成了这样？！她听温如风说，北斗经常在阳山冠和勺把山上牛一样地嚎啕大哭呢。她的眼泪再也止不住地涌流出来了。她突然感到一阵心痛。是绞痛。储有良头上的白发也在持续增添，但她从来没有产生过这种痛感。

"北斗，你是一个好人！我最近一直在给安妮讲，要记住你这个……父亲！"她突然觉得自己有些过于失态，急忙掩饰了过去。

"不，我对不起孩子。别勉强她。你们现在的生活……我就是想关心……也无能为力。"

"别这样说，你有时间，来看看她就行了，什么也不用买。我自己能赚钱，孩子这方面，你不用多操心。我就是觉得你……如果需要，我也可以让储有良跟县上说说，他跟孙仕廉很熟，老在一起吃饭、打球。"

"千万别，我挺好的。真的。"

"你总不能……让温如风耽误一辈子吧？"

"不能这样说，这就是工作，不看温如风，也会分配干别的事。而看温如风，是我现在最想干的。"

"你想干？"

"我想干！"

"不过温如风对你也挺好的。他已找过我好几次了，说……让我见见你。也说你……特别想见安妮。其实……其实我们也都想见你……储有良……也不会见怪的。"

他就不想再说什么了。她始终要把储有良拉出来，其实是想告诉他：她的家庭好着呢。现在一切见面都是因为孩子。即使他与她相见，也是前夫与前妻没有闹得土崩瓦解、挖坑陷害、刺刀上膛、掏心剖肝的友谊与礼节性会面，他深深懂得她每一句话的含意。当然，他也领会了她眼泪夺眶而出的夫妻旧情。他想表达一下自己的内心，又怕伤害了这个曾经爱得那么深入骨髓的女人。他绝对没有"乘虚而入"的意思。以眼下的阶层划分，他与她也成了两条永远都不可能再交会的平行线。温如风还撺掇他说，不如乘机弄回来算了，还落一套别墅。他差点没把他的鼻子揉得歪向瘦颧骨。他之所以来，就是想看孩子，尤其是听说杨艳梅与储有良已分居很久，他真是抱着同情心，来看看而已。毕竟夫妻一场，她也真爱过自己那么多年！可现在他又很是后悔来这一趟，不仅没有把看孩子的事办好，而且还可能让杨艳梅产生另外的担心了。任她如何挽留，他都没有跟她们出去吃那顿据说是法国大餐。尽管他也特别想知道一下法国大餐是个什么餐。

　　他刚走出大门，温如风就从一旁十分兴奋地闪了出来，神秘兮兮地："咋样？有回旋余地没有？一旦有缝，今晚就留下圆房！"

　　"滚！"安北斗直往前走去。

　　"哎哎哎，你只顾白眼张天的，脚下还不得我替你照看着点！哎北斗，安政府，我也告诉你一件大喜事，那半棵树可能找到了！"

　　安北斗才停住了脚步："在哪儿？"

　　"就在这园子里，你说鬼不鬼。我总觉得这园子跟我有点啥关系，今天摸了个遍，竟然就把我家那棵古槐找见了，你再帮我认定认定去。"

　　"怕是说鬼话吧！"

"真不是鬼话，你去看看嘛！"

安北斗也觉得挺神奇，说看走。

温如风就一溜烟把他领到大院的东北角，果然看到一棵两人合抱粗的国槐矗立在那里。尽管顶端的老枝杈已被锯成了秃头，但新发出来的枝干十分繁茂兴盛，已然是另一棵树冠硕大无朋的新生命了。

因为打小从这棵全村最古老的树下经过，也多次上树掏麻雀蛋、逮蝉捉蝴蝶，安北斗自是十分熟悉它的身影了。他还是将信将疑地问："你咋肯定是那棵树？"

"你来看！我看上花如屏的时候，给树上是刻了一个花瓶，里面还插了一把百合花的。长了这么多年，它还在，你看，这是不是花瓶？这是不是百合？"

果然是一个刻得有点三扁四不圆的花瓶，也果然是有几朵百合花的。温如风曾多次叨咕：这是他的"爱情树""婚姻树""家庭树"。虽然岁月销蚀，几经辗转，但"花瓶"依稀尚在，"花朵"绽放隐约。关键是安北斗还认出了他们当年攀爬时的几个树瘿和窟窿，虽然窟窿封堵了水泥，但大小形状仍然清晰可辨。树的确是那棵树了，不，是那半棵树。另一半是孙铁锤的。

当温如风从他眼睛里得到更确凿的印证后，突然抱住树，哭得慢慢溜了下去。他能理解温如风此时的心情。其实他也想大哭一场。这是一棵耗损了多少人多少生命精力的老树啊！他和温如风都已双鬓斑白了。温如风只要进了西京城，眼睛就总盯在路边的树上。有时走着走着，脚就崴进了坑里。他还骂过他：你不盯着树能死是吧？他也骂他：你不看星星能死是吧？老温终究把这棵几乎比从星空里发现一颗小行星同样不易的老树找见了，这是何等值得庆幸而又伤感的事呀！他终于也忍不住眼泪长流起来。为了不让老温看到自己的百味杂陈、百感交集，他把头脸扭向了天空。也许今晚是老天特别的开颜，星空竟然隐隐约约有了北斗七星的光影。温如风再次搂住已深扎在西京大地上的属于他那半边老槐树，哭得呜呜呜地犹如秦腔苦音慢板一般渗人心脾、撕肝裂肺……

这时，安北斗的手机突然响起来，是牛栏山打来的："北斗，你赶紧让草泽明回来吧，他告状的事有眉目了。上边调查组来了，要见他本人。"

97 中子星

上边的确来了调查组，在北斗镇和北斗村引起了很多说辞。有人说是调查石像的，有人说调查孙铁锤的，还有一股风声，说是要考察孙铁锤当副县长的。副县长确实空缺着两个，还说得有鼻子有眼的，孙董可能要分管工业、交通和铁路建设。吕存贵也放出话来，立佛给孙董要带来一步官运，七品都不一定能挡住。

北斗村那些耳朵尖、舌头长的，就先称呼起孙县长来。

孙铁锤还不以为然地"屎"的一声："都没见过啥的，县团级在省城拿火车皮拉哩。"他仍赌他的博，勒他的钱。

赌债是越来越难朝出勒索了。一个比一个死皮，要放血，就得上手段。

比如牛存犁，都活埋两次了，还是要钱没有，要命一条。

牛存犁先前就是村里一个放牛的。半辈子靠给人犁地为生，人称牛犁匠。走到哪家吃到哪家，农忙时节，这家迎那家送的，好酒好肉招待着，有时他还带着老婆娃娃，不免活得有些风光。老婆又养鸡养猪养蚕的勤快，算是北斗村小康人家了。可自打孙铁锤成立砸石头公司起，地没人种了，牛也歇了脚。靠牛工运送石子不划算，他就卖了牛，把家底翻出来，三挪四借的，买了一台拖拉机，挤进了孙董的运输公司。开始也赚了几个，就心捏捏地把拖拉机换成了一辆小嘎斯。后来发现挖掘机更划算，又连借带贷的，弄了台价值三十多万元的挖掘机，很快也成了北斗村的"暴发户"。孙董底下人就煽惑他去赌博，说那个来钱更快。果然，他去了几次，竟然就把买挖掘机的欠款还完了。随后，有人说他印堂发亮，吕存贵还说他有一步不小的"狗屎运"呢！他就连挖掘机也雇人开了，自己一门心思钻到孙董家赌起博来。谁知不到一个月，不仅挖掘机输得干干净净，而且还欠下几十万驴打滚的本金利息。为逼债，孙铁锤让手下人把他弄到水里"打闷子"，捆到勺把山上活埋，可都收效甚微。后来再派人上门催讨，说他还"耍死狗"，躺在炕上，头枕斧头，手操弯刀，眼珠血红，一副要跟人拼命的架势。有人竟学起了牛存犁，玩的还是匕首、藏刀，这还了得！孙铁锤就想拿他"做做娃样子"。有一天，孙董亲自上门，让把这货抬出来撂到道场上，看看"老赖"到底有多大能耐。见是孙董亲自来了，吓得他不仅把弯刀、斧头藏到炕席下，而且乖乖出来给孙董跪下了。也是无意间，孙铁锤见他老婆只穿了一条花喜鹊的府绸裤子在偏厦房擀面，屁股浑圆浑圆的还把裤缝子深夹着，就突然来了感觉。说是进去喝口水，竟顺手掩了门。急得牛存犁在外面拿头撞墙，是狗剩他们一把把他拽着。好在这一天的逼债也到此为止了。当天晚上，听说牛存犁把老婆打了半死，然后那女人就在偏厦房上吊了。

何首魁现在整夜整夜地睡不着，吃安眠药也不管用。每天晚上更深夜静时，就坐在那里擦枪。枪已擦得锃光瓦亮，仍在擦。这把枪伴随他多年了，还从来没有对准人的要害部位开过。紧要时刻，对天鸣放示警，让逃跑者附近的石头开花，给那些"飞毛腿钻眼"的事都干过，但从来还没瞄准过谁的脑袋。他在墙上挂了一个靶环，一次次瞄，一次次扣动扳机，只是子弹没上膛而已。他越来越讨厌自己发颤的手，甚至用枪把子狠狠地蹾、砸，企图让它停止抖动，可总是抖个不住。

所里人都发现何所现在很少说话。一到晚上，几乎门窗紧闭，灯光很亮，就是叫不开。

牛存犁老婆上吊后，何所是去勘查过现场的。的确是挨了牛存犁的毒打，屁股都被用吹火筒和铁火钳抽起了肉埂。但人就是自杀的。牛存犁哭得死去活来，几个人把他从老婆尸体上都拉不起来，直喊叫让一起下葬算了。包括牛存犁两次遭活埋的事，何首魁也不是没有听说。可传唤来，他又死不认账。北斗村的怪事越来越多，听说有人跟牛存犁一样，欠下一百多万赌债，心里不服，去跟孙铁锤闹，很快就不明不白地翻崖滚坡死了。派出所去侦查现场，除一堆烟屁股外，也没找到其他任何证据。

何首魁就不停地擦枪。

那天孙铁锤立佛时，他也在场。一下聚拢数万人，派出所自然得去维护秩序。当石像盖头被揭下时，他不仅震惊，而且恼怒了。他还质问牛栏山：这就是你们支持的旅游项目？牛栏山也瞠目结舌着。他当下就说：孙铁锤想立地成佛，除非公狗变性、豺狼变羊！牛栏山想笑，但没笑出来。

从他内心讲，开始也并不想招惹孙铁锤。作为一个派出所所长，每个村有个"硬扎人"镇着，他能省心不少。那阵儿户口都紧紧拴在土地上时，农村的确好管。你穷我也穷，大哥莫笑二哥。他当兵前，也曾穿过屁股都露在外头的破裤子。穷急眼时，也偷过人家的萝卜扭过人家的瓜。后来由排长转为警察，对他家来讲，就是几十亩地出一棵苗的绝代荣华。初当民警，他也有一副软心肠，以致所长都称他"何娘娘"。可当着当着，心肠就硬起来了。脸也越来越黑。加上山林失火，救火时又烧了半边，便彻底成"何黑脸"了。面对养了一只生蛋的好母鸡，甚或逮回一只猪娃，就充满生活希望的五保户，竟然被地痞流氓偷去烧成"叫花鸡"，烤成"乳猪"下了酒，他就越来越习惯于用警棍抽得这些混蛋满地找牙了。"活阎王"的恶名都是这些货起的。他由普通民警干到副所长、所长，都没离开过北斗镇。他是亲眼看着镇子从封闭走向开放的。一些年轻人几乎是赤脚挣脱出去，又蹬上皮鞋、骑着摩托，甚至开着小轿车领着洋媳妇回来过年了。一乡一镇的破崖洞、茅草屋、石板房，在几年间，几乎全都换成大瓦房、水泥楼了。真是眼看着奔马出栏、洪峰出山，也眼看着怪物出笼、魔头成仙。大概与职业有关吧，他觉得这几年游手好闲、坑蒙拐骗之徒是越来越多了，一不小心就会栽进无底深渊。他亲姐的儿子，就因赌场赊账，被逼债者打断一条腿，抬回来扔在了猪圈里。而这样的事在北斗村，已见怪不怪。孙铁锤由一个能人、强人，完全演变成了瞎蛋、恶人，如水之趋下，势不可当。尤其是大爆炸事件的公然"翻牌"，这家伙被释放出来，竟然还专门跑到派出所耀武扬威一番，气得他当下就嘴脸乌青，双手颤抖个不住。医生甚至说他这是帕金森前兆。由此，他也对那些偷鸡摸狗的"小毛贼"，突然有了"菩萨心肠"，甚至抓来就放。有人说他，他还撅巴：牛都跌到井里了，抓住一条尾巴梢顶卵用！

　　他已掌握足够证据，不是一件两件，而是一长串证据链，完全可以把孙铁锤判个十年二十年，直至最高刑罚。但六条人命都能逃脱，他就怀疑即使把人弄进去，也会有人大事化小，把人再放出来。这次他有些不想让他重获自由了。他觉得自己干了一辈子公安，总得干那么一两件特别想干的事。他已将多少罪犯送上审判席，甚至还有上断头台的，立功可谓无数。但孙铁锤仍逍遥法外着，这成为他心中无法医治的长痛。

孙铁锤利用村里资源，加上亲戚势力、利益帮凶，在短短七八年时间就富甲一方。更为恶劣的是，这种怪胎式的发达，完全带坏了一村风气，让苦苦巴巴的发家致富者，一一陷入了企图"一夜暴富"的赌坑而难以自拔。这家伙最近竟然开了房车回来，在"运动中豪赌"，派出所的车轮子连人家泥浆子都"够不着吃"。至于说孙铁锤在外面开发了多少楼盘，买了多少地皮，"空手套白狼"了多少银行贷款，都不是派出所关心得了的事。他只担心由赌博引发的高利贷灾祸，不仅把大家这些年挣的钱财席卷一空，而且还不知要让多少户家破人亡呢。

无论镇上还是村里，过去打牌带点"水"，派出所都很少管，也管不过来。输一场，赢一场，也都是几十块钱的事。老汉老婆们甚至是"五元一锅"，输完骂骂咧咧拉倒走人，明天又吆喝着朝一块儿凑。乡间也再没有其他娱乐活动，牌桌放到太阳地里，打着晒着还补钙。可现在完全不同了。孙铁锤开的场子，据说没有一万元都进不去，"打瘸了腿（输家）"，就现场告贷。若借一万，只给八千，那两千就端直成了利息。而欠下的一万，三个月就能滚到两万。一旦三月、半年还不清，就要"上榨锤"朝出榨。关键是房车的入场费已提高到十万的门槛，清账都是拿尺子量，嫌点票子太慢。这样，几乎把附近几个乡镇挣了钱的大小老板，都吸引来了。说开始他们也会故意"放点水"，让一些人觉得有利可图。陷得深了，就成了他们上私刑的对象，直折磨到拖拉机、小车、房产、地皮，包括生产资料都榨干榨净，还得背着一身债远逃他乡。

牛存犁就是其中一个，并且连老婆都搭进去了。

何首魁越来越恨自己的手怎么能颤抖成这样。连枪都握不住、瞄不准的警察还有什么用？他狠命砸着自己那无能的手。过去，还有蒋存驴这样的好眼线，一边跟村里各色人等杂混着，也给他提供了不少有价值的破案线索。现在虽然好不容易发展了新"内线"，但孙铁锤每干一件事都会换一拨人，比如收拾牛存犁的，就绝不会再派到活埋马存掌的现场去。佛教说恶是能改变的。可根据他多年对人性的观察，小恶可改，大恶难变。有些恶能原谅，起码是值得同情的。但有些恶，那就是天地间释放出来的怪兽，你永远都别想他立地成佛，除非直接送往地狱。

最让他感到可怕的是，北斗村老百姓，过去都以给派出所提供线索为荣，而现在都在恐惧中，服了"摆平""私了"这些暗中"公理"。眼看着孙铁锤在权势包裹中，三天两后晌就把集体的一切都划到自己名下，成为堂而皇之的全权代理人了。而在这个过程中，何首魁也越来越看清了过去他所希望的"能人"与"强势者"，一旦底线失守、约束废弛，必然衍生邪恶的本质。当村子普遍贫穷时，孙铁锤还只是贪色贪吃、强占强要一些鸡零狗碎。比如偷卖温如风那半棵树，他是准备与其他盗窃案并案处理的，可惜证人蒋存驴意外牺牲，让证据链猝然断裂。铁路与高速路建设给村子带来了巨大机遇，连外出打工者都蜂拥而返，梦想分到一杯羹。也确实分到了。可最终还是让孙铁锤用极其下流的敛财手段，几乎一壶收尽。

其实何首魁心里是佩服着一个人的，那就是温如风。北斗村毕竟还有一个温如风！尽管他也到处告他，但他越来越觉得这是一条汉子，死都不屈服淫威者！

还有一个人就是安北斗，甘愿拿自己的前程，去守护温如风这个蝼蚁般卑微的生命。安北斗也多次到派出所鼓动他收拾孙铁锤，尤其大爆炸将孙铁锤绳之以法后，安北斗甚至还提了一瓶西凤酒来对他"深表敬重"！那天两人都喝得有点高，最后竟然喝到了月亮地里。安北斗神神道道地说，每个人都能在天上对应住一颗星辰的。尽管他平常不大看得上这个白眼张天的书生、蠢货，觉得十分滑稽可笑，可那天他还是问他：那你说我对应的是哪一颗？安北斗一口说出个中子星来。他问中子星是什么星？安北斗说无论一颗恒星在抗拒自身引力中坚持多久，最终都必然耗尽燃料，死于坍缩。而中子星是由一种质量密度很大的星体，燃尽后坍缩而成，一汤勺都能达到几亿吨重。这小子还比喻说，如果把地球压缩成中子星，直径只有二十二米长。他说他说鬼话。安北斗说那是科学。当时他只是淡然一笑。因为他觉得许多该做的事都没做成，或者没有及时做，而让孙铁锤这个怪胎野蛮生长成这样，他这个所长是难辞其咎的。自己的生命质量密度，自然没有安北斗说得那么大、那么邪乎，他就是个浑身"打满补丁"，连自己手抖都控制不住的破所长而已。

北斗村真是个出怪人的地方，最近又蹦出个草泽明来。牛栏山不停地跟他通着气。开始说这人去闹民办教师待遇问题了，后来又说去告石像的事。尽管他对立这个狗屁石像很恶心，但作为一个所谓的"乡贤"，他草泽明不为大爆炸的六条人命和村里那么多烂事鸣冤叫屈，却偏在这号不打粮食的事情上胡扑腾，也终是令他有些瞧不上。牛栏山请他协助找人，他理都没理。谁知这事还越闹越大，先后来了几拨人调查，听说还有京城的，草泽明都被叫回来了。吓得孙铁锤急忙用红布把"佛"脑袋包了起来。可这"佛"现在也不好朝倒推，因为有很多老百姓组织起来在"护法"，事情就僵住了。草泽明偏是个比温如风还犟的老头，瘦硬瘦硬的，说那个烂石头脑袋啥时不炸掉，他就告到啥时候，然后再次"北上"了。正在牛栏山找他商议怎么办时，他却接到了安北斗的报警，说温如风的老婆花如屏在他家突然失踪了。安北斗怀疑可能是孙铁锤干的，情况十分危急。

何首魁甚至有点激动，不仅血液加速流动起来，手也抖得直甩，但他还是迅速将子弹推上膛，带人出发了。

98 独幕剧《四体》

〔黑夜。（可以星光灿烂，也可以伸手不见五指。）

〔那只金色猫头鹰飞上。（可拟人化，也可以是道具制作的木头或布偶。）

猫头鹰　夜晚属于我们，可人类偏要在夜晚上演他们的悲喜剧，我就不能不是最大的看客了。作者以为他有上帝的视角，什么都知道，那是瞎扯。他们永远只靠那点可怜的想象力在那儿满嘴胡诌。当然现在是把键盘敲得噼里啪啦乱响，像一个老会计打算盘。而我是实实在在能看到天空与大地上的一切思绪飘动与大到宇宙、银河系、太阳系，小到地球上的蚊蚋、螨虫，包括正在黑夜中交配的蜉蝣。天哪，蜉蝣的交配动作可实在不雅，他们以为没有谁能看见，可我偏是能一目了然地见到他们交尾时的急不可耐和丑态百出，有些简直是太有点超常发挥。扯得远了，今晚的剧情根本不需要用旁支斜出的痞子语言和暧昧修辞加以烘托，自身就够惊心动魄了。我无非是以作者难以拥有的能见度帮着和盘托出而已。首先我得介绍一下环境：导演一般都比较扯淡，把环境搞得只适合他们表现那些花里胡哨的所谓舞台样式、导演风格，而让观众如堕五里雾中。我要告诉你们的是，今晚的故事发生在勺把山与阳山冠之间的多个山体中，因为追捕场面比较浩大，所以还得发挥你们那点可怜的想象力。首先，我要介绍一下四体是个什么玩意儿。神话里讲过后羿射日，说天空有十个太阳，"十日并出，草木焦枯"，于是后羿弯弓搭箭，射死九日，留下一日，人间秩序从而得到恢复。其实那就是"十体"。你们可能看过一本《三体》的小说。简单了说：就是距离地球四光年外，有三颗像太阳一样的恒星在相互缠绕，又彼此无序地存在着。他们甚至对地球生命构成了威胁。总之，不像我们太阳系，就一颗恒星，把其余八大行星以及无数颗卫星与小行星统领着，以每秒二百五十公里的速度，狂奔得昏天黑地。据说还要顺着银河系的轴心，公转五十亿年才能把自身的能量耗尽。而地球上的生物，就像《金刚经》里说的："所有一切众生之类，若卵生，若胎生，若湿生，若化生；若有色，若无色；若有想，若无想，若非有想，非无想，我皆令入无余涅槃而灭度之。"天哪，也不知我还要涅槃多少次，才能跟太阳一道坠入再无白昼的"黑暗森林"。该说"四体"了。四体是存在的。在浩瀚的宇宙中，甚至五体、六体、七体都有。这样一堆恒星，都以外表五六千摄氏度的高温相互鼎沸着，是难以想象自身与周边环境之恶劣的。可我现在要说的四体，不是深空中那个可能相互纠缠又彼此排斥的四个恒星，而是生活在地球上阴阳两界的四个人物之间的生死较量与末日审判。先让阎王出场吧，他这一体比较庞大，你们可能在古典戏里常见。他的办公地点在地壳较深层，说起来离地面也就十七八公里地，但人类还没有钻探到那个地方。据说最深才钻到十二公里左右。有人以为他住在地幔或地核里，那是绝对不可能的。数千摄氏度高温早把他烧死了。就在地壳深处，温度也达二百多摄氏度，因此老戏里的寒冷地狱都是胡扯。阎王费了九牛二虎之力，也才把他收揽罪恶的地狱降到五十摄氏度左右，其实很多被他抓去的恶人，都是热死的。闲话少说，阎王今晚亲自来了，这也是罕见的事情。一般都是黑白无常、牛头马面或田鼠刺猬来一趟就算办大差了。可今晚的确是他亲自登场，并由八只田鼠抬着。黑白无常还在前边鸣锣开道。猴子狐狸吹着一尺多长的喇叭四处昭告："闲人闪开，阎王爷过来了——！"请舞台效果给点烟雾。音乐最好用唢呐的牌子曲"鬼吹灯"。

〔阎王被八鼠抬上。仪仗森严。

阎　王　（唱西皮流水）

　　　　　非是我爱来阳间，

　　　　　哈尿多得抓不完。

　　　　　牛头马面来回窜，

　　　　　黑白无常怨加班。

老夫轻易不露脸，

出面地动摇破山。

来此已是阳山冠，

住轿歇息打个尖。

〔众抬轿田鼠，吹喇叭的猴子、狐狸，还有黑白无常七仰八
躺，吃起肉夹馍、驴火烧，啃起路边狗尾巴草来。

黑无常　爷，今晚办案就在此地吗？

阎　王　废什么话，我说三更要他命，别留尔命到五更。

白无常　（见黑无常挨了阎王的剋，很是得意地献媚道）爷，我从来就
只办实事，不说废话。

阎　王　（不耐烦地）该干吗干吗去！

〔黑无常笑得把长舌头跌在了地上。

猫头鹰　这就是动物世界，即使在阴间办差，毛病也一样，都爱讨好
上司、顺便踩一脚同事。其实今天阎王来得有点早，这货也
有把握不住时机的时候。因为他毕竟没有我熟悉地面。他要
抓的人，目前尚在勺把山附近游走。没有谁比我更懂得这世
界坑深沟大、高低不平的本质原理了，尤其是夜晚，看着就
在眼前，其实十分遥远。哇呜！现在我还是给你们介绍四体
中的第二体孙铁锤吧。这个人不仅阎王讨厌，我也相当憎恨。
憎恨的原因非常简单，他动了我的奶酪：把勺把山最重要的
饮食生产基地，炸得面目全非，减产面积在大爆炸那几日达
到百分之百。连飞蛾、毛虫、蚊蚋都不知去向。后来虽然有
所恢复，也大不如前那么生机勃勃、物产丰饶。当然，食品
危机，也促进了我的扩张霸凌。开始我只在开阳山上弄了一

块飞地，无非是解决暂时的温饱与经济危机。后来发现，占了也就占了，它们并没有夺回的勇气。有的还对我百般讨好、邀宠献媚，并肆意挑拨其他山头对我的流言蜚语与大不恭敬。我就强势出击，一顿痛揍乱捶，他们竟然服服帖帖地都认我为王了。这使我更加明白了弱肉强食的生存真理。我的实践经验比任何狗屁哲学教给我的都要多许多。只要强悍、无耻，敢撒谎、敢下手，就一定会让死守着正义、公道、规矩的食古不化者瞠目结舌，直至屈膝跪拜。今晚我也顺便宣布一下：现在的北斗七星山已完全属于我的领地或叫殖民地。其余猫头鹰可以在上面糊口度日，但只要遇见肥硕的田鼠、美丽的金丝雀与七彩蝴蝶，以及鲜嫩的四脚蛇和肥美好味的泉水鱼之类，都要亲自恭送到我的府库，哪怕腐烂成浆，也不可坏了规矩。任何侥幸者，我的耳目都会迅速收集到相关情报，让它们惨遭群体痛抓痛啄痛殴直至驱逐出境的噩运。说真的，给阎王抬轿子那八只田鼠，真是长得不赖。但我知道阎王爷的脾气，也就只能舔舔嘴唇，任其逍遥自在。演着演着又跑戏了，我该让第二体出场了。

〔狗剩、骆驼抬着一个里面有人体扭动的长布袋上。羊蛋、磨凳跟上。

〔锣鼓家伙"急急风"送孙铁锤上。

孙铁锤　（唱）天上月亮都长眼，

　　　　　　今晚生得溜溜圆。

　　　　　　胖瘦美丑都尝遍，

　　　　　　偏偏缺这一口鲜。

软的不吃玩刁钻，

那就张弓上硬弦。

人生只苦时日短，

最好能活八百年。

狗　剩　孙董，是不是就在这儿办了算了。离村里够远了，也抬不动了。她在里边还拧跰（反抗）得不行，难抬得很。

孙铁锤　（不高兴地）不到一百斤的"小钢炮"，把你四个男人还抬累死了？换着抬，今晚月亮圆，老子心情好，我突然想到阳山冠那个"石床"上做耍子去。

〔几人面面相觑，充满畏难情绪。

磨　凳　就是抄近道……也还有……上十里地！

孙铁锤　（发火地）咋的个话，还跟我犟嘴？

狗　剩　不……不是的，那儿不吉利。原来镇上的头，不就在那儿玩砸了？

孙铁锤　老子啥时还把事玩砸过？放心，跟着老子只有走运的时候，上天床！

〔几人就无奈地将布口袋朝前抬去。

〔羊蛋背过人折断一根树枝，指向他们消失的方向，急下。

猫头鹰　（边飞翔边白）看见没有，这几个蠢货，正朝阎王怀里撞呢！我本来是可以怪叫几声、报报警的，才懒得叫呢，让他送死去好了。待我落在石像上拉一泡再说。（飞落在已被包裹起来的石像头顶拉屎）这可不是佛头着粪。自石像立起来，我就发现像孙铁锤。当然我不似草泽明那样大惊小怪，甚至视若洪水猛兽，竟然上京告状去了。我才不管它像孙铁锤熟铁锤还是半生不熟的铁锤呢，只觉得给了一个登高望远的立脚之地，让我增长了一份其余猫头鹰都深感恐惧的雄强威仪。因此我是赞成立像派，尤其是瞭望与拉屎都很方便。白天几乎所有雀鸟都会站上来胡拉。石像立起来才半月，就已臭不可闻了。连蛇交配也缠在它的耳朵眼里；松鼠端直在它鼻子窟窿一边生下一胎，让我几口就咥了个干净，那蛋白质可不是一般的含量。啄木鸟在它眼睑上也盘桓数日，大概是咋都啄不动，才拉些粪走了。现在它的头部又蒙上了厚厚一层布，那些靠寻窟窿钻眼过日子的动物就来得少了。但白天我仍然不得不撤离现场，让成群的麻雀去叽叽喳喳、谣言满天飞地大小便乱撒。顺便说一句，当初人类把麻雀归于四害可是太合我意了，烦死个鹰了！好在一到夜幕降临，它们就吓得失脚趔趄四散逃去。闲话少说，第三体来了！何黑脸今晚的脸色可是比任何时候都奇黑无比。照说月亮是可以让他的肤色泛点光泽的，可偏偏黑得像反光的土漆。

〔何首魁带人侦查上。随员是当初跟他和叫驴一道出警跌下悬崖的那位，已跛足。

何首魁　（唱）夜幕重重案情紧，

　　　　　　陡然失踪花如屏。

　　　　　　暗流汹涌非孤井，

　　　　　　环环相扣潭水深。

　　　　　　贪欲结出奇异果，

　　　　　　权魔绞断法准绳。

　　　　　　罪恶昭彰何须等，

利剑出鞘索清明。

跛警察　何所，咱俩行吗？

何首魁　来不及朝回调人，他们追捕拐卖儿童犯已出县境了。

跛警察　（看见羊蛋留下的标志）看，这边！

何首魁　现在我宣布：孙铁锤一旦负隅顽抗，可以现场击毙！

跛警察　（吃惊地）击毙？

何首魁　（坚定地）击毙！

〔二人追下。那警察跛得愈加厉害。

猫头鹰　有好戏看啦！要死人啦！对不起，我对死人这件事总是充
满了无比的激动与兴奋。瞧，第四体来了！哇——呜！

〔安北斗跑上。一群村民打着手电、火把跟上。

安北斗　（唱）老爹惶恐一声报，

花嫂失踪起惊涛。

茅厕搏斗棚板倒，

后沟草木踏断梢。

定是歹人施残暴，

疑点重重得聚焦。

警察出动村民找，

但愿人安又射雕。

〔有人大声喊："花如屏——你在哪儿——？"

安北斗　别喊，这样肯定打草惊蛇，搞不好会狗急跳墙。全部熄灯，
暗中搜索！

猫头鹰　看这蠢货有没有一点长进，知不知道跟上我。哇呜！（故意
在安北斗眼前盘旋）哇呜！哇——呜——！

安北斗　（突然顿悟地）跟上这只猫头鹰！

猫头鹰　朽木可雕也！哇呜！（朝前飞去）

　　　　〔灯灭。

　　　　〔景现阳山冠。

阎　王　（等得有些不耐烦地）无常，孟婆汤都凉啦，人呢？

黑无常　回禀爷，正在赶死的路上。

阎　王　让麻利些，爷的事多得很，天亮前还要去缅甸捉拿毒贩子呢。

白无常　（急报）赶死的来了！

猫头鹰　（飞上）哇——呜！哇——呜！这就是"天床"，月光下的确很美。今晚这月亮尤其让天床美轮美奂、妙不可言。土包子孙铁锤竟然也有了他娘的诗意。我必须让你们明白的是，除了我，你们是看不见阎王仪仗的。因为你们只活在长、宽、高的三维空间。而阎王是活在十维空间里。简单了说，就是在我们看不见的宇宙缝隙中，他们是以粒子的构成方式，可以穿越任何一个人类还无法认知的"弯曲空间""缝隙"与"虫洞"，抄近道突然来到世界上的任何一个角落。阎王真想去南极捉拿一个恐怖分子，一声起驾，黑白无常的双脚，就已踩在成千上万只企鹅背上了。送死的来了！哇——呜！

　　　　〔狗剩、骆驼、磨凳三人抬着布袋气喘吁吁上。羊蛋随上，在瞭望后路。

　　　　〔孙铁锤累得一上场就倒卧在草丛中。

孙铁锤　（唱二六板）

　　　　　　人活一世草一秋，

　　　　　　抓紧享受抓紧撸。

胆正摘得月亮走，

胆小捏个蔫皮球。

梦想时光朝回走，

不做帝王也封侯。

铺床洒下桂花酒，

销魂之后一笔勾。

（白）铺天床！

猫头鹰　哇——呜！哇——呜！

狗　剩　孙董，这挨瞎锤子的猫头鹰叫得人心焦麻乱的。该不会出啥
　　　　事吧！

孙铁锤　鸡巴猫头鹰叫，也把你吓成这样。放心吧，鬼都想不到我们
　　　　会来这里。动手！

猫头鹰　哇呜！哇——呜！

孙铁锤　再叫，小心老子把你骗了！（亮出一把明晃晃的刀）

磨　凳　要是这货（指布口袋里的人）不从咋办？

孙铁锤　从也得从，不从也得从。老子给你一人一万拽腿钱。

磨　凳　事后呢？

孙铁锤　你还操心大。老子啥时失过手？不行把她做了得了。下手！

　　　　〔几个人铺的铺床、解的解口袋。羊蛋还在朝远处探视。

　　　　〔花如屏已被从口袋里拽出。嘴里塞着东西，双手反绑着，
　　　　仍在反抗。

猫头鹰　当现实生活变成人类所说的戏剧时，总是显得有些夸张离
　　　　奇。但今晚我敢保证，是原原本本在演绎着再也真实不过的
　　　　生活。可惜你们没有我这双洞悉黑暗的眼睛。哇呜！事情

已发展到千钧一发之际，阎王为何还不动手？哦，想起来了，阎王要带走任何生命，都要借人世的力量先给一锤、一棍、一砖或一枪，然后才一抓了之，他也就那点能耐。何黑脸到了！哇——呜！

〔何首魁带着跛警察潜上。

何首魁　（悄然吩咐）危险在人质。天床附近有很深的缝隙，下面就是悬崖。如果我们贸然行动，会不会造成情急中的杀人灭口。

跛警察　咋办？他们已动手了。

〔猫头鹰将安北斗领上。何首魁一把将安北斗摁住。

何首魁　你最熟悉地形，现在需要你快速绕到天床下，防止人质被推下悬崖。

〔安北斗急速朝天床外侧摸去。

何首魁　（在暗影中见安北斗已摸到悬崖危险处，即令跛警察）你的任务是抓其他凶手，哪怕抓住一个活口都成！记住，羊蛋别动，他是咱的眼线。

〔两人分头朝天床靠近。这时，花如屏已被剥光，正在做最后的反抗。

何首魁　（突然鸣枪）住手！所有人把手都举起来，谁敢动老子就开枪了！

猫头鹰　哇呜！哇——呜！

孙铁锤　（悄声地）他们只有两个人，还有一个跛子，快跑！

〔天床四周全是灌木丛，狗剩、骆驼、磨凳迅速钻了进去。羊蛋也隐藏起来。花如屏拼死抱住孙铁锤一条腿不放，孙难以脱身，终于将她拖到悬崖边踢了下去。

〔意欲逃跑的孙铁锤被何首魁开了第一枪。

猫头鹰　哇呜！哇——呜！（寻找着不同的角度飞来窜去地详尽观察）

〔跛足警察追狗剩、骆驼、磨凳下。

〔何首魁向孙铁锤走去。

〔孙铁锤左腿被子弹钻一窟窿，逃跑已显困难。

孙铁锤　这是钱可以解决的事。说吧，要多少？弟兄们也都可怜。

何首魁　这不是钱的事。

孙铁锤　这世上就没有他娘的钱摆不平的事。连阎王那儿也是有钱能使鬼推磨的。

阎　王　（正丢盹着，听这话一个激灵醒来）你放屁！

猫头鹰　哇——呜！幸亏活在三维空间的人，听不见多维空间的骂声。

何首魁　说，温如风那半棵树是不是你卖了？

孙铁锤　卖了咋？七八年前，老子就缺那几万块，一文钱逼死英雄汉嘛！

何首魁　温如风挨黑打，是不是你买通外村人干的？

孙铁锤　只恨没把驴日下的打死，留下一条祸害！

何首魁　赵家那对双胞胎是不是你那年勾结人贩子卖了？害得媳妇上吊自杀，婆婆疯癫，家破人亡……

孙铁锤　没……没有的事。

何首魁　人贩子不出意外，明天就会逮捕归案！还有，是谁剁了陈存年的一只手？

孙铁锤　你……他那驴爪子剁了……跟我何干？

何首魁　放高利贷，敲诈勒索！还有，是谁将牛存犁活埋两次，还逼着卖掉一个肾？ 老婆也在被你奸污后上吊自杀？

孙铁锤 （恼羞成怒地）何黑脸，你……你血口喷人！

　　〔何首魁愤然开了第二枪。孙铁锤右腿也被打得跪了下去。

猫头鹰 哇呜！ 哇——呜！

阎　王 已经够了，还磨叽个卵？

黑无常 （对着生死簿）还有七宗罪没落实完。

何首魁 你贪婪成性，多次组织猎杀保护动物，熊掌、麋鹿、果子狸、穿山甲都是你盘中寻常餐食、行贿特殊礼品。还有幼崽猫头鹰，数次连窝端掉，以供城里客户当宠物饲养。

猫头鹰 还有这等事，我们都以为是黑老雕乘白日抓去美食了，以致搞得我们相互之间长期撕×，打架斗殴。哇——呜！

何首魁 你把一村的姑娘媳妇糟蹋了多少？

孙铁锤 何黑脸，送上门的也算？

何首魁 无耻！ （又给了一枪）还有那六条人命……

孙铁锤 （极其恼羞成怒地）那都是死烂"砖家"没本事，与老子何干？ 老何，敢收拾我，你小心着！

何首魁 （忍无可忍地开了第四枪）今晚没有人能从阳山冠上救下你，你是罪恶昭彰、自投罗网！

　　〔孙铁锤见何首魁杀气腾腾、步步紧逼，心生一计、仆倒在地。

何首魁 耍什么赖，讲！

　　〔孙铁锤像死猪一样再无动静。

猫头鹰 哇呜！哇呜！ 哇——呜！（甚至飞到何首魁头顶严厉警示着）

　　〔何首魁还是一步步朝孙铁锤走去。在何首魁蹲下翻动孙铁锤时，孙穷凶极恶地将刀狠狠朝何的心脏扎去。

猫头鹰　哇——呜！哇——呜！哇——呜！

　　　　〔孙铁锤急速朝黑暗处匍匐。

　　　　〔何首魁挣扎着开了第五枪，并仍在艰难追捕。

阎　王　哇呀呀呀——！（唱）

　　　　　　都骂阎王太狠毒，

　　　　　　踏进地府无归途。

　　　　　　怨我庭院不栽树，

　　　　　　山水花鸟全都无。

　　　　　　憎我阴曹挂黑幕，

　　　　　　常年不让点蜡烛。

　　　　　　建议地狱勤消毒，

　　　　　　整个桑拿按摩屋。

　　　　　　拉上网线好炒股，

　　　　　　还能联络他大姑。

　　　　　　搞个班子唱大戏，

　　　　　　还要地铁通姑苏。

　　　　　　抓来天下千般恶，

　　　　　　岂能娱乐找舒服。

　　　　　　火山地震加电锯，

　　　　　　温室效应架锅炉。

　　　　　　黑白无常一声吼，

　　　　　带走这祸害无数、良知无救、人为刀俎、恶成平素、阳

　　　　寿已尽、地狱死囚的铁锤魔头！

黑无常　爷，这位好像也差不多了，一起带吗？（指何首魁）

666

阎　王　不要，脸比我还黑，脾气比我躁，带去是我管他，还是他管我？地狱只招恶魔！走！

〔何首魁面对即将钻进黑暗的孙铁锤又连开数枪，孙铁锤毙命。

猫头鹰　（窥视着孙铁锤）肌肉不错，身体半点毛病没有，阎王也不给我留一口！

〔黑白无常锁上孙铁锤众田鼠抬着阎王爷吹吹打打下。

猫头鹰　（凌空盘旋）哇呜！哇呜！哇——呜！

〔安北斗搀扶花如屏上。

安北斗　何所——！

〔已置身死亡边缘的何首魁慢慢睁开眼睛，看了看花如屏。

花如屏　何所长——！（长跪不起）

何首魁　（嘴角凄然一笑）你……打葫芦包（马蜂窝）……蜇……蜇死了孙铁锤他爹。其实……第二天……我就破案了……那时你才……十三岁……

花如屏　何所长……

何首魁　没人知道。只……只有叫驴……知道。记着，清明节……给蒋存驴同志烧点纸……

花如屏　（连续给何首魁点着头）我一定记着！

何首魁　北斗，我……有点事……要托付你，你……你嫂子……（咽气）

安北斗　何所……

花如屏　何所长！（失声痛哭）

猫头鹰　哇——呜！哇——呜！今晚这幕大戏已演到最后了。关于死亡，我仍是在很多天前就到村庄和派出所前的刺柏树上，做过多次预警。不管他是恶人善人、好人病人、孩子老人、男人女人，我一律给他们以机会与出路。这就是职业精神！忘了谁讲过一句名言：在正义与利害冲突面前，智者往往从利害出发。正义可能并没有赋予何首魁处决孙铁锤的权力，但利害让他选择了除恶务尽的现场击毙。灵魂与肉体、精神与物质、英雄与犯罪、高尚与无耻、正义与凶残、激愤与罪恶……没有谁比我更懂得这一晚生命哲学的多重意义。包括阎王爷，躁乎乎的，也是气愤有余，理性不足。他没有收揽何首魁，竟是因为这黑脸大汉去了，有可能挑战他在阴曹的权威。天体看似是引力在推动着万物的有序运转，其实作用力来自每一个细小环节的相互阻力与牵绊。说它是魔鬼在运作也未尝不可，因为总有一双眼睛能洞悉一切，从而让看似挥之久远的事体，仍然回到原点，重现那纤毫毕见的事物发端。比如何首魁说花如屏十三岁时就借马蜂杀了孙铁锤他爹的事。那时我正在少儿时期，也曾忠于职守，进村预警。孙铁锤他爹还捡石头朝树上打了我能旋转三百六十度的脖颈（略有夸张）。在花如屏放学、砍柴、打猪草的路上，孙存盆曾多次实施猥亵，并欲强暴，那满脸胡楂加上酒气熏天，即使吻我，也是要撸他几爪子的。花如屏是这个村庄最美丽也最具智慧的少女，她竟然将烂醉如泥的恶人引到"葫芦包"下，一手制造了惊动一镇数乡的"马蜂杀人案"。我以为只有我这双眼睛记忆着这幕不堪回首的野蜂飞舞场面。没想到，何首魁竟然深藏着如此重大的秘密，保护着一个弱女子从十三岁活到今天。以孙铁锤的能量，如果知道她是杀父凶手，恐怕早已碎尸万段了。作为北斗村一颗质量足够大的星体，孙铁锤具有捕获、吞食一切弱小行星的能力。但千万记住，星空中即使再小的球体，都会有它一席地位，原因在于制约着比它大得多的物体的引力与斥力之间，存在着绝对的冲突与平衡关系。自然力、人力、惯性、引力，以及时间、空间、意识，还有看得见和看不见的物质与暗物质之间，永远存在着关联度，让个人插曲即使再神奇，也都深藏其中，只是等待像我这样的智者揭秘而已。哇——呜！

〔跛足警察押着一条腿也被打跛的狗剩上。两人一个跛着左腿，一个跛着右腿。羊蛋随上。

跛警察　（跪倒在何首魁遗体前痛哭流涕）何所——！

猫头鹰　记住物质不灭论。人体无非是碳水化合物而已。三大营养物质糖类、脂肪、蛋白质都不值钱。其中水分占了百分之七十以上，那玩意儿跟自来水、矿泉水没有两样；还有碳，基本上是以煤来估价；骨骼里的钙值，与粉笔不相上下；血液中的铁元素，跟墙上钉的钉子一模一样。所谓蛋白质，也就是空气中的氮、氢、氧等元素合成。有人计算说，人体一旦分解，合计不超过九十七美分。可你要再造一个人，截至目前地球上还没有这种可能。别的星球我也没兴趣研究。总之，生命的价值就在于不可再生性。他是上天唯一公平了一回，是赐给每个生命的独特恩典。只有一次，谁都只有一次。哪怕你再能，都得带走！尽管碳水化合物一定会再次发挥作用，可组成的再也不可能是孙铁锤或何首魁了。我能告诉你们的是，孙铁锤被阎王抓到地府里去享受五十摄氏度以上温室效应＋锅炉烘烤去了。而何黑脸的灵魂，却被不知哪里飞来的一群孩子抬走了。

孩子们唱着这样一首歌：

任何黑夜都有明亮，
任何土地都有芳香。
我们来自九天之上，
我们来自万里他乡。
让曙光照亮他黧黑的脸庞，
让太阳愈合他浑身的创伤。
我们一路向上，向上，
那是这颗灵魂该去的地方！

猫头鹰　这是何首魁曾经在各种火灾、水灾以及人口拐卖中解救，或在解救中死亡以及正在解救的各种受难儿童，可惜你们看不见，我谈的都是多维空间的事，人类只在三维空间里瞎混着。戏毕，拉幕！

〔剧终。

99 疾雷破山　飘风振海

孙铁锤和何首魁的死，像发生在大山深处的超强地震一样，震波迅速就传遍了全县，也传到了省城。孙仕廉紧急把武东风叫去，两人在一家私人会所整整商量了一夜，让无论如何要把死亡警察安顿好；

再做好相关人员的安抚工作，他尤其提到了温如风和草泽明。孙仕廉甚至焦虑万分地说："调查组最近频繁出现，好像是中省联手，来头不小。看着是调查石佛问题，恐怕背后没有那么简单。至今消息都打听不出来，可一切都不像好兆头！你先组织人赶快把石像推倒。我当时就让赶快推，孙铁锤死不听，说花了三四百万，推了不吉利，老百姓也不答应。硬要蒙块红布，说以后有揭开的日子。还有什么日子？现在必须推倒，立即推！务必要把事态缩到最小范围处理干净，不留任何后患。有些事靠我和我老岳父捂，一次两次三次行，四次五次就不一定灵了。一两个温如风、草泽明好办，三个四个，甚至一群温如风、草泽明出来，谁也扛不住。好在孙铁锤死了，这是不幸中的万幸哪！"

武东风从孙仕廉刀削斧劈一般的寡肉两腮中，看到了他从未见过的一个人在关键时刻只求自保的冷酷、阴暗与狡诈。此前不久，孙仕廉的副厅刚满年限，外表看上去十分谦卑、勤勉、低调又能干的他，加上学历与年龄结构比例的优势，就在岳父与他自己的双重运作中，顺利进入了正厅级岗位。因为他手头握有诸多审批资源，武东风也没少找他给永平县办事。这样，他也就一步步陷入了孙仕廉的生命景区，一边被景色诱惑，一边被画笔点染，直至置身其中，迷途难返。面对孙仕廉的焦灼与急迫，他都感到自己后脊背在阵阵发凉了。

在返回县城的路上，武东风就接到牛栏山的电话，说北斗村群众把乡政府围了。他问为什么？牛栏山说孙铁锤欠下大量工程款，还有一些遭敲诈勒索的受害者，人一死，都不怕了，连七八十岁的老者都拄着拐来了。他感到了事态的严重性，仍是沿用了孙仕廉的话："一定要做好安抚工作，我让县上再派点警力。"牛栏山说："武书记，只怕不敢硬上，得有具体措施。""什么措施？"牛栏山顿了一会儿说："反正硬上不行。我觉得这次恐怕不好应对。众怒难犯哪！"

"众怒难犯"这几个字重重压在了武东风的心上。他这阵儿肠子都悔绿了，怎么就跟孙铁锤染上了？开始他一直都是十分瞧不上这个像屠夫一般的村野莽汉的。可哪里又能经得住孙仕廉一而再再而三地拍肩示好与欲望撩拨呢？只要住在权力大院里，即使搞收发的，也觉得比别人高一头大一膀子。何况孙仕廉真是游走在很多领导跟前的人物。无论报纸图片还是电视新闻，总能见他远远地闪上一面。不在一围，也在二、三围。多数时候是露半边脸。也有只露鼻子以上，没鼻子以下的。新闻部门只管主要领导图像图片的完整性、严肃性，至于身边陪同者，大多就显出了残缺相。但就这残缺不全的脸面，只要反复出现，也已足够证明他的重要性了。而在一些酒场饭局中，孙仕廉又深含不露、不苟言笑，就更是给人一种高深莫测的感觉。本来是大可不必去搭理这样一个人的，可他是这个县的"父母官"，孙仕廉又是这个县在外的"大人物"。三来四往的，人家又特别关照自己。一个活得非常"深沉严谨"的人，竟然几次主动开腔暗示他：最近市县班子可能要动一下！还有"领导对你印象不错"等，他就不能不心存侥幸、欲念躁动了。现在毕竟是在一个山乡小县，迁升一步，或调往经济地位重要的大县，也都是临门一脚的事。就看有人替你说话没有。而在与孙仕廉越卷越深的关系中，他就把这个重要"说话人"，寄托在他身上了。这样，孙铁锤也就堂而皇之地动辄进县委大院找"东风兄"来了。而孙铁锤惹下的那些烂事，他也就不得不帮着一次次去打整清理。孙铁锤到底能惹下多大麻烦，他不清楚。他只知道这是一个没什么文化的滚刀肉。贪吃贪色贪财贪权，玩得有点无法无天。现在商人都爱扮演"儒商"角色，可他却公然讲：额孙铁锤就是个生铁锤，锤到哪儿他娘的就是一声雷！这种"冷娃"，有时也不免成为县委大院的笑料。

既然孙铁锤是孙仕廉的表叔，武东风想，他自然应该知道表叔的水深水浅。可没想到，孙铁锤在与一个黑脸派出所所长的顽抗中暴卒，竟然吓得孙仕廉面如灰土、惶恐万分。加上最近的确有中省调查组频繁出出进进，且跟县上主要领导"不碰头、不接触"，他就担心这里面可能有什么大事情。好在孙铁锤已死，孙仕廉冷酷地称为"万幸"，但愿是一次"万幸"吧！

武东风刚回到办公室，孙仕廉的电话又来了。他的信息竟然如此之快，北斗镇被围的事，都已详细掌握，并要他亲自出马，务必把干柴烈火尽快扑灭。武东风也觉得派任何人去处理都不合适，就亲自出马了。

这是一场比雪崩更惊心动魄的群体围堵镇政府事件。站在最前边的是温如风的丈人爹花存根。他把那条假腿端直卸了，从根部露出来，向所有人展览着肉锤的瘆人与不幸。并且煽惑那些大爆炸中的死难家属，让他们把棺材立即挖出来，炸死了人，赔那一点钱，是造孽！

"该让他在省里的亲戚回来给个说法了！"

不仅花存根亮着残疾肉锤，而且还有失了胳膊瘸了腿的，也都在阵阵秋风中，捋起裤管、挽起了袖子。而那些拿着各种合同、字据、欠条者，也都围堵着牛栏山和镇上的干部，诉说得唾沫四溅、民怨沸腾。

武东风的车远远就停了下来。当走出车门时，立即有人认出了他。不仅他来过镇上，县电视台的新闻也早已让他家喻户晓。随他一起来的有公安人员，也有相关部门负责人。数百群众一拥而上，忽地把他团团围住了。为保护他，公安人员和一些干部迅速形成了一个隔离带。挤在前边的，甚至发生了肢体冲突。他立即制止了这种可能升级的保护措施。武东风是从乡镇一步步干上来的，过去也处理过类似事件。有时事因很小，可能为乡上让养貂，结果貂卖不出去，成百上千人提着貂就把乡政府围了。这时干部得特别冷静，需要超常应对危机的能力。有些"疑难杂症"几乎没有模板和规律可循。最重要的是不怕事，不甩锅，敢担责，敢深入，并迅速拿出化解风险的措施。他主动从牛栏山手中接过半导体，喊起话来：

"乡亲们，我是武东风。你们不要急、不要慌，坐下来一个讲了一个讲。都这样喊叫，我听不清，来的干部也听不清。大家看这样好不好，都原地坐下，排成队，一个一个讲你们的要求。来的老人多，找些凳子来，坐下慢慢说。我来就是解决问题的，解决不好就不走。大家看行不行？"

这番话似乎非常奏效。人群慢慢安静下来，也都听从公安人员的指挥，渐渐有了秩序感，分几摊诉求起来。

直到这时，牛栏山才把他从后门接进院子。

"还搞得这么紧张的，大门都用杠子顶上了！"

"武书记，这次可不是一般的事啊！你刚说解决不好就不走，我直给你眨眼睛你也不看，恐怕孙铁锤捅下的是几千万，甚至上亿的窟窿啊！搞不好还有人命案呢！"

武东风的脸唰的一下变了："这么严重？"

"这大概就是所谓的多米诺骨牌效应吧。人不死，一切都能朝前磨，就看磨到哪一天。人一死，就磨不下去了。那边勺把山上，还有几百人在砸石像呢。考虑到安全，镇上也派人在现场招呼着。"

武东风突然想去看看现场。尤其是那座石像。

当牛栏山从后门陪着他赶到勺把山，近距离瞧见形象十分逼真的石雕时，他的确感到很震惊。人一旦疯狂起来，真是什么蠢事都能干出来，孙铁锤都敢给自己立近百米高的石像了！他怎么就稀里糊涂地做了这样一个混蛋的保护伞呢？山上山下何止聚集了几百人，而是数千人。牛栏山说，大概附近几个村的人都来看热闹了。

安北斗被牛栏山临时指派为这个现场的安全总指挥，害怕发生踩踏事件。赶热闹的娃娃们比谁都起得早，像看戏一样，提前就攀上了石像附近的树梢，猴子一样到处乱窜乱挂着。

现场也有老者在交涉，看能不能把石像的面目请石匠改一改，毕竟是一村人集资捐下的血汗钱。可草泽明坚持必须推倒。他甚至拿着喇叭在演讲，要让这块罪恶的石头永久倒下，并需立碑存鉴：北斗村曾经出过一个恶棍，名叫孙铁锤，于某年某月某日被警察击毙。其丑恶石像也被全村人共同推倒，世世代代当以此为诫！

护像者虽不多，但围着基座横七竖八地躺着，也让倒像者无法动手。他们倒不是要保护孙铁锤的石头脑壳、身子，而是希望对他们的布施有个说法。

草泽明喊道："人总是要买教训的。这就算是北斗村集体买的一个教训吧！将这样一座恶人像立在这里，你们白天看着不害怕？夜晚想起来不做噩梦吗？推！必须推倒！"

其实这时"佛头"上早已攀上去几个人，而站在最顶端的就是温如风。听说孙铁锤一命呜呼，他急忙从省城赶回来，安顿了花如屏，就给脖子上套了绑百年老磨坊的油绳，第一个登上"魔头"，把绳子牢牢套在石像脖项上，只等草老师一声令下了。紧接着攀上去的是牛存犁。他的指甲已被孙铁锤在勒索赌债时，用老虎钳子拔尽了，但还是忍着伤痛，泪眼模糊地攀了上去。随后，第三第四第五个绑绳索者也上去了。安北斗拼命阻挡，但还是有人在继续攀登。

武东风和牛栏山站在远远的地方，看着这股怒潮，终于汇聚成几股洪流，把几根很粗很长的绳索，狠劲朝一个方向拉去。绳索几次断裂，又几次接续，最后终于将石像拉倒在道场中央。石像断成数截，那颗依照孙铁锤脸面刻下的头颅，嘴脸抢地，鼻子碰掉，下巴碎裂地与水泥地平几近吻合了。

就在石像轰然倒塌的瞬间，表示驱鬼辟邪的鞭炮、铳子声骤然响起。

整个现场虽然有些混乱，但在安北斗和草泽明的指挥协调下，一切顺遂。

看完"倒像风暴"，武东风和牛栏山就悄悄回镇上了。

这天晚上，据几摊接访者情况汇总看，老百姓手头的股权债据与各种白条，的确高达数千万之巨。另外，孙铁锤放高利贷与敲诈勒索，以及强奸等黑社会组织行为，更是触目惊心、闻所未闻。

都后半夜了，武东风看着窗外那片萧萧竹林，越想越深感惶恐。孙仕廉先后给他打了十几个电话，他都没接。最后通过秘书又叫他，他仍是回绝了："就说我被包围着，无法接！"其实群众非常讲理，他就那么几句话，说不处理完不离开，老百姓就信任了。尽管仍把政府围着，但一切皆可控。作为基层上来的干部，他曾经面临过诸多这样的困境，都因敢于直面、敢于拍板、敢于负责、不避奸溜滑，而破解了不少别人十分畏难的困局，从而落下英才、干将的名声。可今天，面对这件极其错综复杂的事情，他已没有了那股深究的底气。倒不是无能力抽丝剥茧、直击要害，而是被一种无法突围的心理强压紧紧勒索着。他觉得也许他都不可能以县委书记的名义走出这个镇了。他在等待，等待公安机关对孙铁锤"秦岭后宫"的盘点查抄。如果确有偿还能力，也许还有文过饰非的解决办法。毕竟当事人已亡，一切都死无对证。可孙铁锤在银行一个多亿的借贷，如果完全资不抵债，那就不是他能捂住的盖子了。北斗镇这股潮水会朝县城甚或省城涌去。

他是多么想做一个像郑板桥那样"衙斋卧听萧萧竹"的清正之士啊，那真是他心中十分高洁的为官模样。可面对更高更有尊严更具排场的职位，他又是那么难以自持地要去向往追逐。最终成了孙仕廉的座上宾，从而又深陷孙铁锤的网罟中。他在细想，自己在这件事上到底扮演了什么角色？

这是他人生最焦灼的一个夜晚。当他彻夜难眠时，牛栏山也正在那片竹林附近徘徊着。他披衣走出了后院。其实后院也卧满了围堵者，但都自觉给他让开了通道。他与牛栏山走进了那片竹林。

这片竹林过去也就是自自然然几蓬毛竹，后来是因为他武东风爱竹子，牛栏山才让扩大了面积。其实不仅是北斗镇，全县好多乡镇院子内外，包括县城机关，也都栽起了修竹。他本来是想在大会上讲一讲的，后来又觉得小题大做，栽点竹子也没什么坏处。他只是想强调"无竹令人俗、士俗不可医"与"疑是民间疾苦声"的"萧萧竹"的象征意义。牛栏山一直在唉声叹气，与微风吹拂的竹叶啸声，形成了某种难以言说的呼应关系。

"对不起，武书记，我给你惹了这大的乱子。"牛栏山先开口了。

如果放在别的地方，别的事情，他也许会毫不留情地痛斥牛栏山尸位素餐、麻木不仁，甚至要撤职查办。可今天，他说不出来。因为在孙铁锤事件上，牛栏山从来都抱有个人观点与看法，但最后又都是不折不扣地执行了自己的意见与决定。牛栏山甚至婉转说过这样的话：武书记，孙铁锤这个人你还是要注意呢，胆子太大，我们镇上把他毫无办法。他把派出所也不放在眼里。可不敢让他给他侄儿惹下啥乱子呀！这事他跟孙仕廉还提说过。孙仕廉不仅没在意，并且强调说：也要看到这些人对地方经济的贡献嘛！他们北斗镇GDP的百分之八十五，都来自孙铁锤的公司吧！他也就再没把牛栏山的话当回事，并且还在当年的经济工作表彰大会上，把孙铁锤评成了全县"十大优秀企业家"榜首。

武东风拍了拍牛栏山的肩膀说："栏山啊，对不起，我知道你的想法，一直想调回县城。我不是没考虑过，一是平挪，给你找个合适的位置；二是也想在换届时，把你们几个年龄稍大些的书记，朝人大、政协安排一下，解决副县级待遇问题，可是……"

"我知道，武书记，我惹下这大乱子，已经不是平挪或提拔的问题了。只要事情能妥善解决，把老百姓安安生生劝回家，能给我留一个饭碗就不错了。"牛栏山看上去很悲观。

"有这么严重吗？"

"不瞒你说武书记，我迟早都感到要出事，可没想到事情会这样出来。把一个派出所所长都搭进去了。何首魁这人性子刚烈，都指着鼻子骂过我，说我是窝囊废。我也的确窝囊，瞻前顾后。想管，也管过，但管不住，就放弃了。我一直想离开北斗镇，一来碰见这么个有来头的村霸，把他没办法，有时跟老百姓一样，也受他欺辱呢；二来家里也的确有实际情况，女儿三次高考都没考上，说给人听都是笑话。她妈身体不好，骨质疏松，稍不注意就骨折好几截，把孩子学习耽误了。就这，上面还要招呼四个老人。不说了，现在还说这些干啥……"牛栏山有些哽咽。

武东风也半天说不出话来。如果自己没有卷进这档事，他就想立即给牛栏山吃一颗定心丸，把他调到城里去。可现在他不能再给他开任何空头支票了。因为自己已处于比他更难以自拔的水深火热中。他多么希望自己是今夜星空中这颗洁白无瑕的月亮，是这片自由自在、清爽不俗的萧萧竹林哪！微风中的竹啸声，饱含着民间的疾苦，又何不深嵌着"衙斋"的切肤之痛呢？

第二天一早，去查抄的人回来了。武东风是让办公室主任与公安局廖副局长一块儿去的。他还保留着最后一线希望。办公室主任是他带来的，这是他当时的唯一要求，因为这人文笔精到、处事缜密，抓落实得力，用着十分称手，自然对他也是十分忠诚可靠了。主任开始还有些闪烁其词。最后是在他的一再追问下，才将孙铁锤亲自记下的一个笔记本交给了他。主任特别交代说：笔记本只有他和廖副局长看过。而廖副局长是他亲手提拔的。

武东风把这个记得乱七八糟的笔记本翻了几个来回，越翻眼睛瞪得越大。最后，他说他想休息一会儿，让办公室主任出去了。他反插上门，在房里踱了一个多小时的步，又久久凝视着窗外那些被大炮炸得残缺不全的围堵者，再看看风中瑟瑟发抖的竹林，他终于接通了一个重要电话。这个电话号码还是孙仕廉提供的。孙仕廉主动给他提供过好几个重要领导的电话号码，并要他找机会多给领导汇报汇报工作，或邀请领导来县上看看经济建设中的"亮点"工程。可他一直都没打过。今天，面对这个他已无法破解的危局，以及牵扯上亿资金的漏洞，尤其是成千百姓的人身、经济损害，还有那个破笔记本上，孙仕廉可能涉及的数千万受贿款项记录，包括自己那幅画……他终于双手颤抖着拨通了其中一个最重要的电话。然后，他就有些释然地等待着了。

这天傍晚，已进入深秋的北斗镇，突然刮起了比夏天更猛烈的狂风，那风如厉鬼一般，嘶鸣、怒吼、尖叫、怪笑并狂追着大地上的一切。所有能扭动的东西，都像醉鬼一样，胡乱扭动起来。树木开始做披头散发状，后来就被连根拔起了。凡能穿越的，一律洞穿而过；不能穿越的，摧折压倒一片，直到把大地上可带走的，都悉数带向了无尽的深空和远方。风刚洗劫一空，大雨又倾盆而至。

武东风和牛栏山安排让所有围住镇政府的群众，全都挤进院内的空间里。大家惊恐万状地观望并倾听着这场天灾的肆意暴虐与摧残。照说这是一个连阴雨季节，只会十数八天的云山雾罩、阴雨连绵，何至疾雷破山，飘风拔树，暴雨成海。可这个深秋，北斗镇就偏偏遭遇了一场据说亘古未有的灾难，一天的降水超过一年的雨量，并足足下了三十多个小时。

聚集在政府大院的许多老百姓都待不住了，要回家去看看。任工作人员如何阻拦，亲情仍是大过自身生命的价值，他们死都要回去守护家园。当天蒙蒙亮时，这股力量再也阻止不住了。武东风和牛栏山就决定，让干部们分头带队出发。并且牛栏山亲自带了一队，朝北斗村方向走去。做基层干部这是最起码的一点，任何事你都必须走在前边。武东风也想像当年当乡镇长一样，于大灾大难面前冲锋在先。可省委已明确指示：让他原地不动，除尽好最后的义务和责任外，等待上边派人来处理善后。

当牛栏山带着安北斗和镇北漠走出政府大院时，天地仍是瀑布一般下得分不清源头与落点。仅阳山冠就多处塌方"走蛟"。大片山林因兜不住雨水的猛烈聚集，而将山体上的古藤、树木、草皮、腐殖质，一起剥皮抽筋般地撕向深渊，活像蛟龙一怒之间奔向大海。这些垮塌的山体阻塞住河道，就到处形成了大大小小的堰塞湖，行进十分困难且危险。牛栏山和安北斗多次阻止一些冒险者继续前行。但总有心存侥幸者或家里确有放心不下的老人孩子，虽九死而犹往。他们就只好跟着并努力保护着。好不容易快接近村子时，心情本来处于人生最低点的牛栏山，终于一脚踩空，就再也没有找到踪影。

省委派来处理善后的是新任县委书记南归雁。

武东风与他在北斗镇交接时泣不成声。不仅因为免职接受调查，也因为是他同意牛栏山护送群众回村时，跌进堰塞湖，至今没有找到遗体。他请求留下来，找到牛栏山遗体后再离开。省纪委的同志说：要相信归雁同志，你得跟我们走！

他没有想到自己因为太爱竹子，而最终栽在竹子上。孙铁锤送给他的竟然就是一幅郑板桥《墨竹图》真迹。虽然尺幅很小，却价值不菲。他几番推托，又心存眷恋，终是爱不释手，而战战兢兢、如履薄冰地笑纳了。

在与南归雁交接时，他仍站在竹林旁流连忘返着。他给南归雁讲了一个故事，说他奶奶八十多岁了，每年清明节前后都要装一次病，要求在外的儿孙都必须回来，尤其是给公家干事的，不回来她就脑壳疼得好不了。大家一回来，她会立马坐起，从一个用细棕绳子编织外壳的老木箱里，翻出一捆画来。那是武家往上追溯五代的祖宗所留，全是临摹的郑板桥书画。这位祖宗也做过县令，算是武家出过的最大官。自进县衙起，就在临郑板桥"乱石铺街""清癯素雅"的墨竹题诗图。临死时说：武家以后凡做官者，都赠一幅他的书画，每日卯时早起，看一时辰再例行公干。截至目前，奶奶已把这捆书画送给儿孙快一半了。也有来收购者，毕竟是清代物件，可奶奶一幅都没卖。她是盼着武家也有祖上五代的那种风光与清正。因为他们村子，连朝廷一品大员都出过。现在省部级、厅局级官员扳指头都数不过来。可唯有他家这个临摹了一辈子郑板桥书画的知县，官声最好，竟然还有人写成戏被民间戏班子广为传唱。但这位祖上也有两句很厉害的话：无论谁，一旦失去墨竹清风，素雅不再，也就不必再回老家丢人败姓了。只是书画必须派人送回，绝不许再挂。他奶奶也果然厉害，前几年一个在省城干基建副校长的曾孙子，被撤职查办，清明节回家时，她竟双眼紧闭、不吃不喝，直到人留下画悄然离开，她才爬起来让开席。她说，我就给你们守了这点家底，都别嫌我婆烦！他想，这一生自己是再也不能回村见奶奶了。老人说过，即使她死了，不该回来的也别回来，更别到坟前来哭什么丧。奶奶是能用秦腔唱那首墨竹诗的：

衙斋卧听萧萧竹，
疑是民间疾苦声。
些小吾曹州县吏，
一枝一叶总关情。

武东风含泪唱完，南归雁竟然听得有些酸楚，就说："我会留下你在县委栽的那片小竹林！"

682

100 太阳系

当一场年近百岁老人都没有见过的狂风暴雨后，整个北斗镇似乎都发生了地理学上的变化。一些沟壑填平了，一些岽梁隆起了，一些溪流消失了，一些泉眼又洞开了。据说几十年前曾经有过的瀑布，又在阳山冠上奔涌而下，让"石床"变成了飞流直下的落差点。而勺把山上那个被炸掉的"虎大胯"，又在更上端涌下来的"走蛟"上，堰塞出一个深不见底的天然湖泊来。

这是一场连接着数十个乡镇，甚至几个县的恶风巨暴，有人在北斗村回水湾打捞洪财时，不仅用长钉耙抓到了连根拔起的大树、房屋椽木檩梁、家具、牛羊牲口，而且还捞到过死尸。

牛栏山的遗体好几天都没找到。依那天紧跟着他的镇北漠的说法，老牛绝对是找不到了，不在哪个深沟里埋着，就在哪个堰塞湖底沉着，找也是瞎耽误工夫。何况雨后迅速升温，尸体恐怕早已高度腐烂。可安北斗仍与几个由老牛带队护送回村的群众，在继续寻找。尤其是看着牛栏山病恹恹的老婆和女儿在镇上哭得死去活来的样子，他心里很不是滋味。终于有一天，有人说在几十里外的一个回水湾，发现了一具腐尸，倒扣着被缠在一个大树兜子里。他与几个村民几经周折，才把人扒出来，虽然膨胀得犹如一块太过稀化的豆腐脑，但大家仍辨认出是牛栏山。他们连夜把人抬回了镇上。平常瘦得只有一百零几斤的牛书记，现在足有二三百斤重。

安北斗抬着遗体一路走，一路在想这些年镇上发生的事。牛栏山不能说没有尽力，他几乎日夜奔波在山间岽梁上。乡镇工作，有永远都处理不完的杂碎事，更有应对不尽的督导检查评比。一评比就要排名，哪怕很小一个"小鬼"招惹了，都会使暗劲，羞辱人。何况还有铁路和高速路建设的无限责任。也不能说老牛没有是非观念，许多事他心里明得跟镜子一样，可面对孙铁锤的威势与能耐，也只能哑巴吃黄连。很多时候，他想干的事干不成，不想干的偏得硬着头皮去表现、支应。老牛家负担特别重，就靠他那点工资撑持着。他若不谨小慎微、以求自保，一大家子就靠山山倒、靠水水流了。可最终山还是倒了，水还是流了，老爹娘和妻子女儿的天也彻底塌了。他记得牛栏山跟他交过一次底说：北斗啊，我要是当初舍得铁饭碗，直接去东莞打工，不定比现在这日子好过得多。我同学在那边一月能挣好几万，别墅都买了，让我去给他跑腿，说一月先给一万二呢。可我又舍不得这挣死挣活才挣来的正科级。唉，挣到何日是个头啊！他终于挣到头了，可他肩上有关儿子、丈夫、父亲包括女婿的责任，能跟着一起撒手人寰吗？

他记得牛栏山还说过：北斗啊，孙铁锤这弄法迟早是要出事的。我们官卑职小，拿他没法，可谁牛×再大，也扛不过世道人心哪！他是作死呢！我今天把话撂这儿，你记着就行了！

那天拉倒石像时的群情激愤与怒号，就让安北斗突然想起了牛栏山这句话。一股股拉拽姿势，犹如一组组血管奔突的雕塑，既是动感的生命集结，更像是一场摧枯拉朽的浩荡雄风。一段时间以来，他跟草泽明一样，对北斗村很是失望。觉得一村的人，除了钱，除了欲望，除了想跪舔到孙铁锤给他们悬在半空的"油饼"外，几乎一无所求。可当一个恶魔失去了对这片土地的生命控制时，竟然爆发出了那么大的反弹力。以他判断，这石像是需要用多台拖拉机合力拉拽，或爆破，抑或用层层切割的手段加以销毁的。可草泽明偏是坚持要让一村人亲自上手，用心牢记住自己一再让渡、忍耐甚至纵容、包庇恶人的过错。石像既然是大家在讨好、巴结中鞭炮齐鸣、鼓乐雷动立起来的，那也应该让他们在明白了权谋、蒙蔽与戕害中，将其从心中彻底拉倒。一个生命，哪怕是蝼蚁、蜗牛、屎壳郎，那种存在姿态都是不容小觑的。它们有时可能被吓呆、吓傻或沉默、蛰伏，但朝前行进是其总体的生存样貌。有时可能与自己的心理与身体负重不成比例，可终归是要一往无前的。

新任县委书记南归雁在北斗镇住了十四天，善后工作除人祸外，又加上天灾的突如其来，自是进行得异常艰难。心理疏导，对大众情绪固然有缓释作用；但动真格的，更能对激烈矛盾产生沉疴猛药的熔解阻断。先是武东风在众目睽睽之下被纪委带走；紧接着，听说孙铁锤的侄儿孙仕廉也自杀未遂，并且还用的是一把像玩具打火机一样的手枪（孙铁锤给一村人都讲过他侄儿的进口手枪打火机），不过这次枪是真的，却终是没胆量对准命门，而只打碎了半个下巴。从文件精神传达看，中省调查组早已根据群众实名举报盯上了他，一切正在取证核查中。何首魁对孙铁锤实施追捕过程中的现场击毙，成为压垮孙仕廉的最后一根稻草，最终坐实受贿金额达数千万元。相关人员也"深陷泥潭，不能自拔"。围困镇政府的群众至此火气消减大半。加上暴风雨灾害对家家户户的普遍摧毁，也导致他们纷纷离开。只有花存根等几个严重残疾者，仍吃住在那里拒不挪身。

南归雁也确有他办事的果敢风格，竟以最快速度，让有关部门把孙铁锤的相关财产得以处置，并将老百姓的救命钱迅速发放了下去。同时，对当初赔偿不到位的一批大爆炸受害者，也进行了救助补偿。而这期间还做了一个重大决定，就是让安北斗临时兼任了北斗村第一书记。气得北斗他娘唠叨了几天几夜，说他是水罐里养王八——越养越缩蹴。他爹说这叫临危受命。他娘说人家诸葛亮做了相父才叫临危受命呢，他这是白娘子喝了雄黄酒——被打回原形了。无论娘怎么说，村里人怎么抽扯，他还是忍辱负重地处理起了孙铁锤留下的无尽烂摊子。总之，北斗镇及北斗村的一场危机，算是得到了暂时化解。

在南归雁离开镇上时，找安北斗谈了一次话，先是表扬了一番，有些话也不是他个人的，的确是群众反映。他再次做出了欲提拔重用的暗示。谁知安北斗却问了一句其他话："我想打听一下，你回来做书记，是不是又要在全县搞什么'点亮工程'了？镇上新来的书记，可是已经在打听你当初是咋把山'点亮'的了。"

南归雁一怔，沉默了一会儿说："我要是不点了呢？"

"可能性不大吧？有权力的人还能自己否定自己？当初你走后，蓝一方镇长搞了甘蔗酒产业，没继续推进'点亮工程'，不就把你气得呼呼的？要我说，那个蓝镇长真不容易，起码他不贪，也想给北斗镇蹚一条致富的路子，可惜没蹚好。但也让一镇的人懂得啥叫商品观念和市场了。"

"我搞'点亮工程'就不是蹚路，是贪墨？我贪北斗镇一草一木了吗？"

"我没说你贪墨。我是怕折腾一整，又折腾回去了。"

南归雁再次陷入了沉默，随后问："听说蓝一方走时拉了几千斤甘蔗酒走了？"

"当时老百姓手头酒压得太多，镇上要求干部包销，都把工资垫进去了。他是代理一把手，带头认购了六七千斤，一年的工资都贴赔了。最后还挨了处分。走时怕人围攻，半夜雇拖拉机来把酒拉走的。"

南归雁好半天没说话。

安北斗接着说："自你上任第一天起，听说全县各乡镇就都在打听'点亮'的事。咱们镇上把你当初搞的图纸，都翻出来准备重新复盘了。"

"你说什么？"南归雁扭身就去了新任书记办公室。

南归雁一离开镇子，新任书记就来问他："哎北斗，你给书记都说啥了，把我劈头盖脸怼一头子，还千叮咛万嘱咐的，让不要再提'点亮工程'了。还说你当初提了个啥子星空观测点旅游拉动建议，那倒是个啥幌子建议吗，能比'点亮工程'把稳？书记到底咋想的，你得给我透个实底呀！"

安北斗看了看他，无奈地说："我要知道，那我就是县委书记了。"

不久，县委组织部就来考察镇长人选了。

安北斗能感到来人对自己眼神的特殊与热络。既然身在公务员队伍里，有晋升机会，他也没有嘴里不说心里话的虚伪矫饰。但他不喜欢一些人给他亮话：还是朝里有人好做官哪！尤其是组织部来人的当晚，镇上就出现了小字报。并且每个第二天早晨要投票谈话的干部，都收到了一封匿名信。他一看，气得背起观测仪就上阳山冠去了。

是谁竟然能在这时给他抛出几大罪状来：一是玩忽职守，推波助澜，导致温如风上访事件长达十年得不到妥善解决；二是利用拦截的机会，绕道深圳、南京等地旅游，加大了行政成本，大肆挥霍国帑；三是长年沉迷于观测星象、占卜，生活日夜颠倒，完全置工作于不顾；四是与工作对象温如风的妻子花如屏长期有染，甚至多次将该花接到家中姘居，生活极其腐化堕落……最后要求组织部门彻查，还北斗镇一个风清气正的机关生态。

安北斗坐在阳山之巅，气得好长时间缓不过劲来。他突然想到了镇北漠对他的几次调侃：哎，北斗，你每年考核表好填么，就一句话：多次拦截温如风；或盯梢二字就行，比电报都简单。说完还哈哈一阵大笑。仔细想，这话也没错，从大的方面捋，这些年他还就只干了这一件事。尽管具体到每一个褃节儿上，似乎都显得十分重要，但事一过，又平淡无奇至极，留下的只是些鸡毛蒜皮甚至下饭笑料。可小老百姓的家当、财产、尊严甚至那一口气，也就是由这些琐琐碎碎、婆婆妈妈的事情积攒而成。正像温如风始终挂在嘴上的话：我就是勤劳的人民，我就是广大人民群众！温如风要不是丢了半棵树，绝对是一个安分守己、勤劳朴实的好村民，他当然是具体的广大人民群众一分子了。因而，自己围绕温如风那半棵树财产权所做的一系列"攻卒"行动，也就有了一个最基层小公务员的价值意义。但填起各种考核表来，的确没有他的竞争对手镇北漠牛×，人家每次都要另外贴上好几页附录才能挤挤卡卡填下"一些大事情"。但凡书记干的事他都参加过。不是拎包，就是打伞，你能说人家没干？牛栏山一死，就他第一个提出放弃不找的。而遗体抬回来时，吓得他躲回家一个礼拜都不敢闪面，说书记的鬼魂半夜老喊他下乡呢。这次组织部来人，又是他第一个把尿桶给副部长拎到了房里，因公厕太远。

他实在不愿意去想这些事了。要说自己也确有硬伤，比如紫金山天文台，确实是他常提的地方，温如风竟然牢记在心了。每到全国开重要会议时，各地都会把一些老上访户组织去"参观旅游"。温如风提出要去南京，县上不同意，老温自己就跑了，然后偏要他去领人。他也就如愿以偿地登上了紫金山天文台。后来温如风还想朝昆明、乌鲁木齐和上海佘山天文台跑，都被他严厉制止了。他知道，北斗镇是个财政赤字十分严重的穷镇。

再说去深圳，那是温如风看他妹妹温存雨和妹夫秤存星去了。温如风是借深圳开一个什么国际博览会跑去的。也是想拉他去转一转，就给镇上放话，说要在博览会上"有点动作"。牛栏山本来是安排镇北漠和另一个出差机会少的人去，也算是一种福利。两人激动得把皮鞋、领带都买下了，可温如风偏指名道姓地要安北斗去，说别人去他"该咋干还咋干"。这事自是留下了把柄。但深圳之行，也确实让他大开了眼界。秤存星和温存雨在深圳郊区开办了星空帐篷旅馆，还说是受了他仰望星空的启发，这简直让他彻夜难眠。他甚至给他们做工作，说两路修通后，能不能回北斗镇开办同样的帐篷民宿，家乡才是观测星空的最好地方啊！

至于说花如屏，他心里亮亮堂堂的。这女人的确两次被他赤身裸体抱在怀里，一次是大爆炸之夜，一次是大追捕之夜。那晚他是被何首魁暗示藏到"天床"下，以防不测的。而花如屏果然被孙铁锤踢下了悬崖。要不是他提前就位，她绝对葬身沟底了。那一刻，当惊恐万状的花如屏发现是落在了他的怀抱时，就像生命遇见了阳光一样，一下死死缠绕住了他的脖项。那是获得重生的激动，让他也充满了喜悦的力量。他的确是把她搂得紧了一些，但那一刻，绝对没有欲念杂生，那就是成功解救了一个生命的心花怒放。

想着想着，他完全释然了。

俯瞰着群山在狂风暴雨后的寂静，尤其是在金色阳光照射下的晚秋，他发现自己所处的山地是如此气象宏大、苍莽辽阔。造物主像是打乱了调色盘，竟然把七星山皴擦点染得金黄、炸红一片。那些突然出现的堰塞湖泊、飞瀑流泉，吞吐大荒、妙造自然，是谁裁剪得如此混沌雄强？山风清朗、海田沧桑、真气充盈、万象昭彰。这简直是悲壮而丰实的宇宙的一个缩影啊！他拿起相机，咔咔嚓嚓拍个不住，他觉得自己已拥有得够多够多了，还需要什么呢？许多事情身在棋局之中，又需内心活在赛场之外。不屈从于任何欲望纠缠撕裂，就活得游刃有余、自由奔放。

镇长的考察放下了。一放就是好几个月。

火车终于在五一节那天，突然从崇山峻岭中震耳欲聋地穿越过来，给大山平添了许多来找"后花园"的旅游人脉。紧接着，高速路像给皱褶遍地的大山，画一样拉出了两道功力深厚的笔直线条。西京人买了肉夹馍开车过来，打开野餐时，竟然余温尚存。旅游再一次成为北斗镇的热门话题。在一次会议上，一向表现得"老臣持重"的镇北漠突然侃侃而谈，发表了长达一个半小时的精彩论述，其核心仍是"不走样"地恢复"点亮工程"。新任书记还说了南书记的顾虑，但镇北漠说上级的心思须反复揣测，小心耽误了发展机遇。听说有人"点拨"过镇北漠：北斗镇镇长空缺半年，都与镇上干部心不明、眼不亮有关。因而他就把"群山重新点亮再论证"的万言书，直接以个人名义呈报给南归雁书记了。

从一切传言和迹象看，"点亮工程"似乎真有"死灰复燃"之势，安北斗就上县去找南归雁。谁知南归雁去了枫林沟。他一听枫林沟，就立即想到了"点亮工程"。当初他被南归雁借调到县城，曾主抓过枫林沟的"点亮"。因为那里是县城人的"度假村"。他倒想去看看这家伙准备如何重蹈覆辙呢？枫林沟离县城很近，骑车子也就半小时路程。进到沟里，听说南归雁带一帮人上沟垴去了，他就出出溜溜也朝上爬。上到沟垴，才发现南归雁原来是带着一帮人在察看一个巨大的泥石流滑坡体。一些工程技术人员正架着仪器在勘测。他远远听见，南归雁好像在说什么九寨沟："九寨沟过去也是泥石流遍地的地方，后来就是因为科学治理，从源头上解决了问题，才让一条灾害频发的沟道，成了举世瞩目的风景胜地。我们枫林沟自上而下有十八湾水泊，一条一波三折的高山飞瀑，虽然现在都几近干涸，枫林也斑斑驳驳。但昔日的生态，县志有记载，并且是一首诗：'白练三斗转，镜波九回旋。红枫醉瑶池，天上共人间。'我们现在首先要做的工作，就是把明暗泥石流隐患全部找出来，不留任何死角地进行水土治理，彻底修复生态，还枫林沟一个人间仙境。"

安北斗好像条件反射般地想到了六七年前那项工程，到了枫林沟段，南归雁也说过"重造人间仙境"这个词。并且他俩在这条沟的帐篷里住了半个月。有一晚差点让泥石流连帐篷一起把他们卷走了。是不是意味着"南归雁的灯"就要从这里重新点亮了？

南归雁开始还以为他是来说镇长职位的，就解释说，告状信还在进一步核查中。安北斗甚至觉得有点受辱，就开门见山地说："你到底还是要搞什么'点亮工程'了？""谁说的？""下面都要搭班子了，谁说的？ 是不是要从枫林沟开始？"南归雁说："我是请省上专家来研究泥石流综合治理，谁要点灯了？""都在揣摩，你还能忘了自己的政绩工程。"说着，安北斗还把一个早已废弃的太阳能灯水泥底座踢了踢。南归雁这下是真生气了："我们每个人都有生命局限，包括你安北斗也一样。你以为你是谁？ 能做的就是努力去突破局限，试错纠错。那时为寻找经济出路，点亮也是迫不得已。今天看来，代价的确过大！ 你可以到我上一任当县长的地方去走访一下，看看那些山体、河川、古迹、村寨、民宿都是什么面貌，现在已成秦岭真正的后花园了。回到这里，我要干的第一件事，就是修复两路建设炸得千疮百孔的'癞头疮'，还有县域内一千零一十三条河流小溪的枯水断流问题。谁说要点亮了？"安北斗还被说得有些愣怔。

南归雁接着说："最近，我倒是一直在琢磨你当年反复建议的那个天文观测点。"他急忙说："不敢，我还吃不准是不是带着个人爱好和偏见呢。一切都要反复论证，最好是顺其自然，再不敢瞎折腾了！"

他一回镇上，谣言又满天飞起来，都说他上县活动镇长去了。气得他也懒得跟人解释。在新来的书记眼中，他依然是个白眼张天的角色，镇北漠仍是跑得最欢、吃得最香，人称"代代红"的主儿。就在他回来后不几天，接到了一个让北斗镇人有点丈二和尚摸不着头脑的任命文件：蓝一方在另一个镇上被重新起用了。这是什么信号呢？老蓝可是跟南归雁的"点亮工程"叫过板的。一镇的干部都一头的雾水，该不是又要弄甘蔗酒产业吧？

安北斗还是望他的星空去了。

对于他来讲，最美妙的时刻，最重要的思索，就是躺在大自然的怀抱中，仰望着无垠的星空。宇宙这个永动机，是裹挟着一切在飞速狂奔着，包括自己正仰躺着的这颗星球。大宇宙带着千亿个银河一样的星系盘在狂奔；而银河系又带着千亿个太阳一样的星系在狂奔；太阳系又带着千亿颗地球一样大小不一的星体在狂奔；它们无边无岸，既有序，也无序；有序者，数十亿年、成百亿年秩序井然；而无序者，到处颠覆出轨，频频坠毁坍缩；大到数百亿倍太阳质量的星体被黑洞迅速吞噬，连光速也不能幸免；而巨大黑洞又会疯狂地喷射出一泻数十亿光年的流体，使广袤宇宙到处升温爆亮。一些星体像"摇滚歌手"一样在既定轨道上自嗨咏唱；一些星体又像"脱缰野马"一般在别人的轨道上横冲直撞；有的在走向冷清寂灭；而一些新星又在频繁被雄强点亮；大自然像是在执行着一个永恒的"宇宙平衡指令"，显得像一台超级计算机一样计算得那么精密完美，无论潮汐、火山、撕毁、融合、寂灭、点亮，都朝着一个永动永生的方向伸展。而自己生存的北斗镇又何尝不是一个小宇宙呢？一切无机物与有机物，都在这块土地上丰富地存在着。包括极其渺小的根芽、蝼蚁、飞虫。一窝画眉鸟的破壳而出，都值得他用一个周末的下午去细心观察拍照。我们如此渺小，之所以还值得伟大的星空俯瞰、凝视、携带，就是因为我们在自强不息，我们也在永动永生。仰望星空，他觉得无比幸福、快乐、感奋；回到大地，还有那么多亲情和需要他帮助的人，脚下真的很实在。他觉得自己活得已够充实满足了。

有一晚，他突然发现了那颗五年前已见过的小行星在同一轨道回归了。他兴奋得蹦起来，是想"手可摘星辰"了。他不仅拍下了无数张照片，而且也迅速报告给了小行星组织。他突然想到了自己的女儿安妮。能以她的名字命名吗？但同时他又想到了另一个孩子，就是何首魁临死时，想交代而没有交代完的后事。

那是被何首魁一手破案并已执行枪决的一对拐卖人口、导致受害人死亡的重刑犯夫妻的女儿，竟然叫安宁，与安妮一字之差。在处理完何首魁的后事后，安北斗才从何所长的爱人那里打听到，这孩子何家已抚养十三年了，现在正在外地上高中。何首魁不愿意让别人知道孩子的真实身份，是以舅舅的名义做监护人的。他牺牲后，家里再也无力承担孩子的一应费用，安北斗就全盘接管过来了。安宁还像一块宝贵的面团，正在发育期，可塑性会赋予她无尽的丰富性与魅力。与大自然打交道久了，安北斗甚至觉得人的个性、思维、形貌，都像花草、细胞、化学元素一样，是可以受无穷影响的。生存竞争的残酷、爱抚，会让他们变得线条生硬或柔软，有些甚或成为铁石心肠，而爱会让孩子变成天使的模样。他就想把安宁塑造成天使的模样。而安妮还需要什么呢？她有几百双高档鞋、成千件品牌衣服，更有三层楼的"大豪斯"。她已拥有得太多太多，而不需要这颗小行星了。因此，他决定这颗小行星将以安宁申请命名。

那天晚上，他正在勺把山上记录着小行星即将远去的轨迹。只听猫头鹰突然朝他哇呜哇呜惨叫几声，还是那只金色的。这家伙最近越来越有些死缠着他的厚脸皮劲。只要他上山，它就会在那棵雷劈树梢上蹲着发呆。那眼睛实在让人看着害怕。他是既恨它也眷顾着它。忌恨它的阴森恐怖，也眷顾它的通灵提醒。但它终究是一个只懂死亡的动物，而自己是要战胜死亡的永动生灵。它似乎不屑于他的傲慢，他也不屑于它的得意。可这家伙突然哇呜哇呜叫个不停，并且像那晚带领他上阳山冠去解救花如屏一样，是要急速胁迫他出发了，他就突然预感到可能是他爹不在了。当他顺着它的引领跑回家时，他爹正睡得呼哧大鼾的很是畅美。娘说，你爹下午还咥了一海碗燃面呢，身体嫽扎了！

很快就有人来报信说，草老师走了。

一村人都赶上了草家坡。听师娘说，草老师临死前还在制定新的乡规民约。不过起名叫《北斗村生息契约》。仍是钟繇一般的小楷。安北斗大致看了一下，是讲如何在仁义、羞恶、尚勤、上进、节俭、商量、守法，以及利己而不害人的条件下美好生存下去的互惠互利契约。可惜没有写完。他觉得自己还兼着北斗村第一书记，有责任也有巨大兴趣续完这个契约。他加上了有关保护自然的内容，并说这是北斗村人赖以生存的万事根本。

草泽明有言在先，说他死后绝不许用现在的厚葬法。他给自己选择了一棵银杏，十分挺拔，想长眠在树下。草老师一生最爱说的一句名言是：富贵不能淫，贫贱不能移，威武不能屈，此之谓大丈夫。他死后不准收礼、不准停丧、不许动乐，并且要求赤身裸体下葬。赤条条来，赤条条去，不带走一丝物质。还指名道姓要安北斗来处理他的后事。碑文他已写好，安北斗让人刻在了树上：

　　　　这里长眠着拉倒假菩萨的草泽明。

下葬时，不仅全村人赶上草家坡来送行，而且敢随意站到他手上、肩上、头上的斑鸠、雀鸟，把草家坡的天空围了个水泄不通。

刚把草老师安埋好。镇上书记突然来电话，要安北斗立即去一趟省城，说"秦岭第一上访达人"温如风又告状去了。温如风还告的什么状？对头孙铁锤死了；牛栏山说到做到，给他在镇上安置房里分了一套五十平米的单元房；他自家又在老鳖滩原址上盖起了新房，都是那口老铁皮箱攒下的底子，据说光"袁大头"银元都好几十块。在安北斗的建议下，新房突出了水磨轮子，远远看去，活灵活现出一个庄园主的模样。关键是那半棵被偷的老树，也用六万元买回来，成一棵浑全树栽在了院子中央。这事安北斗开始也帮他谈判过，对方拒不接招，因为这是院中的一棵树王。再三再四地缠，人家干脆故意开价二十万拍死了。可温如风是个绝对的"死㷀㷀"，非要把这口气争回来，并且还要原价朝回挖，一分不涨。他一趟一趟地跑，甚至睡在树上、卧在树下地软缠硬磨数月才算搞定。事后安北斗才知道，这里面杨艳梅帮了大忙，不仅出面撮合砍价，而且最后她还暗中贴补了几万才算成交。但杨艳梅对温如风也有一句话：我是在帮你，更是在帮北斗，他为这半棵树忙活了十年，头发都快白一半了！

他温如风还告的哪门子状？真是跑野了！

等安北斗急呼呼赶到省城一看，这货果然三折子奔拉在省委门口。手里举着一块铁皮，像唱戏的制造闪电打雷效果一般，把铁皮摇得哗啦啦一片响，上面竟然写着：

   安北斗不做镇长人民不答应！

气得他上去就是一脚："你想害死我呀！"

温如风提起铁皮就跑：

"昆明天文台见——！"

尾声·猫头鹰说

我的年龄有点大了，死亡在向我逼近。无论人还是一切动植物都是要死的。这就像人类发现的熵增定律，热量总是从高温向低温耗散，一切物理的本质演进都是走向无序与死亡的过程。他们却偏要抗争，实现什么熵减。死亡其实并没有那么可怕，升腾、衰老、咽气，都是证明时间存在的一种概念。没有什么是不死的，包括地球上万物存活所依赖的太阳。最讨厌的是一些无知小鸟，被我们用利爪撸住后，叫得要死要活的，颇似人间被活宰的猪，很少有生命的涅槃意识与从容感。它们难道想活得比太阳还长久？

我从来对死亡淡定以持。不要盼望，但也不要恐惧最后的日子。

理解死亡是一切生物的必修课。须把符合自然规律的死去看成好事。一切物质都由原子构成，原子最终是要还给宇宙的，我们都是她的微尘。一个生命在这里死去，按照物质不灭论，注定会到别的地方善良或祸害世界去。残酷的兴许会寄托到狼身上；狡猾的更有可能依附于狐狸；而蠢货与饕餮，一般会打猪的主意；贪婪鬼、守财奴、伪君子、霸权者大概率还是跑到人那里去借尸还魂了。好人有一百种活法，坏人就有一千种活法与坏法，他们的活法与坏法都绝对不会比好人少。当然，我们猫头鹰类也不例外，以我的理想，下辈子是想温顺、优雅一些、转换成一只懒猫的。让我住在豪宅，不用受捕鼠之累，有时还能被美女抱着，吃鹅肝虾酱。当然，也有可能重组成田鼠，让猫头鹰捉住，连毛咀嚼，最后吐出一些"四喜丸子"来，又被屎壳郎拼了老命地朝山上推去。

我毕竟还没咽气，离腐尸被田鼠啮噬、蝼蚁过秤划分掉，还有好几个春夏秋冬。我最担心的仍是"群山重新点亮"问题。尽管我们已习惯于人类的瞎折腾，唯恐再次失去栖息之地，且已做好离乡背井的准备（我都担心我的体力已无法完成这次从秦岭到大巴山脉的迁徙）。可这一幕始终没有重演。

就在这时，安北斗竟然发现了一颗什么狗屁小行星，也就两三个县域那么大的体量吧，在太空几乎可以忽略不计的，却得到了国际行星组织的承认。这个发现，让养在深闺人未识的北斗镇，一夜之间成了什么星空最佳观测点。"保护纯净天空、发展生态旅游"便成了一个县的新号令。我们这些生态链上的吃客，自是成了香饽饽。随着火车这个庞然大物和高速路上牵连不断的车流，像两条巨蟒一样扭动进来后，就有无尽人潮，游走在七星山上了。而其中不少胡跑乱窜者，叫天文爱好者。他们都架着长枪短炮，在七座山上朝天空一望就是一夜。同时，还吸引来一些地质学家，突然研究起了什么万年山崩地貌……我实在讨厌这些家伙对我宁静生活的惊动与搅扰。

北斗村人大概还记得那家钉秤的吧，秤早不钉了，却出了个秤存星，出去混了七八年回来，竟然在七星山下，建起许多星空帐篷民宿来，把我闹搅得就想用爪子给他捣通挠烂。可惜爪子已经不大吃力，竟然捣掉了指甲盖。当然，也有好的地方，比如他们再不烧火粪、牛粪、麦秸、柴火、苞谷秆了，倒是免了我常年遭烟熏火燎而迎风流泪的眼疾。

我说过，我已老了。气吞山河时，也曾有过独霸七座山头的不可一世的辉煌。皆因生命迟暮、力不从心，又被逐渐赶回到勺把山上了。如今我竟连一山之巅也难独守，已被一个非法入侵的金色同类，划定在很小范围——就是当初孙铁锤炸掉的那只虎爪子上暂且栖身。好在这只爪子已生长出新的杂草与灌木。为发展绿色旅游，他们还给光溜溜的石头上刷了绿漆。当然，也做了必要的种子飞播，但愿老鼠、雀鸟、爬虫们不至于吃得一干二净。

我已没有了过去那种高空盘旋、扶摇直上九万里的万丈雄心与胆魄，因而对食物也就不再贪得无厌、挑三拣四，简简单单吃个半饱足矣！平日追求的也是淡定与龟息法。记不得谁说过，爱情鸟不会栖息在秃树上。好在我已活得很节制。我的一条腿已经有些拖拽不动。蒙田说：腿瘸了不适合运动，心灵瘸了则不适合思想运动。好在我的心灵没有瘸，还能思考，这也是我活着的唯一理由。

我现在最想做的事，就是把我的思考与人类做些交流，选择的对象是安北斗。可这小子倒是愿意与我终夜厮守对视，彼此相安，人却瓜眉失眼，一时灵醒一时愚顽。

我想告诉他的是：放弃吧，你们人类！

可那小子的倔巴脾气似乎在说：你僻死！

我说：你们的一切奋斗都是徒劳的，何苦呢？

他好像说：都跟你一样，只知道个死。

我说：你们懂得死吗？

他似乎在说：我们只想懂得活，怎么活得更好！

我说：那就无穷地折腾去好了，活着也是作死。

他好像说：我们都来自大海，从前都是一条鱼，可进化让我们成了人类，你却成了吃死鼠的猫头鹰。我们终日乾乾、不息精进，你却守望死亡，恐怖阴森，吃你的死鼠去吧，滚！

听听这个蠢货比鸟语还糟糕的发声部位，还有那折腾不死的犟脾气，真是快气死我了。他又在到处找东西威胁我，想赶我走呢。该死的，真想把他叫走算了。可他身上的那股阳刚气场，终是让我煞费心机。就让他朝死地活吧！

需要交代的是安北斗的爱情婚姻问题。这是人类最喜欢的八卦运动与事业，我就不得不适应一下他们的恶俗要求。安北斗确实在一拨又一拨来北斗镇仰望星空的人群中，结识了一个女研究生，并产生了一些关系。什么关系？当然是男女关系了。原谅我不能给你们一个美好结局。他们也终于没能完成安北斗他娘所梦寐以求的添丁进口愿望，似乎是在两年零七个月后，再无任何交集。那女孩子很野，又去南极观测另半边星球去了。陪伴她日夜在那边仰望星空的人，竟然也姓安，她说是为了某种难以忘却的记忆。只有我知道，很多时候，她和安北斗竟然在地球的南北两边，莫名其妙地望着同一星座发呆。还是那句老话，幸福的家庭是相同的，不幸的家庭各有各的不幸。安北斗大概注定是个婚姻不幸者，但他绝不是个爱情不幸者。深深惦记他的女人不是一个两个三个，我想这就够了！月亮还能永远圆得跟磨盘一样一直挂在你家后院不成？

思考庸俗的婚姻问题不是我的职责，就像莎士比亚的喜剧永远没有悲剧打动人一样，我思考的仍是活着还是死去的问题。当然，主要是死亡问题。

尽管我也没有觉得预知死亡是什么美好而崇高的职业，但终生却敬畏着它的谨严。那是不可有半点差池的判断。战士死于枪炮；屠夫死于砍刀；耍猴的被猴挠；逗狗的被狗咬；戳驴的遭驴踢；玩火的被火烧；弄啥死于啥，一般是大概率事件。比如三年零两个月后，高铁建设规划又要经过温如风家百年老磨坊，他就再次背着二胡，踏上了"保护磨坊"之路，结果死于车祸。至于花如屏……

我真是够啰唆的了。人类总是对故事贪得无厌，原谅我不能满足这些庸俗的要求。尽管我的爱情故事多得可以用火车皮拉。

其实我的生命也只剩下最后几小时了，但我仍忠于职守，不能躺平，拖拉着已拽不动的老身，去北斗村报了最后一次警：

哇呜！哇呜……

原谅我已拉不长警报声。一村人自然一下又想到了安北斗他爹。

本来我是不能泄露天机的，泄露了，对我转世重生不利，可我还是要泄露一下：这个村子最长寿者就是安北斗他爹那个老病包子了，会活到一百一十一岁寿辰后的第三天太阳升起时。生命就是这样，看似命悬一线，细如游丝者，偏偏创造了这个村最长寿的奇迹。他的名字也起得绝，叫安存碗。到未来去世那天，他还端着那个耀州大老碗在咥燃面。看来存住饭碗才是最靠得住的事体。

我现在预警的是吕存贵。

吕大师自大爆炸后声名鹊起，算命看相事业如日中天。当然为一手操办"照猫画虎"的"石佛"之事也有所毁誉，但终是瑕不掩瑜、重光累洽、声名不可阻挡。为更加惊天地、泣鬼神地让"大师中的大师"美名远扬，他也得暗中捣鼓点机心，以显示自己装神弄鬼的技术含量。谁知在给算卦的铜麻钱和抽签用的"上上签"上做手脚时，因加工的炉火太旺，而把煤气罐引爆，竟然还是一命呜呼在自己家里的大爆炸中。

哇呜！ 哇呜……

你瞧瞧北斗镇新任镇长安北斗那傻样儿，还以为是他爹又完蛋了呢，吓得从勺把山顶扑下来时，大炮筒子连镜片都跌碎了，并且还搭上了一颗门牙！ 跟人类沟通咋就这么难呢？ 这货还算其中不错的一个。

大气混沌的人世间，我爱你！ 我也鞠躬尽瘁了！

哇呜……

2015年8月至2021年12月一稿于西安和北京

2022年11月九稿于北京奥林春天

后　记

　　这部小说的初稿是写完长篇《西京故事》后，拉拉杂杂写下的，因为有很多事情还需要拉开时间距离再看看，就放下了。然后又连续写了被称为"舞台三部曲"的《装台》《主角》《喜剧》。有人希望我继续顺着这个路子写下去，也有人说应该转转舵。我倒没有更多考虑与"舞台"的关联度，因为舞台永远是一个平台，无非是提供人表演的场所。至于把你的人物放到哪个场所去表演，那要看你对哪个场所更熟悉。如果我摸黑就能找到一个村子的进口、出口，甚至里面的凸包、凹坑、斜巷、死胡同，那我一定先把我的人物带到那里去行动。那里最有可能让我的人物随心所欲地施展拳脚。一个不熟悉的场域，总是会让我那些急着发挥作用的人物缩手缩脚并吃尽暗亏。尽管如此，在《星空与半棵树》的改写中，我还是人为做了人物表演舞台的延展与调试。

　　这里拉开的是一个从乡村到小镇，再到县城、省城、京城的宽阔舞台，人物也是三教九流、五行八作、高高低低、阶位错落。而抽丝剥茧，最早起因于一个基层干部的几句话。我在省城工作时，他来看我，我问他来干啥，他说劝访。我问什么叫劝访，他就给我讲了几个劝访的故事，其中一个事件很小，仅为两家地畔子上一棵树的产权问题。他说只要基层干部有一句话，也许早就解决了，可偏偏没有人好好说这句话，大概都觉得事情太小吧，结果就越卷越大。这家伙现在已是知名上访户了，上访途中还遇了车祸，伤了腿，更是不依不饶，告得省市县镇都不得安宁。那时我并没在意这个故事，也无意于写"上访小说"，我尤其不喜欢对创作的简单归类。就像笛福写了鲁滨逊二十八年荒岛生活，你不能简单归结为荒岛派创作一样。任何表象归类，都只能让归类者的言说变得简捷而容易清晰，却让作家的思考与精神张力走向了闭环与单薄。后来我调到京城，这个基层干部又来看我，我问干啥来了，他说还是老本行：劝访。这次他又讲了几个故事，我脑子里就有一些形象挥之不去了。然后，我几次去看国家有关部门接访与上访的过程，渐渐地，一些形象在我脑海中活跃起来，不是上访，而是我所熟悉的这几十年，以及这几十年"大江东去浪淘尽千古风流人物"式的漫长历史画卷。而这幅画卷恰与我当初写的那部小说初稿暗合，我就把它翻出来重读。一点一点地，我从儿时在偏僻乡村对星空的深邃记忆，到山乡摧枯拉朽般的河山、村落、宅院、人流的改头换面，再到铁路、高速路、高铁对物理空间的陡然拉近，以至城乡边界的显性模糊与隐性加深等，开始了一种混沌的过往盘点与重新整合记录。

先说星空。

我对山村最深刻的记忆就是星空。在稍高一点的地方，就觉得星空像一顶深深的罐状帽子，是戴在我们的头上，而边沿耷拉到了山脚下。那时反复数过星星，但从来没有数清过，觉得是可以用数以万计来形容的。后来一个天文学家告诉我，我们肉眼至多能看到四五千颗，再多，就需要用仪器观测了。我记得上小学时有一个老师是主张我们多看星星月亮的。他说，晚上回去记得数数星星，别老用眼睛盯着脚下有没有分分钱。然后在课堂上，他又会讲到围绕太阳系旋转的九大行星，因为那时冥王星这颗不够尺寸的矮行星还没被踢出去。我相信这个老师让大家多看月亮数星星、别老盯着脚下分分钱的幽默提点，一定会让我的同学都记忆深刻。后来进县城工作，星星还是那个星星，但至多抬头看看月亮，因为生活逼得你还真需要时时盯着脚下的分分钱了。再进了省城，连看月亮都少了，后来的确也是看不见了。一年时常会有二百多天都在雾霾中，你到哪里数星星看月亮去。星空，就逐渐成了一种存在概念。

也就在这个时候，我突然又被专题片里画面优美、奥妙无穷的太空所吸引，阅读兴趣随之转移，从卡尔萨根的《宇宙》、霍金的《时间简史》、布莱森的《万物简史》等书中，甚至得到了比一些社会学家纵论社会演进规律更深刻的洞见。他们将人类的生死存亡、宗教、哲学、历史、科学、经济、技术、战争、病毒、进化，统摄在天体的照妖镜下，一一辨析着我们认识自己、改造世界的可行性。随着网络阅读的勃兴，我停掉了所有订阅的刊物，却始终保留着《天文爱好者》杂志，甚至还买了一台天文望远镜，架在阳台上，不时向天空扫射一二。偶尔也会去天文台看一看。朋友里也多了几位天文学家。再回到乡村，我希望依然能找到儿时的满天星斗记忆，但乡村的星空也在各种开发、挖掘、爆破中昏暗一片了。我想拜访那位要求我们数星星的老师，可人已作古。我就想复活他的形象。因为乡村总有那么一些人，让我们看到在逼窄环境中尚存一种深广与辽阔的胸襟与眼神。他手提的老马灯，有时真能照亮一个山村。小说的一个特殊人物——民办教师草泽明就出场了。他有两个学生，其中一个，就是背着一部上大学时购买的漆皮斑驳的二手望远镜，一次次奔波在"劝访"路上的安北斗。

他老想仰望星空，可脚下要处理的却偏偏只是半棵树的事。

说说半棵树。

在星空看来，地球都不是个事。如果在太阳系边缘回望地球，几乎可以忽略不计。像太阳系这样的组织在银河的恒星系中，有数千亿个。而银河系在宇宙的星盘上，也有万亿个以上，连庞大的银河系都只是宇宙的一粒尘埃，何况地球上的半棵树。可在这半棵树的主人温如风看来，它就是有关尊严、权利、面子、里子、一个男人甚至一个人的一切。因此，他便屡屡踏上"出访"之路，连他的老师草泽明也劝不听，且执意要把上访称为出访。后来雪球越滚越大，事件越卷越复杂，时间越耗越长，竟然硬生生拖累了志在仰望星空的安北斗最美好的十年韶华。安北斗由无奈、讨厌、气愤、恼恨，到理解、同情、不平、介入，甚至被喻为"同伙"。但他越来越感到自己是干了一件有价值的事，与天文爱好者所梦寐以求的小行星发现之旅殊途同归了。理想信念，看似高蹈出尘、超然绝俗，但最终落到俗世层面上，之于小公务员安北斗，就具体到了帮村民温如风争取那半棵树的权利上。

生活与小说，在我看来，有时就是一棵树的状态。根系越庞大，主干越粗壮，旁枝越纷扰，叶茎越繁复，就越耐看、越有意味。小说只是对生活之树做一种精心的爬梳与打理。把你知道的有趣世事通过讲故事的方式讲出来，其实还是戏剧家李渔"立主脑、剪头绪"的问题。只是小说的"主脑"和"头绪"更加丰沛斑驳一些，因为你有可以"拉平撑展"的长度自由。而自由恰恰又需一种更大限制，只"拉平撑展"了肯定乱糟无序。一个村子本来就是一棵不小的大树，包括一群有了生命长度的人，理清头绪实在是一件难事。何况我还想由村子连带到镇上，再由镇上带到县上，县上带到省城、京城地拉开更大面向，有时就觉得这故事特别不好讲。但小说最终仍是对一个村镇的山川地理、鸟虫花草、人情风貌、生老病死的铺陈，就还是有了一个看待整体事物的落脚点。河不是那条河了，梁也不是那道梁，人还是那个人吗？当我儿时趴在山民脊背上，随着父亲调动，一乡一镇地搬迁时，所感知到的山乡，早已一去不复返了。地理意义上的改变，新的经济生活方式的无孔不入，拉动着人的行为朝向百般不可知。孔子的"仁者爱人"、老子的"上善若水"，以及"让他三尺又何妨"的各种古训，乡村从来都不缺讲述者，但大多已成干瘪的概念束之高阁。求神拜佛，更多跪乞的是财运、官运与添儿续孙的立竿见影。"仓廪实而知礼节，衣食足而知荣辱"的理想局面似乎始终有待开发。而在这纷纭的激变中，村霸孙铁锤终于养肥、坐大，在他的巧取豪夺中，更多的人以示弱忍气吞声。但终还是有温如风这样的屡屡"出访"者，在以卵击石。写到此，我突然想到史家司马迁对弱者的公然偏袒，也想到主教米里哀对冉阿让偷盗行为的断然包庇诳言。一个社会若缺失了对弱者的悲悯与"大庇"，将成为同时代人要共同面对的大不幸。幸运的是我们还有安北斗在屡屡出发。甚至有人为此献出了生命。

我所经历的半世沧桑，在历史的长河中，只是一个时间的小单元。但这注定是一个重要单元，因为有十几亿人口同在。历史不可能忽略这十几亿人的生命共进。仅我们有限的视角，已经读懂了沧海桑田这个成语的丰富含义。无论是"沉舟侧畔千帆过，病树前头万木春"，还是"两岸猿声啼不住，轻舟已过万重山"，还是"此情可待成追忆，只是当时已惘然"，抑或是"千磨万击还坚劲，任尔东西南北风"的诗性，都足以构成我辈对世事巨变的表征会意。而我们无论如何想活得宽阔一些，仍然只能是在一个局部，甚至最后不得不退到一个村镇去仰观俯察，其中的摸爬滚打、拼死拼活、山崩地坼、反复试错，都具有了一个大时代演进史上的独特意义。我们的所有行动都是一个过程，当我们恨着大山的贫瘠、闭塞，认认真真折腾几番后，才逐渐读懂了人与自然生态之间和光同尘的重要。星空与大地，自古以来就是人类认识与把握生存命运的关键点，无论怎样潮起潮涌，最终还会落在敬畏、适恰、呵护与共生上。

归根结底，小说还是写人的艺术。由一个或几个人到一群人的命运，再自然地牵连出现实的、时代的、历史的命运。虽然故事各不相同，打开的社会面自然存在很大差异，但出发点和落脚点，都会仍在一个个具体可感的人身上。无论他们在怎样不同的文化和生命情境中，如何应对种种艰难困苦，但最终还是在完成着人的个性与共性的塑造。无数的个性汇成共性，在共性的洪流中，个性再次夺路而逃，世界由此变得灿烂喧哗。鲁迅说无穷的远方和无数的人们都和我有关，我越来越体味到这句话对于文学的意义。当我们感觉不到远方所发生的一切故事与我们作为人的牵绊时，说明我们正在麻木或堕落，文学也变得无意义。

一千个小说家有一千种作法，生动有趣地讲好故事，努力塑造更多有血有肉的鲜活人物，始终对我有着巨大的吸引力与挑战。人是最复杂、微妙、多变的，我们阅不尽、品不够，其价值、尊严、智慧、力量之综合体现了他的高贵性。而善良与恶行、淳厚与奸诈、正大与宵小、爱怜与仇恨、守常与贪婪，交汇出人的百态千面，这是作家无法描摹穷尽的世相。小说当然也要探索新的艺术技巧和表达方式，需要不断地求新变异，但最重要的仍然是对人，对由人牵连出的广阔时代、现实和历史的打理记录。文学是关于人的一系列行为的系统性安排，人的行为的变数，决定着小说的前进方向，任何技术都只是人的行为的拐杖。当拐杖影响了人的行为时，哪怕这个拐杖再漂亮、再精美，大概都得忍痛割爱，而让行为或传统或老旧或现代或后现代地朝前挺进。这部小说里有一只猫头鹰，他比我说得多，比《喜剧》里的那条柯基犬说得更多。但愿它不是某种后现代的刻意，而是一个我们尚没有沟通方式、更难以进入四维空间的真实存在。这只猫头鹰始终很焦虑，尤其是对自己的生存环境深表不安，它不时对人类的过错絮叨个没完，有时对自己也十分的不满。但愿人类有更多的它（他）在，从而用更广阔的视角来加持自己更高层次的觉悟。

感谢《收获》杂志在2023年第一期节选了《星空与半棵树》上部，《作家》杂志4月号刊载了下部。全本将由人民文学出版社推出。因文内涉及天文方面的话题较多，我特别要感谢张长喜先生，他是研究太阳活动的专家。感谢他用了大量时间与我交谈，并审读了初稿。我喜欢这次伴随了我好多年的星空纵深之旅，更喜欢那半棵一直紧紧牵绊着我的乡间田埂上的树。

陈　彦

2023年元月8日于北京

我喜欢这次伴随了我好多年的星空纵深之旅，更喜欢那半棵一直紧紧牵绊着我的乡间田埂上的树。